CISSA PRADO

Editora Charme

Simplesmente Você

Copyright© 2015 Cissa Prado
Copyright© 2016 Editora Charme

Todos os direitos reservados. Nenhuma parte deste livro pode ser utilizada ou reproduzida sob qualquer meio existente sem autorização por escrito dos editores.

Esta é uma obra de ficção. Nomes, personagens, lugares e acontecimentos descritos são produtos de imaginação do autor. Qualquer semelhança com nomes, datas e acontecimentos reais é mera conhecidência.

1ª Impressão 2016

Foto de Capa: Dreamstime
Criação e Produção: Verônica Góes
Preparação de texto: Luizyana Poletto
Revisão: Ingrid Lopes

Este livro segue as regras da Nova Ortografia da Lingua Portuguesa.

CIP-BRASIL, CATALOGAÇÃO NA PUBLICAÇÃO
SINDICATO NACIONAL DE EDITORES DE LIVROS, RJ

Cissa Prado
Simplesmente Você / Cissa Prado
Editora Charme, 2016

ISBN: 978-85-68056-25-7
1. Romance Brasileiro - 2. Ficção brasileira

CDD B869.35
CDU 869.8(81)-30

Editora Charme

www.editoracharme.com.br

CISSA PRADO

Simplesmente Você

Editora **Charme**

Prólogo

Saio do trabalho uma hora mais cedo. Pego meu carro no estacionamento da agência e saio rumo ao trânsito caótico da cidade. Isso piora ainda mais meu humor. A cada minuto que passa, tenho mais certeza de que não deveria ter saído de casa.

Uma dor de cabeça aguda e latejante me acompanha e, apesar de estar suando por causa do calor insuportável, mantenho os vidros fechados para não escutar o barulho lá de fora. Depois de um dia cheio e com muito trabalho, só quero chegar em casa e relaxar. *Eu mereço!*

Preciso de férias, mas o meu chefe, já negou duas vezes o meu pedido.

Trabalho no setor de atendimento em uma das agências de publicidade mais famosas do Rio de Janeiro. Apesar da correria e do trabalho acumulado, adoro o que faço e o pessoal é bem divertido. Mas, desde que foi vendida para um milionário, há cerca de quatro meses, meu trabalho não para de aumentar e meu estresse, também. Com a venda e a mudança da presidência, o nome da agência mudou de Azul para CET. A partir de então, ficou muito mais conhecida e o número de clientes triplicou. Bom, acho que nem preciso dizer o que isso significa.

Eu realmente preciso de férias!

Dirigindo de volta para casa, me lembro que preciso organizar a bagunça no meu apartamento. Mudei-me há algumas semanas. Consegui guardar um bom dinheiro durante um tempo e, logo que a agência foi vendida, aceitaram o meu pedido de aumento. Juro! Quase não acreditei quando recebi a resposta positiva. Então, foi assim que consegui comprá-lo. O apartamento é simples, mas é bem mais espaçoso do que o antigo.

Por causa da mudança, há caixas e roupas espalhadas por todo lado. Mas, para falar a verdade, não quero pensar em nada disso agora. O que quero é chegar em casa e relaxar.

Chegando em casa, tomo um analgésico, vou para o sofá e ligo a televisão. Quando sinto a dor de cabeça melhorar, pego o telefone e ligo para o restaurante japonês. TV e comida japonesa. Sem dúvida, é o melhor programa que pode existir para uma quarta-feira à noite.

Depois do jantar, acabo pegando no sono no sofá, ainda com a roupa do trabalho. Caio em um sono tranquilo e relaxante, mas não demora muito para que o toque do telefone me acorde. Acordo assustada e olho para o relógio. Já são dez horas da noite. Quem será que está me ligando a essa hora?

— Alô? — digo, um pouco irritada.

— Helena! Não me diga que ainda está em casa... — Fecho os olhos. *Ai, droga!* Esqueci completamente da reunião de mulheres que minha amiga Cléo organizou. Ela vai me matar. Sei que vai...

— Oi, Cléo! — Tento parecer animada. — Tive alguns contratempos no trabalho, mas em meia hora estarei aí.

Cubro o rosto com as mãos. Não acredito que vou sair de casa a essa hora.

— Helena, se não aparecer em vinte minutos, juro que vou até aí te buscar — ela diz.

Respiro fundo. Melhor não discutir com ela. Cléo nervosa é bem perigosa.

— Não se preocupe, já estava terminando de me trocar — minto.

Desligo o telefone e corro para o chuveiro. Não estou nem um pouco animada para sair, mas não posso fazer isso com minhas amigas. Cléo sempre está comigo nos momentos que mais preciso. Ela é uma mistura de melhor amiga com irmã mais velha. Brigamos de vez em quando, mas sempre nos entendemos. Ela é divertida e exagerada. Sem dúvida, é meu anjo da guarda. Para completar, arranca suspiros por onde passa. É magra, alta, negra e linda. Sair com ela é sempre divertido.

Saio do banho, me arrumo e faço uma maquiagem em tempo recorde. As pessoas acham que quem mora no Rio está sempre bronzeado e tem corpo escultural, mas não é bem assim. Sou branca e magra demais. Minha mãe vive dizendo para eu engordar um pouco, mas, para dizer a verdade, prefiro ser assim.

Coloquei um vestido verde com detalhe em renda nas costas. Ele é um pouco curto, mas o adoro, pois ressalta a cor dos meus olhos, que também são verdes. Olhando no espelho, fico satisfeita com a produção, feita em um tempo tão curto. Meu cabelo ondulado cor de chocolate está comportado, o que nem sempre acontece. Às vezes, acho que ele tem vontade própria.

Estou me sentindo uma supermodelo, mesmo tendo apenas um metro e sessenta e cinco de altura. Pego minha bolsa e saio, decidida a me divertir.

Ao passar pela portaria, vejo Matias, o porteiro do meu prédio, me encarando de forma engraçada. Aceno para ele e vou direto para a garagem. Não tenho tempo para conversar agora.

O América Club, bar onde Cléo e as meninas me esperam, fica perto de casa, então, não demoro muito para chegar. O lugar parece estar lotado. Várias pessoas ainda estão na fila para entrar. Procuro uma vaga para estacionar, mas não encontro nenhuma por perto. Isso vai me atrasar ainda mais.

Depois de dar mais de cinco voltas, consigo uma vaga a três quadras de distância. Desço do carro, e dou uma última olhada em minha imagem refletida no vidro do carro. Meu cabelo já não está arrumado como antes. *Desista, Helena!*

Sei que, até alguns minutos atrás, queria estar na minha cama, aconchegada ao meu travesseiro, mas agora já estou completamente animada e espero ter uma noite divertida.

Quando estou quase chegando, dois rapazes, aparentemente bêbados, começam a dizer gracinhas para mim. Respiro fundo e tento ignorar o que os babacas falam. Eles começam a me seguir, então, aperto o passo, mas essas malditas sandálias me atrapalham. Nunca me dei muito bem com salto. Nem sei por que insisto em usar, já que sempre acabo passando vergonha. As pessoas dizem que ando de maneira torta ou esquisita.

Olho para trás e vejo que eles já estão bem distantes, ao virar para frente, me choco com alguém. Em questão de segundos, estou caída no chão, o vestido mostrando mais do que deveria e o cabelo todo bagunçado no rosto.

— Que droga! — digo, cheia de raiva. — Não enxerga por onde anda?

Afasto o cabelo dos olhos e vejo meu vestido rasgado e o salto de uma das sandálias quebrado. Um dos meus joelhos está machucado. Nesse momento, percebo que minha noite divertida já era e isso me deixa ainda mais irritada.

A vontade de chorar vem com força total e, quando estou prestes a fazer isso, escuto uma voz rouca.

— Me desculpe, foi realmente sem querer.

Reviro os olhos. Fala sério. Fui praticamente atropelada por esse imbecil.

Ele estende a mão para me ajudar a levantar. Tento recusar, mas, quando estico a perna, o sinto o joelho latejar. Então, acabo aceitando. Limpo o vestido, ajeito meus cabelos e, finalmente, olho para frente.

Meus olhos se arregalam. Estou sem palavras e completamente hipnotizada. Ele me segura pelo braço quando ameaço cair novamente. Acho que vou desmaiar.

Não consigo disfarçar o encantamento e percebo que ele tem o olhar fixo em mim. Seus cabelos são pretos e levemente bagunçados. Está usando jeans escuro, camisa social preta e é dono de um lindo par de olhos azuis. Sua boca é muito atraente.

Ficamos alguns segundos parados, sem tirar os olhos um do outro, sua mão, ainda em meu braço. Será que devo dizer alguma coisa?

— Você está bem? — Ele franze a testa.

— Sim... Eu... estou bem — respondo como uma idiota.

Seus olhos não desviam dos meus e, de repente, ele abre um pequeno sorriso. E eu derreto. Mas meu encantamento acaba quando somos interrompidos pelo toque do meu celular. Nossas mãos se separam enquanto procuro minha bolsa pelo chão e quase morro de vergonha com o toque, cada vez mais alto.

"Dançando, dançando, dançando, dan dan dan dan dan dançando..."

Minha nossa! O que ele deve estar pensando de mim? Eu deveria saber que a música *Dançando*, da Ivete Sangalo, não era uma boa opção para um toque de celular.

Sinto um alívio no peito quando encontro a maldita bolsa caída um pouco adiante. Pego o celular e atendo, apressada.

— Alô?

— Helena! — Cléo grita do outro lado da linha. — Onde você está?

Fecho os olhos e levo a mão à testa.

— Estou do lado de fora do bar — respondo.

— E o que está esperando para entrar? — Cléo parece irritada.

Respiro fundo.

— Cléo, não fique brava, mas não vou poder entrar. Tenho que voltar para casa.

— O quê? — Ela parece confusa. — Não entendi, Helena.

— Acabei de levar um tombo na calçada. — Suspiro. — Rasguei meu vestido e quebrei o salto da sandália — digo, deixando de fora a parte sobre o machucado no joelho. Isso é vergonhoso.

— Como assim, você caiu? — ela pergunta, sem entender o que está acontecendo. — Helena, você está bêbada?

— Claro que não! — digo, ofendida. — Foi um acidente.

— Acidente? — Ela para por um momento e, então, continua. — Aposto que está de salto agulha, não é mesmo?

Engulo em seco. Cléo vive tentando me ensinar a usar esses malditos saltos. Mas nunca tenho paciência para isso.

— Sim.

— Eu sabia. — Ela suspira.

— Agora prefiro voltar para casa. Não posso aparecer aí desse jeito.

Ela bufa do outro lado da linha.

— Você é muito desastrada, Helena.

— É, eu sei.

— Mas tem razão. Realmente não pode aparecer aqui assim.

Sabia que ela diria isso. Cléo sempre diz que aparência vem em primeiro lugar e que nunca devemos sair de casa desarrumadas.

Ela dá um longo suspiro e continua:

— Você se machucou?

— Só ralei um pouco o joelho — digo, envergonhada.

— Me espere aí, vou te levar para casa.

— Não precisa, Cléo — digo, apressada. — Estou de carro.

— Tem certeza? — Ela parece preocupada.

— Tenho sim. Amanhã você me conta como foi a noite — falo, desanimada.

— Certo! Amanhã eu te ligo e marcamos alguma coisa para o fim de semana.

— Combinado. — Dou um pequeno sorriso.

— Promete que vai ficar bem? — Ela ainda parece preocupada.

— Fica tranquila. Amanhã a gente se fala.

Desligo o telefone e percebo que aquele homem perfeito continua parado bem à minha frente. Ele está me encarando, com as mãos nos bolsos e uma expressão quase divertida.

— Preciso ir embora — digo, sem encará-lo.

— Desculpe se estraguei sua noite. Nem sei o que dizer para me desculpar. — Parecendo constrangido, ele encolhe os ombros.

— Não se preocupe — digo, um pouco nervosa. — Eu também deveria ter prestado mais atenção. Tinha dois caras bêbados andando atrás de mim, então saí correndo e acabei trombando em você.

Ele continua me encarando com seus lindos olhos azuis e, depois, olha para o meu joelho.

— Você se machucou, quer que eu te leve para casa?

Nossa! Eu adoraria!

— Não! Não precisa — falo, rápido demais. — Estou de carro. Mas obrigada mesmo assim. — Dou um pequeno sorriso.

Ele continua me encarando e isso me deixa desconcertada. Sinto minhas pernas trêmulas e o coração acelerado.

— Você está bem? — Sua voz rouca é tão envolvente que faz meu coração parar e acelerar, tudo ao mesmo tempo.

— Só ralei o joelho. — Dou um sorriso amarelo, tentando disfarçar a dor latejante que esse maldito machucado está me causando.

Preciso sair daqui o mais rápido possível. Estamos parados, um de frente para o outro, e nossos olhos não conseguem se desviar. Se ficar mais um minuto, juro que vou fazer uma besteira. Agarrá-lo seria uma boa opção.

— Melhor eu ir embora — digo, balançando a cabeça para me livrar dos pensamentos vergonhosos que se instalaram ali.

Viro-me para voltar até meu carro, mas sou surpreendida quando ele segura meu braço. Um arrepio atravessa minha espinha, então, me viro para encará-lo. Seus olhos intensos e azuis me encaram como se pedissem desculpas.

— Tem certeza de que está bem? — ele pergunta com a voz baixa.

Engulo em seco.

— Está tudo bem — digo, tentando controlar o nervosismo que ele me causa.

— Vou te acompanhar até o carro para me certificar de que não aconteça mais nada com você. — Sua expressão é séria dessa vez.

Concordo com a cabeça e tiro minhas sandálias. Não sei o que dizer, então, caminhamos em silêncio e me pego pensando no quanto gostaria que ele me levasse para casa.

Paro em frente ao meu carro e me esforço para não parecer uma idiota ao me despedir.

— Obrigada por me acompanhar até aqui. Não precisava — digo, sem tirar os olhos das minhas sandálias.

— Tem certeza de que consegue dirigir? Posso fazer isso por você — ele diz de uma maneira tão fofa, que mais uma vez sinto vontade de agarrá-lo.

— Não se preocupe. Estou bem — falo, tentando convencer a mim mesma.

Ele pensa por um momento.

— Tudo bem. — Vejo um pequeno sorriso em seu rosto. — Mas, por favor, me perdoe pelo que aconteceu. Já disse que não tive a intenção de te machucar. — Seu sorriso se desfaz.

— Já disse, a culpa não foi só sua.

Ele me olha de uma forma tão intensa que me sinto esquisita.

— Melhor eu ir — digo, dando um sorriso do qual me arrependo imediatamente.

— Tchau — ele diz enquanto me afasto.

Entro no carro, com as pernas trêmulas e a cabeça girando. *De onde esse homem lindo surgiu?* Jogo a bolsa e as sandálias no banco de trás e coloco o cinto de segurança. Nervosa, tento ligar o carro. Ele não pega. Tento mais uma vez e nada. Percebo que ele continua parado me observando e isso me deixa ainda mais nervosa. Respiro fundo e conto até três. Tento mais uma vez e, para meu alívio, ele liga. Saio apressada e deixo o carro morrer. *Droga!* Olho para o retrovisor e vejo que ele continua me olhando com uma expressão divertida no rosto. Morrendo de vergonha, giro a chave mais uma vez e saio rapidamente, sem olhar para trás.

Não será nada fácil tirar aqueles olhos azuis da cabeça.

Chego ao meu prédio e vou direto para o elevador. Olho para o lado e vejo Matias se aproximando.

— O que aconteceu, Helena? Você está bem? — ele pergunta enquanto ajeita os óculos. Ele até que é bonitinho, apesar do rosto cheio de espinhas e dos óculos fundo de garrafa.

— Estou bem — digo, ainda pensando no cara bonito.

— Mas você está sangrando. — Ele olha para o meu joelho.

— Não se preocupe. Está tudo bem — falo, entrando no elevador, tentando não dobrar o joelho, que não para de latejar. Assim que entro em casa, vou direto para o banheiro. Tiro o vestido e ligo o chuveiro. Meu joelho arde ainda mais por causa da água fria. Mas, para falar a verdade, não é isso que me incomoda nesse momento, e sim aqueles olhos azuis que não saem da minha cabeça.

Não sei o que aconteceu para me deixar tão envolvida. Eu realmente gostaria de vê-lo novamente e meu coração afunda ao perceber como isso parece impossível, ainda mais morando em uma cidade tão grande como o Rio.

Termino o banho e visto meu pijama rosa. Vou para o quarto e deito na cama, agarrando meu travesseiro macio. Fecho os olhos e visualizo seu rosto perfeito, seus olhos intensos, sua boca...

Abro os olhos e encaro o quarto escuro, tentando pensar em outra coisa. Nada me vem à cabeça, apenas sua imagem. *Ai, meu Deus!*

Fecho os olhos novamente e me forço a dormir, mas uma pergunta surge em minha cabeça: qual será o seu nome?

Capítulo 01

Encolho-me na cama ao escutar o alarme do despertador. Minha cabeça gira e me sinto como se tivesse tomado um porre.

Abro os olhos e começo a lembrar-me, vagamente, do sonho confuso que tive essa noite. Olhos azuis me olhando com intensidade enquanto eu era envolvida em seus braços fortes, ser beijada por uma boca atraente e...

Fecho os olhos rapidamente e enterro a cabeça no travesseiro, tentando esquecer aquele homem. Se pelo menos eu o tivesse encontrado dentro do bar. Mas não, eu tinha que cair na frente dele e, ainda por cima, quebrar a sandália. *Deus!* Aquilo foi realmente humilhante.

Sento-me e tento organizar os pensamentos. Será que algum dia verei aqueles olhos azuis novamente?

Claro que não! Não posso ficar sonhando com um homem que nem conheço, não sei onde mora nem como se chama. Preciso trabalhar!

Vou para o closet e fico olhando para as roupas penduradas à minha frente, quase voltando para a cama e ficando com meu pijama confortável. Atrasada como sempre, decido colocar um vestido lilás que vai até os joelhos e um par de sandálias creme. Arrumo o cabelo e passo uma maquiagem leve, sem mais tempo para me arrumar melhor.

Tomo um copo de leite e saio enfiando uma maçã dentro na bolsa.

O trânsito está um verdadeiro caos e isso faz com que eu chegue quinze minutos atrasada.

O edifício da agência onde trabalho está em reforma desde que a empresa foi vendida. Está ficando bem legal, mas o transtorno causado é irritante.

Passo pela recepção e paro diante do elevador. Aperto o botão e espero.

— Helena!

Olho para trás e vejo Raul todo sorridente. Ele trabalha comigo no setor de atendimento. É um amigo muito especial. Seu único defeito é a insistência em querer algo a mais comigo. Apesar de ser moreno, bonito e inteligente, não quero nada além de sua amizade. Não gosto dele dessa forma, e, para completar, não acho legal relacionamentos entre colegas de trabalho. Esse tipo de coisa nunca dá certo.

— Oi, Raul! — Beijo sua bochecha.

— Bom dia! — ele diz sorridente. — Deixe-me adivinhar? Acordou atrasada mais uma vez? — ele pergunta, divertido.

— Estou tão horrível assim? — pergunto, ajeitando meu cabelo.

— Não seja boba. — Ele sorri. — Você está ótima, Helena. Como sempre.

Reviro os olhos.

— É muito bom ter um amigo que eleva minha autoestima — falo, enquanto entramos no elevador.

A CET tem vários departamentos divididos em sete andares. Raul e eu trabalhamos no segundo, onde ficam os setores de atendimento e planejamento. Enquanto subimos, aproveito para dar uma olhada no espelho, mas me viro rapidamente. Não quero começar o dia estressada com a imagem que vejo.

Saímos do elevador e entramos em nossa sala. Raul segue para sua mesa.

— Helena!

Dou um pulo quando Aline segura meu braço.

— Quer me matar de susto, garota? — Levo uma das mãos ao peito.

— Desculpa — ela diz, um pouco sem jeito.

Aline trabalha comigo, mas não nos damos muito bem. Para falar a verdade, não vou muito com a cara dela. Não é nada pessoal, apenas não gosto da sua risada alta. Me incomoda. Também não gosto da sua maquiagem, exagerada demais para um ambiente de trabalho, e seus vestidos justos e decotados me irritam, como o que ela está usando hoje. Mas não pensem que isso é despeito. Só não gosto dela.

— O que aconteceu, Aline? — pergunto, preocupada com sua atitude. Aliás, nós nunca trocamos mais do que cinco palavras por dia. Contato físico, então, jamais.

— Jorge que falar com você — ela diz, exibindo um enorme sorriso.

— O que aconteceu dessa vez? — Enrugo a testa.

Não acredito que meu chefe vai me dar bronca por estar atrasada. Caramba! São apenas quinze minutos.

— Ele quer falar sobre o novo funcionário.

Eu sabia que estava me esquecendo de algo. Jorge me avisou ontem sobre o novato.

— Helena, estou aqui para te dizer que, se precisar de ajuda, pode contar comigo. Sei que está cheia de trabalho e eu estou mais tranquila hoje. Então, se quiser, tomo conta dele pra você. — Ela me lança um sorriso gentil.

Olho para ela, chocada. *Aline está querendo ser minha amiga?* Mas por quê? Nós nunca nos demos bem.

— Nossa! — Estou sem palavras. — Obrigada, Aline.

Ela sorri e volta para sua mesa.

Acho que venho pegando pesado com ela. A coitada veio toda prestativa, querendo me ajudar. Preciso ser mais gentil. Minha mãe ficará orgulhosa quando eu contar que estou tentando ser uma pessoa menos implicante.

Dou-lhe um sorriso e agradeço novamente. Depois, vou em direção à sala do meu chefe.

— Posso entrar? — pergunto, abrindo a porta da sua sala.

— Entre — ele responde sem tirar os olhos do computador. Jorge é uma boa pessoa, apesar do seu humor azedo e temperamento difícil. Gosto dele e sei que ele nunca se irrita comigo de verdade. Nossa relação é amigável.

— Você quer falar comigo? — digo, entrando em sua sala espaçosa.

— Sim. Sente-se, Helena. — Ele continua olhando para a tela do computador.

Respiro fundo e me sento. Jorge finalmente termina de digitar e olha para mim.

— Helena, o funcionário que o senhor Carlos, o novo presidente da CET, indicou para fazer parte da nossa equipe já chegou. Ele parece ter um ótimo curriculum e é um rapaz muito educado. Fiquei impressionado com sua postura. Acho que será muito bom tê-lo em nossa equipe.

Ergo a sobrancelha. Jorge falando bem de um funcionário? Esse cara deve ser realmente incrível.

— Quero que mostre para ele como tudo funciona aqui dentro, já que não tenho tempo para isso.

Dou um longo suspiro. Queria saber por que esse tipo de coisa sempre sobra para mim.

— Aline disse que está mais tranquila hoje e se ofereceu para fazer isso, caso não se importe — digo, torcendo para que ele aceite a proposta da minha mais nova amiga.

— Prefiro que seja você, Helena — ele diz.

— Mas é que hoje eu estou bem enrolada, Jorge. Fui embora um pouco mais cedo ontem e isso me atrapalhou um bocado.

Ele pensa por um momento.

— Tudo bem — ele diz. — Mas não abro mão de que o leve junto quando for atender um cliente. Ele é uma indicação do presidente da empresa e não quero problemas.

— Tudo bem.

Respiro mais aliviada. Pelo menos, por hoje, estou livre.

— Então é isso, Helena — Jorge me dispensa de sua sala.

Levanto e, assim que abro a porta, Jorge me chama novamente.

— Ah, esqueci de dizer. Ele vai ocupar a mesa que era do Fernando.

Dou um sorriso amarelo e saio da sala irritada. Jorge precisava colocá-lo bem ao meu lado? Isso é muita falta de sorte. Aposto que vai ficar me enchendo de perguntas e não estou com muita paciência para isso.

Emburrada, vou em direção à minha mesa. Ao me aproximar, vejo um homem alto e muito bem vestido com uma calça social chumbo e camisa branca.

Respiro fundo.

Posso notar que ele está querendo impressionar, parecendo um profissional competente. Comigo também foi assim. Na minha entrevista com Jorge, Cléo me ajudou com o cabelo, fazendo um coque superelegante. Vesti um terninho preto muito chique e não deixei de sorrir para parecer simpática. E hoje, aqui estou, com um vestido qualquer, cabelo bagunçado e um péssimo humor.

Ele continua de costas para mim, olhando a vista pela grande parede de vidro que fica bem atrás das nossas mesas. Todo mundo que vem aqui se encanta.

Antes de chamar sua atenção, tento melhorar meu humor. Não quero parecer antipática e mal-humorada, então, forço um sorriso nada convincente.

— Bom dia! — Coloco minha bolsa em cima da mesa e ligo o computador.

Pego meu celular, agenda e uma barra de chocolate de dentro da bolsa. Enquanto pego a maçã, percebo que ele ainda não me respondeu.

Levanto a cabeça e fico paralisada. Ele também parece estar.

Será que estou tendo uma alucinação? Meus olhos estão arregalados e minha boca, aberta.

Não sei exatamente o que dizer ou como agir. Sei que preciso parar de encará-lo antes que ele me ache uma idiota, mas não consigo.

— Helena, certo? — ele diz, se aproximando de mim com um sorriso que, apesar de discreto, revela seus dentes brancos e perfeitos.

— Isso — respondo ainda imóvel, tentando recuperar o ar.

— Acho que já nos conhecemos. — Ele sorri, um pouco sem jeito.

— É... — Isso é tudo que consigo dizer. Estou me comportando de forma patética. Se Cléo me visse nesse momento, com certeza diria que, quando o assunto é homem, eu só a faço passar vergonha.

Ele estende a mão para me cumprimentar e me encara por um longo tempo, deixando-me constrangida e arrependida por não ter me vestido melhor.

De repente, sou tomada por uma vontade absurda de pular em seu pescoço e enchê-lo de beijos. Preciso fazer um esforço enorme para me controlar.

— Prazer, sou Eduardo. — Ele segura a minha mão.

— Muito prazer, Eduardo. — Sentir sua mão mais uma vez me deixa nervosa. Solto-a imediatamente e prendo a respiração. Ele parece tão surpreso quanto eu. Vê-lo aqui bem na minha frente e no meu trabalho é realmente uma grande surpresa e começo a me sentir sortuda por encontrá-lo novamente.

Continuo parada à sua frente, desejando que meus olhos deixem os seus.

— Você é o novo funcionário? — Limpo a garganta e sorrio para tentar disfarçar meu nervosismo e parecer uma pessoa normal. Mas a pergunta que acabo de fazer é, no mínimo, ridícula. É claro que ele é o novo funcionário.

— Parece que sim. — Ele se afasta um pouco e desvia o olhar.

Sua resposta é breve, mas continuo perguntando.

— Jorge disse que você tem um ótimo curriculum — digo, realmente interessada.

— Trabalhei em algumas agências. A última foi no Canadá — ele diz, educadamente.

Uau! Sua resposta me deixa impressionada.

Eduardo me encara e me sinto zonza.

Respiro fundo.

— Faz tempo que trabalha aqui, Helena?

— Quatro anos — respondo, ainda sem jeito com seu olhar intenso sobre mim.

Ficamos em silêncio e, instantes depois, sento-me, tentando manter a calma por saber que agora ele ficará todos os dias ao meu lado. Ele se acomoda na mesa e fico sem saber como reagir a tudo isso. Procuro não olhar para ele nem parecer idiota demais. Estou uma pilha de nervos. Preciso me acalmar. Fecho os olhos e tento fazer alguns exercícios de respiração. Isso sempre funciona.

— Espero que não se incomode. — Ouço sua voz rouca.

Abro os olhos e tento me recompor.

— O primeiro dia é sempre difícil. Me desculpe se ficar te enchendo de perguntas. — Ele parece um pouco sem jeito.

— Imagina. — Sorrio. — Pode contar comigo para o que precisar. Estou aqui para responder todas as suas perguntas — digo e, imediatamente, me arrependo de parecer tão afetada.

Eduardo dá um pequeno sorriso e volta sua atenção para a tela do computador.

Preciso conversar com Jorge. Isso não vai dar certo. Como posso me concentrar com esse homem lindo sentado ao meu lado? Impossível. Vou acabar sendo demitida.

Minutos depois, Aline aparece, toda sorridente, com seu batom vermelho.

— Eduardo, vou te mostrar os departamentos da agência. Vamos lá? — ela diz, completamente fascinada por ele.

Minha nossa! Agora entendo o motivo da sua gentileza repentina. Tudo não passou de um truque para ficar perto de Eduardo. Como fui burra. Sabia que não podia confiar nela.

Sinto o sangue ferver. *Eu mato essa garota!*

Assim que volta do tour pela agência, Eduardo se concentra no computador e me faz mais algumas perguntas. Até agora, não tocamos no assunto do esbarrão de ontem à noite. Acho que ele está tentando ser profissional.

De repente, percebo que não consegui fazer nada hoje. Meu trabalho continua acumulado e isso me desespera. Se ele continuar sentado na mesa ao lado, serei demitida por baixa produção.

Encosto na cadeira, tentando me acalmar. Fecho os olhos e conto até dez.

— Helena? — Ouço a voz séria de Eduardo.

— Sim? — respondo, enquanto me ajeito na cadeira, tentando recuperar a compostura.

— Está tudo bem? — Ele me encara.

— É... Está tudo bem, só estou com um pouco de dor de cabeça — minto.

Ele se levanta de sua cadeira e se senta em uma que fica bem à minha frente. Percebo que está me observando.

Acho que vou pedir para Jorge me deixar sair mais cedo.

— Algum problema? — pergunto.

— Não. — Ele sorri, ainda parado na minha frente.

— Como foi seu primeiro dia? — tento puxar assunto.

— Muito bom — ele responde educadamente.

— Que ótimo, espero que... — Antes que possa terminar a frase, ele me interrompe.

— Aposto que me odiou pelo resto da noite de ontem — ele diz, sério. — Ainda está com raiva de mim? Juro que não tive a intenção de machucá-la.

Arregalo os olhos. Não imaginava que ele fosse tocar nesse assunto.

— Não. Claro que não! É... A culpa foi minha. Estava distraída.

Nossos olhos se cruzam por alguns segundos. Tempo suficiente para me deixar ainda mais nervosa. Preciso me controlar. Não posso continuar me comportando como uma idiota, hipnotizada por aqueles lindos olhos azuis. Será que ele não percebe que isso me deixa nervosa?

— E o seu joelho? — ele pergunta, apoiando os braços sobre minha mesa.

Engulo em seco.

— Está bem. Apenas um machucado sem importância — minto, afinal quase chorei quando bati o joelho machucado na quina da mesa hoje de manhã.

— Gostaria de lhe pedir desculpas mais uma vez. Vamos trabalhar juntos e não quero nenhum mal-estar ou desentendimento entre nós. — Ele me olha sério. — Juro que não foi minha intenção.

— Esqueça isso — digo, esboçando um sorriso sem graça.

— Fiquei muito surpreso quando te vi aqui — ele diz calmamente. — Não esperava por isso.

— Eu também — respondo, encolhendo os ombros.

Ele continua me observando com um olhar indecifrável e não consigo saber se gostou ou não da surpresa.

Depois de algum tempo em silêncio, ele se levanta da cadeira.

— Preciso ir, Helena. Nós vemos amanhã.

— Mas...

Ele se afasta e vai embora, e eu fico falando sozinha. Que mal-educado!

Tento organizar, em minha cabeça, tudo que aconteceu hoje. Preciso me acalmar e voltar a ser a profissional que sempre fui. Mas não posso negar que esse cara mexe comigo de uma forma diferente. Eu mal o conheço, mas não consegui parar de pensar nele desde a noite anterior.

— Helena — Raul me chama, despertando-me para a realidade.

— Oi, Raul, nem vi você se aproximando — respondo desanimada.

— O que esse tal de Eduardo queria com você? — Ele ergue a sobrancelha.

Reviro os olhos.

— Trabalhamos juntos, Raul.

— Vocês dois ficaram o dia inteiro olhando um para o outro. Pensa que não percebi? — Ele parece irritado dessa vez.

— Está me vigiando? — Pego minha bolsa e começo a arrumar as coisas para encerrar o dia.

— Não vai me dizer... — Ele arregala os olhos. — Helena, você está a fim dele? — Ele parece chocado.

— Raul! — exclamo exasperada. — Não diga besteiras, por favor.

— Esse cara me cheira a encrenca, Helena.

Dou um longo suspiro. Como posso explicar que desde ontem à noite meus pensamentos estão todos voltados para um homem que mal conheço? Ele jamais entenderia e ficaria ainda mais no meu pé.

— Não acredito que está toda caída por esse mauricinho. Você viu as roupas dele?

Ele me olha horrorizado.

— Não estou caída por ninguém — digo sem paciência.

— Você é muito ingênua, Helena. Não quero que caia na lábia de um mauricinho como ele.

— Eu sei me cuidar, Raul — digo irritada. Pego meu celular e o jogo dentro da bolsa.

— Você pensa que sabe — ele insiste.

Solto um suspiro desanimado. Uma discussão agora só me deixaria ainda mais estressada. Levanto-me da cadeira e pego minha bolsa.

— Aonde você vai? — Ele me olha confuso.

— Para casa.

Saio e o deixo falando sozinho. Acho que hoje preciso de reforços, o que significa uma boa panela de brigadeiro.

Capítulo 02

Hoje é sexta-feira. Nem acredito!

Acordei atrasada, como sempre, mas ainda assim consegui chegar no horário. Eduardo ainda não apareceu. Olho para a mesa vazia ao meu lado e sinto raiva. Ontem à noite, comi uma panela inteira de brigadeiro por causa dele. Isso não vai dar certo. Como posso trabalhar com alguém que me deixa tão nervosa?

Encosto a cabeça na cadeira e começo a me lembrar do sonho que tive essa noite. Ele me enchia de beijos e abraços e fiquei muito irritada quando o despertador tocou e me acordou na melhor parte.

Respiro fundo. Preciso trabalhar. Ligo o computador e, logo em seguida, começo a verificar meus e-mails. Vejo que vovó acabou de me mandar um. Ela é viciada em internet. Minha mãe e ela vivem brigando, mas não tem jeito. Nada a faz desgrudar do computador.

> **De:** Eliza Maria
> **Data:** 31 de julho de 2015 08h05min
> **Para:** Helena Alves
> **Assunto:** Novidades?
> *Oi, querida!*
> *Tem novidades?*
> *Algum namoradinho novo por aí? Diz que sim!!!*
> *Beijos* ☺
> *Vovó Eliza.*

Reviro os olhos.

Minha avó vive dizendo que preciso de um namorado, pois acha que só penso em trabalho. Mas a verdade é que estou muito bem sozinha e, sempre que posso, saio com Cléo e mais algumas amigas. Não preciso de namorado.

Daqui a alguns dias, vovó fará uma grande festa para comemorar seu aniversário de setenta anos e não se conforma por eu não levar um acompanhante. Já disse que Cléo vai comigo. Existe companhia melhor do que a da sua melhor amiga?

Apesar da insistência com essa história de namorados, vovó é uma pessoa muito especial. Somos amigas e confidentes. Ela é um pouco diferente das avós que vemos por aí, pois gosta de salto alto e maquiagens. É muito vaidosa e adora sair com as amigas para beber. A cozinha não é seu forte. Ao contrário da minha mãe, que é uma cozinheira de mão cheia.

Depois que ficou viúva, está sempre com um namorado novo. Mora na fazenda com meus pais e, sempre que minha mãe implica com os horários que ela chega em casa, diz que vai morar sozinha. Mas sei que isso nunca vai acontecer, afinal, ela morre de medo de ficar sozinha.

Por causa da compra do meu apartamento, fiquei um tempinho sem ir à fazenda. Tinha tantas coisas para resolver e colocar no lugar que não tive tempo para mais nada. Mas seu aniversário não posso perder.

Começo a esfregar a testa e fecho os olhos. Até que não seria nada mal ter um namorado bonito como Eduardo. Vovó daria pulinhos de alegria assim que colocasse os olhos nele.

Sorrio. Até que seria uma ótima ideia ser beijada e...

— Helena?

Abro os olhos de repente, dando um pulo da cadeira e derrubando uma pilha de papéis que estava em cima da mesa.

— Que susto, Eduardo! — digo, levando uma mão ao peito e tentando acalmar a respiração.

— Desculpe, não queria te assustar — ele diz, enquanto continua a me encarar. — Você parecia estar sonhando com algo bom.

Muito bom!

— Nada de mais — digo envergonhada, pegando meus papéis do chão e colocando-os de volta na mesa.

Eduardo vai para seu lugar. Eu o encaro, observando como está lindo com sua roupa impecável. Mas é tão sério... E fica tão bonito sorrindo. Ele se vira e me flagra encarando-o.

— É sempre tão distraída e desastrada assim? — Sua pergunta inesperada me deixa sem jeito.

Tudo bem. Confesso que sou um pouco distraída, mas desastrada? Foi ele quem me assustou.

— Não — respondo chateada.

— Não parece. — Vejo um sorriso se insinuar em seu rosto.

Irritada com seu comentário, desvio o olhar e fecho a cara. Gostaria que ele sorrisse mais, mas não às minhas custas. Ele se vira e liga o computador.

Depois de, finalmente, conseguir arrumar a pilha de papéis, me concentro para trabalhar, mas meu telefone não para de tocar, a janela do *Skype* pisca a todo segundo e meu computador já travou duas vezes. Minha nossa!

Meu ramal toca mais uma vez e penso em ignorar, mas não consigo.

— Alô?

— Helena — ouço a voz de Jorge —, pode vir até a minha sala?

Respiro fundo.

— Tudo bem, já estou indo. — Me preparo para desligar.

— Peça ao Eduardo para vir com você.

— Tudo bem.

Desligo o telefone confusa. Eduardo também?

— O Jorge pediu para irmos até a sala dele. — Pego minha agenda e o celular.

— O que ele quer? — pergunta, sem tirar os olhos do monitor.

— Não sei, mas algo me diz que vem chumbo grosso por aí.

Seguimos pelo corredor até a sala do nosso chefe.

— Podemos entrar? — digo, abrindo a porta devagar. Jorge está concentrado na tela do computador.

— Entrem — ele diz.

— Algum problema? — pergunto, sentando-me na cadeira à sua frente.

— Um novo cliente — ele responde, sem olhar para mim.

— Que cliente? — pergunto.

— Verão Brasil — ele diz. — É uma confecção de roupas de banho.

— Verão Brasil? — Sorrio. — Adoro os biquínis deles. São lindíssimos.

Jorge, finalmente, olha para mim.

— Eles cresceram muito em poucos anos, Helena. Agora que o presidente da fábrica morreu, sua esposa resolveu tomar conta dos negócios e quer fazer uma grande campanha para divulgar a marca, que é conhecida apenas no Rio. A intenção é expandir para todo o Brasil. Será uma grande campanha e uma ótima oportunidade para a CET.

Balanço a cabeça, empolgada. Adoro biquínis!

— Vou amar trabalhar para eles — digo animada.

— Acho bom que fique empolgada mesmo. O senhor Carlos exigiu que a CET feche essa campanha. Então, já sabe o que deve fazer.

— Claro — digo, sorrindo. — Adoro essa marca e vou adorar fazer esse trabalho.

— A senhora Marta, dona da empresa, está esperando por vocês hoje, logo após o almoço. — Jorge tira os óculos e os coloca sobre a mesa. — Helena, chamei o Eduardo aqui porque quero que ele a acompanhe. Espero que vocês dois formem uma boa equipe. Estou contando com isso. — Jorge nos analisa por um instante.

— Pode deixar — Eduardo responde com um tom de voz firme, superprofissional.

— Então é isso. Espero que façam um ótimo trabalho — Jorge diz, voltando a olhar para a tela do computador. Isso indica que a conversa está encerrada.

Saio de sua sala mais aliviada, afinal, isso não foi um problema.

Empolgada com o novo trabalho, nem percebo a hora passar. Olho para o relógio quando termino de verificar meus e-mails e levo um susto ao perceber que já está na hora de sairmos para a visita.

— Estamos atrasados — digo, afobada enquanto guardo minhas coisas de qualquer jeito dentro da bolsa.

— Ainda temos alguns minutos — Eduardo diz, pegando seu telefone.

— Droga!

— O que foi? — Ele olha para mim.

— Perdi meu celular — falo, enquanto procuro o maldito aparelho dentro da bagunça que é a minha bolsa, mas não o encontro. Olho no chão e não vejo nada. Desesperada, viro a bolsa de cabeça para baixo, fazendo uma verdadeira bagunça em cima da mesa. Nada! Não faço a mínima ideia de onde esse celular foi parar. Oh, não! Aposto que esqueci na sala do Jorge.

— Aqui está. — Olho para cima e vejo Eduardo segurando meu celular com um sorriso divertido nos lábios. — Estava ao lado do computador.

— Obrigada — digo, morrendo de vergonha e me odiando por ficar toda derretida enquanto ele ri de mim e me entrega o aparelho.

— Além de desastrada, você perde as coisas também? — Seu tom é divertido.

Viro-me rapidamente e o encaro.

— Não temos tempo para gracinhas, Eduardo.

Sua expressão fica ainda mais divertida.

Emburrada, caminho até a porta. Estou sem paciência para esse tipo de gracinha. Ele tenta parecer sério, mas sei que está fazendo um esforço danado para não rir de mim.

Paro em frente ao elevador, aperto o botão e espero. Eduardo fica quieto ao meu lado. Fico mais aliviada por ver que ele parou de rir. Ele coloca as mãos no bolso e me encara. As portas se abrem e entramos. Uma sensação esquisita invade meu peito. É perturbador ficar sozinha com ele em um espaço tão pequeno. Droga! Desde quando me tornei tão patética?

Ele continua olhando para mim. Fico sem jeito e envergonhada. Começo a alternar meu peso entre as pernas. Não funciona muito bem.

Olhe para você, Helena, está parecendo uma idiota!

As portas abrem e saio apressada. Eduardo está bem ao meu lado. No estacionamento, paro em frente ao meu carro, e ele me olha, confuso.

— Vamos no seu carro? — ele pergunta.

— Algum problema? — respondo, irritada pela forma esquisita com que ele olha para o meu carro.

Ele abre a boca para dizer algo, mas a fecha logo em seguida.

Entro no carro e ele me acompanha. Fico nervosa com essa situação. Procuro manter os olhos na direção e não olhar para ele.

Durante o trajeto, não tento puxar assunto. Isso poderia piorar as coisas. Então, permanecemos em silêncio.

— Chegamos — digo quando paramos em frente à Verão Brasil.

Caminhamos até o escritório e entramos em uma espaçosa recepção. Fico encantada com a quantidade de fotos de biquínis e sungas coloridos espalhados pelas paredes.

Uma simpática recepcionista vem nos receber.

— Somos da agência CET. Temos horário marcado com a senhora Marta — digo educadamente.

— Ah, sim. — Ela sorri. — A dona Marta já está esperando por vocês. Podem me acompanhar, por favor — ela diz e, instantes depois, entramos em um escritório muito bonito e colorido. Vejo mais algumas fotos de biquínis e fico encantada com a quantidade de revistas de moda em cima de uma mesa grande de madeira no canto da sala.

Assim que a recepcionista vai embora, uma senhora muito bonita de, aproximadamente, cinquenta e cinco anos entra na sala com um sorriso simpático no rosto.

— Boa tarde — ela diz, se aproximando.

— Boa tarde. — Me aproximo, estendendo a mão para cumprimentá-la, mas ela ignora minha mão e me dá um beijo no rosto. Em seguida, beija Eduardo também. Ficamos um pouco surpresos com sua atitude, mas mantemos o sorriso no rosto.

— Vocês devem ser Helena e Eduardo — ela diz.

— Isso mesmo. — Eduardo exibe um sorriso tão lindo que chego a sentir ciúmes. *Por que ele está rindo desse jeito para ela?*

— Sentem-se, por favor. — Ela aponta para cadeiras em frente à mesa.

Nos sentamos e eu a observo. Marta é uma mulher muito bonita. Seus cabelos loiros acima dos ombros estão impecáveis. Já a sua roupa...

Apesar das lindas joias que está usando e que, aparentemente, são bem valiosas, não acho que uma blusa branca com listras pretas combine com uma saia com estampa de onça. Aposto que, se Cléo a visse, adoraria lhe dar umas dicas de como combinar melhor as peças do seu guarda-roupa.

— Jorge nos disse que a senhora quer fazer uma grande campanha — Eduardo fala, ainda exibindo aquele sorriso bonito no rosto. Aposto que está fazendo isso para impressioná-la. Isso é golpe baixo.

— Apesar das ótimas vendas, quero que o país todo conheça a Verão Brasil. — Ela parece empolgada.

— Claro — respondo sorrindo, contagiada pelo seu entusiasmo.

— Depois da morte do meu querido marido, recebi uma grande herança e resolvi investir uma parte do dinheiro na fábrica. Assumi os negócios há pouco tempo e ainda estou um pouco perdida. Mas quero que minha marca esteja estampada em várias revistas, jornais e televisão. Meu marido nunca foi de gastar com isso e nunca me deixou tomar conta de nada aqui na empresa, mas, agora, quero fazer tudo diferente. Quero uma campanha perfeita. Por isso procurei a agência de vocês. Sei que é uma das melhores do Rio.

Sorrio.

— Estamos aqui para lhe atender da melhor forma possível — digo, mantendo meu tom profissional. — Vamos fazer um ótimo trabalho.

Ela sorri, empolgada.

— Por onde podemos começar? Não entendo nada de campanhas publicitárias — ela diz.

— Não se preocupe. Estamos aqui justamente para isso. — Eduardo abre mais um sorriso encantador.

Olho para ele, que está começando a me deixar irritada. *Por que ele tem que sorrir tanto para ela?*

— Vamos começar fazendo algumas perguntas sobre sua empresa — ele diz.

Respiro fundo.

Por que Eduardo não fica quieto e me deixa trabalhar? Afinal, sou eu a responsável por essa campanha e não ele. Jorge o mandou vir comigo apenas para me acompanhar e não para fazer o meu trabalho.

Abro a boca para tomar conta da situação, mas ele me interrompe. *Mais uma vez!*

— Já pensou em algo que gostaria para sua campanha? — Ele abre o notebook.

Olho para ele, chocada. O que ele pensa que está fazendo? Sou eu que vou fazer as anotações.

— Pode deixar que eu mesma faço isso, Eduardo — digo, irritada.

— Deixe esse belo rapaz continuar. Gostei dele — Marta diz.

— Ah... tudo bem — digo com um sorriso fingido.

Fico só escutando a conversa dos dois por mais de uma hora. Eduardo fecha o computador, finalizando nossa visita por hoje.

— A CET tem parceria com uma agência de modelos famosa. Mandaremos fotos dos modelos que mais se encaixam na campanha — ele diz.

Apesar da minha raiva, preciso admitir que ele é muito bom nisso.

— Quero um casal muito bonito — ela diz, empolgada.

— Não se preocupe. Helena cuidará disso pessoalmente. — Ele sorri e olha para mim.

Não acredito que ele disse isso. Quem pensa que é para me dizer o que fazer?

Marta fica olhando para mim, com um enorme sorriso no rosto, por longos segundos. Aposto que percebeu minha irritação. Mas depois, ela olha para Eduardo e para mim novamente.

Um pouco incomodada, passo a mão no cabelo, disfarçadamente. Aposto que está desarrumado.

— Tenho uma ótima ideia. — Marta nos encara com um brilho nos olhos.

Engulo em seco. *Por que será que tenho uma sensação ruim sobre isso?*

— Que tal vocês dois serem os modelos da campanha? — ela pergunta.

Silêncio.

— O que acham? — Ela nos encara, empolgada.

Silêncio.

— Não vão dizer nada? — Seu sorriso morre.

— Me desculpe. Acho que não entendi — Eduardo diz depois de um tempo.

— Eu explico. Vocês dois são tão lindos. Seriam um sucesso nessa campanha. — Ela nos olha como se o que acabou de dizer fizesse algum sentido.

Continuo muda e com a boca aberta. Não sei o que dizer diante do absurdo da situação. *Tirar foto de biquíni? Fala sério!*

— Nós não fazemos esse tipo de trabalho. — Eduardo parece irritado.

Marta nos encara com uma expressão séria e isso me preocupa.

— Pago bem, se esse for o problema.

— Não estamos interessados no dinheiro — ele diz.

— Quero que vocês dois façam minha campanha. — Ela bate as duas mãos na mesa e pulo na cadeira.

Minha nossa!

— Infelizmente, não podemos aceitar — Eduardo diz, se levantando.

— Por que não? — Ela parece ofendida.

Levanto-me da cadeira também.

— Já disse que não fazemos esse tipo de trabalho. — Ele está furioso.

— Ou fazem essas fotos, ou terei que dar essa campanha para outra agência. — Fico chocada ao perceber que ela está falando sério.

Eduardo suspira e depois diz:

— Vamos resolver isso da melhor maneira e a CET fará uma linda campanha. — Ele tenta se controlar. — Conversaremos com Jorge e ele te dará uma posição o quanto antes. — Estende a mão para se despedir.

— Vocês dois são maravilhosos — ela diz, ignorando a mão dele. — São perfeitos. — Marta se levanta da mesa e para diante de nós.

— Já posso ver que ficará linda com os meus biquínis. — Ela sorri para mim.

Engulo em seco. *Essa mulher é louca?*

— Não acho que sou a pessoa mais indicada para fazer uma campanha de biquínis — digo constrangida.

— Como não? — Olha-me atentamente. — Você é o tipo ideal: magra, delicada e muito feminina.

Deixo escapar um sorriso.

— Você acha? — pergunto um pouco afetada.

— Claro que sim. Além do mais, seu cabelo é incrível. — Ela pega uma mecha.

— Sério?

Acho que estou começando a gostar dela.

— Mas é claro. Você usa tintura?

— A cor é natural — digo orgulhosa, olhando para o meu cabelo. — Mas fiz algumas mechinhas douradas. Se quiser, posso te indicar o salão onde faço. — Sorrio.

— Helena! — Eduardo me lança um olhar furioso.

Desmancho o sorriso imediatamente e volto a ficar calada. Ele parece furioso comigo.

— Já estamos de saída, dona Marta — Eduardo diz sério. — Jorge entrará em contato assim que possível. — Ele me encara.

— Vamos, Helena. — Ele me puxa pelo braço.

— Tenho certeza de que aceitarão minha proposta — ela fala quando já estamos próximos da porta. — Nunca pensou em ser modelo, Eduardo?

— Não — ele diz seco.

Ela balança a cabeça.

— Está perdendo dinheiro, rapaz. — Ela dá um longo suspiro e volta a se sentar.

Eduardo fecha a cara e sai pela porta. Está furioso. Pelo que parece, teremos sérios problemas em seguir em frente com essa campanha. O que mais me assusta é saber que, provavelmente, Jorge nos obrigará a fechar de qualquer jeito, mesmo que isso signifique pagar o maior mico da minha vida.

— Como vamos sair dessa, Eduardo? — pergunto, assim que saímos da sala. Ele continua furioso e não me responde.

— Ei, diga alguma coisa — insisto.

— Eu ainda não sei, Helena. — Ele para de repente. — Mas, de qualquer forma, precisamos conversar com Jorge e explicar a situação. Ele pode nos ajudar a sair dessa.

— Jorge nos ajudar?

Reviro os olhos. Eduardo não sabe o que está falando.

— Se bem conheço nosso chefe, ele nos obrigará a fazer essa campanha, mesmo que isso signifique uma sessão de fotos com roupa de banho.

— O quê? — Ele me olha, horrorizado. — Ele não faria isso. Faria?

— Claro que faria. — Sorrio sem humor. — Jorge não vai aceitar perder essa campanha de jeito nenhum. O Sr. Carlos ficaria furioso com isso.

Ele pensa por um momento.

— Eu posso falar com o Sr. Carlos, se for preciso — ele diz.

Reviro os olhos. *Ai, meu Deus!*

— Eduardo, hoje é seu segundo dia de trabalho e já quer se meter em confusão? O Sr. Carlos é um homem ocupadíssimo. Ele jamais lhe daria atenção.

— E por que não? Foi através dele que consegui esse emprego — ele diz orgulhoso. — Posso tentar, Helena. — Ele realmente parece acreditar nisso.

— Cai na real — digo sem muita paciência. — Eu mesma já tentei falar com ele algumas vezes, mas nunca consegui. O homem é rico e poderoso. Não perca seu tempo.

Ele suspira, passando as mãos pelos cabelos.

Saímos do prédio em silêncio e vamos direto para o carro. Minha cabeça está girando em busca de alguma solução. Essa proposta ridícula me deixou bem nervosa e minha barriga começa a doer. Uma dor que vem de repente e que não consigo controlar. *Ai, meu Deus!*

— Helena, está tudo bem? — Eduardo me analisa atentamente.

— Minha nossa! — digo, colocando as mãos na barriga.

Isso não está acontecendo comigo. Não na frente dele.

— Você está bem? Helena? — ele pergunta, preocupado.

Não respondo. Eu jamais vou dizer a ele que estou com dor de barriga. *Nunca!*

— O que você tem? — Ele continua me encarando. — Está esquisita.

Começo a me contorcer toda.

— Acho que vou te levar para um hospital.

Ele me ajuda a entrar no carro enquanto continuo me contorcendo e suando frio. Dirige meu carro com uma pressa exagerada. Parece estar apavorado e eu não estou diferente.

— Não se preocupe, Helena. Tem um hospital pertinho daqui. — Ele passa no sinal vermelho.

— Não! — grito. — Não preciso de hospital.

— Como não? — Ele me olha apavorado. — Você está tendo um troço.

— Só preciso de um banheiro — grito quando sinto que não vou aguentar.

— Banheiro? — Ele me olha sem entender e passa por mais um sinal vermelho.

Se ele continuar correndo desse jeito, vamos sofrer um acidente.

— Pare ali. — Aponto para uma lanchonete. — Pare!

— Mas é uma lanchonete, Helena, não um hospital. — Ele me olha confuso.

— Pare logo a droga desse carro — grito desesperada.

Eduardo estaciona e saio correndo para o banheiro da lanchonete. Depois de me aliviar, lavo o rosto e me olho no espelho. Como vou explicar o que aconteceu? Talvez possa dizer que foi apenas uma queda de pressão.

Respiro fundo e saio do banheiro.

Eduardo está encostado no meu carro com os braços cruzados. Parece bastante preocupado. Envergonhada, sigo de cabeça baixa até ele.

— Helena, você está bem?

— Estou, sim — digo, abrindo a porta do carro. — Você poderia ir dirigindo?

— Claro. — Ele entra no carro. — Você quer que eu te leve para o hospital?

— Estou bem, foi apenas um mal-estar. Mas já passou. — Encosto a cabeça no banco e fecho os olhos.

— Mal-estar? — Ele parece chocado. — Aquilo não foi isso, Helena. Você estava realmente passando mal, parecia que estava morrendo.

— Já disse, foi um mal-estar — digo irritada.

— Não. Não foi. Você estava se contorcendo toda e segurando a barriga.

Abro os olhos e o encaro.

— Chega desse assunto. Ligue logo a droga desse carro — digo entre os dentes.

Eduardo me encara e, instantes depois, deixa escapar uma sonora gargalhada.

— Por que está rindo? — pergunto, um pouco sem jeito.

— Ah, Helena... — Ele tenta parar, mas não consegue. — Por que não me disse antes?

— Não sei do que você está falando. — Desvio o olhar.

— Por que não me disse que estava com dor de barriga?

Cubro o rosto com as mãos, completamente humilhada, e isso faz com que ele recomece a rir.

— Deveria ter me contado. — Ele tenta se controlar.

— Não acho que isso seja o tipo de coisa que se deva sair falando.

— Você quase me matou de susto.

— Será que dá para calar a boca e ligar a droga desse carro? — digo nervosa.

Ele para de rir, mas continua com um sorriso divertido no rosto. Então, gira a chave, mas o carro não liga. Ele tenta mais uma vez e nada. *Maravilha!*

— Você deve ter forçado o motor. — Reviro os olhos. — Correu como um louco.

— O que queria que eu fizesse? — Ele me encara. — Achei que estivesse passando mal.

— Eu estava passando mal. Você nunca teve dor de barriga? — falo ofendida.

Ele começa a rir novamente e fico me perguntando o que fiz para merecer isso. *É muita humilhação.*

Capítulo 03

— Vocês dois vão fazer a campanha e não se fala mais nisso — Jorge diz, irritado.

Reviro os olhos. *Sabia!*

— Jorge, isso não tem cabimento. — Eduardo balança a cabeça. — Eu não sou modelo.

— Nem eu — reclamo. — E não adianta insistir. Não vou tirar foto de biquíni. — Cruzo os braços.

— Ah, vai, sim. — Jorge bate as mãos na mesa, furioso. — A Verão Brasil está disposta a gastar muito dinheiro para fazer uma campanha luxuosa. Não podemos perder esse contrato. Vocês entenderam?

— Mas, Jorge...

— Assunto encerrado — ele diz.

— Eu não quero me expor desse jeito. — Levanto-me da cadeira. — Esquece, Jorge. Não vou tirar essas fotos. — Empino o nariz.

— Nem eu — Eduardo diz sério.

— Vão fazer, sim. — Ele se levanta, apoiando as mãos sobre a mesa. — Ou preferem ir para a rua?

Arregalo os olhos. Ele não pode fazer isso.

Jorge olha minha cara de assustada e respira fundo, tentando manter a calma.

Encolho os ombros.

— Você não pode fazer isso, Jorge — digo desanimada.

— Helena, o que eu não posso é deixar a CET perder essa campanha. Entendeu?

Concordo com a cabeça. Já vi que não terei escolha. Droga! Que venham as malditas fotos de biquíni.

— Tudo bem. — Baixo a cabeça. — Faremos as fotos.

— Ótimo. — Jorge parece aliviado. — Sabia que podia contar com vocês. — Ele volta a se sentar.

Eu me viro para Eduardo, que me olha chocado.

— Vou ligar pessoalmente para Marta — Jorge diz, satisfeito enquanto pega o telefone. — Agora podem ir. Estão dispensados.

Assim que saímos, Eduardo me puxa pelo braço, me levando até um canto no corredor. Ele me encara e tento desviar o olhar. Ainda estou morrendo de vergonha da minha dor de barriga humilhante.

— Por que disse que tiraríamos as fotos? — Ele me encara, sério.

— Nós não tínhamos outra opção. Jorge jamais aceitaria que perdêssemos essa campanha. Além do mais, não podemos perder o emprego.

— Que se dane. — Ele solta meu braço.

Suas palavras me deixam furiosa.

— Você está falando sério? — Balanço a cabeça, sem conseguir acreditar. — Faz dois dias que começou a trabalhar e já quer causar problemas? Deveria se preocupar mais com seu emprego.

— Não me preocupo com isso, Helena. — Ele dá de ombros.

Sua atitude esnobe me deixa ainda mais furiosa.

— Você é muito metido, sabia? — Me afasto dele. — Aposto que deve ser um filhinho de papai metido à besta. Mas, se você não está ligando, pelo menos não me prejudique. Diferente de você, eu realmente preciso desse emprego.

— Não sou nenhum filhinho de papai metido à besta. — Ele segura meu braço novamente e aproxima seu rosto do meu. Isso me provoca um arrepio.

Eduardo me olha por alguns instantes e percebo como está furioso. Estamos cada vez mais próximos e minha respiração acelera quando ele desvia seu olhar para minha boca.

Jorge abre a porta de sua sala de repente e nos encontra no corredor.

— Vocês estão brigando de novo? — ele pergunta, mal-humorado.

— Só estávamos conversando. — Eduardo solta meu braço.

Jorge ergue a sobrancelha e nos analisa por um momento.

— Acho bom mesmo, pois não quero mais saber de briga entre vocês dois. Precisam aprender a conviver antes que se matem.

Ele passa por nós, deixando-nos sozinhos.

Afasto-me um pouco e não me atrevo a olhar para Eduardo. Apressada, corro em direção ao banheiro. Assim que encaro o espelho, fico me perguntando como foi que minha vida virou de cabeça para baixo em tão pouco tempo. Os dois últimos dias têm sido um verdadeiro desastre. Não estou me reconhecendo. Lavo o rosto, deixando a água escorrer.

Desanimada, volto para a mesa. Eduardo já foi embora. Sei que ele está bravo comigo, mas que culpa eu tenho se a louca da Marta insistiu nessa história de modelos e o insano do meu chefe nos obrigou a fazer isso?

Aproveito sua ausência para adiantar o trabalho. Saio da agência e vou direto para o shopping me encontrar com Cléo. Hoje é sexta-feira e combinamos de jantar e fazer umas comprinhas.

— Cléo! — digo assim que vejo minha amiga em frente a uma loja de sapatos.

— Oi, Helena! — Ela me dá um beijo na bochecha.

Cléo está linda com um jeans claro e blusa branca que realça a pele negra. Ela é dentista. Magra, alta e linda. Seus cabelos longos, armados e rebeldes lhe conferem uma aparência moderna e descolada.

— Você está atrasada — ela reclama. — Pensei que não viria mais.

— Acabei saindo mais tarde do trabalho.

— Está tudo bem? — Ela me olha preocupada.

— Está sim. — Sorrio. — Só estou um pouco cansada.

— O que acha de tomar alguma coisa para relaxar? — ela pergunta.

— Um chopinho parece ótimo. — Sorrio.

Paramos em um barzinho aconchegante e Cléo pede dois chopes ao garçom.

Meia hora depois, já me sinto mais relaxada e conto a ela tudo a respeito das últimas quarenta e oito horas.

— Nem sei o que te dizer, amiga. — Cléo parece atordoada com tanta informação. — Você teve dor de barriga na frente dele? — Parece não acreditar.

— Não me lembre disso, por favor. — Cubro o rosto com as mãos.

— Isso é bem ruim. — Ela balança a cabeça.

— Como se já não fosse suficiente passar por isso, agora ele está bravo comigo por eu ter aceitado tirar as fotos para a campanha. Mas Jorge não nos deu escolha.

— Você fez a coisa certa, Helena. Não pode abrir mão do seu emprego justo agora que acabou de comprar um apartamento. E, além do mais, esse dinheiro extra que vai receber vai te deixar tranquila por um tempo — minha amiga me tranquiliza.

— Sei que fiz a coisa certa, mas agora ele me odeia. — Bebo mais um gole do chope.

— Larga de ser boba, mulher. Aposto que ele vai ficar caidinho por você quando estiver na frente dele de biquíni. Até vai esquecer esse episódio lamentável da dor de barriga. — Ela sorri para mim, tentando me animar, mas o efeito de suas palavras é justamente o contrário.

Eu, de biquíni, na frente de Eduardo? Bebo um pouco mais.

— E já chega de beber. — Cléo tira o copo da minha mão. — Lembre-se que você é a mais nova garota propaganda da Verão Brasil e tem uma sessão de fotos para fazer. Precisa ficar em forma.

Suspiro desanimada. Ela tem razão.

— Mas me conta, Helena. Ele é realmente tão bonito assim?

Apoio os dois braços sobre a mesa.

— Ele é o homem mais lindo que já vi na vida. Seus olhos são de um tom maravilhoso de azul. Sua boca é perfeita. E o perfume? Minha nossa, nunca vi um homem como aquele. — Suspiro mais uma vez.

Cléo sorri e levanta da mesa.

— Vamos, Helena. Acho que esse bonitão já fez você beber demais por hoje.

O final de semana foi tranquilo. Passei a maior parte do tempo com Cléo, o que me deixou bem feliz. Ela me ajudou a arrumar as últimas caixas que estavam espalhadas em meu apartamento e a separar algumas roupas que não uso mais.

Cléo também me ajudou a arrumar a sala. Penduramos um grande quadro do Romero Brito que comprei na última viagem que fiz a Recife. Consegui finalmente montar um grande mural de fotos feito de vidro bem em cima da minha cama.

— Ficou lindo, Helena! — Cléo fala admirada, enquanto olha para a peça enorme.

— Também gostei muito. Ficou ótimo — digo sorrindo. — Adoro essas fotos.

— Se importa se eu fizer igual no meu quarto?

— Claro que não, sua boba. — Jogo o travesseiro em sua direção, mas erro.

— Adoro essa foto nossa na fazenda com seus pais e avó — Cléo diz.

— Também gosto muito dela. — De repente, sinto a saudade invadir meu peito. Como sinto falta da minha família!

— Fui eu que tirei essa foto em que você está com o Raul no carnaval. — Ela olha atentamente a imagem em que estou beijando a bochecha do meu amigo.

— Helena, por que você não dá uma chance a ele? Raul é tão gato.

— Não começa, Cléo.

Reviro os olhos.

— Mas é verdade — ela insiste.

— Raul e eu não temos nada a ver. Gosto muito dele, mas somente como amigo.

— Você é muito burra. Se eu tivesse uma chance com ele, não deixaria passar. — Ela dá um suspiro exagerado e depois volta a me encarar. — Você precisa parar de pensar nesse tal de Eduardo. Vocês mal se conhecem.

— Não estou pensando em ninguém — minto.

— Ah, não? — Ela cruza os braços. — Quem estava toda caidinha lá no bar, dizendo o quanto ele era bonito?

— Eu estava bêbada, Cléo. — Jogo outro travesseiro nela e, dessa vez, acerto em cheio.

Ela continua me enchendo, mas, quando lhe mostro a pilha de livros que precisamos organizar, para.

Depois da arrumação geral do meu apartamento, Cléo insistiu para sairmos para dançar. Fui contra, no início, mas depois acabei cedendo, afinal, precisava agradecer toda a ajuda que ela me deu.

Preciso confessar que a noite foi bem divertida. Paqueramos, bebemos todas e, mais uma vez, acabei falando de Eduardo. A bebida é algo realmente perigoso quando estamos com alguém na cabeça. Não parei de dizer o quanto ele era lindo. Acordamos no dia seguinte com uma baita dor de cabeça. No domingo, apesar da ressaca, fomos à praia. Tomamos sol, bebemos água de coco e rimos a maior parte do tempo. Cléo não deixou de fazer piadas sobre minha paixonite por Eduardo e isso me deixou irritada.

No finalzinho do dia, resolvo ligar para os meus pais.

— Helena, que saudade! — Minha mãe parece feliz com minha ligação. — Faz quase dois meses que você não aparece aqui.

— Eu sei, mãe — digo, deitada, balançando as pernas em cima do sofá. — Estava um pouco corrido no trabalho e a mudança também me tomou um bom tempo. Mas agora já está tudo no lugar e vocês podem vir conhecer a minha casa.

— Estamos tão orgulhosos de você, filha — ela diz emocionada.

Sorrio.

— E como andam os preparativos para a festa da vovó? — pergunto interessada.

— Uma loucura. — Mamãe suspira. — Sua avó inventa uma coisa diferente a cada cinco minutos.

Dou risada. Posso imaginar o trabalho que vovó está dando aos dois.

— A Cléo vem com você? — ela pergunta.

— Não, ela tem outro compromisso. Vou sozinha — falo desanimada.

— Estamos ansiosos pela sua chegada, filha.

— Eu também.

Desligo o telefone, feliz em matar um pouquinho da saudade que sinto dos meus pais, mas um enorme buraco continua em meu peito. Então, um par de olhos azuis aparece em meu pensamento.

Capítulo 04

Segundas-feiras não deveriam existir. Meu humor nunca é dos melhores. Acordei atrasada mais uma vez e isso piorou um pouco mais as coisas.

Ao entrar no estacionamento da CET, me lembro da raiva que Eduardo ficou de mim por eu ter aceitado fazer as fotos da campanha da Verão Brasil. Me pergunto se ele ainda está me odiando.

Saio do carro com uma sensação estranha no estômago, coloco a bolsa no ombro e caminho para a recepção, me preparando para o pior. Será que ele vem trabalhar hoje? Ou será que pediu demissão e desistiu dessa maluquice de campanha? Meu coração aperta quando penso que posso nunca mais vê-lo.

Ao chegar à sala, algo estranho invade meu peito. *Será que Eduardo se demitiu?*

Ansiosa para acabar logo com isso, me apresso e vou direto para minha mesa, mas Raul me para no meio do caminho.

— Aconteceu alguma coisa, Raul? — Olho para ele, preocupada.

— Helena, que história é essa de você e aquele babaca tirarem fotos para a campanha da Verão Brasil? Enlouqueceu? — Ele parece chocado.

Dou um longo suspiro e encolho os ombros.

— Pelo visto, já ficou sabendo, né?

— Então é verdade? — ele pergunta, perplexo, cruzando os braços. — O Jorge acabou de me dizer, mas achei que fosse uma brincadeira de mau gosto.

— Infelizmente, não é. — Balanço a cabeça.

— E você aceitou fazer isso, Helena?

— Não tive escolha. Era isso ou eu perderia o emprego. E você sabe muito bem que acabei de comprar meu apartamento. — Fico parada olhando para ele, que parece não acreditar em toda a história.

— Mas precisa tirar as fotos com ele? — Ele passa a mão pelos cabelos.

— E o que eu podia fazer? Jorge não me deu escolha. Era isso ou rua.

Ele pensa por um momento.

— Está certo. — Ele relaxa um pouco os ombros. — Mas fique sabendo que vou ficar de olho nesse cara.

Reviro os olhos.

— Não precisa se preocupar, eu sei me cuidar. — Sorrio carinhosamente.

— Obrigada por se preocupar comigo — digo, pegando sua mão em um gesto de agradecimento e carinho. Ele me olha nos olhos e dá um de seus sorrisos lindos. Fico feliz em saber que posso contar com ele.

— Você é um amigo muito especial. Nunca se esqueça disso. — Beijo sua bochecha e ele sorri.

Finalmente, caminho em direção à minha mesa. Ao chegar, vejo Eduardo sentado na mesa ao lado. Sinto alívio e fico feliz em vê-lo.

Fico parada, olhando para ele, que me encara de volta, confuso. Meu comportamento é ridículo, eu sei. Mas o que posso fazer? Estou tão feliz que ele esteja aqui.

— Oi — falo, tentando manter o tom da minha voz natural enquanto tento recuperar os movimentos do corpo.

— Oi — ele responde sério e volta sua atenção para a tela do computador, como se não desse a mínima importância para a minha presença. *Droga!* Ele continua irritado comigo.

Sento e ligo o computador.

— Tudo bem? — tento puxar assunto.

— Tudo — ele responde seco.

— Como foi o final de semana? — pergunto curiosa.

— Bom — Eduardo responde sem muita vontade.

— O meu também. — Sorrio, mas ele não retribui e muito menos olha para mim.

Droga! Até quando ele vai ficar assim comigo?

De repente, um pensamento me vem à cabeça. *Será que ele tem namorada?* Sinto um aperto no peito. *Ai, meu Deus! Será?* Começo a pensar em uma maneira de perguntar isso a ele. Sei que é ridículo, mas preciso saber.

— Você tem namorada? — pergunto de uma vez.

Eduardo me olha surpreso e fico envergonhada. É claro que tem.

— Não — ele responde.

Agora sou eu que fico surpresa.

— Não?

— Não. — Ele volta a encarar seu computador.

Não! Ele não tem namorada?

Um sorrisinho idiota se abre em meu rosto. Por algum motivo que não sei explicar, fico feliz em saber aquilo.

Eduardo continua calado e não parece estar à vontade para continuar a conversa.

— O que você tem? — pergunto. — Está todo sério.

Ele parece inquieto. Aposto que não gosta de falar sobre relacionamentos.

— Nada... Só estou tentando resolver algumas coisas. — Ele continua incomodado.

— Quer ajuda? — pergunto gentilmente. — O que precisa resolver?

Ele dá um longo suspiro.

— Não precisa se incomodar.

— Imagina, eu posso fazer isso. — Abro um sorriso sincero, mas ele continua de mau humor.

— Se quiser, eu posso...

— Helena — ele me interrompe. — Será que poderia me deixar quieto, por favor? — Sua resposta fria e mal-educada me deixa profundamente magoada.

Raul tem razão, ele é um babaca.

Abro a boca para responder, mas a fecho imediatamente. Prefiro não causar mais discussões, já que ele me acha tão desagradável assim. Depois disso, fico em silêncio, sem entender o porquê da grosseria.

Suspiro. Algo me diz que nossa convivência não será fácil.

Viro para meu computador, arrasada. Eu devo ser uma péssima companhia.

⁂

Estou bem enrolada no trabalho. Jorge me encheu de coisas para fazer e não tenho tempo nem para respirar. Eduardo continua sem falar comigo e isso me deixa irritada.

Depois que ele começou a trabalhar aqui, Aline se tornou a funcionária mais gentil e prestativa do departamento. Vive perguntando se ele precisa de alguma coisa, sempre traz café e nunca deixa de dizer o quanto ele está elegante. Preciso confessar que minha vontade é arrancar esse sorriso fingido da cara dela.

Estou procurando meu celular mais uma vez quando o escuto me chamar.

— Helena.

— Oi.

— Jorge está nos esperando na sala dele.

— Já estou indo — respondo, enfiando a cabeça debaixo da mesa. Onde esse celular foi parar dessa vez? Droga.

— Está ao lado do computador — ele diz.

— O quê? — falo com a voz abafada.

— Disse que está ao lado do computador.

Saio de baixo da mesa para encará-lo.

— Seu celular. Está ao lado do computador. — Ele aponta e sai em direção à sala de Jorge. — Você sempre deixa ali.

Droga! Preciso ser menos distraída.

Entro apressada na sala de Jorge e sento-me ao lado de Eduardo. Os dois estão conversando sobre a campanha e fico encantada com o tom sério e profissional que ele adota. Esse cara é tão elegante e encantador. Observo seu cabelo preto e rosto perfeito. Suas roupas são sempre tão impecáveis. *Oh...* Ele é tão lindo...

— As fotos já estão marcadas, Helena. — Jorge olha para mim, me fazendo voltar a prestar atenção na conversa.

— Quando? — pergunto.

— Depois de amanhã.

Depois de amanhã? Sinto meu estômago embrulhar.

— Mas está muito em cima. Preciso de tempo para fazer uma hidratação no cabelo, limpeza de pele e um regime, pelo menos — reclamo.

— Helena, você não precisa de nada disso, pelo amor de Deus. — Jorge parece irritado comigo.

— Onde será a sessão? — Eduardo pergunta.

— No estúdio do Paulo Milão, logo pela manhã.

— Paulo Milão? — pergunto chocada. Ele é um dos fotógrafos de celebridades mais famosos da atualidade.

— Jorge, eu realmente preciso de mais tempo.

— Pode esquecer, Helena. Não vamos mudar a data. Essa campanha precisa ser feita o quanto antes e não podemos atrasar.

— Mas, Jorge, só uma semaninha — tento convencê-lo.

Ele bufa, irritado.

— Chega, Helena. As fotos já estão marcadas e assunto encerrado.

Ele volta a encarar o computador, como faz toda vez que quer dizer que o assunto está encerrado. Levanto-me irritada e saio rapidamente da sua sala.

Ao chegar em minha mesa, sou surpreendida por Eduardo, que me puxa pelo braço e me encara de um jeito estranho.

— O que você está fazendo? — pergunto.

— Satisfeita com o que acabou de fazer? — ele pergunta furioso.

Eu o encaro, confusa.

— Eu não fiz nada. — Tento me soltar de suas mãos, mas ele me segura com ainda mais força.

— Ah, não? — Seu olhar intenso não desvia do meu. — E o que me diz dessas fotos? A culpa é sua. — Ele me lança um olhar acusador.

— Jorge decidiu por nós. Era isso ou rua. — Ele me solta e caio sentada em minha cadeira.

— Eu disse que ia falar com o Sr. Carlos. Mas você nem me deixou tentar. — Ele vira as costas para mim, olhando para a parede de vidro que fica atrás de nós.

— Eduardo, não seja ridículo. Ele jamais perderia seu precioso tempo para escutar um funcionário que está aqui há menos de uma semana. Além do mais, o dinheiro do cachê será bem-vindo nesse momento.

Ele se vira e me olha friamente.

— Então aceitou fazer a campanha por dinheiro? Não acredito, Helena. — Ele balança a cabeça.

— Claro que não — digo irritada. — Só não quero perder o emprego. Diferente de você que não está nem aí para isso.

Dou de ombros.

— Será que todo mundo só pensa em dinheiro? — Ele levanta as mãos, parecendo decepcionado.

— Não penso só em dinheiro. Estou fazendo isso para garantir o meu emprego. — Altero o tom de voz.

Ele dá uma risada sem humor.

— Aposto que está adorando essa palhaçada toda — continua as ofensas. — Como você pôde fazer isso, Helena? Por dinheiro? — Ele parece não acreditar.

— Chega! — Levanto-me da cadeira e vou em sua direção. — Não sou obrigada a escutar desaforos seus. Já disse que só aceitei fazer essas drogas de fotos para não perder o emprego. Agora, se acredita ou não em mim, isso é problema seu — digo ofendida e cheia de raiva. Meu coração está acelerado e sinto que vou ter um troço a qualquer momento. Nervosa, sinto as lágrimas brotarem em meus olhos. *Droga, Helena! Não vai chorar agora, sua idiota!* Mas ele me chamou de interesseira e eu não sou assim.

— Helena... — Eduardo me olha, parecendo profundamente arrependido do que acabou de dizer.

— Você é um idiota. — Enxugo as lágrimas que insistem em cair.

— Desculpe... Por favor, me desculpe. — Ele parece envergonhado. — Eu não quis dizer isso.

— Mas disse.

Prendo a respiração e tento me acalmar.

— Helena, eu...

— Não fale mais comigo — digo ainda mais alto.

— Eu não queria te magoar. — Ele passa a mão pelos cabelos, sem saber o que fazer.

— Cale a boca — falo ainda mais alto.

— Helena, por favor. — Ele tenta manter a calma.

— Por que me odeia tanto? — grito, histérica.

— Eu não odeio você! — ele grita também.

Todos ao nosso redor nos olham assustados. Estou me comportando como uma louca, mas não consigo me controlar. Eduardo me tira do sério.

— O que está acontecendo? — Jorge aparece, de repente, no meio da nossa discussão. — Será que vou ter que tomar atitudes drásticas aqui? — Ele me encara, furioso.

Baixo os olhos, envergonhada.

— Estou esperando uma explicação. — Jorge continua me encarando.

— Não é nada, Jorge. Estávamos apenas conversando — digo, de cabeça baixa. Não tenho coragem de encarar meu chefe nem o pessoal da agência.

— Conversando? — Jorge grita comigo.

Odeio quando ele faz isso. *Tudo bem, eu mereço.*

— Vocês estavam aos berros. Isso já passou dos limites. Os dois estão dispensados por hoje, antes que eu faça uma grande besteira. Não quero mais ver vocês por aqui hoje. Tratem de esfriar a cabeça. Não quero mais problemas. — Jorge nos olha mais uma vez e, instantes depois, sai pisando duro.

Fecho os olhos com força. *Estou ferrada!* Sei que estou.

Envergonhada, pego a bolsa e saio sem olhar para ninguém, principalmente Eduardo. *Eu o odeio.*

Choro ainda mais quando chego em casa. Mas é um choro de raiva, frustração e ódio. Não acredito que, depois de tudo que ele me falou, ainda continuo pensando nele. Isso não pode estar acontecendo comigo. Deprimida, vou para a cozinha e faço a única coisa que pode me acalmar nesse momento: uma panela cheinha de brigadeiro.

Capítulo 05

Ainda me sinto péssima, mesmo depois da panela de brigadeiro que comi. Eduardo continua na minha cabeça e já não sei mais o que fazer. Já tentei de tudo: ver TV, ler um livro, escutar música, mas nada adiantou. Então, vou para a cama e, depois de muita briga com o travesseiro, finalmente consigo pegar no sono. Mas não demora muito para eu acordar com uma dor de cabeça insuportável. Percebo que não dormi nada, pois ainda é madrugada. Irritada, jogo o travesseiro para o lado e levanto da cama. Vou até a cozinha, bebo um copo d'água e procuro meu remédio para dor de cabeça. Só então me lembro que o esqueci em cima da minha mesa na agência.

Mal-humorada, decido sair para comprar outro. Não posso passar a madrugada inteira com essa dor.

Encontro uma farmácia 24 horas, paro e compro o remédio. Engulo o comprimido e torço para que faça efeito logo.

Ao voltar para casa, passo em frente ao América Club, o mesmo bar onde ia me encontrar com Cléo e as meninas naquele dia. Observo o local com curiosidade e vejo algumas pessoas do lado de fora. Olho um pouco mais e... Não... Não pode ser. *Será?*

Ainda em dúvida, estaciono o carro e atravesso a rua.

— Eduardo? — grito.

Ele se vira e me vê.

— Helena? — ele fala enrolado.

Sua camisa está para fora da calça e alguns botões estão abertos. Ele deve ter saído da CET e vindo direto para cá.

— Eduardo, você está bêbado? — pergunto.

— Só um pouquinho. — Ele faz sinal com os dedos.

— Você precisa ir para casa — digo, sem saber o que fazer.

— Já estava de saída. — Ele balança a chave do carro.

— Está maluco? — Tiro as chaves de sua mão. Ele cambaleia e se apoia em mim. Nós quase caímos, mas me equilibro na parede e ele consegue se levantar.

— Vou te levar para casa — digo.

— Você veio me buscar? — Ele se aproxima e beija meus cabelos. Sinto minhas pernas tremerem. — Você tem um cabelo tão cheiroso — ele diz, sorrindo.

— Pare com isso. — Eu me afasto. — Vou te levar para casa. Não pode dirigir desse jeito, vai acabar causando um acidente.

— Acidente? — Ele para de repente. — Acidente, não. De novo não. — Ele balança a cabeça, parecendo assustado.

Oh, Deus! Ele não está falando coisa com coisa. Preciso tirá-lo daqui.

— Vamos. — Puxo seu braço.

Ele para, tentando se equilibrar e me encara com os olhos desfocados.

— Já disse que você é linda?

Observo as minhas roupas e tenho a prova do quanto ele está bêbado. Estou usando calça de moletom, camiseta e chinelos.

— Vou te levar para casa agora mesmo — digo, puxando seu braço novamente.

— Eu não vou. — Ele cai sentado no chão.

Minha nossa!

Tento levantá-lo. Nesse momento, ele começa a ter uma crise de riso.

Paciência, Helena. *Paciência!*

— Vamos. — Pego seu braço e tento puxá-lo em direção ao meu carro.

— Eu não vou. — Ele se deita no chão.

— Eduardo! — digo, exasperada. — Levanta logo daí — exijo.

A cena é, no mínimo, ridícula: Eduardo deitado na calçada enquanto eu puxo seu braço e tento levá-lo para casa. A que ponto cheguei?

Ele vai me pagar por isso.

— Levanta agora — digo, furiosa. — Antes que eu perca a paciência com você.

Mas ele continua lá, rindo.

— O que você está fazendo deitado aí no chão? — Uma morena muito bonita com um corpo de causar inveja e vestido vermelho se aproxima de nós.

— Quem é você? — pergunto, encarando-a.

— Nós nos conhecemos lá dentro. Estávamos conversando, mas fui ao banheiro. Quando voltei, ele já não estava mais lá — ela diz. — Então, saí para procurá-lo.

Sinto meu sangue ferver. Não acredito que ele ia sair com essa garota horrorosa! Só disse que ela era bonita porque não tinha reparado muito bem. O corpo dela nem é tão bonito assim. Tem uns pneuzinhos e ela é um pouco gordinha.

— Pode deixar que eu mesma o levo para casa. Ele está comigo. — A garota abre um sorriso, parecendo orgulhosa por dizer isso.

O quê?

— Nem pensar. Ele vai embora comigo. — Lanço um olhar furioso para ela, que não parece se abalar.

— Quem é você? — Ela empina o nariz.

— Eu sou... é... — Hesito por um momento. — Isso não te interessa.

— Xiii. — Ela balança a cabeça. — Pelo visto, vou ter que arrumar outra companhia. — Ela parece decepcionada por isso ter acabado com sua noite.

— Acho bom mesmo — falo, louca de ciúmes.

Ela me encara.

— Foi ele quem disse que queria tirar uma garota da cabeça. Não tenho culpa se ele não quer saber de você, queridinha. — Ela olha para minhas roupas com desprezo.

Engulo em seco.

Ela vai embora e ficamos sozinhos. *Que garota ele quer tirar da cabeça?* Fico decepcionada ao saber que já tem alguém em seu coração que ele não consegue esquecer.

Volto a encará-lo. Ele está sentado no chão com um sorriso no rosto.

— Você é tão linda, Helena.

Respiro fundo. Quero socar sua cara.

— Vamos. — Eu o puxo e ele levanta.

— Vamos ficar juntos? — Ele me encara tempo suficiente para me deixar sem fôlego. Desvio o olhar rapidamente.

— Onde você mora? — pergunto, irritada.

— Moro lá no... — Ele pensa por um momento. — Acho que esqueci. — Ele começa a rir.

— Como esqueceu? — pergunto, incapaz de me controlar. — Ninguém esquece onde mora, Eduardo.

— Eu já morei no Canadá, sabia? — Ele balança a cabeça, se divertindo. — Mas eu não moro aqui. — Ele tenta se equilibrar.

— Aqui onde?

— Eu não sei. — Ele começa a rir.

— Eduardo, eu preciso te levar embora. Tente se lembrar onde mora.

— Você está tão linda — ele fala, enquanto tenta dar alguns passos, mas logo se apoia em mim novamente.

Sinto vontade de chorar. Por que essas coisas só acontecem comigo?

— Vamos. — Caminho em direção ao carro enquanto o puxo.

— Não vou, não. — Ele balança a cabeça.

— Como não? Você nem se lembra de onde mora.

Eduardo tenta se afastar de mim, mas eu o seguro firme.

— Não vou embora com você, Helena. Você me odeia. Você disse isso — ele diz, magoado.

Suas palavras me causam mal-estar. Sei que disse isso, mas não significa que seja verdade.

— Pare com isso. Agora vamos, vou te levar para casa.

Eduardo para na minha frente com um sorriso divertido no rosto.

— Você é tão linda. — Ele sorri ainda mais. — Mas é muito bravinha também. — Ele aperta minha bochecha, chacoalhando meu rosto.

Fecho os olhos, tentando não me irritar com isso.

— Chega, Eduardo — digo entre os dentes. — Vamos embora antes que eu realmente fique brava com você.

Atravessamos a rua e eu o ajudo a entrar no carro. Ele continua me olhando de maneira engraçada.

— Vai me sequestrar, princesa?

Oi? Princesa? Eu ouvi direito? Ele me chamou de princesa?

Ele me lança um sorriso travesso.

— Você é tão engraçada! — ele diz.

— Engraçada?

Ele balança a cabeça.

— Gosto muito da sua companhia, princesa.

Volto a olhar para frente, tentando não me impressionar com suas palavras, e dirijo para casa um pouco mais rápido do que o normal. Eduardo continua dizendo coisas sem sentido. Diz que sou linda, que sou brava e que não sei dirigir. Mas não ligo, sei que tudo isso é mentira. Ele está bêbado.

Minha cabeça continua girando. Quem será a garota que o fez beber desse jeito?

Chegando à garagem do meu prédio, desligo o carro e olho para ele, que continua dizendo coisas desconexas e rindo o tempo todo de mim.

— Vamos — digo mal-humorada.

— Princesa, eu juro que não queria que você me odiasse. — Ele fica triste.

— Já disse que não odeio você, seu imbecil — falo pela milésima vez.

Ele solta uma risada divertida.

— Ninguém nunca me chamou de imbecil.

— Vamos. — Abro a porta do carro, mas ele segura minha mão.

— Você é tão divertida e especial, princesa. — Meu coração acelera.

Ele não pode continuar dizendo essas coisas para mim.

— Quer passar a noite comigo? — ele pergunta de repente.

Fico muda. Perplexa.

— Quer, princesa? — ele insiste.

— Será que dá para você calar a boca e parar de falar tanta besteira? — Perco a paciência.

— Você fica muito bonita com calça de moletom. — Sua voz é divertida.

Tento não sorrir com seu comentário. Até que ele fica bem divertido quando está bêbado.

Consigo fazer com que saia do carro, mas ele anda com dificuldade. Quando passo pela portaria, Matias se assusta ao perceber que estou carregando um homem naquelas condições.

— O que é isso, Helena? — Ele olha para Eduardo.

— É meu amigo — digo. — Ele acabou bebendo demais.

Matias continua olhando-o.

— Pelo visto, encheu a cara.

— Você pode me ajudar a carregá-lo? — pergunto.

— Ele vai ficar na sua casa? — Matias arregala os olhos.

— Sim.

Ele parece surpreso.

— Vai dormir com você?

Me irrito com sua pergunta. *O que ele tem a ver com isso?*

— Matias, será que pode me ajudar a carregá-lo?

Ele parece cair em si.

— Ah, claro. — Coloca uma das mãos de Eduardo em cima de seu ombro enquanto abro a porta do elevador.

Então, Eduardo começa a cantar uma música que eu não consigo entender.

"Amor, fica comigo... — Ele soluça. — *para sempre.* — Soluça de novo. — *Meu amor".*

— Cala a boca! — digo, apertando o botão do décimo segundo andar.

— Princesa, por que está brava comigo? — Ele para de cantar.

Não respondo.

— Nós vamos dormir juntinhos essa noite. Não é mesmo?

Olho para Matias, que arregala os olhos.

Quando o elevador chega ao meu andar, Matias me ajuda a abrir a porta e Eduardo cai de cara no chão. Droga! Nós o levantamos e ele se equilibra em mim. Passamos pela porta e o colocamos sentado no sofá.

— Obrigada, Matias. — Sorrio em agradecimento.

— Tem certeza de que consegue tomar conta dele sozinha? — Ele parece preocupado.

— Fique tranquilo. Vou colocá-lo para dormir.

Agradeço mais uma vez e, assim que ele vai embora, tranco a porta. Quando me viro, vejo Eduardo de pé novamente, se apoiando no sofá.

— Seu apartamento é... — Soluça. — Legal?

— Vamos, você precisa dormir. — Seguro seu braço.

— Onde fica seu quarto, princesa?

— Nem pense nisso! Você vai dormir no quarto de hóspedes

— Mas por quê? — Ele parece cada vez mais mole e isso dificulta as coisas para mim. — Eu posso cantar para você. — Soluça. — Que música você gosta?

Eduardo vai cantar para mim?

Ele fica quieto de repente. Olho-o e vejo que está começando a sentir ânsia de vômito.

Arregalo os olhos. *O quê?* Eduardo vai vomitar aqui?

Tento acelerar os passos e levá-lo ao banheiro o mais rápido possível, mas ele não consegue me acompanhar e vomita em cima do meu pé.

Tiro os chinelos e, descalça, tento levá-lo para o banheiro. Assim que abro a porta, coloco sua cabeça perto do vaso sanitário e ele vomita mais uma vez.

Minutos depois, ele se senta ao lado do vaso sanitário e fecha os olhos. Me agacho no chão e fico de frente para ele.

— Você está bem? — pergunto baixinho.

— Desculpe, princesa. — Sua voz está baixa. Ele não parece nada bem. — Eu sempre estrago tudo.

— Vai ficar tudo bem. — Faço carinho em seu rosto.

Afasto-me um pouco e começo a desabotoar sua camisa. Não posso deixá-lo sujo desse jeito.

— Eduardo, venha, vou te levar para a cama.

— Cama, cama — repete, quase sem forças.

— Vamos para o quarto. Você precisa descansar.

— Descansar — repete mais uma vez. — Descansar... cama...

Caminhamos a passos lentos.

— Princesa, você ainda me odeia? — ele pergunta com a voz fraca.

— Eu nunca te odiei — digo baixinho. Com passos descoordenados e lentos, consigo levá-lo para o meu quarto. — Você precisa dormir — digo enquanto o coloco na cama.

Tiro o restante de sua roupa e ele se esparrama pela minha cama.

Eduardo está só de cueca na minha cama. *Não posso acreditar!* Respiro com dificuldade, mas tento me acalmar.

— Por favor, princesa. Não me deixe aqui sozinho. Deita comigo. — Sinto uma enorme vontade de fazer o que ele está me pedindo, mas respiro fundo e tento manter o juízo.

— Pare com isso. — Meu coração bate acelerado e sinto minhas pernas tremerem. Nossos olhos se encontram e ficamos nos encarando por longos segundos, até que recupero a respiração.

— Você precisa dormir. — Me afasto um pouco.

— Não me deixe sozinho. — A expressão em seu rosto me deixa com pena, mas, antes que eu faça uma besteira, me lembro que ele está bêbado.

— Espero que durma bem — digo. Vejo seus olhos azuis me encarando e isso me desconcertada.

— Você vai ficar comigo? — ele pergunta baixinho.

Respiro fundo e caminho até a cama, me aproximando dele.

— Eduardo, você precisa descansar. — Faço carinho em seu rosto. — Amanhã você acordará bem melhor. — Sorrio.

— Eu quero um beijo — ele diz, ignorando o que acabei de dizer. — Por favor...

Levanta a cabeça e tenta beijar meus lábios. *Ai, meu Deus! Eu não posso perder a cabeça!* Afasto-me, assustada. Não quero que ele me beije enquanto está bêbado.

— Eduardo... — digo baixinho. — Pare com isso.

Ele se inclina ainda mais em minha direção e encosta seus lábios nos meus.

— Quero você para mim — ele sussurra com os lábios colados aos meus.

Um arrepio delicioso percorre minha espinha.

Ele beija o canto de minha boca. Minha respiração acelera enquanto ele começa a passar suas mãos pelos meus cabelos. Nossos olhos se encontraram e consigo ver o desejo em seu olhar. Estou ofegante e pronta para cair em tentação.

Procuro me controlar para não parecer desesperada demais. Eduardo me puxa para mais perto dele.

— Fica comigo — ele sussurra em meu ouvido.

— Eduardo... — digo, ofegante. — Para... eu...

— Helena... — Ele beija meu pescoço. A sensação é deliciosa, mas eu me afasto.

— Pare com isso — digo nervosa. — Você precisa dormir.

Fico parada olhando para ele por longos minutos até minha respiração voltar ao normal. Não posso fazer isso. Não com ele completamente bêbado.

Eduardo finalmente fica em silêncio e, minutos depois, percebo que já está dormindo.

Saio do quarto, deixando-o sozinho.

Depois de limpar toda a sujeira que ele fez, coloco suas roupas na máquina e tomo um banho. Fico embaixo do chuveiro por bastante tempo, pensando em nosso quase beijo.

Desligo o chuveiro e visto meu pijama. Dou mais uma olhada em Eduardo, que continua dormindo.

Não posso acreditar que ele está no meu apartamento, na minha cama, e não estamos dormindo juntos. Isso é muita falta de sorte. Cléo não acreditaria se contasse isso a ela. Exausta, vou para o quarto de hóspedes e ajeito a cama. Não consigo dormir, pensando no motivo pelo qual Eduardo bebeu desse jeito.

Viro de um lado para outro na cama, e nada do sono aparecer. Minha cabeça continua girando. Pego o travesseiro e vou para a sala. Deito no sofá e ligo a TV. Começo a assistir um filme sem graça e logo minha mente viaja para as palavras de Eduardo. Ele queria que eu dormisse com ele e ainda disse que eu era bonita. Sorrio. Fecho os olhos e me imagino deitada com ele na minha cama, nossos braços e pernas entrelaçados, beijos quentes e selvagens, e não demora muito até que o sono chegue.

Acordo com o barulho do despertador do meu celular. Não acredito. Já amanheceu? Viro para o lado e percebo que estou no meu sofá desconfortável. Gemo baixinho. Minhas costas e meu pescoço doem.

Cubro o rosto com o braço. Me sinto exausta e, por alguns instantes, penso na possibilidade de não me levantar e ficar o dia inteiro deitada. Aliás, eu mal dormi e já tenho que me levantar. Talvez, mentir que estou doente seja uma boa opção. Também posso dizer que peguei uma virose.

Finalmente, abro os olhos. Ainda com sono, bocejo devagar e vejo uma miragem diante de mim. Barriga tanquinho, ombros largos, boca perfeita e lindos olhos azuis. Estreito os olhos, tentando focar minha visão, e levo um susto quando percebo que é ele que está parado bem na minha frente.

— Eduardo! — Levanto-me do sofá rapidamente.

Ele me encara, sério.

— Quer dizer que vou para um bar e no dia seguinte acordo na sua cama? — Ele parece furioso.

— Eu... eu... — tento dizer algo coerente.

— O que você fez comigo, Helena?

Arregalo os olhos.

— Ei! Você enlouqueceu? — falo, irritada. — Eu não fiz nada além de te ajudar. Aliás, deveria me agradecer por não ter sido você quem dormiu nesse sofá duro — reclamo.

Tento prender meu cabelo. Ai, não! Eu fico horrorosa quando acordo.

Ele parece completamente perdido.

— O que aconteceu, Helena? Não me diga que dormimos juntos.

Sua expressão horrorizada me deixa chateada.

— Claro que não — respondo. — Ao invés de ficar imaginando besteiras, deveria me agradecer por não ter te deixado dormir na rua. Você não se lembrava nem de onde morava.

Eduardo encara o meu pijama e me sinto mal por imaginar o quanto estou ridícula na frente dele.

— Preciso ir embora. — Ele se vira e volta para o quarto. Não posso deixar de olhar sua bunda.

— Suas roupas estão na lavanderia — grito, mal-humorada. — Estavam sujas de vômito, caso queira saber.

Sento no sofá e enterro o rosto entre as mãos. Por que Eduardo é sempre tão irritante? Ele deveria me agradecer ao invés de ficar me tratando desse jeito.

— Helena.

Levanto a cabeça para encará-lo. Ele está na minha frente, com suas roupas amassadas, mas não deixa de estar lindo. Como pode?

— Me desculpe. — Ele parece constrangido. — Não queria ter te dado todo esse trabalho e causado essa confusão.

— Não podia te deixar sozinho naquele estado. — Levanto do sofá, ficando de pé diante dele.

Ele me olha e consigo ver tristeza em seus olhos.

— Obrigado por ter me ajudado, mesmo depois daquela briga lá na agência. — Ele desvia o olhar.

— Não precisa agradecer.

Dou de ombros.

— Helena... — Ele hesita por um momento. — Se o Jorge ficar sabendo o que aconteceu, posso ter problemas.

— Fique tranquilo. Não contarei a ninguém.

Ele me encara mais uma vez e pensa alguns segundos antes de dizer:

— Espero que isso não se repita, Helena. Pode ser perigoso trazer um homem que não conhece para dentro da sua casa. — Ele parece incomodado com isso.

— Mas eu conheço você — digo, chateada com sua falta de gratidão.

— Mesmo assim. Não deveria fazer esse tipo de coisa. Pode ser perigoso sair para se divertir e trazer homens que não conhece para sua casa.

Olho para ele com horror. Depois de tudo que fiz, ele ainda tem coragem de me dizer um absurdo desse? Sinto meu sangue ferver.

— Quem você pensa que eu sou?

Ele continua sério.

— Só acho que não deveria fazer isso novamente. Você precisa se preservar mais, ainda mais morando sozinha. Não deveria fazer esse tipo de coisa.

— Saia da minha casa agora — digo entre os dentes.

Ele parece surpreso com a minha atitude.

— Helena, eu só...

— Não sou obrigada a escutar esse tipo de coisa dentro da minha própria casa — digo, furiosa.

— Não é nada disso. Só estou querendo que se preserve — ele tenta se defender.

— Que tipo de mulher acha que sou? — Elevo meu tom de voz.

— Me desculpe, por favor. — parece arrependido. — Eu não quis te ofender.

— Quer saber? Você é muito mais gentil e educado quando está bêbado — grito e o empurro para fora do meu apartamento. Ele tenta se defender, dizendo que não quis me magoar, mas, sem paciência para suas desculpas, bato a porta na sua cara com toda força.

Capítulo 06

Meu humor está péssimo, o que anda bem mais frequente depois que conheci Eduardo.

Agora, estou sentada ao seu lado enquanto Jorge fala sem parar.

— Estou muito decepcionado. Vocês são tão incompetentes — Jorge diz, balançando a cabeça.

Ele está bravo porque chegamos atrasados mais uma vez. Depois que Eduardo saiu do meu apartamento, chorei, chorei e chorei. Isso me fez perder a hora.

Quando cheguei à agência, o encontrei no corredor, mas passei por ele sem olhar em sua direção.

Assim que sentamos, Jorge nos chamou para conversar.

— Vocês tinham uma visita marcada e nenhum dos dois apareceu. Será que eu posso saber o motivo de tanta irresponsabilidade?

Droga!

— Jorge, eu posso explicar. — Tento pensar em algo. — Aconteceu um imprevisto — digo, me sentindo patética.

— Ah, um imprevisto? — Jorge cruza os braços.

Eduardo me olha, surpreso. Preciso pensar rápido. Penso em contar a verdade, mas não posso. Prometi a ele não dizer nada sobre a noite de ontem.

— Meu pneu furou e Eduardo parou para me socorrer. Por isso nos atrasamos — digo, rápido demais, tentando parecer tranquila diante da mentira que acabei de inventar. — Não é, Eduardo? — Olho para ele e abro um sorriso nervoso. Ele demora alguns instantes para responder.

— Sim, foi isso que aconteceu. — Ele parece envergonhado.

— Ok. — Jorge parece um pouco mais calmo. — Mas poderia ter me ligado, Helena — ele diz, enquanto ajeita seus óculos. — Isso teria evitado aborrecimentos.

— Me desculpe, Jorge. Acabou a bateria — minto novamente.

Ele concorda com a cabeça.

— Agora, quanto a você, rapaz. — Jorge lança um olhar irritado para Eduardo. — Saiba que, a qualquer momento, posso ligar para o Sr. Carlos e te mandar embora. Não vou aguentar mais esse tipo de coisa.

Eduardo parece não se incomodar com as palavras de Jorge. Ele continua sentado ao meu lado com uma cara péssima.

— Em relação à visita de hoje, pedi para que Raul substituísse vocês. Não me parece uma boa ideia manter vocês dois juntos. Mas depois penso sobre isso. Só não se esqueçam de que amanhã vocês têm uma sessão de fotos. Evitem imprevistos e estejam lá no horário combinado.

Concordamos e saímos em silêncio. Eduardo caminha ao meu lado pelo corredor.

— Helena.

— Fique longe de mim. Não quero mais problemas — digo.

— Será que podemos conversar?

— Não — falo magoada.

Não quero ouvir nada que ele possa me dizer. Estou cansada do seu mau humor e de suas palavras ásperas. Sento em minha mesa e ele para diante de mim.

— Eu gostaria de me desculpar.

— Pelo quê? — Eu o encaro, furiosa. — Sua lista não para de crescer.

— Por favor, me perdoe.

— Ok. Agora, saia da minha frente, não quero mais falar com você. — Volto a olhar para o computador.

Ele permanece parado na minha frente e me analisa como se estivesse pensando em alguma coisa.

— Vai passar o dia inteiro parado na minha frente? — Eu o encaro.

— Por que você fez isso?

— Isso o quê? — Balanço a cabeça, confusa.

— Mentir para me ajudar? — Seu tom de voz fica um pouco mais duro. — Deveria estar com raiva de mim e não me ajudar.

Por que esse cara é tão confuso?

— Você está falando sério? Ao invés de me agradecer, vai ficar perguntando o porquê de ter livrado a sua cara?

— Deve ter algum motivo — ele diz sério.

Engulo em seco. Será que Eduardo percebeu que tenho sentimentos por ele? *Que vergonha!*

— Fiz isso porque sou uma boa pessoa, mas confesso que já estou arrependida. — Começo a checar minha lista de e-mails. — Da próxima vez, não conte comigo. Vou deixar você se ferrar. Agora, por favor, me deixe em paz e saia da minha frente. Não consigo trabalhar com você parado aí.

Ele pensa por um momento e, quando parece que vai me deixar em paz, se aproxima da minha mesa e coloca as duas mãos sobre ela.

— Ok. Me desculpe.

Suspiro longamente.

— Eduardo, eu preciso trabalhar.

— Helena, será que poderíamos conversar? — ele insiste.

— Não! — grito com ele, perdendo a paciência. — Saia da minha frente.

Ele parece magoado com minha atitude, mas não me importo.

— Helena? — Raul aparece com uma expressão confusa ao ver que acabo de gritar com Eduardo. — Está tudo bem?

— Oi, Raul. — Finjo um sorriso. — Eu e Eduardo estávamos apenas conversando sobre algumas coisas pendentes. — Olho para Eduardo, que agora se senta em sua mesa com uma cara emburrada.

Raul me olha um pouco desconfiado, mas não diz nada.

— Jorge estava uma fera. Por que se atrasou? — Ele volta a olhar para mim. — Você não costuma se atrasar e seu telefone só dava caixa postal.

— Ah... — Limpo a garganta. — Tive um problema com meu carro, meu pneu furou, e Eduardo me ajudou a resolver. — Olho para meu cúmplice, que, nesse momento, finge não prestar atenção à nossa conversa.

Raul continua olhando para mim com certa desconfiança.

— Por que não me ligou? — Ele parece ofendido.

— Não se preocupe, Eduardo chegou bem a tempo e deu tudo certo. — Dou um sorriso amarelo.

Raul olha para Eduardo e depois para mim.

— Dá próxima vez, nos avise. Jorge e eu ficamos muito preocupados.

Concordo com a cabeça e dou um sorriso de desculpas.

— Me desculpe. Não quis deixá-los preocupados.

Raul continua me analisando.

— Parece um pouco abatida hoje.

— Está tudo bem. Apenas com dor nas costas. Não dormi direito essa noite. — Dou um longo suspiro e afundo na cadeira. Eduardo olha para mim, mas não diz nada. Melhor mesmo, se ele abrir a boca, juro que perco a cabeça. — Dormi no sofá e acordei assim. Preciso comprar um sofá mais confortável.

— Por que dormiu no sofá? — Raul ergue uma das sobrancelhas.

— Ah! Deixa pra lá. — Dou-lhe um pequeno sorriso.

Meu amigo não iria gostar de saber que dormi na sala porque Eduardo estava só de cueca na minha cama. Só de pensar nisso, começo a sentir ondas de calor. Pego um papel em cima da mesa e começo a me abanar. *Santo Deus!*

— Helena, você está bem? — Raul me observa atentamente.

— Estou ótima. — Paro de me abanar e coloco o papel de volta em cima da mesa. — Só cheia de trabalho.

Raul concorda e relaxa um pouco os ombros.

— O que acha de almoçarmos juntos hoje? — ele pergunta com um enorme sorriso no rosto. — Faz tempo que não fazemos isso.

— Hoje não vai dar — lamento. — Vou comer qualquer besteira por aqui mesmo. Preciso adiantar o trabalho.

Raul balança a cabeça, parecendo decepcionado.

— Tem certeza? — ele pergunta.

— Não quero problemas com o Jorge e muito menos com o mala do Sr. Carlos. Melhor adiantar esses trabalhos pendentes. — Sorrio e Raul parece entender.

— Tudo bem. Vou naquela cantina aqui do lado, se quiser, posso trazer o sanduíche de frango e atum que você adora. — Abro um sorriso largo ao ver seu gesto de carinho.

— Obrigada, mas realmente não precisa. Amanhã, tenho que acordar magra para aquela maldita sessão de fotos e esse sanduíche pode realçar minha barriga. — Reviro os olhos.

Raul começa a rir e me diz que sou magra e não preciso de regime. Mas não dou ouvidos. Sei que preciso ficar bem nas fotos. De repente, olho para o lado e vejo a expressão furiosa de Eduardo.

Engulo em seco. O que foi que eu fiz dessa vez?

Ele se levanta e vai embora, sem dizer uma única palavra.

— Por que esse cara é tão mal-educado? — Raul pergunta assim que Eduardo sai pelo corredor.

— Deixe-o, Raul — digo, querendo evitar esse assunto.

— Aposto que é por isso que vivem em pé de guerra — ele diz. — Todo mundo aqui na agência está comentando que vocês dois parecem cão e gato.

Dou um longo suspiro.

— Apenas temos opiniões diferentes.

Ele pensa por um momento sobre as palavras que acabei de dizer e, instantes depois, se levanta.

— Bom, vou almoçar. Tem certeza de que não quer ir comigo?

Sorrio.

— Vamos deixar para uma próxima vez.

Raul, apesar de contrariado, concorda e vai embora. Então, volto a trabalhar.

A agência está silenciosa. Todos saíram para almoçar e isso me dá tranquilidade para trabalhar. Começo adiantando tudo que consigo e fico satisfeita com o resultado satisfatório em tão pouco tempo. Algum tempo depois, sinto minha barriga roncar. Não vou conseguir ficar sem comer. Penso em ligar para Raul e aceitar que ele me traga o sanduíche. *Que se danem as malditas fotos.*

Assim que pego o telefone, escuto alguém entrando na sala. Olho para frente e vejo Eduardo se aproximando. *Droga!* Não quero ficar aqui sozinha com ele.

Então me levanto imediatamente, pego minha bolsa e me preparo para sair. Não quero olhar para a cara dele, mas Eduardo para na minha frente e coloca uma sacola em cima da mesa.

Arregalo os olhos. *Não pode ser!* Conheço muito bem essa sacola.

— Por que está colocando essa sacola na minha mesa? — pergunto confusa.

— Porque comprei para você — ele responde, dando-me as costas enquanto senta em sua mesa.

— Você comprou comida para mim? — O que ele pretende com isso?

— Imaginei que deveria estar com fome. — Ele dá de ombros.

Volto a encarar a sacola da cantina onde eu e Raul costumamos almoçar. A comida de lá é maravilhosa e os lanches são melhores ainda. Meu estômago revira, mas o ignoro, pego a sacola e a coloco em cima de sua mesa. Não posso aceitar. Ele não pode achar que pode se desculpar por tudo que fez com comida. Quem ele pensa que sou?

— Obrigada, mas não estou com fome — minto.

— Pare com isso. — Ele me lança um olhar furioso. — É claro que está com fome, Helena. Você sempre tem fome.

Abro a boca, chocada.

— Está me chamando de morta de fome? — pergunto, me sentindo ofendida.

— Não. Claro que não — ele diz sério. — Apenas coma. — Ele me devolve a sacola.

Mordo os lábios com força e, segundos depois, me rendo. *Droga!* Isso é golpe baixo.

— Tudo bem.

Enquanto continua sério e quieto, começo a comer e, minutos depois, já me sinto satisfeita. Assim que enfio o último pedaço na boca e tomo o restinho da minha Coca, me encosto na cadeira.

— Obrigada pelo almoço.

— Não precisa agradecer. Aceite como um pedido de desculpas.

Ele encosta a cabeça em sua cadeira e fica em silêncio por algum tempo. Não faço a mínima ideia do que ele possa estar pensando. Será que é na moça que estava tentando esquecer naquele bar?

— Desculpe por ontem. Aquilo foi horrível. — Ele fecha os olhos e suspira. — Estou muito envergonhado.

Eu o encaro. Realmente ele não me parece nada bem.

— O que aconteceu com você para beber daquele jeito? — pergunto.

Eduardo abre os olhos e se endireita na cadeira.

— Não quero falar sobre isso, Helena — ele diz sem me olhar. — Quero esquecer tudo aquilo.

— Tudo bem — digo, desistindo dessa conversa. Está claro que Eduardo não vai me dizer nada.

— Eu te chateei, não é mesmo? — pergunta, parecendo chateado.

Muito!

— Esquece isso. Todo mundo enche a cara de vez em quando. — Dou de ombros.

— Saiba que fiquei muito mal por toda essa confusão em que te meti, Helena. — Suas palavras me surpreendem.

— Aposto que teve um bom motivo para fazer isso — digo, sem deixar de encará-lo.

Ele me olha por um tempo e depois baixa o olhar.

— Será que poderia me responder uma pergunta?

— Uma pergunta? — Ergo a sobrancelha.

— O que aconteceu ontem? Eu disse algo estúpido? — Ele está sério demais. Meu coração acelera com sua pergunta direta e minhas mãos começam a suar.

— Esquece isso, Eduardo — digo, completamente sem jeito com essa conversa.

— Sei que te magoei. Por favor, me diga o que aconteceu — insiste.

— Já disse, esquece isso. — Respiro fundo. Como vou dizer para ele que quase nos beijamos e que tive uma crise de ciúmes quando o vi ao lado daquela mulher bonita? — Você está se preocupando à toa.

— Fui muito duro com você hoje de manhã — ele continua. — Sei que exagerei.

— Sim, exagerou. — Concordo com a cabeça. — E, só para você saber, não tenho o hábito de levar homens para o meu apartamento nem estava na rua me divertindo. Saí para comprar remédio para dor de cabeça. Quando estava voltando, te vi em frente ao América Club e resolvi parar. Percebi que estava precisando de ajuda. Foi só isso.

— Eu não deveria ter te dito aquelas coisas. — Eduardo parece envergonhado.

— Mas disse. — Não consigo esconder a mágoa em minha voz.

— Eu estava confuso, Helena. Minha cabeça estava girando. Não entendi nada quando acordei na sua cama — ele tenta se defender.

Penso por um minuto. Talvez ele esteja certo. Acho que também ficaria confusa com essa situação.

— Tudo bem. Agora vamos esquecer isso.

— Eu causei muitos problemas? — pergunta sem jeito.

— Ah! Que nada. — Balanço a cabeça. — Apenas vomitou no meu pé, fez eu me atrasar hoje para o trabalho e o porteiro do meu prédio acha que eu tenho um caso com um alcoólatra.

Um leve rubor atinge seu rosto, e posso afirmar que ele está completamente sem jeito. Então dá um sorriso sem graça.

— Acho que realmente exagerei na bebida ontem.

— É nisso que dá encher a cara. — Sorrio e ele acaba sorrindo também.

Finalmente, parece que as coisas estão melhorando entre nós. Eduardo parece mais relaxado e não está com a expressão séria de sempre. Ele até deu alguns sorrisos e isso faz com que eu me derreta toda. Conto da música que tentou cantar para mim e ele cobre o rosto com as mãos, morrendo de vergonha. Depois de contar quase tudo sobre a noite anterior, ele faz uma pergunta que me deixa nervosa.

— Helena, eu tentei te beijar? — ele pergunta, inseguro.

— O quê? Claro que não — respondo rápido demais, sentindo meu rosto corar. Com o coração disparado, tento encerrar logo o assunto. — Já te contei tudo que aconteceu ontem à noite — digo, escondendo a parte em que quase nos beijamos.

— Tem certeza? — Ele levanta uma sobrancelha.

Engulo em seco.

— Precisa acreditar em mim. — Pego minha bolsa e me levanto. — Obrigada pelo almoço, foi muita gentileza sua — falo enquanto saio, mas sinto Eduardo vindo atrás de mim.

— Eu te agarrei?

— Não seja ridículo. — Dou uma risada nervosa.

— Tentei te beijar? — Ele para na minha frente.

— Mas é claro que não — digo, irritada não pela pergunta, mas pelo fato de não ter acontecido beijo nenhum. — De onde tirou essa ideia?

Ele continua me encarando.

— Acredite em mim, você não me beijou e não aconteceu nada entre nós.

Dou um passo para trás e abro a porta do elevador. Minhas mãos estão tremendo e espero que ele não perceba. Se continuar aqui, sinto que meu coração vai sair pela boca a qualquer momento.

— Helena... — Ele tenta segurar meu braço, mas me afasto.

— Nos vemos depois, Eduardo — digo, entrando no elevador e o deixando do lado de fora.

Amanhã é o dia das fotos e isso está acabando comigo. Olho para o espelho e fico pior ao ver que continuo com o mesmo corpo e o cabelo rebelde de sempre. Não posso estrelar uma campanha publicitária ao lado de Eduardo. Isso vai ser o meu fim. Todos vão rir da minha cara e a campanha da Verão Brasil será um verdadeiro fracasso.

Sento-me no sofá. Estou exausta. Tanta confusão envolvendo nós dois... Não podemos continuar assim. Se ele não fosse tão chato e eu não me comportasse como uma idiota apaixonada toda vez que estou ao seu lado, talvez nossa convivência pudesse ser mais fácil.

Acabo cochilando no sofá. Quando acordo, pego o celular e vejo que já passa das dez. Há duas ligações perdidas e duas mensagens de texto de Cléo. Verifico as mensagens.

Amiga, vamos almoçar juntas amanhã? Beijos.

Digo a ela que amanhã vou tirar as fotos e que, assim que terminar, ligo para marcarmos alguma coisa. Talvez a gente possa sair para beber. Não. Melhor não. Da última vez que fizemos isso, acabei falando demais. Um jantar ou um cinema parece mais seguro. Leio a próxima mensagem.

Obrigado por tudo que fez por mim. Te vejo amanhã. Eduardo.

Suspiro.

— Ai, Eduardo!

Capítulo 07

Estou pronta para começarmos a fotografar. Quer dizer, estou pensando realmente em fugir. O maiô que estou usando é bem bonito. É listrada de branco, azul escuro e vermelho, mas não faz o meu estilo. Estou me sentindo uma marinheira sexy e isso me deixa apavorada. A vergonha e o desespero invadem cada célula do meu corpo. Acho que não vou conseguir.

Visto um roupão branco. Olho no espelho e, por incrível que pareça, realmente estou bonita. Esses maquiadores fazem milagres, mas, mesmo assim, não quero sair daqui para fazer essas fotos. Não consigo entender o que deu em Marta para insistir nisso.

Saio do camarim um pouco tímida. Ainda não acredito que estou fazendo isso. Na sala de espera, encontro Eduardo, também vestindo um roupão branco. Ele está maravilhoso. Seus cabelos escuros estão perfeitamente desarrumados. Fico assustada com tamanha beleza.

— Oi — ele diz surpreso.

— Oi. — Não consigo dizer nada além disso.

Ficamos em silêncio. Não consigo pensar em nada para dizer e Eduardo não parece diferente. Marina, a assistente gentil e educada de Paulo Milão, aparece para me salvar desse momento constrangedor.

— Estão prontos? — Ela sorri. — O Paulo está aguardando para começar a sessão. — Ela nos mostra o caminho e a seguimos em silêncio. *Claro!*

Esse é o estúdio fotográfico mais famoso da cidade. Paulo Milão fotografa várias modelos e atrizes famosas. A estrutura do prédio é impressionante e isso me deixa ainda mais nervosa. Ainda me pergunto o que estou fazendo aqui, mas não deixo de observar cada detalhe. Eduardo também parece bastante impressionado.

Marina nos mostra o local onde iremos fotografar e, assim que entramos, vejo uma sala muito espaçosa de cair o queixo. Juro! Por um momento, me sinto a Gisele Bündchen. Se Cléo me visse nesse exato momento, morreria de orgulho.

Ainda observando cada detalhe, viro o rosto e vejo no canto da sala Jorge, Marta e Aline sentados em um pequeno sofá. Dou um sorriso tímido para eles. Marta e Jorge parecem bem animados. Aline, nem tanto.

Um homem de aproximadamente quarenta anos se aproxima com uma máquina fotográfica na mão.

— Muito prazer, sou o Paulo Milão — ele diz, estendendo a mão.

— Muito prazer. Sou Helena — cumprimento-o.

Ele me olha atentamente.

— Você é realmente incrível, garota. Teremos ótimas fotos. — Sinto meu rosto corar com o elogio. É claro que ele está tentando me deixar relaxada. Acho esse gesto muito gentil de sua parte.

— Obrigada — digo sem jeito.

— Tem um rosto muito delicado e olhos bem expressivos. Seu cabelo também dá muita personalidade para o conjunto todo. Ficará belíssima nas fotos.

Se ele está querendo me deixar relaxada, sua estratégia de me enganar não está funcionando.

— Você deve ser o Eduardo. — Paulo se vira para ele e o cumprimenta também.

— Você é ótimo — ele analisa. — Rosto quadrado, de personalidade, e cabelos no tamanho ideal. Bela escolha. Vocês dois formam um casal perfeito.

Eduardo e eu permanecemos em silêncio.

— Vou conseguir lindas fotos de vocês dois juntos. — Ele parece estar realmente animado, o que me deixa mais tranquila. Estava morrendo de medo que ele dissesse que eu não ficaria boa nas fotos. Mas será que sua opinião mudará quando ele me vir sem o roupão, apenas de biquíni? *Oh, não!*

— Podemos começar? — Paulo pergunta, enquanto verifica a iluminação e depois olha para algo em sua câmera.

Começar? Ele disse começar? Eu não vou conseguir.

Olho para Eduardo e vejo seu rosto lindo. Isso só piora as coisas.

Não vou conseguir! Não vou conseguir!

— Helena, está pronta? — Marina pergunta.

— Estou — respondo, tentando convencer a mim mesma.

Olho para Eduardo novamente e vejo que já está sem roupão. Fico sem reação e com um pouco de falta de ar. Aline, Marta e Marina parecem tão chocadas quanto eu.

Tiro o roupão e tento não me sentir humilhada. Sem encará-lo, vou para o lugar onde Marina diz para ficarmos. Estou morrendo de vergonha. Não queria que ele me visse assim.

Essa campanha vai ser um vexame. Marta vai se arrepender de ter me colocado nisso.

O fato de Eduardo estar de sunga ao meu lado só está piorando a situação e, apesar de já tê-lo visto deitado em minha cama só de cueca, dessa vez é diferente. Ele está me encarando e não está bêbado. Isso muda bastante as coisas. Seu corpo perfeito se destaca com a sunga azul-escura. O brilho em seus olhos me deixa tonta.

— Não pode ficar tão séria nas fotos, Helena — ele diz se divertindo.

Finjo um sorriso.

— Prontos? — Paulo pergunta com a máquina na mão, olhando diretamente para mim.

Quero dizer que não estou pronta e que nunca vou estar. Mas, nesse momento, vejo Jorge cruzar os braços de maneira impaciente. Droga!

— Eduardo, segure a Helena pela cintura — Paulo diz, se agachando.

O quê? Eduardo vai segurar minha cintura?

— Vamos lá. Os dois sorrindo — ele continua.

Meu coração dispara quando Eduardo abraça minha cintura um pouco mais forte. Agora meu sorriso está congelado. Vou ficar ridícula nessas fotos.

Paulo começa a tirar várias fotos e parece que pisco sempre. Aposto que vou sair com os olhos fechados e tortos em todas. *Meu Deus! Que vexame!*

Paulo para diversas vezes me pedindo para relaxar e sorrir mais naturalmente e fico aliviada por ver que não está bravo comigo. Ele está sendo bem paciente.

Depois de várias fotos, Paulo faz um pequeno intervalo para analisar o material. Pego meu roupão e me aproximo de Eduardo, que confere algumas mensagens no celular, encostado em um canto da enorme sala.

— Será que ficou bom? — pergunto, insegura.

— Acho que sim — ele diz, sem tirar os olhos do aparelho.

— Espero que acabe logo. — Dou um longo suspiro. Então, Eduardo deixa o celular e me encara com um leve sorriso.

— Fique tranquila, está indo bem — ele tenta me tranquilizar.

Marta surge como um furacão sorridente entre nós.

— Vocês dois estão lindos. — Ela dá um gritinho nervoso.

— Obrigada, Marta. — Não consigo deixar de sorrir para ela.

— Você arrasou, Helena! — Ela segura meu ombro e depois se afasta, olhando para meu companheiro de fotos. — Eduardo, você deveria trabalhar como modelo — ela diz, olhando para o seu corpo perfeito.

— Obrigado — ele responde. — Mas não acho que levo jeito para esse tipo de coisa.

Marta balança a cabeça, frustrada.

— Você está perdendo grandes oportunidades, meu jovem.

Preciso concordar com Marta. Eduardo tem potencial nessa profissão.

Marta tenta convencê-lo, mas ele insiste em dizer não. Então, um pouco decepcionada, ela se vira para mim e abre mais um de seus sorrisos empolgados.

— Helena, os próximos biquínis são lindos. É a nova coleção de fio dental — ela diz, empolgada.

— É sério, Marta? — Arregalo os olhos. — Você não me disse que eu usaria um fio dental — digo, chocada.

— Helena, não seja ridícula. — Aline aparece ao meu lado. — Toda mulher usa fio dental — ela diz.

— Eu não uso — digo, ainda em estado de choque.

— Mas vai ter que usar — Jorge fala sem me dar chance para protestar. — Não comece a criar problemas.

Derrotada, suspiro e vou em direção ao camarim para vestir o tal biquíni. Quando volto, Eduardo já está vestindo uma sunga preta com duas listras brancas na lateral. *Uau!*

Um pouco tonta com a visão perfeita à minha frente, me aproximo dele e Paulo já começa a nos dar as orientações para as próximas fotos. Ficamos de frente um para o outro, o que acho ótimo, assim ele não vê minha parte de trás. Nossos olhos finalmente se encontram e, nesse instante, consigo ver algo diferente em seu olhar. Ele parece confuso, sem saber o que fazer.

— Para finalizar, quero uma foto mais íntima — Paulo fala com naturalidade.

— Mais íntima? — Eduardo parece chocado.

Minha nossa! O que ele quer dizer com isso?

— Vocês vão ficar de frente um para outro e encostarão os lábios lentamente. Quero que passem a impressão de que estão perdidamente apaixonados e vão se beijar. Conseguem fazer isso? — ele pergunta.

Estou perplexa demais para responder alguma coisa. Meu coração para de bater por alguns segundos. Eduardo também está em silêncio e vejo sua respiração falhar. Paulo se aproxima e nos coloca na posição correta. Estou imóvel, olhando para seus olhos azuis, que me encaram de uma maneira diferente. Ele segura meu rosto com as duas mãos e sinto a respiração ofegar. Então, lentamente, Eduardo se aproxima de mim e posso sentir seus lábios encostando nos meus. A sensação é maravilhosa e me seguro para não beijá-lo de verdade. Ele beija o canto de minha boca e isso me deixa zonza. Quando penso que vamos nos beijar de verdade, Paulo nos interrompe.

— Vocês são incríveis. Passaram muita verdade diante das lentes. Eu mesmo acreditei que estavam apaixonados um pelo outro. — Ele sorri satisfeito, olhando para as fotos que acabou de tirar.

— Muito bom! Vejo vocês na semana que vem para tirarmos as últimas fotos — Paulo se despede todo sorridente.

Pego meu roupão rapidamente e vejo Eduardo sumir pelo corredor.

Saio do estúdio exausta e começo a pensar em toda essa história de fotos. Lembro do nosso quase beijo e um calor percorre minha espinha enquanto tento pensar em outra coisa.

No caminho de volta para casa, enquanto dirijo, pego o telefone e disco o número da Cléo.

— Oi, amiga! Como foi seu dia de modelo? — ela pergunta, curiosa.

— Eu não levo jeito para isso — digo, desanimada.

— Aposto que ficou lindíssima — tenta me animar, mas não funciona. — E o Eduardo? — pergunta empolgada.

— O que tem ele?

— Não vai me contar como foi tirar fotos ao lado de um cara que te deixa toda boba. — Ela começa a rir.

— Não começa, vai — reclamo.

— Ok. Já vi que está de mau humor. Vamos sair para beber alguma coisa mais tarde e aí você me conta tudo.

— Não vai dar, Cléo. Viajo para a fazenda amanhã bem cedo.

Cléo suspira do outro lado da linha.

— Deixamos para outro dia, então. Também vou viajar amanhã cedo com os meus pais para o batizado da minha priminha. Mas, se mudar de ideia, me liga.

— Pode deixar.

— Combinado.

Pulo da cama às seis da manhã. Hoje nem preciso tomar um banho para despertar. Estou muito animada para ir à fazenda. Pego minha mala e arrumo minhas coisas. Escolho um vestido lilás para usar na festa de aniversário da vovó. Assim que termino, desço para a garagem e pego o carro. Quero chegar bem cedo na casa dos meus pais e poder ajudá-los com os preparativos da festa.

Sigo pelas ruas pensando em Eduardo. Por que ele não sai mais da minha cabeça? Senti-lo tão perto de mim, como ontem na sessão de fotos, me deixou ainda mais confusa.

Paro no sinal vermelho e tento parar de pensar nele. Ele não está nem aí para mim e nunca ficaremos juntos. Isso é apenas coisa da minha cabeça. Aumento a música que está tocando no rádio e começo a cantar *Locked Out Of Heaven*, do Bruno Mars.

O sinal fica verde e acelero o carro. Não quero demorar a chegar à fazenda. Estou louca para ver os preparativos da festa da vovó. De repente, sinto uma forte pancada e meu corpo é lançado para frente, mas fico presa pelo cinto de segurança. Em estado de choque e com a respiração ofegante, olho ao redor e vejo que estou parada no meio da rua e, para meu horror, vejo que tem um carro na traseira do meu.

Não consigo me mover. Isso não pode estar acontecendo.

Estou tão nervosa que não sei como reagir. Instantes depois, com as mãos ainda trêmulas, abro a porta e desço do carro. Vejo um rapaz saindo do outro veículo. Levo um susto ao me aproximar. *Oh, meu Deus, ele está bêbado.*

Percebo que bati o nariz, que está sangrando sem parar. Também tenho um pequeno corte acima da sobrancelha e minha mão direita está bem dolorida. Ainda em estado de choque, vejo algumas pessoas se juntarem ao meu redor, fazendo várias perguntas ao mesmo tempo. Isso me deixa nervosa.

— Moça, você está bem? — uma senhora pergunta, se aproximando de mim.

— Acho que sim — respondo sem ter muita certeza.

— Já liguei para a polícia. Quer que eu ligue para alguém da sua família? — Ela segura meu ombro.

Minha família? Oh, meu Deus! Se vovó e meus pais ficarem sabendo de um acidente comigo, vão ter um troço. Não posso estragar a festa da vovó.

— Não, obrigada. — Passo a mão no nariz para limpar o sangue que não para de escorrer.

Desesperada, pego o telefone para ligar para Cléo, mas me lembro que minha amiga já deve ter ido viajar com seus pais. Raul também está fora da cidade; viajou hoje para Goiás com a oferecida da Aline para atender um cliente. *O que eu faço agora?*

Penso, penso e nada. Instantes depois, uma ideia surge em minha cabeça.

Não, nem pensar, não vou ligar para ele. Nem morta!

Não posso pedir ajuda a ele, mas também não posso ficar aqui sozinha. Meu Deus, o que faço?

Desesperada e sem muitas opções, pego o celular e disco para Eduardo. No terceiro toque, ele atende.

— Alô. — Sua voz está sonolenta.

— Eduardo! — Dou um suspiro de alívio. — Está me ouvindo? — falo, desesperada.

— Helena? — Ele parece completamente acordado agora.

— Será que pode me encontrar? Preciso da sua ajuda. — Coloco a mão no nariz, tentando conter o sangue, e isso deixa minha voz esquisita.

— O que está acontecendo? São sete horas da manhã. — Ele parece confuso.

— Oh, me desculpe — digo envergonhada. — É que bateram no meu carro — falo, finalmente.

— O quê? — ele pergunta perplexo. — O que você fez?

— Eu não fiz nada. A culpa não foi minha — falo magoada.

— Como você está?

— Estou bem.

— Por que está com essa voz esquisita?

— Esquisita? — Solto a mão do nariz imediatamente. — Só estou um pouquinho nervosa.

— Onde você está? — pergunta apressado.

Passo o endereço para ele, mas depois fico na dúvida se realmente fiz a coisa certa. Talvez pudesse ter ligado para o Jorge; ele não me negaria ajuda. Arrependida, coloco o telefone no bolso da calça e volto a segurar o nariz, olhando mais uma vez para o carro. Droga!

O rapaz que bateu no meu carro fala algo para mim, enquanto tenta andar.

— O que disse? — pergunto sem entender.

— Você apareceu do nada.

Estou chocada com sua cara de pau.

— Você é um irresponsável. — Me aproximo dele. — Dirigir bêbado dá cadeia.

Observo o rapaz, que parece ter machucado a perna esquerda.

— Você é que não sabe dirigir. — Ele ergue uma sobrancelha num gesto sem paciência.

— Não diga besteiras. Você poderia ter me matado.

— Mas não matei. — Seu rosto parece preocupado.

— Você está mancando — digo, olhando para ele. — Deve ter machucado a perna.

— Não posso ser preso. — O medo está visível na sua fisionomia e, apesar da sua irresponsabilidade, quase sinto pena.

— Estava em uma festa e, quando voltava para casa, seu carro apareceu no meu caminho. — Ele tenta segurar a perna.

— Como pode ser tão irresponsável? — digo chocada.

O rapaz olha para o seu carro e analisa o estrago. Depois, cobre o rosto com as mãos, completamente desesperado.

— Como vou explicar isso para o meu pai?

— Contando a verdade. Diga que foi irresponsável. — Minha voz continua esquisita.

— Helena?

Eu me viro.

— Eduardo! — Tiro a mão do nariz e corro até ele. Ele me dá um abraço apertado. Fico sem ar quando o vejo vestindo bermuda, camiseta branca de malha e chinelo depois que nos afastamos. *Uau!*

— Você está bem? — ele pergunta preocupado. — Seu nariz está sangrando.

— Não é nada demais. — Volto a apertar o nariz.

— O que aconteceu aqui? — Ele olha ao redor.

— O rapaz está bêbado — digo, apontando para o responsável por essa grande confusão.

Ele olha para os dois carros parados no meio da rua como se não acreditasse no que está acontecendo.

— Fique calma. Estou aqui para te ajudar. — O tom carinhoso em sua voz me deixa surpresa.

Enquanto ele conversa com o policial que está fazendo o boletim de ocorrência, me afasto da multidão de curiosos que não para de aumentar ao nosso redor. Não consigo entender de onde surgiu tanta gente em tão pouco tempo. Com a cabeça confusa, sento na calçada e fico observando tudo por um longo tempo. O sangue do meu nariz parou de escorrer, mas o pequeno machucado na minha sobrancelha começa a arder.

Assustada com toda essa confusão, começo a chorar baixinho e deixo escapar alguns soluços de vez em quando. Instantes depois, Eduardo me surpreende ao sentar ao meu lado. Ele me abraça, encostando minha cabeça em seu peito largo. A sensação de ficar em seus braços é maravilhosa; seu braço é reconfortante.

Apesar de tudo o que aconteceu hoje, estou feliz por ele estar aqui comigo. Será que isso é normal?

— Só não vou te chamar de barbeira porque o cara está bêbado — ele diz, fazendo uma gracinha.

— Muito gentil da sua parte — digo, deixando escapar um sorriso.

— Conversei com o policial. O rapaz que bateu no seu carro estava completamente embriagado, voltando de uma festa. Já o levaram para a delegacia. Ele está bem encrencado — ele diz, sem deixar de acariciar meus cabelos. — Quanto a você, já está liberada. Só precisa esperar o pessoal do seguro para guinchar o seu carro. Também já peguei as coisas que estavam dentro dele e coloquei no meu.

— Obrigada. Desculpe ter te acordado tão cedo em pleno sábado. — Eu me aperto um pouco mais em seu abraço.

— Não tem problema.

— Oh, droga! — digo, levantando a cabeça rápido demais, o que me deixa zonza.

— O que foi? — Ainda sentado, ele me segura pelos ombros.

— Estava indo para a fazenda dos meus pais. Hoje é a festa de aniversário da minha avó. Agora, sem carro, não vou poder ir.

Não posso perder a festa da vovó.

— Será que você pode me levar até a rodoviária? Tentarei conseguir uma passagem para Petrópolis para agora de manhã.

— Nada disso, Helena. Você não vai de ônibus depois de tudo que passou. Eu te levo — ele diz gentilmente. Sua proposta é tentadora, mas não posso abusar assim de sua bondade.

— Não precisa. Eu posso ir de ônibus — digo. Depois, observo sua camiseta branca manchada com o meu sangue. Isso me deixa envergonhada.

— Eu faço questão — ele insiste e pega minha mão. Sinto-me sem jeito de recusar sua ajuda.

Respiro fundo e digo:

— Só aceito a carona se você ficar para a festa da minha avó hoje à noite.

Ele balança a cabeça em negativa.

— Helena, não posso aceitar. Não é nada educado chegar para uma festa sem ser convidado.

— Mas eu acabei de te convidar. — Sorrio.

— Melhor não. — Ele balança a cabeça mais uma vez.

— Já que não pode aceitar o meu convite, também não posso aceitar sua carona. — Olho para ele um pouco chateada.

Ele me encara pensativo e finalmente diz:

— Tudo bem. — Ele solta um suspiro. — Não vou deixar você ir para

Petrópolis de ônibus.

Suspiro aliviada.

— Só preciso passar em casa para tomar um banho. Não posso chegar lá desse jeito. Meus pais enfartariam. — Levanto da calçada e fico de pé, sentindo uma dor incômoda nas costas.

— Claro. Eu te deixo na sua casa e passo na minha para pegar algumas roupas. — Ele levanta também. — Mas antes vamos passar no hospital para ver esse nariz.

— Obrigada. — Dou um abraço nele. — Obrigada mesmo!

Meu gesto inesperado o deixa sem reação, mas, instantes depois, sinto seu corpo relaxar e ele gentilmente retribui o abraço, completamente sem jeito.

Capítulo 08

Olho o interior do carro de Eduardo. É impecável, bem diferente do meu, que vive com latinhas de refrigerante e embalagens de chocolate espalhadas dentro dele.

Conversamos no caminho até a fazenda. Ele nem parece aquele cara chato que trabalha comigo. Está simpático e gentil. Faço perguntas sobre sua vida e descubro que ele tem uma irmã mais nova que estuda moda em Paris. Seu pai é empresário e sua mãe, dermatologista. Mas ele não me diz mais nada além disso.

Fico admirando-o enquanto ele dirige. Apesar de toda aquela confusão do acidente, também estou me sentindo feliz por estar em sua companhia. Não sei explicar, mas sempre me sinto melhor ao lado dele.

Depois de uma hora de viagem, ele estaciona seu BMW esporte preto em frente à entrada da fazenda dos meus pais.

Devo admitir, a fazenda é linda. Aqui não há luxo, mas é um lugar especial. Ao nos aproximarmos da casa, Nina, minha cachorrinha vira-lata, vem nos receber. Apesar de arteira, ela é dócil e brincalhona.

Ela começa a morder meus pés, mas não me agacho. Ainda sinto minhas costas doloridas, embora o médico que me examinou tenha dito que está tudo bem. O pequeno corte acima da sobrancelha foi apenas superficial. Meu nariz está ótimo, apesar de dolorido e um pouquinho roxo.

— É uma bela fazenda — ele diz, encantado.

— Você ainda não viu nada. Precisa ver o resto — digo, sorrindo. Nina não esconde a felicidade ao me ver e fica pulando em minhas pernas, então pego-a no colo

— Ai! — solto um pequeno gemido de dor.

— Precisa tomar cuidado, Helena. Acabou de sofrer um acidente. — Sua preocupação me faz sorrir.

— Não exagere. Estou bem. — Nina lambe meu rosto e depois pula do meu colo, saindo correndo pela fazenda.

— Precisa ser menos desastrada. Isso pode te causar problemas. — Sua expressão séria e o tom seco em sua voz me deixam chateada. Eu não sou desastrada. Fecho a cara e seguimos em silêncio até a porta que dá acesso à sala da casa. Vovó aparece na porta, linda, usando um vestido listrado e tamancos de salto. Aliás, ela está sempre de salto.

O cabelo branco de vovó está cheio de bobes. As unhas das mãos e dos pés estão pintadas de roxo. Ela já está maquiada. Preciso dizer que o batom vermelho e a sombra lilás estão um pouquinho demais para o dia.

— Helena! — vovó grita e abre os braços para mim.

Eu me aproximo e recebo seu abraço.

— Feliz aniversário, vovó! — digo, sorrindo. Quando me solta, seu olhar vai direto para Eduardo.

— Finalmente! — ela diz, sem tirar os olhos dele. — Por que não me disse que estava namorando?

— Vovó! — exclamo, exasperada. — Ele não é meu namorado.

— Ah, não? — Ela parece decepcionada.

Um pouco sem jeito, ele estende a mão para cumprimentá-la.

— Prazer, dona Eliza. Sou o Eduardo, amigo da Helena.

— Amigo? — A decepção não deixa seu rosto, mas instantes depois ela volta a sorrir.

— Como vai, querido? — Ela ignora sua mão estendida e lhe dá um abraço apertado. — Você é muito cheiroso, rapaz. — Vovó cheira seu pescoço. — E bonito também.

— Não o deixe sem graça, vovó — digo antes que ela continue com isso.

— Ele trabalha comigo lá na CET — falo, um pouco sem jeito.

— Hummm... — Ela sorri e não diz mais nada.

Ele continua calado. Acho que vovó o fez perder a voz. Aposto que está arrependido de ter me trazido até aqui. Eu falei que viria de ônibus.

— Eduardo me deu uma carona — explico. — Tive problemas com o carro e aproveitei para convidá-lo para ficar para sua festa. Espero que não se importe — digo, um pouco sem jeito quando percebo que ele olha para mim.

— Claro que não me importo. — Ela sorri. — Minhas amigas vão ficar doidas quando virem você. Parece um galã de novela.

— Obrigado — ele diz, educadamente.

— Helena nunca trouxe um rapaz aqui na fazenda. Você é o primeiro. — Ela sorri sem parar.

— Vovó! — Suspiro, exasperada. Começo a perceber que convidá-lo para conhecer minha família não foi uma ideia tão boa assim.

— Filha, você chegou! — minha mãe diz, se aproximando da gente. — Que saudade da minha filhinha. — Ela me abraça.

— Mãe! — digo, envergonhada.

Eduardo nos olha em silêncio, mas sei que deve estar com vontade de rir. Droga!

— Você demorou, já estava preocupada. — Ela me analisa atentamente com seus olhos claros.

— Tive que resolver um problema antes.

— Por que seu nariz está roxo? O que aconteceu com você? — Sua expressão se torna preocupada.

— Pensei que fosse maquiagem — vovó diz, me observando também.

Mamãe afasta minha franja e agora olha para o pequeno curativo. Dou um longo suspiro. Como vou explicar isso sem que elas façam um escândalo? Melhor deixar esse assunto para depois.

— Não foi nada demais, mamãe. — Tento disfarçar, cobrindo o curativo com a franja novamente.

Antes de continuarem me enchendo de perguntas, eu apresento Eduardo, pois não quero que ela comece a dizer coisas que me deixem com mais vergonha.

— Mãe, esse é Eduardo — digo. — Eduardo, essa é a minha mãe, Estela. — Tento parecer tranquila.

— Eduardo? — Ela o analisa demoradamente.

— Muito prazer, Sra. Estela. — Ele a cumprimenta de maneira séria.

— Oh, pode me chamar apenas de Estela. — Ela deixa escapar um sorriso.

— Ele trabalha comigo, mãe. Somos amigos. — Dou um pouco mais de ênfase na palavra "amigos", antes que ela comece a imaginar coisas.

— Vamos entrar. — Ela sorri, parecendo esquecer as perguntas que sei que a qualquer momento vai me fazer.

Entramos na espaçosa sala, que está uma bagunça. Há uma caixa cheia de frutas em cima de uma cadeira. Várias fitas de cetim em cima do sofá e arranjos de decoração espalhados pelo chão.

— Meu Deus! Que bagunça — digo, espantada.

— Sua avó está nos deixando loucos com tantas coisas — mamãe fala enquanto tira as fitas de cetim de cima do sofá.

— Não se preocupem, até a noite estará tudo no lugar — vovó responde. Mas eu não consigo acreditar que isso seja possível.

— Para que tantos espelhos? — pergunto ao ver uma porção deles num canto da sala.

— Helena! — vovó diz, exasperada. — Não acredito que não sabe que a última moda em casas noturnas são espelhos — ela diz isso como se fosse uma adolescente de quinze anos.

— Ah, eu não sabia — digo, por fim, me sentindo a velha da história. Eduardo parece encantado com vovó. É sempre assim, vovó conquista todo mundo.

Sento com cuidado no sofá para não quebrar um espelho pequeno que está encostado na poltrona ao lado.

— E papai, onde está? — pergunto.

— Deve estar perdido no meio de tanta bagunça — minha mãe responde enquanto desocupa o outro sofá para que Eduardo possa se sentar.

— Seu pai deve estar atrás de algum bicho por aí — vovó fala, se sentando ao lado de Eduardo. — Você sabe que ele é o tipo de pessoa que não gosta muito de ajudar em trabalhos domésticos. Aposto que, quando viu o tanto de coisa que temos que fazer, saiu correndo atrás de algum cavalo ou vaca.

Sorrio. Meu pai é um veterinário muito querido aqui na região. Sua vida é se dedicar aos animais. Ele ficou um pouco decepcionado quando larguei a faculdade de medicina veterinária no primeiro semestre e segui a carreira publicitária. Fazer o que, eu não consigo cuidar daqueles bichinhos indefesos.

Minha mãe nos chama para a cozinha. Levanto e peço para Eduardo me acompanhar. Assim que entramos, levo um susto ao ver ainda mais bagunça. Panelas e mais panelas estão empilhadas na pia. Caixas de bebidas estão esparramadas pelo chão. Doces de diversos tipos e cupcakes decorados estão em toda parte. Um lindo bolo de sete andares decorado com flores está sobre a mesa.

— Sete andares, vovó? — pergunto, perplexa.

Ela se vira e olha orgulhosa para o bolo.

— Não é lindo, Helena? — Ela sorri admirada. — Cada andar representa uma década de vida.

Olho para ela e depois para o exagero de bolo. Pensando bem, até que faz sentido.

Matilde, a cozinheira dos meus pais há anos, entra na cozinha com um pacote de farinha nas mãos.

— Helena! — Ela sorri ao me ver. — Que saudade. — Com uma expressão cansada, ela coloca o pacote de farinha em cima da mesa e me abraça carinhosamente. Eduardo continua parado, perdido no meio de tanta bagunça.

— Matilde, esse é o Eduardo. — Ele sai da mesa para cumprimentá-la.

Ela lhe dá um abraço bem apertado. Olho para Eduardo e posso ver o quanto está constrangido. Não acho que esteja acostumado com uma família louca como a minha.

— Querida, está tudo bem? — vovó pergunta, analisando minha expressão.

— Está sim — digo, morrendo de vergonha. Eduardo jamais vai querer voltar aqui, depois de ver tanta bagunça.

— Tem certeza de que está tudo bem? — ela insiste.

— Tenho.

Eduardo se aproxima de mim, mas evito seus olhos.

— Helena, por que não disse que estava namorando? Eu poderia ter preparado algo especial para ele comer. — Matilde parece radiante.

Por que todo mundo acha que Eduardo é meu namorado? Não posso ter um amigo bonito?

— Matilde, Eduardo é um amigo. Trabalhamos juntos — digo, constrangida.

— Amigos? — Ela parece decepcionada.

— Sim. Amigos. — Meu rosto parece que vai explodir. Olho para Eduardo, que agora parece se divertir com a situação, pois ostenta um pequeno sorriso em seus lábios perfeitos. Não consigo olhar para ele. Quero sair correndo, mas permaneço parada com a mão no rosto, morrendo de vergonha.

— Desculpe — ela diz, envergonhada. — Pensei que finalmente tivesse arrumado um namorado.

Eduardo me olha, tentando disfarçar o sorriso, mas desiste. Ele parece bem mais relaxado do que eu. Meu rosto está em chamas com toda essa situação. *Que vergonha, meu Deus!*

— Ninguém namora hoje em dia, Matilde — vovó diz, distraída, olhando para seu bolo de sete andares. — Eles ficam. Entendeu?

— Vovó! — grito. — Não é nada disso! Eu não fico com ninguém.

— Não? — Ela para de olhar para o bolo e me encara, chocada. — Pensei que vocês dois estivessem tendo um lance.

Lance?

— Não existe lance nenhum — digo, apavorada. Olho para Eduardo e dessa vez ele solta uma gargalhada.

⁂

Depois da cena embaraçosa na cozinha, Eduardo e eu e vamos para a sala. Apesar da confusão em que a casa se encontra, consigo arrumar um espaço no sofá e pego uma das almofadas coloridas, colocando-a em meu colo. Ele se senta ao meu lado com os olhos ainda divertidos.

— Desculpe por tudo isso — digo, morrendo de vergonha. — Aqui todo mundo é um pouco louco — tento me desculpar.

— Não se preocupe, Helena. Eu até que me diverti. — Ele cruza os braços e fica me encarando. Estamos tão próximos, sentados um do lado do outro, que fico sem reação. Nunca consigo agir com naturalidade quando estou ao seu lado. Sempre me atrapalho e acabo fazendo algo que me arrependo depois. Sua companhia me deixa tranquila e nervosa, tudo ao mesmo tempo.

Começamos a conversar e rir de coisas sem importância até que estrago o momento descontraído fazendo um comentário ridículo.

— Aline parece fazer um grande esforço para chamar sua atenção — digo, já arrependida por ter aberto a boca.

— Ah, é? — Ele sorri interessado.

Engulo em seco. Droga! Por que coloquei Aline no meio da nossa conversa? *Burra!*

— Ela parece interessada em você — digo, com o rosto em chamas.

Ele pensa por alguns instantes antes de responder.

— Não acredito que ela esteja interessada, além do mais, também não estou interessado nela.

Eu o encaro sem saber o que pensar. Será que Eduardo está mentindo para mim? Bom, talvez ele realmente não goste de mulheres oferecidas como ela.

O clima fica esquisito e um pouco desconfortável. Mas, quando penso em consertar as coisas, meu pai entra na sala, tentando desviar da bagunça no chão.

— Pai! — exclamo assim que o vejo. Magro, alto e completamente careca, ele usa uma camisa xadrez. Levanto do sofá rapidamente e vou de encontro a ele.

— Oi, filha, como está? — Ele abre um sorriso encantador.

— Melhor agora. — Nos abraçamos demoradamente e depois me viro em direção a Eduardo.

— Pai, esse é meu amigo, Eduardo — digo antes que ele pense algo errado.

Papai olha para Eduardo e depois para mim. Sei que está me analisando, tentando decifrar o que significa essa amizade. Eduardo se levanta rapidamente para cumprimentá-lo.

— Sou o pai da Helena. — Os dois se cumprimentam com um aperto de mão.

— Prazer, Sr. Luis. — Eduardo dá um sorriso educado.

Papai analisa Eduardo demoradamente e depois volta a me encarar.

— Filha, o que aconteceu com o seu nariz? — Ele me encara.

— Hum... Nada demais. — Viro o rosto.

— Desastrada do jeito que é, aposto que trombou em alguma parede. — Sorri e bagunça meu cabelo.

— Não trombei em nenhuma parede — digo, irritada.

Eduardo sorri.

— O almoço está servido. — Mamãe aparece na sala, nos interrompendo. Ela me olha por alguns instantes e franze a testa.

— Helena, vá pentear esse cabelo. Está uma bagunça.

Reviro os olhos. Seguimos para a sala de jantar e nos sentamos à mesa. Papai senta na ponta, enquanto eu fico ao lado da mamãe. Vovó e Eduardo sentam-se do outro lado. Eduardo e eu ficamos de frente um para o outro, o que me deixa bastante incomodada.

— Quantos anos você tem, Eduardo? — Vovó começa suas perguntas. *Estava demorando.*

— Vinte e seis — ele responde educadamente.

— Vinte e seis. — Ela parece encantada. — Um garoto ainda.

— Helena nunca falou de você pra gente. — Meu pai parece desconfiado.

— Helena e eu nos conhecemos há apenas duas semanas. Sou novo na agência. — Seu sorriso se torna simpático. — Somos amigos.

— Trabalhamos juntos, papai — digo um pouco incomodada. — Eduardo é um ótimo amigo.

Meu pai nos analisa. Ele não vai parar de encher Eduardo de perguntas enquanto não descobrir o que realmente temos.

— Está gostando de trabalhar na CET? — papai continua puxando assunto.

— Estou sim. A CET é uma agência bem estruturada, mas precisa de alguns ajustes internos para expandir ainda mais no mercado.

Ergo as sobrancelhas e fico admirada com seu profissionalismo. Além de lindo, ele é dedicado e inteligente.

— A Helena nunca trouxe nenhum amigo para conhecermos. — Papai olha para mim.

— Papai. — Eu o encaro. — Pare com isso — digo, sem paciência.

— Qual é o problema em falar isso? Quero saber por que o trouxe aqui.

Respiro fundo.

— O problema é que ele é meu amigo e o convidei para festa. Você está deixando-o sem graça.

Ele dá de ombros.

— Tudo bem. Desculpe-me. — Ele enfia um bocado de comida na boca.

Ele parece entender que não é educado falar dessa maneira. Meus ombros relaxam um pouco. Voltamos a almoçar tranquilamente, mas não demora muito para minha família começar a dizer coisas embaraçosas. Dessa vez, é minha mãe que pergunta:

— Eduardo, a Helena te contou que é uma ótima violinista?

Eu não acredito nisso!

— Mãe, por favor — falo, sem paciência. — Podemos deixar esse assunto para outra hora?

Ela me ignora e continua:

— Ela toca violino desde pequena. Dá gosto de ver como é talentosa — ela diz com os olhos cheios de orgulho. — Quando era criança, tocava para nós todos os domingos à noite — ela diz emocionada.

Meu rosto está queimando de vergonha. Será que minha família não pode parar de falar pelo menos enquanto almoçamos? Eduardo deve estar me achando patética.

— Não precisa ter vergonha, Helena. Seu amigo precisa saber que tem uma amiga muito talentosa — mamãe insiste.

— Mamãe, pare com isso, por favor — digo, quase perdendo a paciência com ela.

— Não seja chata. Só estou contando para seu amigo como é talentosa. Não tem nada demais nisso.

Baixo a cabeça.

— Estou muito surpreso por saber que toca violino, Helena — Eduardo diz. Aposto que está tirando sarro da minha cara.

— Querida, você poderia tocar aquela música que eu adoro para o Eduardo — vovó diz entusiasmada e depois se vira para Eduardo. — Precisa vê-la cantando, a voz dela é lindíssima.

Jesus!

— É mesmo? — Eduardo parece surpreso.

Não respondo. Estou tão nervosa que minha vontade é mandar Eduardo embora daqui e dizer que nunca mais venha na casa da minha família. Eu não deveria tê-lo convidado para passar o final de semana aqui. Essa foi uma das ideias mais ridículas que já tive.

Agora ele está sorrindo para mim. É claro que está se divertindo com a minha cara. O almoço não está nem de longe saindo da forma tranquila que eu esperava e, de repente, não sinto mais fome.

— Está tudo bem, filha? — meu pai pergunta, me analisando. — Você mal mexeu na comida e isso é estranho. Geralmente é a primeira a raspar o prato e repetir — ele diz, me matando ainda mais de vergonha.

— Pai! — digo entre os dentes. — Eu não raspo o prato — tento me defender.

— Raspa, sim — todos respondem ao mesmo tempo.

Deus do céu!

Depois do terrível almoço, no qual minha família me matou de vergonha, vamos para a sala e corro até a mala para pegar o presente que comprei para vovó. Não tenho dúvidas de que ela vai amar.

— Olha o que eu trouxe — digo, empolgada. — Espero que goste, vovó.

Todos na sala olham curiosos para o presente em minhas mãos. Mas, antes de entregá-lo, dou o presente que Cléo mandou. Vovó fica encantada com a pulseira dourada com o pingente de Santo Antônio.

— Adorei! — Ela coloca a pulseira no braço. — Quem sabe dessa vez não arrumo um namorado? Estou até pensando em dar uma chance para o Mario, aquele bonitão da padaria. — Ela pisca para mim.

— Mamãe, ele deve ser uns vinte anos mais jovem do que a senhora.

— Ora, Estela, hoje em dia não existe mais essa coisa de idade. Minha amiga Cleide tem setenta e dois anos e está namorando um garotão de quarenta e sete. O relacionamento deles está indo superbem.

Mamãe suspira frustrada e eu também. Vovó não tem muito juízo.

— Bom, mas agora vamos deixar vovó abrir o meu presente.

Mamãe e vovó estão sentadas no sofá enquanto papai está em uma poltrona e Eduardo na outra. Continuo de pé na frente das duas, olhando para vovó com expectativa. Ela finalmente abre o presente e fica surpresa ao se deparar com um iPhone. Vovó abre e fecha a boca, sem conseguir dizer uma única palavra. Não há dúvidas de que ela amou o presente.

— Meu Deus! Helena, é um iPhone — ela diz empolgada enquanto analisa cada detalhe do aparelho.

— Sim — digo, orgulhosa.

— Minha querida, estava louca por um desses. Todas as minhas amigas têm. — A empolgação está nítida em seu olhar, mas logo volta a olhar para mim. — Mas esse celular é muito caro. Não posso aceitar que gaste esse dinheiro comigo. Sabemos que está apertada depois que comprou seu apartamento.

— Eu sei, vovó, mas fica tranquila. — Sento-me no chão da sala com um pouco de dificuldade por causa da dor nas costas e Nina se junta a mim. — Apareceu um trabalho novo e, com o dinheiro, vou conseguir quitar o restante da dívida do apartamento e ainda vai sobrar um pouco para ajudar o Cantinho de Amor, o orfanato lá de Niterói.

Eduardo me olha, surpreso com o que acabo de dizer. Ele parece não entender o que estou dizendo, mas não me importo e continuo falando com vovó.

— Filha, que trabalho novo é esse? — meu pai pergunta, curioso. — Não me diga que vai sair da CET?

— Não é nada disso, pai. — Sorrio. — Não vou sair da CET, apenas vou tirar umas fotos para uma campanha publicitária. — Percebo todos os olhos na sala voltados para mim.

— Eduardo e eu fomos chamados para tirar as fotos da campanha da Verão Brasil. — Olho para Eduardo, um pouco sem jeito.

— Verão Brasil? — papai pergunta, sem entender. — Mas o que é Verão Brasil?

— É uma marca de roupas de banho. Eles têm biquínis lindíssimos. Eu mesma comprei um maravilhoso esses dias — vovó diz, voltando sua atenção para o iPhone.

— Isso mesmo, vovó. — Confirmo com a cabeça.

— Você já viu os modelos fio dental? São maravilhosos, pena que não tinha o meu tamanho — vovó diz sem desviar sua atenção do aparelho.

Engulo em seco.

— Filha, você vai virar modelo? — minha mãe pergunta, orgulhosa.

— Minha neta modelo, que luxo — vovó fala, radiante.

— Não é nada disso. — Reviro os olhos. — É apenas um trabalho que apareceu. Achei que o dinheiro ia ser bom.

Dou de ombros.

— Querida, você e Eduardo vão ficar lindos nessas fotos. — Vovó bate palmas diversas vezes, mostrando sua empolgação. — Vai sair nas revistas?

— Vai. — Dou um suspiro.

Vovó parece até esquecer o presente que acabou de ganhar, pensando em como será ver sua neta estampada em várias revistas de moda. Minha mãe e ela começam a dar gritinhos empolgados enquanto planejam contar para toda a família que virei modelo. Eu sabia que elas iam se comportar dessa forma.

— Helena, você continua ajudando aquele orfanato? — meu pai pergunta, ignorando o ataque de histerismo de mamãe e vovó.

Dou um sorriso por ele finalmente desviar o rumo da conversa.

— Depois que comprei o apartamento, não ajudei mais com dinheiro, agora comecei a dar aulas de violino para algumas crianças, aos domingos. Elas estão adorando — falo entusiasmada. — Pena que não temos dinheiro suficiente para comprar mais instrumentos. Eles conseguiram comprar dois com dinheiro de doações e eu dei mais três. Então, só consigo dar aula para cinco crianças por vez.

— É um trabalho muito bonito, filha.

— Cléo também vai comigo. — Dou um largo sorriso. — Ela se candidatou como dentista voluntária.

Olho para Eduardo e uma expressão estranha cruza seu rosto. Ele parece confuso e chocado com o que acabo de dizer. Enrugo a testa, me perguntando se disse algo errado. Será que ele é o tipo de pessoa que não gosta de ajudar?

— Helena, será que você me empresta seu amigo para uma foto? Quero postar no meu Facebook. Minhas amigas vão morrer de inveja. — Vovó abre um largo sorriso.

— Melhor perguntar para ele — digo, corando. Olho sem graça para Eduardo, que se levanta da poltrona e senta no sofá ao lado de vovó.

— Será um prazer. — Ela sorri para ele. Não há dúvida, vovó está encantada por ele.

Para evitar mais vergonha envolvendo Eduardo, me levanto do chão e pego o iPhone de suas mãos para tirar a foto dos dois. Vovó está com bobes no cabelo, sorrindo de orelha a orelha, enquanto Eduardo dá apenas um discreto sorriso.

Tiro a foto dos dois e uma sensação esquisita invade meu peito. Sinto vontade de sentar ao seu lado e tirar uma foto também. Por que ele me faz sentir coisas esquisitas? Por que tenho vontade de ficar ao seu lado e não sair nunca mais?

— Tira mais uma só para garantir — vovó diz, me despertando para a realidade.

— Tudo bem. — Bato mais uma foto dos dois.

Devolvo-lhe o aparelho e sento na poltrona onde Eduardo estava. Ele permanece sentado ao lado da vovó, mas não desvia seu olhar do meu. Ele parece diferente. Mais relaxado, talvez.

— Ficamos lindos, Eduardo — vovó diz alegremente. Ele olha para a foto e concorda com a cabeça. Acho graça ao ver os dois se dando tão bem. Eduardo, sempre tão sério, acabou se rendendo ao jeito exagerado e intenso de vovó. Ainda admirando os dois juntos, deixo escapar um leve sorriso. Começo a me sentir um pouco mais tranquila.

— Helena, sua avó disse que você teve um probleminha o carro. O que aconteceu? — papai pergunta, me tirando do meu momento de tranquilidade.

— Não acha que já está na hora de trocar aquele carro por um modelo mais novo? — Ele pega a cachorrinha e a coloca em seu colo.

Por que meu pai teve que se lembrar disso agora? Como vou falar de um acidente sem deixá-los preocupados? Olho para Eduardo, que agora presta atenção em mim. Fico com a respiração presa na garganta. Gostaria de evitar esse assunto, afinal, hoje é dia de festa e não queria estragar a felicidade de vovó por nada.

— Não foi nada demais. — Olho para todos e me pergunto por onde devo começar.

— Eu já disse mais de mil vezes que carro velho só dá dor de cabeça. — Meu pai começa a alisar os pelos de Nina, que se aconchega em seu colo.

— Não foi nenhum problema mecânico, pai. — Suspiro e continuo. — Bati o carro hoje de manhã.

— Ai, meu Deus! — Minha mãe se levanta do sofá, desesperada. — Você bateu o carro, Helena?

— Não foi nada sério, mãe — tento acalmá-la. — Não está vendo que está tudo bem comigo? Só passei no hospital para ver meu nariz e o pequeno corte na sobrancelha. — Tento sorrir, mas não consigo ao ver a expressão assustada de vovó e dos meus pais.

— Tem certeza de que está bem? — Meu pai coloca Nina no chão e se aproxima de mim. — Por que não nos ligou para contar o que aconteceu?

— Eduardo me ajudou. — Dou um pequeno sorriso para ele, que sorri para mim. — Não quis preocupar vocês. Está tudo bem. Acredite.

Vovó e meus pais não param de me perguntar como tudo aconteceu e como estou. Estão todos ao meu redor, me perguntando se estou sentindo dor em algum lugar e minha mãe começa a me apertar para checar se não tenho nada quebrado. Respiro fundo. Sabia que eles surtariam com essa notícia.

— Helena, por que não vai descansar um pouco? Também leve Eduardo para conhecer o quarto de hóspedes. Vocês dois precisam de um descanso — minha mãe diz e, por um momento, acho isso uma ótima ideia. Estou exausta. Faço que sim com a cabeça, e seguro a mão de Eduardo para que ele me acompanhe.

Papai sai junto com mamãe pela bagunça da sala, enquanto vovó vai para a cozinha com Matilde.

Subimos as escadas e paro em frente a uma porta larga de madeira.

— Esse é o seu quarto. — Abro a porta para que Eduardo possa entrar. Ele coloca sua pequena mala em cima de uma cadeira de madeira. — É tudo bem simples. Aqui na fazenda não temos luxo. — Dou um sorriso um pouco sem jeito.

— Está ótimo. — Eduardo observa cada detalhe do quarto. A cama é simples e está coberta por uma colcha branca com bolinhas amarelas. Uma estante com livros da época da escola se destaca entre a escrivaninha de madeira e o tapete de coração rosa claro. Ele continua olhando cada detalhe com olhos curiosos.

— Era aqui que eu estudava quando era mais nova — falo, um pouco sem jeito. — Minha mãe pediu para te levar até o quarto de hóspedes, mas achei melhor te trazer para cá.

Eduardo me olha, confuso.

— Esse não é o quarto de hóspedes? — ele pergunta.

— Não. — Caminho até a enorme janela de madeira, afasto a cortina de tecido e abro-a.

— Essa janela tem vista para o meu quarto — digo. Eduardo me olha surpreso, o que o deixa ainda mais lindo.

Ele se aproxima e vê minha janela aberta. Dali é possível ver praticamente meu quarto inteiro. As paredes rosa claro, um guarda-roupa de madeira, uma mesinha de canto e minha cama perfeitamente arrumada com uma colcha colorida e vários ursinhos de pelúcia em uma prateleira no canto do quarto. Solto um suspiro de alívio ao ver que minhas Barbies não estão em seu campo de visão. Um grande pôster também parece chamar a atenção de Eduardo. Na foto, estou com os olhos fechados tocando violino. Eduardo continua olhando para a foto e para o meu quarto sem dizer uma única palavra.

— Se precisar de alguma coisa, é só aparecer na janela. — Deixo escapar um sorriso. — A distância é pequena, por isso é só me chamar que eu escuto. O quarto de hóspedes fica do outro lado, por isso preferi te deixar aqui. Cléo sempre prefere ficar nesse. — Sorrio.

Eduardo presta atenção em mim e, depois de alguns instantes, volta a olhar para as duas janelas com uma expressão que não consigo decifrar.

— Se não gostou, posso te levar para o quarto de hóspedes — digo, um pouco nervosa. — Só achei que talvez preferisse ficar mais perto, caso precise de alguma coisa. — Desvio o olhar e enfio as mãos nos bolsos de trás da calça jeans. Eu não deveria tê-lo trazido para esse quarto. Essa foi uma ideia bem idiota.

— Eu adorei o quarto, Helena. — Ele dá uma rápida olhada ao redor e depois continua: — É muito aconchegante. — Ele me encara, mais uma vez, com aquele olhar que me deixa nervosa. — Mas não precisava se preocupar comigo. Você é uma ótima amiga. — Ele sorri, agradecido.

Desmancho o sorriso. Amiga? Eduardo disse *AMIGA?*

Tiro as mãos do bolso e me afasto dele. Preciso sair daqui. Sigo em direção à porta para deixá-lo sozinho. Não sei por que, mas a palavra amiga me deixa chateada. Não sei como seria uma amizade com Eduardo. Adoro sua companhia.

Também gosto de conversar com ele, mas não sei como ser amiga de um cara que tenho vontade de beijar a cada cinco minutos. Isso não costuma dar certo.

Pego na maçaneta da porta, mas, antes de abri-la, me viro para encará-lo.

— Desculpe se minha família te deixou constrangido em algum momento. Sei que eles falam um pouco demais — digo envergonhada.

Ele me dá um pequeno sorriso.

— São todos muito simpáticos.

Eduardo se aproxima de mim. Meu coração está disparado dentro do peito. Penso em abrir a porta e sair correndo, mas apenas digo:

— Espero que não esteja arrependido por ter aceitado meu convite.

— Não estou arrependido. — Ele parece sincero.

Preciso sair daqui o mais rápido possível. Não consigo me comportar direito com Eduardo me encarando desse jeito. Preciso abrir a porta. Preciso de ar.

— Vou te deixar sozinho — digo, abrindo a porta. Eduardo se aproxima um pouco mais. Por que ele está fazendo isso comigo?

— Espere — ele diz, segurando meu braço. Ai, meu Deus! Eduardo está querendo me beijar? É claro que sim. Por que está tão próximo a mim? Chegou o momento que tanto esperei. Ele vai perguntar se pode me beijar e eu vou responder SIM!

— Você queria o dinheiro da campanha para ajudar o orfanato? — ele pergunta, olhando no fundo dos meus olhos.

O quê? Sua pergunta me pega de surpresa e sinto a decepção atingir meu peito. Por que Eduardo resolveu falar sobre isso agora? Pensei que fosse me beijar. Respondo que sim e percebo como sou burra em achar que Eduardo poderia me beijar. É claro que não. Ele disse que sou sua amiga. Amigos não se beijam. Essa é a lógica das coisas.

— Eu disse que precisava de dinheiro — respondo, sem entender por que Eduardo quer falar sobre isso nesse exato momento. — Mas por que está me perguntando isso? — Franzo a testa.

— Só fiquei curioso. — Nossos olhos se encontram, deixando minhas pernas bambas e, quando acho que dessa vez finalmente vai rolar o tão esperado beijo, ele simplesmente diz: — Até mais tarde, Helena.

Até mais tarde, Helena?

Tudo bem. Nada de beijo. Preciso entender que ser amiga de Eduardo pode ser um grande problema.

Capítulo 09

Ficar sozinha pensando na minha estranha amizade com Eduardo é algo que me deixa ainda mais confusa. Droga! Nunca me senti assim.

Sei que não devo deixar esse sentimento aumentar dentro de mim, mas está cada vez mais difícil afastar o que estou sentindo. Nunca me apaixonei por ninguém. Já fiquei encantada por outros caras, mas nada que se compare ao que venho sentindo quando estou perto dele, ou quando ele está longe de mim. Eduardo é diferente. Sinto uma conexão extremamente forte quando estamos juntos.

Depois que o deixei em seu quarto, desci para ajudar vovó e mamãe nos preparativos da festa, mas elas insistiram para eu subir e descansar. Sem forças para protestar, fui para o meu quarto e fiquei um tempão deitada na cama, olhando para o teto, sem pensar em nada. Ou melhor, pensando em Eduardo. Fiquei tão exausta que acabei caindo no sono.

Depois de sonhar mais uma vez que estava em seus braços, acordei assustada. Olho para o relógio e vejo que já deveria ter tomado banho e me arrumado para a festa. Levanto da cama apressada e dou de cara com a janela aberta do quarto onde Eduardo está. Esqueci completamente dela, mas, para meu alívio, não há nem sinal dele, que já deve estar pronto. Estico o pescoço, mas não o encontro.

Vou para o banheiro e tomo um banho rápido. Saio do chuveiro com uma toalha enrolada em meu corpo e sigo até a janela para fechar a cortina. Não quero que Eduardo me veja trocando de roupa.

O vestido lilás que trouxe para a festa é muito bonito. É justo, e fica bem acima dos joelhos. Modela meu corpo e deixa todas as curvas no lugar.

Capricho na maquiagem, deixando os olhos bem marcados, e tento esconder o roxo do meu nariz. Escovo rapidamente os cabelos e coloco uma sandália preta, brincos e pulseira dourada. Olho para o espelho e suspiro. Se Cléo me visse, aposto que estaria orgulhosa, dando gritinhos histéricos, dizendo que estou linda. Deixo o espelho de lado e vou para a janela chamar Eduardo. Abro a cortina e, para minha surpresa, sua janela está fechada.

Saio do quarto e paro em frente à porta dele. Sinto minha respiração acelerar. Instantes depois, tomo coragem e bato. Logo em seguida, ela se abre. Eduardo aparece na minha frente vestindo calça preta e camisa chumbo. Uau! Ele está maravilhoso e seu perfume delicioso me deixa hipnotizada. Seu cabelo está arrumado todo para trás e seus olhos me encaram com um brilho diferente. Com sua perfeição diante de mim, não consigo respirar nem me mover. Tento parecer tranquila na frente dele, mas isso é impossível. Como alguém pode ser tão bonito?

— Vamos para a festa? — Minha voz sai esquisita.

— Só estava te esperando. — Sorri largamente. — Você está linda. — Ele encara meu vestido.

Seu comentário me deixa sorrindo como uma idiota.

— Você também está bem bonito. — Sinto meu rosto corar.

— Por que fechou a janela? — pergunto.

— Você fechou a sua, então pensei que deveria fazer o mesmo. — Ele arqueia uma de suas sobrancelhas. — Fiz mal?

— Só fechei porque precisava me trocar. — Dou de ombros. — Mas deixe-a aberta, afinal, foi por isso que te deixei nesse quarto.

— Tudo bem.

— Agora vamos? — pergunto animada.

Ele confirma com a cabeça.

Descemos juntos. A casa dos meus pais nem parece a mesma. A bagunça de mais cedo desapareceu, dando lugar a uma decoração linda. Flores estão espalhadas por toda a casa. A mesa do bolo está lindíssima, com muitos doces espalhados. Perto da mesa há um enorme quadro com moldura de madeira com a foto de vovó que ela tirou em um estúdio.

Confesso que essa festa está mais parecida com um baile de debutante do que com o aniversário de uma senhora de setenta anos. Mas, sinceramente, já esperava por isso.

Vovó é muito querida e isso explica a quantidade de convidados. Minha mãe corre de um lado para o outro para ver se está tudo certo, enquanto meu pai pega um docinho escondido da mesa do bolo. Vovó vai matá-lo.

— Sua avó é muito animada — Eduardo diz ao meu lado.

— Nem me fale. Essa animação toda dá muito trabalho — respondo, olhando ao redor. — Podemos ficar aqui, o que acha? — pergunto ao parar ao lado da mesa do bolo.

— Por mim, está ótimo — ele responde.

Meu pai tenta esconder que está roubando docinhos e troca algumas palavras conosco, antes de ir para perto da minha mãe, que continua recebendo convidados. Se continuar chegando tanta gente, em questão de minutos, não vamos ter onde colocar todo mundo.

Um garçom passa com uma bandeja nas mãos e pego vinho para mim e Eduardo.

— Você pensa em ter uma família como a sua, Helena? — Eduardo me encara sério.

— Claro que sim. — Sorrio. — A única diferença é que quero ter mais filhos. Não gosto de ser filha única. Gostaria de ter irmãos.

Eduardo me olha surpreso.

— Sério?

— Sim. — Sorrio como uma boba. — Confesso que agora não é o momento, mas, no futuro, não abro mão de ter uma família. Você não pensa em ter uma também? — pergunto curiosa.

Eduardo me encara com uma expressão esquisita.

— Quero ficar sozinho. — Sua confissão me deixa decepcionada e de boca aberta. Como assim? Ninguém quer ficar sozinho para sempre.

— Por que quer ficar sozinho?

Suas sobrancelhas enrugam.

— Porque eu quero que seja assim.

Eu o encaro, chocada, sem saber o que dizer. O clima entre nós fica esquisito e, logo em seguida, vejo vovó se aproximando. Ela está linda usando um vestido vermelho de seda com mangas, na altura dos joelhos, e sapatos e cinto da cor creme. Seus cabelos estão cheios de laquê, presos em um coque todo cacheado. Vovó usa colar, brincos e várias pulseiras de pérola. O sorriso largo não deixa seu rosto.

— Vovó, a senhora está incrível! — digo enquanto ela se aproxima com mais duas amigas.

— Jura? — Ela não para de sorrir olhando para o próprio vestido.

— A senhora está realmente muito bonita — Eduardo diz sorrindo.

— Eduardo, postei nossa foto no Facebook e já recebi mais de cem comentários — ela diz empolgada. — Minhas amigas ficaram enlouquecidas com você. Não param de me perguntar se é algum artista da televisão.

— Obrigado — ele diz um pouco tímido. Acabo sorrindo com seu embaraço e vovó nos apresenta suas duas amigas.

— Helena, Eduardo, essas são Jurema e Virginia, duas grandes amigas. — As senhoras nos cumprimentam com beijinhos e sorrisos entusiasmados.

— Meninas, esta é minha neta, Helena, e esse é seu amigo, Eduardo — vovó diz, olhando para nós dois sem muita convicção.

Conversamos animadamente com as simpáticas senhoras, mas logo vovó se afasta para receber Mario, o tal senhor da padaria.

— A dona Eliza é uma mulher encantadora — ele diz, assim que vovó se afasta.

— É sim. Ela sempre teve esse jeito despachado, mas é um encanto de pessoa — respondo.

A festa continua rolando solta, parecendo mais animada a cada segundo. Ficamos juntos por um bom tempo, bebendo e jogando conversa fora. Dessa vez, não toco no nome de Aline. Eduardo parece estar se divertindo e está bem mais tranquilo do que quando chegou aqui. Fico feliz por vê-lo assim.

Em um momento de distração, acabo deixando cair um pouco de bebida na barra do vestido. Droga! Passo as mãos, tentando remover a mancha, mas é inútil. O estrago já foi feito. Eduardo me olha por um momento longo e silencioso e então balança a cabeça, deixando um lindo sorriso tomar conta de seu rosto.

— Você é sempre assim? — Ele balança a cabeça mais uma vez. — Tão desastrada que chega a ser divertida. Acho que já te disse isso algumas vezes.

Ele ri um pouco e sinto meu rosto aquecer.

— Não sou desastrada. — Desvio o olhar e me concentro novamente na pequena mancha em meu vestido. — A bebida caiu sem querer em cima de mim.

Eduardo continua rindo e só não reclamo porque ele fica tão lindo sorrindo.

— Sua avó não teve mais filhos? — ele pergunta.

— Não. Minha mãe é filha única, assim como eu — digo, desistindo de limpar a mancha. Solto um longo suspiro. Droga! Não trouxe outro vestido de festa na mala. Levanto a cabeça e observo-o me encarando. Eduardo parece analisar cada detalhe meu. Isso me deixa sem jeito.

— Quantos filhos pretende ter? — ele pergunta, sem tirar seus olhos dos meus.

— Dois parece um número ótimo — digo um pouco sem jeito.

— Dois? — Ele parece curioso.

— Sim.

Ele não diz nada e permanece parado me olhando. Acho que está pensando no que acabei de dizer.

Desvio o olhar e tento respirar normalmente.

— Acho que já bebi o suficiente por hoje. — Deixo o copo vazio em cima da mesa.

Uma nova canção começa a tocar. As músicas agitadas dão lugar a uma seleção romântica agora. Eduardo sorri para mim e segura minha mão. Sem entender o seu gesto, fico encarando seus envolventes olhos azuis. Estamos tão próximos que sinto minhas pernas bambearem

— Sabe dançar? — ele pergunta, me surpreendendo.

— Sou péssima dançarina. — Tento respirar normalmente, mas não consigo.

— Posso te ensinar. O que acha? — Seu sorriso mexe comigo. Não posso evitar e acabo sorrindo também. O que está acontecendo comigo?

— Não sabia que era professor de dança — brinco, tentando relaxar, mas não funciona muito.

Ele sorri. Um sorriso que me faz congelar. Eduardo pega minha mão e me leva para perto dos outros casais que estão dançando. Ele desliza um braço em minhas costas e eu me aconchego nele. Não imaginava que ele fosse capaz de me chamar para dançar, mas fico feliz com sua atitude inesperada. Estou nos braços de Eduardo e não consigo deixar de sentir seu perfume envolvente. Minhas pernas estão tremendo e sei que estou dando um vexame daqueles.

Lentamente, começamos a nos mover. Enquanto a música se espalha pelo ar, repouso a cabeça em seu peito. Não quero nunca mais sair daqui. Ele me abraça com mais força. Fico encantada com a forma que Eduardo me conduz no ritmo suave da música. Ele realmente sabe dançar e isso me deixa ainda mais encantada.

— É um belo professor — digo, encantada, enquanto ele me abraça ainda mais forte. Devo admitir que ele dança muito bem. Bem até demais. E isso me deixa ainda mais apaixonada. Tento me controlar para não beijá-lo e agarrá-lo na frente de todos.

— Até que sirvo um pouco, não é mesmo? — ele pergunta, com um sorriso convencido no rosto.

Não quero que essa dança acabe nunca. Só quero continuar em seus braços. Estou adorando ficar tão próxima a ele. Nesse momento, nada mais parece ter importância. Minha vida se resume a ele e nada mais.

Para minha decepção, a música romântica acaba, dando lugar a uma agitada. Eduardo se afasta e me separo dele, mesmo a contragosto.

— O que acha de irmos até o jardim? — A raiva por ter que sair dos seus braços está nítida em minha voz.

Eduardo concorda com a cabeça e segura minha mão sem deixar de sorrir. Saímos da sala sem sermos notados.

Vê-lo sorrindo é algo que alegra meu coração e me mostra que, por trás da sua máscara do homem sério e chato, existe uma pessoa alegre e encantadora.

À medida que nos afastamos da casa, o barulho da música começa a diminuir. Eduardo continua segurando minha mão e permaneço firme até chegarmos a um banco de madeira que fica embaixo de uma enorme figueira. Do banco, conseguimos ver grande parte da fazenda.

Ele se senta no banco, soltando minha mão e, na mesma hora, sinto um vazio dentro de mim. Sentamos um ao lado do outro. Cruzo as pernas e percebo que meu vestido mostra um pouco mais do que deveria. Tento puxá-lo para baixo, mas não adianta muito. Tenho a nítida impressão de que Eduardo olha de relance para as minhas pernas. A mancha ainda continua nele, mas nesse momento nem me importo mais.

Ficamos em silêncio, olhando para o céu estrelado. Está uma noite muito bonita e agradável. Queria guardar esse momento ao lado de Eduardo para sempre.

— Tive uma noite maravilhosa — digo. — Você é uma ótima companhia.

Eduardo continua olhando para o céu e não diz nada.

— Me desculpe se estraguei seu final de semana. — Viro-me para encará-lo. — Aposto que já tinha planos e eu acabei fazendo você me trazer e ficar aqui.

Percebo sua expressão mudar levemente, como se sentisse uma emoção que não consigo identificar.

— Confie em mim, você não estragou nada. Adorei a fazenda e a sua família. — Vejo sinceridade em seu rosto. — O único problema foi dançar com uma perna de pau. — Ele abre o sorriso que eu tanto gosto.

— Eu disse que não sabia dançar. — Tento parecer magoada, mas começo a rir, dando um leve tapa em seu ombro.

— Tudo bem, até que você não foi tão ruim assim. — Ele ri. — Você foi ótima.

Eu, ótima?

— Acho que você conseguiu conquistar toda a minha família. Principalmente a vovó.

Ele parece tímido dessa vez.

— Eu também gostei de todos.

— Obrigada por me socorrer hoje. Não sei o que faria sem sua ajuda. Fico te devendo essa. — Sorrio e ele retribui.

— Bom, ainda estou te devendo uma, lembra? — Ele encosta a cabeça no banco de madeira e olha para o céu. — Você me tirou daquele bar e livrou minha cara com o Jorge.

Engulo em seco. Não imaginava que ele fosse tocar nesse assunto.

— Estamos quites, então. Apesar de ainda não ter te perdoado pelo estrago que fez no meu apartamento naquela noite. — Eduardo sorri levemente. Retribuo o sorriso e voltamos a olhar as estrelas, encostando nossas cabeças no banco. Devagar, tombo minha cabeça para o lado, deixando cair no ombro dele. Ele parece um pouco tenso com meu gesto, mas, instantes depois, parece relaxar. Não quero mais voltar para a festa da vovó. Quero ficar sentada ao lado de Eduardo nesse banco de madeira a noite inteira. Sentindo seu perfume e escutando sua voz rouca.

— Foi uma grande surpresa saber que você toca violino — ele diz, quebrando o silêncio.

— Meus pais exageram, nem toco tão bem assim.

— Aquela foto do seu quarto é bem bonita.

— Foi tirada quando toquei no teatro municipal há alguns anos.

— Se tocou no teatro municipal é sinal de que toca bem.

— Talvez — digo sem graça, tentando encerrar esse assunto.

— Você parecia estar bem cansada essa tarde.

Levanto um pouco a cabeça para encará-lo de perto.

— Não acredito que me espionou pela janela enquanto eu dormia.

Ele endireita as costas e ergue a cabeça também.

— Pensei que era para deixá-la aberta — ele diz sério, mas logo em seguida sorri. — Fui até a janela ver se você estava por lá, mas estava dormindo.

Desvio o olhar, morrendo de vergonha.

— Acabei caindo no sono.

— Eu também dormi um pouco. — Ele encosta novamente no banco e faço o mesmo. Só que dessa vez não encosto minha cabeça em seu ombro. Fico com vergonha.

— Você é muito divertida.

Viro o rosto para encará-lo e o vejo sorrindo, encarando as estrelas. É ridículo eu me sentir tão mexida com um elogio como esse.

— Agora que estamos mais próximos, posso ver que é uma mulher de muitas qualidades. Admiro sua maneira natural e simples de ser. Gosto do seu jeito desastrado. Você é bem diferente das garotas que já conheci. É tão simples e ao mesmo tempo tão determinada. Até seus chiliques me fazem rir. — Ele continua sorrindo, olhando para as estrelas.

Sinto meu rosto queimar e olho para frente, esperando que ele volte ao normal e diga que está brincando comigo. Fico confusa. Eduardo está querendo dizer que gosta de mim?

Meu coração está acelerado, mas tento dizer algo.

— Eu faço você rir? Sou algum tipo de palhaça? — Droga! Não era isso que queria dizer.

Eduardo me encara e ri ainda mais de mim. Sim! Com certeza, devo ser uma palhaça.

— Está vendo como você me faz rir? — Ele me olha com um ar brincalhão e toca a ponta do meu nariz. — Você é uma garota especial, Helena. Será que não percebe isso?

Levo um momento para organizar as ideias. Agora Eduardo me chamou de especial? Juro que não estou entendendo mais nada.

— Não precisa ficar com essa cara. Estou elogiando você. — Eduardo dá uma risada gostosa, que me faz rir também.

— Obrigada — digo sem jeito.

— No começo, te achava um filhinho de papai metido à besta. Mas hoje vejo que você não é tão idiota assim. — Ele ri um pouco mais com meu comentário. — Você fica tão bonito sorrindo — digo sem pensar e, instantes depois, sinto meu rosto ficar vermelho como um pimentão.

— Obrigado. — Eduardo também parece um pouco sem graça. Droga! Estraguei o clima agradável entre nós mais uma vez.

Agora estamos em silêncio sem saber o que realmente dizer um para o outro. Fico pensando em algo para perguntar, mas nada me vem à cabeça.

— Você mora com seus pais? — pergunto, tentando voltar ao clima agradável de antes.

— Não, moro sozinho desde os dezoito anos — responde com a voz neutra, ainda olhando as estrelas.

Mais silêncio.

— Por que está sozinho? — Acho que não deveria perguntar isso.

— Sozinho? — Ele parece não entender minha pergunta.

— Você disse que não tem namorada. — Meu Deus! O que está acontecendo comigo?

Eduardo se ajeita no banco e percebo que está incomodado com a nossa conversa. Claro que está, eu não deveria ser tão direta assim. Estou sendo ridícula.

— É, não tenho namorada — ele diz, sem sorrisos dessa vez.

Mais silêncio.

— E você? — ele pergunta de repente.

— Eu o quê?

— Você também está sozinha. Por quê? — Sinto um nó na garganta. Como vou responder-lhe que estou sozinha até hoje porque nunca encontrei alguém que fizesse meu coração disparar e minhas pernas tremerem como ele faz. Sinto vontade de dizer que estava esperando uma pessoa como ele, mas não digo. Claro que não.

— Acho que ainda não apareceu a pessoa certa. — Desvio o olhar, pois não posso deixar que perceba nada que confirme meu sentimento por ele.

— Entendo.

Ele dá um discreto sorriso e eu me viro para encará-lo.

— O que foi? — ele pergunta.

— Você é tão bonito — digo.

Ele parece realmente surpreso com meu comentário.

— Você também é muito bonita. — Fico vermelha. Eduardo está sendo tão gentil.

Eduardo me encara com aquele olhar que me deixa tonta, aguardando que eu fale um pouco mais. Com o rosto em chamas e um pouco sem jeito, tento mudar de assunto.

— Quem é ela? — As palavras simplesmente escapam da minha boca sem que eu consiga detê-las.

— Ela quem? — Eduardo me olha confuso.

— Quem é a garota que você estava tentando esquecer, naquela noite, no bar? — pergunto em voz baixa. Vejo sua expressão mudar. Eduardo fica sério e seus ombros ficam tensos.

— Não existe garota alguma. — Ele afasta as costas do banco, aparentemente nervoso.

— Existe sim — insisto.

— Helena, não existe ninguém. Eu já disse.

Eu o encaro e, nesse momento, fica evidente que ele está escondendo algo de mim.

— Eduardo, naquela noite, você estava tão bêbado que acabou me confundindo com essa tal garota e disse que queria me esquecer. Está claro que existe alguém. Agora, se queria que isso fosse segredo, não deveria encher a cara. — Dou risada, mas Eduardo permanece sério. Percebo imediatamente que não deveria tocar nesse assunto.

— Está certo. Realmente existe uma mulher. E foi por ela que bebi daquele jeito na noite que você me encontrou — ele diz sem olhar para mim.

Minha expressão desmorona. Eduardo acaba de admitir que há uma mulher. Ele admitiu na minha cara que tem outra pessoa. Acho que não estava pronta para escutar isso. A decepção invade meu peito e sinto vontade de chorar. Se eu tinha esperanças em relação a ele, elas acabaram de ir por água abaixo.

— Se quiser, pode me contar sobre ela. — Tento manter a voz tranquila, mas ela sai carregada de decepção.

— Helena, não quero falar disso com você. — Suas palavras ríspidas me deixam péssima. É claro que não quer falar disso comigo. Deve me achar uma garota idiota que não sabe dar conselhos amorosos.

— Pensei que éramos amigos — digo magoada, enquanto me levanto. Não quero encará-lo. Eduardo não pode ver a decepção em meus olhos.

— Se quiser ficar aí, tudo bem. Preciso voltar para festa da minha avó — digo, sem encará-lo.

— Helena...

Ainda com as pernas bambas, tento sair apressada, mas ele me alcança facilmente e me segura pelo braço.

— Me desculpe. — Ele observa meu rosto. — Só não quero falar sobre isso.

Meu coração afunda ainda mais. Nos encaramos por longos segundos. Ele passa a mão pelo meu rosto. O gesto me faz sentir arrepios pelo corpo inteiro. Fecho os olhos e prendo a respiração ao sentir seu delicioso toque. *Por que ele faz isso comigo?* Seguro sua mão sem perceber o que estou fazendo e abro os olhos. Ele está mais perto do que eu esperava e não consigo pensar direito. Não consigo reagir. Minha mão ainda está sobre a sua em meu rosto. Meu coração bate ainda mais forte quando percebo que seu olhar desvia para a minha boca. Seus olhos azuis parecem dominados pelo desejo. Tento desviar o olhar, mas, num gesto inesperado, ele me puxa pelo braço e me beija. Paro de pensar quando nossos lábios se encontram. *Meu Deus!*

Sinto algo maravilhoso dentro de mim. Não quero soltá-lo nunca mais e o que começa suave logo se torna algo muito mais intenso e apaixonado. Sinto como se o mundo tivesse parado ao nosso redor e só existíssemos nós dois. Eduardo envolve o braço em minha cintura, como se não quisesse que eu escapasse. Mas não quero soltá-lo. Quero Eduardo para sempre.

Capítulo 10

Agora que ele finalmente me beijou, não vou soltá-lo nunca mais. Mas, de repente, o beijo fica mais lento e ele tenta se afastar. Determinada a continuar, minha boca encontra a dele com ainda mais ansiedade. Sua reação é recuar, se afastando um pouco de mim. Tento não me afastar, mantendo nossas bocas unidas. Ele segura meus ombros para nos separar.

— Helena... — Ele fica tenso e ergue as mãos como se não soubesse como reagir. — Eu não deveria...

— Está tudo bem. — Sorrio.

— Não posso fazer isso... — Sua voz parece incerta.

— Eu adorei. — Eu o beijo novamente e ele retribui.

Ele encosta a testa na minha. Não quero que ele se distancie de mim. Suas mãos alcançam o meu rosto e sua respiração acelera enquanto me olha cuidadosamente.

— Não posso. — Ele deixa sua boca a centímetros da minha. Eu o beijo com mais intensidade, sem dar chance a ele de desistir e, a partir desse momento, nada mais importa. Ele me beija novamente e sinto os braços fortes de Eduardo me envolvendo com força.

— Você me deixa louco — ele sussurra, quase sem fôlego, de encontro à minha boca.

Agora que nossas bocas descobriram como é maravilhoso estarem juntas, espero que não se desgrudem mais. Nunca mais! Seu beijo é maravilhoso.

Sinto que estar ao seu lado é tudo o que eu sempre quis. Quero-o com todas as minhas forças e posso sentir que ele me quer também.

— Helena! — Ouço uma voz distante me chamar e nos afastamos rapidamente.

Perdida e ao mesmo tempo confusa, olho para frente e vejo alguém se aproximando de nós. Com as mãos trêmulas, ajeito os cabelos e tento manter a respiração controlada. Eduardo permanece ao meu lado. Ele parece tão assustado com a intromissão quanto eu.

— Helena, sua avó está te procurando. — Matilde para a alguns metros da gente. — Nós vamos cantar parabéns e ela faz questão da sua presença.

Matilde nos encara um pouco desconfiada.

— Ah, sim, nós já estávamos indo — digo nervosa e tentando achar um lugar para colocar minhas mãos. Acabo colocando-as na cintura. *Que ridícula!*

— Está tudo bem com você, Helena? — Ela ergue uma de suas sobrancelhas. — Você parece nervosa. Aconteceu alguma coisa?

— Está tudo bem, Matilde. Eduardo e eu só estávamos conversando um pouco — digo, tentando controlar minhas pernas, que não param de tremer.

— Espero não ter atrapalhado a conversa de vocês — Matilde diz um pouco envergonhada.

— Você não atrapalhou nada, Matilde. — Tento disfarçar meu nervosismo. Preciso manter a calma, mesmo querendo gritar para que ela saia daqui para que eu possa voltar a beijar Eduardo.

Ela continua nos encarando.

— Pode ir que já vamos logo em seguida. — Tento manter o tom calmo em minha voz.

Sem dizer mais nada, Matilde se afasta e logo desaparece, deixando-nos sozinhos novamente.

Eduardo volta a observar meu rosto. Confusa com tudo que acabou de acontecer, balanço a cabeça, mas não digo nada porque temo que, se eu falar alguma coisa, posso estragar ainda mais esse momento.

Assim como eu, Eduardo também parece confuso e profundamente sem jeito com tudo que acaba de acontecer. Pela primeira vez desde que nos conhecemos, vejo que está sem reação. Acho engraçado vê-lo assim.

Tento me segurar, usando todas as minhas forças para não cair na risada, mas não tem jeito. Não consigo evitar.

— Do que você está rindo? — Ele parece surpreso e isso me faz rir ainda mais.

— Estamos parecendo aqueles adolescentes que acabaram de fazer algo errado e foram pegos pelos pais — digo, segurando minha barriga de tanto rir.

Ele relaxa um pouco.

— Desculpe, mas achei a situação engraçada — falo enquanto enxugo as lágrimas que se formaram no canto dos meus olhos.

— Você tem razão. — Eduardo abre um sorriso tímido e me derreto completamente quando ele me olha desse jeito. Quando penso que vai se aproximar de mim para me beijar, ele se afasta e desvia o olhar.

O que está acontecendo com ele?

— Vamos. Sua avó está esperando — ele diz sério.

Minha cabeça fica confusa. Por que Eduardo está agindo assim?

Em silêncio, saímos do jardim e caminhamos de volta para a festa. Dessa vez, ele não segura minha mão. Percebo que tenta ficar longe de mim. Procuro não me magoar com sua atitude esquisita e tento não ficar pensando no nosso beijo maravilhoso, mas é claro que não consigo. Instantes depois, estamos cantando parabéns para vovó. O bolo de sete andares quase me esconde por inteiro, mas consigo desviar alguns minutos para encará-lo. Eduardo está sério e pensativo e nem presta atenção quando vovó lhe dá um pedaço de bolo.

Duas horas depois, a casa está completamente vazia e eu me sinto exausta.

— Pensei que o último convidado não ia mais embora. Quase o expulsei — minha mãe diz, sentando no sofá.

Sento ao seu lado e faço um coque no cabelo. Vovó faz o mesmo. Ficamos as três sentadas no apertado sofá.

— Estou exausto — meu pai diz, ainda de pé. Eduardo está sentado na poltrona ao lado, nos observando. Ele continua com a expressão esquisita.

— Vamos dormir? — meu pai pergunta para minha mãe.

— Sim, querido. — Ela se levanta e o segue.

Antes de subirem as escadas juntos, mamãe olha para mim e depois para Eduardo.

— Desculpe, Eduardo, mas, com toda essa confusão, acabei esquecendo de perguntar se está confortável em seu quarto. — Ela sorri carinhosamente.

Eduardo retribui o sorriso.

— Estou muito bem instalado, dona Estela. A Helena já cuidou de tudo. Muito obrigado.

— Que bom. — Ela sorri para ele mais uma vez e depois me dá um beijo de boa noite na testa. Logo em seguida, ela e meu pai desaparecem pelo corredor. Vovó também vai dormir. Continuo sentada no sofá. Eduardo levanta e se senta ao meu lado, no espaço vazio. Sinto seu perfume mais uma vez e me seguro para não agarrá-lo e terminar o beijo que começamos.

— Linda festa — ele comenta um pouco sem jeito. Sorri para mim e percebo que está diferente depois do beijo. Tento manter a naturalidade, mesmo sentindo que meu coração vai sair pela boca a qualquer momento.

— Vovó planejava essa festa há muito tempo. Fico feliz que tenha dado tudo certo. — Tiro as sandálias. Esses saltos estão me matando.

— Helena. — Ele inspira profundamente, parecendo tenso e nervoso.

— O que foi?

— Sobre o que aconteceu entre nós... — Ele fecha os olhos e suspira lentamente. Quando os abre novamente, percebo que está um pouco nervoso. —

Prometo que isso nunca mais acontecerá.

Confusa, eu o encaro. Ele disse que nunca mais acontecerá? Por quê?

— Mas pensei que... pensei que tivesse... — me atrapalho com as palavras.

— Helena, escuta. — Ele segura meu rosto com as duas mãos e olha nos meus olhos. — Vamos fingir que isso nunca aconteceu, está bem?

Eduardo quer esquecer nosso beijo? Eu não posso acreditar.

— Promete que não vamos mais tocar nesse assunto? — ele insiste.

Suas palavras me magoam profundamente. Não esperava ouvir isso dele. Dizer que não quer ficar comigo e que já gosta de outra pessoa, tudo bem. Mas dizer que quer esquecer o nosso beijo é muita humilhação.

— Eu pensei...

— Você promete, Helena? — insiste.

Meu coração afunda. Eu tive a nítida sensação de que Eduardo queria me beijar também. Não posso estar tão errada assim. Posso? Claro que sim, e a prova disso é que Eduardo está me dando um fora, dizendo que nunca mais quer me beijar.

— Tudo bem — finalmente digo.

— Melhor assim. — Ele parece um pouco mais aliviado.

Melhor assim? Respiro fundo. Nunca me senti tão humilhada.

— Estou cansada. Acho melhor irmos dormir. O dia foi bem agitado hoje — digo, sentindo-me completamente rejeitada. Levanto e subimos as escadas lado a lado. Novamente sou envolvida pelo cheiro de seu perfume.

Assim que chegamos em frente à porta do meu quarto, nossos olhos se encontram novamente. Ele passa a mão pelos meus cabelos e depois segura minha mão.

— Helena, adorei a noite. Gostaria muito de... — Ele encara a minha boca. Minha respiração acelera. O que Eduardo está fazendo comigo?

Eu o encaro com dificuldade de respirar. Eduardo pensa nas palavras para me dizer, mas fecha a boca, desvia os olhos e se endireita.

— Depois a gente se fala. — Ele se afasta um pouco mais. — Nos vemos amanhã.

Engulo em seco.

— Se precisar de mim, é só me chamar pela janela — digo, decepcionada mais uma vez. — Até amanhã.

Dou-lhe um pequeno sorriso quando entro no quarto.

O que Eduardo está fazendo comigo? Me beija e depois manda eu esquecer? Será que beijo tão mal assim? Droga! Vou para o banheiro e tomo um banho bem demorado. Ao terminar, entro no quarto e meu estômago revira assim que vejo nossas janelas abertas, mas nem sinal de Eduardo. Provavelmente já deve estar dormindo. O dia foi cansativo demais. Caminho até a janela, mas só vejo as paredes claras escurecidas pela luz fraca no ambiente. Coloco meu pijama azul com estampa de estrelas. É bem infantil, mas gosto dele. Deito na cama e olho para o teto.

Minha cabeça está confusa. Não consigo entender sua atitude. Por que ele me fez prometer que não tocaríamos mais no assunto do beijo? Por quê? Tinha certeza de que ele havia gostado. Ele me beijou com paixão. Isso não pode ser coisa da minha cabeça.

Começo a rolar de um lado para o outro na cama. Fico me perguntando como fui cair nessa. Não deveria ter me deixado envolver. Mais pensamentos sobre nosso beijo aparecem em minha cabeça. Cubro o rosto com as mãos e seguro a vontade de gritar.

Não consigo parar de pensar em Eduardo e se devo ou não chamá-lo pela janela, me perguntando se ele também está acordado.

Sem sono, vou até a estante e pego meu violino. Com ele nas mãos, sento na cama. Olho para a janela e começo a tocar suavemente minha música preferida: *Wind Scene*, de Chrono Trigger. Música sempre me acalma. Deixo a melodia suave me envolver e, com os olhos fechados, penso em Eduardo. Sinto suas mãos passearem pelo meu corpo e o gosto intenso e suave de sua boca na minha. A música invade cada pedacinho do meu corpo e me deixo levar pela canção. Eduardo me acompanha nessa ótima sensação, mas sou interrompida quando escuto um barulho. Assustada, abro os olhos imediatamente e não vejo nada. Deixo o violino em cima da cama e me aproximo da janela. O quarto de Eduardo está escuro e tudo parece tranquilo. Ele deve estar dormindo.

Guardo o violino na estante e decido não fazer mais barulho. Abro a porta do quarto devagar e desço até a cozinha. Pego uma garrafa de água na geladeira e me sento na cadeira, deixando minhas mãos caírem sobre a mesa. Minha cabeça parece que vai explodir com tantos pensamentos confusos. Não consigo esquecer nosso beijo e Eduardo pedindo logo em seguida para esquecê-lo. O que tem de errado com ele? Ou melhor, comigo?

— Helena? — Dou um pulo da cadeira assim que escuto meu nome.

— Vovó! Que susto. — Coloco a mão no peito — Pensei que já estivesse dormindo.

— Perdi o sono. — Ela sorri. — Acabei não comendo nada a noite inteira e agora estou morta de fome. — Ela abre a geladeira e pega um pedaço enorme de bolo que sobrou da festa. Não sei o que vão fazer com esse monte de bolo. Eu sabia que sete andares seria demais.

— Quer um pedaço, querida?

Nego com a cabeça.

— Prefiro não encher o estômago de madrugada. Não quero ter pesadelos.

— Pesadelos? — Ela me olha desconfiada.

Dou de ombros.

— Estava tocando violino?

— É... Precisava relaxar um pouco.

Vovó me encara por um tempo, analisando cada gesto meu. Começo a ficar incomodada.

— O que está acontecendo entre você e Eduardo? — ela pergunta de repente e fico paralisada. Vovó é sempre tão direta.

— Que pergunta é essa? — Arregalo os olhos. — Não está acontecendo nada. De onde a senhora tirou essa ideia? — Tento disfarçar minha agitação.

Vovó senta ao meu lado tranquilamente e corta o bolo, colocando-o em um prato pequeno. Depois de comer um pedaço, olha para mim.

— Pensei que não havia segredos entre nós — ela diz, enfiando mais um pedaço na boca.

Reviro os olhos e dou longo suspiro.

— Está bem. — Dou um meio sorriso. — Para falar a verdade, nem eu sei o que está acontecendo entre nós.

— Sabia que não eram apenas amigos de trabalho — ela diz com um sorriso satisfeito.

— Não consigo tirá-lo da cabeça e, quando estou ao seu lado, ajo como uma completa idiota.

Ela começa a rir.

— Você está apaixonada, Helena. Está caidinha por ele. — Seu sorriso se alarga.

— Não estou caidinha por ele. — Sinto meu rosto queimar enquanto ela continua rindo. — Tudo bem... só um pouco apaixonada, eu acho — digo derrotada. Encolho os ombros.

— Não me faça rir, Helena. — Balança a cabeça. — Você está apaixonada sim. Eduardo sabe disso?

— Está louca? — Arregalo os olhos. — Ele nem percebe que eu existo.

Vovó faz uma careta.

— Não seja burra. Ele também está caidinho por você.

— Não sou burra — falo um pouco magoada. — Eduardo gosta de uma garota que nem sei quem é. Até tomou um porre por causa dela — digo, me sentindo derrotada.

— Caia na real, Helena. Não vê que essa garota é você?

Balanço a cabeça. Será que vovó não entende?

— Eduardo nem me nota. Hoje, ele me beijou e depois disse que isso nunca mais iria acontecer. Não entendo por que ele me pediu para esquecer. Percebe como não significo nada para ele?

— Vocês se beijaram? — ela pergunta entusiasmada.

— Nem adianta se empolgar. Não escutou tudo que acabei de dizer? Ele me beijou, mas depois me fez prometer que não tocaríamos mais nesse assunto. — Levanto-me da mesa e me encosto na pia. — Ele não quer saber de mim.

Vovó se levanta e segura minha mão.

— Querida, escute. Talvez esteja apenas com medo de se envolver. — Ela me dá um sorriso suave.

— Ou talvez esteja arrependido — digo, encolhendo os ombros. É claro que é isso. Não existe outra explicação. — Eduardo quer apenas minha amizade. — Sinto lágrimas se formarem em meus olhos.

O sorriso de vovó desaparece. Ela parece não saber o que dizer nesse momento. Talvez ela tenha percebido que estou certa e que jamais terei chances com ele. Eduardo é incrivelmente lindo e conquista qualquer mulher a seu redor. Por que se interessaria por mim? Amigos! É isso que devemos ser.

— Eduardo também está apaixonado por você. Acabei de fazer setenta anos e sei identificar um olhar apaixonado — ela diz cheia de convicção. — Mas ele também parece confuso, assim como você.

— Não acredito nisso.

— Pois deveria.

Respiro fundo e ela me dá um abraço gostoso. Fico longos minutos nos braços da vovó enquanto ela faz carinho em meus cabelos.

— Agora precisa dormir, querida. Vá para a cama e pense em tudo que te falei. Vocês dois estão loucos um pelo outro, não desista desse sentimento. Ele parece ser um homem especial.

Não digo nada, mas agradeço com o olhar.

— Diga o que sente para ele. — Ela sorri. — Não tente esconder algo que não consegue disfarçar, querida. — Ela beija meu rosto e sai da cozinha.

Meus sentimentos por Eduardo estão tão evidentes assim?

Admito, passei o resto da noite me odiando por ter sido tão idiota. Quanta pretensão considerar a ideia de que Eduardo pudesse sentir algo por mim além de amizade e que quisesse me beijar mais uma vez. Talvez ele queira apenas se divertir com a minha cara. Ele não gosta de mim e prova disso é que nem quer mais se lembrar do nosso beijo.

No dia seguinte, acordei um pouco indisposta, mas, como era de se esperar, minha mãe nos obrigou a almoçar com eles e ficar para o chá da tarde. Eduardo conheceu toda a fazenda com o meu pai. Os dois sumiram por um bom tempo e achei isso ótimo. Estou evitando olhar para ele.

Assim que fui acordar vovó, me sentei em sua cama e começamos a abrir todos os seus presentes de aniversário. Fiquei um pouco chocada ao ver uma camisola de seda bem sensual e um conjunto de cinta-liga vermelha. Achei um pouco demais para uma senhora de setenta anos.

No final da tarde, nos despedimos de todos. Entro no carro de Eduardo e tento pensar em algum assunto banal para conversar e quebrar o clima esquisito entre nós, mas, para variar, não consigo pensar em nada.

Depois de uma hora de viagem em silêncio, ele finalmente estaciona o carro em frente ao meu prédio e me sinto aliviada. Preciso ficar longe dele.

Ele me encara e tenho certeza de que pode ver o quanto estou nervosa. De repente, me sinto ligeiramente insegura e patética.

— Nos vemos amanhã na CET — digo, descendo do carro com uma pressa exagerada. Pego minha mala e, antes de fechar a porta, digo:

— Obrigada pela carona e por salvar meu final de semana.

Dou um pequeno sorriso e fecho a porta, me afastando com as penas trêmulas e vacilantes.

— Helena? — Eduardo me chama. Viro-me e abro a porta novamente.

— O que foi?

— Eu adorei o final de semana. Me diverti muito. Obrigado — ele diz um pouco sem jeito.

Deixo um pequeno sorriso invadir o meu rosto.

— Fico feliz em saber que gostou — falo um pouco mais calma.

Ficamos nos encarando por alguns instantes sem dizer uma palavra. Quando vou parar de me comportar como uma babaca perto dele?

Eduardo liga o carro e depois volta a me encarar.

— Passo amanhã para te pegar.

— Me pegar? — pergunto, sem entender.

Ele me olha confuso.

— Esqueceu que está sem carro? — Droga! Acabei esquecendo completamente desse detalhe.

Ele continua olhando para mim, aguardando minha resposta. Levo alguns segundos para organizar meus pensamentos.

— Não precisa. — Dou um sorrisinho. — Já te dei muito trabalho. Eu pego um táxi.

— Faço questão. — Ele parece desapontado.

— Muito obrigada, mas realmente não precisa. — Não posso deixar de notar sua decepção e isso é algo que me deixa intrigada. Por que Eduardo insiste em me dar uma carona? Isso não faz muito sentido. Pelo que sei, ele quer me ver longe, não é mesmo?

— Então, nos vemos amanhã — ele diz.

Fecho a porta do carro e ele vai embora, me deixando confusa. Em alguns momentos, Eduardo dá a impressão de que gosta de mim. Mas logo a realidade aparece e percebo como estou sendo boba. Não se iluda, Helena. *Não se iluda!*

Capítulo 11

— Helena, se ele te beijou, é sinal de que também está a fim de você — Cléo diz enquanto dirige seu carro novo, um Cruiser esportivo branco novinho. Cléo é uma cirurgiã-dentista bem-sucedida. Minha amiga é uma consumista. Ela adora gastar boa parte do seu gordo salário com roupas caras e carros do ano. Diferente de mim, que nunca tenho dinheiro para nada.

— Ninguém beija sem estar a fim. Larga se ser boba, garota — ela continua.

— Não é nada disso, Cléo.

Vou esquecer que aquele beijo aconteceu, embora tenha passado a noite inteira recordando cada momento. Não quero mais pensar nisso. Preciso tirar Eduardo da minha cabeça antes que eu enlouqueça.

— Aposto que ele está a fim de você — ela insiste.

— Ele nem me nota e, quer saber, esse assunto já deu — respondo um pouco mal-humorada enquanto tomo o cappuccino para viagem que comprei na padaria perto de casa.

Resolvi dispensar o táxi e ligar para minha amiga para pedir uma carona até o trabalho, mas, em troca, tive que contar todos os detalhes do meu final de semana com Eduardo. Acho que já me arrependi.

— É claro que ele te quer. — Ela balança a cabeça. — Ele não te beijaria se não estivesse interessado. — Ela me olha de relance para analisar minha expressão.

— Chega, Cléo. — Respiro fundo. — Será que pode parar de falar do Eduardo? Não quero mais falar sobre nada relacionado a ele e muito menos sobre aquele maldito beijo.

— Como assim não quer mais falar dele? — Ela me olha com aquela expressão assassina. — Está louca? Não vou deixar um assunto tão interessante como esse morrer — ela diz furiosa.

Reviro os olhos. Eu realmente deveria ter pegado um táxi.

— Confessa vai, você está caidinha por ele. — Ela bate a mão na minha perna e depois volta a olhar para frente. — Eu sabia que um dia ia ficar apaixonada como uma idiota.

— Não estou caidinha por ninguém e muito menos apaixonada como uma idiota — minto.

— Agora vai começar a mentir para mim? — Ela parece ofendida.

Bufo irritada. Cléo sempre me faz ficar sem palavras. O que me deixa mais irritada é saber que, infelizmente, ela tem razão. Não posso começar a mentir para ela. Não é justo. Mas também não quero mais falar de Eduardo, ainda mais agora que quero esquecê-lo de vez.

— Você precisa me apresentar esse cara — ela diz animada, diminuindo a velocidade do carro e parando no sinal vermelho. — Estou louca para ver se ele é tão bonito como você diz.

— Melhor não.

— Helena! — Ela me encara, irritada. — Não pode fazer isso comigo. — Cléo faz cara de ofendida e até sinto vontade de rir. Às vezes, ela se comporta de maneira tão infantil e ridícula que parece ter quinze anos e não vinte e seis.

— Tudo bem. — Dou um longo suspiro. — Vou dar um jeito de vocês dois se conhecerem — respondo sem ter certeza se isso realmente é uma boa ideia.

— Ótimo! — Ela dá um gritinho e acelera o carro assim que o sinal fica verde.

— Mas já vou avisando que Eduardo e eu somos apenas colegas de trabalho.

— Corta esse papo furado para cima de mim.

Encolho-me no banco e fico quieta. Não dá para discutir com Cléo. Começo a pensar em como será ver Eduardo. Não sei se devo conversar com ele sobre o que houve na fazenda ou fingir que nada aconteceu. A dúvida faz meu estômago se contorcer. Acho que preciso de um banheiro.

— Helena, vou te levar ao shopping. Você está precisando fazer umas comprinhas para poder se distrair e tirar esse cara da cabeça. E também precisa melhorar esse humor. — Ela faz uma careta.

— Está bem — concordo para não contrariá-la. Uma discussão sobre compras com meu humor do jeito que está não me parece uma boa ideia.

Minutos depois, paramos em frente à CET. Despeço-me de Cléo e, assim que entro na agência, observo a nova fachada. Faltam apenas alguns detalhes e o resultado está cada vez melhor.

A agência está um verdadeiro caos hoje. Muito stress e correria é o resumo dessa segunda-feira. Jorge não para de falar; Aline está parada na minha frente, com seu batom vermelho para lá de chamativo; e Eduardo está mais arrogante do que nunca. Ele não parece nem um pouco o cara gentil que passou o final de semana comigo e não parece afetado ao me ver sentada ao seu lado. Em contrapartida, estou tão nervosa com sua indiferença que estou quase batendo na Aline, que continua parada na minha frente.

Eduardo parece não querer conversar comigo. Ele está distante e isso me deixa ainda pior. Especialmente porque trabalhamos juntos.

— Helena, quero que me passe um relatório de todos os clientes que você vai visitar essa semana — ele fala com um tom autoritário, se aproximando da minha mesa como se eu fosse sua funcionária. Quem ele pensa que é para me tratar assim? Sua indiferença está me dando nos nervos.

Aline, por sua vez, se derrete por ele. *Eu mereço!*

— Não sabia que tinha sido promovido. Você é meu chefe agora? — pergunto irritada ao entregar uma pilha de papéis para ele.

— Apenas me entregue o que pedi.

— Por que tenho que te passar isso? Foi o Jorge quem pediu? — Empino o nariz. Seus olhos azuis cruzam com os meus e nossa proximidade faz minha respiração acelerar. Ver seu rosto bonito e sua boca perfeita me deixa sem reação. Estou fazendo um esforço absurdo para não agarrá-lo aqui mesmo e beijá-lo mais uma vez. *Santo Deus!*

— Só estou tentando facilitar o nosso trabalho. — Ele se afasta um pouco de mim.

— Não precisa me ensinar. Sei como fazer meu trabalho.

— O Edu só está querendo facilitar o trabalho aqui na agência. — A voz aguda de Aline me irrita ainda mais e não deixo de notar o olhar de admiração que ela lança para ele.

— Edu? — Eu o encaro.

Cruzo os braços e olho para Eduardo com um sorriso tão falso quanto os peitos da Aline. Um ciúme descontrolado me invade e tenho vontade de pegá-la pelos cabelos e jogá-la pela janela. Como ela pode chamar o Eduardo desse jeito?

Ela continua parada nos olhando. Aline é esperta e sabe que me deixou com raiva e mordida de ciúmes, mas não vou dar esse gostinho a ela. Volto a me sentar e tento parecer indiferente.

— Não é nada disso — Eduardo tenta inutilmente se explicar para mim. — Não existe nada entre mim e Aline. — Ele lança um olhar furioso para ela.

— O que vocês dois são não me interessa — digo louca de raiva. — Vou montar uma planilha e daqui a pouco te passo por e-mail. — Dou um longo suspiro, tentando me acalmar um pouco mais.

Eduardo fica calado e Aline finalmente sai da minha frente.

Atordoada com tudo que acabou de acontecer e ainda morrendo de ciúmes, levanto para buscar um pouco de café. Só preciso de alguma coisa para me acalmar um pouco, antes que eu faça uma besteira. Se bem que, se vir Aline, nada vai me segurar. Juro que minha vontade é arrancar aquele sorrisinho cínico da cara dela.

Ando uma eternidade até chegar à pequena e aconchegante cozinha. Entro e fecho a porta. Preciso me acalmar. Vou até a máquina de café expresso e encho minha caneca. Inspiro e expiro. Encosto-me em uma das paredes e fecho os olhos, aliviada por estar sozinha. Preciso ficar longe dele.

Lágrimas começam a escorrer pelo meu rosto. Tento enxugá-las, mas é inútil. Não sei exatamente por que estou chorando. Não sei se choro pelo fato de ter conhecido Eduardo e me apaixonado logo de cara ou pelo fato de ele não gostar de mim. Sinceramente, não sei o que é pior.

Ele me ignora completamente. Gostaria de saber por que está fazendo isso. Quero perguntar o que teve de errado no nosso beijo. Ele gostou, sei que gostou. Mas aquele imbecil deixou bem claro que não quer mais tocar nesse assunto.

Com o rosto coberto pelas lágrimas, me sento em uma das cadeiras da pequena cozinha. Preciso parar de chorar. Bebo meu café e tento me acalmar.

Eu deveria saber que essa história me causaria problemas. Onde estava com a cabeça quando me apaixonei por um colega de trabalho? Isso nunca dá certo.

Quero sumir. Preciso de férias! Olho para o relógio e percebo que já faz mais de trinta minutos que estou aqui. Dou um longo suspiro e me lembro da quantidade de trabalho que ainda tenho para fazer. Se Jorge perceber a minha falta, acaba comigo, e aí sim terei motivos de sobra para chorar.

Levanto rapidamente da cadeira, ajeito minha saia cinza e bebo o restinho do café. Enxugo os olhos com as mãos e faço um coque no cabelo. Respiro fundo. Preciso controlar a situação. Abro a porta e saio. Caminho apressada pelo corredor e espero que ninguém note meu rosto inchado e vermelho.

Sento-me e desmancho o coque para que os cabelos cubram meu rosto. Tento me concentrar na tela do computador, mas não consigo. Eduardo está me encarando e isso me deixa nervosa.

— Está tudo bem? — ele pergunta, me analisando.

Tento não olhar para ele.

— Sim — digo com a voz baixa. Ele continua me observando, mas não diz mais nada. Melhor assim. Não quero conversar com ele e passar a impressão de que sou uma chorona.

Eduardo está acabando comigo. Está acabando com meu trabalho e minha sanidade mental. Preciso dar um jeito nisso antes que eu fique louca e sem emprego.

— Helena, você está bem? — insiste. — Sua cara está péssima. Me diz o que aconteceu.

Eu me viro para encará-lo.

— Algum problema aqui na agência? Jorge disse alguma coisa que te chateou? — ele pergunta com uma expressão preocupada.

— Não. — Dou um suspiro. — Não tem nada a ver com Jorge ou com a CET. É você — digo de uma vez.

— Eu? — Ele parece surpreso. — Mas o que foi que eu fiz?

— Sim. Você. — Eu o encaro com raiva. — Não acha que precisamos conversar sobre o que aconteceu?

Eduardo abre a boca e me olha chocado, como se não esperasse por isso e, depois de alguns segundos, finalmente responde.

— Esse assunto está encerrado, Helena.

Furiosa, eu o encaro.

— Não está não.

— Esqueça esse assunto, pelo amor de Deus.

Fico em silêncio, chocada. Não consigo acreditar que ele disse isso. Sinto que vou chorar novamente, bem na sua frente. As palavras estão presas na minha garganta e me sinto patética, olhando para ele. Tento me recuperar sem mostrar o quanto ele me magoou.

— Helena, estamos trabalhando e não acho que aqui seja o lugar mais apropriado para ter esse tipo de conversa. Por favor, esqueça aquilo. — Seu tom de voz sério me deixa envergonhada.

Esquecer "aquilo"? É dessa forma que ele se refere ao nosso beijo? É nisso que dá se apaixonar por um cara sem coração.

Sinto-me péssima por ouvir suas palavras duras. E mais ainda por não entender qual o motivo exato de Eduardo estar fazendo isso. Ele não está nem aí para mim e me sinto mal por carregar sentimentos tão verdadeiros por ele.

— Você tem razão. — Desvio o olhar. — Me desculpe por te perturbar com algo tão insignificante.

Sua expressão séria amolece um pouco. Sinto que quer dizer algo, mas mantém a boca fechada, encerrando nossa discussão.

O clima bom que tínhamos conquistado no final de semana desapareceu.

Respiro fundo e volto a encarar a tela do computador. Meu *Skype* está piscando. Abro e vejo uma mensagem de Jorge.

Jorge Fonseca diz: *Quero você e Eduardo na minha sala agora!*

Reviro os olhos quando leio sua mensagem. Droga! O que ele quer agora?

Helena Alves diz: *Pode ser daqui a vinte minutos?*

Olha para a pilha de papéis acumulados em cima da minha mesa.

Jorge Fonseca diz: *Eu disse AGORA!*

Só me faltava essa.

Levanto e Eduardo me acompanha.

— O que foi, Jorge? — Eduardo pergunta enquanto se senta na cadeira ao meu lado.

— Não me diga que vamos ter que tirar fotos para outra campanha. — Cruzo os braços, fazendo uma piada sem graça.

— Sem gracinhas, Helena — ele diz, ajeitando os óculos. — O assunto é sério.

— O que é tão importante? — Eduardo ergue as sobrancelhas.

— Preciso que vocês dois atendam aquele cliente da marca de bebidas.

— Mas, Jorge, estou atolada de trabalho e ainda tem você e a Marta com essa história de eu ser modelo. Não tenho tempo para mais nada — reclamo. — Aliás, precisamos conversar sobre as minhas férias. — Eu o encaro.

— Agora não é o momento de conversarmos sobre suas férias — ele diz como se isso não tivesse importância.

— Mas eu realmente preciso delas. Estou ficando louca.

— Desde quando se tornou tão reclamona, Helena? — Ele me lança um olhar irritado.

Encolho os ombros. Ele nunca me entende.

— Sábado, você e Eduardo finalizarão as fotos da Verão Brasil e, depois disso, a campanha estará praticamente pronta. Então, já podem começar a trabalhar em cima desse novo cliente — ele diz como se tudo fosse simples e fácil. Às vezes, parece que Jorge não sabe o trabalho que dá cuidar de uma campanha.

— Estou com muita coisa para fazer — insisto. — Por que não pede para a Ali... — Penso por um momento. Aline trabalhando com Eduardo? Nem pensar... — Quer dizer, o Raul.

Ele me analisa por um tempo e depois solta um longo suspiro.

— Não. Raul está lotado de trabalho.

— Mas eu também estou — digo irritada.

— Não reclame, Helena. Sabe que não gosto disso.

Desisto. Meu chefe é um cabeça-dura.

— Você e Eduardo ficarão com a campanha da marca de bebidas. — Ele escreve algo em seu computador.

Bufo irritada.

— E quando podemos começar? — Eduardo parece empolgado com o novo trabalho.

— Vocês dois embarcam para São Paulo na segunda de manhã — Jorge diz.
— O quê? — Dou um gritinho nervoso. Eduardo e eu vamos viajar juntos? Sinto uma palpitação. Ele não pode fazer isso comigo.
— Segunda de manhã, vocês dois pegam o voo para São Paulo. O cliente estará esperando para uma reunião, que está marcada para as dez horas.

Olho para Eduardo, que sorri, parecendo bastante satisfeito com o novo trabalho.

— Jorge, será que Raul não pode ir no meu lugar? — pergunto apavorada.
— Helena, você está querendo me irritar? — Ele me encara furioso.
— Não! Claro que não — me apresso em dizer.
— Não tenho ninguém para colocar em seu lugar. — Ele suspira longamente. — Só se for a Aline.

O quê? Nem pensar.

— Não — digo desesperada. — Tudo bem. Eu vou nessa viagem.

Ele balança a cabeça satisfeito.

Estou furiosa. Outra viagem com ele? Isso não vai dar certo. Sei que não. Mas também não poderia deixar a oferecida da Aline viajar com o meu Eduardo.

Sinto minhas mãos suarem. Enquanto ele fala sobre mais alguns detalhes da viagem, tento fazer os exercícios de respiração para me acalmar, mas não funciona.

— Em dois dias, estarão de volta — Jorge diz.

Estou tão apavorada que não sei se vou conseguir algum sucesso nessa viagem. Respiro fundo e, instantes depois, saio de sua sala e vou direto para a cozinha tomar outro café. Pego uma caneca cheia e bebo tudo de uma vez. O nervosismo faz com que minhas pernas não parem de tremer. Assim que saio da cozinha, vou a minha sala e fico surpresa ao chegar à minha mesa. Eduardo está lá, sentado na minha cadeira, me esperando com os braços cruzados. Fico confusa diante da cena.

— Está com amnésia? — Sorrio sem nenhum humor. — Esqueceu que a sua mesa é a do lado?

Ele estreita os olhos e me encara demoradamente. Engulo em seco. O que está acontecendo com ele?

— É impressão minha ou você está querendo evitar a minha companhia? — ele pergunta, me deixando sem reação. Estou sem palavras. — Por que não quer viajar comigo, Helena?

Continuo imóvel. Não consigo dizer nada. Estou em choque. Paralisada.

— Qual é o problema com você?

— Nenhum! — respondo rápido. — Não tem problema nenhum. — Balanço a cabeça negativamente.

Ele continua me olhando daquela forma que me deixa nervosa.

— Não banque a mentirosa para cima de mim.

Eu o encaro, chocada com suas palavras frias. Quem Eduardo pensa que é para falar comigo desse jeito? A raiva me domina e me seguro para não partir para cima dele.

— Mentirosa? Eu? — Não posso acreditar.

— Me diga por que não quer viajar comigo.

— Não quero viajar com alguém que evita falar comigo.

Ele levanta da cadeira e vem em minha direção.

— Não confunda as coisas — ele diz alterado.

— Confundir as coisas? — Eu o encaro sem acreditar. — Você só pode estar brincando. Sabe muito bem que mudou comigo depois da nossa viagem para a fazenda. — Sinto meu coração palpitar ao lembrar do beijo.

— Helena, já disse para esquecer isso, por favor. Será melhor assim.

Eu o olho magoada. Mais uma vez, Eduardo me pede para esquecer algo que não sai da minha mente. Não consigo entender como ele pode ter esquecido uma coisa tão intensa e verdadeira.

— Helena? — Me viro e vejo Raul atrás de mim. Percebo sua expressão confusa ao ver Eduardo e eu tão próximos.

— Oi, Raul. — Me afasto de Eduardo e tento forçar um sorriso, mas não o convenço muito.

— Está tudo bem? — ele pergunta, encarando Eduardo.

— Está sim — respondo um pouco sem jeito. — Como foi sua viagem para Goiás? — tento mudar de assunto.

— Foi ótima. Fechamos a campanha para o frigorífico Boi Gordo — ele diz sem tirar os olhos de Eduardo.

— Parabéns! Ótima notícia, Raul! — Dou um abraço nele, que volta sua atenção para mim, retribuindo rapidamente.

Sinto os olhos de Eduardo presos em mim, mas o ignoro.

— Vamos almoçar juntos para comemorar? — Raul desliza suas mãos sobre meus ombros de maneira delicada.

— Boa ideia. — Sorrio.

— Vou visitar um cliente na Barra da Tijuca e nos encontramos no Byhaven. Pode ser? — ele diz animado.

— Combinado. — Abro um sorriso sincero.

Raul sorri e volta para sua mesa.

Eu me viro para a mesa e vejo que Eduardo continua parado no mesmo lugar.

— Será que pode me dar licença? Preciso trabalhar.

Ele se afasta sem dizer nada e o vejo sumir pelo corredor. Sinto meu peito afundar. Comecei minha segunda-feira com o pé esquerdo.

⁂

Chego ao restaurante que Raul escolheu no horário combinado. Um garçom me acompanha até uma mesa para dois. Sento-me na cadeira almofadada e confortável. Peço um suco de laranja e fico olhando distraída para o ambiente, observando as pessoas almoçando, conversando e se divertindo.

Eu e Raul já almoçamos aqui algumas vezes. O Byhaven é um lugar bacana, tem boa comida e um ambiente agradável.

Assim que o garçom traz meu suco, vejo Raul entrando no restaurante. Ele abre um sorriso bonito assim que me vê.

— Fiz você esperar? — pergunta assim que se aproxima de mim e me dá um beijo rápido na bochecha, se sentando na cadeira à minha frente.

— Não, acabei de chegar. — Tomo um gole do suco e começo a morder o canudinho.

— Estou feliz por ter a sua companhia. Faz tempo que não almoçamos juntos.

Olho para Raul de modo carinhoso e dou um sorriso.

— Faz um tempinho mesmo. — Volto a morder o canudinho.

Ele abre seu sorriso largo.

— Como passou o final de semana? — ele pergunta animado, estendendo a mão para chamar um garçom.

— Fui para a fazenda.

— E o aniversário da sua avó? — pergunta interessado.

— Foi uma linda festa. Vovó ficou bem feliz. — Abro um largo sorriso, mas ele logo desaparece quando começo a lembrar de Eduardo.

Raul analisa o cardápio detalhadamente, enquanto respiro fundo, tentando afastar Eduardo da minha mente.

— O que você gostaria de comer? — ele pergunta, ainda olhando as opções do cardápio. — Carne vermelha ou peixe?

— Salada — respondo um pouco desanimada.

Então, a atenção de Raul se volta para mim, pois salada não é um prato que costumo comer. Prefiro pratos que me sustentem mais.

— Salada? — Ele fecha o cardápio e me analisa atentamente.

— Regime — digo, tentando disfarçar minha falta de apetite.

Ele me analisa por um tempo.

— Está tudo bem? — Ele parece desconfiado.

Dou um suspiro e depois bebo mais um gole do suco, voltando a morder o canudinho.

— Muito trabalho — falo, tentando convencer a mim mesma. — Jorge me disse que vou ter que ir a São Paulo na semana que vem, e estou cheia de coisas para resolver por aqui.

Encolho os ombros.

— Jorge! — Ele suspira e volta a prestar atenção no cardápio. — Ele sempre acha que nunca temos nada para fazer.

Concordo com a cabeça. Pelo menos Raul me entende.

Minutos depois, ele faz os nossos pedidos para o garçom e logo voltou a olhar para mim. Conversamos um pouco sobre Jorge e a viagem de Raul para Goiás. Meu amigo não para de sorrir. Ele é charmoso, divertido e sempre me faz me sentir bem. Sua beleza e carisma chamam a atenção das mulheres. Eu o adoro.

— Como foi viajar com a Aline? — pergunto realmente interessada.

— Aquela garota é totalmente sem noção. — Ele balança a cabeça como se estivesse se lembrando de algo terrível. — Você acredita que ela queria que dividíssemos o quarto?

— Meu Deus! — falo chocada. — E você aceitou?

— Claro que não. — Ele balança a cabeça. — Aline não faz o meu tipo. — Ele sorri. — Você é a única garota daquela agência com quem eu dividiria um quarto.

Começo a rir. Raul não desiste desse joguinho de conquista barato.

Apesar do delicioso almoço e da agradável companhia, sinto meu peito afundar ao me lembrar da última conversa que tive com Eduardo. Pensamentos confusos voltam a bombardear minha mente e, de repente, não sinto mais fome. Coloco minha salada quase intocada de lado e respiro fundo.

— Helena, você mal tocou sua comida. — Ele me olha preocupado. — O que está acontecendo com você?

— Já disse, Raul, muito trabalho na cabeça. Acho que preciso de férias — digo desanimada.

— Você anda trabalhando bastante nos últimos tempos. Jorge precisa te dar férias. — Ele segura minha mão e faz carinho.

Sorrio para ele, que retribui no mesmo instante. Nesse momento, ouço meu celular tocar dentro da bolsa. Afasto minha mão da sua e pego o telefone, olhando o número que está me ligando.

— Desculpe, Raul, mas eu preciso atender. — Ele concorda com a cabeça. Depois de uma breve conversa, desligo e me viro para ele, que me observa atentamente.

— Era da seguradora do meu carro — falo, colocando o aparelho de volta na bolsa.

— Seu carro quebrou de novo? — Raul toma um gole de sua água.

— Não. — Suspiro longamente. — Eu o bati.

— Você o quê? — Ele engasga com a água.

— Não tive culpa — tento me defender. — Foi um desses adolescentes irresponsáveis que enchem a cara e depois saem dirigindo bêbados pela cidade.

— Que filho da mãe. — Ele parece horrorizado. — Mas você está bem?

Ele me analisa atentamente.

— Não se preocupe, estou ótima. Minha mão já está normal e meu nariz também. Só continuo com esse curativo, mas não é nada demais, apenas um pequeno corte superficial.

Raul continua me analisando com uma expressão preocupada.

— Tem certeza de que está tudo bem?

— Pode confiar em mim. — Sorrio ao ver sua preocupação exagerada.

— Quando foi isso? — Ele segura minha mão.

— Sábado de manhã, quando eu estava indo para a fazenda. — Dou um longo suspiro. — Acabaram de me ligar para dizer que meu carro só estará pronto daqui a quinze dias.

Raul franze a testa.

— Mas, se o seu carro foi para o conserto, como é que você foi para fazenda? — Ele parece confuso.

Olho para Raul com sua expressão preocupada e penso em mentir, falando que peguei um ônibus ou que fui com uma amiga que ele não conhece, mas opto por falar a verdade. Não sou uma mentirosa e não quero mais confusão em minha vida.

— Eduardo me deu uma carona. — Tento sorrir naturalmente. — Ele foi muito gentil comigo. Me ajudou com os problemas do carro e me levou ao hospital. Depois disso, fez questão de me levar até a fazenda.

Raul solta minha mão e vejo-o me analisar atentamente. Depois, balança a cabeça como se não entendesse a minha resposta.

— Eduardo te deu carona? — Raul me encara em expectativa.

— Sim. — Encolho os ombros. — Não tinha para quem ligar. Você estava em Goiás e Cléo não também estava na cidade. — Olho para ele um pouco sem jeito. — Eduardo era o único que podia me ajudar.

Ele pensa um pouco.

— Poderia ter ligado para os seus pais. Alguma outra amiga. Sei lá, Helena. Por que ligou para esse cara? — ele diz furioso.

— Já disse, Raul. Eduardo era o único que podia me ajudar naquele momento.

O simples fato de falar o nome de Eduardo me deixa nervosa.

— Eduardo me ajudou e depois acabou ficando para a festa da vovó.

— Ele passou o final de semana com você? — ele pergunta perplexo.

— Eu precisava lhe agradecer de alguma forma — respondo, mesmo sabendo que a verdade não é essa. Eu apenas queria que Eduardo ficasse ao meu lado o maior tempo possível.

— Vocês dois estão juntos? — Raul parece chocado.

— Não! — quase grito. — Que ideia.

Tento controlar a respiração, mas sinto falta de ar. Raul analisa meu rosto.

Não sou uma pessoa boa em mentir. Raul não é bobo e sabe que estou escondendo alguma coisa. Ele não pode saber o quanto Eduardo mexe comigo nem pode sonhar que estou perdidamente apaixonada por ele. Respiro fundo e tento parecer calma e tranquila.

— Eduardo é um bom amigo. — Dou um sorriso meio sem graça e ele continua me encarando com uma expressão furiosa. Droga!

— Bom amigo? — Ele sorri sem humor. — Vocês vivem brigando, Helena.

— Eu sei — digo devagar. — Mas estamos tentando nos entender.

— O que está me dizendo?

— Raul. Está tudo bem. Não precisa ficar com ciúmes. — Pisco para ele. — Você sempre será meu melhor amigo. — Sorrio.

Ele dá um suspiro e depois desmancha a cara emburrada.

— Jura que sempre serei seu melhor amigo? — pergunta desconfiado.

— Claro que sim! — Sorrio ao pegar sua mão.

Raul relaxa e eu também. Depois disso, conto tudo sobre meu final de semana e os detalhes da festa da vovó. Ele me faz várias perguntas banais até que uma me deixa nervosa.

— Sua família gostou do Eduardo?

Eu o encaro sem saber o que dizer. Por que Raul tinha que voltar a tocar no nome dele?

— Eduardo foi muito simpático com todos. — Desvio o olhar.

— Por que você fica toda esquisita quando toca no nome dele ou quando está com ele? — Ele me lança um olhar sério dessa vez.

Pensei que ele não fosse perceber, mas Raul não é bobo. Ela sabe que existe alguma coisa me incomodando em relação a Eduardo.

— Não invente coisas, Raul — digo com o rosto vermelho.

— Toda vez que chego perto de vocês, sinto um clima esquisito no ar. E é só você tocar no nome dele que fica vermelha como um tomate — ele insiste. Fico surpresa com sua maneira direta.

— Se realmente é minha amiga, Helena, quero saber o que está acontecendo.

Ele me encara e sei que tem razão. Sou sua amiga e não posso ficar mentindo para Raul.

— Nós nos beijamos — murmuro.

Raul parece chocado.

— Foi só um beijo. Só isso. — Encolho os ombros.

— Eu sabia. — Raul bate a mão na mesa com força. — Você beijou aquele mauricinho idiota? — Ele parece decepcionado.

Confirmo com a cabeça, um pouco sem graça.

— Não vê que está cometendo uma burrada? Aquele cara é um idiota.

— Raul! — tento acalmá-lo. — Foi só um beijo e, além do mais, Eduardo não é esse idiota que você está dizendo.

— Você está até defendendo o cara? — Ele balança a cabeça em negativa.

Reviro os olhos. Raul está começando a me irritar.

— Não estou defendendo ninguém e não estamos juntos. Eu só disse que rolou um beijo sem importância. Só isso — digo, perdendo a paciência.

Raul fecha os olhos, pressionando a testa com a mão, e depois volta a olhar para mim.

— Esse cara vai partir seu coração e depois não venha me dizer que não avisei.

Ajeito-me na cadeira e solto a respiração. Minha voz parece estar presa na garganta. Não respondo. Raul faz um aceno com a mão para o garçom e pede a conta. Sem dizer mais nada, vamos embora em silêncio.

Capítulo 12

Depois que voltei do almoço com Raul, não vi mais Eduardo, o que me deixa decepcionada.

Ligo o computador e começo a trabalhar. O resto da tarde passa devagar. Com a ausência de Eduardo, meu trabalho rende, mas, em compensação, me sinto péssima e um enorme vazio atinge meu peito.

Já é tarde quando desligo o computador e me levanto. Exausta, depois de um dia longo de trabalho, vou direto para casa. Tomo um banho quente e demorado. Visto meu pijama velho e preparo um enorme sanduíche de atum. Sem nenhum peso na consciência, como tudo, mesmo sabendo que sábado tenho mais uma sessão de fotos com aqueles minúsculos biquínis.

Sento-me no sofá de frente para a TV, tentando relaxar. De repente, tudo me vem à cabeça. Eduardo está acabando comigo e o sumiço de hoje à tarde me fez perceber o quanto sinto sua falta. Não posso continuar desse jeito. Preciso me distrair com outras coisas antes que enlouqueça. Vou para a cama e logo caio no sono. Na manhã seguinte, acordo desanimada. Vou para a agência e fico ainda mais arrasada quando Jorge me diz que Eduardo não vem trabalhar. Pergunto o porquê e ele diz que ele viajou para São Paulo.

Como assim Eduardo viajou para São Paulo? Não sabia que ele tinha autorização para isso. Faz um tempão que venho pedindo minhas férias e nada. Isso não é justo. Penso em falar isso para Jorge, mas fico quieta.

Não consigo esconder minha irritação. Quando o dia termina, volto para casa com um terrível mau humor. À noite, quando tento assistir TV, não consigo me concentrar. Então, vou para a cama e afundo a cabeça no travesseiro macio. Tento tirar Eduardo da cabeça, mas não consigo. Sem pensar, pego meu celular e digito uma mensagem para ele.

Deveria ter me avisado que iria viajar. Trabalhamos juntos. Esqueceu?

Arrependo-me na mesma hora. Droga! Será que pareci muito desesperada? Mando outra mensagem, tentando consertar.

Só queria saber quando volta para me organizar.

Espero por uma resposta, mas ela não vem. Mando outra mensagem.

Quando você volta?

Eduardo não responde e me controlo para não mandar uma mensagem mal-educada.

Fico ainda mais arrasada conforme os dias vão passando. A ausência dele me deixa triste e desanimada. Nem a companhia de Cléo e as compras que fizemos durante a semana conseguiram melhorar meu humor. Não posso deixar que a ausência de Eduardo me afete desse jeito.

Todos na CET estão cheios de planos para a festa da agência, que acontecerá assim que o prédio estiver pronto. Tento me animar com a novidade, mas não consigo.

Hoje já é sexta-feira e ainda não tenho notícias de Eduardo. Como ele pode sumir desse jeito sem me dizer nada? Estou começando a odiá-lo por isso.

Vou para casa com o humor péssimo. É sexta à noite e estou de pijama prestes a fazer mais uma panela de brigadeiro, mas me contenho. Ando comendo brigadeiro demais nos últimos dias. Fico ainda mais deprimida quando começo pensar no que Eduardo deve estar fazendo nesse momento. Aposto que deve estar com alguma garota. Respiro fundo e tento dormir.

Levanto da cama assim que o dia amanhece. Sinto um vazio profundo em meu peito. Apesar de fazer apenas alguns dias, nunca fiquei tanto tempo sem vê-lo desde que nos conhecemos.

Tomo um banho e me arrumo para a sessão de fotos. Vou até a cozinha e pego uma maçã para o café da manhã. Preciso ficar bem. Eduardo não pode me ver com essas olheiras e cara péssima. Meu único consolo é que vou vê-lo daqui a pouco e isso faz meu coração se agitar.

Apressada, pego um táxi e vou até o estúdio do Paulo Milão, que fica no Leblon.

Chego e sento na luxuosa sala de espera, enquanto aguardo Marina. Nervosa, começo a balançar as pernas, me perguntando se serei capaz de encarar mais uma vez essa sessão de fotos. Não consigo parar de pensar nele e em qual será minha reação ao ver aquele par de olhos azuis.

Minutos depois, estou folheando uma revista de moda, um pouco mais calma. Mas meu coração dispara novamente assim que vejo-o entrar pela porta. Fico sem reação ao perceber que um lindo par de olhos azuis está fixado em mim. Como senti sua falta!

Então, me levanto da poltrona e caminho em sua direção.

— Eduardo — digo, um pouco sem jeito, enquanto deixo escapar um sorrisinho ridículo.

Minhas pernas estão bambas e minhas mãos estão suando de tanto nervosismo.

— Oi, Helena — ele diz um pouco sério.

Tento manter a calma e não me comportar como uma apaixonada desesperada e louca de saudades, pronta para pular em seu pescoço. Antes que abro a boca para dizer alguma besteira, Marina nos chama para seguirmos até o camarim e nos prepararmos para as fotos.

— Que bom que vocês dois já chegaram. — Marina sorri largamente. — Paulo Milão já está no estúdio esperando por vocês.

Seguimos em silêncio até o camarim. Eduardo está mais lindo do que nunca. Adoro quando veste jeans, camiseta básica e tênis surrado. Fica tão jovem e encantador.

O maquiador mais uma vez faz milagres e o cabelereiro também. Meu cabelo fica incrível.

Assim que encontramos Paulo, fico muito nervosa ao saber que vamos começar tudo de novo, e quase desisto das fotos, mas respiro fundo e tento ficar calma. Além disso, Jorge me mataria se eu desistisse.

Paulo sorri e começa a nos fotografar.

Apesar de nervosa, estou muito feliz por estar perto de Eduardo, depois de quase uma semana sem vê-lo. Para meu alívio, a sessão de fotos corre muito melhor e bem mais tranquila do que a primeira. Acho que me acostumei com as câmeras. Mas não deixo de ficar tensa quando sinto as mãos dele escorregarem pelo meu corpo. Estranhamente, hoje, ele parece mais nervoso do que eu. Está tenso e até um pouco estranho. Mesmo assim, não deixa de dar opiniões sobre algumas poses e escolhe os melhores ângulos. Diferente de mim, que estou muda, apenas tentando desfrutar de cada minuto ao seu lado.

Assim que terminamos, Eduardo sai sem se despedir e fico magoada. Ficamos tantos dias sem nos ver, esperava que pelo menos me perguntasse como estou. Chateada, retorno para o camarim, tiro o minúsculo biquíni e visto a roupa.

Saio do estúdio com o coração apertado e a cabeça cheia de pensamentos confusos. Qualquer garota no meu lugar deveria estar feliz por ter sido convidada para fazer uma campanha publicitária da Verão Brasil. Mas não estou e sinto que as coisas para mim não vão muito bem. Minha vida está uma verdadeira confusão.

Paro assim que vejo o carro de Eduardo no estacionamento do estúdio. Meu coração dispara. Por que saiu tão depressa daquele jeito se ainda está aqui?

Continuo parada na frente do seu carro sem conseguir me mover. Ajeito a bolsa no ombro e me viro para ir embora, antes que ele me pegue olhando para o seu carro. Assim que levanto o olhar, levo um susto quando o vejo parado bem na minha frente com os cabelos molhados e bagunçados.

Santo Deus!

— Helena? — Há confusão em seu olhar. — O que está fazendo aqui? Pensei que já tivesse ido.

Por um segundo, perco as palavras e sinto meu rosto corar. Respiro fundo para me acalmar e pensar em uma desculpa decente.

— É... Oi. — Solto o ar devagar, tentando parecer calma, mas meu coração continua disparado.

— Está tudo bem? — Ele continua me analisando.

— Ah... — gaguejo um pouco. — Está sim. Já estava indo embora. — Forço um sorriso e ele ergue uma sobrancelha, parecendo desconfiado do meu comportamento estranho. Está na cara que me acha louca.

— Ok — ele diz, me encarando por um tempo. — Bom, preciso ir. — Ele se vira, pega a chave e aperta o alarme.

— Você sumiu — digo apressada. — Jorge me disse que você estava resolvendo algumas coisas em São Paulo. O que aconteceu? Te mandei mensagens no celular, mas não me respondeu. E mal nos falamos na sessão de fotos. Está tudo bem? — Meu coração parece que vai sair pela boca.

Eduardo se vira novamente e me olha surpreso, como se não esperasse por tudo isso que acabei de dizer. Continuo encarando-o com a respiração acelerada, até que, por fim, ele respira fundo e responde:

— Está tudo bem. Não se preocupe — diz um pouco sem jeito e abre a porta do carro.

— Você já vai? — pergunto decepcionada.

— Estou com pressa — diz, me encarando e segurando a porta aberta.

— Mas... talvez pudéssemos tomar um café. — Estou desesperada. Não quero que ele vá embora.

— Helena, se me der licença, preciso ir embora.

Fico chocada com sua resposta e magoada mais uma vez. Eduardo não pode me tratar assim.

— Por que está me tratando desse jeito? — falo, me sentindo ofendida.

— Assim como? — Ele finge não entender.

— Não se faça de desentendido. — Tento parecer educada, mas acabo alterando a voz. — Por que anda me ignorando? Acha que sou idiota?

Percebo que minha pergunta o surpreende. Seus olhos azuis ficam arregalados.

— Helena, eu preciso...

— Só me responda uma coisa, Eduardo — corto sua fala e o encaro. — Sobre aquele beijo que rolou entre a gente. Você se arrependeu? É por isso que está me tratando desse jeito?

Ele abre a boca, mas a fecha rapidamente, parecendo não encontrar as palavras certas. Meu coração afunda ao perceber que realmente Eduardo está arrependido.

— Eu sabia. — Balanço a cabeça, decepcionada.

Ele fecha os olhos.

— Nós havíamos combinado de não tocar mais nesse assunto. — Sua voz está séria demais.

— Você me fez prometer — grito com ele. — Não percebe que tudo mudou depois disso?

Eduardo me olha assustado.

— Não grite comigo. — Ele se aproxima de mim.

— Eu grito sim. — Eduardo está me deixando cada vez mais louca.

— Lá na fazenda, com a minha família, você parecia outra pessoa, e agora me trata como uma estranha. Sumiu da agência sem dizer nada. Será que tudo foi fingimento? — digo um pouco exaltada. Ele parece surpreso com minhas palavras. Arrependida da cena que acabo de fazer, passo as mãos pelos cabelos e tento não olhá-lo diretamente, mas, pelo canto do olho, vejo sua expressão. Ele parece se sentir culpado.

Com um gesto inesperado, ele segura meu rosto e olha em meus olhos.

Engulo em seco.

— Desculpa. — Ele não desvia seu olhar do meu. — Por favor, me desculpa, Helena.

Olho-o, tentando avaliá-lo. Ele parece querer se desculpar e minha raiva diminui um pouco.

Em seus olhos, posso ver que esconde algo de mim, mas não consigo saber o que é. Está nítido que é um segredo muito bem guardado.

— Não precisa ficar se desculpando. — Afasto-me, ainda magoada por não entender por que ele está fazendo isso comigo.

— Sim, preciso, porque eu não deveria estar agindo dessa maneira com você. Espero que não me odeie por isso, sei que deve estar me achando um idiota.

Encaro-o e percebo que não consigo odiá-lo. Não posso só porque ele não está apaixonado por mim.

— É claro que eu não odeio você. — Respiro fundo. — Apenas pensei que aquele beijo tivesse significado alguma coisa para você — falo envergonhada.

— Desculpa, eu não deveria... — Ajeito a bolsa no ombro. — Preciso ir embora. — Viro e procuro sair de perto dele o mais rápido possível antes que acabe chorando e me humilhando ainda mais.

Eduardo me segura pelo braço e me puxa para perto dele. Olho-o assustada e completamente confusa. Sentir seu corpo tão próximo do meu atrapalha meu raciocínio.

— Quem disse que não significou nada para mim? — Seu olhar intenso faz meu corpo tremer. Tento me soltar, mas ele me segura ainda mais forte. Estou apavorada com sua proximidade e sem saber o que fazer.

— Nunca vou esquecer aquele beijo, Helena. Por isso não consigo te encarar e agir normalmente. Será que não percebe isso?

Encolho-me ao ouvir sua explicação. Não consigo entender o que ele acaba de dizer. Eduardo também pensa no nosso beijo? Mas ele nem liga para mim. Confusa, dou um passo para trás, tentando me afastar e solto meu braço de sua mão forte. Minhas pernas continuam tremendo, mas não posso continuar mais um só minuto ao seu lado. Preciso sair daqui e tentar colocar minha cabeça no lugar.

— Preciso ir — murmuro, aumentando a distância entre nós. Então me viro e começo a correr.

Alcançando-me facilmente, ele me toma em seus braços e me beija com paixão. Apesar de assustada, amoleço com seu toque e retribuo o beijo com a mesma intensidade. Ele me dá um beijo de tirar o fôlego. Estamos totalmente entregues um ao outro e me sinto feliz por sentir o gosto desse beijo novamente.

— Por que está fazendo isso comigo? — pergunto ofegante. Meus lábios colam nos dele.

— Você me faz perder a cabeça. — Ele respira com dificuldade.

Instantes depois, nossos olhos se encontram e percebo que ele está confuso.

— O que está acontecendo com você, Eduardo?

Ele segura meu rosto com as duas mãos, fecha os olhos e de repente se afasta de mim.

— Eu não deveria ter feito isso.

Ah, não! De novo, não!

— Pare com isso — eu digo ainda sem fôlego. — Sinto que você gosta tanto quanto eu.

— Não, Helena. Não posso agir dessa forma com você. — Ele sacode a cabeça. — Você mexe comigo. Acabo perdendo a cabeça e agindo sem pensar. — Ele leva a mão aos cabelos.

— Eduardo, me diz o que está acontecendo — insisto.

— Melhor eu ir embora. — Ele me encara mais uma vez e depois dá as costas para mim. Entra no carro e, segundos depois, eu o vejo sumir. Mais uma vez, ele foge de mim e me seguro para não desmoronar.

Agora, estou sentada no chão do estacionamento, com a cabeça encostada na parede, enxugando as lágrimas que não param de cair. Realmente preciso tirá-lo da cabeça antes que eu enlouqueça. Respiro fundo, levanto, ajeito o cabelo e limpo a maquiagem borrada. Pego um táxi e vou direto para casa. Panela de brigadeiro, aí vamos nós!

Continuo arrasada com tudo que aconteceu hoje. Eduardo é tão confuso. Sento no sofá, pego meu livro de romance preferido, "Orgulho e Preconceito", e tento ler antes de dormir. Tento me concentrar no capítulo, mas não consigo. Até o Sr. Darcy me faz lembrar de Eduardo. Irritada, fecho o livro e juro não ler mais nenhuma linha sequer.

Permaneço no sofá, frustrada, pois me dei conta de que minha tentativa de conversa com Eduardo, mais uma vez, foi por água abaixo. Minha cabeça não para de girar. Tudo bem que ele não está apaixonado por mim como estou por ele. Preciso me conformar que me considera apenas uma amiga, ou talvez nem isso. Mas não posso ignorar o fato de que o afeto de alguma maneira. Eu o ouvi dizer que também não esqueceu nosso beijo. Mas por que ele se comporta de forma tão estranha depois que me beija? Não consigo entender. *Será que beijo mal?*

Já são dez horas da noite e continuo deitada no sofá, com meu pijama rosa de flanela, assistindo um programa qualquer na TV com uma panela de brigadeiro vazia ao meu lado. Cansada de ter pena de mim mesma, pego o celular e digito o número de Cléo.

— Helena?

— Oi.

— Está tudo bem?

— Não, nada está bem. — Dou um longo suspiro.

— O que aconteceu? — ela pergunta preocupada.

— Depois eu te explico. Vamos sair? Beber alguma coisa?

— Agora? — Ela parece um pouco confusa. — Já estou de pijama, Helena.

— Cléo, é só tirá-lo e colocar algo mais apropriado.

Ela pensa por um minuto.

— Por favor — insisto.

— O que aconteceu agora? — ela pergunta. — Ele te beijou mais uma vez?

Arregalo os olhos e fico muda. Como ela sabe?

— Sabia. — Ela ri do outro lado da linha. — Aonde vamos?

— Que tal aquele bar novo onde eu não consegui entrar aquele dia?

— No América Club? — ela pergunta e começa a rir novamente.

— O que foi?

— Espero que dessa vez você não seja atropelada por nenhum deus grego no meio do caminho.

— Nem me lembre disso. — Reviro os olhos.

— Estarei pronta em meia hora.

— Combinado.

Desligo e decido vestir algo simples. Coloco uma minissaia preta e uma regata amarela. Prendo o cabelo em um rabo de cavalo e passo batom vermelho. Olho-me no espelho e até que gosto do resultado. Cléo já deve estar impaciente me esperando lá embaixo. Pego a bolsa e desço. Aceno para Matias, que retribui o cumprimento com um largo sorriso.

— Divirta-se — ele diz.

— Obrigada.

Cléo está me esperando do lado de fora do táxi, olhando impaciente para o relógio. Ela me encara séria e sei que está brava por eu estar atrasada. Cléo é muito pontual e não admite atrasos. Sorrio. Apesar da cara emburrada, ela está linda. Cabelos negros crespos e armados emolduram seu rosto delicado de princesa. Seu vestido verde-oliva a deixa maravilhosa e, nessa hora, percebo que deveria ter me vestido melhor.

Seguimos para o bar e Cléo parece bem animada. Não para de falar, enquanto eu continuo de mau humor. O táxi para a algumas quadras do local por causa do grande movimento e isso faz com que meu humor piore um pouco mais.

— Não seja chata, Helena. Melhore essa cara e pare de reclamar. — Cléo me dá um olhar feio e então resolvo me calar.

A fila para entrar está enorme, e me arrependo imediatamente de ter escolhido esse lugar, mas permaneço em silêncio. Não quero ouvir Cléo dizendo que sou chata. Depois de trinta e cinco minutos, em pé, com um salto alto, parada em uma fila gigante, entramos no maldito bar.

Meu humor muda completamente. Minha nossa! Encantada, sorrio como uma boba. É maravilhoso! A música animada embala várias pessoas na pista de dança. O América Club é um bar descolado e moderno, mas tem uma mistura com algo chique e luxuoso. O lugar está lotado, cheio de pessoas sorridentes.

— Falei que você ia gostar. — Cléo pisca para mim.

Caminhamos até uma mesa vazia, que fica um pouco distante da pista de dança. Cléo estende a mão para chamar um garçom.

— Esse lugar é o máximo — falo, sem me cansar de admirar tudo.

— Aqui está bombando. — Ela pede duas cervejas. — Li em uma revista que logo, logo haverá uma filial em São Paulo.

Tomamos algumas cervejas e logo depois ela me chama para dançarmos *I feel so close to you right now*, mas não demora muito para eu sentir o desconforto nos meus pés causados pelos malditos saltos. Então, voltamos para a mesa. Meus pés estão me matando.

— Você tem muita sorte, Helena. — Cléo faz sinal para o garçom nos trazer mais duas cervejas.

— Sorte? — pergunto sem entender enquanto tiro meus saltos.

— Tinha um gato maravilhoso te olhando, mas você nem deu bola — fala suspirando.

— Não começa, Cléo. — Reviro os olhos. — Você sempre diz que tem algum cara olhando para mim. — Começo a massagear meus pés. *Ai, como é bom!*

— Mas é verdade — ela tenta me convencer. — O cara é maravilhoso. Um deus! Precisa ver.

Começo a rir do seu jeito exagerado. Tenho certeza que nem é tão bonito assim.

— Aposto que ele estava olhando para você — digo, achando graça.

— Quem me dera. — Ela suspira longamente. — Um cara lindo daqueles nunca olha para mim.

Começo a rir. Ela sempre diz isso.

— E então, não vai me contar do beijo? — pergunta e meu sorriso se desfaz imediatamente.

Não quero falar sobre isso.

— Não tem nada para contar. — Dou de ombros, diminuindo o ritmo da massagem.

— Nem vem — diz irritada. — Foi você quem me ligou às dez da noite. Agora quero explicações.

Dou um longo suspiro.

— Só estava com vontade de me divertir. — Volto a calçar os saltos.

— Você é tão ridícula. — Ela revira os olhos. — Nem sabe disfarçar que está apaixonada. — Me encara e instantes depois começa a rir.

— Não estou vendo graça nisso — digo emburrada.

Minhas palavras fazem com que Cléo ria ainda mais.

— Nem sei se realmente estou apaixonada por ele — minto descaradamente.

— Pra cima de mim, Helena? — Ela para de rir. — Poxa, por que não assume logo o que está sentindo? — Ela me encara séria dessa vez. — Abra seu coração para ele e veja no que vai dar.

— Não vou fazer isso — digo irritada. Cléo perdeu completamente a noção do bom senso. Dizer para Eduardo que estou apaixonada? *Nunca!*

— Por que não? — ela pergunta sem entender.

— Como posso dizer para um cara que estou apaixonada por ele se uma hora ele me beija e depois me dispensa? É óbvio que ele não quer nada comigo. — Encolho os ombros, derrotada.

— Se ele não tivesse interesse em você, não te beijaria mais uma vez. Não acha?

Penso por um instante. Será que Cléo tem razão? Balanço a cabeça, não acreditando nisso.

— Não sei o que fazer — digo desanimada. — Na segunda-feira, vamos viajar juntos e já estou apavorada.

Ela revira os olhos.

— Já disse, tem que se declarar. — Ela toma mais um gole de cerveja. Se continuar desse jeito, Cléo estará bêbada em poucos minutos.

— Como vou me declarar se ele parece ser o tipo de cara que não está a fim de relacionamento, muito menos comigo? — digo, sentindo um aperto no peito. Minha amiga nem imagina como Eduardo foge de mim. Ele me ignora completamente, como se eu fosse algo insignificante e sem importância para ele.

— Aposto que ele está bancando o difícil. Confie em mim, isso não vai durar muito tempo. — Ela se ajeita na cadeira, sorrindo.

— Será? — pergunto em dúvida.

— Eduardo está fazendo charme. Ele não quer dar o braço a torcer de que está todo apaixonado por você.

— Ele não parece apaixonado por mim. Nem um pouco.

— Relaxa, não dou duas semanas para ele vir correndo como um cachorrinho atrás de você. — Ela começa a rir como uma louca.

Olho para ela, assustada com sua crise de riso.

Suspiro frustrada. Que ótimo! Cléo está bêbada.

Capítulo 13

Quando meus olhos finalmente se abrem, olho para o relógio ao lado da cama e vejo que já passa do meio-dia. *Minha nossa!* Dormi demais.

Levanto-me da cama rapidamente, calço meus chinelos do Mickey e pego meu roupão xadrez. Cléo odeia esse roupão e até quis jogá-lo fora no dia da arrumação do meu apartamento. Mas eu não deixei. Apesar de apertado, ele é bem bonitinho. Eu o visto e vou até o quarto de hóspedes. Acendo a luz e vejo Cléo completamente imóvel na cama, num sono profundo.

Reviro os olhos e dou um longo suspiro. Não vai ser fácil acordá-la.

— Cléo. — Mexo no seu ombro.

— Cléo. — Ela não se move.

— Clééééo — berro dessa vez.

— Sai daqui — ela diz sem abrir os olhos. — Me deixa dormir.

Isso vai ser mais difícil do que eu pensei.

— Acorda. — Me distancio um pouco, caso ela queira me atacar.

— Sai daqui, Helena — ela responde com seu humor azedo pós-ressaca. — E me traga um remédio para dor de cabeça.

— Cléo, estamos atrasadas — digo devagar.

— Atrasadas para quê? — Ela abre os olhos de repente. — Não temos nenhuma festa hoje.

— Esqueceu que hoje é domingo? Combinamos de passar a tarde com as crianças do orfanato. — Cruzo os braços sobre o peito. — Elas estão nos esperando.

— Merda! Esqueci completamente. — Ela cobre o rosto com as mãos. — Eu não deveria ter enchido a cara daquele jeito ontem.

— Eu mandei você parar — falo, tentando melhorar seu humor. — Mas você não me escutou. Disse que já era adulta e sabia o que estava fazendo.

— Cala a boca — ela diz mal-humorada. — Você não está ajudando.

Ela levanta da cama a contragosto. Está horrível, mas fico quieta. Não quero confusão.

— Merda! — ela diz, esfregando os olhos.

— Você está bem? — pergunto com cuidado. Quando Cléo fica de ressaca, é melhor manter distância. Ela pode ser bem agressiva com as palavras.

— Não estou nada bem. Aliás, você não deveria me deixar beber tanto.

Respiro fundo. Cléo é tão irritante.

— Você bebeu porque quis. — Tento manter a calma. — Não te obriguei a beber toda aquela cerveja.

Ela me encara furiosa.

— Eu te odeio. — Ela passa por mim e vai direto para o banheiro, com a cara emburrada, mas não ligo. Cléo sempre fica assim quando acorda de ressaca.

Depois de preparar o café, tomo um banho rápido e volto para o quarto, enrolada em uma tolha. Seco o cabelo e visto uma roupa confortável.

Entro na cozinha e me sento ao lado de Cléo. Ela está linda, com um coque nos cabelos que realça seu rosto delicado. Veste jeans escuro e uma blusa com detalhes em renda. Mas dá para ver que ela continua de mau humor e com uma cara péssima.

— Por que insiste em usar esse tênis? — ela pergunta, olhando para os meus pés.

— Eles são muito confortáveis — respondo, olhando para eles.

— Mas são horríveis, Helena. Aposto que faz isso para me irritar.

Respiro fundo. Melhor não discutir. Fico calada olhando para a fatia de pão em cima da mesa, pois não quero iniciar uma discussão sobre moda com minha amiga de mau humor. Cléo sempre diz que devemos manter a aparência impecável e sei que isso não inclui o tênis que estou usando. Dou um suspiro frustrado.

— Deveria passar pelo menos um batom — ela diz, me encarando. — Sua cara está horrível.

— Cléo! — Reviro os olhos. — Precisamos nos apressar.

Sinto uma dor de cabeça se aproximando.

— Não vai comer? — Ela ergue a sobrancelha.

— Estou sem fome — digo.

— Você, sem fome? — Cléo me encara surpresa. Pois é, ficar apaixonada faz isso comigo.

— O que você tem? — Sua expressão séria se transforma em preocupação.

— Nada. — Dou de ombros. — Só um pouco de dor de cabeça.

Ela me observa e depois volta a atenção para sua xícara de café.

— Por que não quis ficar com aquele carinha que apareceu na nossa mesa? — pergunta de repente.

— Não fui com a cara dele.

— Mas por quê? — Ela me encara. — Tudo bem, ele não era tão bonito assim, mas era simpático.

Respiro fundo.

— Não estava a fim.

— Mas era só para se distrair, Helena. Além do mais, no escuro, ele nem era tão feio.

— Não quis ficar com ninguém, ok? — digo, tentando evitar uma discussão.

Cléo bufa, irritada.

— Vai acabar ficando sozinha.

Dou de ombros.

— Eu não ligo.

— Até quando você vai ficar desse jeito por causa desse Eduardo?

— Não estou assim por causa de ninguém — digo irritada.

— Está sim. — Ela me encara séria dessa vez. — Admita.

Fico em silêncio sem saber o que dizer. Cléo sabe ser bem irritante quando quer. Não quero falar sobre Eduardo. Não agora.

Ela pensa um pouco, e depois volta a olhar para mim.

— Ok. — Ela dá um suspiro. — Precisamos ir, estamos atrasadas.

Concordo com a cabeça e agradeço o ponto final que ela dá em nossa discussão com um meio sorriso. Apesar do seu jeito irritante às vezes, ela é uma boa amiga e sabe entender quando não quero conversar.

Descemos para pegar o carro de Cléo e vejo que seu humor está um pouquinho melhor, mas é nítido que continua brava comigo por não ter trocado o tênis. Mas o que acho que mais a irritou foi o fato de não ter passado batom. Cléo não aceita mulheres que saem de casa sem maquiagem.

— Helena — Cléo diz assim que dá partida no carro. — Sabe que fico péssima quando estou de ressaca e não queria ter sido tão chata com você. Me desculpe. Prometo nunca mais beber daquele jeito. Nunca mais. — Ela dá um longo suspiro. — Eu prometo.

Reviro os olhos e acabo sorrindo. Cléo sempre diz isso.

⁓⊙⊱

Paramos em frente ao orfanato e entramos pelo grande portão azul onde se lê *Cantinho de Amor*. Assim que as crianças nos veem, se aproximam cheias de sorrisos. Irmã Zuleide também vem logo em seguida.

— Como vão, queridas? — ela nos cumprimenta de maneira gentil e um sorriso encantador.

— Estávamos morrendo de saudade das crianças. — Sorrio também.

Eu e Cléo nos agachamos e abraçamos todas as crianças que estão ao nosso redor e depois vamos até a cozinha, onde Irmã Zuleide ajuda na preparação do lanche da tarde.

— Como andam as coisas por aqui? — pergunto.

— Você não vai acreditar — ela fala, enquanto volta a rechear os pãezinhos com salsicha, junto com mais duas senhoras. — Recebemos algumas visitas na semana passada e uma delas resolveu nos ajudar.

— Ajudar? — pergunto empolgada.

— Sim. — Ela abre um largo sorriso. — Ele quis saber das atividades do orfanato e, assim que ficou sabendo das suas aulas, ficou encantado e fez questão de doar dez violinos.

— Dez? — Pego um pãozinho e dou uma mordida. — Mas isso é demais. — Dou um gritinho de empolgação.

— Também ficamos muito felizes — ela diz.

— Hum... esse cachorro-quente está maravilhoso — falo de boca cheia. — Posso pegar outro?

— Claro, minha filha. — Ela me entrega um prato com mais três. Pego-o e me sento na grande mesa de madeira com toalha estampada de girassóis e começo a comer, sem deixar de prestar atenção na conversa da Irmã Zuleide.

— Agora, você pode dar aulas para um número maior de crianças, Helena — irmã Zuleide continua. — Não é maravilhoso?

Respondo que sim com a cabeça. Cléo senta ao meu lado e pega um pãozinho.

— Esse empresário também vai nos dar uma boa quantia em dinheiro para fazermos algumas reformas aqui no prédio.

— Ótima notícia — Cléo diz. — Mas a Helena também tem algo muito importante a dizer. — Ela sorri para mim. — Não é mesmo, amiga?

Dou um largo sorriso por saber que realmente tenho uma boa notícia para dar e também por ver que Cléo já não está mais de mau humor. *Graças a Deus!*

— Consegui um trabalho extra e vou poder doar uma pequena quantia. — Volto a encará-la. — Não é muito, mas acho que será suficiente para ajudar na reforma da biblioteca — digo orgulhosa.

— Helena! — Irmã Zuleide para de rechear os pãezinhos para me encarar. — Mas você já nos ajuda tanto com tanto amor e carinho.

— Faço questão.

— Vocês duas são lindos anjos que caíram do céu — ela diz emocionada. — Agora o orfanato Cantinho de Amor vai poder continuar com as aulas de violino e, com o dinheiro, vamos poder continuar com as outras atividades, sem comprometer muito nosso orçamento. — Ela leva a mão ao peito e deixa escapar um suspiro satisfeito. — Isso é maravilhoso.

Eu e Cléo sorrimos, enquanto irmã Zuleide coloca outro prato com mais oito pãezinhos em cima da mesa. Pelo menos para mim, comida é um ótimo agrado.

Depois de sair passando mal da cozinha do orfanato, vou para a aula de violino. Junto as crianças para a aula e me sento com elas, embaixo de uma enorme árvore, enquanto Cléo chama as outras para ensinar como usar corretamente a escova de dente.

Assim que inicio a aula, fico muito satisfeita com o desempenho das crianças. Elas aprendem fácil e são bem esforçadas.

— Tia Helena? — Viro e vejo Laurinha olhando para mim. Uma doce menina de olhos azuis e cachinhos dourados. Laurinha não é minha aluna, ela tem apenas três anos, mas, quando estou aqui, nunca desgruda de mim e confesso que adoro sua companhia. Cléo sempre diz que nós duas temos uma ligação especial. Acho que ela tem razão. Um sentimento muito forte nos une de alguma maneira. Um sentimento que não sei explicar.

— O que foi, meu amor? — pergunto enquanto guardo meu violino.

— Você já vai embora? — ela diz com a vozinha triste. — Queria que ficasse comigo.

Sinto um nó na garganta e a pego no colo e a abraço. Um abraço forte e especial. Uma grande tristeza toma conta de mim. Se pudesse, levaria Laurinha para casa.

— Não precisa ficar triste. — Beijo seu rostinho delicado. — Semana que vem estarei de volta. — Agora é Laurinha quem me enche de beijos.

Sempre saio do orfanato com o coração apertado, ainda mais quando Laurinha me abraça desse jeito. Cléo me deixa em casa e passo o resto do domingo deitada na cama, agarrada ao travesseiro, vestindo meu pijama rosa. Depois de tirar um cochilo, acordo, olho para a pequena mala no chão do meu quarto e me lembro de Eduardo. Nossa viajem para São Paulo é amanhã e isso me desespera. Não sei o que esperar dessa viagem. Eduardo e eu não estamos nos dando muito bem, isso é fato. Então eu me viro na cama, volto a olhar para a mala e começo a pensar: *Eduardo e eu juntos?* Algo me diz que isso não vai dar certo.

Capítulo 14

Parada em frente ao espelho, coloco o quinto vestido que tirei do closet. Quero impressionar Eduardo, parecer mais bonita, atraente, uma verdadeira mulher de negócios, mas hoje estou naqueles dias em que nada que visto fica bom em mim. Vou para o sexto vestido e me sinto ainda pior. *Droga!*

Depois de experimentar mais de oito vestidos, decido colocar uma calça jeans e uma blusa sem mangas com sandálias de salto. Tento ajeitar meus cabelos, mas acabo desistindo. Acho que hoje eu não deveria ter saído da cama.

Com um humor péssimo, faço uma maquiagem meia-boca e olho para o espelho. O resultado me enerva ainda mais, então respiro fundo, pego minha mala e saio.

Peço para Matias chamar um táxi e espero impacientemente em frente ao prédio. Deveria ter acordado mais cedo. As trocas de roupas fizeram com que eu perdesse muito tempo e agora estou com medo de chegar atrasada. Começo a roer as unhas. Dez minutos depois, o táxi chega.

Caminho apressada até o saguão do aeroporto, faço o check-in e suspiro aliviada por ter dado tempo. Vou para a sala de espera e sinto meu coração disparar ao ver Eduardo sentado. Minhas pernas ficam bambas ao ver como ele está tão lindo, com um terno azul-escuro, camisa branca por baixo e gravata escura. Está elegante, como sempre. Seu cabelo preto está perfeitamente arrumado. *Minha nossa!* Olho-me e sinto vontade de sumir. Deveria ter colocado o primeiro vestido que experimentei. Sabia que calça jeans não era uma boa opção para estar à altura da elegância de Eduardo.

Sem poder voltar atrás, respiro fundo e tento não parecer afetada demais com a sua presença. Ele ainda não me viu. Na última vez que nos vimos, nos beijamos, porém discutimos mais uma vez. Não sei como me comportar agora. Caminho vagarosamente, pensando em como posso agir de forma natural.

— Bom dia! — falo um pouco sem jeito enquanto ajeito a bolsa do meu notebook no colo.

— Bom dia, Helena — ele responde sério. — Pensei que tivesse desistido da viagem. — Chegou em cima da hora.

Chato! É assim que ele me recebe?

— Tive que resolver uns problemas — digo envergonhada. *Como escolher uma roupa para te impressionar, seu idiota.*

Eduardo balança a cabeça, concordando.

— Já você parece que madrugou. — Dou um sorriso forçado. Distraidamente, meus olhos vão até sua boca, e sinto falta de ar ao lembrar do nosso último beijo. Não posso negar. Eduardo está cada dia mais enraizado em meus pensamentos e seu desprezo está acabando comigo.

— Não — responde educadamente. — Apenas cheguei no horário correto.

Mordo os lábios com força. Não consigo entender como posso gostar de alguém tão insuportável.

Eduardo pega o celular e começa a checar alguns e-mails e mensagens. Tento espiar pelo canto do olho, mas não sei ser discreta. Então, respiro fundo e me encolho um pouco mais na cadeira dura e desconfortável.

Começo a ficar nervosa com a espera do nosso voo. Eduardo permanece grudado no telefone e finge que não estou sentada ao seu lado, pois continua sem trocar uma palavra comigo. Sinto-me como um poste. Está nítido que ele não tem interesse em ter uma boa convivência comigo.

Perdendo a paciência, me viro para encará-lo e acho-o um pouco estranho. Não sei o que está acontecendo, mas ele olha para o celular, parecendo preocupado com alguma coisa.

— Está tudo bem? — pergunto, me endireitando na cadeira.

— Sim. — Ele suspira.

— Você parece preocupado.

— Muito trabalho. — Ele passa a mão pelos cabelos. — E mais algumas coisas que preciso resolver.

Eduardo parece nervoso e sei que não se trata apenas de trabalho. Ele esconde alguma coisa de mim. Sua expressão séria e seu olhar preocupado não deixam dúvidas. Mas o que será?

— Você passou vários dias fora da agência — digo, fingindo indiferença. — Deveria saber que faltar ao trabalho acumularia serviço.

Ele desvia sua atenção do aparelho para me encarar.

— Acha que os dias que fiquei fora eram férias? — Sorri sem humor. — Tive que resolver alguns assuntos sérios. Por isso me ausentei da CET. Não sou irresponsável.

Suas palavras duras me deixam sem fala. Mordo o lábio, envergonhada. Eu não deveria ter falado nada disso. Não sei o que dizer.

— Desculpe. Falei sem pensar. — Sinto meu rosto vermelho.

— Sei. — Ele sorri. Um sorriso lindo que me deixa ainda pior. Nunca dou uma dentro com Eduardo.

Fico em silêncio, pensando em como consertar o que acabei de dizer.

Envergonhada, afundo ainda mais na cadeira e vejo que minha melhor opção é permanecer calada.

Eduardo guarda o celular no bolso e se vira para mim. Agora ele está me encarando e isso me deixa nervosa.

— Espero que não esteja mais chateada por ter que viajar comigo. — Seu olhar parece sincero.

— Esquece isso. — Baixo o olhar. — Já está tudo bem — minto.

Ele desvia seu olhar do meu e volta a olhar para o nada.

Eduardo fica quieto, enquanto penso em diversas coisas para dizer nesse momento, e, para variar, nada me vem à cabeça. Dessa vez, é o meu celular que começa a tocar dentro da bolsa. *Dançando*, da Ivete Sangalo, toca cada vez mais alto, me matando de vergonha. Eu já deveria ter mudado esse toque.

— Mãe? — atendo apressada.

— Oi, filha. Que saudade de você — ela diz.

— Eu também estou com saudade.

— Está tudo bem por aí?

— Está tudo ótimo — digo sem ter muita certeza. — Muito trabalho, para variar.

— Filha, você anda trabalhando muito. Precisa de férias — ela diz preocupada.

— Diga isso ao meu chefe, quem sabe ele não te escuta. — Suspiro longamente.

— Não quero atrapalhar seu trabalho. Então vou ser rápida, estou te ligando para contar uma novidade — ela fala entusiasmada.

— Novidade? — pergunto curiosa. — O que vovó aprontou dessa vez? — Levo a mão ao peito.

— Não é nada com a sua avó. — Ela ri do outro lado da linha.

— Graças a Deus — digo, mais aliviada. — Que novidade é essa, então?

— Consegui convencer o seu pai a sair um pouco dessa fazenda. Vamos para o Rio conhecer seu apartamento novo assim que ele terminar algumas coisas por aqui.

— Mas essa é uma ótima notícia. — Dou um largo sorriso. Faz tanto tempo que meus pais não passeiam aqui no Rio. Vovó vive reclamando que não vai à praia.

— Sabia que ia gostar. — Ela parece contente.

— Eu amei — digo, feliz por receber essa notícia.

— Filha, sei que está trabalhando, mas vou ter que passar o telefone para a sua avó, antes que ela o arranque das minhas mãos. Vou ver com seu pai certinho o dia que iremos e te ligo para avisar.

— Combinado.

— Beijos, filha.

— Beijo, mãe. Mande um beijo para o papai.

Ouço minha mãe passar o telefone para vovó e pedir para ela ser rápida. Posso ouvir a briga das duas e isso me faz sorrir.

— Helena? — Ouço a voz de vovó do outro lado da linha.

— Oi, vovó.

— Oi, querida! Como andam as coisas por aí? — ela pergunta animada.

— Tudo bem. Estou no aeroporto agora.

— O que está fazendo aí? Não me diga que vai viajar e nem me convidou? — vovó diz chateada.

Sorrio. Somente minha avó para pensar em algo desse tipo.

— Quem me dera viajar de férias, vovó. — Continuo sorrindo. — É apenas uma reunião de trabalho em São Paulo.

— Eduardo vai com você?

Engulo em seco. Vovó é sempre tão direta.

— Sim — digo um pouco sem jeito. — Vamos atender um cliente agora cedo.

— Hum... — Ela pensa por um momento e depois continua: — É exatamente por isso que queria falar com você, para saber das novidades. — Vovó baixa o tom de voz para que minha mãe não a escute. — Conversou com ele? — ela sussurra.

— Não — sussurro também. — Isso não vai acontecer. Esquece, vovó.

Eduardo me encara confuso ao me ver sussurrando ao telefone. Viro na cadeira e fico de costas para ele.

— Não acredito. Você não disse que está apaixonada? — ela grita dessa vez.

— Vovó! — exclamo exasperada e me viro para Eduardo, me certificando de que ele não tenha ouvido o que ela acabou de dizer. Será que ouviu?

— Agora não dá para conversar sobre isso — sussurro. — Eu te ligo depois.

— Nada disso, mocinha. — Ela parece irritada do outro lado da linha. — Abra seu coração e conte a verdade para ele de uma vez — ela insiste.

— Vovó. — Dou um longo suspiro. — Pare com isso.

Ela bufa irritada.

— Eu não acredito que ainda está se comportando como uma adolescente virgem cheia de espinhas.

Sinto o sangue ferver.

— Eu não sou uma adolescente virgem com espinhas — grito.

Eduardo me encara confuso. Droga! Agora ele escutou. Me viro novamente.

— Vovó, eu te ligo mais tarde. — Tento encerrar logo essa conversa.

— Não — ela diz brava. — Quero falar com Eduardo.

— O quê? — pergunto chocada. — A senhora enlouqueceu?

— Fique tranquila. Não vou contar o seu segredinho, sua boba. Embora esteja com muita vontade de fazer isso. — Ela suspira longamente. — Agora vá, não desobedeça a sua avó.

Reviro os olhos.

— Vovó... — tento argumentar mais uma vez.

— Tchau, querida. Agora me passe para o Eduardo.

Bufo irritada e acabo fazendo o que me pede, mesmo sabendo que vou me arrepender disso.

Eu me viro novamente e cutuco seu ombro com o rosto em chamas. Ele me encara.

— É... — gaguejo um pouco. — Minha avó quer falar com você.

Eduardo olha para mim e depois para o meu celular, um pouco confuso.

— Comigo?

Confirmo com a cabeça.

Ele ergue a sobrancelha e depois sorri, pegando o telefone das minhas mãos.

Os dois ficam longos minutos conversando. Tento encostar minha cabeça perto do seu ombro para escutar alguma coisa, mas me afasto assim que começo a me inclinar demais na cadeira. Eduardo ri, depois diz que seu prato favorito é lasanha e o mais chocante é que até faz uma piada com vovó. Olho-o chocada. Ele nunca fez uma piada para mim. Também nunca disse que gosta de lasanha.

Emburrada, cruzo os braços e espero a animada conversa acabar. Assim que desliga o telefone, ele olha para mim.

— Sua avó é muito divertida. — Ele continua sorrindo. Eu não. Minha cara está péssima.

— Muito. — Pego meu celular de volta e guardo dentro da bolsa.

— Ela me convidou para jantar.

— É mesmo? — Estou chocada. Vovó não tem limites.

Ele confirma com a cabeça.

— Na sua casa — ele diz.

Abro a boca, mas a fecho rapidamente. Estou sem palavras.

— Ela vem para o Rio com a sua família e me convidou. — Ele continua sorrindo. — Espero que não tenha ficado chateada com o convite.

— Imagina — digo com um sorriso congelado no rosto. *Eu mato a vovó.*

Finalmente, nosso voo é anunciado pelos alto-falantes, e me levanto rapidamente. Eduardo caminha ao meu lado e me ajuda a entrar no avião. Depois do telefonema da vovó, ele parece mais calmo e relaxado. Diferente de mim, que estou nervosa pelo convite que vovó fez a ele. E o pior: odeio aviões.

Ele se acomoda em sua poltrona perto da janela, e vira a cabeça para me encarar.

— O que foi? Não me diga que está com essa cara porque prefere sentar na janela. Se for isso, eu posso trocar — ele diz, se levantando.

— Não precisa. — Coloco a mão em seu ombro. — Eu não gosto da janela.

Ele me olha confuso e depois volta a se acomodar em sua poltrona.

— Helena, você está bem? — Ele me olha atentamente. — Parece nervosa.

Respiro fundo

— Fico um pouco enjoada quando viajo de avião — admito.

Ele abre um enorme sorriso.

— Não me diga que tem medo de avião.

— Claro que não. — Reviro os olhos. — Sinto apenas um mal-estar no estômago. — Cruzo os braços com força.

Ele começa a rir.

— Não deveria rir, sabia? — Descruzo os braços para encará-lo. — Não tenho culpa se meu estômago é fraco.

— Apenas tente não vomitar em cima de mim. — Ele ri ainda mais.

Bufo de raiva.

Então, ele tenta parar de rir e segura minha mão.

— Deite aqui. — Ele encosta minha cabeça em seu ombro. — Feche os olhos e tente dormir. Isso vai fazer com que você não veja a viagem e fique enjoada.

Hesito por um momento, mas depois fecho os olhos e inalo o cheiro gostoso de seu perfume. Embora esteja com os olhos fechados, não consigo parar de sorrir. Eduardo pode não estar apaixonado por mim, mas se preocupa comigo e isso faz com que meu coração se derreta. Então deixo que ele faça carinho em meus cabelos. Não demora muito e caio no sono. Sonho com ele. É claro!

Capítulo 15

Abro os olhos lentamente e encontro um par de olhos azuis fixos em mim. Estou nos braços de Eduardo. Aconchego-me ainda mais. Não vou sair daqui nunca mais. Continuo sonhando. Sei que estou. Nesse sonho, me deito no peito dele e ele faz carinho em meus cabelos, dizendo palavras doces no meu ouvido. Sorrio como uma idiota.

— Helena? — ele diz meu nome baixinho, me despertando para a realidade.

Oh, meu Deus! Levanto-me de seu peito rapidamente, me afastando dele. Meu sorriso se desfaz com a mesma velocidade. Tento me recompor, ajeitando o cabelo, e verifico se não babei em cima dele enquanto dormia. Passo a mão pela boca e fico aliviada. Respiro um pouco mais aliviada.

Eduardo continua me encarando e um desespero me invade. *Será que eu ronquei?*

— Você está bem? — ele pergunta, me analisando.

— Desculpe. Acabei caindo no sono — digo morrendo de vergonha. Meu cabelo deve estar horrível e minha cara amassada, péssima. Tento manter a calma, mas não consigo controlar a respiração. Então me levanto da poltrona e ele faz o mesmo.

Em silêncio, descemos do avião, enquanto continuo tentando ajeitar o cabelo. Assim que entramos no aeroporto de São Paulo, cruzo os braços, morrendo de frio. Eu deveria saber que uma blusa sem mangas não era uma boa opção. Eduardo sorri e logo em seguida me abraça para me proteger do frio, enquanto caminhamos pelo aeroporto. Fico toda boba com sua atitude e um sorriso idiota escapa dos meus lábios. Ele não deveria fazer isso comigo.

Um motorista que o grupo CET contratou está nos esperando na saída. O rapaz simpático guarda nossas malas, enquanto Eduardo e eu nos acomodamos no banco de trás. Apesar de Eduardo estar mais gentil comigo, seguimos o caminho até o hotel em silêncio. Sinto uma vontade louca de pedir para ele me abraçar novamente, mas me contenho, mantendo a cara de paisagem. Vovó sempre diz que, quando não soubermos o que dizer, a cara de paisagem é a melhor opção.

— O que acha de jantarmos juntos? — ele pergunta de repente.

Viro para ele, desmanchando a cara blasé.

— Jantar? — Minha voz sai um pouco esquisita.

— Se você não se incomodar, é claro. — Ele parece um pouco inseguro.

— Pode ser. — Tento parecer indiferente.

Depois desse pedido inesperado, o silêncio se instala novamente e não trocamos mais nenhuma palavra até chegarmos ao elegante hotel.

Uma agradável senhora, de aproximadamente quarenta anos, nos recebe com muita simpatia. Sento no sofá enquanto aguardamos. Eduardo se senta na outra ponta do sofá. Percebo que ele quer manter distância de mim. Também, depois de dormir no seu colo, é óbvio que ele quer distância. Procuro manter a calma e o observo discretamente, enquanto ele parece perdido a quilômetros de distância. Eu daria tudo para descobrir no que ele está pensando agora. Só espero que não esteja arrependido de ter me convidado para jantar.

A reunião é um sucesso. Eduardo estava bem tranquilo, enquanto eu estava muito nervosa por diversos motivos e acabei não prestando atenção em nada além dos olhos e da boca de Eduardo. Droga!

O cliente é muito gentil e fez questão de nos chamar para almoçar. Ele e Eduardo discutiram mais algumas coisas sobre a futura campanha que será feita pela CET. Para meu alívio, os últimos detalhes a serem discutidos ficaram para a reunião de amanhã. Prestarei mais atenção.

Assim que terminamos o almoço de negócios, o motorista nos leva até o hotel novamente. Eduardo parece feliz e satisfeito com nosso trabalho. Eu nem tanto. Viajar a trabalho ao lado de Eduardo é perturbador e nada produtivo. Sabia que isso não daria certo.

Finalmente chegamos. Eduardo abre a porta e sai sem me esperar. Solto um suspiro de frustração. Esse homem é uma contradição ambulante. Aposto que é bipolar.

— Helena, aqui está a sua chave. Se precisar de alguma coisa, estou no quarto ao lado — ele diz ainda de bom humor.

— No *quarto ao lado*? — pergunto debilmente.

— Algum problema? — Ele enruga a testa.

— Não. Nenhum — me apresso em dizer.

— Nos vemos no jantar, então. Tenho certeza de que vai adorar a comida desse hotel. — Um lento sorriso se forma em seu rosto.

— Aposto que sim.

Nos despedimos e subo para o meu quarto enquanto Eduardo fica para fazer algumas ligações sei lá para quem. Assim que abro a porta, fico encantada com o lugar. Tudo é tão lindo e delicado, com paredes claras e móveis do mesmo tom. A cama é enorme e aconchegante. E uma janela grande com uma vista encantadora para a cidade me chama a atenção.

Tiro a sandália e pulo na cama. Agarro o travesseiro macio e tento relaxar. Fico olhando para a enorme janela e, instantes depois, começo a pensar em Eduardo. Ainda não acredito que ele me convidou para jantar. Será que isso quer dizer alguma coisa? Minha cabeça continua girando e, minutos depois, caio no sono, e sonho com ele mais uma vez.

Algumas horas depois, acordo e vou direto tomar banho. Saio do banheiro e me sento na beirada da cama, encarando a grande janela.

Estou nervosa. As poucas roupas que trouxe na mala não são apropriadas para um jantar com Eduardo. Eu deveria ter me preparado. Sem opção, coloco um vestido preto de malha fina e casaco marrom. Dou uma ajeitada em meus cabelos e passo batom vermelho. O preferido da Cléo. Calço os sapatos e me olho no espelho, desanimada. Eu realmente deveria ter colocado algo mais interessante na mala.

Ansiosa, saio do quarto. Continuo tremendo, sem saber se aceitar esse convite foi uma boa ideia. Talvez ficar deitada naquela cama macia fosse mais seguro.

Chego ao restaurante e um ambiente aconchegante me recebe. É chique, assim como todo o hotel. Olho ao redor e, segundos depois, encontro-o sentado em uma mesa perto da parede. Meu coração salta. Eduardo está de cabeça baixa encarando o copo em suas mãos. Parece um pouco tenso. Nervoso, talvez?

Continuo parada sem reação. Seu olhar encontra o meu e minhas pernas tremem. Respiro fundo e tento manter a compostura. *Vamos lá, Helena!* É só um jantar.

Assim que me aproximo, ele se levanta, abrindo um sorriso encantador. Sorrio de volta, tentando, de alguma forma, demonstrar tranquilidade.

— Boa noite — digo, tentando respirar normalmente.

Eduardo sorri um pouco mais e me cumprimenta com um beijo no rosto. Isso me deixa nervosa. Ele nunca me cumprimenta assim. Então puxa a cadeira para mim e o agradeço com um sorriso enquanto enxugo no vestido minhas mãos suadas. Nervosa é pouco para o que estou sentindo.

— Esse restaurante parece ótimo — digo quase sem voz. Preciso me acalmar.

— Gosto muito daqui. — Ele parece um pouquinho nervoso também.

Fico muda. Não sei o que dizer. Não tenho assunto.

— Você está muito bonita. — Seu elogio me deixa sem jeito. Eduardo é muito educado.

— Obrigada.

Penso em dizer que ele também está muito bonito, mas nenhuma palavra sai da minha boca. Eduardo está maravilhoso, com uma calça preta e uma camisa da mesma cor. Parece um anjo da noite com seus olhos azuis e cabelos pretos.

Há pouca gente no restaurante e o clima está bem agradável. O ambiente é acolhedor, e a música ambiente me relaxa um pouco.

— O que gostaria de comer? — ele diz, analisando o cardápio.

— Aceito sugestões. — Sorrio. — O que costuma pedir?

— Gosta de frutos do mar?

Concordo. Eduardo chama o garçom e faz o pedido: sopa de frutos do mar e risoto de camarão.

Sorrio carinhosamente para ele. Acho que nosso jantar não vai ser tão ruim assim.

— Você fez um ótimo trabalho hoje — ele diz um pouco mais tranquilo. — O cliente ficou muito impressionado com você.

Reviro os olhos.

— Claro que não. — Nego com a cabeça. — Você foi quem fez um ótimo trabalho.

— Ele só fechou a campanha por sua causa — continua. — Tenho certeza.

Dou uma risadinha sem graça.

— Não diga besteiras. O crédito hoje foi todo seu.

Ele me dá mais um de seus sorrisos encantadores. Minha respiração acelera novamente. *Se controla, Helena!*

— O que gostaria de beber? — pergunta assim que outro garçom se aproxima da mesa.

Não sei o que dizer. Fico confusa. Água ou vinho? Não quero beber demais. Acho que água é o mais indicado para um jantar com Eduardo. Vinho me deixa falante demais.

— Que tal um vinho? — pergunta, me analisando.

— Vinho parece ótimo. — Abro um sorriso tímido e aceito, mesmo sem achar que deveria beber, e sinto uma onda de calor quando vejo seu olhar preso em mim.

Eduardo abre o cardápio de vinhos e faz o pedido ao garçom, que logo depois nos deixa a sós novamente e Eduardo tenta puxar assunto.

— Você realmente parece gostar do seu trabalho. — Ele me observa.

— Sim. — Mantenho o sorriso. — Já você parece não gostar muito. Ficou quase uma semana sem aparecer por lá. — Droga! Fecho a boca rapidamente. O que deu em mim para tocar nesse assunto de novo?

— Não é isso — diz calmamente. — Tenho alguns assuntos para resolver aqui em São Paulo que me tomam um pouco de tempo. Apenas isso.

Relaxo um pouco ao ver que não está bravo comigo.

— Para um funcionário novo, você tem muito crédito lá na CET — digo, analisando seu belo rosto. — Se eu me ausentasse por dois dias apenas, Jorge acabaria comigo. — Faço uma careta.

— Não exagere. Ele adora você. — Sorri.

— Não estou exagerando — respondo. — Não tenho tanto crédito quanto você.

Ele ri de um jeito divertido e relaxado. Então, aproveito para observá-lo ainda mais. Eduardo tem um sorriso encantador. Seus dentes são brancos e alinhados. Ele deveria sorrir mais vezes. Seus cabelos têm um brilho natural e o corte combina perfeitamente com seu rosto magro e quadrado.

— O Sr. Carlos me conhece — ele continua. — Ele confia em mim e já conhece meu trabalho há algum tempo. Isso facilita um pouco as coisas quando preciso me ausentar.

— Então você se aproveita disso? — pergunto.

— Não! Claro que não. Jamais faria algo assim — ele diz sério.

O garçom traz o vinho e nos serve. Eduardo pega sua taça e toma um gole. Faço o mesmo. O vinho é delicioso. Coloco a taça na mesa e levanto os olhos. Eduardo está olhando para mim de um jeito diferente, e isso faz com que meu corpo se arrepie. Sinto-me zonza quando ele me olha assim.

Tento pensar em algo para puxar assunto, mas Eduardo é mais rápido.

— Você é uma mulher incrível — ele diz sem tirar seus olhos azuis de mim.

Arregalo os olhos. Eduardo me pega de surpresa. Não estava preparada para um elogio como esse.

— Obrigada — digo depois de alguns segundos e bebo mais um gole de vinho.

Ele continua me encarando. Estou sem reação. Mexo no cabelo e puxo o primeiro assunto que surge em minha mente.

— O que achou das fotos da campanha da Verão Brasil? — Forço um sorriso.

— Ficaram boas — ele diz tranquilamente. — Você ficou muito bonita. Aliás, você é linda e isso contribuiu para que as fotos ficassem ótimas.

Ele me encara novamente. O que Eduardo pretende fazer comigo? Me matar dos nervos?

— Obrigada. — Me endireito na cadeira. — Você também ficou muito bem nas fotos. — Meu coração bate acelerado. Bebo mais vinho.

Ele me analisa um pouco mais e desvio o olhar. Pego minha taça de vinho novamente e dou total atenção a ela. Não posso olhar para ele. Percebo minhas mãos trêmulas e a respiração irregular. O clima fica esquisito e mais uma vez não sei o que dizer. Então bebo de novo.

— Você toca violino muito bem. Fiquei encantado quando te vi tocar naquela noite na fazenda.

Engasgo de repente.

— Pensei que estivesse dormindo. — Minha voz sai esquisita.

Eduardo abre um sorriso tão largo que quase perco o fôlego.

— Eu demoro a dormir. — Ele dá de ombros. — E a janela estava aberta. — Seu sorriso se amplia.

Fico paralisada com o que acabo de escutar. Sinto meu rosto em chamas. A vergonha me invade com força total. Não era para ele me ver tocando. Que vergonha!

— Você é uma artista. Seus pais tinham razão quando a elogiaram.

— Imagina — digo depois de um tempo. — Eu nem toco tão bem assim.

Bebo mais vinho. Se Eduardo continuar se comportando assim, vou sair bêbada desse jantar. Eu sabia que deveria ter pedido água.

Assim que o garçom chega, suspiro aliviada por ser salva dessa conversa embaraçosa sobre mim.

Comemos em silêncio, enquanto minha cabeça está cheia de dúvidas sobre Eduardo. Há momentos em que ele é tão misterioso e mal-educado e, em outros, é tão gentil e atencioso, como agora, que até esqueço das brigas que já tivemos anteriormente. Tem horas em que ele realmente parece gostar da minha companhia, mas, na maioria das vezes, percebo que isso é apenas fruto da minha imaginação. Fico me perguntando por que ele age dessa maneira e não consigo encontrar nenhuma resposta. Ele realmente deve ser bipolar.

Eduardo enche mais uma vez minha taça e tento não esquecer que já está na hora de maneirar na bebida. Não quero dar nenhum vexame essa noite.

— Ficou tão calada de repente. — Ele me olha com curiosidade. — Está achando minha companhia tão ruim assim? — Ele abre aquele sorriso encantador mais uma vez.

— De jeito nenhum — digo um pouco sem jeito. — Adoro sua companhia. — Me arrependo imediatamente de dizer isso. Não posso parecer tão apaixonada por ele assim.

Nossos olhares se encontram e ficamos assim por longos segundos, até que desvio o olhar e bebo mais um gole. Há algo acontecendo entre nós. Disso eu tenho certeza. Não sou a única que está nervosa aqui. Eduardo sente algo por mim. Está nítido na maneira que me olha. Mas por que ele me trata com tanta indiferença na maioria das vezes? Não consigo entender por que ele faz isso.

— O Raul parece gostar muito de você — ele diz, baixando o olhar.

Engasgo de novo. Raul? Por que Eduardo está falando dele agora?

— Somos bons amigos — digo, ainda sem entender o motivo dessa questão.

— Acho que ele gosta de você. — Ele me encara sério.

Não estou acreditando. Nosso primeiro jantar e Eduardo quer conversar sobre Raul? *Ah, fala sério!*

— Aline também parece gostar de você. Aliás, te chamou de Edu. Bem íntimo, não acha? — retruco irritada.

— Não tenho nada com ela — ele diz sério, sem desviar seus olhos dos meus.

Ainda não consigo entender por que Raul e Aline vieram parar nessa conversa.

— Mas existe alguém em sua vida — deixo escapar. — E foi por isso que encheu a cara daquele jeito na noite em que te encontrei no bar.

Seus olhos se estreitam, mas ele não responde. Ele não está mais rindo. Ótimo! Parece que o clima agradável do nosso jantar acaba de ir para o espaço. Eu sabia que não duraria muito tempo.

Eduardo olha para seu relógio e depois diz:

— Acho melhor irmos. Amanhã temos uma reunião logo pela manhã.

— Agora? — Estou chocada. — Mas nem pedimos a sobremesa.

Não acredito que Eduardo está fazendo isso comigo. Ele está me dispensando?

— Amanhã será um dia cheio, Helena. — Sua expressão está séria. Bem séria, por sinal.

— Está me mandando embora? — Suas palavras me chocam. — Só porque falei sobre essa tal mulher? — Não posso acreditar.

— Esse assunto não é tão simples assim — ele diz, se levantando. — Agora vamos embora.

Abro a boca para protestar, mas a fecho logo em seguida. Está na cara que esse é um assunto sobre o qual ele, obviamente, não gosta de conversar. Mas por quê? Não consigo entender.

— Vou pedir para que entreguem a sobremesa em seu quarto — ele diz, chamando o garçom.

Bufo irritada.

— Não quero sobremesa nenhuma — digo alterada. Nesse momento, percebo que acabo de atrair a atenção das pessoas ao nosso redor.

Ele me olha chocado, então me levanto e tento sair rapidamente.

— Aonde pensa que vai? — Ele segura meu braço.

— Para o meu quarto — falo furiosa e afasto sua mão. — E não precisa mandar entregar droga de sobremesa nenhuma — grito.

Ele parece perplexo com minha atitude. Os garçons param e nos olham chocados e as pessoas não parecem diferentes. Ótimo! Acabei de dar um show e fico morta de vergonha. Viro e tento sair o mais rápido possível, mas Eduardo me impede mais uma vez.

— Espere. — Ele segura meu braço com um pouco mais de força. — Eu te acompanho.

— Não precisa se dar ao trabalho. — Dou um sorriso forçado. — Sei muito bem o caminho.

— Helena, por favor! Me desculpe. — Vejo seus olhos azuis brilhando de arrependimento. — Eu não queria que nosso jantar acabasse dessa forma — ele tenta se desculpar.

Afasto-me e finalmente consigo fugir. Eu deveria saber que um jantar com ele não era uma boa ideia.

Capítulo 16

Que ódio! O jantar com Eduardo foi um verdadeiro desastre. Ele não me beijou, não disse que sente algo por mim, acabamos brigando mais uma vez e ainda fiquei sem a sobremesa. Aquela torta de morango com calda de chocolate estava com uma cara ótima.

Suspiro frustrada. Tiro meus sapatos e deito nessa cama enorme demais para mim. Estico as pernas e cubro os olhos com o braço. Preciso parar de pensar nele. Preciso esquecer nosso beijo. Preciso dormir!

Ele não pode agir dessa forma comigo. Eduardo precisa me contar o que está acontecendo. Não é justo fingir que tem sentimentos por mim e depois me dispensar como se eu fosse uma qualquer.

Reviro na cama e sinto uma vontade louca de bater na porta do quarto dele para contar tudo que venho sentindo. Confessar que não paro de pensar nele e que estou completamente apaixonada. Solto um suspiro frustrado. Eduardo não pode saber que estou apaixonada por ele. *Nunca!*

Rolo um pouco mais na cama e não consigo organizar a confusão dos meus pensamentos. Preciso fazer alguma coisa. Não podemos continuar desse jeito. Ele precisa me ouvir.

Apressada, levanto da cama, calço os sapatos e saio, decidida a resolver, de uma vez por todas, essa questão. Ele precisa me ouvir.

Respiro fundo e saio do quarto. Com o coração acelerado e as mãos suadas, paro em frente à sua porta sem saber o que realmente fazer.

Penso em voltar para o quarto, mas, num gesto inesperado, bato na sua porta. Começo a morder as unhas em sinal de puro nervosismo e nada. Sua porta continua fechada. O que me deu na cabeça? É claro que ele já está dormindo. Eu não deveria estar aqui.

Arrependida, dou meia-volta e caminho para o meu quarto, de onde não deveria ter saído, mas, como não tenho sorte, escuto sua porta abrir.

— Helena?

Meu coração congela e fico parada no meio do corredor.

— Aconteceu alguma coisa? — ele pergunta preocupado.

Engulo em seco e me viro para encará-lo. Ele me olha como se não entendesse o que estou fazendo aqui. Penso no que dizer, mas me distraio ao ver sua barriga à mostra, já que ele veste apenas um short preto e está descalço. Respiro fundo e tento manter a calma. O que vou dizer? Eu e minhas péssimas ideias.

— Você está bem? — Ele continua me encarando sem entender o que de fato está acontecendo. Não consigo dizer nada. Acho que perdi a voz. Então me aproximo dele e faço algo que o deixa sem palavras: eu o beijo.

Eduardo segura meu rosto com as duas mãos e aprofunda ainda mais o nosso beijo. Sinto meu corpo flutuar e um calor delicioso se espalha pelo meu corpo. Ele me puxa para dentro do quarto e fecha a porta, sem interromper nosso beijo. Sinto-me nas nuvens.

— Você me enlouquece — ele resmunga no meu ouvido e depois beija meu pescoço.

Nesse momento, não quero pensar em nada. Só quero sentir meu corpo junto ao dele. Não quero mais me separar dele. Nunca mais. Eu o quero como nunca quis ninguém.

— Droga! O que você está fazendo comigo? — ele pergunta ofegante enquanto tento recuperar o ar. Dessa vez, nada vai nos atrapalhar. Nada!

Lentamente, ele abre o zíper do meu vestido e o tira de forma gentil. Agora estou usando apenas calcinha e sutiã. Fico feliz por ter colocado esse conjunto novo dentro da mala.

— Você é tão linda! — Seu olhar me faz prender a respiração. — Quero você para mim... — ele sussurra em meu ouvido.

— Eduardo — sussurro seu nome. Nesse momento, não tenho dúvidas. Eu o amo.

Eduardo me leva nos braços até sua cama sem deixar de me beijar. Ele tira o short e fico completamente ofegante quando percebo que ele não está de cueca. *Minha nossa!*

Ele se junta a mim na cama. Suas mãos acariciam meu corpo e, instantes depois, estou completamente nua, assim como ele. Tento manter o controle, mas é quase impossível.

Beijo sua boca e percebo que nenhum de nós consegue mais parar. Ele me deseja tanto quanto eu o desejo. E nos entregamos a essa explosiva paixão. Agora Eduardo não é apenas um sonho. Estou em seus braços e isso é real. Sorrio. Eduardo me deixa cada vez mais apaixonada.

Abro os olhos lentamente e vejo que estou deitada em uma cama de hotel abraçada a um travesseiro grande e macio. A luz está apagada e as cortinas, fechadas e não faço ideia de que horas são. Não demora muito para imagens da noite maravilhosa que passamos juntos invadirem minha mente e, imediatamente, abro um sorriso bobo e apaixonado. Eduardo e eu juntos? Dá para acreditar? Cléo vai enfartar quando eu contar a novidade.

Ainda sorrindo, olho para o lado e vejo que estou sozinha. Onde ele está? Sento na beirada da cama e me espreguiço lentamente. Sinto-me tão bem. Vovó tinha razão. É muito bom estar apaixonada. A noite foi maravilhosa e não há dúvidas de que Eduardo é o homem da minha vida.

Será que estamos namorando?

Ainda com o quarto escuro, levanto da cama e acendo a luz. Olho para todos os lados, mas nem sinal dele. O banheiro está vazio também, mas posso ver que não faz muito tempo que usou o chuveiro. Não posso negar que uma pontada de decepção invade o meu peito. Queria acordar em seus braços e repetir o que fizemos à noite, mas ele não está aqui. Onde Eduardo se enfiou?

Será que está preparando alguma surpresa para mim? Será? *Eduardo é tão romântico!*

Olho para o espelho e me assusto com o estado do meu cabelo. Cubro o rosto com as mãos. Espero que Eduardo não tenha visto isso. Que vergonha!

Consultando o relógio, vejo que não tenho muito tempo. Preciso ser rápida. A reunião com o cliente é daqui a uma hora e ainda preciso ir para o meu quarto trocar de roupa.

Assim que acabo de calçar os sapatos, a porta se abre e o vejo. Meu coração dispara e meu sorriso é tão grande que minha boca chega a doer. Eduardo está lindo vestindo uma calça escura, blazer preto bem cortado em cima de uma camisa cinza e sapato de couro. Ele tem um pequeno embrulho nas mãos. Que fofo! Ele foi buscar nosso café da manhã. Sabia que no fundo ele era um homem romântico.

Eduardo entra no quarto e vou em sua direção.

— Bom dia.

Abraço seu pescoço e dou um selinho em sua boca. Ele fica imóvel e não retribui o carinho. Sua atitude me deixa chateada. Eu me afasto e o encaro.

— Está tudo bem? — pergunto um pouco decepcionada.

— Você está atrasada. Precisa se arrumar — ele diz sério, sem olhar para mim.

Eu me encolho. Pelo visto, Eduardo acorda de péssimo humor.

— Trouxe croissant de queijo e suco de laranja que sei que você gosta. — Ele deixa o embrulho na mesa de madeira e se afasta, colocando as mãos nos bolsos da calça enquanto fica de costas para mim.

— Deveria ter me acordado antes, assim poderíamos ter tomado o café juntos — digo em voz baixa.

— Estamos atrasados — ele responde ainda de costas para mim.

Continuo parada, olhando para o homem à minha frente sem saber o que dizer. Será que Eduardo se arrependeu de passar a noite comigo?

Tento me aproximar, mas minhas pernas não se movem. Depois de um longo silêncio, ele se vira e fica de frente para mim, mas não demonstra nenhum tipo de emoção, o que me deixa confusa.

Cadê o homem gentil e carinhoso que estava na cama comigo ontem à noite?

— Vou te deixar sozinha para que possa tomar seu café. Espero por você na recepção do hotel. Mas não demore. — Sua voz é fria e sem emoção.

— Sozinha? — pergunto magoada. — Vai me deixar aqui sozinha?

Ele olha para o relógio.

— Estamos em cima da hora. Tome seu café e procure não se atrasar. — Ele vai em direção à porta. Esse homem à minha frente não parece o mesmo que estava me beijando há algumas horas. Está acontecendo alguma coisa e eu preciso saber o que é.

— Será que você pode me explicar o que está acontecendo aqui? — Cruzo os braços, exigindo uma explicação, mas ele me ignora.

— Estou esperando, Eduardo — digo, tentando não demonstrar meu nervosismo.

Ele me encara. Sua expressão me faz enxergar a realidade. Mas é claro. Ele vai me dar um fora. Meu estômago se agita e o mal-estar me atinge. Ele não pode fazer isso comigo. Não depois da noite maravilhosa que passamos juntos. Se ele está achando que pode brincar dessa forma comigo, juro que não vou me segurar.

— Acho melhor... — Eduardo cobre o rosto com a mão, como se isso fosse ajudá-lo a achar alguma resposta. — Acho melhor esquecermos o que aconteceu aqui. — Ele desvia o olhar novamente. — Não podemos continuar com isso.

Arregalo os olhos e levo a mão à boca, em estado de choque. Como ele pode ser tão mau-caráter?

— Não vai acontecer mais nada entre a gente — ele murmura.

Estou chocada. Eduardo está realmente me dando o fora.

— Por que está me dizendo isso? — Tento manter a voz calma para não transparecer meu desespero. — O que há de errado, Eduardo? Pensei que a gente tinha se entendido, achei que tivesse gostado do que aconteceu.

Eduardo me olha. Sem conseguir responder, ele suspira longamente. Depois de alguns segundos, me encara com um olhar triste.

— Helena, eu não posso.

— Por quê? — Preciso entender o que está acontecendo aqui.

— Não posso continuar com isso, Helena. — Olho para ele com o estômago embrulhado.

— Mas pensei que tivesse gostasse de estar comigo — digo com a garganta seca, completamente humilhada.

— Eu gosto de estar com você. Mas isso não é certo. — Ele me olha com os olhos cheios de angústia e confusão. — Nada disso deveria ter acontecido.

Eduardo passa a mão pelo cabelo e solta um longo suspiro.

— Isso nunca daria certo — ele diz. — Esqueça essa noite, por favor.

Não posso acreditar.

— Você só quis se divertir, não é mesmo? — Elevo o tom de voz.

— Isso não é verdade — ele diz sério. — Não sou esse tipo de homem.

— Você é o cara mais ridículo que já conheci. — Sinto lágrimas brotarem em meus olhos, mas não posso chorar na sua frente. — Como pode ter a cara de pau de me pedir para esquecer o que aconteceu entre a gente essa noite?

Ele não responde e desvia o olhar.

— Qual é o seu problema? — Não consigo parar de tremer.

— Eu sinto muito — ele diz com os olhos baixos. — Foi um grande erro.

— Um erro? — Reviro os olhos e balanço a cabeça, sem acreditar no que ele acaba de dizer. Como ele pode dizer isso depois de uma noite maravilhosa? — Você está querendo me dizer que nossa noite não passou de um erro? Que eu sou um erro? — grito dessa vez. Estou furiosa.

Eduardo me encara um pouco mais sério dessa vez.

— Eu não disse isso.

— Ah, não? — Dou um sorriso cínico. — E o que disse, então? Que odiou passar a noite comigo?

— Pare com isso, Helena.

— Você me humilhou e eu odeio você! — grito. — Você é um mau-caráter. Passou a noite comigo e agora me dispensa como se eu fosse uma qualquer! — Não consigo segurar e sinto lágrimas caindo pelo meu rosto.

Tento sair apressada, mas ele me impede antes que eu chegue à porta.

— Por favor, não interprete as coisas dessa forma. — Ele olha dentro dos meus olhos. — O problema sou eu. Não é nada com você.

— Não venha com esse papo furado para cima de mim — digo entre os dentes. — Saia da minha frente, Eduardo.

Ele fecha os olhos por alguns segundos e, quando os abre novamente, vejo a tristeza invadir seu olhar.

— Cometi um grande erro no passado e não posso fazer isso novamente. — Eduardo solta o meu braço e eu me afasto, tentando processar o que ele acabou de dizer.

— O táxi já está nos esperando. Espero você lá embaixo. — Ele caminha até a porta, segura a maçaneta e se vira para me encarar.

— Não se atrase. — Ele se vira em silêncio e sai.

Continuo encarando a porta de madeira como uma estátua. Balanço a cabeça e respiro fundo. Eu deveria saber que finais felizes não existem de verdade. Ainda mais com um príncipe mau-caráter.

Caminho com dificuldade até meu quarto. Sinto uma necessidade imensa de gritar ou quebrar alguma coisa. Estou louca de raiva por ter feito papel de idiota. Eduardo me fez acreditar que algo realmente especial existia entre nós. Mas tudo não passou de ilusão da minha parte.

Em quinze minutos, troco de roupa, escovo os dentes e faço um coque no cabelo. Faço uma rápida maquiagem e desço apressada.

O táxi já está na porta nos esperando e entro sem dizer uma palavra. Sei que devo estar com uma aparência péssima, mas não me importo. Só consigo pensar na noite anterior, incapaz de afastar as palavras duras que ele me disse essa manhã.

O silêncio continua e tento evitar ao máximo um possível contato visual. Não quero que ele veja meus olhos vermelhos. Preciso manter a distância e evitá-lo o máximo que puder. Mesmo sabendo o quanto isso é difícil para mim.

Apesar de odiá-lo nesse momento, não consigo esconder o quanto ele ainda me afeta. Droga! Preciso fingir que nada aconteceu e manter a dignidade que ainda me resta.

— Não consegui comprar nossas passagens para hoje à noite. Vamos ter que embarcar amanhã cedo — ele diz, quebrando o silêncio.

Não respondo. Continuo calada, olhando para a janela do carro. Não vou falar com ele. Nunca mais.

— Já avisei ao Jorge que não voltaremos hoje — continua. — Disse a ele que estaremos na CET a tempo para a reunião que teremos com o restante da equipe — diz um pouco tenso.

Mais uma vez não respondo. Vou levar adiante a promessa de nunca mais falar com ele.

— Helena? — Continuo olhando para a janela, observando a cidade passar por mim. — Ei, estou falando com você. — Ele parece estar no limite de sua paciência.

Mais silêncio.

Ele bufa irritado.

— Helena? — ele me chama mais uma vez.

Droga! Será que ele não pode me deixar em paz? Lentamente viro o rosto para encará-lo.

— Não vai dizer nada? — ele pergunta.

— Vá para o inferno. — É tudo que consigo dizer.

Capítulo 17

Estou quieta enquanto escuto Eduardo discutir as últimas questões da campanha com nosso cliente. Se ontem não prestei atenção, hoje foi pior ainda. Ao invés de resolver as questões postas pelo cliente, fico pensando em como Eduardo e eu chegamos a esse ponto. Como pude ser tão burra em achar que ele estaria sentindo algo por mim? Eduardo me odeia. É tudo culpa minha. Eu não deveria ter batido na porta do seu quarto nem ter lhe dado aquele beijo. Onde estava com a cabeça? Preciso recuperar o juízo antes que eu faça mais besteiras envolvendo Eduardo.

Três horas depois, finalizamos a reunião com o cliente e tudo termina bem. Eduardo parece satisfeito com o resultado, mas não trocamos nem uma palavra. Continuo não falando com ele.

O táxi chega e nós entramos. Voltamos para o hotel ainda em silêncio. Eduardo parece não se importar em não conversar comigo.

— Fique pronta hoje à noite — Eduardo me fala assim que passamos pela recepção do hotel.

— Para quê? — pergunto confusa. — Não temos mais nenhuma reunião marcada para hoje.

— Você vai sair comigo — ele diz sério.

Eu o encaro, tentando decifrar o que ele acaba de dizer. Eduardo está fazendo uma piada comigo?

— Enlouqueceu? — Eu o encaro e começo a rir. Um riso de nervoso, pois não vejo motivos para Eduardo me chamar para sair. — Eu não vou sair com você.

— Vai sim — diz sem olhar para mim enquanto aperta o botão do elevador.

— Esquece. — Rio novamente. — Não vou sair com você. *Nem morta!*

Ele bufa irritado enquanto a porta do elevador abre e entra.

Continuo parada do lado de fora.

— Não vou a lugar nenhum com você. — Mantenho a voz firme.

— É claro que vai. — E antes de a porta do elevador fechar, ele diz: — Esteja pronta às oito. Não se atrase.

Droga! Quem ele pensa que é?

Minutos depois desço no meu andar. Irritada, ando pelo corredor em direção ao meu quarto, inconformada com sua atitude. Paro em frente à porta do quarto dele. A noite maravilhosa que passamos juntos atrás dessa porta não me sai da cabeça. Respiro fundo e abro a porta ao lado.

A raiva que sinto de Eduardo só faz aumentar. Que história é essa de sair à noite? Ele não pode agir de maneira tão ridícula.

Tento me acalmar e penso por um momento. Quer saber, se ele quer brincar comigo, vou entrar no seu joguinho ridículo. Acabo de ter uma ótima ideia. Olho para o relógio e vejo que ainda tenho algumas horas antes do nosso encontro. Troco a roupa de trabalho por jeans e regata de malha.

As ruas de São Paulo estão agitadas, pessoas andando de um lado para o outro apressadas e carros vindo de todos os lados. Fico olhando para tudo um pouco perdida. Não conheço muita coisa por aqui, então pego um táxi e vou direto para um shopping. *Compras!* É disso que preciso. Cléo ficaria feliz se estivesse aqui comigo. Minha amiga adora shoppings.

Uma hora depois, já estou cansada de ver tantas vitrines. Mas preciso encontrar algo que goste e me faça sentir bonita hoje à noite. Exausta de tanto procurar, olho para a vitrine de uma loja e vejo o vestido perfeito. *É esse!*

Abro um enorme sorriso e entro na loja. Experimento e fico encantada. Vou levá-lo com certeza. Olho para a etiqueta do preço e quase tenho um treco. *Minha nossa!* Como um vestido tão curto pode valer tudo isso? A vendedora sorri e diz que fiquei linda. Então ela me convence e, ainda em estado de choque, pego o vestido, passo no caixa e divido o valor em várias prestações no cartão. Eu não deveria gastar, mas, dessa vez, vai valer a pena. Preciso estar à altura de Eduardo. Além do mais, Cléo tem toda razão, fazer compras é algo muito bom para a autoestima feminina.

Espero pacientemente enquanto a vendedora sorridente coloca meu vestido em uma sacola chique. Um pouco arrependida, saio da loja quatrocentos e oitenta e cinco reais mais pobre, mas até que acho que vai valer a pena. Eduardo que me aguarde.

Ando pelo shopping com a sacola chique na mão e já começo a me sentir bem melhor novamente.

— Helena! — Viro-me assim que escuto meu nome.

Franzo a testa e olho para um senhor grisalho com um sorriso simpático no rosto. Não tenho a menor ideia de quem é. O senhor alto, magro e bem vestido continua me encarando, enquanto tento lembrar de onde posso conhecê-lo. Eu o encaro um pouco mais e então desisto. Eu realmente não o conheço.

— É a Helena, não é? — Ele se aproxima um pouco mais, com um olhar de dúvida.

— Sou sim. — Dou um sorriso amarelo. — O senhor é... — Fico sem palavras.

Será que é algum amigo da vovó? Ex-namorado, talvez?

— Meu nome é Carlos. — Ele estica a mão para mim e eu retribuo.

— Carlos — repito seu nome, ainda sem saber de quem se trata.

Carlos? Enrugo a testa. Vovó nunca teve um namorado que se chamasse Carlos.

— Carlos Trevisan. — Ele sorri. — Sou o presidente do grupo CET.

Arregalo os olhos. Ele disse Carlos Trevisan? Oh, meu Deus!

— Senhor Carlos? — Não posso acreditar! O presidente da CET está bem na minha frente e eu nem o cumprimentei direito. Droga!

Ele continua sorrindo e de repente me sinto confusa. Como ele me conhece?

— Jorge me mandou as fotos da campanha da Verão Brasil — ele diz, como se lesse meus pensamentos. — Ficaram ótimas. Eu a reconheci assim que coloquei os olhos em você. — O sorriso não deixa seu rosto. — Uma moça tão bonita com uma beleza tão marcante jamais passará despercebida. — Seu elogio me deixa sem jeito.

Isso está realmente acontecendo? O dono da CET está bem na minha frente com um sorriso simpático e me enchendo de elogios? Continuo sem saber o que dizer. Confesso que estou chocada, pois não o imaginava tão simpático e elegante.

— Você e Eduardo ficaram ótimos nas fotos — ele continua. — Nem parece que não são modelos profissionais.

— Obrigada. — Sinto meu rosto corar.

Procuro parecer relaxada e mantenho um sorriso congelado no rosto.

— Por falar em Eduardo, onde ele está? Não deveria estar com você? — Ele parece confuso.

— Ele ficou no hotel — digo rapidamente. — Na verdade, ele nem sabe que estou aqui. Saí sem avisá-lo. — Dou um sorriso sem graça.

— Não estão se dando bem? — Ele ergue a sobrancelha.

— Sim. Estamos nos dando muito bem — minto. — Resolvi aproveitar o tempo livre para fazer umas comprinhas. — Mostro minha sacola. — Geralmente homens não têm muita paciência para isso.

Ele pensa por um momento.

— Isso é verdade. — Ele ri, parecendo um pouco mais relaxado. — Eduardo é um pouco reservado, mas, no fundo, é um ótimo rapaz. Está passando por um momento difícil, mas estou torcendo para que ele consiga superar isso o mais rápido possível.

Engulo em seco. *Momento difícil?* Do que ele está falando?

Quero perguntar o que ele quis dizer com isso, mas não posso. Perguntar da vida dos outros para seu próprio chefe não me parece muito apropriado.

— Está gostando de trabalhar com ele? — Ele parece curioso dessa vez.

— Eduardo é maravilhoso. Gosto muito de trabalhar com ele. — Sorrio como uma idiota e me arrependo logo em seguida. Eu não deveria estar falando bem desse mau-caráter. Fecho a cara rapidamente.

— Estou confiando em Eduardo. — Ele abre um sorriso satisfeito. — Sou suspeito em dizer, mas ele é muito competente. Nunca vi um rapaz tão inteligente — ele diz orgulhoso. Pelo visto, o Sr. Carlos adora Eduardo.

Dou um aceno com a cabeça, concordando com suas palavras, embora queira dizer que Eduardo não passa de um cínico que ilude mulheres apaixonadas e as abandona no dia seguinte. O Sr. Carlos precisa saber quem Eduardo é de verdade, mas não acho adequado expor minhas opiniões. Não quero entrar em detalhes sobre nossa convivência.

— Como foi à reunião com o cliente aqui em São Paulo?

— Ótima — digo. — Fechamos a campanha e o cliente ficou muito impressionado com nosso portfólio.

— Mas isso é ótimo! Parabéns!

— Eduardo foi o grande responsável por isso. — Não posso deixar de dizer isso. Não sou uma pessoa injusta. O crédito foi todo dele.

— Maravilha! — ele diz com entusiasmo. — Mas aposto que sua colaboração foi essencial para que ele conseguisse.

— Imagina, dessa vez o mérito foi todo dele. — Ele olha para mim, admirado.

— Vejo que, além de talentosa, é modesta também. — Meu rosto fica vermelho novamente. — Jorge está muito empolgado com vocês dois. Disse que formam uma ótima dupla. Estou vendo que ele não exagerou — ele diz empolgado.

— Obrigada — digo um pouco mais aliviada em saber que Jorge não contou sobre nossas brigas lá na agência.

— Foi um prazer conhecê-la. — Ele pega minha mão. — Mas agora preciso ir. Meu voo para o Rio é daqui a duas horas.

— O prazer foi todo meu — digo sorrindo.

— Nos vemos na festa de reinauguração da CET — ele diz orgulhoso.

— Será um prazer.

Ele se despede de forma educada e, minutos depois, estou sozinha novamente com minha sacola. Ainda não acredito que acabei de conhecer o dono da CET em um shopping. Jorge não vai acreditar!

Cansada, decido ir embora, mas, antes que consiga pegar um táxi, escuto o toque do meu celular. Vejo que é uma mensagem de Eduardo.

Onde você está?

Reviro os olhos. Não vou responder. Não tenho que lhe dar satisfações. Desligo o telefone e o jogo dentro da bolsa.

Pego um táxi e volto para o hotel. Assim chego à recepção, o vejo sentado em uma poltrona. Parece tenso e um pouco nervoso. Assim que me vê, levanta e vem ao meu encontro com uma expressão preocupada.

— Helena! — Ele me abraça. — Você quer me matar de preocupação?

Retribuo o abraço um pouco sem jeito, sem saber o que de fato está acontecendo. O que foi que fiz dessa vez?

Ele volta a olhar para mim e sua expressão preocupada me confunde. Não há dúvidas de que Eduardo é bipolar.

— Quase me matou de preocupação — ele diz um pouco transtornado. — Por que não me avisou que ia sair? Nunca mais faça isso. Eu quase enlouqueci. — Ele me abraça ainda mais forte.

Sem entender seu comportamento, me afasto e o encaro.

— O que está acontecendo com você?

Eduardo me encara por um tempo e depois desvia o olhar, se afastando de mim.

— Desculpe. — Ele finalmente parece cair em si. — Apenas fiquei preocupado.

— Preocupado? Você acabou de ter um chilique na minha frente e tudo porque fui ao shopping? O que deu em você? — Cruzo os braços, esperando alguma explicação.

Ele encolhe os ombros.

— Só isso — ele diz sem jeito. — É perigoso andar sozinha em uma cidade que não conhece.

Começo a rir da sua explicação sem cabimento.

— Está falando sério?

Ele passa a mão pelos cabelos.

— Na boa — digo sem paciência. — Você é louco. — Afasto-me e saio, deixando-o para trás.

Não acredito que estou perdidamente apaixonada por um babaca. *O amor é realmente cego!*

Capítulo 18

Estou usando um vestido vermelho colado ao corpo. Apesar de achá-lo um pouco curto demais, é perfeito para impressionar Eduardo. Finalizo a maquiagem e arrumo meus cabelos pela décima vez. Desisto! Meu cabelo não tem jeito. Olho para o espelho e não consigo entender a cena que ele fez na recepção do hotel. Por que estava tão preocupado comigo? Isso não faz nenhum sentido. Eduardo é tão confuso.

Resolvo deixar meus cabelos soltos e capricho no perfume. Instantes depois, escuto batidas na porta. Meu coração dispara e sinto a garganta seca.

Respira, Helena! *Respira!*

Eduardo está lindo com uma camisa azul e calça escura. É incrivelmente sexy.

— Oi. — Seus olhos encaram os meus e, logo depois, meu vestido. Ele parece um pouco chocado.

— Oi — respondo.

Ele fica em silêncio, ainda me encarando.

— Podemos ir? — pergunto um pouco nervosa.

— Helena... — Ele desvia o olhar do vestido e me encara. — Isso é um vestido?

Fecho a cara, completamente ofendida. Passei a tarde inteira andando em um shopping lotado para encontrar o vestido certo para impressioná-lo e é assim que ele reage depois da fortuna que paguei por esse pedaço de pano? *Droga!* Está na cara que ele não gostou. Sabia! Vermelho nunca me favoreceu. Encolho os ombros, desanimada pelo meu plano de impressionar Eduardo ter ido por água abaixo.

— É claro que é um vestido. Não está vendo? — digo, tentando controlar a vontade de entrar no quarto e colocar uma calça jeans.

A expressão chocada continua em seu rosto. Ele me olha por mais alguns segundos e depois diz:

— Me desculpe. Só pensei que talvez pudesse colocar algo mais... — As palavras parecem sumir de sua boca.

— Mais? — Ergo a sobrancelha, esperando que continue.

— Mais coberto — ele diz, olhando para minhas pernas. — Não quer pegar um casaco? A noite está um pouco fria.

Olho para meu vestido e depois para ele e penso por um momento. Não vou colocar um casaco em cima de um vestido tão caro.

— Estou bem assim — digo, fechando a porta e colocando a chave dentro da bolsa.

— Mas... — ele tenta argumentar. — Talvez uma calça fique melhor.

Cruzo os braços e volto a encará-lo. Não vou vestir uma calça. Nem morta!

— Tudo bem. — Ele respira fundo, passando a mão pelos cabelos, visivelmente contrariado. — Só espero que não passe frio.

— Não vou. — Dou de ombros.

Sabia que sair com ele não seria uma boa ideia. Mas não tive opção e aqui estou eu arrependida por sair e por ter comprado esse maldito vestido, que agora começa a apertar minha barriga quando respiro. Eu deveria ter pegado um número maior.

— Aonde vamos? — pergunto assim que entramos no táxi e Eduardo dá o endereço ao motorista.

— A um bar novo que abriu aqui. — Ele continua sério.

Bar novo? Respiro fundo. A noite promete.

Chegamos ao local trinta minutos depois. Eduardo me leva para o América Club, o mesmo bar que fui com Cléo no Rio. Bem que minha amiga disse que em breve abririam uma filial em São Paulo.

Assim que descemos do táxi, um vento frio passa por mim. Eduardo não se oferece para me abraçar. Acho que ele tinha razão. Deveria ter colocado uma calça. Olho para a grande fila e dou um longo suspiro. Vou congelar aqui fora com esse vestido minúsculo. Então, Eduardo pega minha mão e, quando penso que vai me abraçar, me puxa, ignorando a enorme fila. Não entendo o que pretende fazer enquanto caminhamos em direção a uma porta que fica escondida do lado oposto da entrada.

— Para onde estamos indo? — pergunto sem entender.

— Vamos entrar por aqui — ele diz enquanto passamos pela estreita porta e Eduardo cumprimenta um segurança de quase dois metros de altura apenas com um aceno de cabeça.

— Por que estamos entrando por aqui? — sussurro.

— Sou um cara bem relacionado. — Ele sorri enquanto segura minha mão.

Pelo visto, Eduardo deve ter bons amigos aqui em São Paulo. O América Club de São Paulo é tão sofisticado e bonito quanto o do Rio, é apenas um pouco maior. Vejo várias pessoas na pista de dança se divertindo e a música envolvente me contagia completamente. Até esqueço que estou com raiva de Eduardo. Meu mau humor desaparece rapidamente. *Adorei!*

Eduardo não passa despercebido. Algumas pessoas olham para ele, que, sem dúvida alguma, é o homem mais lindo desse lugar. Fico louca de ciúmes quando duas garotas quase quebram o pescoço para encará-lo. Dou uma olhada feia para elas, que parecem não se importar. Ele solta minha mão e nos sentamos lado a lado, e sinto certo desconforto por ele não chegar mais perto de mim. Gostaria que ele me abraçasse para eu poder sentir o calor dos seus braços e mostrar para todo mundo que ele está comigo. Tento não me importar com isso e coloco um sorriso no rosto. Já que estou aqui, preciso aproveitar a noite.

— Esse lugar é incrível — digo empolgada.

Ele apenas sorri e um impulso louco de beijá-lo faz eu me encolher. Aperto os braços com força sobre o peito.

— Está tudo bem? — Ele me analisa por um tempo.

— Tudo ótimo. — Desvio o olhar.

— Continua chateada comigo? — pergunta mais sério dessa vez.

— Chateada? — Volto a encará-lo. — Tenho motivos para isso, Eduardo? — Cruzo os braços.

Ele dá um longo suspiro.

— Precisamos conversar.

— Não temos nada para conversar.

— Não pode agir assim. — Ele se inclina em minha direção e coloca os cotovelos sobre a mesa. — Você está sendo infantil. Somos adultos e precisamos nos entender.

Eu, infantil? Agora ele me magoou. Encolho os ombros e fico em silêncio. Não vou conversar sobre a humilhação de hoje de manhã.

— Trabalhamos juntos e precisamos ter uma boa convivência.

Continuo calada e completamente arrependida por estar aqui. Eu não deveria estar ao lado da pessoa que me magoou tanto. Isso não faz sentido.

— Vai passar a noite inteira emburrada comigo? — Ele levanta as mãos, completamente irritado.

— Não estou emburrada — rebato furiosa. — Só não quero falar contigo. Eu disse que não queria sair com você.

Eduardo aperta os lábios com força, como se segurasse as palavras que pretendia me dizer. Passa as mãos pelos cabelos e, instantes depois, diz sem me olhar:

— Se é isso que quer, então vamos embora. Não quero que se sinta obrigada a ficar ao meu lado.

Engulo em seco.

— Gostei do bar — murmuro. — Gostaria de ficar.

Apesar da situação e do ódio que estou sentindo dele, ainda o quero perto de mim. Sou burra, eu sei. Mas não consigo evitar. Estou completamente apaixonada por esse idiota e pessoas apaixonadas são assim.

— Tem certeza? — ele pergunta depois de certo tempo.

Confirmo com a cabeça e ele me olha com uma expressão que não consigo entender muito bem. Se as coisas já estavam ruins entre nós, mais uma vez dei um jeitinho de deixar ainda pior e isso faz com que eu me arrependa de ter pedido para ficar. O olhar intenso de Eduardo me deixa com as pernas bambas.

— Helena... — Ele me encara e depois desvia o olhar, um pouco impaciente. — Eu gosto muito da sua companhia e foi por isso que te trouxe aqui. Queria que se divertisse um pouco. — Ele parece sincero.

Abro a boca para dizer algo, mas nada me vem à cabeça. Não entendo por que me trouxe aqui. Ele nem gosta de mim.

— Tudo bem.

Seus olhos azuis estão fixos em mim, e seus lábios, apertados.

— Sobre o que aconteceu ontem entre a gente...

— Não precisamos falar sobre isso. — Desvio o olhar, com o rosto vermelho e as mãos suadas, evitando encará-lo. Não quero que ele note o quanto estou apaixonada.

— Sei que está chateada comigo, mas acredite, não queria te magoar. — Ele pega minha mão sobre a mesa e a segura. Seu gesto me deixa sem reação.

— É que... — Ele para de falar por um momento como se escolhesse as palavras certas e depois continua: — Você é linda e qualquer homem morreria para ficar com você. — Suas palavras me surpreendem.

— Gostaria que entendesse os meus motivos, mas ainda não me sinto preparado para falar sobre isso. — Ele afasta sua mão da minha e volta a se endireitar na cadeira.

Continuo em silêncio, esperando que ele prossiga. Eduardo toma um gole do uísque e percebo que está tentando reunir coragem. Então, finalmente ele me olha e diz:

— Não sou o cara certo para você e jamais conseguiria fazer um relacionamento dar certo. Sempre dou um jeito de estragar as coisas e não quero que você sofra. — Ele volta a olhar para o copo.

— Por que está me dizendo isso? — pergunto um pouco vacilante.

— Porque não sou o príncipe encantado que você pensa. — Ele me encara.

— Estou bem longe disso.

Fecho os olhos e suspiro.

— Príncipes encantados não fazem o meu tipo. — Seguro sua mão.

Ele me encara e deixa escapar um discreto sorriso.

— Você é especial. — Ele aperta minha mão. — E é exatamente por isso que preciso manter distância. — Fico sem reação. Seu olhar intenso me faz tremer. Quero argumentar e dizer que podemos fazer tudo isso dar certo e que estou perdidamente apaixonada por ele, mas, assim que abro a boca para dizer de uma vez tudo que sinto, um dos seguranças do bar o chama e ele se levanta rapidamente.

— Volto logo. — Ele se afasta e fico pensando em tudo que acabou de dizer. Eduardo também sente algo por mim, mas tem medo de se envolver. O que está acontecendo com ele? Por que age dessa maneira?

Bebo meu drinque. Minutos depois, viro a cabeça e o vejo conversando com dois rapazes muito bonitos. Tento não ficar olhando demais, mas não consigo desviar minha atenção do seu sorriso. Ele parece bastante animado. Observo as pessoas ao meu redor e vejo que a maioria parece se divertir.

Disfarçadamente, volto minha atenção para Eduardo e começo a olhar para a parede bem atrás dele. Vejo grandes fotografias espalhadas por toda a extensão. São imagens dos pontos turísticos mais famosos do mundo. Observo atentamente a Estátua da Liberdade, a Torre Eiffel, a Ponte Golden Gate, o Coliseu, o Corcovado, o Jardim Botânico de Curitiba e mais alguns lugares que não consigo identificar. No total, são dez imagens impressionantes de diversos tamanhos. Analiso cada detalhe. São fotos belíssimas e, quando desvio o olhar, encontro Eduardo com os olhos fixos em mim. Engulo em seco.

Um pouco sem jeito com seu olhar intenso, volto a encarar minha bebida. Eduardo continua conversando com os dois rapazes. O que será que eles tanto conversam? Levanto-me e procuro o banheiro. Ando pelas pessoas e alguns rapazes olham para mim. Sorrio. Acho que meu vestido está fazendo sucesso.

Vou até o corredor que dá acesso aos banheiros e, antes de conseguir entrar, um moreno alto vem em minha direção, com as mangas da camisa dobradas, deixando à mostra seus braços tatuados.

— O que uma gatinha tão linda faz desacompanhada? — Ele para em minha frente.

Reviro os olhos.

— Não costumo trazer companhia para o banheiro — digo irritada com sua cantada barata.

Ele continua me encarando e abre um enorme sorriso.

— Você é muito linda. — Ele olha para minhas pernas.

Respiro fundo, tentando manter a paciência, que nesse momento está por um fio.

— Pode me dar licença? — Tento ser educada.

Ele sorri ainda mais.

— Você está me atrapalhando. — Eu o encaro com raiva.

— Calma. — Ele levanta as duas mãos. — Só quero conversar um pouco. O que acha de nos conhecermos um pouco melhor?

— Não estou a fim. — Tento passar por ele, mas o moreno tatuado me impede. — Me deixe passar.

— Por que tanta pressa, gatinha? A noite está apenas começando. — Ele me segura pela cintura. Levo um susto e tento me soltar, mas ele é muito mais forte do que eu. Desesperada e com o coração disparado, faço a única coisa que me vem à cabeça. Levanto o joelho e dou um golpe entre suas pernas. Segundos depois, o moreno tatuado está caído no chão e com as duas mãos entre as pernas.

— Você é louca, garota? — ele diz, gemendo e se contorcendo no chão.

— Eu disse para sair da minha frente. — Deixo escapar um pequeno sorriso de satisfação. Se meu pai me visse agora, ficaria orgulhoso. Ele sempre acha que não sei me defender.

— Mas o que está acontecendo aqui? — Viro rapidamente e vejo Eduardo com os olhos arregalados, alternando seu olhar entre mim e o moreno tatuado.

— Eduardo — digo um pouco vacilante.

— Essa garota é louca — ele diz, gemendo de dor.

— Ei, eu não sou louca. — Eu o encaro com raiva. — Você tentou me agarrar.

— Esse cara tentou te agarrar? — ele pergunta furioso.

— Não se preocupe. Já dei um jeito nele — digo orgulhosa.

— Você está bem? — Ele me abraça forte e retribuo na mesma intensidade. Ficamos assim por longos segundos enquanto o cara continua reclamando de dor. Então, Eduardo se afasta de mim e chama dois seguranças. Ele pede para colocar o cara abusado para fora e os dois seguranças o obedecem sem nem ao menos perguntar o que aconteceu. Como assim? Eles nem vão ouvir o que tenho a dizer?

Algumas pessoas nos observam, mas logo em seguida se dispersam. Não consigo entender como Eduardo faz com que todos à sua volta o obedeçam sem reclamar.

Assim que os seguranças retiram o homem, Eduardo me abraça novamente e isso me faz sentir protegida de uma forma que nunca senti antes. Nesse momento, até penso em agradecer ao moreno tatuado por toda essa confusão. Se não fosse por ele, Eduardo não estaria me abraçando dessa maneira tão carinhosa.

Depois de longos minutos inalando seu perfume e recebendo carinho, ele me afasta, me analisando por inteiro.

— Tem certeza de que está bem? — Ele parece preocupado.

— Sim. Não se preocupe. Eu sei me defender.

Ele me analisa um pouco mais.

— Onde aprendeu a fazer isso?

— Caratê — digo orgulhosa. — Minha mãe quis me matricular no balé quando eu era criança, mas vovó achou melhor aprender caratê. Ela dizia que moças bonitas precisam aprender a se defender de rapazes abusados. Veja só, ela tinha razão. — Abro um sorriso satisfeito, mas Eduardo mantém a expressão séria.

— Ele poderia ter te machucado. — Seu olhar está cheio de raiva.

— Mas não machucou. — Tento acalmá-lo e seguro seu rosto com as mãos. — Estou bem, acredite. — Nossos olhos se encontram e instantes depois vejo seu olhar se desviar para minha boca. Meu coração acelera e sinto que ele vai me beijar a qualquer momento. Então ele fecha os olhos e se afasta. *Droga!*

— Vamos embora. — Ele me puxa pela mão.

— Embora? — pergunto sem entender. — Mas por quê?

Ele não responde e me puxa com mais força.

— Não acredito que está fazendo isso por causa daquele cara? Não tive culpa — tento me defender.

Ele para no meio do caminho e me encara com raiva.

— Vai dizer que já não esperava por isso usando esse minúsculo vestido? — Ele olha para o decote do meu vestido e depois para minhas pernas expostas.

Arregalo os olhos.

— Está culpando o meu vestido pelo que aconteceu? — Não acredito.

— Mas é claro que sim.

Balanço a cabeça, perplexa.

— Não seja ridículo.

— O que você disse? — Ele me encara furioso.

— Eu disse que você está sendo ridículo. — Cruzo os braços sobre o peito.

— Além do mais, não há motivos para ficar tão nervoso. Você nem gosta de mim. — Dou de ombros.

Ele parece chocado com o que acabo de dizer. Então se aproxima sem tirar seus olhos dos meus e segura meu rosto com um pouco mais de força. Isso faz com que eu fique nervosa e ofegante ao mesmo tempo.

— Quem foi que te disse que eu não gosto de você? — Ele aproxima seu rosto do meu.

Suas palavras me deixam sem reação. Estamos ofegantes e parados no meio do corredor enquanto Eduardo aproxima seus lábios dos meus.

Será que ele vai me beijar? Fecho os olhos e, instantes depois, sinto seus lábios. Ele me beija com intensa paixão. O desejo explode dentro de mim e eu o beijo com a mesma intensidade, passo as mãos por seu cabelo, puxando-o com força. Ele me agarra forte. Suas mãos se movem por meu corpo até o alto da coxa.

Deixo-me levar. Agora seus dedos afundam no meu quadril, me puxando para mais perto e, enquanto nos beijamos, ele me prensa na parede, e isso faz com que lembranças da noite anterior me venham à mente.

— Você me faz perder o juízo — ele diz ainda ofegante com os lábios colados aos meus.

Tentando me recuperar, eu o encaro. Ele parece querer continuar o que acabamos de começar tanto quanto eu, mas vejo a luta que está travando para se afastar. Droga! *O que estou fazendo?*

Eduardo não pode brincar comigo dessa maneira. Então eu o empurro e me afasto.

— Não pode me usar desse jeito — digo magoada.

— Helena, eu... — ele tenta se explicar, mas me afasto ainda mais e saio correndo até a saída sem ouvir o que ele tem a dizer. Preciso sair daqui, me afastar dele. Nunca mais quero ver esses olhos azuis.

Capítulo 19

Escuto no alto-falante do aeroporto que nosso voo está atrasado. *Maravilha!* Tento me acalmar lendo meu exemplar de Orgulho e Preconceito, mas nem Sr. Darcy me acalma nesse momento. Então eu o fecho e guardo na bolsa novamente.

Cruzo os braços e uma pergunta não sai da minha cabeça. Como as coisas entre Eduardo e mim vão ficar a partir de agora? Não trocamos mais nenhuma palavra depois do beijo no bar. Ele me alcançou na saída, tentou conversar, mas eu disse para ele calar a boca. Então pegamos um táxi e voltamos para o hotel em silêncio. Nossa situação piorou ainda mais. É incrível como cada dia que passa as coisas só desandam.

Agora, estamos sentados um do lado do outro, como dois desconhecidos. Eu continuo de braços cruzados e ele, de cara emburrada. Não vou falar com ele. Nunca mais.

Continuo pensando na noite de ontem. Poderia falar mil coisas nesse momento, como voltar no assunto de por que ele pediu para eu esquecer nossa noite de amor ou perguntar o que o senhor Carlos quis dizer quando falou que ele está passando por um momento difícil. Mas, em vez disso, começo a balançar as pernas em sinal de puro nervosismo.

Viro de repente e o vejo me observando. Eduardo até parece querer falar alguma coisa, mas continua quieto e com uma expressão estranha no rosto. Tento não me abalar com isso e desvio o olhar.

Escuto seu celular tocar. Espio pelo canto dos olhos e vejo sua expressão ficar séria assim que lê o nome no visor do aparelho. Fico curiosa para saber quem é, mas finjo não prestar atenção.

— Faça o que for preciso — Eduardo diz firme. — Marcela é minha responsabilidade e quero o melhor para ela.

Marcela? Pisco algumas vezes. Quem é Marcela? Sinto um nó na garganta. Ele disse que essa garota é responsabilidade dele? *Como assim?* Deve ser a mulher que fez Eduardo beber daquela forma. Mas é claro!

Sinto minha cabeça girar. Tento prestar atenção na conversa, mas não consigo. Estou nervosa demais e minhas mãos tremem. O ciúme me invade quando penso nele ao lado dessa mulher. Ele não pode fazer isso comigo.

Nosso voo é anunciado, e Eduardo parece não prestar atenção, pois continua ao telefone com a expressão cada vez mais séria. Saio rapidamente e me afasto sem que ele perceba. Não quero ficar mais nem um minuto ao seu lado. Preciso tirá-lo da cabeça. Corro desesperada até o portão de embarque, querendo que ele nunca mais me encontre e que suma de vez da minha vida.

Enquanto corro, o nome Marcela continua martelando em minha cabeça. Eduardo não pode me trair desse jeito.

Ofegante, sento na poltrona e fecho os olhos, tentando controlar minha respiração.

— Helena. — Abro os olhos e dou de cara com ele com uma expressão preocupada. — Você sumiu, me deixou preocupado.

Mentiroso! Eduardo nem se importa comigo.

— Você estava no telefone — digo irritada.

— Poderia ter me esperado — ele diz, passando por mim para se sentar ao lado da janela.

— Não quis te atrapalhar. — Fecho os olhos novamente.

Eduardo senta ao meu lado e sinto meu coração disparar. Estou nervosa. Uma pilha de nervos. Odeio aviões e odeio sentir o que venho sentindo por Eduardo, ainda mais agora que sei que existe uma tal de Marcela na vida dele. Me seguro para não chorar.

— Helena?

— O que foi? — pergunto, abrindo os olhos.

— Sua cara está péssima. Está enjoada? — pergunta, fazendo uma careta, o que me irrita ainda mais.

— Estou.

Então, Eduardo me surpreende com um abraço forte e envolvente. Assustada com sua atitude inesperada, tento protestar, mas acabo me deixando envolver pelo abraço. Carinhosamente, ele ajeita minha cabeça em seu ombro e começa a fazer carinho em meu cabelo. *Santo Deus!* Por que ele faz isso comigo?

Fecho os olhos novamente e já não sinto mais raiva nem enjoo. Sinto apenas o coração desacelerar e a respiração se acalmar. Fico assim por longos minutos. Não quero mais sair daqui, mas logo o nome Marcela surge em minha cabeça e estraga tudo.

Afasto-me dele e me ajeito na poltrona.

— Obrigada, mas já estou melhor — minto.

Ele parece decepcionado.

— Mas e os seus enjoos?

Dou um longo suspiro.

— Estou bem — minto de novo.

Ele balança a cabeça. É claro que não acredita em mim.

— Venha aqui — diz sério ao colocar minha cabeça em seu ombro novamente. — Você precisa dormir e vai fazer isso no meu colo. — Eduardo me abraça forte sem que eu tenha chance de escapar.

Reviro os olhos. Acho que não tem problema dormir em seus braços pela última vez. Mesmo que ele esteja fazendo isso só para eu não vomitar em cima dele. Dou um longo suspiro. Melhor obedecer.

Estou deitada na minha cama, num estado lamentável. Descabelada, vestindo um pijama velho e com um péssimo humor. Pego o celular e penso se devo ou não ligar para Cléo. Quero ficar sozinha, mas preciso falar com minha amiga sobre tudo que vem acontecendo entre mim e Eduardo. Talvez ela possa entender e me dar alguma opinião, antes que eu enlouqueça.

Ligo e Cléo aparece pouco tempo depois. Assim que chega, saio da cama desanimada, mas preciso abrir a porta.

— Demorei? — Cléo sorri com as mãos cheias de sacolas, mas fecha a cara imediatamente quando olha para mim. — Helena, você está horrível. O que aconteceu com você?

— Apenas um dia ruim — digo desanimada.

Ela respira fundo.

— Esse Eduardo está acabando com você. Olha só o estado do seu cabelo. — Ela olha para mim e faz uma careta.

— Preciso te contar umas coisas.

— É por isso que estou aqui. — Ela deixa as sacolas na cozinha e logo depois aparece na sala, me dando total atenção.

— Fala logo, Helena. O que foi dessa vez? — Ela cruza os braços e me encara. — Não me diga que está assim porque ele te deu mais um beijo e fugiu. Isso já está ficando patético.

Sento no sofá e pego uma almofada.

— Dormimos juntos. — Agarro a almofada com um pouco mais de força.

— O que disse? — Ela cai sentada no outro sofá à minha frente.

— Eduardo e eu passamos uma noite juntos — digo, me sentindo péssima.

— Isso é sério? — Cléo continua com uma expressão chocada no rosto.

Respiro fundo e confirmo com a cabeça.

— Minha nossa! — Ela fica de queixo caído.

— Foi a melhor noite da minha vida — digo com tristeza.

Ela franze a testa, confusa.

— Então por que está triste desse jeito?

— Eduardo me dispensou — respondo, sem conseguir disfarçar a tristeza.

— O quê? Está querendo me dizer que ele te deu o fora?

Confirmo com a cabeça.

— Mas eu pensei que ele estava apaixonado por você.

— Mas não está. — Encolho os ombros. — Ele disse que não é o cara certo para relacionamentos.

Cléo tenta argumentar dizendo que deve ter alguma coisa errada nessa história, então eu conto sobre o telefonema que escutei no aeroporto.

— Mas ele te falou que não tem namorada, Helena. — Ela pensa por um instante. — Há algo errado nessa história — ela diz, tentando achar uma lógica em tudo isso.

— O que há de errado sou eu ainda continuar gostando dele — choramingo.

Cléo se aproxima e se senta ao meu lado.

— Não fique assim, amiga. — Ela me abraça forte. — As coisas irão se resolver. Tenha calma.

Sinto meus olhos marejados.

— Agora tente esquecer o que aconteceu — ela diz carinhosa.

— Estou arrasada, Cléo. — Deixo as lágrimas caírem pelo meu rosto.

Ela também parece arrasada e me olha com pena.

— Não fique assim. Trouxe um filme de comédia romântica maravilhoso. Vou fazer pipoca. Trouxe sorvete de morango e chocolate. — Ela sorri.

— Não precisava de tudo isso — falo desanimada.

Ela revira os olhos.

— Precisava sim. Você tem que se animar e comida é algo que você adora. — Cléo se levanta do sofá e me puxa pelo braço. Na cozinha, Cléo pega o pote de sorvete toda empolgada e balança uma barra de chocolate na minha frente. Acabo sorrindo. Pensando bem, acho que nossa noite pode ser bem divertida.

◊◊◊

— Bom dia — Eduardo fala, sentando em sua cadeira.

Respondo sem encará-lo. Ele age como se tudo estivesse perfeitamente normal entre nós, o que é uma grande mentira. Não entendo por que ele faz isso comigo. Não adianta ficar fingindo que nada aconteceu.

Minutos depois, pelo canto do olho, vejo Eduardo pegar o celular e se afastar, indo em direção à pequena cozinha. O maldito está ainda mais bonito. *Eu o odeio!*

Ele volta, senta e apoia a cabeça nas mãos enquanto suspira longamente. Não sei o que é, mas algo de errado está acontecendo. Ele parece tenso e preocupado. Quando chega a hora da reunião com Jorge, Eduardo baixa a cabeça novamente, parecendo ainda pior. Meu coração aperta e, apesar da nossa situação e do fato de odiá-lo nesse momento, sinto que preciso ajudá-lo.

— Você não me parece bem — digo.

Ele suspira longamente.

— Só preciso resolver alguns problemas — ele diz sem olhar para mim.

Penso por um momento. Que tanto problema Eduardo precisa resolver?

Ele passa a mão pelos cabelos e o observo atentamente. Seu rosto exibe uma expressão cansada como se não tivesse dormido a noite inteira e isso me preocupa. O que será que está acontecendo com ele?

— Posso te ajudar em alguma coisa? — pergunto, me levantando para ir à reunião.

— Obrigado — ele diz com as mãos nos cabelos. — Mas não tem como me ajudar, Helena.

Me aproximo dele e paro diante de sua mesa.

— Já que não posso te ajudar nesse seu problema, vou apenas te dar um conselho. Em alguns dias, também não me sinto bem, meus pensamentos voam longe, mas, mesmo assim, encaro as reuniões. Um dia, distraída, derrubei um copo de café em cima do material gráfico que estávamos apresentando para o cliente. Acho que pode imaginar como Jorge ficou depois disso. — Sorrio. — Levei uma baita bronca e quase fui demitida.

— Posso imaginar. — Ele abre um pequeno sorriso e fico feliz em vê-lo sorrir.

— Então aconselho que vá para a reunião e tente esquecer seus problemas antes que Jorge perceba sua distração e fique uma fera com você.

— Obrigado, Helena. — Ele me dá um sorriso sincero. — Você é uma garota muito especial.

Um pouco sem jeito com o elogio, vou em direção à sala de reuniões. A chama da esperança de voltar a ter uma boa convivência com Eduardo volta com força total. Acho que podemos nos dar bem.

Sorrindo, entro na sala de reuniões e me sento ao lado de Raul. Todo o nosso departamento está presente. Fico um pouco impaciente ao me lembrar de Eduardo. Eu realmente gostaria de ajudá-lo. Ele não me parece nada bem e isso me deixa angustiada.

Meu telefone vibra e vejo que recebi uma mensagem. É da vovó.

Querida, já se declarou para o Eduardo?

Reviro os olhos. Vovó não desiste. Se soubesse como as coisas andam, ficaria decepcionada.

— Como foi a viagem para São Paulo? — Raul pergunta.

— Fechamos a campanha — respondo enquanto digito uma resposta rápida para vovó.

Não vou me declarar. Desista!

— Não foi isso que eu perguntei. — Raul arranca o celular da minha mão.

— O que pensa que está fazendo? — Olho-o furiosa. Não gosto quando ele faz isso.

— Rolou mais algum beijo? — sussurra.

Abro a boca, abismada com sua pergunta.

— Não seja ridículo. — Pego meu celular de volta. — Não rolou beijo nenhum.

Olho para o celular e leio a mensagem de vovó.

Minha nossa! Sua teimosia me irrita. Puxou à sua mãe!

Guardo o celular no bolso e vejo Raul me observando. Ele não me diz mais nada e fico aliviada quando percebo que não vai mais tocar nesse assunto.

Começo a apertar minha caneta, fazendo aquele barulhinho irritante, mas paro assim que vejo Eduardo entrando na sala. Eu o observo e sinto uma tristeza invadir meu peito. Não quero que fique triste. Tenho vontade de abraçá-lo, mas sou dominada pela raiva quando o vejo sentando ao lado da Aline. Isso faz com que meu humor mude imediatamente.

Enquanto Jorge não começa a reunião, tento me acalmar ao ver o esforço de Aline para chamar a atenção de Eduardo. Suspiro longamente. Juro! Ainda vou acabar matando essa garota.

— Helena, para quando ficou marcada a próxima reunião com o cliente da marca de sapatos? — Jorge pergunta me encarando.

— Só um minutinho — respondo.

Procuro minha agenda para responder à pergunta e percebo que a esqueci na mesa. Droga!

— Desculpe, vou pegar minha agenda. Volto em um minuto. — Levanto apressada.

— Não demore.

Saio da sala e vou direto para minha mesa. Não encontro a agenda. Vasculho a bolsa, abro a gaveta e acabo encontrando-a ao lado do computador. Suspiro aliviada. Como não a vi? Estava bem na minha cara. Assim que me afasto da mesa, escuto um telefone tocar. Pego meu celular e vejo que não é ele. Olho para os lados e encontro o celular de Eduardo piscando em cima de sua mesa.

Pego o telefone para entregar a ele e levo um susto quando vejo a foto de uma moça loira com cabelos curtos e olhos castanhos. Apesar de sua beleza, o que mais me chama a atenção é o seu nome: **Marcela**.

Sem saber o que fazer, continuo parada com o celular na mão. Minhas pernas não param de tremer. É ela. Eu finalmente a conheci. Morrendo de raiva, controlo o impulso de jogar o telefone na parede. Dominada pelo ciúme, quero quebrar cada pedacinho para que Eduardo nunca mais fale com essa tal de Marcela. O que ele tem com essa garota?

O celular apaga, mas continua em minhas mãos. O que faço agora?

Apavorada e com as mãos trêmulas, volto a colocar o aparelho em cima da mesa como se eu nunca tivesse visto essa ligação. Eduardo nunca vai saber o que fiz. Mas, instantes depois, seu celular vibra e vejo que acabou de receber uma mensagem. Não acredito! O que essa garota quer com o meu Eduardo?

Morrendo de ódio, pego o aparelho de volta e, sem pensar nas consequências, leio a mensagem.

Adorei as flores.

O quê? Caio sentada na cadeira. *Que flores?*

Não consigo controlar meu corpo, que nesse momento treme inteiro, dominado pela raiva. Sinto que meu coração vai sair pela boca a qualquer momento. Eduardo mandou flores para ela. Como ele pôde fazer isso comigo? Juro que, por um momento, acreditei que ele gostasse um pouquinho de mim, mas, com essa mensagem, vejo como me enganei. Eduardo nunca me mandou flores. Pelo contrário, nós sempre brigamos.

Procuro me acalmar e fazer meus exercícios de respiração. Quero matar Eduardo. Quero matar essa garota. Quero matar os dois. *Eu quero morrer!*

Respiro fundo, ainda pensando na opção de quebrá-lo em pedacinhos. Corro para o banheiro, tranco a porta e jogo bastante água no rosto para ver se consigo me acalmar. Com o rosto encharcado, percebo que estou um pouco mais calma. Olho no espelho. Estou horrível. Rímel borrado e olhos vermelhos. Não me importo com isso. Limpo o rosto e saio do banheiro. Entro na sala de reuniões e todos me encaram de maneira esquisita. Inclusive Eduardo, que arregala os olhos quando me vê. Tento ignorar todos os olhares sobre mim, sento-me na cadeira e, com as mãos trêmulas, abro a agenda.

— O que aconteceu? — Raul pergunta preocupado. — Que cara é essa?

Fico em silêncio. Não posso dizer que estou assim porque li uma mensagem em um celular que não é meu. Eduardo me mataria. Será que isso dá cadeia?

— Me senti indisposta — minto. — Precisei ir ao banheiro jogar água no rosto — murmuro.

— Você está bem? — Eduardo me encara preocupado.

Não respondo nem o encaro. Não quero falar com ele. Estou tremendo por dentro. Tento respirar profundamente, mas minha cabeça está girando com a imagem daquela garota. Ele mandou flores para ela. Não posso acreditar. *Cretino!*

— Helena? — Eduardo insiste.

Como ele pode falar comigo depois de mandar flores para aquela garota? Sinto o sangue ferver. Será que Eduardo mandou as flores com um pedido de namoro escrito num cartão?

Respiro fundo e olho para Jorge, ignorando Eduardo completamente.

— A data da reunião é... — Começo a procurar na agenda. — Só um minuto.

Folheio as páginas enquanto todos me olham. Não consigo sequer enxergar minhas anotações.

Acho que estou enlouquecendo.

— Ainda não achou a maldita data? — Ouço Jorge perguntar.

— Só mais um minutinho. — Folheio todas as páginas com uma pressa exagerada.

Que flores será que ele mandou para ela? Rosas vermelhas? Não pode ser. Passo as páginas com mais força.

— Você já está no final da agenda. Esqueceu que estamos em julho ainda? — Pisco, quando vejo Jorge me olhando de maneira impaciente.

— Ah, claro... — Volto às páginas para o mês de julho. — Só mais um minutinho... — Levanto o dedo indicador.

O que está acontecendo comigo? Minhas mãos continuam trêmulas e meu coração ainda palpita. *Marcela, Marcela, Marcela...* É só isso que consigo enxergar.

— Helena, você está fazendo isso para me irritar? — Ele bufa. — Está atrasando nossa reunião. Não tenho o dia todo.

— Me perdoe. — Afobada, acabo rasgando uma das páginas. *Oh, não!* Meu coração está tão acelerado que acho que estou tendo uma crise de nervos.

— Droga! — Levanto-me afobada e esbarro em Jorge com força, fazendo-o cair de sua cadeira.

— Helena! — ele grita furioso.

Paraliso. Todos da sala estão olhando para mim de boca aberta. Inclusive Eduardo.

— Jorge. — Corro até ele desesperada. — Você se machucou? — Tento levantá-lo, mas Eduardo é mais rápido do que eu e o ajuda com um puxão.

Todos estão em silêncio. Afinal, acabei de derrubar meu chefe no chão.

Sinto meu rosto em chamas. Eduardo coloca Jorge de pé, que agora me encara de maneira furiosa.

— Saia — Jorge diz, me fuzilando com o olhar. — Está dispensada.

— Mas, Jorge, eu... — tento inutilmente me defender.

— Saia! — ele grita comigo.

Com todos os olhares em mim, deixo a sala me sentindo péssima e com lágrimas nos olhos. O que foi que eu fiz?

Não posso acreditar. Ele vai me despedir. Com certeza. É só essa reunião acabar que irei para o olho da rua. Penso em arrumar minhas coisas, esvaziar as gavetas, mas antes preciso acalmar minha respiração.

Envergonhada, coloco as mãos sobre a mesa e afundo a cabeça. Estou chorando. Meu choro é de raiva e vergonha. Isso nunca aconteceu comigo. Sou uma profissional, mas dessa vez acho que fui longe demais. Derrubei meu chefe no chão. *Será que isso dá justa causa?*

Choro por longos minutos até que me sinto um pouco melhor, mas minha cabeça continua afundada na mesa.

— Você está bem? — Raul segura meu ombro.

Levanto a cabeça lentamente e o encaro.

— Estou péssima. — Enxugo as lágrimas com a mão.

Com uma expressão preocupada, ele puxa a cadeira de Eduardo e senta ao meu lado.

— Acho que vou ser demitida.

— Não exagere. — Ele sorri.

— Jorge vai me matar. — Afundo a cabeça nas mãos novamente.

— Não diga besteiras. — Raul segura meu ombro. — Até que foi divertido.

Eu me levanto e o vejo sorrindo.

— Você deu um belo tombo no nosso chefe.

— Que vergonha.

Raul começa a rir.

— Confesso que foi engraçado. Você conseguiu transformar uma reunião de trabalho em algo muito divertido.

— Isso não tem graça, Raul.

— Preciso discordar de você. — Ele faz carinho em meu ombro. — Foi bem divertido.

Enxugo as lágrimas e faço um coque mal feito nos cabelos.

— Não se preocupe. Jorge adora você.

— Não tenho tanta certeza disso. — Suspiro desanimada.

Raul tira a franja dos meus olhos e me encara por alguns segundos.

— Mas me conta o que aconteceu. — Seu sorriso some, dando lugar a uma expressão preocupada. — O que foi aquilo na sala de reuniões? E não falo do tombo de Jorge e sim do seu nervosismo. Nunca te vi tão nervosa daquele jeito.

Engulo em seco.

— Foi apenas um mal-estar — minto. Não posso contar para Raul que tive uma crise de ciúme por causa de uma garota chamada Marcela. Ele nunca me entenderia.

Raul me analisa um pouco mais.

— Tem algo que eu possa fazer por você? — pergunta carinhosamente.

Nego com a cabeça.

— Tudo bem. — Ele se levanta e, antes de sair, dá um beijo na minha bochecha. — Preciso ir, mas espero que fique bem.

— Já estou melhor. — Lanço um sorriso carinhoso para ele.

Assim que saí da sala, volto a olhar para o celular de Eduardo. Afundo novamente a cabeça sobre os braços em cima da mesa. Fecho os olhos, tentando organizar a bagunça dos meus pensamentos.

Marcela, Marcela, Marcela. Será que é só nisso que consigo pensar?

— O que aconteceu com aquela história de deixar os problemas de fora da reunião? — Eduardo pergunta próximo a mim.

Dou um pulo da cadeira e levanto a cabeça para encará-lo.

— Você quer me matar de susto? — Levo a mão ao peito.

— O que deu em você? — Eduardo para na minha frente e coloca as mãos no bolso. — Não me disse para esquecer os problemas na reunião? Acho que também deveria ter feito isso.

Fico sem palavras. Como responder isso? Ele tem razão.

— Me deixe em paz. — Começo a chorar novamente.

Eduardo me olha preocupado.

— Você está bem?

Não. Claro que não.

Enxugo o rosto com as mãos e respiro fundo.

— Estou ótima — digo sem encará-lo.

Ele se aproxima de mim.

— Por que está chorando? O que te deixou nervosa daquele jeito?

Marcela! Marcela! Marcela! Foi isso, seu cretino.

— Nada. — Continuo sem olhá-lo.

— Helena, olhe para mim. — Eu o encaro e consigo ver preocupação em seus olhos. — Me conte o que aconteceu, por favor.

Afasto-me. Quero pedir explicações e perguntar quem é essa garota. Mas como dizer que mexi em seu celular? Ele nem é meu namorado.

— Não foi nada — minto, desviando meu olhar novamente.

Ele suspira profundamente.

— Sei que está mentindo. — Ele tem razão, mas não posso admitir isso.

— Me deixe em paz.

Ele segura meu braço e isso me pega de surpresa.

— Olha para mim — ele diz. Sinto minhas pernas fraquejarem. — Me diga o que aconteceu para te deixar nervosa desse jeito — insiste.

— Preciso falar com Jorge. — Me afasto dele sem responder sua pergunta.

Limpo os olhos com as mãos mais uma vez e suspiro longamente. Hora de enfrentar meu chefe furioso. Fecho os olhos e me preparo para o pior.

— Janta comigo? — Eduardo se aproxima novamente.

Abro os olhos surpresa.

— O que disse?

— Janta comigo. — Ele segura minha mão.

— Jantar? — Franzo a testa.

— Gostaria de conversar com você — ele diz, me encarando.

— Conversar? — pergunto sem entender.

— Sim. Acho que te devo algumas explicações.

Explicações? Fico sem palavras. Eduardo quer conversar? Será que ele finalmente vai me contar sobre a Marcela?

— E então? — ele pergunta.

Penso por um instante.

— Jantar parece bom — digo com um sorriso idiota no rosto. Eduardo é minha perdição.

Capítulo 20

— Será que poderíamos conversar numa boa? — Eduardo segura minha mão. — Sem escândalos — ele diz baixinho e depois sorri. Acabo sorrindo também ao perceber que está brincando comigo.

— Está com medo de que eu possa fazer uma cena? — falo ainda mais baixo, inclinando a cabeça em sua direção. — Pode não parecer, mas sou uma mulher de classe. — Afasto minha mão da sua.

Ele abre seu sorriso lindo e caímos na risada. Adoro quando ele está assim. Feliz e sorridente.

Eduardo me trouxe em um restaurante chique e elegante. Com certeza foi para me impressionar. Só não consigo entender o porquê de ele estar fazendo isso depois de mandar flores para outra mulher. *Homens!*

Olho atentamente para ele, que agora está concentrado no cardápio em suas mãos. Com um blazer preto e uma camisa branca por baixo, Eduardo está lindo. Só de olhar sua boca, sinto um arrepio tomar conta do meu corpo. Balanço a cabeça para afastar os pensamentos.

Eduardo nem imagina a inquietação que causa dentro de mim. Não sabe como sou apaixonada por ele, e, se depender de mim, nunca vai saber. Afinal, já tem alguém em seu coração, que não sou eu. Posso até ver a cara de decepção da vovó quando eu contar isso a ela.

— Está tudo bem? — pergunta assim que entrega o cardápio para um garçom que se aproxima.

— Sim.

— Está pensativa. — Ele analisa meu rosto demoradamente.

— Está tudo bem — afirmo e tento sorrir.

Eduardo continua me encarando e isso me deixa sem jeito. Fico nervosa quando seus olhos azuis ficam fixos em mim. Engulo em seco e tento manter a calma.

— Como foi sua conversa com Jorge? Ele parecia bem nervoso, afinal, você o derrubou da cadeira. — Eduardo parece se divertir ao me fazer essa pergunta.

Sinto meu rosto queimar de vergonha ao lembrar da cena. Meu chefe, caído no chão, com as pernas para cima, enquanto eu tentava ajudá-lo.

— Por favor, nem me lembre disso — digo completamente envergonhada. — Achei que seria demitida.

— Jorge não seria louco. Você é uma das melhores publicitárias da agência e ele adora você.

Dou de ombros.

— Quase o matei. Tenho muita sorte por ainda estar trabalhando na CET. — Suspiro desanimada.

— Confesso que foi divertido. Tive que me segurar para não rir quando o vi de pernas para o ar. — Ele começa a rir e segundos depois me junto a ele.

Fico mais calma e relaxada depois da nossa conversa. O vinho que Eduardo pediu chega à nossa mesa e o garçom enche as taças.

— Você ainda não me disse por que estava tão nervosa. — Eduardo toma um gole e volta a colocar a taça em cima da mesa sem deixar de me encarar.

Engulo em seco.

— Não foi nada demais. — Desvio o olhar. — Não vamos falar disso agora.

Remexo-me na cadeira. O assunto Marcela volta com força total e de repente me lembro do motivo desse jantar.

— Você disse que queria conversar. — Mudo de assunto.

Ele confirma com a cabeça.

— Acho que te devo um pedido de desculpas. — Ele parece um pouco envergonhado.

— Pelo quê?

— Pela noite que passamos... — Limpa a garganta. — Sei que não deveria ter agido daquela forma no dia seguinte. Fiquei perdido sem saber o que fazer e acabei estragando tudo. — Encara sua taça de vinho.

— Eduardo, esqueça isso — tento encerrar logo o assunto. Acho que não quero ouvir dele que não pode ficar comigo porque tem outra na cabeça.

— Você é uma mulher incrível. — Ele me encara dessa vez. — Não queria ter magoado você.

Não digo nada, apenas o encaro para que ele continue.

— Gosto muito de você e essa situação toda está sendo bem confusa para mim.

Arregalo os olhos, surpresa. *Eduardo gosta muito de mim?* Por essa eu não esperava. Quero sorrir com sua singela demonstração de carinho, mas me contenho, mantendo o rosto sério e firme. Não quero parecer afetada demais.

— Queria que me desculpasse por toda a confusão que lhe causei. — Ele parece arrependido. — Fico arrasado por saber que te magoei tanto.

Pisco algumas vezes. O que tudo isso significa?

— Por que está me dizendo todas essas coisas?

Seus olhos azuis estão fixos nos meus.

— Só quero que me perdoe. — A intensidade de suas palavras me deixa sem reação. Ainda não consigo entender o que significa tudo isso. Confusa, eu o encaro sem realmente saber o que dizer.

— Eduardo. — Tento manter a calma em minha voz. — Vamos passar uma borracha em cima de tudo — digo com certa dificuldade, pois ainda não esqueci a mensagem das flores para outra garota.

Dou um sorriso forçado enquanto seus olhos não deixam os meus.

— Helena, me desculpe por tudo, por favor.

Sorrio.

— Está desculpado. — Estendo minha mão e Eduardo a pega novamente. Balançamos a mão como se tivéssemos acabado de fechar um acordo.

Deixo minhas mágoas para trás e tento aceitar Eduardo como um bom amigo, já que sua companhia é tão agradável que não quero me afastar dele. Só não aceito vê-lo com a tal garota. Apesar de sermos amigos, tudo tem limites.

— O que acha de ficar para a sobremesa dessa vez? — brinco, tentando melhorar o clima.

— Acho ótimo. — Eduardo abre um largo sorriso, que deixa seu rosto ainda mais bonito e encantador. Não me canso de olhar para sua beleza e me derreto toda, mas logo tento recuperar a compostura. Tento relaxar as mãos, mas não consigo. Ele continua me encarando e mais uma vez fico sem jeito.

Nosso jantar é servido e comemos tranquilamente. Quer dizer, eu fiquei bem nervosa quando uma garota da mesa ao lado não tirou os olhos de Eduardo. Isso me deixou bem irritada, mas passou rapidamente, assim que ele segurou minha mão por cima da mesa. Passamos um bom tempo durante o jantar falando sobre coisas divertidas e até contei a ele algumas histórias da vovó.

— Você é uma caixinha de surpresas, Helena. — Eduardo sorri. — Sempre me surpreendendo.

— Não exagere. Sou bem previsível.

— Não é mesmo — ele diz sem deixar de exibir seu sorrisinho sexy. — Eu nunca sei o que esperar de você.

Continuo comendo a sobremesa. Ele pediu nosso jantar e eu escolhi a sobremesa. Foi um acordo bem agradável. Mas, como fiquei em dúvida, pedi logo duas. Torta de nozes e pudim de leite condensado.

— Além de tocar violino, ser modelo e adorar sobremesas, o que mais gosta de fazer? — Ele sorri e seus olhos brilham.

Sorrio sem graça. Acho que não foi muito elegante pedir duas sobremesas de uma vez. Eduardo deve estar me achando uma comilona.

— Tem várias coisas que gosto.

— Como o que, por exemplo? — pergunta curioso.

Penso por um instante. Beijá-lo é algo que adoro fazer, passar a noite com ele também, mas prefiro não dizer isso.

— Às vezes, gosto de não fazer nada — digo enquanto percebo seu sorriso ampliar no rosto.

— Nada? — Ele parece surpreso.

— Ficar de bobeira é sempre bom. — Dou de ombros. — Mas e você? O que gosta de fazer?

— Gosto de viajar, fotografar.

— Fotografar? — Ergo a sobrancelha.

— Sim.

— É mesmo? — pergunto encantada ao imaginar Eduardo fotografando.

— Adoro fotografar lugares. Cidades, natureza, pontos turísticos.

Não consigo disfarçar minha admiração.

— Aposto que é muito talentoso.

Meu comentário o faz sorrir.

— Apenas gosto de fotografar. Sempre levo a máquina em minhas viagens e com isso trago belas fotos.

Seu comentário me faz imaginar como seria viajar ao seu lado e vê-lo fotografar belas paisagens.

— Aposto que gostou daquelas fotos expostas no América Club, já que se interessa por isso.

Ele sorri.

— Aquelas fotos são minhas — ele diz com orgulho na voz.

— Suas? — Engasgo com a sobremesa.

— Sim.

— São lindas. Você é um artista.

— Obrigado. — Ele parece tímido com o elogio. — Eu decidi expor algumas fotos no América Club. São lugares tão bonitos que queria dividi-los com as pessoas.

Sorrio. Às vezes, Eduardo consegue ser tão encantador.

Agora ele parece bem relaxado e fico feliz por nosso jantar estar indo tão bem. Nada de discussões e brigas até agora. Uma música suave toma conta do ambiente e desvio o olhar para um jovem cantor.

— Aceita dançar comigo? — Eduardo me encara com seus olhos azuis.

— Dançar? — pergunto sem acreditar. — Está falando sério?

— Claro que sim. — Ele me lança um sorriso encantador.

— Pensei que tivesse me chamado de perna de pau da última vez que dançamos. — Tento escapar do seu convite inesperado.

— Não se preocupe. — Ele sorri, apertando minha mão e me levando até a pista de dança. — Sou um bom professor. — Ele me lança um sorriso envolvente e eu me deixo levar.

Colocando o braço em volta da minha cintura, ele me conduz até a pista de dança onde vários casais já estão dançando. Minhas pernas estão bambas e meu coração, acelerado. Estendendo o braço, me envolve em seu corpo. Sinto-me aquecida em seus braços e me controlo para não agarrá-lo no meio do restaurante.

Começamos a dançar ao som da música *I Won't Give Up*, **de Jason Mraz.** *Adoro essa música!*

Encosto a cabeça em seu ombro e fecho os olhos, deixando a música me envolver.

When I look into your eyes
It's like watching the night sky estrelada
Or a beautiful sunrise
There's so much they hold
And just like them old stars
I see that you've come so far longe
To be right where you are
How old is your soul?

Quando olho em seus olhos
É como observar a noite

Ou um belo amanhecer
Há tanta coisa que eles carregam
E assim como as velhas estrelas
Eu vejo que você chegou tão

Para estar bem onde você está
Quão velha é a sua alma?

Dançamos como um casal apaixonado. Eduardo me abraça cada vez mais forte, fazendo com que eu fique cada vez mais próxima de seu corpo. Estou feliz por estar nos braços dele. Sorrio levemente. Seu perfume invade meus sentidos, fazendo com que eu fique cada vez mais hipnotizada por ele.

Estou emocionada demais. Eduardo me chamou para jantar, depois me pediu desculpas e agora me convidou para dançar. Não posso acreditar em tudo de bom que está acontecendo entre nós essa noite. Tenho a sensação de que estou sonhando. A forma como ele envolve seus braços em meu corpo faz com que não me reste dúvidas: Eduardo sente realmente algo por mim.

— Gosta de dançar? — Seus olhos azuis me encaram.

— Com você sim. — *Oh, meu Deus!* O que acabei de dizer. — Quer dizer — tento consertar o que acabei de dizer. — Você é um ótimo professor — digo nervosa.

Ele sorri e me perco nessa visão. Dentes brancos e perfeitos. Boca atraente e sensual. Santo Deus! Sem querer, piso em seu pé e me atrapalho toda.

— Droga! — Meu rosto está em chamas. — Acabei me atrapalhando. Desculpe — digo envergonhada.

Ele sorri ainda mais. Por que ele faz isso comigo? Eduardo me puxa para mais perto e não consigo desviar dos seus olhos envolventes. Depois, ele encosta sua boca em meu ouvido e sussurra:

— Está me saindo uma ótima aluna.

Sinto meu corpo tremer.

Com a respiração acelerada, nos encaramos e ficamos assim por longos instantes. Ele me agarra um pouco mais forte e sinto uma louca vontade de beijá-lo. Minhas pernas estão trêmulas e meu corpo está todo arrepiado pela proximidade. Acompanho a suavidade de seus passos e parecemos flutuar com o ritmo suave da música. Suas mãos passeiam vagarosamente pelo meu corpo. A suavidade do momento faz com que meu coração desacelere e aninho a cabeça em seu ombro largo. Inalo seu perfume envolvente e fecho os olhos, tentando eternizar esse momento em minha mente. Tenho vontade de abrir meu coração e dizer o quanto ele é especial para mim, mas me mantenho aninhada em seus braços, apenas sentindo seu delicioso perfume.

A música acaba e permanecemos abraçados. Não quero me soltar de Eduardo, que parece sentir a mesma coisa. Aperto meus braços com ainda mais força em seu pescoço. Nesse momento, ele é somente meu.

— A música terminou — ele sussurra em meu ouvido.

Abro os olhos e me afasto dele rapidamente.

— Melhor voltarmos para a mesa — digo envergonhada.

Eduardo sorri e segura meus ombros. Observo que ele me olha de uma maneira diferente, fazendo com que eu fique sem jeito. Continuamos nos olhando e o garçom traz minha última sobremesa.

Preciso me acalmar e tentar respirar normalmente. Desvio o olhar. Começo a comer, mas fico incomodada com seu olhar intenso sobre mim.

— Tem certeza de que não quer um pedaço?

Eduardo não responde, apenas continua me encarando com um sorriso divertido no rosto.

— Experimente só um pedacinho — digo, levando a colher até sua boca.

Eduardo para de sorrir, surpreso com minha atitude, mas acaba abrindo a boca. Depois de engolir, ele limpa a boca com o guardanapo e olha para mim.

— É realmente muito bom.

Sorrio.

— Nunca conheci uma mulher com um apetite tão grande quanto o seu — diz divertido, e tento não me ofender com isso.

— Está me chamando de gulosa? — Estreito os olhos. — Isso não é algo educado para se dizer a uma mulher.

Seu sorriso se amplia.

— Isso não foi uma ofensa. — Seus olhos brilham. — Adoro seu jeito e confesso que não gosto de mulheres frescas que só comem alface.

Seu elogio estranho me pega tão de surpresa que nem sei o que responder.

— Você é muito bonita. Nunca me canso de te olhar. — Ele continua com os olhos fixos em mim.

Estou chocada. Por que ele está me dizendo essas coisas? Ele não pode agir assim. Meu coração apaixonado afunda, mas se enche de esperança. Nossos olhos se encontram, mas desvio o olhar. Eduardo nunca me elogiou desse jeito e isso me deixa completamente sem reação. Não consigo responder, apenas dou um sorriso sem graça.

Com a respiração acelerada e as mãos trêmulas, tento manter a calma e penso em algum assunto para desviar a atenção de mim.

— Qual é a sua cor preferida? — pergunto de repente. Eduardo enruga a testa e me encara como se não entendesse o motivo de uma pergunta tão estúpida. Afundo na cadeira, completamente envergonhada.

— Verde — ele responde segundos depois.

— Verde? — Estou confusa. — Mas você nunca usa verde. — Me endireito na cadeira.

— Mas é a cor dos seus olhos — ele diz de maneira intensa e sexy, sem tirar os olhos dos meus.

Estou sem fala. *Será que Eduardo está bêbado?*

— Está falando sério? — Ergo a sobrancelha.

— Claro que estou. — Ele sorri. — Você tem belos olhos.

— Acho que precisa maneirar na bebida.

Ele ri ainda mais.

— Acha que estou bêbado? — Ele parece surpreso. — Não preciso estar bêbado para dizer o quanto é bonita.

Engulo em seco. O que está acontecendo aqui?

— Você também tem olhos muito bonitos.

— Obrigado. — Ele sorri.

Eduardo continua me olhando. Ele é tão confuso. Fica me enchendo de elogios e esperanças, mas depois diz que não é o cara certo para mim.

— E você? Qual é a sua cor preferida? — ele pergunta sem deixar de me olhar.

— Azul — respondo baixinho.

Eduardo ergue a sobrancelha, surpreso.

— Azul é uma bela cor. — Dou de ombros, tentando parecer indiferente.

Ele não consegue evitar o sorriso com meu comentário e fico completamente desconfortável com essa simples conversa sobre cores favoritas.

— Me conte algo sobre você — pergunto interessada.

Ele suspira e pensa por alguns instantes.

— Não tenho muita coisa para dizer. — Eduardo cruza os braços e se encosta à cadeira.

— Diga qualquer coisa. — Tento convencê-lo a falar mais. — Onde mora, o que gosta de fazer, por exemplo. — Me esforço para não parecer empolgada demais para saber mais sobre ele.

— Moro sozinho, gosto de cozinhar e não tenho filhos nem cachorros — ele começa devagar. — Tenho apenas uma irmã mais nova, Sofia, que mora em Londres. Mas nos falamos toda semana. Somos muito ligados. — Ele sorri com carinho. Parece mais relaxado agora.

— Namorada? — Ergo a sobrancelha.

Ele me olha surpreso.

— Não tenho namorada, já disse a você — responde sério dessa vez e não consigo entender sua repentina mudança de humor.

— Nunca namorou? — insisto.

Eduardo se remexe em sua cadeira.

— Tive apenas um relacionamento rápido. — Ele desvia o olhar.

— Com a Marcela? — deixo a pergunta escapar. Droga!

— O que disse? — Eduardo arregala os olhos surpreso.

— Quer falar sobre ela? — Tento manter a voz calma.

Eduardo parece chocado com o assunto Marcela.

— O que você sabe sobre ela? — Ele parece perplexo. — Como descobriu sobre ela?

Ele se inclina sobre a mesa.

Minha respiração acelera e não sei como responder. Dizer que mexi no seu celular só o deixaria ainda mais furioso. Continuo parada como uma estátua, sem saber como reagir. Eu e minha boca grande!

— Estou esperando uma explicação. O que você sabe sobre a Marcela? — Me encolho na cadeira. Ele parece ainda mais furioso.

— Foi apenas uma pergunta — digo quase sem voz. — Se quiser, podemos conversar sobre isso. Sou sua amiga.

— Conversar sobre isso? — pergunta chocado. — Enlouqueceu? — Seu tom de voz aumenta e isso faz com que eu me sinta pior. — Não se intrometa nisso — ele diz com rispidez.

Sinto meu corpo todo tremer.

— Por que está falando desse jeito comigo? — consigo finalmente dizer.

Eduardo passa a mão pelos cabelos e depois volta a me encarar.

— Helena... — Vejo que está tentando manter a calma. — A Marcela... — Ele para de falar, como se não achasse as palavras certas para me dizer.

— Vocês estão juntos — sussurro.

— Não! Claro que não — ele diz exasperado. — Não tenho nada com a Marcela.

Sua resposta me deixa irritada.

— Então por que mandou flores para ela? — Meus olhos se fixam nele. — O que você quer, afinal?

Seu queixo cai.

— Como sabe que mandei flores para ela? — Ele parece chocado.

Droga! Sinto meu rosto queimar e acho que ele percebe.

— Me diz. — Eduardo está furioso comigo.

— Isso não interessa. Só não entendo por que mandou flores para ela e no mesmo dia me convida para jantar. — Estou indignada com sua atitude. — Saiba que você é um sem-vergonha.

— Não fale assim comigo — ele diz furioso. — Não sou esse tipo de homem que está pensando.

— Ah, não? — Dou um sorriso cínico. — Então me explique o que você tem com essa tal Marcela.

Ele balança a cabeça, furioso.

— Eu não quero falar sobre ela.

Olho-o, observando seu rosto enfurecido. Ele gosta de outra pessoa e sinto como se estivesse morrendo por dentro.

Burra!

As pessoas nas mesas ao redor começam a nos observar com curiosidade. Para variar, Eduardo e eu estamos fazendo uma cena no meio de um restaurante chique, mas nesse momento não me importo com isso. Só quero saber o que ele tem com essa garota.

Continuamos no encarando. Ele está tão zangado comigo que tenho medo do que possa acontecer. Respiro fundo e tente me acalmar. Ele parece fazer o mesmo.

— Não vou dizer nada a você sobre minha relação com a Marcela. — Ele está tenso e completamente nervoso.

Engulo em seco. Ele acabou de admitir que os dois têm uma relação. Estou arrasada.

— Já entendi. — Tento fazer minha voz soar calma e neutra mesmo quando meu coração quebra em mil pedaços. Quero chorar, mas me mantenho firme.

Eduardo me olha cuidadosamente com seus olhos enormes e sobrancelhas arqueadas e sei que não deveria me comportar dessa forma. Ele não precisa me explicar nada, afinal, não temos nada um com o outro, mas é impossível fingir que não tenho sentimentos por ele. Estou arrasada e mais uma vez deixo o ciúme incontrolável tomar conta de mim. Droga!

— Helena — ele diz, tentando se acalmar.

Começo a bater os dedos sobre a mesa em sinal de puro nervosismo. Não consigo encará-lo. Baixo o olhar para que ele não possa ver o ciúme estampado em meu rosto. Respiro fundo e mantenho a cabeça baixa.

— Me desculpe. — Sua voz está mais tranquila agora. — Olha, não quero falar sobre isso com você. — Ele tenta segurar minha mão, mas eu me afasto.

— Helena, por favor... — ele diz baixinho.

— O que aconteceu entre nós foi especial e significou alguma coisa para mim. — Eu levanto a cabeça e encaro seus olhos. — Mas agora sei que você tem outra pessoa, por isso, prometo te deixar em paz.

Levanto da cadeira, mas ele segura minha mão.

— Aonde você vai? — Ele parece perdido.

— Acho que está na minha hora. Meu dia foi péssimo.

— Espere.

Ele me encara e depois abre a boca para dizer mais alguma coisa, mas a fecha instantes depois. Segura minha mão e diz:

— Eu te levo para casa.

Olho para ele furiosa. Juro! *Eu o odeio!*

Capítulo 21

Que maravilha! Eduardo e eu discutimos mais uma vez e não descobri nada sobre a tal Marcela. É impressionante como tudo dá errado quando estamos juntos.

Ele dirige o carro, mas permanecemos em silêncio. Não quero conversar, e ele parece entender isso. Tento ficar tranquila, mas está quase impossível. Ainda mais com ele tão próximo a mim e me encarando a cada dois minutos.

Quando estaciona em frente ao meu prédio, meu coração dispara. Minhas mãos e minhas pernas tremem. Eu me odeio por isso. Estou me comportando como uma adolescente idiota.

Olhamo-nos um pouco sem jeito e, decidida a acabar logo com isso, saio do carro e fecho a porta sem dizer nada. Deixo-o para trás e caminho em direção à portaria, quando o escuto me chamar.

— Helena!

Respiro fundo e me viro, dando de cara com ele.

— O que foi? — pergunto nervosa.

Ele me olha nos olhos.

— Se incomoda se eu te acompanhar até seu apartamento?

Eu o encaro confusa. O que ele pretende com isso?

— Não precisa se incomodar. — Me viro novamente.

— Por favor. — Ele segura meu braço. — Faço questão.

Fecho os olhos por uns segundos e concordo com a cabeça.

Estou completamente confusa com essa atitude. Ele nunca para de me surpreender. Aposto que está fazendo isso para se desculpar por toda a discussão no restaurante. Mas preciso admitir que estou feliz por poder ficar mais alguns minutos em sua companhia. Sou uma boba apaixonada. *Fazer o quê?*

Passamos pela recepção em silêncio. Matias sorri e acena para mim, mas fecha a cara assim que vê Eduardo ao meu lado. Ele não deixou uma boa impressão quando eu o trouxe bêbado para o meu apartamento.

Continuo sorrindo com a cara de espanto de Matias. Entramos no elevador e, assim que a porta se fecha, nossos olhares se encontram e desmancho meu sorriso. Desvio o olhar e percebo que não consigo me controlar quando estou tão próxima a ele, ainda mais sozinha dentro de um espaço tão pequeno. Tento não ficar nervosa. Não posso perder a cabeça.

Eduardo olha para mim de um jeito forte e intenso. Desvio o olhar novamente. Permanecemos em silêncio enquanto o elevador sobe.

Preciso me acalmar. Cruzo os braços sobre o peito, fazendo cara de paisagem.

Em poucos minutos, já estamos na porta do apartamento. Respiro aliviada. *Graças a Deus!* Com as mãos trêmulas, pego a chave dentro da bolsa. Abro a porta devagar e me viro para Eduardo. Ele parece nervoso e apenas me observa.

— Quer entrar? — Sei que não deveria perguntar isso, mas preciso ser educada.

Eduardo não responde. Continua me analisando como se não escutasse minhas palavras.

— Você está bem? — pergunto.

— Helena, eu... — Eduardo pensa por um instante. — Me desculpe por tudo o que aconteceu. Mais uma vez, acabei magoando você. — Ele parece arrependido e isso mexe comigo de alguma forma.

Abro a boca, mas não sei exatamente o que dizer.

— Tudo bem — digo por fim.

Ele se aproxima de mim lentamente, fazendo meu coração disparar, e segura meu rosto com as duas mãos. Estou chocada. O que ele pensa que está fazendo?

— Não consigo parar de pensar em você. — Seu rosto se aproxima ainda mais do meu. Sinto que meu coração vai sair pela boca.

Engulo em seco.

Encaramo-nos e ficamos calados por alguns instantes. Ainda não sei o que dizer e, com Eduardo me olhando desse jeito, tenho a impressão de que vou desmaiar.

Quando nossos lábios estão próximos, ele se afasta, me deixando completamente perdida.

— Fique bem. — Ele desvia o olhar e segue em direção ao elevador.

Continuo sem fala. Por que ele faz isso? Eduardo não pode continuar brincando comigo desse jeito.

Vejo-o abrindo a porta do elevador com a cabeça baixa. Meu coração afunda. Ele não pode me deixar assim.

— Eduardo! — Corro até ele.

Ele segura a porta do elevador e me olha confuso.

— O que foi? — ele pergunta.

Respiro fundo. *Chegou a hora, Helena!* Diga tudo de uma vez!

— Estou completamente apaixonada por você — digo rápido demais e com o coração acelerado.

Eduardo parece chocado com que acabo de dizer, mas não me importo. Abro meu coração e digo tudo que estou sentindo.

— Penso em você o tempo todo. Apesar de insistir para que eu esqueça tudo, não consigo esquecer seu toque, nossos beijos, nossa noite juntos. — Respiro fundo. — Passar a noite com você foi muito especial. Sei que deveria te ignorar a partir do momento em que me dispensou naquele hotel, mas não consigo. Sei que só quer ser meu amigo, pois não é apaixonado por mim. Mas não consigo mais esconder o que sinto. Eu te amo.

Eduardo continua de queixo caído. Acho que o peguei de surpresa, pois ele parece estar em choque.

— Diga alguma coisa.

Ele se aproxima de mim.

— Entendo o fato de não ser apaixonado por mim. — Encolho os ombros, desanimada. — Só precisava dizer o que estava sentindo. — Olho para baixo envergonhada.

Ele se aproxima um pouco mais e puxa meu queixo para que eu possa encará-lo.

— Você não deveria se apaixonar por mim.

— Não mandamos no coração — digo, o encarando.

— Sei que não.

— Me desculpe. — Baixo o olhar novamente.

— Helena, olhe para mim.

Fecho os olhos com força e, segundos depois, faço o que ele me pede. Estou completamente envergonhada pela cena que acabei de fazer. Não deveria ter aberto meu coração desse jeito.

— Quem disse que não sou apaixonado por você? — Ele olha dentro dos meus olhos.

Eduardo segura meu rosto com cuidado. Nossos olhares ficam presos por alguns segundos, mas ele desvia o seu e encara minha boca. Ele disse que também é apaixonado por mim? Não pode ser. Minha respiração acelera e acho que não vou aguentar ficar tão próxima dele sem agarrá-lo.

— Sempre fui apaixonado por você — ele sussurra perto demais da minha boca.

— Mas... Achei que não gostasse de mim — respondo ofegante e tento desviar o olhar.

Ele segura meu rosto um pouco mais forte com as duas mãos, me fazendo encará-lo novamente.

— Eu não sou o cara certo para você — ele diz enquanto meu coração continua batendo descontroladamente. — Mas isso não me impede de ser completamente apaixonado por você.

— Você é o cara certo para mim — respondo num fiapo de voz.

Ele se inclina lentamente e encosta seus lábios nos meus. Fecho os olhos, e, segundos depois, ele me beija com intensa paixão. Acho que estou sonhando. Suas mãos passeiam pelo meu corpo, e ele me agarra com mais força. Quero muito mais que isso. Quero Eduardo inteiro para mim.

Ainda sem fôlego, ele deixa minha boca e me encara com os olhos brilhando de desejo.

— Helena... — Ele encosta a testa na minha.

— Não vá embora, por favor — digo, segurando suas mãos, que continuam em meu rosto.

— Eu não vou embora — ele sussurra, me olhando com os olhos azuis que me deixam completamente zonza.

— Nunca mais me peça para esquecer o que está acontecendo entre nós... — falo com desespero. — Não quero esconder o que sinto por você.

— Até tentei, mas não quero mais evitar o que sinto por você. — Eduardo me agarra forte. — Nunca mais. — E então ele me beija mais uma vez.

Acho que estou sonhando. E se isso for realmente um sonho, não quero nunca mais acordar.

Capítulo 22

Dessa vez, não é mais um dos meus sonhos. É realidade. *Oh, meu Deus!* Não dá para acreditar!

Tento parar de sorrir, mas não consigo. A felicidade ocupa cada pedacinho do meu corpo. Aconteceu tudo tão rápido e inesperado. Abri meu coração e disse tudo o que sentia e depois disso nos beijamos e não nos separamos mais. Passamos a noite juntos e, embora Eduardo tenha sido gentil e carinhoso, me mostrando em seu olhar seus verdadeiros sentimentos, não sei o que vai acontecer daqui para frente. Confesso que estou com medo de que ele possa mudar de ideia e ir embora, me deixando mais uma vez. Eu morreria se isso acontecesse de novo.

Viro-me de lado e o vejo dormindo tão tranquilamente que sinto vontade de abraçá-lo.

Sorrio. Estou muito feliz por finalmente tê-lo ao meu lado. Mas continuo insegura, uma vez que várias perguntas ainda estão em minha cabeça. Será que realmente posso acreditar em tudo que aconteceu entre nós essa noite? E as coisas que ele me disse, será que posso acreditar nisso também?

Suspiro longamente. Olho para ele, que dorme com uma expressão tranquila e relaxada, e me pergunto se ele seria capaz de me abandonar mais uma vez.

Eduardo se remexe na cama e abre seus lindos olhos azuis. Ele fica tão bonito quando acorda. Seu sorriso me faz sorrir também.

— Bom dia. — Fico deitada na cama olhando para ele com um sorriso apaixonado.

— Bom dia, amor. — Ele se espreguiça e não deixo de olhar para seu corpo perfeito.

— Estou tão feliz por você estar aqui comigo — digo sorrindo.

— Não quero ficar nem mais um minuto longe de você.

Suas palavras me deixam emocionada.

— Está falando sério? — pergunto um pouco insegura.

— Nunca disse algo tão sério em toda a minha vida. — Ele me envolve em seus braços e me beija carinhosamente e isso faz com que eu me sinta mais tranquila.

— Posso te dizer uma coisa? — Ele se afasta um pouco para olhar em meus olhos.

— Eu te amo — ele diz, me pegando de surpresa.

Sorrio, me derretendo toda.

— Eu também amo você. — Ele sorri e me abraça mais uma vez. Fico aninhada em seus braços, inalando seu delicioso perfume.

— Fui um bobo em tentar esconder o que realmente sinto por você. — Ele beija meus cabelos.

— Isso não importa mais. — Abraço-o mais forte.

— Você me encantou desde a primeira vez que coloquei os olhos em você. — Ele continua fazendo carinho em meus cabelos.

— Aquilo foi um desastre — digo, achando graça. — Quebrei minha sandália, sujei meu vestido, não saí com minhas amigas e ainda voltei para casa com um maldito machucado no joelho.

Ele começa a rir.

— Apesar de desastrada, você é muito divertida.

Balanço a cabeça.

— Aquilo não foi divertido. Eu me machuquei de verdade.

— Não foi isso que quis dizer, meu amor. — Beija meu pescoço num gesto carinhoso. — Apenas disse que te acho divertida.

— Eu estava horrível naquele dia — digo morrendo de vergonha, me lembrando da cena embaraçosa. Eu caída no chão, enquanto Eduardo parecia um príncipe, me encarando assustado.

Ele sorri e me encara.

— Quando te vi, fiquei encantado com sua delicada beleza. Apaixonei-me no mesmo instante. — Ele passa a mão em meu rosto e coloca minha franja atrás da orelha. — Pensei que era um lindo anjo caído do céu — ele diz sorrindo.

— Juro que pensei a mesma coisa — digo, emocionada por saber que ele também pensou isso de mim.

— Naquela noite, não consegui te tirar da minha cabeça. Só consegui ver seu rosto na minha frente. Seus olhos assustados me encantaram. No dia seguinte, fiquei muito surpreso quando te encontrei na CET.

— Foi uma grande surpresa para mim também — confesso.

Eduardo sorri e depois cobre meus lábios com os seus. Não resisto e o beijo mais uma vez com intensa paixão. Estamos apaixonados e viciados um ao outro. Depois de permanecermos na cama por um bom tempo, digo que preciso levantar e comer alguma coisa, pois estou morrendo de fome.

— Sério? — ele pergunta sorrindo, enquanto se senta na cama.

— Claro que sim. Vai me dizer que não está com fome também? — digo enquanto tento fazer um coque em meu cabelo.

— Prefiro ficar na cama com você. — Ele me puxa pelo braço, desmanchando o coque.

— Pare com isso — digo sorrindo, enquanto ele beija meu pescoço.

Oh, meu Deus!

— Quero passar o resto da minha vida com você nessa cama — ele diz se divertindo.

Meu sorriso congela. Olho para ele um pouco insegura sobre o que acabo de ouvir. Será que ele está brincando comigo ou está falando sério? Estou muito confusa e com medo de que ele possa ir embora a qualquer momento. Não quero que ele vá nem que as coisas se tornem estranhas entre nós. Desvio o olhar sem saber o que dizer.

— Helena — ele diz devagar. — Olhe para mim.

Então, lentamente, levanto meu rosto e o encaro.

— Não vou a lugar algum — ele diz sério. — Eu amo você.

Suas palavras me deixam emocionada e meu rosto se ilumina.

— Você é a mulher que eu sempre sonhei encontrar. — Ele se aproxima de mim. — E nunca mais vou deixar você sair da minha vida — ele sussurra em meu ouvido e isso faz com que eu sinta um arrepio delicioso pelo meu corpo.

— Agora vamos comer. — Ele se levanta da cama e me pega no colo, me deixando surpresa. — Não quero que você morra de fome.

Seu comentário me faz rir. Ele me carrega sem deixar de me beijar. *Eduardo é tão romântico!*

— Hoje mesmo vou conversar com Jorge e dizer a ele que estamos juntos — Eduardo diz enquanto tomamos café na apertada cozinha do meu apartamento.

— Mas por quê? — pergunto confusa, enquanto preparo um sanduíche.

— Acha a ideia ruim? — Ele parece decepcionado.

Paro de repente para encará-lo.

— O que te fez mudar de ideia tão de repente?

Ele franze a testa surpreso.

— O que quer dizer?

— Quero saber por que quer dizer a ele que estamos juntos se até ontem você me evitava. Isso é um pouco confuso. Não acha?

Eduardo parece pensar no que acabo de dizer e sinto que o deixei chateado. Droga! Não era assim que gostaria de começar nosso primeiro café da manhã juntos. Mas não consigo evitar o assunto. Ele precisa me explicar o que de fato passa em sua cabeça.

— Eduardo, isso não faz muito sentido. — Olho para baixo, encarando e girando meu copo de suco, desejando que ele me conte finalmente a verdade.

— Sei que tudo isso deve estar um pouco confuso para você — ele diz sem me encarar. Seus olhos continuam fixos na sua xícara de café. Ele parece pensar nas palavras certas para me dizer e isso me incomoda um pouco. Por que ele não me diz logo de uma vez o que está acontecendo?

— Sei que não sou o cara certo para você — continua. — Eu até tentei lutar contra os meus sentimentos e manter distância, mas não consegui. Não sou nenhum príncipe encantado, mas o que sinto é intenso demais e não tenho mais forças para lutar contra.

Meu coração reage às suas palavras tão sinceras e não consigo responder. Mordo os lábios na intenção de segurar o enorme sorriso que ilumina meu rosto, mas não consigo. Eduardo realmente me ama e isso me deixa radiante.

— Você me faz ser uma pessoa diferente, Helena. — Ele finalmente me encara. — Perdi tempo demais tentando me afastar e agora quero aproveitar cada segundo ao seu lado. — Ele fica em silêncio, esperando que eu diga alguma coisa, então o abraço e beijo sua boca.

— Eu amo você — digo emocionada.

Sinto-me tão feliz que não consigo acreditar na sorte que tenho por finalmente tê-lo ao meu lado.

— Também amo você. — Ele beija meus cabelos e depois segura meu ombro para que eu possa encará-lo.

— Quero te fazer feliz.

Sinto meus olhos marejados.

— Serei a mulher mais feliz do mundo ao seu lado — digo emocionada.

Seu sorriso se amplia.

— Mas precisamos ir com calma — digo, me afastando um pouco. — Jorge pode não aceitar muito bem isso. Você começou a trabalhar na CET há pouco tempo e acho que nosso envolvimento pode acabar te prejudicando.

Ele pensa por um momento.

— Você está certa. — Ele dá um longo suspiro. — Só não queria mais esconder de ninguém o que sinto por você. — Ele faz carinho em meu rosto.

Fico completamente encantada com suas palavras e não consigo segurar o sorriso que se espalha pelo meu rosto.

— Ainda não consigo acreditar que você realmente está aqui comigo. — Passo a mão em seu rosto. — Acho que estou sonhando.

— Nosso amor é real. — Ele beija meus lábios devagar e depois volta a me encarar.

— Eu ainda devo um pedido de desculpas a você. — Ele parece incomodado.

— Por que está me dizendo isso?

— Pela forma como tratei você naquele dia no hotel.

Eduardo se mexe desconfortavelmente em sua cadeira.

Concordo, ainda me perguntando aonde essa conversa vai nos levar.

Meu coração bate descontroladamente assim que recordo as palavras duras de Eduardo, dizendo que deveríamos esquecer aquela noite. Ainda não entendo o porquê de ele fazer isso.

— Sinto muito — ele diz depois de algum tempo. — Não te tratei da forma como merecia. Estava tão envolvido em meus problemas que agi daquela forma.

Problemas? Por que ele não me conta de uma vez o que está acontecendo?

Ele continua em silêncio, encarando a xícara e me lembro de um assunto que ainda me incomoda. Marcela. Apesar de agora saber que ele me ama, sei que, de alguma maneira, essa garota está entre nós e isso faz com que eu sinta uma palpitação no peito. Dou um longo suspiro.

— Eduardo, você sabe que, para continuarmos juntos, precisamos conversar. — Eu o encaro, mas ele não retribui meu olhar. *Droga!*

Eduardo não pode ficar comigo sem me contar o que ele realmente tem com essa garota. Não posso suportar isso. Eu o quero só para mim e, por mais que ele tente evitar esse assunto, sei que mais cedo ou mais tarde essa hora vai chegar.

— Tudo tem sua hora — ele diz finalmente. — E agora é hora de nos apressarmos. Já estamos atrasados — diz, se levantando e mudando de assunto. Suspiro longamente e dessa vez deixo passar.

— Tudo bem. — Concordo com a cabeça. — Conversamos sobre isso depois.

— Está certo. — Eduardo abre um pequeno sorriso.

— Tem certeza de que não quer que eu faça um sanduíche para você?

— Tenho sim, amor. Mas obrigado. — Ele se inclina e beija meu rosto. — Você é especial. — Sua voz rouca faz meu corpo todo tremer.

Deixo escapar mais um sorriso, desses que a gente só dá quando está apaixonada. Se Cléo me visse agora, falaria que estou me comportando como uma idiota.

— Você precisa conhecer minha amiga Cléo — falo ao me lembrar dela. — Ela não vai me dar paz enquanto não colocar os olhos em você para saber se é ou não o cara certo para mim.

— Ela vai me analisar para saber se sou ou não o cara certo para você? — Ele ergue a sobrancelha.

— Relaxa. — Sinto vontade de rir ao ver sua expressão. — Ela vai fazer apenas um questionário com algumas perguntas simples. — Começo a rir e Eduardo me acompanha dessa vez.

— Depois combinamos alguma coisa. Agora precisamos ir — digo, levantando da cadeira.

— Helena. — Ele segura minha mão. Percebo Eduardo um pouco inseguro.

— O que foi? — Franzo a testa ao ver sua expressão preocupada.

— Você vai contar para a sua família que estamos juntos?

Sua pergunta inesperada me pega de surpresa.

— Ou também pretende esconder deles? — Ele me encara sério.

— Claro que não, seu bobo. — Dou um tapinha em seu ombro e ele suspira, aliviado ao ver meu sorriso.

— Vovó vai dar pulos de alegria ao saber que estamos juntos — digo, achando graça.

— Mas o que é isso? — Eduardo olha para minha mão.

— Isso? — Levanto meu sanduíche de queijo. — É apenas um lanchinho para mais tarde.

— Lanchinho? — Ele parece um pouco confuso. Eduardo fica tão lindo quando me olha desse jeito.

— Estou de regime — falo enquanto enfio o sanduíche na bolsa.

— Regime? — Ele parece surpreso.

— Sim.

Ele ri e depois diz:

— Você não precisa fazer regime.

Reviro os olhos. Por que todo mundo sempre diz a mesma coisa?

— Preciso sim. — Acabo colocando também uma maçã dentro da bolsa.

— Mas quem está de regime pode comer um sanduíche desse tamanho? — pergunta com um sorriso divertido.

Fecho o zíper da bolsa e o encaro.

— Tudo bem — digo um pouco envergonhada. — Acabei mesmo exagerando no tamanho do sanduíche, mas hoje acordei faminta e algo me diz que você tem culpa nisso.

— Eu? — Ele finge estar surpreso.

Agora Eduardo parece mais relaxado, até se divertindo com essa conversa maluca.

— Não foi minha intenção te deixar faminta desse jeito. — Sua expressão continua divertida.

— Não exagera, vai — digo um pouco sem jeito. — É apenas um sanduíche e uma maçã.

— Meu Deus! — Ele ri, jogando a cabeça para trás. — Nunca vi uma mulher com um apetite tão grande quanto o seu.

— Isso não é nada romântico.

Eduardo não para de rir.

— Isso não é nada divertido.

Furiosa com seu ataque de riso, continuo encarando-o, com os braços cruzados. Eduardo não pode rir desse jeito de mim. Ele tenta se controlar, mas não consegue, e acabo sorrindo também. Ah, Eduardo, o que eu faço com você?

Capítulo 23

Eduardo desliga o carro e ficamos olhando um para o outro como dois adolescentes apaixonados.

— Só mais um beijo. — Ele se inclina para mim.

— Estamos no estacionamento da CET — digo, olhando para os lados.

— Estamos dentro do carro, Helena. Os vidros são escuros e ninguém vai conseguir ver o que estamos fazendo aqui dentro. — Ele beija meu pescoço.

— Mesmo assim. — Eu me afasto um pouco. — Aqui não é lugar para isso e não quero que comecem a falar da gente.

Eduardo ignora o que acabei de dizer e me puxa para mais perto. Seus olhos azuis brilham de animação. Seu sorriso é fascinante.

— Só mais um beijo — ele diz com um sorriso encantador.

— Nada de beijos. — Tento manter a compostura.

Ele me agarra um pouco mais forte.

— Você me deixa louco.

— Pare com isso agora — digo um pouco vacilante. — Se alguém nos vir aqui, vai ser a maior confusão — falo enquanto ele me ignora completamente.

Se cair nos ouvidos de Jorge que Eduardo e eu estamos dando uns amassos dentro do carro no estacionamento da agência, não vai ser nada bom. Já até posso imaginá-lo aos berros, dizendo que nosso comportamento não foi nada profissional.

— Eduardo, para! Não quero perder meu emprego — digo nervosa, e ele para.

— Você tem razão. — O sorriso de Eduardo se desfaz um pouco, mas ele não me solta. — Não podemos nos expor dessa maneira. É por isso que quero contar ao Jorge que estamos juntos.

Suspiro aliviada por ele finalmente me entender.

— Mas enquanto não contamos a ele, é melhor nos apressarmos. — Me afasto e ajeito o cabelo.

— Não antes de me dar um último beijo.

— Pare com isso — digo quase sem forças.

— Só um beijo. Por favor — ele sussurra em meu ouvido.

Santo Deus! Como resistir a isso?

Gostaria que as palavras de Eduardo não me fizessem fraquejar. Sei que deveria por um fim nisso, mas não consigo. Ele me faz perder o juízo.

— Tudo bem. Mas é o último. — Tento parecer firme, mas não convenço muito.

Eduardo me beija de uma forma tão apaixonada que não consigo resistir. Ele me faz perder a cabeça.

Depois de vários beijos, finalmente consigo me afastar.

— Melhor pararmos — digo ainda ofegante.

— Tem razão — ele diz com a respiração acelerada. — Não quero perder o controle.

— Não podemos continuar nos comportando como dois adolescentes. Somos adultos.

— Você está certa.

— Agora vamos — digo apressada, abrindo a porta do carro.

— Helena, espere! — Ele segura minha mão.

— O que foi?

— O que acha de jantarmos hoje à noite?

Abro um enorme sorriso e meu coração bate em um ritmo diferente.

— Acho uma ótima ideia — respondo animada.

— Às oito?

— Combinado. — Olho para o relógio. — Estamos quase meia hora atrasados. Jorge vai ficar furioso com mais um dia de atraso.

Eduardo sorri, ignorando completamente o que acabo de dizer ao beijar meu pescoço. *Droga!* Ele não pode continuar fazendo isso comigo.

— Eduardo, estou falando sério. Precisamos ir.

Ele me encara e vejo em seus olhos um brilho diferente. Sem resistir ao seu olhar e toque, passo as mãos em seu peito. Deixo escapar um sorriso quando ele fecha a porta do carro. E então começamos tudo outra vez. Ele faz com que eu perca completamente o juízo!

Eduardo e eu trabalhando no mesmo lugar não traz bons resultados. A prova disso é que estamos quase uma hora atrasados depois do amasso dentro do carro.

A porta do elevador abre e saio apressada. Coloco a mão rapidamente sobre minha saia azul petróleo e ajeito a gola da blusa branca.

Olho para Eduardo e vejo a bagunça de sua camisa, então abotoo os botões abertos, enquanto ele sorri para mim.

— Mas o que significa isso? — Pulo de susto quando vejo Jorge atrás de nós.

— Jorge. — Eu me afasto de Eduardo rapidamente.

— O que significa isso? O que acham que estão fazendo?

Engulo em seco.

— Err... — Penso por um momento. — Só estava ajudando Eduardo a...

— A Helena só estava me ajudando com minha camisa — Eduardo diz com a voz firme.

Jorge parece irritado com a explicação e nos olha desconfiado.

— Estão quarenta e cinco minutos atrasados. Pelo amor de Deus. O que deu em vocês?

Eu sei. *Estamos ferrados!*

Começo a pensar em um pedido de desculpas pelo atraso, mas, de repente, uma ideia maravilhosa surge em minha mente.

— Passamos na gráfica.

Jorge me olha surpreso e Eduardo também.

— Na gráfica? — Ele franze a testa. — Por quê?

Engulo em seco de novo.

— Eduardo e eu fomos ver o material gráfico da campanha daquela loja de roupas de Niterói, que nos dois estamos atendendo. — Tento parecer tranquila e esconder minhas mãos suadas.

— Mas isso é responsabilidade da equipe de criação e não de vocês. — Ele continua desconfiado.

— Eu sei. — Dou um sorriso nervoso. — Mas queremos acompanhar de perto esse trabalho. Esse cliente é bem exigente e não queremos que nada saia errado.

A expressão séria de Jorge suaviza um pouco.

— Poderia ter me avisado.

— Eu acabei esquecendo — minto mais uma vez.

Jorge nos olha de maneira esquisita.

— Nossa! O material ficou ótimo. Muito bom mesmo. Uma maravilha. — Meu sorriso está congelado no rosto.

— Sei. — Jorge me encara mais uma vez. — Eu liguei para a gráfica há vinte minutos e me disseram que o material ainda não estava pronto.

Putz! Por essa eu não esperava.

— Eles devem ter se confundido.

Engulo em seco.

— Provavelmente — Jorge diz, olhando para Eduardo.

— E suas costas? Você está melhor? — Tento mudar de assunto rapidamente.

— Sim. Mas tente ser menos desastrada da próxima vez.

— Foi um acidente — digo sem graça pela confusão que causei na reunião de ontem.

Ele balança a cabeça.

— Vou tomar café com uma cliente, mas volto logo para a reunião de mais tarde.

— Vamos ver o material impresso da campanha da Verão Brasil. — Eduardo parece empolgado.

— Sim. E vamos selecionar as melhores fotos.

Meu estômago embrulha ao pensar em como minhas fotos de biquíni podem ter saído. Droga! Eu deveria ter feito um regime ou aquele tratamento de celulite. Estou morrendo de vergonha. Uma onda de pânico toma conta de mim. As minhas fotos devem ter ficado ridículas.

— Agora preciso ir. Já estou atrasado para o meu compromisso. — Jorge olha para o relógio e o vejo o sair apressado e seguir em direção ao elevador.

— Jorge.

— Agora não. Estou atrasado — ele diz impaciente.

— Parece nervoso. Aconteceu alguma coisa? — pergunto curiosa.

Ele desvia o olhar.

— Vou tomar café com uma amiga — ele diz um pouco sem graça

— Jorge, você está namorando? — pergunto chocada. — Não acredito. — Levo a mão à boca.

— Olha o respeito, Helena — Jorge diz constrangido. — Ao invés de inventar besteiras, vá para sua mesa, tem muito trabalho te esperando — ele diz e some dentro do elevador.

Continuo sorrindo. *Jorge namorando?* Minha nossa!

— Você é incrível — Eduardo diz sorrindo, e entramos juntos na sala.

— Não se acostume, não vou poder livrar sua cara toda vez, Eduardo. Meu repertório de desculpas não é tão bom assim. Precisamos nos comportar — digo me sentindo péssima por me comportar de forma tão irresponsável. Abro a bolsa e pego meu sanduíche de queijo, a maçã, a agenda e o celular, colocando tudo em cima da mesa. — Não podemos continuar nos atrasando tanto.

— Você está certa. — Ele para diante de mim. — Vejo o quanto é responsável e admiro isso em você. Sei que nas duas vezes que nos atrasamos a culpa foi minha. Prometo que isso não vai acontecer novamente.

— Melhor assim. — Abro um sorriso.

Ele se aproxima um pouco mais e sussurra em meu ouvido.

— Agora vamos trabalhar, meu amor.

Sorrio.

Sentamos e tentamos nos concentrar no trabalho. Bom... Pelo menos tentamos.

Como sempre, hoje estou lotada de trabalho, mas Eduardo me deixou cheia de energia e com um sorriso bobo no rosto. Estou adorando isso.

Organizo minha agenda enquanto ele checa seus e-mails em silêncio.

Meu telefone começa a tocar sem parar. Tento ignorá-lo, mas, como sempre, acabo atendendo. Meu computador também não está colaborando hoje. Já travou duas vezes, fazendo com que eu perdesse tudo que já havia digitado. Bufo irritada quando ele trava pela terceira vez. Isso só pode ser brincadeira ou algum tipo de teste de paciência. Tento não ficar estressada. Respiro fundo e começo a contar até dez. Como não funciona, passo a contagem para cem. Hoje nada vai me tirar do sério. *Nada!*

— Parece que está tendo problemas com o seu computador — fala Aline, apoiando as mãos na minha mesa. — Precisa de ajuda? — pergunta, fingindo ser uma pessoa prestativa.

— Já consegui resolver — digo sem encará-la.

Ela continua parada na minha frente e isso me irrita.

— Daqui a pouco vamos ver as fotos da Verão Brasil — diz sorridente.

— Sim. — Tento parecer indiferente, enquanto digito pela quarta vez o mesmo texto.

— Não está curiosa? — Aline cruza os braços, me encarando.

—Não — minto descaradamente enquanto percebo que meu computador trava novamente. Droga!

— Pois eu estou bem curiosa — ela me provoca. — Tenho certeza de que o Eduardo ficou maravilhoso nessas fotos — ela diz olhando para ele, que continua concentrado na tela do computador.

Juro! Se Aline continuar me irritando, vou jogar esse computador travado na cara dela.

— Eu ainda não entendo por que Marta fez questão de te chamar para fazer essas fotos. Eu ficaria bem melhor ao lado do Eduardo.

Olho para ela e sinto meu sangue ferver. Respiro fundo. Preciso manter a calma.

— Mas ela escolheu a mim e não você. — Reinicio o computador, esperançosa.

— Aposto que ela se arrependerá disso assim que vir as fotos da campanha — me provoca mais uma vez, enquanto passa a mão pelos cabelos vermelhos bem cuidados.

Essa garota já passou dos limites. Quem ela pensa que é para falar comigo desse jeito?

Seguro meu computador com força e, assim que penso em jogá-lo nela, Eduardo diz:

— Aline, você está nos atrapalhando. Pode nos dar licença? — ele diz sério, enquanto ela parece decepcionada.

— Já estava mesmo de saída — diz ofendida. Então vira e vai embora com seu vestido justo.

Suspiro aliviada. Quero beijar Eduardo e dizer que adorei o que ele fez com Aline, mas apenas o agradeço com um sincero sorriso.

Uma hora depois, continuo lutando contra um computador travado, quando Raul vem até minha mesa para me entregar uma lista de clientes para os quais preciso ligar. Ele sorri para mim e, como não perde a oportunidade, me convida para almoçar.

Olho para Eduardo, que não consegue disfarçar sua raiva. Recuso o convite e dou um sorriso sem graça para meu amigo, que continua me encarando com expectativa.

— Podemos ir naquele restaurante que você adora. — Raul me lança um olhar carinhoso e logo após segura minha mão.

Engulo em seco. Nem me atrevo a olhar para o lado e encontrar o olhar furioso de Eduardo.

— Desculpe, Raul, mas hoje não vai dar. — Afasto minha mão da sua, um pouco nervosa.

Raul me encara confuso. Então pergunta:

— Está tudo bem? Você nunca recusa um convite para almoçar.

— É que hoje realmente não vai dar.

— Tem certeza? — ele insiste.

Confirmo com a cabeça e lhe dou um sorriso nervoso.

— Fica para uma outra vez, então — ele diz chateado. Então levanta e vai para sua mesa.

Assim que olho para o lado, vejo que o convite de Raul deixou Eduardo bem irritado.

Quando finalmente consigo me concentrar, Jorge chega cheio de sorrisos do café com sua amiga misteriosa e convoca todos para uma reunião que acontecerá em cinco minutos.

Eduardo ainda parece chateado comigo. Assim que entramos na sala de reuniões, nos sentamos em nossos lugares de costume. Eu, ao lado de Raul, e Eduardo, ao lado de Aline. Preciso dar um jeito de mudar isso. Eduardo não pode continuar se sentando ao lado dessa oferecida.

Jorge nos encara e depois diz:

— Marta já está a caminho. Ela precisou atender um telefonema importante assim que chegamos do nosso café, mas já deve estar chegando. — Jorge ajeita os óculos um pouco nervoso.

Penso por um minuto. Então quer dizer que a amiga misteriosa de Jorge é a Marta? *Minha nossa!*

Olho para Eduardo, que me lança um discreto sorriso. Desvio o olhar envergonhada. Não podemos dar bandeira de que estamos juntos. Aline, por sua vez, tenta chamar sua atenção de todas as formas. Agora, ela segura seu braço e pergunta se ele gosta de mulheres de cabelos vermelhos.

Bufo de raiva e viro a cara.

Raul observa Eduardo com uma expressão estranha no rosto. Não entendo por que ele está assim.

A porta da sala de reuniões se abre e vejo Marta entrando com um sorriso radiante. Ela veste um vestido justo preto, que modela perfeitamente seu corpo magro e elegante. Seus cabelos estão impecáveis e ela usa um charmoso colar e brincos de pérolas.

Olho mais para baixo e levo um susto quando vejo que o está calçando.

Ai, meu Deus! Não posso acreditar! Quem, em sã consciência, usa botas vermelhas de franja em pleno verão do Rio de Janeiro?

— Desculpem o atraso — Marta diz, colocando sua bolsa vermelha em cima da mesa.

— Não se preocupe. — Jorge abre um enorme sorriso. — Não está atrasada.

Está atrasada, sim! Quase meia hora. Como Jorge pode ignorar isso?

— Tive que atender uma ligação importante — ela diz sorridente e olha para mim.

— Helena! — Ela vem em minha direção. — Que saudade da minha modelo favorita. — Levanto e ela me abraça.

— Como vai? — pergunto, retribuindo seu abraço.

— Muito bem. — Ela se afasta. — Estou louca para ver as fotos da campanha. — Afasta-se e depois cumprimenta Eduardo com dois beijinhos no rosto.

Marta senta ao lado de Jorge e finalmente iniciamos a reunião. Observo os dois juntos e tenho vontade de rir. Eles são tão diferentes. As idades são parecidas, mas ela é magra e alta. Jorge é gordo e baixinho. Bom... Só posso desejar sorte para esses dois.

Jorge pega um envelope grande e começamos a analisar o material gráfico da campanha. No começo, fico com vergonha de olhar, mas depois me empolgo ao ver as lindas fotos de Eduardo. Seus olhos azuis são hipnotizantes e se destacam com um brilho. Ver seu corpo quase nu em uma sunga me dá falta de ar e fico feliz por estar sentada. Para meu alívio, percebo que não fiquei gorda nas fotos e nenhuma celulite ficou evidente. Meu cabelo também colaborou e não teve nenhum momento de rebeldia. Marta tinha razão. Os biquínis que usei, apesar de pequenos, ficaram lindos e nem um pouco vulgares. Preciso admitir. Fiquei parecendo uma modelo de verdade. Paulo Milão fez um milagre comigo. Não é a toa que ele é um dos melhores fotógrafos do país.

Paro imediatamente quando vejo a foto do nosso quase beijo. Meu coração dispara. Todos os nossos momentos juntos me vem à cabeça. Não consigo parar de pensar na nossa noite de amor, nos nossos beijos e na forma carinhosa que Eduardo confessou estar apaixonado por mim. Dou um pequeno suspiro e deixo um sorriso idiota tomar conta de mim.

Foco, Helena!

— Gostou das fotos? — Raul pergunta me encarando, quebrando totalmente o clima.

— Ah, sim — digo um pouco sem jeito, desmanchando o sorriso idiota. — Paulo Milão fez um ótimo trabalho. — Tento disfarçar minha empolgação.

— As fotos ficaram incríveis! — Marta não para de sorrir. — Minha campanha vai ser um sucesso.

Olho para Eduardo, que continua observando as fotos em que estamos juntos, mas não faz nenhum comentário. Seu silêncio me deixa nervosa.

Todos na sala continuam analisando o material gráfico e não param de falar, então aproveito para esconder dentro de minha agenda uma pequena foto onde aparece apenas o rosto de Eduardo com um sorriso encantador.

Jorge para de falar e olha para Eduardo e depois para mim com um sorriso satisfeito.

— Apesar de todo o trabalho que vocês dois juntos me dão, devo admitir que dessa vez fizeram um ótimo trabalho — ele diz enquanto pega mais uma foto na qual estamos juntos.

— A Helena ficou maravilhosa em todas as fotos. — Ele me dá um sorriso.

Baixo o olhar, completamente envergonhada. Ainda mais quando percebo que todos da agência estão me vendo de biquíni. Isso é constrangedor.

— Não seja modesto, Eduardo. Você também está um arraso. — Marta sorri para ele. — Essa sunga branca ficou muito bem em você. — Dessa vez, é Eduardo quem parece envergonhado.

— Não tinha dúvidas de que formariam um belo casal.

— Achei Helena um pouco sem graça nessas fotos — Aline diz. — Marta, se quiser, posso fazer os próximos catálogos. Acho que Eduardo e eu temos mais química. — Ela sorri.

Sinto meu sangue ferver. Eu vou matar essa garota.

Suspiro profundamente, tentando manter a calma antes que me levante e quebre a cara dela.

— Está louca? — Marta parece ofendida. — Helena e Eduardo parecem um casal de verdade. Eles combinam perfeitamente e até me arrisco dizer que vejo paixão nos olhos deles. — Ela olha para as fotos em suas mãos. — Eles são ótimos juntos.

Meu coração acelera e fico feliz com as palavras de Marta.

— Helena, você ficou gata demais — Raul diz empolgado. — Acho que vou pegar uma foto para colocar no meu quarto. — Sua gracinha faz com que todos comecem a rir. Menos eu, Eduardo e Aline.

Raul vira para mim, se inclinando um pouco para frente.

— Eu sabia que você ia arrasar. — Raul passa a mão em minha bochecha. — Conseguiu ficar ainda mais linda. — Ele coloca uma mecha de cabelo atrás da minha orelha. — Linda como sempre.

Engulo em seco. Fico paralisada com sua atitude. Sinto meu rosto corar e tenho dificuldade para respirar ao sentir o olhar feroz de Eduardo sobre nós. Ele parece furioso. *Droga!*

— Pare, Raul — Jorge diz, olhando por cima dos óculos. — Aqui não é lugar para namoricos.

— Jorge! Eu e Raul somos apenas bons amigos. — Minha voz sai um pouco alta demais.

— Não interessa — Jorge diz irritado. — Vamos voltar ao foco da reunião.

Raul começa a rir e eu afundo na cadeira, sem conseguir olhar para Eduardo. Ele deve estar furioso comigo.

— Precisamos escolher as melhores fotos para a campanha. — Jorge parece empolgado.

— Isso será quase impossível — Marta diz, olhando para as fotos. — Não consigo decidir qual delas é a melhor. Estão todas tão bonitas. — Ela levanta uma foto na qual Eduardo e eu estamos sorrindo e outra em que estamos com um olhar mais sério. Então, ela suspira como se não soubesse o que fazer.

— Podemos escolher as mais sorridentes para os outdoors — Arthur diz, pegando as fotos da mão de Marta. — Essa daqui ficaria ótima na revista, por exemplo. — Ele sorri para ela, que parece pensativa.

Jorge faz algumas anotações e Eduardo sugere algumas fotos para iniciar os trabalhos. Continuo quieta, sem conseguir dar nenhuma sugestão. É muito difícil fazer isso quando se está de biquíni ao lado de um homem lindo.

— Você ficou muito bonita — Eduardo diz, olhando fixamente para mim enquanto um sorriso lento marca o canto de sua boca.

Seu elogio na frente de todos me pega de surpresa e deixo um sorriso idiota escapar.

— Mas será que hoje é dia de perturbar a Helena? — Jorge diz um pouco ranzinza.

— Ora, Jorge. — Marta coloca a mão em seu ombro. — Ela é linda e merece todos os elogios.

Jorge parece amolecer um pouco, mas antes diz:

— Não quero nenhum tipo de gracinha para cima dela. Vocês entenderam?

Raul faz piada dizendo que isso será impossível e vejo Jorge e Eduardo o encarando furiosos.

Depois de algum tempo, conseguimos finalmente chegar a um acordo sobre as melhores fotos para a campanha e assim encerramos a reunião.

— Como todos já devem estar sabendo, em alguns dias, a fachada da CET já estará completamente pronta. Por isso, o Sr. Carlos vai oferecer uma festa de reinauguração da agência para todos os funcionários e para os clientes mais importantes — Jorge diz satisfeito.

— Espero poder participar dessa festa — Marta diz empolgada.

— Mas é claro que sim — Jorge se apressa em dizer. — Você será nossa convidada de honra.

Reviro os olhos. O caso dos dois parece realmente sério.

— Além do mais — ele continua. — O Sr. Carlos concordou em fazer a festa de reinauguração junto com o lançamento da campanha da Verão Brasil. — Ele lança um sorriso orgulhoso para Marta.

— Grande ideia — Marta diz empolgada e segura a mão de Jorge.

Não há dúvidas: isso vai acabar em casamento.

— Acha mesmo necessário juntar a reinauguração da CET com o lançamento da campanha da Verão Brasil? — Eduardo pergunta um pouco insatisfeito.

— Mas é claro. — Jorge sorri. — A campanha será um grande sucesso e isso trará bons resultados para a CET. Nada melhor do que juntar as duas coisas.

— Parece ótimo. — Marta bate palmas e Jorge sorri.

— Agora precisamos montar a criação da campanha o mais rápido possível — Jorge diz a Arthur.

— Preciso de uma equipe maior para dar conta do recado — Arthur diz um pouco preocupado.

— Faça o que for preciso. Trabalhe até mais tarde, mas quero tudo pronto até o dia da festa.

— Tudo bem. — Arthur encolhe os ombros.

— Essa campanha vai ser muito importante para a nossa agência, que recentemente mudou de presidência. Essa é uma maneira de mostrar ao Sr. Carlos que somos uma equipe séria, competente e com muito talento. — Jorge encara cada um de nós.

— O Sr. Carlos é um homem muito simpático. Tenho certeza de que vai adorar tudo — digo confiante.

— Conhece o Sr. Carlos? — Eduardo me lança um olhar esquisito.

— Sim. Ele elogiou muito nosso trabalho, inclusive falou muito bem de você, Eduardo.

Eduardo arregala os olhos.

— Você o conheceu? Falou com ele?

— Sim — digo um pouco confusa. — Quando fomos para São Paulo, eu o encontrei no shopping. Ele é um homem muito gentil e educado.

Eduardo fecha a cara, visivelmente transtornado com essa informação. Depois disso, evita me olhar. Droga! *O que eu fiz de errado?*

Engulo em seco. Eduardo está bravo comigo e não consigo entender o porquê. Não fiz nada de mais. Apenas não contei que encontrei o senhor Carlos. O que há de errado nisso?

Quando a reunião finalmente termina, todos saem da sala, mas permaneço sentada, esperando ficar sozinha com Eduardo. Assim que ficamos, pergunto:

— Por que ficou nervoso comigo quando disse que conheci o Sr. Carlos?

— Não fiquei nervoso. — Ele continua estranho enquanto levanta da cadeira.

Bufo irritada.

— Eduardo, o que está acontecendo com você? — pergunto, me levantando também. — Por que está agindo desse jeito?

Ele pensa por um instante e depois volta a me encarar.

— O Sr. Carlos te disse alguma coisa? — ele pergunta nervoso.

Eu o encaro e, segundos depois, tudo começa a fazer sentido. Agora entendo por que ele está assim. Mas é claro. Eduardo está com medo do que o Sr. Carlos possa ter me contado sobre ele.

Suspiro um pouco mais aliviada.

— Está preocupado com o que o Sr. Carlos possa ter me falado? — Dou um sorriso carinhoso.

Eduardo me olha surpreso.

— Fique tranquilo. Ele apenas me disse que você estava passando por um momento difícil e não me disse nada sobre seu "tal" problema — digo isso um pouco chateada por Eduardo não confiar em mim para me contar o que de fato está acontecendo com ele.

— Foi só isso que ele lhe disse? — Eduardo analisa meu rosto como se esperasse por algo mais.

— Sim — respondo decepcionada por não saber de mais nada.

Seus ombros relaxam um pouco. Ele se aproxima de mim, mas eu me afasto.

— Conversamos sobre isso numa outra hora, Eduardo — digo por fim, saindo da sala e o deixando para trás.

— Helena. Espere! — Eduardo me chama, fazendo-me parar no corredor.

— O que foi? — Viro novamente.

— Sobre a festa, eu... — Ele parece pensar nas palavras certas a me dizer.

— O que tem a festa? — Ergo a sobrancelha.

— Não acho que deveríamos ir — ele diz sem me olhar nos olhos.

— Como assim não deveríamos ir? — Paro de repente. Ele está brincando comigo? — Somos as estrelas da campanha, não dá para simplesmente não aparecermos. — Olho-o, ainda sem acreditar no que acabou de dizer.

Ele desvia o olhar e responde depois de uma pausa.

— Tudo bem. Esqueça o que eu disse.

Ele suspira longamente e passa a mão pelo meu rosto, fazendo com que eu me distraia por um momento. Adoro quando ele faz isso.

— Eduardo, qual é o problema? — pergunto um pouco assustada. Ainda não consigo entender por que ele está tão esquisito.

— Está tudo bem. — Ele tenta sorrir, mas não me convence. Posso ver seus ombros tensos e sua expressão séria. — Você tem razão. Não podemos faltar a essa festa.

Fico confusa com seu comportamento estranho. Ele parece incomodado com alguma coisa que não sei dizer o que é.

— Eduardo, você está me deixando preocupada. Está estranho. O que está acontecendo com você?

— Me desculpe. — Encolhe os ombros. — Sempre acabo estragando tudo. Não quero magoar você.

Eu o encaro confusa. O que ele quer dizer com isso? Minha cabeça começa a embaralhar e tudo que consigo pensar é na recusa de Eduardo de ir a essa festa e seu nervosismo ao saber que conversei com o Sr. Carlos. Tudo isso está confuso demais e algo me diz que Eduardo não vai falar nada.

Ele suspira e olha para longe.

— Eu realmente não sou o cara certo para você. — Ele desvia o olhar.

— Você quer desistir de fazer isso dar certo? — pergunto insegura. Meu peito afunda e meus olhos se enchem de lágrimas. Ele não pode fazer isso comigo.

Mas, em vez de responder, ele se aproxima de mim e sussurra em meu ouvido:

— Nunca desistirei de você, e é isso que está me matando. — Ele sai, me deixando sozinha no corredor.

Deixo escapar um sorriso bobo. Eduardo não vai desistir de mim.

Capítulo 24

— Quero te levar a um lugar — disse assim que entramos no carro depois de sairmos do restaurante. Nosso jantar foi bem animado e divertido e não discutimos nenhuma vez. Nosso relacionamento está progredindo.

— E que lugar é esse? — ele pergunta com um sorriso curioso no rosto.

— Um lugar bem especial — digo, beijando seus lábios.

Eduardo segue minhas instruções e acho graça ao vê-lo completamente perdido. Estou tão feliz por tudo que está acontecendo entre nós que até tenho medo de que isso seja apenas um sonho ou algo da minha imaginação.

— Vire na próxima à direita — falo animada, enquanto ele faz o que acabei de dizer. — Chegamos — digo sorrindo.

Eduardo olha a praia de Copacabana e depois para mim com uma expressão confusa.

— Você está falando sério? — Ele dá uma risada sem humor. — Viu que horas são?

Reviro os olhos.

— Qual o problema? — Dou de ombros. — Nunca caminhou na praia à noite?

Eduardo me olha surpreso.

— O que acha de fazermos isso um outro dia? Podemos fazer uma caminhada no domingo de manhã. O que acha? — ele tenta me convencer.

Balanço a cabeça.

— Nada disso. A noite está agradável. Alias, já viu como a lua está linda?

Ele olha para fora do carro e pensa por um momento.

— Não sei se isso é uma boa ideia — diz um pouco inseguro.

— Ah, para de drama. — Começo a tirar minhas sandálias.

— O que está fazendo? — Ele me encara confuso.

— Melhor tirar os seus sapatos também. — Descalça, abro a porta e saio do carro.

Ele fica calado e logo depois acaba tirando os sapatos, nitidamente contrariado.

— Eu ainda acho que essa não é uma boa ideia.

Sorrio.

— Relaxa. — Eu o puxo pelo braço até a areia da praia, sem disfarçar a vontade de rir de sua expressão confusa.

Minutos depois, Eduardo parece mais tranquilo. De mãos dadas, observo seu rosto bonito, iluminado pela luz da lua. Sentir meus dedos afundando na areia molhada me faz relaxar. O vento leve bagunça meus cabelos e levanta a barra do meu vestido. Os cabelos de Eduardo também estão bagunçados também e isso o deixa ainda mais sedutor. Jamais vi alguém tão bonito como ele. Ainda não consigo acreditar na sorte que tive ao encontrar alguém tão especial em minha vida. A praia está deserta e Eduardo e eu caminhamos em silêncio, exibindo apenas um sorriso largo no rosto. Sinto uma paz imensurável.

— Você nunca vem à praia? — pergunto, olhando para os meus pés.

— Raramente — ele diz pensativo.

— Por quê? — Levanto a cabeça para encará-lo.

— Falta de tempo, talvez. — Ele dá de ombros.

— Como consegue morar em uma cidade com praia e não desfrutar dessa maravilha? — Solto sua mão para ficar de frente para ele.

Ele respira fundo antes de responder.

— Passei por coisas difíceis. — Ele passa as mãos pelos cabelos e desvia o olhar. — Isso me fez esquecer de como algumas coisas simples como andar na praia podem nos fazer bem.

Engulo em seco. De novo essa história. Por que Eduardo não me conta o que realmente acontece com ele? Sinto uma angústia dentro do peito por ele não confiar em mim.

— Quer me contar sobre isso? — murmuro.

— Esquece isso. — Ele respira fundo.

Droga!

— Quer sentar? — pergunto.

Ele concorda e sentamos na areia molhada, próxima ao mar.

— Eu amo escutar o barulho das ondas quebrando. Me traz muita paz — digo, olhando para o mar. — Quando algo me deixa mal, sempre venho nessa praia para me sentir melhor.

— E funciona? — pergunta, olhando para o mar também.

— Sempre. — Abraço minhas pernas. — Deveria vir mais vezes para sentir essa boa energia do mar. — Viro para encará-lo.

— Você tem razão — Eduardo diz pensativo.

Não consigo parar de olhá-lo. Já disso o quanto ele é bonito? Minha nossa!

Seus olhos azuis observam as ondas que quebram lentamente. Ele parece perdido em seus pensamentos e não ouso interromper.

Viro-me para frente e observo uma enorme pedra por um longo tempo.

— No que está pensando? — Eduardo se vira para mim.

Sorrio.

— Está vendo aquela pedra? — Aponto.

Ele confirma com a cabeça.

— Sempre tive vontade de subir nela para ver a vista do mar e da cidade, mas nunca tive coragem. — O vento balança meu cabelo e coloco minha franja atrás da orelha.

— Por quê? — ele pergunta curioso. — Você me parece uma mulher bem corajosa.

— Nem sempre. — Dou um longo suspiro. — Tenho medo de ir até lá sozinha e Cléo nunca topou subir comigo. Ela morre de medo.

— Topa subir lá comigo? — ele diz, me surpreendendo.

— Jura? — Eu o encaro. — Você subiria comigo?

Eduardo sorri.

— Claro. — Ele levanta e estende a mão para mim. — Fiquei curioso para ver essa vista.

Sua atitude me deixa sem palavras.

Eduardo continua me encarando, enquanto permaneço sentada na areia gelada.

— Tem certeza?

— Claro que sim. — Ele segura minhas mãos e me puxa de uma vez, me deixando de pé à sua frente. — Não tenha medo. Estará segura comigo. — Ele abre um largo sorriso.

— Eduardo... Eu não sei...

— Não confia em mim? — Seus olhos têm um brilho divertido. — Não vou deixar você se machucar.

Penso por um momento, então, ele segura minha mão e caminhamos pela beira do mar em direção à pedra. Dou uma risadinha e agarro seu pescoço enquanto ele me gira pela areia.

— Helena, você está me desconcentrando desse jeito. Não chegaremos à pedra nunca. — Ele encosta seus lábios nos meus.

— Não me importo — provoco.

Eduardo me beija e eu o agarro, sentindo suas mãos fortes passeando pelo meu corpo. Uma sensação deliciosa me percorre. Sinto como se o tempo parasse para apreciar o nosso amor. Ainda envolvida pelo seu beijo, nos desequilibramos e caímos na água fria do mar.

Ficamos completamente molhados, mas não nos importamos. Eduardo sorri e me pega no colo, me girando diversas vezes, enquanto agarro seu pescoço e lhe encho de beijos. Nunca me senti tão feliz. De mãos dadas, seguimos o caminho até a pedra.

— Chegamos — ele diz assim que atingimos o topo da grande pedra, onde se pode ver toda a cidade. As luzes iluminam o grande espetáculo diante dos meus olhos. Nunca vi nada igual. A vista daqui de cima é espetacular.

— Oh, meu Deus! — digo admirada, olhando para cada detalhe.

— Essa imagem daria uma bela foto — ele diz sorrindo enquanto admira a vista diante dele. — É tão especial. — Ele se vira e olha para mim. — Assim como você.

Então eu o abraço envolvida pela sensação maravilhosa que sinto.

— Estou muito feliz por estar aqui com você.

Eduardo retribui o abraço e ficamos assim por longos minutos, envolvidos pelo nosso amor com a leve brisa balançando nossos cabelos. Isso só pode ser um sonho bom. Estou nos braços de Eduardo em um lugar mágico e jamais esquecerei esse momento.

— Eu te amo. — Ele se afasta um pouco para poder olhar em meus olhos.

Suas palavras me deixam emocionada.

— Eu também te amo — digo contagiada pela sensação boa do momento.

Eduardo me abraça novamente e ficamos envolvidos pelo barulho das ondas quebrando nas pedras e pela brisa fresca acariciando nossos rostos. A sensação é maravilhosa e sinto meu coração cheio de amor.

— Helena — ele diz com seus braços ao redor da minha cintura, seus lábios encostados nos meus. — Trouxe algo para você.

Eu me afasto um pouco para encará-lo. Abro a boca para perguntar algo, mas fecho imediatamente assim que ele abre um sorriso nervoso e retira de seu bolso uma pequena caixinha preta de veludo.

Arregalo os olhos.

— O que é isso? — digo sem tirar os olhos da caixinha em suas mãos.

Eduardo me lança um pequeno sorriso e me entrega a caixinha.

— Comprei para você. — Ele me olha com expectativa.

— Para mim? — Engulo em seco. — Mas... eu... — Desvio o olhar da caixinha de veludo e volto a encará-lo. — Você comprou um presente para mim? — pergunto sem acreditar.

— Só acho que a embalagem ficou um pouco molhada. — Ele sorri.

Volto a olhar a pequena caixinha de veludo me perguntando o que isso realmente significa. Com as mãos trêmulas, abro-a e vejo uma delicada gargantilha de ouro com um pequeno coração de brilhante como pingente.

Meu queixo cai. *Minha nossa!*

— Eduardo! — digo exasperada. — Isso é uma joia de verdade?

— Mas é claro que sim. Jamais lhe daria algo falso — ele diz ofendido.

— Oh, me desculpe. — Seguro sua mão. — Só não imaginava ganhar um presente tão caro como esse — digo com certo desconforto. Não posso aceitar um presente tão valioso. — Mas, Eduardo, eu não sei... — Ele me interrompe com um beijo e, assim que se afasta, diz:

— Esse presente é a prova do meu amor por você. Por isso espero que não me faça nenhuma desfeita. — Nossos olhos se encontram. Instantes depois, ele retira o colar de dentro da caixinha, afasta meu cabelo para o lado e coloca a gargantilha em meu pescoço.

— Espero que se lembre de mim toda vez que olhar para ela — ele diz assim que me viro para encará-lo.

— É lindo. — Olho para o pingente de coração. — Mas saiba que não preciso de nenhum presente para me lembrar de você.

— Eu sei. — Ele sorri, acomodando meu cabelo bagunçado atrás da orelha. — Mas não recuse meu presente, por favor. É apenas um gesto de carinho.

Dou-lhe um sorriso emocionado.

— Nunca ganhei algo especial.

O sorriso de Eduardo se amplia.

— Você é muito especial para mim. Estou cada dia mais apaixonado.

Suas palavras me deixam tão feliz que não consigo parar de sorrir e volto a olhar mais uma vez a gargantilha. É tão linda e delicada. Mas o que isso significa? O que Eduardo quer me dizer com um presente? Será que é algum tipo de pedido de namoro? Não posso acreditar.

Eduardo continua sorrindo e não me diz nada sobre o pedido de namoro. Então também não toco no assunto. Ele agarra minha cintura e volta a me beijar e dessa vez com muito mais paixão e desejo. Posso sentir o clima de amor e romance que nos cerca e quero ficar apenas ao lado do homem que amo.

A noite está agradável e a lua, incrivelmente linda. Nossos beijos e caricias ficam cada vez mais intensos e sei que não vamos nos segurar por muito tempo. Então, Eduardo me deita com cuidado sobre a pedra ao som do mar.

— Obrigada por me trazer até aqui — digo encarando seus lindos olhos azuis. — Jamais vou esquecer esse momento.

— Esse lugar é mágico e fico feliz por estar aqui com você. — Eduardo pega minha mão e a beija suavemente e segue por todo o meu braço. Sinto um arrepio quando seus lábios deslizam pelo meu pescoço e não demora muito para nossas bocas se encontrarem novamente. Minha respiração acelera ao perceber o que estamos prestes a fazer.

Helena, você enlouqueceu? Minha consciência diz chocada.

Mas não consigo resistir ao desejo que sinto por ele e me deixo levar, mesmo sabendo que podemos ser pegos a qualquer momento. Não me importo. Eduardo me faz perder o juízo e sempre me comporto como uma adolescente apaixonada e inconsequente quando estou ao seu lado. Ele sussurra meu nome e aprofunda seus beijos, me deixando completamente zonza. Tudo o que eu quero nesse momento é fazer amor com o homem que amo.

Nossas bocas não se desgrudam e nossos corpos parecem um só. O luar suave ilumina o rosto de Eduardo. Ele me segura pelos ombros e corre as mãos por meus braços até meus pulsos. Ergue minhas mãos e as leva até seus lábios para beijá-las nas palmas.

— Eu amo você — ele diz sem deixar de olhar meus olhos.

Nunca me senti dessa maneira antes, como se no mundo só existíssemos nós dois.

— Você é minha — ele sussurra.

Sim. *Sou sua!*

Fecho meus olhos enquanto Eduardo me beija e me rendo a ele. Fazemos amor de maneira doce e intensa, sob a luz da lua, o encanto das estrelas e o barulho do mar.

Não há dúvidas. O amor que sentimos um pelo outro é verdadeiro.

⁂

— O que acha de me deixar dirigir o seu carro? — pergunto sorrindo, assim que chegamos à frente de sua BMW.

Eduardo desfaz o sorriso e me olha surpreso.

— Você quer dirigir o meu carro?

— Foi só uma ideia. — Dou de ombros.

Eduardo me encara e pensa por alguns instantes. Depois suspira longamente.

— Tudo bem — ele diz, mordendo os lábios. — Mas tome cuidado. Esse é um carro potente e veloz, algo que não está acostumada. — Eduardo me entrega a chave, visivelmente preocupado.

Reviro os olhos. Pela sua cara, ele não confia em mim.

— Espero que não esteja insinuando que não sei dirigir um carro como esse.

— Não é isso. — Ele nega com a cabeça. — Só quero que tome cuidado — ele diz sério.

Ainda com as roupas úmidas e sujas de areia, entramos no carro e nos acomodamos nos confortáveis bancos de couro. Empolgada por ter a chance de dirigir um carro como esse, coloco o cinto de segurança e dou partida. Acelero empolgada. *Minha nossa!*

— Vá com cuidado — ele diz mais uma vez. — Não precisa correr desse jeito.

Ele coloca o cinto e depois volta a me encarar. Eu o ignoro.

— Ande mais devagar. Você não está acostumada a correr assim.

Droga! Por que os homens nunca confiam nas mulheres atrás do volante? Isso se chama preconceito.

Sem lhe dar ouvidos, acelero um pouco mais e fico imaginando Cléo dirigindo esse carro. Ela iria pirar. Pelo que conheço minha amiga, ela se endividaria até conseguir comprar uma máquina como essa. Ela adora carros.

— Você está correndo demais — volta a falar.

Suspiro longamente.

— Eduardo, eu sei dirigir — falo irritada.

Ele se cala dessa vez. *Melhor assim!*

Ligo o rádio e, por sorte, está tocando uma música que eu adoro. Sem me importar com minha voz desafinada, começo a cantar. Canto cada vez mais alto. Eduardo continua calado, mas me observa e percebo quando deixa escapar um pequeno sorriso. Ele parece mais relaxado e também se deixa levar. Ele não canta, mas não deixo de notar o movimento dos seus pés, que balançam de um lado para o outro.

Sorrio. Estou tão feliz que sinto como se flutuasse. Finalmente encontrei a pessoa que eu tanto procurava para minha vida.

Eduardo parou de me encher o saco e agora se distrai, procurando um CD no porta-luvas, o que me deixa mais aliviada. Acelero um pouco mais e saio da cidade, entrando em uma estrada mais tranquila e de pouco acesso e volto minha atenção para o carro.

Uau! Ele é incrível! Acelero um pouquinho mais. *Só um pouquinho!*

— Helena, vá mais devagar — repete, enquanto pega um CD.

— Não seja chato, Eduardo. — Olho para o CD em suas mãos. — Eu sou uma ótima motorista. — Sorrio ao ver que ele escolheu Nando Reis.

Eduardo coloca-o no rádio e eu volto a olhar para estrada, o ignorando completamente.

Espero um dia conseguir comprar um carro desses para mim, mas, com o salário que ganho, isso seria quase impossível. Mas quem sabe um dia.

Dou mais uma olhada para Eduardo, que agora está distraído mexendo em alguns botões no som do carro. Volto a olhar para frente e levo um susto quando vejo um cachorro na pista. Apavorada, tento desviar e, com um movimento rápido, jogo o carro para o lado esquerdo e entro no acostamento. Eduardo se assusta e grita. Seguro o volante com força e só consigo parar quando uma árvore aparece no meio do caminho.

Fecho os olhos assustada, tentando respirar, mas sou esmagada pelo airbag que me espreme contra o banco.

— Oh, meu Deus! — Minha voz sai sufocada pelo troço branco que me esmaga. — Esses airbags abrem por qualquer besteira. É só uma árvore. A batida nem foi tão forte assim — digo, tentando controlar a situação.

— É para nossa segurança. — Olho para o lado e vejo que Eduardo também tenta se livrar dele.

Puta merda! O que foi que eu fiz?

— Você está bem? — ele diz sério, abrindo a porta do carro.

— Estou — murmuro envergonhada.

Eduardo sai do carro e abre a porta do meu lado. Conto silenciosamente até dez, tentando me acalmar. Ele me ajuda a sair com todo cuidado e mais uma vez pergunta se estou bem.

Não consigo encará-lo. Sei que ele nunca vai me perdoar.

Eduardo parece tão assustado quanto eu. Acho que até um pouco mais. Meu coração começa a bater ainda mais rápido ao perceber que ele continua calado.

Ele se afasta de mim e vai até a árvore olhar o grande amassado na frente de sua BMW.

Meu coração afunda e meu rosto queima de vergonha. Vou gastar minhas últimas economias e ainda vou ter que fazer um bom empréstimo para consertar esse estrago.

— Me desculpe — digo me sentindo péssima. Nunca senti tanta vergonha em toda a minha vida.

Eduardo continua em silêncio. Seu olhar vai do carro para a árvore, da árvore para o carro e isso faz com que eu me sinta ainda pior. Respiro fundo e conto até dez novamente. Eduardo vai me matar, sei que vai, e isso acontecerá a qualquer momento. Ele nunca mais vai querer falar comigo. Não há dúvida de que tudo que havia entre nós foi por água abaixo depois do que acabei de fazer.

Encolho-me ao ver a situação embaraçosa que causei. Sei que lhe devo um bom pedido de desculpas, mas nem sei por onde começar.

— Amassou muito? — pergunto num fiapo de voz.

— Um pouco — ele diz sério, enfiando as mãos no bolso da calça. Ele continua olhando para a lataria amassada, como se pensasse no que deveria fazer agora.

Helena, você é uma idiota! Minha consciência diz irritada e dessa vez devo concordar. Eu realmente sou uma idiota.

Fecho os olhos e suspiro fundo. Quero morrer!

— Não se preocupe. Vou pagar por todo o estrago. Não vou te deixar no prejuízo — digo sem saber como farei isso. Não tenho esse dinheiro. Estou perdida.

Eduardo se vira para me encarar.

— Esqueça isso.

— Não! — Dou um gritinho nervoso.

Ele faz sinal de negativo com a cabeça.

— Sei que me empolguei um pouquinho. Mas vou pagar, independente de quanto ficar — digo nervosa demais. — Vendo meu carro se for preciso.

— Não diga besteiras. — Ele parece ainda mais furioso.

Tento controlar minha respiração, lutando para mantê-la calma e regular. Mas meu coração saltita dentro do peito com uma velocidade fora do normal. Olho para o carro amassado e me dou conta de como sou idiota por ter estragado uma noite tão perfeita. Eu não poderia ter feito isso.

— Tente se acalmar, por favor. — Ele se aproxima de mim. — Não se preocupe com o conserto do carro. Deixe que eu cuido disso. — Eduardo passa a mão em meu rosto, tentando me acalmar.

Suspiro com dificuldade.

— Você está bem? — Ele parece preocupado dessa vez.

— Estou péssima — digo morrendo de vergonha. — Como posso estar bem depois de bater um carro que não é meu e que vale quase dez vezes mais que o meu? — Cubro o rosto com as mãos.

— Pare com isso, Helena. — Ele tira minhas mãos do rosto e me encara sério. Nossos olhos finalmente se encontram e sua expressão séria se transforma em um largo sorriso.

Fico sem reação. Eduardo se afasta e começa a rir de mim. Balanço a cabeça, incrédula, enquanto ele continua rindo à minha frente. Ele não para de rir. Posso ver as lágrimas descendo pelo seu rosto e ele até segura a barriga.

Mas o que é isso? Ele não deveria estar rindo ao ver o estrago que fiz em seu carro. Isso não faz muito sentido. Será que está rindo de nervoso?

Eu o encaro confusa.

— Posso saber o que é tão divertido?

Ele não responde, apenas enxuga as lágrimas com a mão. Quando finalmente se acalma, vira para mim e começa outra crise de riso.

Bufo furiosa.

— Não consigo entender qual é a graça, Eduardo. Pode me dizer? — Cruzo os braços. Aposto que está fazendo isso para me deixar pior.

Ele olha para mim, tentando se controlar.

— Alguém já te disse que você é péssima no volante?

Abro a boca chocada. Ele não pode estar falando sério.

— A culpa não foi minha — tento me defender. — Aquele cachorro surgiu do nada, assim como essa árvore.

Minhas palavras o fazem rir ainda mais. Eu o encaro emburrada. Quero socar a cara dele.

Respiro fundo e suspiro.

— Tudo bem. — Me viro e fico de costas para ele. — Realmente você tem motivos para dizer isso. Sou uma péssima motorista — digo magoada.

— Helena. — Ele tenta parar de rir. — Calma, está tudo bem.

Encolho os ombros.

— Não está nada bem. — Me viro novamente para encará-lo. — Estraguei tudo.

— Ei. — Ele segura meu rosto novamente. — Fique calma. Nós estamos bem e é isso que importa. — Ele me abraça forte e depois começa a fazer carinho em meus cabelos.

— Isso vai custar uma fortuna — digo apavorada.

— Pare com isso.

— Eu amassei seu carro. — Olho novamente para a lataria. — Meu Deus! — Para completar meu show de humilhação, estou chorando agora.

— Fique calma, por favor. — Eduardo tenta me acalmar, mas isso só faz com que eu chore ainda mais. Sinto-me péssima e completamente envergonhada.

— Me desculpe, por favor — digo mais uma vez.

Eduardo me puxa para perto dele e me beija com paixão, sem me dar a chance de continuar falando. Suas mãos passeiam pelo meu corpo e isso faz com que eu esqueça por que estou chorando. Eu o puxo para mais perto de mim. O contato com seus lábios é tudo que preciso para me acalmar. Seus braços são exatamente onde quero ficar, não só agora, mas para sempre. E quando afasto o rosto, ele me encara.

— Está perdoada. — Ele passa a mão pelo meu rosto, enxugando minhas lágrimas.

— Não está bravo comigo? — Abro um sorriso tímido.

— Estou. — Ele deixa escapar um sorriso maroto. — Estou muito bravo com você.

Encolho os ombros, sentindo um frio na barriga.

— Está? — pergunto confusa. — Mas você acabou de dizer que...

Eduardo me aperta forte contra seu peito, e sua boca fica próxima à minha. Quero beijá-lo novamente, mas ele me segura firme. Meu coração bate acelerado e ele não desvia o olhar.

— Já disse que está perdoada. — Ela dá um selinho em minha boca para me provocar. — Mas vai ficar de castigo pela sua teimosia. — Ele se afasta de mim com um sorriso divertido.

— Castigo? — Enrugo a testa.

— Sim. Castigo. — Ele continua sorrindo.

— Não acha que estou bem grandinha para ficar de castigo? — Empino o nariz.

— Às vezes, você se comporta como se tivesse cinco anos — ele diz achando graça.

Abro a boca para lhe dizer poucas e boas, mas acabo não respondendo. Acho que mereço ouvir isso. Afinal de contas, bati o seu carro e o pior de tudo é que ele me avisou.

— Posso saber que castigo é esse? — Cruzo os braços.

— Tem medo de escuro? — pergunta se divertindo.

Eu o encaro confusa.

— Por que está me perguntando isso? Por acaso você bateu a cabeça?

Ele sorri.

— Porque vamos ficar sozinhos aqui nessa escuridão — ele diz, pegando o celular.

— Está falando sério? — Não posso acreditar. — Eduardo, já está tarde e eu não quero ficar aqui. — Seguro sua mão, apavorada.

— Mas vai ficar. — Ele beija minha bochecha. — E de boca fechada. — Ele coloca seu dedo indicador sobre meus lábios.

— Mas por quê? — digo nervosa. — Prometo nunca mais dirigir seu carro. — Pego a chave que está no bolso do meu vestido e lhe entrego. — Pode dirigir agora. Já aprendi a lição.

Eduardo sorri, pega-a da minha mão e guarda no bolso de sua calça.

— Nós não vamos sair daqui. — Ele começa a discar um número em seu celular.

— Por quê? — Eduardo não responde enquanto coloca o aparelho no ouvido.

Bufo de raiva. Não acredito que vamos ficar nessa escuridão, enquanto ele bate papo sei lá com quem.

— Está ligando para quem? — pergunto irritada. — Não acho que seja o momento para jogar conversa fora com alguém, enquanto estamos aqui sozinhos. — Paro na sua frente.

Ele dá uma risada, mas não desliga.

— Não vai me dizer para quem está ligando? — insisto. Ele vai ter que me falar.

— Eduardo! — grito com ele.

— Para o guincho, Helena — ele responde sem me olhar.

Arregalo os olhos.

— Guincho? — Minha voz sai um pouco alta demais.

Ele confirma com a cabeça.

— Mas, Eduardo... — Eu vou até o carro para ver o amassado. — Não precisa exagerar. Foi apenas um amassado no farol. — Mostro para ele.

Eduardo dá um longo suspiro.

— Se olhar direito, verá que a roda amassou.

Desvio meus olhos dos seus e olho a roda do carro. Engulo em seco. É, acho que Eduardo tem razão. A roda está bem amassadinha.

Capítulo 25

— Acordou faminta novamente? — Eduardo diz assim que entra na cozinha e me vê fazendo um sanduíche.

Mostro a língua para ele, ignorando seu comentário, mas me distraio rapidamente assim que vejo seu corpo perfeito coberto apenas pela cueca boxer preta. Seus cabelos bagunçados e sorriso encantador me deixam sem fôlego.

Ele dormiu mais uma vez em meu apartamento e estou adorando tê-lo não só em minha cama, mas em minha vida. Estamos nos dando tão bem que é difícil acreditar que tudo isso seja verdade. Às vezes, me pergunto se tudo não passa de um sonho.

— Você sempre me deixa faminta — digo enquanto ele beija meu pescoço.

— Acho que isso é bom. — Ele me abraça pelas costas.

— Isso não é nada bom. — Eu me viro para ele. — Se continuarmos nesse ritmo, vou virar um balão, de tão gorda.

Eduardo sorri, beija meus cabelos e se senta na banqueta ao meu lado.

— Fiz um sanduíche de queijo para você.

— Obrigado, meu amor. — Ele beija minha mão.

Nunca me senti tão feliz. Eduardo está me deixando tão mal-acostumada com esse excesso de carinho que não sei se algum dia irei me acostumar com a sua ausência. *Claro que não!*

Balanço a cabeça e tento afastar o pensamento horrível da cabeça. Eu e ele vamos ficar juntos para sempre e nada irá nos separar.

— Está tudo bem? — ele pergunta me analisando.

— Claro que sim. — Sorrio. Pego a jarra de suco e passo para ele. — Não se esqueça de que hoje vamos almoçar com a Cléo.

Minha amiga quase me matou ao saber que Eduardo e eu estamos juntos e ela ainda não o conhece. Tive que marcar esse almoço em cima da hora, antes que ela me enlouquecesse com seus ataques de melhor amiga traída.

— Será que sua amiga vai gostar de mim? — Ao dizer isso, noto a insegurança estampada em seu olhar. Mas é claro que ela vai gostar dele. Quem não gostaria?

— Cléo vai adorar você — digo, sorrindo e pegando sua mão. — Aposto que ganhará mais uma fã. — Minhas palavras parecem deixá-lo um pouco mais relaxado. Então ele volta a comer. Eduardo parece tão feliz como eu. Gosto do seu sorriso e de quando ele se comporta como um cara normal, divertido e descomplicado, mas não gosto quando se torna aquele homem de poucas palavras e cheio de segredos.

— Me ligaram da seguradora — digo, dando uma mordida no pão. — Meu carro finalmente ficou pronto — falo de boca cheia.

— Que ótima notícia. — Ele sorri.

— Err... — Engulo rapidamente. — Realmente é uma ótima notícia.

— Por que está com essa cara? Pensei que fosse gostar de saber que está pronto. — Ele parece confuso.

Tenho vergonha de dizer por que estou assim, então respiro fundo e decido falar de uma vez.

— Eduardo, quero que você fique com o meu carro enquanto o seu estiver no conserto — falo envergonhada ao me lembrar do acidente. Ficamos uma hora esperando o guincho aparecer no meio daquela escuridão. Ele me fez ficar quieta e a única maneira que encontrou para que eu parasse de falar foi cobrir meus lábios com os seus. Confesso que não me importei nem um pouco com isso. Estar nos braços de Eduardo me faz esquecer de absolutamente tudo.

— Meu amor, esquece essa história de carro. — Ele faz carinho em meus cabelos. — Não se preocupe com isso. Hoje mesmo tomarei conta de tudo.

Adoro quando ele me chama de meu amor. Faz com que eu quase perca o foco da nossa conversa. *Quase!*

— Não! Claro que não — digo com a voz firme. — Eu bati o seu carro e é minha obrigação arcar com as consequências.

Ele balança a cabeça.

— Já disse que não quero que você pague coisa alguma. Além do mais, não vou ficar com o seu carro. Você precisa dele.

— Eduardo, não discuta. Você vai ficar com o meu carro e fim de história — digo teimosa.

— Mas não precisa — insiste.

— Precisa sim — tento convencê-lo. — Bati o seu carro. Nada mais justo do que ficar com o meu enquanto o seu estiver no conserto.

Ele suspira longamente.

— Não quero discutir isso com você, por favor.

— Ok. Eu também não. Você fica com o meu carro e fica tudo certo. — Beijo sua bochecha.

Ele revira os olhos.

— Já disse. Não vou fazer isso.

Conto até três. Não vou me estressar.

— É impressão minha ou você está fazendo pouco caso do meu carro? — Ergo a sobrancelha.

— Não! Claro que não. — Ele levanta as mãos. — Que ideia!

Eu o analiso atentamente.

— Então fique com o carro.

Ele bufa irritado.

— Depois conversamos melhor. Agora esquece isso. Pode ser?

Penso por um instante.

— Combinado. — Abro um sorriso e volto a comer. Não quero discutir a essa hora da manhã. Ele tem razão, melhor conversarmos outra hora, antes que acabemos estragando o clima bom entre nós.

— Não posso demorar. Preciso passar no meu apartamento antes de ir para a CET. Tenho que trocar de roupa. Não posso trabalhar com essas roupas.

— Isso seria bem estranho. — Sorrio. — Todos na agência ficariam chocados ao ver o homem mais bem vestido da CET chegar para trabalhar todo amassado e sujo de areia.

— Não sabia que me achava o homem mais bem vestido da CET. — Ele parece surpreso.

— Eu te acho o homem mais bem vestido e o mais lindo. — Dou um selinho em seus lábios.

— Às vezes fico pensando o que eu fiz para merecer uma garota tão especial. Você me faz acreditar que também sou uma pessoa especial.

Ele baixa o olhar.

— Mas você é — digo, encostando minha boca na sua. — Muito especial. — Beijo-o lentamente.

— Helena... — Ele passa a mão pelo meu rosto. — Se eu não estivesse tão atrasado, juro te levaria para o quarto agora mesmo — sussurra em meu ouvido e um arrepio delicioso percorre meu corpo. *Ah, Eduardo!*

— Então traga algumas roupas para o meu apartamento. — Beijo seu pescoço. — Assim você pode ficar mais tempo comigo. — Mordo sua orelha.

Instantes depois, ele se afasta lentamente para me encarar. Posso sentir o olhar confuso de Eduardo sobre mim, suas sobrancelhas levantadas, e uma expressão que não consigo definir. *Falei algo errado?*

— O que foi?

Ele olha para os lados e depois passa a mão pelos cabelos. Sua atitude me deixa nervosa. O que está acontecendo com ele?

— Você está sugerindo que eu traga minhas roupas para cá? — Agora seus olhos azuis estão fixos nos meus.

— Bom... — Só agora me dou conta do quanto isso que acabei de dizer é sério. Mandar Eduardo trazer suas roupas para cá é quase um pedido de casamento. Como posso dizer uma coisa dessas se ele ainda nem me pediu em namoro? Droga! Acho que acabei sendo precipitada demais.

Ele continua me olhando de maneira estranha. Acho que o peguei de surpresa.

— Não quero te forçar a nada e entendo perfeitamente se não quiser trazer nada para cá.

Ele me puxa para mais perto e me abraça forte.

— Você sempre me deixa sem palavras — ele sussurra no meu ouvido e, instantes depois, estamos nos beijando novamente. Estou viciada em seus beijos, seu abraço, seu cheiro.

Eduardo não diz nada sobre minha proposta precipitada. Sua única resposta é um beijo ardente e apaixonado. Seus beijos me deixam louca. Ele deixa minha boca e desce para meu pescoço e depois para meus ombros. Quando sua boca começa a descer um pouco mais, sei que teremos problemas. Mais uma vez vamos nos atrasar.

Vejo Cléo sentada em uma mesa no nosso restaurante preferido. Minha amiga está usando um terninho creme com um sapato de salto branco e sua bolsa *Louis Vuitton* marrom. Ela é viciada em bolsas e tem vários modelos de diversas cores. Diferente de mim, que não ligo muito para isso. Olho-a e vejo que está com um visual mais sério e sei que fez isso na intenção de impressionar Eduardo. Ela adora fazer o papel de irmã mais velha.

Combinamos de nos encontrarmos no MANÍ. Um restaurante bem charmoso e aconchegante, que fica no centro da Barra.

— Cléo! — Dou-lhe um abraço assim que me aproximo.

— Helena! — Ela me abraça de volta. — Pensei que não viesse mais. Está quase dez minutos atrasada.

Sorrio com seu nervosismo.

— Desculpe, a agência estava uma verdadeira loucura hoje.

— Estou tão ansiosa para conhecer o Eduardo. Você acha que essa roupa está boa? — Ela olha para si mesma e depois me encara, esperando minha aprovação.

— Você está linda. — Sorrio. — Eduardo vai adorar você.

— Será? — diz insegura. — Quero parecer séria. Ele precisa saber que você tem uma amiga que não vai dar moleza se ele aprontar.

Reviro os olhos.

— Não acha que está exagerando?

— Ora, Helena, é a primeira vez que você me apresenta alguém. Estou me sentindo como se fosse responsável por você. — Cléo sorri e vejo seus olhos amendoados cheios de empolgação.

— Tenho certeza de que ele vai adorar te conhecer. — Abro um sorriso carinhoso.

— Estou tão ansiosa. — Ela bate as mãos e dá um gritinho empolgado.

— Eu também — digo um pouco nervosa.

Cléo se ajeita na cadeira e me encara um pouco confusa.

— Mas não era para ele estar com você? Não me diga que ele não vem. — Ela se inclina sobre a mesa. — Vocês desistiram? Foi isso? Oh, meu Deus. Por que não me disse antes? Não teria colocado esse terninho. Você sabe como odeio esse tipo de roupa — Cléo diz tudo tão rápido que me deixa tonta.

— Cléo! — eu a interrompo. — Eduardo já está a caminho. Ele nem foi para a agência hoje de manhã. Acho que está resolvendo os problemas do carro. Mas fique tranquila, daqui a alguns minutos, ele chega.

Cléo relaxa os ombros.

— Ufa! — Ela coloca a mão sobre o peito.

Sorrio. Cléo é tão exagerada.

— Amiga, estou tão feliz por você. — Ela sorri de volta e depois toma um gole de sua água com gás. — Mas o que aconteceu com o carro dele?

Engulo em seco.

— Er... Bom... — Desvio o olhar, me perguntando por onde começar.

— O que foi? — Ele arqueia uma sobrancelha. — Não estou gostando nada dessa sua cara.

Suspiro longamente.

— Não tem cara nenhuma, Cléo.

— Ah, tem sim. — Ela me encara séria. — Me diz logo o que aconteceu.

— Eu bati o carro dele ontem — digo finalmente, morrendo de vergonha.

—Você o quê? — Cléo pergunta perplexa. Sabia que ela iria reagir desse jeito.

— Bati a BMW dele quando voltávamos da praia ontem à noite. — Encolho os ombros.

— Helena! — Ela cobre a boca com as mãos e continua me encarando com um olhar incrédulo. — Você se machucou? — pergunta quase sem respirar.

— Não. Estou ótima. — Volto a olhar para baixo. — Estava dirigindo, fui desviar de um cachorro e acabei batendo em uma árvore que surgiu do nada.

Até agora me pergunto de onde aquela arvore surgiu. *Juro* que não tinha reparado nela.

Cléo abre a boca chocada, e me encara. Odeio quando ela me olha assim. Sinto-me péssima. Envergonhada, cruzo os braços, sabendo que vou levar um sermão. Ela vai dizer que sou distraída e péssima motorista. Ela sempre diz isso. Mas, ao invés de começar o sermão, ela me olha e começa a rir descontroladamente.

Reviro os olhos. *Por que todo mundo ri de mim?*

— Não estou vendo graça nenhuma — digo, começando a ficar mal-humorada.

— Minha nossa... — Ela tenta parar de rir, mas não consegue. — Você não tem jeito. Deveriam tirar sua carteira de habilitação. — Ela ri um pouco mais e isso me deixa furiosa.

Tentando recuperar a compostura, ela enxuga as lágrimas que sua crise de riso causou.

— Você, como minha amiga, não deveria ficar rindo de mim desse jeito — digo magoada, enfiando uma torrada na boca.

— Você não é nenhum exemplo de motorista. Então pare de me encher.

— Eu nunca bati dois carros em tão pouco tempo — ela provoca.

Engulo em seco. *Droga!* Ela tem razão. Será que sou tão ruim no volante assim?

— Pare de comer tanta torrada, Helena. — Ela bate em minha mão, ainda tentando parar de rir. — Desse jeito, vai acabar não almoçando.

Dou um longo suspiro.

Quando finalmente ela consegue parar de rir, meu humor está péssimo. Como sempre, Cléo me faz contar todos os detalhes sobre a noite de ontem com Eduardo e confesso tudo, incluindo as partes mais picantes e as mais humilhantes também.

— Quer dizer que estão namorando? — Empolgada, ela bate as mãos.

— Eu não disse isso.

Ela balança a cabeça.

— Ora, ele já está dormindo todos os dias na sua casa, você disse para ele levar roupas para seu apartamento, e ele continuou com você mesmo depois de bater a BMW dele. Isso quer dizer alguma coisa, não acha? — Ela me analisa atentamente. — Além do mais, ele te deu essa linda gargantilha. Com certeza, isso significa algo. — Ela sorri, exibindo seus dentes brancos e perfeitos.

Penso por um instante. Até que a teoria de Cléo faz sentido.

— Você precisa concordar que esse presente tem o mesmo significado de uma aliança — ela diz orgulhosa.

Será?

— Talvez você possa ter razão — digo pensativa.

— Eu sempre tenho razão. — Ela me lança um sorriso convencido.

Sorrio ao ver sua expressão. Cléo sempre acha que é a dona da razão e nunca discuto com ela. Ela não gosta de perder.

— Mas ainda não conversamos sobre isso. — Passo a mão sobre o delicado pingente. — Não quero pressioná-lo.

Com a garganta seca, bebo um gole de água.

— Também quero presentear Eduardo com algo bem especial. — Abro um sorriso. — Vou dar a cópia da chave do meu apartamento para ele.

Cléo me analisa por um instante e depois se inclina sobre a mesa.

— Helena. — Ela tenta manter a voz tranquila. — Não acha que está sendo rápida demais? Você mal o conhece e estão juntos há tão pouco tempo

— Está decidido. — Eu me encosto na minha cadeira. — Vou dar a chave de presente hoje à noite.

Ela me olha com uma expressão que mostra claramente que não concorda com a minha atitude.

— Não me olhe assim. Sei que faz pouco tempo que nos conhecemos, mas sinto como se o conhecesse a vida inteira. É algo que não consigo explicar. A única coisa que posso dizer é que ele é o homem da minha vida. — Suspiro apaixonada.

Cléo fecha os olhos e respira fundo.

— Você não pode tomar uma atitude tão séria como essa assim de repente. Isso que está fazendo é praticamente um pedido de casamento. — Ela parece chocada.

— Não se preocupe. Eduardo é a pessoa mais incrível que já conheci e não consigo viver mais um dia sem ele. Vou ser muito feliz ao seu lado.

Cléo revira os olhos.

— Você está agindo como uma adolescente apaixonada. Sei que gosta dele, mas precisa ir com calma.

— Cléo, eu estou feliz.

Ela me encara sem saber o que dizer e depois balança a cabeça.

— Helena — ela diz devagar. — Você sabe o quanto quero te ver feliz ao lado de um cara legal. A prova disso é que estou vestindo um terninho apertado apenas para ver se esse cara é realmente bom. Mas precisa ir com calma. Não quero que se machuque se algo der errado. Você precisa conhecê-lo melhor.

— Não vou me machucar. — Seguro sua mão. — Estamos muito felizes. Confie em mim.

Ela pensa por um instante.

— Espero que esteja certa. — Ela aperta minha mão. — Mas como pode tomar uma decisão tão importante como essa sem dizer nada a sua família? Eles precisam saber que você vai dar a chave do seu apartamento para um homem.

Retiro minha mão da sua.

— Não sou mais criança, Cléo. Posso tomar minhas próprias decisões.

Ela balança a cabeça.

— Como sua amiga, preciso dizer que não concordo com sua atitude precipitada. Você sabe disso — ela diz séria. — Mas sei que só está agindo dessa maneira porque está apaixonada. — Ela acaba sorrindo.

— Sabia que podia contar com você. Estou muito apaixonada, Cléo.

— Até um cego seria capaz de enxergar isso. — Ela abre um enorme sorriso. — Nunca vi seus olhos brilharem desse jeito, Helena.

— Está tão evidente assim?

— Mas é claro que sim. Você parece uma idiota e é assim que os apaixonados se comportam. De forma ridícula e impulsiva. — Ela balança a cabeça.

— Não estou me comportando de forma ridícula e impulsiva.

— Mas é claro que está. — Ela suspira longamente. — Até acho que estou com um pouquinho de inveja de você.

Seu comentário me faz rir. Cléo levanta a mão e chama o garçom. Pede mais duas águas com gás e pega o cardápio.

Olho para o celular e não há nenhuma mensagem ou ligação de Eduardo. Verifico a hora e começo a ficar incomodada, afinal, ele está vinte minutos atrasado.

— Sua avó vai dar pulos de alegria quando descobrir que você finalmente desencalhou. — Cléo ri, distraída, enquanto verifica as opções do cardápio.

— Não estava encalhada — resmungo.

Preciso ligar para vovó e contar as últimas novidades. Estou até vendo ela me encher de perguntas e dizer que preciso marcar a data do casamento.

Cléo volta sua atenção para mim.

— Mas e a Marcela? — ela pergunta de repente. — Ele disse alguma coisa sobre ela?

— Não. Não tocamos nesse assunto. — Baixo o olhar.

Sei que Cléo só está me perguntando isso porque, como minha amiga, quer o melhor para mim. Mas, apesar de saber que Eduardo e eu realmente precisamos conversar, fico insegura quando o assunto sobre essa garota aparece em minha mente. Acho que, no fundo, não estou preparada para ouvir nenhuma história que envolva Eduardo com outra mulher.

— Helena, o que está esperando para perguntar? — Ergue a sobrancelha.

Dou um longo suspiro.

— Não quero estragar esse momento maravilhoso que estamos vivendo — confesso.

Cléo me analisa por um momento e depois passa a mão pelos cabelos, visivelmente contrariada.

— Isso não está certo. — Balança a cabeça diversas vezes. — Não pode começar um relacionamento assim.

Encosto-me na cadeira, fechando os olhos por alguns segundos. Sei que ele não vai parar por aí.

— Olha, eu te entendo e não a culpo por querer ser feliz. Mas você não pode adiar essa conversa por muito tempo. Ele precisa te dizer quem essa Marcela é. Como pode dar a chave para um homem que esconde segredos de você? Isso pode ser perigoso — ela diz com seus olhos cheios de preocupação.

— Você está certa. — Encolho os ombros. — Sei que precisamos ter essa conversa, mas tenho medo do que possa acontecer caso eu toque nesse assunto. Não quero perdê-lo.

Cléo segura minha mão carinhosamente e abre seu sorriso cintilante.

— Se ele realmente gosta de você, ele não irá a lugar algum. Confie nisso. — Ela aperta minha mão. — Estou torcendo para que tudo dê certo. O que mais quero é te ver feliz.

Sorrio.

— Obrigada. Sabia que podia contar com você.

— Claro que pode contar comigo. Sempre — ela diz sincera. — Mas se esse Eduardo pisar na bola com você, juro que acabo com ele. — Ela afasta sua mão da minha.

— Não será necessário — digo achando graça. — Mas obrigada mesmo assim.

— Você é minha melhor amiga e sempre estarei ao seu lado.

Um pouco mais relaxada depois de ter essa conversa com Cléo, olho para o celular, mas nem sinal de Eduardo. Volto a ficar nervosa. Por que ele está demorando tanto? Droga! Estico o braço e pego mais uma torradinha.

— Não acha que está comendo demais? — Ela ergue a sobrancelha. — Você acabou com todas as torradas da mesa.

Olho para a cestinha e vejo que ela tem razão. Nem percebi a quantidade de torradas que comi.

— Me desculpe — falo envergonhada. — Você sabe que tenho problemas com ansiedade e esses dias descontei tudo na comida.

Cléo revira os olhos.

— Você tem sorte que é magra.

Definitivamente preciso ser menos ansiosa. Vovó me diria isso. Eduardo ainda não deu nenhum sinal de vida. Invento uma desculpa para Cléo e vou ao banheiro ligar para ele. Celular desligado. Droga! Nervosa, retoco a maquiagem e me olho no espelho. Estou com uma cara péssima. Passo batom, mas não melhora muita coisa. Quando saio, vejo que Cléo permanece sozinha e isso significa que ele ainda não chegou. *Isso não é nada bom!*

Ajeito-me na cadeira e Cléo começa a puxar papo, mas não consigo prestar atenção. Estou preocupada com o atraso de Eduardo e irritada com seu celular, que só dá caixa postal.

Cléo para de falar e me encara, percebendo meu mal-estar.

— Será que ele se esqueceu do nosso almoço? — Ela parece decepcionada.

— Ele não esqueceu. Mandei mensagem com o endereço do restaurante — garanto. — Aposto que deve estar preso no trânsito.

Cléo balança a cabeça concordando, mas sei que está preocupada com a possibilidade de Eduardo não aparecer. Ele não pode fazer isso comigo. Não nesse almoço com Cléo. Eu jamais o perdoaria.

Fico batendo os pés debaixo da mesa, enquanto olho mais uma vez para o celular. Nem sinal dele. Cléo está olhando para mim, sem dizer nada. Sei que ela está fazendo um esforço danado para não me dizer o que realmente pensa.

O garçom se aproxima da mesa e pergunta se já decidimos o que vamos pedir. Digo que vamos esperar mais alguns minutos e ele se afasta sem fazer mais perguntas.

Cléo olha para os lados impaciente e depois volta sua atenção para o cardápio. Sei que está fazendo isso para continuar calada.

— Santo Deus! — Cléo abaixa o cardápio com a boca aberta.

— O que foi? — pergunto sem entender.

Ela continua olhando para frente, com a boca aberta. Olho para trás em direção ao seu olhar e dou de cara com Eduardo. *Graças a Deus!*

Com os ombros mais relaxados, aceno para ele com um sorriso idiota.

Eduardo atravessa o restaurante para chegar até nossa mesa. Levanto para cumprimentá-lo com um beijinho nos lábios e percebo que Cléo permanece sentada.

— Está atrasado — digo, beijando seus lábios mais uma vez.

Eduardo está mais lindo do que nunca, vestindo calça preta e blazer escuro, que obviamente são de uma marca bem cara. Seus olhos brilham e seus cabelos estão perfeitamente penteados. Seu perfume envolvente também não passa despercebido.

— Acabei me atrasando. Me desculpe, não consegui chegar mais cedo.

— Não tem problema — digo, me derretendo toda. — O importante é que está aqui.

Cléo tem razão. Estou me comportando de maneira ridícula.

— Cléo! — Olho para ela, que continua sentada e de boca aberta. — Não vai levantar? — pergunto, estranhando sua atitude.

— Ah, sim. — Ela se ergue rapidamente e ajeita a gola do terninho.

— Eduardo, essa é a Cléo, minha melhor amiga — eu os apresento com um largo sorriso no rosto.

— Muito prazer, Cléo. — Eduardo beija sua bochecha e sinto que ela está sem palavras.

— Cléo, não vai dizer nada? — pergunto, sem entender o que está acontecendo com ela.

— Muito prazer, Eduardo. A Helena fala muito de você. — Ela solta a mão dele com um meio-sorriso e depois enruga a testa.

— Acho que estou te reconhecendo de algum lugar — Cléo diz, encarando Eduardo de maneira esquisita. — Não era você o cara que estava no América Club e que não tirava os olhos dela no dia em que nós duas estávamos lá? — Cléo parece um pouco na dúvida.

— Sim. — Eduardo confirma com um pequeno sorriso. — Sua amiga tem uma ótima memória. — Ele parece um pouco sem jeito.

— O quê? — Olho para Eduardo. — Você estava no América Club naquele dia? Por que não me disse nada? — pergunto sem entender o que isso significa.

— Eu sabia! — Cléo abre um sorriso satisfeito. — Tenho uma ótima memória. — Ela bate a mão na cabeça.

Eu me viro para encará-la.

— Eu bem que avisei que tinha um cara te olhando, mas você não me deu bola. — Ela dá de ombros.

Eduardo estava lá? *Como assim?* Estou confusa.

— Eduardo, como viu, tenho uma ótima memória e já vou dizendo que não é fácil me enganar como a tonta da Helena. — Ela lhe lança um sorriso afetado.

— Cléo — digo exasperada.

— Só estou brincando — ela diz se divertindo.

Ele sorri um pouco sem jeito e nos acomodamos em nossa mesa. Cléo faz sinal para o garçom e eu me viro para Eduardo.

— Por que não me disse que estava no América Club naquele dia? — pergunto chateada.

— Não estávamos muito bem. Você estava se divertindo, não queria atrapalhar. — Ele parece um pouco sem jeito.

Dou um longo suspiro. Nós realmente não estávamos muito bem naquele dia. Eduardo tem razão. Foi melhor assim. Então eu tento esquecer esse assunto, afinal não estamos aqui para falar sobre isso e sim para que ele possa conhecer Cléo. Volto a sorrir.

— Você demorou — tento mudar de assunto. — Aconteceu alguma coisa?

— O trânsito dessa cidade está cada dia pior. — Ele me lança um sorriso de desculpas.

— Você tem razão, Eduardo — Cléo tenta puxar assunto.

Eduardo sorri, enquanto Cléo se endireita na cadeira e arruma mais uma vez a gola do terninho.

— Ela me disse que vocês duas são ótimas amigas. — Agora é Eduardo quem tenta puxar conversa.

Deixo escapar um sorriso. Os dois estão se esforçando bastante para impressionar um ao outro.

— Diria que somos praticamente irmãs. — Ela sorri um pouco mais. — Sabe como é. Protejo a Helena sempre que posso. Principalmente de pessoas que a fazem sofrer. Aí, não respondo por mim — ela diz naturalmente.

Sinto meu rosto queimar. Não acredito que Cléo vai bancar a irmã mais velha na frente de Eduardo. Isso é vergonhoso. Estou me sentindo uma garotinha de cinco anos.

— Entendo. Mas também quero defendê-la de qualquer pessoa que possa fazer mal a ela. — Eduardo segura minha mão e a beija num gesto carinhoso. Fico completamente sem jeito. Não estou acostumada com isso.

— Então temos algo em comum. — Cléo parece mais relaxada.

Ele concorda com a cabeça, sem soltar minha mão.

— Ela é a garota mais doce que já conheci. Jamais vou deixar que ninguém a machuque. — Ele me lança um sorriso e me derreto toda. *Oh...*

— Mas já vou avisando. A Helena tem essa carinha de anjo, mas não se engane. Não a queira vê-la brava. Ela vira um veneno. — Cléo dá uma risadinha e Eduardo a acompanha.

Ótimo! Estava demorando.

— Acho que já a vi brava algumas vezes. — Ele parece se divertir.

Reviro os olhos.

— Agora, se quiser agradá-la é só levá-la a um bom restaurante — Cléo continua. — Helena adora comer. Essa garota é magra de ruim.

— Cléo! — digo exasperada.

— Ora, vai dizer que estou mentindo? — Ela dá de ombros.

Minha nossa! Eu deveria ter conversado com minha amiga antes. Acho que deveria ter feito uma lista dos assuntos que deveríamos ou não abordar nesse almoço. Agora percebo que é tarde demais. Cléo não para de falar.

— Mas precisa saber que ela nunca foi muito forte para bebidas. É bom que saiba disso, Eduardo. Ela não pode beber muito

Estou em estado de choque, com um sorriso congelado no rosto. Não acredito que Cléo está dizendo isso. Minha última ressaca foi humilhante. Espero que não conte a Eduardo.

Suspiro aliviada quando percebo que ela muda de assunto.

— Ela também tem alergia a amendoim. Se comer um pouquinho, fica com a boca toda inchada. Um horror. — Ela faz uma careta e baixo a cabeça. Cléo não pode estar fazendo isso comigo.

— Também não pode ver sangue. — Cléo revira os olhos.

— Cléo. — Tento fazê-la calar a boca, mas é inútil.

— E antes que eu me esqueça, não discuta com ela quando estiver de TPM. Ela fica insuportável e você nunca ganhará dela. — Ela começa a rir. — Você se lembra de quando discutimos naquela vez que estava de TPM e eu queria sair para beber? Eu quase perdi a paciência. — Ela continua rindo como uma idiota.

— Não estava de TPM, mas com uma enxaqueca — digo com a voz baixa, completamente envergonhada.

— De novo essa história de enxaqueca. — Ela balança a cabeça. — Você estava era de TPM.

— O que acha de pedirmos o almoço? — Sorrio, tentando mudar de assunto. *Cléo me paga!*

Eduardo olha para mim com os olhos brilhantes e divertidos.

— Não sabia que tinha alergia a amendoim — diz sem tirar o sorriso do rosto.

— Não é nada demais. — Encolho os ombros. — Cléo é um pouco exagerada — digo, encarando-a com um sorriso falso no rosto. Se ela continuar agindo assim, vou matá-la.

— Como não é nada de mais? — Ela parece abismada. — Sua boca fica horrível, Helena. Fica toda vermelha e inchada. Parece até aquelas mulheres que colocam Botox demais. — Cléo puxa os lábios para tentar imitar a cena.

Assim que esse almoço terminar, teremos uma longa conversa.

Ela continua contando coisas vergonhosas sobre mim e Eduardo parece se divertir cada vez mais. Pelo visto, esses dois serão ótimos amigos.

Depois de fazermos os pedidos, a comida não demora a chegar.

Queria muito que Cléo parasse de falar sobre mim. Ela não está me ajudando. Espero que não se lembre daquela história que saímos para dançar e eu acabei caindo no meio da pista de dança. Então, como se lesse meus pensamentos, ela se vira para mim e relata imediatamente o episódio para Eduardo.

Encolho-me na cadeira e tento não me irritar com minha melhor amiga. Fico observando os dois e, de repente, meus pensamentos são levados de volta para um assunto que ainda me incomoda. Por que ele se atrasou tanto para o almoço? Será que realmente foi culpa do trânsito ou ele está me escondendo algo? E que história é essa de não ter me contado que estava no América Club naquele dia? Sei que ainda não estávamos juntos, mas por que não foi falar comigo? Isso é bem estranho.

Uma ideia esquisita surge em minha cabeça. *Ai, meu Deus!* Será que ele estava com Marcela?

Afundo ainda mais na cadeira. Não pode ser. Esse pensamento me deixa atordoada e levo um segundo para me dar conta de que Cléo está falando comigo.

— Você está me escutando? — Ela estreita os olhos.

— Estou — minto, me endireitando na cadeira.

Ela me lança um olhar de reprovação.

— Por que não está comendo? Não gostou da comida?

— Não estou com muito apetite hoje.

Quando digo isso, Cléo e Eduardo caem na risada.

— Não entendo por que estão rindo — digo emburrada.

— Você nunca fica sem apetite. — Cléo tira sarro de mim.

— Nisso eu preciso concordar. — Eduardo parece se divertir também.

Fico calada. Acho melhor não esticar esse assunto. Estou surpresa por ver como os dois se deram bem em tão pouco tempo.

Tento comer um pouco, mas não consigo engolir muita coisa. Olho para Cléo, que sorri para mim com aquele olhar que diz que gostou de Eduardo. De repente, ela para de sorrir, ajeita a gola do terninho mais uma vez e se endireita na cadeira.

— Eduardo. — Cléo limpa a garganta. — Ela me disse que vocês estão... — Ela olha para mim, tentando achar a palavra certa e, instantes depois, vira para ele novamente. — Namorando?

— Cléo! — exclamo exasperada. — Eu não disse isso.

— Como não? — Ela parece confusa. — Você mesma me disse que ele está dormindo no seu apartamento.

Perco a fala. Tenho vontade de me enfiar debaixo da mesa, mas Eduardo segura minha mão e sorri.

— Nós estamos nos entendendo muito bem. Não é mesmo, amor? — Ele me lança um olhar carinhoso.

Ainda sem jeito, concordo com a cabeça e ele beija minha bochecha.

— Helena é muito especial para mim, Cléo — ele diz, olhando para ela.

Minha amiga o analisa por uns instantes e depois volta a falar.

— Espero que não pise na bola com ela, caso contrário, eu acabo com você. — Ela o encara e depois sorri.

— Cléo! Pare com isso — digo morrendo de vergonha.

— Não seja tão chata, só estou brincando com ele.

Olho para Eduardo, que parece um pouco sem jeito também.

Respiro fundo. Cléo precisa parar com isso. Dou uma olhada para ela, que me ignora.

Enquanto termino de comer, escuto o celular de Eduardo tocar. Ele olha para o visor e vejo sua expressão mudar. Por alguns instantes, fica parado com o telefone na mão, tentando não demonstrar seu nervosismo, mas percebo que ficou tenso de repente.

— Desculpe, mas, se me derem licença, preciso atender. É uma ligação importante. — Eduardo se afasta e sai pelo corredor do restaurante.

Fico incomodada com sua ligação, mas rapidamente volto minha atenção para Cléo.

— Pensei que fosse minha amiga — falo irritada.

— É claro que sou sua amiga. — Ela faz uma careta. — Enlouqueceu?

— Você quer me matar de vergonha? — digo entre os dentes. — Precisava dizer todas aquelas coisas para o Eduardo? Até minha TPM você não deixou passar. — Cubro o rosto com as mãos.

— Não exagera. Não disse nada de mais e o Eduardo até se divertiu. — Ela dá de ombros.

— Aquilo não foi nada divertido — reclamo.

Ela revira os olhos.

— Não seja dramática — ela diz se divertindo.

Eduardo retorna com uma expressão um pouco mais séria. Ele guarda o celular no bolso e olha para mim, mas não senta.

— Não vai se sentar? — Eu me viro para ele.

— Desculpe, mas preciso ir embora.

— Agora? — pergunto sem entender. — Nem terminou de almoçar.

Ele desvia o olhar, passa a mão pelos cabelos e depois volta a me encarar.

— Me perdoe, amor, mas preciso resolver algo que não pode esperar.

Levanto, ficando de frente para ele.

— Aconteceu alguma coisa na CET? — pergunto preocupada.

— Não. — Ele beija meus lábios rapidamente. — Espero que não fique chateada por eu ter que sair assim. — Ele beija meus lábios mais uma vez e não deixo de notar a preocupação em sua voz.

— Tudo bem — digo um pouco confusa.

— Me desculpe por isso. — Eduardo beija meus cabelos demoradamente e depois se afasta.

— Até mais, Cléo. — Ele sorri para ela.

— Até. — Ela parece decepcionada por ele sair tão apressado.

— Me liga assim que resolver esse problema — digo chateada.

Ele concorda com a cabeça, deixando escapar um tímido sorriso e encosta sua testa na minha.

— Eu te amo — ele diz baixinho.

Eduardo me dá um último beijo e vai embora, me deixando cheia de dúvidas. Pude ver em seu olhar que algo aconteceu, mas não consigo saber o que é. Meu coração afunda e me encolho na cadeira.

— Ele disse "eu te amo"? — Cléo pergunta assim que Eduardo sai do restaurante.

— Disse — falo um pouco desanimada.

— Minha nossa! — Coloca a mão sobre o peito. — Isso está mais sério do que eu imaginava. — Ela apoia as mãos sobre a mesa. — Ele está caidinho por você.

Solto um suspiro apaixonado.

— Eu também estou caidinha por ele — confesso.

Cléo limpa a boca com o guardanapo e olha para mim.

— A conversa estava tão divertida. Por que será que ele teve que sair tão de repente?

— Eu não sei. — Passo as mãos pelos cabelos. — Às vezes, ele é tão confuso e misterioso. — Solto um suspiro frustrado.

— Ei, não fique assim. — Cléo me lança um olhar carinhoso. — Pode ser algo com o carro e Eduardo não quis comentar com você.

Será? Relaxo um pouco os ombros. Acho que Cléo tem razão.

— Não vai me dizer o que achou dele? — pergunto ansiosa.

— Um gato! — Ela dá um gritinho. — Nunca vi um homem tão lindo. — Ela suspira, levando a mão ao peito.

Sorrio com sua sinceridade.

— Ele também me pareceu um cara legal.

— Jura?

— Juro — ela diz sorrindo.

Suspiro aliviada.

Cléo gostou de Eduardo e não vai mais implicar com nossa história. Sinto uma felicidade enorme invadir o meu peito. Quero sair gritando para o mundo inteiro ouvir que estamos juntos. Mas me contenho, afinal ainda não é o momento de contar lá na CET e Eduardo ainda não me pediu oficialmente em namoro.

Encolho os ombros.

— Será que ele tem irmãos? — Cléo pergunta empolgada.

— Não — digo, achando graça do seu interesse. — Apenas uma irmã que mora em Paris. Sofia.

— Que pena. — Ela suspira longamente.

Cléo parece realmente decepcionada.

Capítulo 26

Estou sentada no sofá com uma panela de brigadeiro. Isso sempre acontece quando estou nervosa. Eduardo sumiu. Não atende minhas ligações nem responde minhas mensagens. Depois que saiu do restaurante, simplesmente desapareceu. Cheguei a perguntar para Jorge, mas ele disse que Eduardo estava resolvendo alguns problemas e não me deu maiores explicações. Fiquei irritada por não saber que problemas são esses. Ele deveria ter me dito alguma coisa.

Estou muito chateada por ele sempre me esconder o que está acontecendo. Agora estou segurando uma colher de brigadeiro na mão e na outra meu celular. Até tentei me controlar, mas não consegui. Liguei mais de vinte vezes e deixei diversas mensagens de voz bem humilhantes, dizendo para ele me ligar, pois estou com saudade.

Enfio mais uma colher do doce na boca, mas não consigo me acalmar. Onde será que ele se enfiou?

Minha cabeça gira em círculos e começo a sentir falta de ar. Por que não me atende? Será que está com a tal... *Oh, não!*

Pego o celular e disco seu número pela milésima vez. Mais uma vez, cai na caixa postal. Por que ele está fazendo isso comigo? Não consigo entender.

Vou para o quarto e arrumo a cama. Deito e decido dormir. Tento, tento e nada. Eduardo não sai da minha cabeça. Onde ele se enfiou?

Cansada de ser tratada dessa forma, pego o telefone e disco seu número mais uma vez. Caixa postal! Droga!

Impaciente, ligo novamente e deixo uma mensagem:

— Eduardo. Eu posso saber o que está acontecendo? — Respiro profundamente. — Por favor, me ligue assim que escutar essa mensagem.

Sento na cama com o telefone na mão e, cinco minutos depois, ligo novamente, deixando mais uma mensagem.

— Eduardo, você está de brincadeira comigo? — Bufo irritada. — Eu te liguei mais de mil vezes e deixei centenas de mensagens no seu celular. Trate de me ligar imediatamente — digo cheia de raiva. — Quer saber? Não me ligue nunca mais. — Desligo e começo a chorar.

Choro de raiva. Choro de ciúmes por imaginá-lo com outra mulher. Choro por não saber o que é esse tal "problema" que ele precisou resolver. Também choro por me sentir tão apaixonada.

Deito na cama, sem deixar de segurar o telefone, enquanto minha cabeça não para de girar. Por que ele está fazendo isso comigo? Eduardo parecia tão apaixonado por mim, mas some desse jeito. Viro de um lado para o outro, tentando imaginar o que posso ter feito de errado, mas nada me vem à cabeça. Levanto e olho a foto dele que peguei no dia da reunião em que discutimos a campanha da Verão Brasil. Fico admirando seus belos olhos azuis. O amor que sinto é tão forte e intenso que não consigo ter raiva. Olho a foto por longos minutos e a beijo com carinho, depois a levo até meu peito. Será que ele está bem?

Estou com os olhos cheios de lágrimas. Sinto-me tão mal pelo seu sumiço.

Olho para o relógio e vejo que já são onze horas da noite. Caminho tão ansiosa até a sacada do meu quarto que mal respiro. Afasto a cortina para olhar pela janela. Suspiro profundamente e uma brisa leve balança meus cabelos. Está uma noite linda e agradável. O céu está estrelado e a lua cheia brilha intensamente. Continuo olhando para o céu sem saber o que pensar. Há tantas coisas embaralhadas na minha cabeça. Não consigo parar de pensar nele e por que sumiu desse jeito. Será que ele está bem? Claro que sim! Caso contrário, Jorge me diria.

Fecho a cortina com raiva, vou até minha bolsa novamente e pego uma caixinha prata pequena. Esse era o presente que daria a ele. A cópia da chave do meu apartamento. Como fui burra em achar que nós dois poderíamos ser um casal de verdade. Isso nunca acontecerá. Não até Eduardo ser verdadeiro comigo e me contar tudo o que, de fato, vem acontecendo. Jogo a caixinha dentro da bolsa e volto para a cama.

Já está tarde, mas estou nervosa demais para conseguir dormir. Inquieta, afundo no travesseiro, fecho os olhos e tento me acalmar. Eduardo precisa sair da minha cabeça. Conto até três. Inspiro e expiro.

Começo a relaxar e ficar mais tranquila, então, adormeço. Tenho vários sonhos confusos com Eduardo. Num deles, nós dois estamos juntos, mas uma garota o puxa pelo braço, me distanciando dele. Tento segurá-la e, assim que olho para ela, caio para trás. Não pode ser. É ela... Marcela...

A campainha toca e acordo assustada. Ainda ofegante pelo sonho confuso, sento na cama rapidamente. Olho para o relógio e me assusto ao ver que já passa das duas da manhã. Vou correndo até a porta. Quem poderia ser a uma hora dessas?

A campainha toca mais uma vez e levo um susto ao ver quem é pelo olho mágico: Eduardo.

Afasto-me da porta e passo a mão pelos cabelos, tentando me acalmar. Ele não pode sumir o dia todo e aparecer assim. Ele toca a companhia mais uma vez.

Respiro fundo. Eduardo me deve boas explicações.

Abro a porta devagar e meu coração dispara quando nossos olhos finalmente se encontram.

— Helena. — Ele parece triste e cansado. Continua com as mesmas roupas que estava em nosso almoço e isso me deixa confusa. Provavelmente ainda não foi para casa. Minha cabeça está a mil e vários pensamentos surgem em minha mente sem que eu consiga organizá-los.

O que significa tudo isso?

— Posso entrar? — ele diz um pouco tenso.

— Não acha um pouco tarde para bater na minha porta? — Ergo uma sobrancelha.

— Helena, eu... — hesita por um momento e depois volta a me encarar. — Tive um dia complicado.

— Um dia complicado? — repito sua frase com deboche. — Não me diga. — Dou um sorriso sem humor.

— Acredite em mim, Helena. Tive um dia péssimo.

— Dia péssimo? — digo sem acreditar. — Você sumiu o dia todo, não atendeu minhas ligações nem respondeu minhas mensagens. Não sabia se estava bem ou não e agora aparece a uma hora dessas na porta do meu apartamento dizendo que teve um dia péssimo? Como acha que foi meu dia, Eduardo?

Sem tirar os olhos de mim, Eduardo respira fundo e depois balança a cabeça.

— Me desculpe, amor. Tive que resolver um problema sério e isso acabou ocupando todo o meu dia. Não queria te deixar preocupada.

Ele se aproxima, mas eu me afasto.

— Me diga onde você esteve o dia todo. — Tento manter a voz firme.

— Já disse que precisei resolver um problema — diz nervoso e então desvia o olhar.

— Que problema? — insisto.

— Helena, por favor. — Ele me encara novamente. — Estou exausto, me deixe entrar.

Sua expressão cansada me faz derreter um pouco. Sei que preciso de respostas. Ele não pode me deixar sem explicações, mas acabo cedendo e o deixo entrar. *O que eu posso fazer?* Ele parece tão cansado.

— Entre. — Solto um suspiro e me afasto para que passe por mim.

Fico nervosa por saber que essa não é a atitude mais correta a se tomar. Se Eduardo continuar me olhando assim, é uma questão de tempo para que eu acabe fazendo uma besteira, como me perder em seus beijos e passar a noite em seus braços. Balanço a cabeça, tentando afastar esses pensamentos. Não vou deixar isso acontecer. Não até ele me contar o que realmente está acontecendo.

Fecho a porta atrás de mim com extremo cuidado. Sinto meu coração disparar e um desconforto atingir meu peito.

Eduardo senta no sofá. Eu prefiro a poltrona à sua frente. Preciso evitá-lo até que ele me dê uma boa explicação. Então fico em silêncio e tento manter certa distância. Respiro fundo e volto a encará-lo.

— Helena...

— Pode começar a falar — digo impaciente.

— Eu senti sua falta o dia todo — murmura sem me olhar.

— Não me diga. — Reviro os olhos. — Não perca seu tempo tentando me amolecer, Eduardo. Não vou cair nesse seu papinho furado.

— Não diga isso. — Ele me encara dessa vez. — Só queria que soubesse que você não sai da minha cabeça um só minuto.

Engulo em seco. Será que o que ele está falando é verdade?

Sinto meu corpo tremer e minhas mãos suarem. Isso não é bom. Estou tentando me manter firme, mas é tão difícil quando ele está bem na minha frente com esses olhos azuis.

— Eduardo, pare — digo sem paciência para esse seu joguinho. — Apenas me diga onde você esteve o dia todo.

— Já disse que precisei resolver um problema. — Ele desvia o olhar novamente.

— Que problema? — insisto.

Minha pergunta parece incomodá-lo mais uma vez.

— Estava resolvendo um problema complicado, mas não quero te chatear com isso, amor. — Eduardo levanta do sofá e me puxa da poltrona. Então, ele me abraça. Um abraço forte e carinhoso, que me desarma completamente. Não resisto. Minha consciência diz para me soltar, manter a distância e terminar nossa conversa, mas não consigo. Quero ficar apenas envolvida pelos seus braços. Descanso a cabeça em seu peito, e ele beija meu cabelo. Por um momento, esqueço de tudo e digo para mim mesma que tudo está bem.

Ele passa o braço ao redor da minha cintura, me puxando para ainda mais perto. Beija meu pescoço e um arrepio delicioso percorre meu corpo.

— Você está linda com esse pijama — sussurra em meu ouvido.

Oh, meu Deus! Não acredito que estou com esse pijama. Quero empurrá-lo, mas acabo sorrindo. Sei que está mentindo. Não fico nem um pouco atraente de rosa. Aposto que só está dizendo isso para se desculpar. Ficamos em silêncio por longos minutos sentindo o amor que nos envolve.

— Estava contando os minutos para te ver. — Beija meu pescoço. — Não consigo ficar longe.

Eu me afasto para olhá-lo.

— Fiquei preocupada com você — digo chateada.

— Desculpe, amor — ele diz com a voz triste. — Não tive a intenção de preocupar você.

— Não consigo ficar tanto tempo longe de você — admito envergonhada.

Minhas palavras fazem Eduardo me abraçar ainda mais forte.

— Eu também não consigo ficar longe de você. — Ele faz carinho em meus cabelos.

— Por que não atendeu minhas ligações? — Eu me afasto um pouco para encará-lo.

Ele suspira longamente.

— Depois falamos sobre isso. — Ele coloca meu cabelo atrás da orelha. — Agora fique aqui comigo. Quero matar toda essa saudade que estou sentindo de você. — Eduardo começa a beijar lentamente o meu pescoço e depois morde devagar minha orelha. Oh, Deus! *Isso não é justo!*

Agora, ele segura meu rosto com as mãos e me beija suavemente, me deixando tonta. Deixo escapar um baixo gemido e me inclino para ele. Como senti falta dos seus beijos, dos seus carinhos, do seu cheiro maravilhoso e do seu corpo colado ao meu.

Nossos beijos vão se tornando cada vez mais intensos e apaixonados. Eduardo me puxa de repente e me prensa contra a parede. Minhas pernas estão ao redor de seus quadris e ele sustenta meu peso, sua boca agora descendo pelo meu pescoço, fazendo com que eu sinta arrepios deliciosos pelo corpo.

Toda a raiva e a frustração que eu estava sentindo minutos atrás desaparece como mágica. Não quero que ele saia da minha vida. Eu o amo e o quero ao meu lado para sempre. Vou lutar por Eduardo e fazer de tudo para que nosso relacionamento possa dar certo.

Dominada pelo desejo louco, agarro sua camisa com as duas mãos e a puxo com força. Ele me beija com paixão e me carrega nos braços até o sofá. Então, tira sua camisa e a joga no chão. Depois, tira os sapatos e a calça, ficando apenas de cueca.

— Quero você — ele diz ofegante enquanto beija meu pescoço e desce para a nuca. Nunca senti tanto desejo por alguém como sinto por ele. Eduardo me deixa completamente apaixonada e sem fôlego.

— Você vai passar a noite comigo? — Dou uma mordidinha em sua orelha.

Ele não responde e continua me beijando. Beijos apaixonados e ardentes que me deixam louca de desejo. Não resisto quando Eduardo faz isso comigo.

— Adoro quando você dorme abraçadinho comigo. — Beijo seu pescoço, provocando-o com minha boca.

Eduardo para de repente e eu me afasto para poder encará-lo.

— O que foi? — pergunto ainda ofegante.

— Não vou poder passar a noite com você. — Ele passa a mão pelo meu rosto. — Desculpe, mas não vou poder ficar por muito tempo. Preciso ir embora daqui a alguns minutos. — Ele olha para o relógio.

Tento controlar minha respiração.

— Você vai embora? — Levanto do sofá e fico de pé de frente para ele.

— Não se preocupe. Está tudo bem, meu amor. — Ele tenta sorrir.

— Tudo bem? — Eu o encaro furiosa. Não posso acreditar que ele esteja falando sério. — Como pode dizer que está tudo bem, Eduardo? Você sumiu o dia todo e aparece agora na minha casa dizendo que precisa ir embora daqui a alguns minutos. O que está acontecendo, afinal?

Ele dá um longo suspiro.

— Não é nada de mais. Eu já disse.

A quem ele está querendo enganar? Está na cara que está mentindo.

— Eduardo, eu mereço uma explicação. — Cruzo os braços sobre o peito.

Ele desvia o olhar e não responde. Então, levanta do sofá e pega suas roupas do chão. O que ele pensa que está fazendo? *Ele vai embora?* Não acredito! Sua atitude me deixa arrasada. Cubro o rosto com as mãos, sentindo muita raiva de mim mesma. Como pude ser tão burra?

— Você é um cafajeste. — Minha voz sai cheia de raiva. — Quem pensa que sou? Acha que pode sumir o dia todo e aparecer uma hora dessas no meu apartamento só para... — hesito por um minuto. — Acha que sou esse tipo de mulher?

Eduardo me olha chocado.

— Não sou nenhum cafajeste. — Ele parece ofendido. — E não estou aqui apenas por sexo, se é isso que está insinuando. Quantas vezes preciso dizer que te amo e que sinto sua falta? É por isso que estou aqui.

Ele tenta se aproximar, mas me afasto. Eduardo não pode simplesmente resolver nossos problemas fazendo com que eu me renda em seus braços. Não vou cair nesse truque novamente.

— Que amor é esse? — digo sem desviar meus olhos dos seus. — Você realmente acha que pode continuar escondendo as coisas de mim desse jeito? — Tento me controlar. Minhas pernas estão trêmulas e minha respiração, acelerada.

— Helena... — Ele pensa um momento e depois continua. — O que eu mais quero é ficar com você. Eu te amo. Entenda isso, por favor — ele diz com certo desespero.

— Se me amasse de verdade, não manteria segredos de mim — digo cheia de raiva.

Eduardo se aproxima e dessa vez não me afasto. Então ele segura meu rosto com as duas mãos e olha dentro dos meus olhos.

— Nunca duvide do meu amor — ele diz com sinceridade. — Mas, por favor, pare de fazer tantas perguntas. Não posso te dar as respostas que quer ouvir nesse momento. — Ele se afasta dessa vez e veste a camisa e a calça.

Continuo parada, sem reação. Eduardo me esconde algo muito sério e insiste em me manter longe disso. Como podemos seguir adiante em um relacionamento como esse? Isso nunca dará certo. Pressiono meus lábios e sacudo a cabeça.

— Isso tudo tem a ver com a Marcela, não é? — pergunto, mesmo sabendo que ele não irá me responder. Eduardo não parece disposto a ter essa conversa, mas eu preciso saber. Se ele realmente me ama, como insiste em dizer, não continuará agindo dessa maneira.

Ele continua em silêncio, enquanto termina de abotoar a camisa.

— Me diz. O que você tem com essa mulher?

— Chega! — ele grita e tento não me abalar.

— Eu sabia que essa garota tinha alguma coisa a ver com o seu sumiço. Você é um cafajeste — grito também.

Que raiva!

— Não sou cafajeste. — Ele está visivelmente alterado.

Sinto meu sangue ferver.

— Saia da minha casa — berro mais uma vez.

Eduardo me olha surpreso.

— Pare com isso. — Ele tenta manter a calma.

— Saia logo daqui.

— Droga — ele diz com raiva. — Não quero brigar com você. — A tristeza nos olhos dele é nítida.

Meu coração bate tão forte que chega a doer. Mordo o lábio e olho para a porta.

— Vá embora. — As lágrimas começam a escapar. — Suma da minha frente.

— Helena, por favor... — Ele tenta pegar minha mão, mas me afasto. — Vamos tentar ficar bem — ele insiste.

— Não ficaremos bem enquanto não me disser o que está acontecendo. Então saia daqui. — Abro a porta e faço sinal com a mão pare que ele vá embora.

Eduardo abre a boca para dizer algo, mas depois a fecha. Ele me olha por longos minutos e sai sem me dar nenhuma explicação.

Bato a porta com força e uma dor insuportável atinge meu peito.

Lentamente volto para o quarto, e, cinco minutos depois, estou deitada na minha cama, agarrada à foto de Eduardo e acabada de tanto chorar.

Capítulo 27

Acordo quando sinto os raios do sol iluminando meu rosto. Abro os olhos lentamente e sinto meu coração afundar ao perceber a ausência de Eduardo na cama. *Como sinto sua falta!*

Rolo de um lado para o outro e afundo a cabeça no travesseiro. Quero muito sair da cama e encontrar Eduardo e dizer o quanto eu o amo. Mas também não quero vê-lo, pois o odeio. Sentimentos contraditórios invadem meu peito, me deixando ainda mais confusa sobre como agir com Eduardo a partir de agora. No entanto, sei que preciso me afastar dele, mesmo sabendo que isso me deixará arrasada.

Olho para o relógio e levanto apressada. *Droga!* Estou atrasada.

Um pensamento esquisito invade minha mente. Será que, quando não está comigo, ele está com a Marcela? Ele não faria isso comigo. Faria?

Sinto um embrulho no estômago.

Vou para o banheiro, tomo um banho rápido e me visto. Olho-me no espelho e lamento por não estar com paciência para caprichar mais no visual. Minha vontade nesse momento é voltar para a cama. Como essa possibilidade não existe, saio para trabalhar sem nenhum entusiasmo.

Dirijo meu carro reformado com um pouco de pressa. Até que o conserto ficou bom, apesar de achar que a cor da tinta está um pouco diferente. Para falar a verdade, o serviço ficou péssimo. Preciso admitir.

Eduardo não quis ficar com o meu carro, dizendo que eu já tinha ficado tempo suficiente sem ele. O que é verdade. Mas, no fundo, sei que ele tem vergonha de andar em um carro velho e que agora tem duas cores. No lado direito, é o azul original, já no esquerdo, onde foi reformado, é um tom de azul bem mais feio. Fazer o quê? *Pelo menos o motor está ótimo!* Quer dizer, o carro anda falhando de vez em quando, mas todo carro velho faz isso. Não é mesmo?

Estaciono e entro na agência apressada, indo direto para o elevador. Quando chego à sala, vou direto para minha mesa, me recusando a olhar para Eduardo.

— Bom dia, Helena — ele diz me analisando.

Respiro fundo e não respondo. Acho que nunca mais vou falar com ele.

Eduardo se levanta e vai em direção à pequena cozinha da CET.

Aliviada por estar sozinha, ligo o computador e pego minha agenda, determinada a acabar minhas tarefas, mas não chego a ir muito longe quando vejo que ele está na minha frente com um copo na mão.

— Trouxe café para você — ele diz com um meio-sorriso.

— Não precisava se incomodar — digo sem olhar para ele, enquanto escrevo na agenda.

— Não foi incômodo algum. — Ele coloca o copo em cima da minha mesa e continua parado na minha frente.

Bufo irritada.

Fecho a agenda e olho para frente. Pego o copo e o coloco perto do computador, voltando a abrir a agenda. Acho melhor Eduardo não me irritar. Meu humor está péssimo.

Ele volta para sua mesa e eu relaxo um pouco. Bebo um gole do café. *Hum... Muito bom.*

— Senti sua falta — ele diz baixinho.

Não respondo. Suas palavras fazem minha cabeça girar. Eduardo sumiu o dia todo ontem e ainda não podia ficar para passar a noite.

Mantenho os olhos no copo de café, imaginando qual será a explicação para tudo isso. Algum tempo depois, desvio o olhar e encontro seus olhos azuis em mim.

— Você está bem? — Ele parece preocupado.

— O que acha? — Como ele pode me perguntar se estou bem depois de tudo que me fez ontem?

— Ainda está brava comigo? — Ele parece chateado.

— Brava? — Eu o encaro. — Imagina. — Dou um sorriso sem humor.

Ele encolhe os ombros.

— Me desculpe por ontem, Helena.

— Já chega, Eduardo. — Desvio o olhar. Então ele se levanta e para diante de mim. Parece triste e abatido e isso me deixa confusa.

— Fui um idiota com você. Fiz tudo errado. Me desculpe, por favor.

Engulo em seco. Não posso me deixar levar. Com Eduardo, sempre acabo cedendo por causa do enorme sentimento que tenho por ele. Mas, dessa vez, não vou me deixar levar; estou muito magoada.

— Vá trabalhar, Eduardo. Acho que tem muita coisa para fazer. — Volto a encarar a tela do computador, fingindo que ele não me afeta. Seguro o mouse com força para não mostrar como minhas mãos estão tremendo. Droga!

Eduardo continua parado à minha frente e sei que está fazendo isso para me irritar. Volto a olhá-lo.

— Vai passar o dia todo olhando para mim? — pergunto mal-humorada.

— Almoça comigo. — Ele abre um pequeno sorriso.

Arregalo os olhos, surpresa. Como pode me fazer um pedido desses depois da briga que tivemos ontem? Eduardo é muito cara de pau.

— Mas é claro que não. — Volto minha atenção para a tela do computador.

Ele suspira.

— Por favor. Estou com saudades de você — ele diz.

Além de cara de pau, é mentiroso também. *Minha nossa!* Como ele pode ser tão cínico?

— A resposta é não.

— Não? — Ele parece decepcionado.

— Não — digo mais uma vez.

— Eu não queria te magoar ontem — ele diz com tristeza. — Acredite em mim, por favor.

Respiro fundo e o olho.

— Você não precisa continuar com esse papinho furado de que não queria me magoar e que está com saudades — digo irritada. — Agora, me deixe trabalhar.

— Por favor. Almoce comigo — ele insiste.

— Eduardo, esse seu teatrinho todo não vai funcionar. — Minhas palavras parecem magoá-lo profundamente e me arrependo na mesma hora. Será que fui dura demais?

Ele se afasta e volta para sua mesa. Fecho os olhos e suspiro longamente. Não queria magoá-lo dessa forma, mas também não vou fingir que nada aconteceu. Não estou a fim de discutir. Preciso trabalhar. Essa é a coisa certa a se fazer, mesmo que isso cause dor.

Em silêncio e completamente arrasada por tudo que vem acontecendo, tento organizar a confusão dos meus pensamentos. Eu o amo, mas não posso continuar em um relacionamento com uma pessoa que não confia em mim. Olho para o computador e vejo a luzinha do meu *Skype* piscar.

Eduardo T. Júnior diz: *"Olhe debaixo da sua mesa"*

Olhe debaixo da sua mesa? *Que raio de mensagem é essa?*

Confusa e sem saber por que estou fazendo isso, baixo minha cabeça e vejo uma linda caixa vermelha com laço dourado e um cartão. Como não a vi antes?

Pego-a e a coloco em cima da mesa. Então o encaro. Eduardo está sorrindo como se estivesse aprontando alguma coisa.

— Posso saber o que é isso? — pergunto sem fazer ideia do que ele está tramando.

— Parece uma caixa de presente. — Ele sorri ainda mais.

— Isso eu sei — digo irritada.

— Vai ter que abrir para descobrir o que é. — Ele dá de ombros.

Desmancho lentamente o delicado laço dourado e abro a caixa com cuidado. Meus olhos se arregalam.

Chocolates importados? Isso é golpe baixo. Esses chocolates custam uma fortuna.

— Posso saber o que significa isso? — Fecho a cara e volto a encará-lo. Eduardo está achando que pode me comprar com chocolate? Não posso acreditar nisso!

— Pensei que gostaria do presente. — Ele parece decepcionado.

— Pensou errado. — Fecho a caixa rapidamente antes que caia em tentação. — Estou de regime — digo sem muita convicção.

Ele balança a cabeça e abre um lindo sorriso.

— Já que não quer comer os chocolates, por que não lê o cartão?

Suspiro longamente. Penso em rasgá-lo em pedacinhos, mas minha curiosidade por saber o que ele está aprontando me faz seguir adiante. Abro o pequeno envelope branco e leio a mensagem.

"Sei que sou um idiota, mas por você estou disposto a mudar. Almoce comigo! Com amor, Eduardo".

Meu coração derrete. Sua mensagem tão simples e tão cheia de significado me deixa emocionada. Então eu me viro para encará-lo e ele abre um pequeno sorriso.

— Achei que o chocolate a faria mudar de ideia. — Ele continua sorrindo, mas vejo que está ansioso, aguardando minha resposta.

Ainda sem saber o que dizer, com o cartão inesperado de Eduardo, abro a caixa novamente e pego um pedaço do chocolate. Eduardo continua aguardando minha resposta, enquanto enfio-o na boca. *Hum... É maravilhoso.* Então me viro para ele e digo ainda de boca cheia:

— Só vou aceitar o convite porque estou morrendo de fome. Mas saiba que isso não tem nada a ver com esses chocolates. — Enfio mais um pedaço na boca e volto a encarar meu computador.

Posso sentir. Eduardo está sorrindo como um idiota.

※

— Acho que comi demais — digo enquanto como o último sushi.

Eduardo abre um largo sorriso.

— Não sabia que gostava tanto de comida japonesa.

— Eu adoro. É uma das minhas comidas prediletas — digo sorrindo.

Ele me analisa por um tempo.

— Você é tão linda. — Ele faz carinho em meu rosto. — Estou cada dia mais apaixonado por você.

Quando diz isso, não consigo evitar um sorriso ridículo. *Ah, Eduardo!*

Depois de comer a caixa inteira de chocolate, acabamos fazendo as pazes. Mas não pense que foi por causa do presente. Eu simplesmente não consigo mais viver sem ele. Estou completamente viciada nesse par de olhos azuis. Eduardo pode ser misterioso, confuso e até um pouco idiota, mas, ainda assim, me faz sentir a mulher mais feliz do mundo. Adoro sua companhia e tenho sempre a impressão de que fomos feitos um para o outro.

A forma como ele me olha e o brilho dos seus olhos quando sorri prova que não sou a única a me sentir assim. Eduardo me ama. Disso eu tenho certeza. Seu olhar apaixonado é a prova de que não estou enganada.

Fizemos as pazes mais uma vez e agora estamos de mãos dadas, dizendo coisas melosas um para o outro. Eduardo aproxima sua boca da minha e retribuo o beijo com imenso carinho. Quando me lembro que estamos em um restaurante, tento me comportar, mas isso é tão difícil quando ele me provoca dessa maneira.

Assim que nossos beijos ficam mais intensos, me afasto e respiro fundo. Eduardo me deixa sem ar e não quero ser expulsa por mau comportamento.

Precisamos nos segurar, então nos levantamos para ir embora. Dessa vez, não ficamos para a sobremesa. Acho que exagerei no chocolate. Eduardo segura minha mão com carinho enquanto seguimos para fora do restaurante. Não conseguimos esconder a felicidade por estarmos juntos novamente.

Ainda de mãos dadas, caminhamos pela calçada até chegarmos ao carro reserva que a seguradora ofereceu a Eduardo até que sua BMW fique pronta. É um carro bem mais simples, mas ainda assim é muito melhor que meu carro popular. Ainda não consigo me lembrar do estrago que causei em seu carro sem ficar envergonhada. Ele não me deixou pagar o conserto e me proibiu de tocar no assunto.

Assim que paramos em frente ao carro, Eduardo me puxa para mais um abraço e me beija de novo. Por um momento, tenho a sensação de que estou tendo um sonho muito bom. Estar em seus braços me deixa tão feliz que não consigo parar de sorrir. Mas assim que ele se afasta e olho para frente, dou de cara com Raul.

— Helena? — ele diz perplexo.

Engulo em seco. Droga! Não queria que Raul ficasse sabendo que Eduardo e eu estamos juntos dessa forma. Para piorar ainda mais a situação, vejo que Aline está ao seu lado, de boca aberta. Os dois parecem não acreditar no que acabaram de ver e me sinto péssima.

— Pelo visto, você caiu direitinho na conversa desse cara. Não é mesmo? — Raul pergunta decepcionado.

Abro a boca, mas fico muda.

— Helena e eu estamos juntos, Raul — Eduardo diz sério.

Engulo em seco.

— Achei que você fosse mais esperta do que isso, Helena. — Raul parece não acreditar.

— O que está querendo dizer com isso? — Eduardo vai em direção a Raul, mas seguro seu braço.

— Parem com isso — digo nervosa.

Limpo a garganta.

— Eduardo e eu estamos juntos — digo, sabendo que já deveria ter contado a Raul.

Então ele balança a cabeça, claramente contrariado com minha decisão, se afasta e vai embora. Aline leva alguns segundos para cair em si, então se afasta e o acompanha.

Sinto-me péssima. Não queria que as coisas acabassem assim. Raul é meu amigo e sei que está chateado comigo, afinal ele nunca escondeu suas reais intenções comigo.

— Eu já deveria ter contado a Raul. — Encolho os ombros.

Eduardo volta e me abraça.

— Não fique assim, amor. Raul vai ter que aceitar que estamos juntos.

Dou um longo suspiro, apoiada em seu peito.

— Não queria que ele ficasse chateado comigo — lamento.

— Raul entenderá. Agora esqueça isso. — Ele segura meu rosto e me beija mais uma vez.

Ah, Eduardo... Com ele, sempre me esqueço de tudo.

Capítulo 28

— Raul, precisamos conversar — falo enquanto entro na apertada cozinha da CET e fecho a porta atrás de mim.

— Não acha um pouco tarde demais? — responde ainda de costas para mim, enquanto enche um copo de café.

Respiro fundo. Ele tem razão, mas preciso resolver essa situação.

— Olha, sei que está chateado comigo por não ter contado nada sobre Eduardo e mim. Mas juro que ia te contar, só estava esperando o momento certo — tento convencê-lo.

Raul continua de costas para mim e isso me deixa ainda mais nervosa.

— Momento certo? — Ele se vira para mim. — Deveria ter me dito e pronto.

— Eu sei.

Engulo em seco ao ver a expressão séria em seu rosto. Não há dúvidas de que Raul está furioso comigo.

— Você mentiu para mim. — Seus olhos estão cheios de raiva.

Baixo a cabeça por um minuto, pensando por onde começar.

— Raul, eu...

— Você disse que tinha rolado apenas um beijo e nada mais — ele me interrompe. — E hoje te vejo agarrada aos beijos no meio da rua com aquele... aquele... — Raul coloca seu copo com força em cima da mesa e dou um pulo, assustada.

— Aquele cara é um imbecil.

— Raul! — exclamo exasperada. — Pare com isso.

Ele me encara.

— Você mentiu para mim. — Ele me lança um olhar frio. — Pensei que fosse minha amiga.

— Raul, por favor. — Eu seguro sua mão. — Vamos conversar.

— Não temos nada para conversar. — Ele se afasta.

Droga!

— Não quero que fique magoado comigo. — Tento me aproximar novamente. — Mas Eduardo e eu estamos juntos. Aconteceu. Não conseguimos mais esconder o que sentimos um pelo outro.

Ele desvia o olhar e dá uma risada sem humor.

— Raul. — Seguro seu rosto para que ele possa me encarar. — Somos amigos e eu adoro você — digo com sinceridade. — Mas você precisa entender que meu coração pertence à outra pessoa. — Sinto-me mal ao ver sua expressão séria e decepcionada.

Sei que deveria ter evitado toda essa confusão, mas Raul não tem o direito de ficar furioso dessa maneira. Eu nunca dei esperanças a ele e não é justo ele me tratar dessa forma.

— Como pode estar apaixonada por aquele mauricinho idiota? — Seus olhos estão cheios de raiva.

Nego com a cabeça.

— Eduardo não é um mauricinho idiota. — Sinto raiva quando ele diz isso e me afasto enquanto ele continua a me atacar.

— Será que está tão cega que não percebe que Eduardo é completamente errado pra você?

— Ele não é errado para mim. Eduardo é uma pessoa maravilhosa — eu o defendo.

Raul ri da minha cara e começo a ficar irritada com ele.

— Não seja ingênua, Helena. — Ele segura meus braços. — Esse cara vai te machucar. Será que não percebe que eu sou o cara certo para você?

Seus olhos estão presos nos meus enquanto ele continua me segurando. Tento me afastar, mas ele não me dá chance. Engulo em seco.

— Pare com isso, Raul — digo nervosa.

— Eu gosto de você. Sempre gostei, aí você me troca por esse babaca? — Ele se aproxima um pouco mais, com o rosto alterado.

— Raul. Pare, por favor. — Estou desesperada.

— O que há de errado comigo? — Seus olhos estão vermelhos de raiva. — Por que preferiu aquele babaca? — Ele me encosta na parede.

— Eu gosto dele de verdade — digo baixinho.

— Você o quê? — Ele solta meus braços, ficando de costas para mim.

Respiro aliviada por estar livre dele.

— Acho que você não sabe o que está dizendo — ele diz magoado.

Não respondo e um silêncio pesado cai sobre nós. Nunca vi meu amigo tão nervoso desse jeito e isso me assusta. Penso em algo para dizer para acalmá-lo, mas nada me vem à cabeça.

Respiro fundo e tento manter a calma.

— Raul. — Me aproximo dele e coloco a mão em seu ombro. — Eu me apaixonei por ele.

Ele permanece em silêncio.

— Não quero que nossa amizade acabe por causa disso. Quero continuar sendo sua amiga como sempre fui — digo com sinceridade.

Raul se vira para me encarar e diz olhando no fundo dos meus olhos:

— Essa história com o Eduardo não vai acabar bem. Depois não venha dizer que não te avisei.

Estreito os olhos.

— Como pode ter tanta certeza disso? — pergunto magoada.

— Acho que não conhece esse cara o suficiente.

— Por que está me dizendo isso? — pergunto sem entender aonde ele quer chegar.

— Apenas quero que abra os olhos em relação a esse babaca.

Fico confusa com suas palavras. Não sei se Raul está falando isso por ciúmes ou se está me escondendo alguma coisa. Mas o que ele poderia estar escondendo de mim?

— Raul, você está me deixando confusa. — Balanço a cabeça. — Me diga de uma vez por que você não gosta do Eduardo.

— Ele é um mentiroso — ele diz furioso. — Mente para todos aqui, inclusive você.

— O que está dizendo? — Estreito os olhos. — Eduardo não é nenhum mentiroso. Como pode atacá-lo desse jeito?

— Você é realmente muito ingênua. — Seus olhos estão cheios de preocupação.

Um embrulho no estômago faz com que eu sinta náuseas. O que Raul está escondendo de mim?

— Por que está me dizendo essas coisas? — pergunto quase sem voz. — O que está querendo dizer?

Ele dá de ombros.

— O que eu quero dizer é que Eduardo é um mauricinho babaca e você não deveria perder seu tempo com ele.

Quando ele diz isso, dou um suspiro. Agora está claro para mim. A implicância de Raul é apenas ciúmes. Eduardo pode esconder alguns segredos de mim, mas sei que não é nenhum mentiroso.

— Eu gosto dele. Eduardo não é nenhum mauricinho babaca como você diz.

Ao ouvir minhas palavras, Raul parece extremante decepcionado comigo.

— Eu gosto de você — diz sério. — E você sabe que quero ser muito mais do que um simples amigo.

Engulo em seco. Não quero que essa conversa o machuque ainda mais, mas preciso ser verdadeira.

—- Somos amigos, Raul. E é assim que vamos continuar.

Ele baixa o olhar e, instantes depois, volta a me encarar.

— Você merece um homem que seja verdadeiro com você e esse homem sou eu.

Engulo em seco de novo. Raul se aproxima de mim, mas me afasto imediatamente.

— Não caia no papo furado daquele cara, por favor.

— Pare com isso. — Me afasto um pouco mais. — Acho melhor voltarmos ao trabalho. — Nervosa, caminho para a porta.

— Helena? — Raul me chama antes que eu saia da cozinha.

Viro e o encaro.

— Não tem medo de estar fazendo a escolha errada? — Ele me analisa por um momento.

Suspiro longamente.

— O amor é sempre a escolha certa a se fazer. — Viro e fecho a porta com um pouco de força.

Depois que Aline nos viu juntos, Eduardo e eu começamos a ser alvo de fofocas no trabalho. Agora há sempre um engraçadinho fazendo piada sobre nós. Confesso que às vezes até acho engraçado, mas Eduardo não é tão bem-humorado assim e ainda não conversamos sobre isso com Jorge, que parece não ter dado ouvidos aos boatos de que estamos juntos. Espero que continue assim, afinal, vai que ele fica bravo e não reage muito bem. Melhor evitar por enquanto.

Sei que isso é algo complicado e, para falar a verdade, nunca imaginei me relacionar com um colega de trabalho, mas Eduardo sempre me faz fazer algo que nunca imaginei fazer. Até bilhetinhos apaixonados me pego escrevendo e colocando em sua mesa sem que ele veja. Tornei-me uma adolescente ridícula. Mas Eduardo sempre sorri quando faço isso e me recompensa com vários beijos depois. Então, melhor continuar.

Raul continua bravo comigo. Tento puxar assunto, mas não adianta. Nunca mais almoçamos juntos e sei que ele evita ficar perto de mim. Isso me deixa realmente triste e espero que possamos ser amigos de novo. Sinto falta das nossas conversas e do seu jeito divertido. Aline também não fala mais comigo, mas, para falar a verdade, até prefiro assim. A única coisa que me deixa com raiva é que ela insiste em jogar charme para Eduardo. Seus vestidos estão bem mais provocantes e decotados. Não sei por que essa garota não desiste de me provocar. Acho que sua birra comigo não tem nada a ver com Eduardo. Acho que é pessoal. Essa é a única explicação, pois, mesmo sendo grossa com ela, Aline não desiste de tentar conquistá-lo. Vovó diz para eu treinar meus golpes de caratê em Aline e quebrar a cara dela, mas prefiro ouvir a mamãe. Ela sempre diz que ficar calada é a melhor opção.

Para meu alívio, a semana passou em um piscar de olhos. A correria na CET para deixar a campanha da Verão Brasil pronta está acabando comigo.

Já é sábado e minha família está toda reunida em meu apartamento. Agora estou na cozinha olhando todos os ingredientes em cima da pia. Lasanha é o prato preferido de Eduardo e espero não errar dessa vez. Da última vez que tentei, não estava num dia de sorte. Mas a culpa não foi minha. Não sabia o tempo certo de cozimento e a massa acabou queimando um pouquinho. Cléo se recusou a comer, mas fiquei com dó de jogar tudo fora. No outro dia, acabei passando mal. Enfim, dessa vez, prometo prestar mais atenção.

Estou muito nervosa por fazer esse jantar para Eduardo e minha família. Tento calcular o tempo mentalmente, mas vovó está ao meu lado e me desconcentra ao fazer tantas perguntas sobre Eduardo.

— Já disse que ainda não estamos namorando. — Ligo o forno. — Eduardo ainda não fez o pedido.

— Isso é namoro, sim. Ele está até dormindo aqui com você.

Eu me viro rapidamente para ela.

— Fale baixo, vovó — eu a repreendo. — Não quero que meus pais escutem isso.

Ela dá de ombros.

— Que mal há nisso? Eles sabem muito bem que você já não é mais virgem.

— Vovó! — exclamo exasperada. — Fale baixo, por favor. — Jogo o pano de prato em cima dela.

— Pelo amor de Deus, Helena. — Ela revira os olhos. — Você tem vinte e quatro anos. Ninguém é virgem com essa idade.

— Eu sei — digo em voz baixa. — Mas meus pais não precisam escutar isso.

Ela sorri.

— Você é tão careta, querida. — Ela balança a cabeça. — Mas voltando ao assunto do seu namoro, Eduardo te deu esse colar. — Ela olha para o meu pescoço. — Isso é praticamente uma aliança.

— Não exagera, vovó. — Coloco a mão no delicado pingente. — É apenas um presente. Não invente coisas.

Vovó dá um sorriso malicioso. Estou a ponto de enlouquecer. Ela não para de dizer que estamos namorando. Ela até pode ter razão, mas ainda não conversamos sobre isso.

Meus pais estão animadíssimos com a visita ao meu novo apartamento, e agora estão na sacada da sala admirando a bela paisagem.

Ansiosa, minutos depois, tiro a lasanha do forno, e fico satisfeita com o resultado. Pelo menos queimada não está. Sorrio. Preciso impressionar Eduardo, que, aliás, sabe cozinhar muito bem.

Arrumo a mesa do jantar com extremo cuidado e capricho. Vovó coloca os guardanapos de pano feito por mamãe e me ajuda com os talheres e as taças.

Escuto a campainha tocar e meu coração dispara. Olho para vovó, que sorri para mim.

— Parece nervosa — ela diz se divertindo.

— Como está meu cabelo? — pergunto ao tentar ajeitá-lo com a mão.

— Não se preocupe, querida. Você está ótima. — Ela sorri.

Olho para o meu vestido branco e me desespero ao ver uma pequena mancha de molho de tomate bem em cima da barriga. *Droga!* Não dá tempo de trocar.

— Vai ficar aí parada? — vovó diz, achando graça.

Saio apressada, irritada com a maldita mancha. Respiro fundo e abro a porta.

Eduardo está parado diante de mim com um sorriso encantador. Fico surpresa ao ver que está vestindo calça jeans, camiseta branca e tênis. Ele parece um garoto e, apesar de achá-lo lindo e sexy com suas roupas sérias, ele está ainda mais lindo nesse visual descolado. Nem parece o mesmo Eduardo.

— Boa noite — ele diz um pouco nervoso.

— Boa noite — digo e coloco a mão em cima da mancha. Espero que não repare nela.

— Você está linda.

Rio da sua mentira e olho para o meu vestido. Estou ciente de que estou horrível.

— Trouxe isso para você.

Eduardo me entrega um pequeno e delicado buquê.

— Sei que gosta de rosas — ele diz com uma voz carinhosa.

Pego o buquê de rosas vermelhas. Não consigo parar de sorrir quando estou ao seu lado.

— Obrigada. — Ainda sorrindo, beijo sua bochecha.

— É só isso que vou ganhar? Um beijo na bochecha? — ele diz baixinho, aproximando seu rosto do meu, me fazendo sentir um arrepio delicioso pelo corpo.

— Se comporte. — Me afasto e dou um tapinha em seu ombro. — Minha família está aqui, esqueceu?

— Está certo. Melhor deixamos isso para mais tarde, então. — Ele me lança um sorriso malicioso e extremamente sexy.

Mordo os lábios e faço sinal com as mãos para que ele entre.

Meu pai vem em nossa direção e aperta a mão de Eduardo. O cumprimento dos dois é estranho. Meu pai parece desconfiado e percebo Eduardo um pouco tenso. Deixo-os sozinhos para que possam entrar em acordo, e levo minhas rosas até a cozinha.

— Rosas? — vovó pergunta sorrindo assim que entro na cozinha. — Isso é presente de namorado.

— Não começa, vovó. — Coloco-as em um vaso.

— São lindas. — Ela cheira uma. — Estou tão feliz que finalmente tenha desencalhado — diz satisfeita.

— Não estava encalhada.

— Vocês dois juntos são tão lindos. — Ela dá um suspiro exagerado, ignorando completamente o que acabei de falar.

Acabo sorrindo. Vovó não tem jeito.

Vamos para a sala. Assim que vovó vê Eduardo, faz um grande escândalo e lhe abraça de forma exagerada, enchendo-o de marcas de batom. *Minha nossa!*

Eduardo fica completamente sem jeito e eu também.

Minha mãe o cumprimenta com um sorriso delicado. Ela e meu pai começam a puxar assunto, mas vovó não dá trégua. Ela abraça Eduardo e fica assim por longos minutos e até volta a lhe dar alguns beijos na bochecha. Preciso ter uma boa conversa com ela.

Quando todos estão sentados no sofá, vovó pega seu *iPhone* e começa a mostrar para Eduardo algumas fotos da última festa à fantasia que ela foi com suas amigas da terceira idade. Eduardo ri e diz que ela ficou muito bonita fantasiada de mulher gato. Insisti tanto para que ela fosse vestida de camponesa, mas vovó não me deu ouvidos.

Enquanto todos continuam ouvindo as histórias dela, corro para a cozinha para terminar os últimos preparativos do jantar.

Verifico se está tudo certo e fico nervosa ao perceber que o arroz não ficou do jeito que eu gostaria. Espero que a lasanha não me decepcione.

— O jantar está pronto — digo com um sorriso nervoso.

Quando todos já estão à mesa, sirvo o jantar. Meus pais e vovó parecem muito felizes com esse momento especial. Eduardo também parece bem à vontade. Sento-me e, por alguns instantes, me deixo levar pela imaginação. Imagino que Eduardo é meu marido e esse é um jantar especial em comemoração à chegada do nosso primeiro bebê, mas logo mamãe comenta algo sobre a aparência do arroz, e volto à realidade.

— Filha, parece que finalmente aprendeu a cozinhar — papai diz, olhando para a mesa.

Todos riem, menos eu.

— Espero que esteja bom — digo, cortando a lasanha.

— Está com uma cara ótima — minha mãe diz orgulhosa.

— Espero que gostem. — Dou um sorriso nervoso.

— A lasanha parece boa mesmo, pelo menos o cheiro está ótimo — vovó diz enquanto se serve.

Volto a olhar para Eduardo, que sorri para mim de maneira carinhosa. Então me pego mais uma vez sonhando acordada.

— Então, Eduardo, como andam as coisas na agência? Está gostando? — papai pergunta enquanto coloca um grande pedaço de lasanha na boca e volto a prestar atenção nele.

— É muito bom trabalhar lá. Ainda mais tendo uma companheira tão especial como a Helena. — Ele se vira para mim e coloca sua mão sobre a minha.

Meu coração acelera e todos olham a cena com curiosidade. Meu pai engasga com a comida e toma um gole de sua bebida. Mamãe está com um sorriso satisfeito, enquanto vovó dá uma piscadinha para mim.

Apesar de estar sem jeito, me sinto muito feliz por estar jantando com Eduardo e minha família. Parece um sonho.

— Helena é realmente uma garota incrível. — Meu pai olha para nós dois um pouco desconfiado.

Ele começa a fazer uma série de perguntas envolvendo Eduardo e eu. Fico incomodada, mas ele parece não se abalar.

— Você costuma frequentar o apartamento dela? — continua.

— Pai! — exclamo exasperada.

— Helena e eu estamos nos conhecendo melhor — Eduardo diz um pouco tímido dessa vez.

— Se conhecendo melhor? — Meu pai nos encara com um olhar curioso e sei que está tentando descobrir o que significa "se conhecendo melhor".

— Luiz, deixe de fazer tantas perguntas. Deixe-os jantarem em paz — mamãe o reprende e fico imensamente agradecida.

— Mas eu quero saber o que realmente está acontecendo entre esses dois — ele reclama.

— Pare com isso, Luiz — vovó diz depois de tomar um longo gole de bebida. — Deixe-os se curtirem.

— Oh, mamãe, não fale assim. Os dois são amigos — minha mãe argumenta.

— Amigos? — Vovó revira os olhos. — Não escutou Eduardo dizendo que estão se conhecendo melhor? Na linguagem dos jovens, isso quer dizer que estão se pegando.

— Vovó! — digo morta de vergonha.

— Relaxa, querida. — Ela exibe um enorme sorriso. — Não precisam esconder. Vocês foram feitos um para o outro. — Ela dá um suspiro exagerado.

Reviro os olhos e apoio a cabeça em uma das mãos. *Que vergonha!*

Eduardo e eu ficamos em completo silêncio enquanto comemos. Papai, vovó e mamãe continuam falando de nós dois como se não estivéssemos na mesa e isso me incomoda.

Depois do jantar cheio de perguntas sobre mim e Eduardo, vamos todos para a sala assistir TV. Mamãe encosta a cabeça no ombro do papai e não sinto vergonha de fazer o mesmo com Eduardo. Ele faz carinho em meus cabelos enquanto conversa com vovó e me sinto muito feliz por estarmos tendo essa noite agradável. Suas mãos agora passam delicadamente pelas minhas costas e me controlo para não agarrá-lo na frente de todos.

Meu pai quer voltar para a fazenda hoje à noite, mas todos insistimos para que ele fique. Não gosto que ele dirija à noite. Digo para dormirem no meu apartamento, mas me sinto frustrada por não poder dizer o mesmo para Eduardo. Queria tanto dormir em seus braços.

Vovó sorri para Eduardo.

— Obrigada, querido, pela companhia agradável desta noite. — Ela beija sua bochecha.

Ele parece um pouco mais relaxado agora. Eu também.

Depois que se despede da minha família, o acompanho até a porta.

— Amanhã, assim que sua família for embora, passo para te pegar. — Um enorme sorriso ilumina seu rosto. — Podemos almoçar e passar o resto do domingo juntos. O que acha? — Ele parece empolgado.

— Amanhã já tenho compromisso. — Encolho os ombros. — Mas à noite você pode vir dormir comigo — digo baixinho para que meus pais não escutem essa parte da conversa.

— Compromisso? — pergunta surpreso, com a voz um pouco mais alta dessa vez. — Compromisso com quem?

Sorrio ao perceber que está com ciúme.

— Amanhã é domingo — digo sorrindo. — É dia de ir ao orfanato. Dou aulas de violino para as crianças. Cléo não vai poder ir, então terei que ir sozinha.

Eduardo relaxa um pouco ao ver que meu compromisso é com as crianças.

— Tudo bem, eu vou com você.

Eu o encaro surpresa.

— Tem certeza de que quer passar o domingo no orfanato?

Ele dá de ombros.

— Qual é o problema?

Balanço a cabeça.

— Você gosta de crianças? — pergunto, analisando sua expressão.

— Bom... — Ele pensa por um instante. — Não levo muito jeito com elas, mas posso tentar.

Abro a boca e fecho. Abro novamente sem saber o que dizer.

— Gosta de verduras? — pergunto.

— Verduras? — Ele enruga a testa. — O que isso tem a ver com as crianças do orfanato?

Balanço a cabeça.

— Deixa para lá — digo, pensando por um momento. — Tudo bem. Acho que será bem divertido. — Dou uma piscadinha para ele.

Ele sorri.

— Adorei jantar com a sua família — diz, colocando a franja atrás da minha orelha. — Você acha que eles gostam de mim? — Seu sorriso se desfaz e meu coração derrete ao ver sua insegurança.

— Mas é claro que sim. — Seguro sua mão. — Todos te adoram.

— Você acha mesmo?

— Não se preocupe. — Me aproximo um pouco mais. — Minha família está muito feliz por saber que estou tão apaixonada — sussurro em seu ouvido.

— Você é a namorada mais encantadora do mundo.

Paraliso. Eduardo disse namorada? Eu me afasto um pouco para encará-lo.

— Não sabia que estávamos namorando.

— Acho que depois desse jantar é isso que somos. — Ele sorri.

Sou incapaz de falar qualquer coisa. Eduardo está dizendo que sou sua namorada? *Minha nossa!* Imaginei tantas vezes um pedido de namoro. Eduardo estaria de terno, segurando um enorme anel de brilhantes, junto com um buquê de rosas vermelhas. Eu usaria um vestido de seda e meus cabelos estariam esvoaçantes, enquanto sorria para ele ao vê-lo ajoelhado diante de mim. Eu choraria e ele enxugaria minhas lágrimas com extremo cuidado e, depois de dizer *sim*, eu correria para seus braços e nos beijaríamos como aqueles casais de cinema. Mas Eduardo não fez assim. Ele nem sequer fez o pedido. Apenas disse que já somos namorados. Preciso admitir que ele não é o mais romântico dos homens.

Eduardo me dá um sorrisinho sexy, ao qual não consigo resistir, e me puxa para seus braços. Sou pega de surpresa pelo gesto e acabo soltando um gritinho de empolgação. Olho para dentro do apartamento e vejo vovó e meus pais assistindo TV silenciosamente. Sem que percebam, fecho a porta e puxo Eduardo para dentro do elevador.

— O que está fazendo? — pergunta confuso, mas sorri. — Está me mandando embora?

— Preciso de um beijo do meu namorado — digo quase sem fôlego.

— Por que minha namorada não me pediu isso antes? — Ele me encosta na parede fria do elevador e sorri de maneira sedutora.

— Não aguento mais esperar. — Agarro seu pescoço.

Eduardo me olha e seu rosto não nega o desejo que também está sentindo. Ele encosta seus lábios nos meus, mas não me beija e sinto arrepios pelo corpo inteiro.

— Pare de me provocar — digo ofegante.

Então Eduardo me beija com intensa paixão. Suas mãos passeiam por todo o meu corpo com muita urgência. Tento controlar a vontade de tirar suas roupas dentro desse elevador, mas paro de repente.

— O que foi? — ele pergunta sem entender a minha repentina interrupção.

Em estado de choque, olho para cima. Eduardo acompanha meu olhar e bufa irritado.

— Malditas câmeras de segurança.

Capítulo 29

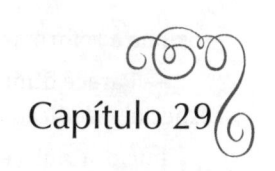

Os olhos azuis de Laurinha brilham de encantamento. Eu nunca a vi assim. Ela olha para Eduardo e não consegue parar de sorrir. Ele, por sua vez, parece sem jeito, mas está igualmente encantado. Se Laurinha não fosse pequena, juro que morreria de ciúmes.

— Laurinha, esse é o Eduardo. Meu namorado. — Sorrio e pego Laurinha no colo. Eduardo continua olhando para ela.

— Tia, você vai usar um vestido de noiva? — Vejo seus olhinhos brilhando de empolgação.

— Vestido de noiva? — Volto a colocar Laurinha no chão. — Mas que pergunta é essa?

— A tia não vai casar com o moço bonito? — ela pergunta sorrindo.

— Laurinha, eu e o Eduardo...

— A tia Helena vai casar! — Laurinha grita feliz, me ignorando completamente, e começa a dar pulinhos de alegria.

— Laurinha... — Tento controlar a situação. — A tia Helena não vai casar... — tento dizer, mas sou interrompida por mais de vinte crianças, que agora estão dando pulinhos e gritando sem parar: A tia Helena vai casar... A tia Helena vai casar... A tia Helena vai casar...

Apavorada, olho para Eduardo, que parece se divertir com a situação.

— Faça alguma coisa — digo apavorada.

— Eu não sei lidar com crianças. — Ele faz uma careta.

Reviro os olhos. É claro que não!

Depois de longos minutos tentando fazê-las pararem de gritar, Eduardo e as crianças me acompanham até a sombra de uma enorme árvore, que é o local das nossas aulas de violino. Todos estão com seus colchonetes na mão para sentarmos na grama. Inclusive Eduardo.

— Ganhamos dez violinos novos. Um empresário generoso doou os instrumentos e mais uma boa quantia em dinheiro para fazer melhorias no orfanato — digo, colocando meu colchonete no chão.

— Mas isso é maravilhoso. — Eduardo parece contente.

— É muito bom saber que ainda existem pessoas boas e que querem ajudar. O dinheiro doado vai servir para construir mais alguns quartos, ampliar a cozinha e reformar a biblioteca.

— Parece ótimo. — Ele sorri. — Estou orgulhoso por ter uma namorada tão especial e dedicada como você. — Ele faz carinho em meu rosto e eu derreto.

Inicio a aula e fico muito feliz com os instrumentos novos. As crianças parecem bem empolgadas. Eu também. Eduardo continua sentado um pouco distante, mas não deixa de prestar atenção em mim e observar cada detalhe da aula. Tento não me sentir afetada demais com seus olhos fixos em mim. Toco várias músicas de Mozart e Beethoven. A hora passa voando e, quando olho o relógio, vejo que minha aula já chegou ao final. Que pena!

Satisfeita, beijo o rosto de cada criança e peço para guardarem com cuidado os violinos e os colchonetes na sala de instrumentos. Eles obedecem sem reclamar. *São tão bonitinhos!*

Vou em direção a Eduardo, que está um pouco distante, sentado em seu colchonete azul.

— O que achou?

Eduardo abre um enorme sorriso.

— Ficaria o dia inteiro observando você tocar — ele diz admirado. — É encantador.

Sorrio. Meu namorado é tão gentil.

— Aposto que está exagerando. — Dou um tapinha em seu ombro.

— Estou falando sério. — Ele segura minha mão. — Você toca muito bem. Tem muito talento.

— Obrigada — digo um pouco envergonhada, encarando nossas mãos entrelaçadas. A sensação de tê-lo ao meu lado em um momento simples como esse é tão boa que sinto meu peito explodir de felicidade.

— Eu sempre gostei de crianças — digo.

Eduardo sorri enquanto sinto uma leve brisa balançar meus cabelos.

— Parece gostar muito desse lugar.

Ele me puxa para que eu possa encostar minha cabeça em seu ombro. Adoro quando ele faz isso.

— Venho aqui sempre que posso — falo e fecho os olhos assim que ele começa a fazer carinho em meus cabelos.

— Confesso que fazer trabalhos voluntários nunca me passou pela cabeça — ele diz.

— A maioria das pessoas não se interessa por esse tipo de trabalho — digo, me aconchegando ainda mais em seu abraço.

— O que acha de começarmos a fazer isso juntos?

Afasto minha cabeça de seu ombro para encará-lo.

— Está falando sério?

Ele confirma com a cabeça.

— Essas crianças precisam de ajuda e eu gostaria muito de ajudar, ainda mais se você estiver ao meu lado. — Um pequeno sorriso se forma em seu rosto.

Fico imensamente feliz com suas palavras. Tenho a sensação de que estou vivendo um lindo sonho ao lado da pessoa que amo.

— Vamos ser muito felizes juntos. — Acaricio seu rosto. — Nada estragará nossa felicidade. — Ao dizer isso, sinto Eduardo desvia o olhar e se afastar um pouco. Engulo em seco, estranhando sua atitude.

— O que foi? — pergunto baixinho.

Ele dá um longo suspiro e volta a me olhar.

— Helena. — Ele parece tenso agora. — Quero ser o melhor namorado que você já teve, mas não sei se consigo. — Ele desvia o olhar novamente. — Já disse que não sou bom em relacionamentos.

Sorrio ao ver a preocupação em seus olhos.

— Você será um ótimo namorado. — Beijo sua bochecha. — Não tenho dúvidas disso.

Eu me aconchego novamente em seu colo, colocando a cabeça em seu ombro.

— Você está me deixando cada dia mais apaixonado — ele diz quando volta a beijar carinhosamente meus cabelos.

— Eu já tive alguns namorados — confesso. — Foram poucos. Meu último relacionamento foi com o Tony, um carinha que a Cléo me apresentou, mas nosso curto namoro foi um fiasco. Não gosto nem de lembrar. — Sorrio ao recordar como ele implicava com o tanto que eu comia. Alguns dias atrás, o vi no calçadão da praia, mas ele fingiu que não me conhecia. Melhor assim, nunca teríamos dado certo mesmo.

— Está querendo me deixar com ciúmes? — ele diz sério. — Porque está conseguindo.

— Não é nada disso, seu bobo. — Afasto minha cabeça do seu ombro para encará-lo. — O que eu quero dizer é que nunca alguém conseguiu tocar meu coração do jeito que você faz. Nunca pensei que pudesse me apaixonar tão rapidamente por alguém. Não consigo me afastar de você e penso em você a todo momento. Acho que me apaixonei no momento em que vi esses olhos azuis.

Eduardo sorri ao ouvir isso.

— Eu amo você — ele diz, me olhando intensamente. — Como nunca amei ninguém. — Ele acaricia meu rosto. — Você é a pessoa mais especial que já conheci.

Sorrio para ele, um pouco constrangida com sua declaração de amor.

— Tia Helena? — Laurinha grita meu nome, fazendo-me voltar à realidade.

Levantamos e caminhamos com as crianças para pegar os instrumentos da próxima aula.

— O que faremos agora? — Eduardo parece animado em ajudar.

— Temos uma tarefa muito legal agora — digo sorrindo. — Vou precisar da sua ajuda.

— Já vou avisando que não sei contar histórias, se essa for sua intenção. — Ele arregala os olhos.

Sorrio da sua careta engraçada.

— Não vamos contar histórias. — Dou de ombros.

Ele me olha sem entender.

— Não?

Dou um largo sorriso.

— Vamos — digo sem responder sua pergunta.

As crianças e Eduardo me seguem. Levo Laurinha no colo e ela agarra meu pescoço. Adoro isso.

— Tia Helena, seu cabelo é muito cheiroso — ela diz com seu narizinho no meu pescoço.

— Seu cabelo também é muito cheiroso. — Sorrio para ela.

Caminhamos um pouco mais e chegamos ao local da nossa próxima tarefa.

— É aqui — digo empolgada, colocando Laurinha no chão.

— Aqui onde? — Eduardo continua confuso e olha para todos os lados. — Só estou vendo terra.

— Olhe para frente e verá que não é apenas terra — digo sorrindo, assim que chegamos a um terreno que fica no fundo do orfanato.

— Tio, nós vamos para a estufa — Laurinha diz, abraçando sua perna.

— Estufa? — Ele abre a boca chocado ao olhar para a grande estrutura. Dentro dela, há várias verduras e hortaliças.

— Sim. — Sorrio. — As verduras e hortaliças precisam de determinadas temperaturas para se desenvolver bem. Por isso, o orfanato fez essa estufa. Não é incrível? — digo orgulhosa.

— O que vamos fazer aqui?

— Vamos ajudar as crianças a plantar algumas sementes e colher as verduras — digo, pegando vários utensílios de jardinagem.

— Nunca estive em uma estufa. — Parece horrorizado. — Não sei o que fazer. Paro o que estou fazendo para encará-lo.

— Não faremos nada de mais. Você pode colher os pés de alface, se preferir — digo, entregando as pás às crianças. Olho para Eduardo, que continua imóvel, olhando para a alface como se fosse um ET.

Reviro os olhos.

— Vamos! — Seguro sua mão.

— Helena. — Ele olha para suas roupas e depois me olha em estado de choque. — Não podemos fazer isso. Vamos ficar sujos de terra. Além do mais, não acho que isso seja algo interessante a se fazer.

Bufo irritada.

— Pare de frescura. — Puxo-o para dentro e lhe entrego uma pá de jardinagem.

— Acha mesmo que vou fazer isso? — ele diz perplexo. — Eu nem saberia por onde começar. — Leva as mãos para o alto, visivelmente transtornado.

Paro e o encaro, me segurando para não brigar com ele.

— O que acha de começar calando a boca? — digo sem paciência.

Ele abre a boca para dizer algo, mas, assim que vê todas as crianças o encarando, fecha-a imediatamente. Melhor assim.

Respiro fundo e tento ser mais paciente com meu namorado.

— Podemos começar colhendo os pés de alface. O que acha? — Tento parecer calma e gentil.

Eduardo se vira e olha chocado para os pés de alface. *Paciência, Helena! Paciência!*

— Helena, eu... — Eduardo coça a cabeça por cima do boné vermelho e depois olha para a alface sem saber o que fazer. — Isso é realmente necessário?

Dou um longo suspiro. Eduardo está querendo me irritar?

— Laurinha, será que pode me ajudar? — Peço para a garotinha que continua parada ao meu lado. Ela abre um sorriso encantador e seus olhinhos brilham de empolgação.

— O que eu vou fazer, tia? — Ela dá uns pulinhos de alegria.

— Explique ao tio Eduardo como colher os tomates, já que ele acha difícil demais colher os pés de alface — digo com ironia.

— Helena! — diz exasperado. — A Laurinha tem apenas três anos. — Ele mostra três dedos para reforçar a idade dela. — Não acho que ela seja capaz de explicar algo tão complicado.

Complicado? Reviro os olhos.

— Eu sei sim, tio. — Laurinha cruza os braços, chateada. — A tia Helena me ensinou a colher os tomatinhos.

Eduardo me olha sem saber o que dizer e depois volta a encarar Laurinha.

— Não foi isso que eu quis dizer, Laurinha — Eduardo tenta se explicar para a doce garotinha.

— Sei fazer isso, tio. Sempre ajudo a tia Helena a colher os tomatinhos — ela tenta convencê-lo.

— Ok. — Ele tira o boné para bagunçar o cabelo e o coloca novamente. — Você me ensina? — Eduardo tenta se desculpar com ela.

Laurinha dá pulinhos de alegria e puxa Eduardo pela mão até a plantação dos tomates. Preciso admitir, ver os dois juntos é tão lindo!

Ainda observando-os, vejo que, no começo, ele resiste um pouco, mas, com o tempo, vai relaxando e escutando atentamente as instruções dela.

Sorrio ao ver Eduardo tão sem jeito ao executar uma simples tarefa. Mas ainda assim continua lindo com sua camiseta branca, calça jeans clara e tênis, que agora estão sujos de terra. Até o boné vermelho está imundo. É impressionante como meu namorado não leva jeito algum com verduras.

Suspiro longamente. Ensinar Eduardo a mexer na estufa vai ser mais difícil do que pensei.

Dividi as crianças em dois grupos. As meninas ficaram responsáveis pelos tomates e os meninos, pelas alfaces. Continuo ajudando todos, mas, por mais que tente me concentrar no que estou fazendo, não consigo deixar de olhar para Laurinha e Eduardo.

— Tio Eduardo, você continua fazendo errado — Laurinha diz com sua vozinha delicada.

Eduardo parece um pouco desconcertado, mas logo em seguida abre um sorriso encantador.

— Juro que estou tentando — diz carinhosamente.

Laurinha o observa e começa a explicar novamente.

— Tio, você nunca colheu tomates quando era criança? — Laurinha pergunta enquanto tenta ensiná-lo mais uma vez.

Eduardo ri. Ele parece não saber como responder a Laurinha, mas acaba se saindo muito bem ao dizer que, quando era criança, não teve a oportunidade de aprender algo tão divertido como colher tomates.

Então ele fica de pé e começa a limpar as mãos cheias de terra na calça jeans. Sem dúvida ele é o mais sujo entre todas as crianças.

Laurinha volta a ficar em seu colo e ele a abraça com carinho, dando um beijinho em sua bochecha.

— Tio, seu cabelo é muito cheiroso — Laurinha diz, agarrando seu pescoço.

Eduardo sorri e fico completamente apaixonada pela cena. Nunca imaginei que Eduardo se daria tão bem com as crianças e isso faz com que meu coração derreta ainda mais.

Depois de dois cestos cheios, um de alfaces e outro com tomates, Eduardo finalmente consegue cumprir sua tarefa. Ele coloca cinco tomates na barra da camiseta e me mostra com um sorriso orgulhoso, mas sei que só conseguiu com a ajuda de Laurinha.

Assim que terminamos, Eduardo me ajuda com os cestos e voltamos para dentro do orfanato. Irmã Zuleide arregala os olhos ao ver o estado lamentável de Eduardo, todo sujo de terra, e imediatamente encaminha todas as crianças para o banho. Laurinha não quer e chora ao ter que se desgrudar de Eduardo. *Juro!* Isso corta meu coração e Eduardo parece tão arrasado quanto eu.

Depois disso, Eduardo fica triste e voltamos para minha casa em silêncio. Sei que Laurinha o deixou assim. Nem meus carinhos e minhas provocações ao beijar seu pescoço parecem animá-lo e isso me preocupa. Então, peço para ele tomar banho. Minutos depois, quando aparece no meu quarto com os cabelos molhados, vestindo apenas um short preto, com sua barriga tanquinho à mostra, não resisto. Eu o ataco.

Às vezes, é muito difícil se controlar quando se tem um namorado tão *irresistível*!

Fizemos amor lentamente. Depois, foi a minha vez de tomar banho enquanto Eduardo preparava o jantar. Não faço ideia do que ele está fazendo, mas, pelo que sei que tem na geladeira, algo me diz que ele não terá muitas opções.

— O cheiro está ótimo — digo, entrando na cozinha.

— Espero que goste. — Ele beija minha bochecha e volta a arrumar a mesa. — Tive que inventar alguma coisa. Você não tinha muitas opções na geladeira. Não pode continuar comendo tantas besteiras. — Ele me lança um olhar zangado.

— Além do mais, para que tantas latas de leite condensado?

Engulo em seco. Jamais vou contar dos meus ataques de brigadeiro quando estou nervosa ou deprimida.

— Estavam na promoção. — Desvio o olhar.

Ele me olha um pouco desconfiado, mas não toca mais no assunto.

— Parece ótimo — digo sorrindo.

— Fiz pensando em você. — Ele se senta ao meu lado.

— Mas não acha que exagerou na quantidade? — pergunto, enquanto encho meu prato com macarrão com legumes. — Esse macarrão daria para umas cinco pessoas.

— Sei que gosta de comer bem. — Ele sorri. — Pode repetir quantas vezes quiser.

Rio, pegando um pouco mais de macarrão.

— Espero que não esteja me chamando de gulosa — digo, colocando na boca uma quantidade razoável de macarrão.

— Claro que não. — Ele coloca macarrão em seu prato também.

— Hum... Está delicioso.

— Fico feliz que gostou. — Eduardo enche nossos copos com suco de laranja.

— Além de ser o namorado mais lindo do mundo, você é um ótimo cozinheiro — elogio e percebo que fica sem jeito.

— Gosto de cozinhar. — Ele dá um tímido sorriso. — Ainda mais se for para você. — Ele me olha daquele jeito fofo que eu tanto gosto. *Ah, Eduardo!*

— Vou ficar mal-acostumada se continuar cozinhando desse jeito para mim.

— Nunca vou me cansar de cozinhar para você. — Ele segura minha mão. — Nunca cozinhei para nenhuma mulher, Helena. Apenas para você.

Suas palavras me deixam emocionada. Sei que esse gesto é a forma que Eduardo encontrou para dizer mais uma vez que me ama.

Terminamos o jantar, mas continuamos sentados à mesa, falando sobre o nosso dia no orfanato. Os tomates e os pés de alface também renderam longos minutos de animada conversa. Logo depois, começamos a falar sobre suas viagens. Eduardo parece bem animado com esse assunto e fico encantada com os detalhes que ele me conta sobre cada país que visitou. Só fico um pouco frustrada quando me dou conta de que, diferente do meu namorado, nunca viajei para outro país.

— Você consegue dizer para quantos países já viajou? — pergunto encantada.

Ele pensa por um instante.

— Para falar a verdade, acho que já perdi as contas. — Ele dá de ombros.

Minha nossa!

— E qual é o seu preferido? — pergunto enquanto coloco um pouco mais de suco no meu copo.

— Essa é uma pergunta bem difícil. Há vários países que eu gostaria de voltar. — Sorri. — Mas é claro que só ficaria perfeito se você fosse comigo.

Limpo a boca com o guardanapo e o encaro, completamente fascinada.

— Adorei ouvir isso. — Sorrio. — Foi bem romântico.

— Nunca pensei que me tornaria um namorado romântico, mas você faz isso comigo. — Ele coloca a franja atrás da minha orelha, sem tirar seus olhos dos meus. — Estou cada dia mais apaixonado.

Ele sorri. Aquele sorriso que me faz suspirar.

— Você é um namorado perfeito — digo toda apaixonada.

— Não sou perfeito, Helena. — Eduardo revira os olhos e sorri.

— Se não é perfeito, pelo menos cozinha bem — digo, me divertindo.

— Sua opinião não conta. — Ele dá de ombros.

— Por que está dizendo que minha opinião não conta? Eu adorei a comida.

Ele ri, jogando a cabeça para trás, e depois me encara com os olhos divertidos.

— Você come tudo que vê pela frente. Aposto que, se minha comida estivesse ruim, você comeria do mesmo jeito. — Ele começa a rir novamente.

Fecho a cara e dou um longo suspiro.

— Quando penso que está se tornando um namorando romântico, você me diz isso? Você é um caso perdido, Eduardo.

Reviro os olhos e ele cai na risada. Olho-o e acabo fazendo o mesmo.

É incrível como nos damos bem. Ele me faz sentir a pessoa mais feliz do mundo e meu coração se enche de alegria quando estou ao seu lado. Gosto de ouvir sua voz, e adoro quando ele abre seu sorriso divertido. Meu namorado é um homem lindo, de tirar o fôlego, mas sua beleza realça ainda mais quando ele abre o sorriso encantador.

— Você é muito divertida. Nunca deixo de sorrir quando estou ao seu lado. Você contagia todos com esse jeitinho tão especial. — Ele acaricia meu rosto. — Seu senso de humor é incrível e até quando está irritadinha é divertida.

— Não sou irritadinha — retruco, começando a ficar irritada. — Alias, ainda não esqueci o que disse. Saiba que não como qualquer coisa. Não sou gulosa.

— Ok. Me desculpe — ele diz sem tirar a expressão divertida do rosto. — Isso realmente não foi nem um pouco romântico.

Eduardo aproxima o rosto do meu.

— Mas, apesar de gulosa, saiba que eu amo você — sussurra e eu derreto.

— Eu também amo você.

Ele me beija. Um beijo lento e apaixonado e um arrepio delicioso se espalha por todo o meu corpo, alcançando até os dedos dos pés. Nunca vou parar de ter essa sensação maravilhosa quando ele me toca. Não tenho dúvida de que fomos feitos um para o outro e a cada dia tenho mais certeza de que nosso amor é verdadeiro. Assim que se afasta, começo a perceber sua expressão tranquila e divertida ficar tensa. Eduardo abaixa o olhar e começa a balançar o copo vazio, como se estivesse pensando em como me dizer algo.

— O que foi? — pergunto preocupada. — Ficou estranho de repente.

Ele levanta os olhos, mas não me olha, o que me deixa nervosa. Ainda balançando o copo vazio, diz:

— Vou viajar para São Paulo. — Ele me pega de surpresa. — Devo ficar alguns dias fora.

Sinto meu estômago embrulhar. *De novo essa história?*

— O que vai fazer em São Paulo? — digo, tentando não demonstrar o nervosismo em minha voz.

— Tenho alguns assuntos para resolver. — Ele ainda não me olha.

Que assuntos são esses? Por que Eduardo não me diz de uma vez o que realmente está acontecendo? Não consigo entender por que ele age de maneira tão misteriosa. Será que nunca confiará em mim? Somos namorados e não acho justo ele agir dessa forma, mas sei que, se quiser descobrir alguma coisa, terei que ir com calma.

— Isso quer dizer que não irá à festa da CET nesse sábado? — pergunto chateada.

— Jamais te deixaria ir sozinha nessa festa. Você é minha namorada. — Finalmente ele me olha. — Estarei de volta a tempo. Será apenas uma viagem rápida de negócios — diz, desviando o olhar novamente.

Negócios? Quando diz isso, me sinto um pouco mais aliviada. Afinal, quer dizer que não tem nada a ver com Marcela. Menos mal. Relaxo um pouco os ombros.

— Espero que não se esqueça de mim nessa viagem. Da última vez que foi para São Paulo, você nem respondeu minhas mensagens de texto — digo magoada.

Eduardo volta a me encarar.

— Você é minha namorada e nem se eu quisesse me esqueceria de você. — Ele me encara sério. — Você nunca abandona meus pensamentos.

Abro um pequeno sorriso quando ele diz isso.

— Você vai sentir a minha falta? — pergunto com uma voz fraca.

Ele abre um largo sorriso.

— Muita. — Ele me abraça e beija meu pescoço lentamente. — Já estou morrendo de saudade dessa minha namorada linda. — Então se afasta um pouco e beija meu nariz. Amo quando ele faz isso!

— Agora você precisa descansar. — Eduardo se levanta e levo um susto quando ele me pega no colo e me carrega até o quarto. Acho graça quando ele diz que estou muito sexy com o meu pijama. No fundo, sei que está se esforçando para ser um cara romântico. Ele me deita na cama e eu agarro seu pescoço. Sei que ele queria que eu descansasse, mas só faço isso depois que fazemos amor mais uma vez.

Capítulo 30

Corro para o banheiro, agarro a pia e tento recuperar o fôlego. Estou suando frio. Passo as mãos pelo cabelo e vejo como estou horrível. Jogo água no rosto diversas vezes. Respiro fundo. Meu estômago não está nos melhores dias e, quando me lembro do pão de queijo que comi hoje de manhã, ele embrulha mais uma vez. *Droga!* Corro para o vaso sanitário e despejo o que ainda resta dentro meu estômago. Não estou bem.

Jogo um pouco mais de água fria no rosto e tento respirar normalmente. Alguns minutos depois, já começo a me sentir um pouco melhor. Juro! Nunca mais vou comer pão de queijo.

Depois de vários minutos trancada no banheiro, tento ajeitar o cabelo e saio, voltando para a enorme quantidade de trabalho em minha mesa. Uma enorme tristeza invade meu peito quando vejo que Eduardo não está trabalhando com sua expressão séria ao meu lado. Já faz três dias que ele viajou e não sei exatamente quando vai voltar. Sempre que nos falamos ao telefone, evitamos falar nesse assunto e ficamos apenas dizendo o quanto cada um está com saudade.

Ainda com o estômago ruim, volto a encarar o computador com uma vontade enorme de desligá-lo e voltar para casa.

No final da manhã, vou para a sala de Jorge e discutimos algumas questões sobre uma nova campanha de shampoo. Também falamos sobre alguns detalhes da festa da CET e da campanha da Verão Brasil, que acontecerá amanhã.

— Jorge, você tem falado com o Eduardo? — Apoio os cotovelos em sua mesa.

— Sim. Nos falamos agora há pouco e ele disse que volta amanhã — responde enquanto analisa uma foto.

— Como vão comprar um shampoo com o qual a modelo aparece com esse cabelo horrível? — Ele solta um suspiro frustrado e joga a foto em cima da mesa.

— É, o cabelo dela não está nada bom — concordo, pegando a foto para analisar melhor.

— Eduardo deveria estar aqui. Odeio quando ele se ausenta por tantos dias. — Ele parece irritado.

— Você sabe se ele chegará a tempo para a festa de amanhã? — Tento parecer indiferente, enquanto finjo prestar atenção na foto em minhas mãos.

Jorge me lança um olhar confuso.

— Por que está me perguntando isso? Você deveria saber melhor do que eu, afinal ele não é seu namorado?

Arregalo os olhos.

— Ora, por favor. Pare de fazer essa cara ridícula, como se não soubesse do que estou falando. — Ele volta a olhar para as fotos da campanha de shampoo.

Continuo sem palavras. Então, Jorge suspira longamente e volta a me encarar.

— Não acredito que vai ficar me olhando com essa cara. — Ele revira os olhos.

— Como sabe que estamos namorando? — pergunto finalmente.

Ele ri.

— Todo mundo sabe.

— Todo mundo?

— Vocês dois realmente acham que conseguem esconder de alguém que estão apaixonados? Nem você e muito menos o Eduardo conseguem disfarçar o que sentem um pelo outro — ele diz simplesmente.

Estou completamente chocada!

— E o que vai acontecer conosco agora que você descobriu? — É tudo que consigo dizer.

Ele revira os olhos mais uma vez.

— Helena, descobri isso no momento em que botei os olhos em vocês dois juntos. Então, não pense que vou demiti-los ou algo assim. Mas já vou avisando que não quero saber de namoricos nos corredores da agência. Muito menos dentro dos elevadores. Entendeu? — Ele ergue a sobrancelha.

— Obrigada, Jorge — digo ainda em estado de choque. — Você nem imagina como é bom ouvir isso. Estou me sentindo até mais leve por não ter mais que esconder meu namoro de você. Eduardo queria te contar, mas achei que você poderia não gostar e acabar nos demitindo.

— Eu jamais faria isso — ele diz ofendido.

Sorrio.

— Jorge, você é o melhor chefe do mundo! — digo empolgada.

— Não exagere — ele diz, desmanchando o sorriso, tentando retomar sua postura profissional. — Agora volte ao trabalho.

— Obrigada. — Levanto para sair, mas antes dou um beijo em sua bochecha, o que o deixa completamente sem jeito.

— Helena! — As bochechas de Jorge ficam vermelhas. — Volte para o trabalho.

Obedeço e saio da sala antes que ele realmente fique bravo comigo. Estou tão feliz que saio dando pulinhos de alegria. Eduardo vai adorar saber que Jorge não ficou bravo em saber do nosso relacionamento. Continuo sorrindo como uma idiota. Volto para minha mesa me sentindo mais leve. Eduardo e eu precisamos comemorar.

Checo alguns e-mails e vejo que vovó me mandou duas mensagens perguntando como vai meu namoro com Eduardo. Sorrindo, respondo, imaginando como ela deve estar feliz com tudo isso. Aliás, seu maior sonho se realizou: sua neta finalmente desencalhou.

Ainda mantendo meu bom humor, olho para frente e vejo Aline me encarando.

— O que você quer? — pergunto sem paciência.

Ela se aproxima um pouco mais da minha mesa.

— Como anda seu namoro com o Eduardo? — pergunta com tom de deboche. — Se é que podemos chamar isso de namoro.

— Nosso namoro está ótimo, Aline. — Fecho a cara e encaro a piriguete esquelética diante de mim. Olhando bem... *Nossa!* Como ela está magra! Que regime será que ela está fazendo, hein?

— Pelo visto, Eduardo não leva muito a sério esse compromisso com você. Aliás, ele sempre viaja e te deixa a ver navios. — Olha para a mesa vazia dele e volta a olhar para mim com um sorriso cínico. — Aposto que seu namorado não te deu muitas explicações sobre a viagem dele. Não é mesmo? Acha que não percebi que ficou a semana inteira irritada e fazendo perguntas sobre ele para Jorge? Está na cara que esse romance de vocês não é nada sério. — Ela sorri ainda mais ao dizer isso.

Respiro fundo e tento manter a calma. Essa piriguete esquelética não vai me tirar do sério.

— Eduardo e eu estamos muito bem, obrigada. — Abro um sorriso tão falso quanto o seu.

Ela balança a cabeça como se não acreditasse no que acabei de dizer e isso me irrita bastante.

— Será que seu namorado chegará a tempo de acompanhá-la na festa de amanhã? — Ergue as sobrancelhas perfeitas.

— Não se preocupe com isso, querida. Meu namorado estará comigo amanhã — digo, querendo acreditar nisso.

— Mas até quando Eduardo vai te suportar?

— Desista, se acha que algum dia terá chance com ele. Nós nos amamos, querida. — Sorrio com satisfação.

Ela me olha com desprezo e se afasta.

Droga! Eu ainda acabo matando essa garota.

୨୦୧

Já perto da hora do almoço, desligo o computador e pego a bolsa. Meu estômago ainda dói e minha cabeça também. Não consigo trabalhar com esse mal-estar. Pego o telefone e disco para Jorge.

— Jorge, estou saindo para o almoço e não vou voltar hoje.

— Por quê?

— Não estou me sentindo muito bem — digo com a mão na barriga. — Acho que comi um pão de queijo estragado. — Ao dizer isso, me sinto ainda mais enjoada.

— Helena! — Ele bufa. — Quantas vezes já te disse para não comer tanta besteira na rua?

— Eu sei. — Encolho os ombros.

— Vá para casa e descanse. Espero que esteja melhor para a festa de amanhã.

Eu também!

— Obrigada!

Desligo e vou embora. Sinto-me cansada e completamente desanimada. A primeira coisa que faço quando chego em casa é tomar um banho quente e demorado.

Vou para a cozinha e tento comer algo, mas não consigo. Volto para a sala com uma garrafinha de água e deito no sofá. Pela janela, vejo que está uma tarde de sexta nublada e isso faz com que minha preguiça se multiplique. Fico mudando o canal da TV, procurando alguma coisa interessante, mas acabo dormindo.

Meu celular toca e acordo assustada. Levanto do sofá toda torta e com uma terrível dor no pescoço por ter dormido de mau jeito. Pego o celular em cima da mesinha de centro e atendo.

— Alô!

— Por que demorou tanto para atender? — Cléo pergunta irritada do outro lado da linha.

— Acabei caindo no sono — digo, balançando meu pescoço.

— Como estão os preparativos para a festa de amanhã? — pergunta empolgada.

— Nem me fale dessa festa. — Solto um suspiro.

— Por que está falando assim?

Dou de ombros.

— Só estou com um pouquinho de dor de cabeça — minto.

Ela bufa do outro lado da linha.

— Quer me contar de uma vez o que está acontecendo?

Suspiro longamente.

— Eduardo ainda não chegou de São Paulo — digo desanimada, sentando no sofá e mudando a posição do pescoço.

— Amiga, não há motivos para se preocupar. Eduardo está em uma viagem de negócios e voltará a tempo de te levar à festa. Fique tranquila, por favor — tenta me animar. — Aposto que amanhã cedo ele já estará aqui no Rio.

Penso nisso por um momento.

— Você tem razão. — Tento me convencer disso.

— Eu sempre tenho razão — ela diz convencida. — Você deveria ouvir mais o que eu digo.

Sorrio ao escutar suas besteiras.

— É uma pena que amanhã irei para o congresso de odontologia em Curitiba e ficarei uma semana. Gostaria muito de te ajudar a se arrumar.

— Eu adoraria — digo sinceramente. Cléo faz milagres com a maquiagem. Bem diferente de mim, que mal consigo passar o rímel direito.

— Ainda continua desanimada?

Suspiro ao perceber como minha amiga me conhece bem.

— Não pensei que eu fosse sentir tanta falta dele — digo, sentindo meu peito afundar.

— Helena! — Ela ri. — Não sabia que quando se apaixonasse se tornaria tão carente.

— Não estou carente, Cléo — retruco. — Só com saudade.

— Eu também sentiria saudade se tivesse um namorado tão lindo quanto o seu. — Ela suspira.

— Cléo!

— Por acaso estou mentindo?

Apesar de me sentir um pouco deprimida pela falta dele, acho graça da maneira como ela diz isso.

— Tudo bem, preciso concordar. Meu namorado é realmente um homem lindo — digo sorrindo.

— Pelo visto, foi só falar da beleza do bonitão que você já ficou toda animada — ela diz se divertindo.

— Sempre me sinto melhor quando me lembro dele. — Suspiro.

— Minha nossa! Você está começando a ficar melosa demais, Helena.

— Não exagere — digo.

— Tudo bem, vamos parar de falar do seu namorado supergato. Agora precisamos combinar a que horas vamos nos encontrar hoje à noite.

— Não sabia que tínhamos combinado algo para hoje — digo um pouco confusa.

— Esqueceu que você concordou em ir ao shopping comigo hoje? — Ela bufa irritada.

Droga! Esqueci.

Tento me animar ao pensar que terei que ajudar minha amiga a escolher uma roupa adequada para seu congresso de odontologia. Eu disse a Cléo que era desnecessário, afinal seu guarda-roupa está explodindo de tanta roupa. Mas nem preciso dizer que ela não me deu ouvidos.

— Sete horas está bom para você? — pergunta animada.

— Às sete? — Olho para o relógio e vejo que tenho duas horas ainda. — Está ótimo. — Finjo uma animação que não tenho.

Minha amiga se despede e desligo o telefone.

Shopping! Reviro os olhos. Era só o que me faltava.

Coloco a mão na barriga. Meu estômago ainda dói, mas, para falar a verdade, ficar longe de Eduardo por tanto tempo é o que mais me deixa mal.

Meu Deus! Até quando vou me sentir assim? Será que sentir tanta saudade é normal? Espero que sim.

Eu me ajeito no sofá, pego o celular e digito uma mensagem para ele. Aproveito para contar sobre minha conversa com Jorge.

Jorge já sabe que estamos namorando. Mas fique tranquilo, ele não ficou bravo.
Volta logo!!!
Estou deitada no sofá morrendo de saudade.
Com amor, Helena

Clico em enviar e leio a mensagem mais uma vez. Será que pareci muito desesperada? Começo a roer as unhas. Minutos depois, recebo sua resposta.

Fico feliz em saber que não precisaremos mais esconder nosso namoro e saiba que também estou morrendo de saudade!!!
Com amor, Eduardo.

Com um sorriso idiota no rosto, leio a mensagem várias vezes e fico feliz em saber que ele também está com saudade de mim e que está feliz por assumir nosso namoro publicamente. Meu coração se enche de alegria, mas, antes de lhe enviar outra mensagem, vejo que ele acaba de me enviar mais uma.

Helena, por que já está em casa? Você está bem?

Sorrio com sua preocupação.

Estou um pouco indisposta. Acho que peguei uma virose! ☹

Clico em enviar e, instantes depois, vejo meu celular vibrar.

Como assim indisposta?
Já foi ao médico?
Cléo está aí com você?
Não me diga que está sozinha!

Minha nossa! Reviro os olhos. Eduardo é sempre tão exagerado.

Não se preocupe. Está tudo bem!
É apenas uma virose, mas acho que só vou ficar bem quando você voltar para mim.
Sinto muito a sua falta.

Digito a mensagem e penso por um instante. Acho que Cléo tem razão. Estou ficando melosa demais. Ainda com o telefone nas mãos, sorrio quando recebo sua resposta.

Estar com você é tudo o que eu mais quero!!!
Amo você!

Derreto lendo isso. Não sou a única que está sendo melosa aqui. Eduardo me deixa completamente boba e isso faz com que eu me sinta bem melhor.

Tomo um banho e me arrumo para encontrar Cléo. Como ainda me sinto um pouco indisposta, decido não dirigir e pego um táxi.

— Será que pode ir um pouco mais devagar, por favor? Não estou com tanta pressa — digo um pouco tensa ao motorista do táxi, que dirige como um louco. Meu estômago embrulha ainda mais e fico me perguntando por que não fiquei em casa deitada na cama.

Minutos depois, o motorista apressado me deixa na porta do shopping.

Coloco a mão na barriga e uma forte cólica volta a me incomodar. Estou suando frio e tenho a sensação de que vou desmaiar. *O que está acontecendo comigo?*

Assim que entro, vou correndo para o banheiro. Jogo um pouco de água no rosto e tento respirar devagar. A pouca maquiagem que estava usando sai completamente. Logo depois, já me sinto um pouco melhor. Olho-me no espelho e vejo como estou pálida.

Caminho vagarosamente pelos corredores do shopping e encontro Cléo sentada na praça de alimentação. Ela está impecável, usando um vestido creme e sandálias da mesma cor.

— O que você tem? — pergunta assim que me vê. — Está com uma cara péssima. — Ela me analisa preocupada.

— Acho que peguei uma virose.

— Coitadinha. — Ela me abraça. — Quer que eu te leve ao hospital?

— Não precisa, já estou me sentindo melhor.

Ela concorda e, duas horas depois, já começo a sentir meus pés doendo de tanto andar ao lado da minha amiga consumista.

— Essa blusa parece adequada para um congresso de odontologia — digo segurando uma linda blusa rosa com detalhes em renda branca.

Cléo olha para a blusa em minhas mãos.

— Você sabe muito bem que rosa é uma cor que não me favorece. — Volta a olhar para a pilha de blusas que a vendedora colocou em cima do balcão.

Reviro os olhos. Não aguento mais fazer isso, e acho que a vendedora está sentindo o mesmo. Cléo pega várias peças de roupa e vai para o provador. Continuo em pé ao lado da vendedora e, nesse momento, não consigo dizer qual de nós duas está mais irritada.

— O que acha dessa blusa, Helena? — Cléo sai do provador e aparece sorridente, vestindo uma blusa rosa com detalhes em renda branca. Reviro os olhos. É exatamente a mesma blusa que eu lhe mostrei há alguns minutos.

— Pensei que não gostasse dessa cor? — Dou um longo suspiro.

— Mas acho que ficou bem em mim. — Ela se olha no espelho mais uma vez. — O que acha?

— Está linda — digo por fim.

Ela sorri e finalmente compra a maldita blusa. *Graças a Deus!*

Saímos da loja e Cléo carrega empolgada sua mais nova aquisição. Entramos e saímos de mais algumas lojas e meus pés não param de doer. Meu estômago também volta a me incomodar. Tenho vontade de falar para Cléo que quero ir embora, mas sei que falar isso no meio de suas compras a deixará furiosa.

— Helena! — Ela para de repente no meio do corredor do shopping e leva as mãos à boca.

— O que foi? — Eu a encaro sem saber o que está acontecendo.

— Olha aquele vestido. — Ela aponta para a vitrine à nossa frente. — É maravilhoso — diz com os olhos brilhando.

— Não começa, Cléo. — Reviro os olhos. — Você acabou de comprar uma blusa maravilhosa e várias outras peças de roupa. Não vou te deixar comprar mais nada — digo cansada. — Além do mais, esse vestido não é ideal para um congresso de odontologia e sim para uma festa de gala.

— Não seja tonta. — Ela bufa irritada. — Ele é perfeito para você usar amanhã na festa. — Ela me encara séria. — Você não pode ir com aquele seu vestido preto. Ele é simples demais. — Ela coloca os braços cheios de sacolas em volta de sua cintura fina.

— Aquele vestido é muito bonito — retruco. — Além do mais, usei só duas vezes.

— Se usou duas vezes, então ele já é velho. — Ela revira os olhos. — Você precisa usar algo deslumbrante nessa festa e esse vestido é perfeito. Tenho certeza de que Eduardo vai ficar babando quando te vir nele. — Ela sorri.

Quando diz isso, sinto uma vontade louca de fazer o que ela fala. Empolgada, me aproximo da vitrine, observo o vestido detalhadamente e me encanto por ele. É lindo e muito delicado. Fico me imaginando vestindo-o e o olhar de Eduardo em mim. Mas desperto para a realidade assim que vejo a etiqueta do preço.

— Minha nossa! — Levo a mão à boca, completamente chocada. — Esse vestido custa uma fortuna.

Cléo ri da minha cara.

— Não exagera, vai. A festa de amanhã pede um vestido como esse.

Torço o nariz.

— Será?

— Mas é claro que sim — ela tenta me convencer.

Penso por um momento e acho que minha amiga tem razão. Preciso estar deslumbrante nessa festa.

— Tudo bem. — Deixo escapar um sorriso. — Não custa nada experimentar.

Cléo sorri. Bate palmas, empolgada, e entramos na loja.

Meia hora depois, saímos. Cléo tem um sorriso radiante no rosto e eu tenho uma sacola com um vestido perfeito, embora me sinta péssima por ter feito mais um rombo na minha conta bancária.

— O que você quer jantar? — Cléo pergunta quando sentamos em um pequeno, mas aconchegante, restaurante do shopping.

— Quero apenas um suco. Não vou comer nada, estou sem fome — digo um pouco desanimada.

Ela ri.

— Você só pode estar brincando, né? — Ela pisca para mim e pega o cardápio da mesa.

— Não, eu realmente estou sem apetite. — Encolho os ombros.

— Está tudo bem? — Ela franze a testa. — Você nunca está sem apetite.

Reviro os olhos.

— Acho que estou começando a ficar doente. — Me ajeito melhor na cadeira.

— Sua cara está péssima. — Ela segura minha mão, visivelmente preocupada, e me analisa um pouco mais. — Você precisa se alimentar. Não pode ficar apenas com um suco. — Ela tira sua mão da minha e chama o garçom. Logo depois, ela se vira novamente para mim e diz: — Amanhã você estará bem melhor e essa sua indisposição já terá ido embora. Você precisa arrasar naquela festa com esse vestido maravilhoso.

Quando diz isso, meu estômago embrulha um pouquinho mais ao me lembrar do preço que paguei por ele. *Minha nossa!* Eu não deveria ter gastado esse dinheiro.

— Não posso aparecer na festa amanhã com essa cara péssima — digo desanimada.

— Não mesmo.

— Queria que estivesse aqui amanhã. — Encolho os ombros. — Gostaria da sua ajuda para arrumar meu cabelo e fazer minha maquiagem. Você é sempre tão boa nisso.

— Também gostaria de te ajudar, amiga. — Ela suspira longamente. — Você nunca foi boa com maquiagens. — Ela balança a cabeça e isso me deixa pior.

O garçom se aproxima e Cléo faz os pedidos. Tento argumentar que quero apenas um suco de laranja, mas não tem jeito. Como sempre, ela me ignora e pede um caldo verde para mim. Digo que não gosto, mas ela diz que preciso comer e melhorar minha cara horrível. Então, dou um suspiro desanimado e concordo.

— Sabe de uma coisa? — ela diz assim que terminamos de comer. — Não acho que o que você tenha seja uma virose.

— Não? — Enrugo a testa.

— Acho que o que você tem é apenas saudade do seu namorado gato. Se eu estivesse no seu lugar, também estaria assim. — Ela dá uma piscadinha.

Ao escutar isso, acabo sorrindo. Acho que Cléo tem razão. Estou morrendo de saudade de Eduardo.

— Você ainda não me contou sobre a reação dele quando você entregou a cópia da chave do seu apartamento. — Ela olha para o meu prato e parece satisfeita ao ver que tomei todo o caldo.

— Ainda não entreguei. — Encolho os ombros, me sentindo um pouco decepcionada.

— Não? — Ela me olha confusa. — Mas você disse que entregaria.

Respiro fundo.

— No dia em que ia lhe entregar, tivemos uma briga horrível por causa do sumiço dele. — Sinto um aperto no peito ao me lembrar disso. — Mas vou fazer isso assim que ele chegar de viagem.

Cléo me analisa por um instante e me olha de um jeito que conheço bem.

— Você sabe que não concordo com essa situação. Ele some e nunca te diz nada. Além do mais, precisa te falar sobre aquela tal garota. — Cléo está visivelmente incomodada com tudo isso. Também estou.

— Sei disso — digo, afundando um pouco mais na cadeira. — Vou esperar a festa de amanhã e logo depois vou conversar com ele. Não aguento mais ficar imaginando tantas coisas em relação a ela.

— Isso. — Ela balança a cabeça. — Não deixe de conversar com ele. Eduardo é seu namorado e te deve explicações.

Ela tem razão. Meu namoro não pode continuar assim. Precisamos conversar e de amanhã não passa.

Capítulo 31

Uau! O vestido ficou incrível em mim. Cléo tinha razão quando me fez comprá-lo. Verde e colado ao corpo, ele realça a cor dos meus olhos. Ele é simplesmente perfeito. O decote das costas não é nada exagerado. É extremamente bonito. Mesmo estando muito feliz com o resultado, evito me lembrar do valor que paguei, porque isso me deprime imediatamente.

Verde é a cor preferida de Eduardo. Viro-me em frente ao espelho e espero que ele goste do resultado.

Vovó, minha mãe e Cléo ficariam orgulhosas ao me verem vestida assim. Preciso mandar uma foto para elas.

Faço um coque no cabelo e termino a maquiagem. Olho o espelho novamente e toco o colar que Eduardo me deu. Ele ficou simplesmente perfeito.

Pego a pequena caixinha onde está a cópia da chave e a coloco dentro da bolsa de mão. Estou decidida a ter uma conversa séria com Eduardo hoje e, depois que ele me disser tudo, vou finalmente entregar meu presente a ele. Sei que será um passo bem importante no nosso relacionamento.

Sinto-me feliz ao saber que verei Eduardo e finalmente mataremos a saudade. Entretanto, procuro não me empolgar muito com isso. Aliás, ele não me ligou hoje nem respondeu minhas mensagens.

Respiro fundo. Eduardo não vai me deixar sozinha naquela festa. Não vai! Claro que não. *Que ideia!*

Dou mais uma olhada no espelho e saio apressada.

O táxi que Matias chamou já está me esperando. Quando passo por ele, começo a rir da sua cara de espanto ao me ver arrumada desse jeito.

Assim que entro, aliso meu vestido com as minhas mãos. A cidade vai passando pelos meus olhos e começo a ficar nervosa. Mas isso não tem nada a ver com o fato de que estou indo a uma festa onde sou a garota propaganda de uma campanha de biquínis. Meu nervosismo tem a ver com meu namorado que sumiu durante todo o dia e até agora não me deu sinal de vida.

Suspiro longamente.

O táxi para em frente a um tradicional hotel em Ipanema. Ele vai embora e permaneço parada em frente à entrada principal com o celular na mão. Não entendo por que ele sumiu desse jeito. Não consigo pensar em nenhuma explicação para isso. Que raiva!

Um pouco insegura, entro no hotel e caminho em direção ao grande salão de festas. Observo cada detalhe. O salão é tão lindo que me sinto encantada. O piso de madeira e os lustres de cristal dão charme e sofisticação ao local. Várias pessoas já estão no salão e uma música suave toma conta do ambiente. Duas moças muito bonitas estão na entrada do salão para dar as boas-vindas aos convidados.

— Boa noite — um delas diz com um sorriso simpático. — Seja bem-vinda à festa da agência CET e ao lançamento da campanha da Verão Brasil.

— Obrigada. — Sorrio.

— Você ficou muito linda nas fotos da campanha. — A outra se aproxima de mim. — Faz tempo que trabalha como modelo? — pergunta interessada.

Fico imaginando como ela sabe que sou a modelo da campanha, mas acabo não perguntando.

— Não sou modelo — digo.

— Não? — As duas me olham confusas.

— Fiz essa campanha, mas não sou modelo — tento explicar. — A dona da marca insistiu para que eu tirasse as fotos e acabei aceitando — digo um pouco envergonhada.

— Deveria seguir carreira. Suas fotos ficaram lindas.

Sinto meu rosto queimar de vergonha. Não estou acostumada com isso.

Despeço-me das duas recepcionistas e entro na festa com uma taça de champanhe na mão. Bebo um gole e ando lentamente pelo salão para ver se encontro meu namorado sumido. De repente, vejo vários pôsteres espalhados por uma das paredes de vidro. Eu me aproximo da primeira foto e vejo um casal muito sorridente. A moça magrela está com um sorriso enorme no rosto e veste um lindo maiô azul com listras brancas e alguns detalhes em vermelho. O rapaz também sorri e agarra sua cintura. Ele veste uma sunga branca, realçando seu corpo lindo e perfeito. Entorto a cabeça e leio: *"Moda Praia Verão Brasil – Agência CET".*

Engulo em seco. Não posso acreditar! Somos Eduardo e eu!

Olho as demais fotos e vejo nossos sorrisos estampando cada fotografia.

Minhas pernas estão tremendo e sinto que estou vermelha como um tomate. Jorge não me contou que nossas fotos ficariam expostas dessa forma. Se tivesse me contado, juro que o faria mudar de ideia. Aposto que isso foi ideia da Marta.

Ainda em estado de choque e corada, observo cada imagem. A minha preferida é a foto na qual Eduardo está sozinho com um sorriso sedutor, a mesma foto que roubei na reunião e que agora está na mesinha ao lado da minha cama.

Na próxima foto, vejo a imagem em que apareço com um enorme sorriso, vestindo o minúsculo biquíni fio dental. Fecho os olhos por um momento. *Ai, que vergonha!*

Bebo mais um gole do champanhe e continuo olhando todas as fotos. Eduardo está lindo em todas elas. Ver as fotos que estamos juntos faz meu coração se encher de saudade.

Onde meu namorado está?

Nervosa, bebo mais um gole. Olho para frente e vejo Marta vindo em minha direção. Seu cabelo está preso em um coque impecável e seu sorriso é radiante. Ela está lindíssima em um vestido creme, colado ao corpo, com uma pequena fenda a partir dos joelhos.

— Helena. — Marta me abraça muito empolgada. — Você está um arraso com esse vestido verde. — Ela se afasta e me analisa atentamente.

— Obrigada, Marta — digo com sinceridade, apesar de reprovar suas botas. Eu realmente preciso lhe apresentar a Cléo. Minha amiga saberia dar boas dicas de moda a ela.

— Você gostou do vestido? — Ela me olha em dúvida.

— Sim. É muito elegante.

— Achei-o tão basiquinho. — Ela olha para o próprio vestido e depois volta a me olhar. — E as botas, você gostou? — Ergue um pouco mais o vestido para deixar as botas marrons mais evidentes. — É couro legítimo — ela diz orgulhosa.

Quando diz isso, engasgo com o champanhe. *Santo Deus! Botas de cano longo?*

— Está tudo bem? — Ela me olha assustada.

— Ah, sim. — Dou uma tossida. — Me engasguei com o champanhe.

Tento sorrir enquanto ela continua me encarando.

— Está gostando da festa? — pergunto ainda com a voz esquisita.

— Sim! — Ela abre um enorme sorriso. — Meus biquínis vão vender como nunca com você e Eduardo estampando essa campanha.

— Espero que sim — digo envergonhada ao me lembrar que todos estão me vendo nessas fotos de biquíni.

— Não falei que você e Eduardo formariam um belo casal? — Ela dá um tapinha em meu ombro. — A campanha já é um sucesso. Fiquei muito feliz de saber que estão namorando — ela diz satisfeita.

— Obrigada. — Sorrio um pouco sem graça.

— Faço questão de ser a madrinha desse casamento. — Ela me abraça.

Conversar com Marta é sempre muito divertido. Acho que vovó iria gostar dela.

— Eu e Jorge também estamos namorando — ela diz orgulhosa.

— Nossa! — Agora sou eu que a abraço. — Fico muito feliz por vocês.

Ela sorri ainda mais, mas logo desfaz o sorriso.

— E onde está o Eduardo? Por que ele ainda não chegou? — Ela franze a testa.

Engulo em seco. Como posso dizer a ela que não faço ideia de onde meu namorado se enfiou?

— Por que não vieram juntos? — pergunta confusa

— Ele estava em São Paulo. Não deve ter chegado ainda. — Tento me convencer.

— Por que não tenta o celular dele? — diz isso como se eu já não o tivesse feito um milhão de vezes.

— Está desligado — digo com a voz baixa.

Ela me analisa por um tempo e depois volta a sorrir.

— Com certeza ele já deve estar chegando.

Dou um longo suspiro, querendo acreditar em suas palavras.

Marta some pelo salão, mas continuo parada no mesmo lugar olhando para o celular em minhas mãos. *Droga!*

Um garçom passa ao meu lado e pego mais uma taça de champanhe. A terceira da noite.

Tento manter a calma e dizer para mim mesma que tudo vai ficar bem e que Eduardo logo chegará, mas me irrito assim que vejo Aline passar por mim. A piriguete esquelética está usando um vestido preto bem provocante. O decote deixa seus seios bem evidentes e as costas estão inteiramente à mostra. Ela usa um par de sapatos que me dá até medo de olhar de tão altos. Eu com certeza levaria um tombo facilmente se tentasse usá-los. Seus cabelos vermelhos estão escovados e sua maquiagem está perfeita. Enfim, ver Aline me deixa ainda mais irritada.

Um garçom passa ao meu lado e enfio um minúsculo canapé na boca. Então viro de costas para não me irritar ainda mais com a beleza dessa piriguete esquelética e dou de cara com Raul.

— Helena.

Uau! Tenho que admitir, Raul está lindo com um terno preto e uma camisa cinza. Ele está me encarando com um pequeno sorriso.

— Oi — digo, levando a mão à boca, enquanto tento engolir o minúsculo canapé.

Raul me olha como se não soubesse o que dizer. Desde nossa discussão por causa de Eduardo, ficamos um pouco distantes. Às vezes, conversamos sobre trabalho, mas nada além disso. Sinto que já não somos os mesmos. Raul continua magoado comigo e sei que nunca aceitará meu namoro com Eduardo.

— Você está muito bonita — ele diz me encarando.

— Obrigada. — Baixo o olhar.

— Você também está muito bonito.

Ele abre um pequeno sorriso.

— Está gostando da festa? — Raul continua me encarando e isso me deixa sem jeito.

— A festa está linda. — Sorrio um pouco nervosa.

— Está mesmo. Acho que Jorge quis impressionar o Sr. Carlos.

Dou um pequeno sorriso. A situação entre nós continua estranha e tenho medo de que nossa amizade nunca mais volte ao normal.

— Você veio sozinha? — pergunta, analisando meu nervosismo.

Engulo em seco.

— Eduardo está vindo direto de São Paulo. Acho que já deve estar chegando. — Dou um pequeno sorriso e desvio o olhar.

— Sei. — Raul parece não acreditar muito no que acabei de dizer e me olha com certa desconfiança. Não gosto quando desse olhar.

— E como anda o namoro de vocês? — pergunta com certo deboche e não gosto disso também.

— Muito bem. — Tento não convencer apenas Raul, mas a mim também.

Ele pensa por um tempo e depois diz, me analisando.

— Você já conheceu a família dele? — Raul pergunta sério dessa vez.

Eu o encaro sem entender o porquê dessa pergunta.

— Não. — Estranho sua pergunta.

Ele dá um sorriso sem humor.

— Eu sabia. — Raul passa a mão pelos cabelos. — Mau-caráter.

Enrugo a testa sem saber por que ele está se comportando assim.

— Por que está falando desse jeito do Eduardo? — Estreito os olhos. — E por que me pergunta sobre a família dele?

Ele dá um longo suspiro.

— Esquece isso. Foi apenas uma pergunta boba. Só quis saber se o namoro de vocês está realmente sério. Aliás, isso é a primeira coisa que se faz quando realmente você gosta de uma pessoa; você a apresenta para sua família. — Ele dá um meio-sorriso, mas tenho a sensação de que está escondendo algo de mim. Antes que eu consiga perguntar alguma coisa, ele se afasta e some entre as pessoas.

Continuo parada pensando nas palavras de Raul. Eduardo nunca me apresentou à sua família. Nem sei onde meu namorado mora.

Observo Marta e Jorge, que não se desgrudam. Até que eles ficam bem bonitinhos juntos.

Bebo mais uma taça de champanhe e já emendo em outra. Acho que é a sétima da noite. Tento relaxar, mas não consigo. A festa está animada e vejo várias pessoas conversando e se divertindo, mas até agora nem sinal de Eduardo.

— Está tudo bem, Helena? — Jorge se aproxima de mim.

Bebo mais um gole e peço mais uma taça ao garçom.

— Eduardo não atende meus telefonemas — digo nervosa.

— Ele já deveria estar aqui. — Jorge olha para seu relógio.

— Será que aconteceu alguma coisa? — Estou apavorada.

— Claro que não. — Jorge balança a cabeça. — Aposto que deve ter tido problemas no aeroporto. Não se preocupe, logo ele estará aqui — ele tenta me acalmar.

— Você tem razão. Não há motivos para me preocupar. — Encolho os ombros.

Uma angústia toma conta de mim. Quero sair correndo dessa festa e procurar Eduardo, mas nem sei por onde começar. Minhas pernas tremem e meu estômago embrulha. Estou uma pilha de nervos.

Jorge se afasta e decido não beber mais. Coloco a taça vazia em cima de uma mesa e volto a circular pelo salão.

Eduardo deve estar em algum lugar. Só preciso procurar melhor. Quem sabe ele não está do lado de fora do salão? Decido procurá-lo, mas, assim que caminho até a saída, escuto meu nome.

— Helena?

Olho para trás e vejo uma senhora muito elegante. Olho-a atentamente. Ela aparenta ter uns cinquenta e cinco anos, é alta, magra, loira e bonita. Ela me olha com um sorriso gentil e não deixo de notar que me observa atentamente.

— Você é a Helena, não é? — Ela parece um pouco em dúvida, mas continua sorrindo.

— Sim, sou. — Eu me aproximo um pouco mais para ver se a reconheço, mas não faço ideia de quem seja.

Será que exagerei na bebida?

— Muito prazer. — Ela estende a mão fina para me cumprimentar e não deixo de reparar no maravilhoso anel de brilhantes em seu dedo. Pelo visto, é uma mulher muito rica.

— O prazer é todo meu, dona...

— Clarice. — Seu aperto de mão fica um pouco mais firme.

— Clarice — repito seu nome para ver se me lembro de alguém.

— Nós não nos conhecemos — ela diz assim que vê minha expressão confusa.

— Sim... — Sorrio mais aliviada.

— Sou a mãe do Eduardo — ela diz de repente.

— Mãe?

Arregalo os olhos.

— Sim — ela diz orgulhosa.

— Me desculpe. — Tento me recompor. — Eduardo não me disse que a senhora estaria aqui.

Ela enruga a testa.

— Imaginei que soubesse que eu estaria aqui. — Ela parece confusa.

Eu deveria saber que a mãe dele estaria aqui? Eduardo não me disse nada. Ela continua me olhando e percebo que os olhos dela não tem a mesma cor dos de Eduardo, mas, olhando atentamente, dá para perceber a semelhança entre os dois.

— Eduardo e o pai falam tanto de você. — Ela sorri largamente. — Estava curiosa para conhecê-la.

Eduardo e o pai falam muito de mim? *Minha nossa!* Mas eu nem conheço o pai dele.

Enrugo a testa. *O que está acontecendo aqui?* Eu sabia que não deveria ter tomado tanto champanhe.

— Eduardo me disse que era bonita, mas não imaginei que fosse tão linda — ela diz encantada.

— Obrigada — respondo envergonhada pelo elogio e pela confusão que está na minha cabeça.

— Eduardo já está chegando — ela diz.

Relaxo os ombros. *Graças a Deus!*

— Ele acabou de me ligar dizendo que já está a caminho.

Fico decepcionada ao ouvir isso. Por que ele não me ligou também?

— E vocês, como estão? — ela pergunta interessada.

Sinto um nó no estômago por não saber realmente como estamos, ainda mais ao saber que ele não quis ligar para mim.

— Estamos bem — digo sem ter muita certeza.

Ela sorri satisfeita.

— Estou tão feliz por Eduardo finalmente encontrar uma pessoa como você. Ele nem parece o mesmo. Está muito mais feliz depois que te conheceu.

Meu coração se enche de esperanças quando ela diz isso.

— Seu filho é um homem incrível. — Deixo escapar um sorriso apaixonado.

— Não é porque ele é meu filho, mas preciso concordar com você.

Clarice abre um largo sorriso e segura uma de minhas mãos.

— Você é uma moça muito simpática — ela diz carinhosamente. — Fico feliz em saber que está fazendo meu filho tão feliz.

Fico encantada com suas palavras. A mãe de Eduardo parece realmente ter gostado de mim. Sinto um alívio por isso e acho que não vou ter problemas com a minha sogra, como a maioria das mulheres.

— Obrigada — digo um pouco constrangida. — Também estou muito feliz. Seu filho é muito especial para mim.

— Eduardo fala de você o tempo todo. — Ela continua sorrindo. — Mas devo confessar que isso me assusta um pouco. — Quando diz isso, seu sorriso se desfaz e isso me preocupa.

— Não vou suportar vê-lo sofrer mais uma vez. — Ela dá um longo suspiro. — Meu filho merece ser feliz depois de tudo que passou.

Suas palavras me deixam nervosa. Não consigo entender o que ela quer dizer. Sinto um nó na garganta.

— Eduardo é muito especial — digo emocionada. Sinto lágrimas se formarem em meus olhos, mas respiro fundo para não chorar. Não posso fazer isso em uma festa como essa. Ainda mais na frente da mãe dele.

Ela me dá mais um de seus sorrisos carinhosos e posso sentir que nos daremos bem. Gostei dela.

Limpo a garganta e logo em seguida pergunto sobre Eduardo. Talvez ela possa esclarecer as dúvidas que embaralham minha mente.

— Eduardo ficou alguns dias em São Paulo. — Tento parecer tranquila.

— Ah, sim. — Ela confirma com a cabeça. — Ele está resolvendo algumas pendências do seu novo negócio. Estou muito orgulhosa do meu filho. — Ela leva a mão ao peito.

— Um novo negócio? — Enrugo a testa.

Como assim novo negócio? Por que ele não me disse nada? Eu, como sua namorada, deveria saber, não é?

— Sim. Eduardo está se saindo muito bem nos negócios. — Ela dá um longo suspiro. — Meu filho é um homem muito responsável. Puxou ao pai.

Concordo com um sorriso amarelo. Estou morrendo de curiosidade para saber quem é o pai dele, mas me seguro para não perguntar. Acho que não seria muito elegante da minha parte.

— Mesmo ganhando de presente a presidência da empresa que meu marido comprou para ele, Eduardo fez questão de abrir o próprio negócio. Isso era importante para ele; mostrar que é capaz.

— Presidência? — pergunto sem entender. — Que presidência?

Ela me olha confusa.

— Como deve saber, meu marido comprou a agência onde você trabalha para dar de presente a Eduardo, mas ele fez questão de ficar trabalhando um tempo como um funcionário normal, antes de passar para a presidência. Achei essa atitude tão madura. — Ela sorri amplamente.

— Eduardo é... — Não! *Não pode ser.* — Ele é filho do Sr. Carlos? — pergunto quase sem voz.

Isso é sério? A mãe de Eduardo parece surpresa com minha pergunta e me olha de forma estranha.

— Helena, está tudo bem? — Ela me analisa atentamente. — Você ficou pálida de repente. Aconteceu alguma coisa? — pergunta preocupada.

Meu coração acelera e uma onda de constrangimento me invade. Não posso acreditar em como ele me enganou. Todo esse tempo Eduardo estava mentindo para mim. Como pôde fazer isso comigo? *Mau-caráter!* Eu... não posso acreditar!

— Helena, você está me ouvindo? — Clarice me chama e volto minha atenção para ela.

Sua expressão está séria e preocupada.

— Você está bem? — Seus olhos estão cheios de preocupação.

— Sim, estou. — Desvio o olhar.

Ela me observa enquanto meus pensamentos continuam em completa desordem.

Clarice chama um garçom e logo me entrega um copo de água.

— Beba, querida. Você não me parece muito bem.

— Foi apenas um mal-estar — digo baixinho.

Ela me analisa mais uma vez e não parece nem um pouco convencida disso.

— A senhora estava me dizendo que Eduardo é... — Sinto meu peito afundar. — Ele é... filho do Sr. Carlos?

Isso não pode ser verdade. Por que Eduardo nunca me disse isso?

— Você não sabia? — Clarice me olha com a testa enrugada.

— Não. Eu não sabia disso — digo decepcionada.

Uma onda de raiva me invade e se espalha por todo o meu corpo. Agora entendo as atitudes de Eduardo lá na CET. Mas é claro, está tudo explicado. É por isso que nunca se importou com horários nem com seus dias de ausência. Agora entendo por que ele observava todo mundo e era tão interessado em saber sobre todo o funcionamento da agência. É claro. Ele é o dono de tudo aquilo. Ele é filho de um milionário e o futuro dono da agência. O que, aliás, significa: Carlos Eduardo Trevisan Júnior. Penso um pouco mais e analiso o nome do grupo CET. Óbvio. CET significa Carlos Eduardo Trevisan, o nome de seu pai.

Como fui burra!

— Eduardo não me disse esse pequeno detalhe. — A raiva borbulha dentro de mim. — Eu não sabia que ele era meu chefe.

— Você não sabia? — Clarice parece não acreditar.

— Não — digo secamente.

Ela leva a mão até a boca.

— Não consigo entender por que Eduardo fez isso.

— Ele me enganou — digo totalmente arrasada.

Ela me encara como se não soubesse o que dizer.

— Me desculpe. Não queria que soubesse dessa maneira.

Clarice está visivelmente chateada com a situação. Ela continua me olhando como se não soubesse o que fazer. Por um momento, sinto até pena dela, afinal não tem culpa de ter um filho mentiroso.

— Não se preocupe com isso, Clarice. — Seguro seu ombro. — Eduardo e eu conversaremos sobre isso — digo, tentando esconder meu nervosismo diante dessa elegante senhora. Ela concorda com a cabeça, mas sei que está chateada também.

— Helena! — Vejo o Sr. Carlos se aproximando de mim.

Oh, não!

Ele para a minha frente e estende a mão para me cumprimentar.

— Como está? — Ele segura forte minha mão com um sorriso radiante.

— Estou bem — minto e retribuo o cumprimento. Ele continua parado diante de mim com um terno azul-marinho e um sorriso no rosto. Só agora percebo seus olhos azuis. São os mesmos olhos de Eduardo. Como não percebi antes tamanha semelhança?

— Estou vendo que já conheceu minha esposa. — Ele beija sua testa em um gesto de carinho.

— Sua esposa é uma mulher muito bonita e elegante — digo com sinceridade.

Olho para Clarice, que me olha constrangida com a situação.

— Clarice é uma esposa maravilhosa — ele diz todo orgulhoso, beijando sua testa novamente, e depois volta a olhar para mim.

— Mas então, Helena, o que está achando da festa? — Posso ver que o Sr. Carlos está satisfeito com o resultado.

Engulo em seco e tento não demonstrar minha raiva e nervosismo diante do meu chefe. Ou melhor, meu sogro. Quer dizer, pai do meu namorado, que não é mais namorado e sim meu chefe. *Inferno!* Nem sei mais de nada.

— A festa está linda — digo com um sorriso amarelo.

— Eduardo ainda não chegou? — O Sr. Carlos olha para o relógio em seu pulso.

— Ele já está chegando, querido — Clarice diz e me olha visivelmente constrangida.

— O voo dele atrasou.

— Esses aeroportos... — Ele balança a cabeça.

Engulo em seco. Preciso respirar. Preciso de ar.

— Bom, se me derem licença, vou conversar com alguns clientes — minto. Então, um pouco sem jeito, me afasto e dou de cara com Eduardo.

Oh, meu Deus!

Com um terno preto risca de giz, Eduardo está mais lindo do que nunca. Seus cabelos está penteados da maneira que eu tanto gosto, seu perfume me atinge em cheio e seus olhos me encaram assustados.

— Helena — ele diz nervoso.

Respiro fundo e tento me recompor. Então dou um passo para trás e tento fugir dele.

— Precisamos conversar. — Ele segura meu braço, me impedindo de sair do lugar.

— Me desculpe, mas já estava de saída. — Forço um sorriso. — Você tem pais adoráveis.

— Helena, eu... — Ele tenta se aproximar, mas me afasto.

— Me deixe passar — digo entre os dentes.

— Por favor, me deixe explicar. — Ele segura meu braço novamente.

— Tire suas mãos de mim. Não quero fazer um escândalo aqui.

Ele me solta dessa vez e eu me afasto.

— Até quando pretendia me enganar? — Sinto novamente o maldito embrulho no estômago e a visão ficar escura. Preciso me controlar.

— Eu ia te contar tudo hoje, mas meu voo acabou atrasando. — Ele tenta se aproximar.

— Você realmente acha que vou acreditar nisso? — Deixo escapar uma risada sem humor.

— Por favor, acredite em mim — Eduardo diz com certo desespero.

— Saia da minha frente — digo mais uma vez.

— Helena, por favor — ele insiste.

Sei que estamos chamando a atenção de algumas pessoas que nos observam. O Sr. Carlos balança a cabeça e franze a testa. Está nítida a confusão em seu olhar.

— O que está acontecendo com vocês dois? — Ele se aproxima de nós.

— Eles precisam conversar, Carlos. — A mãe de Eduardo se aproxima, tentando controlar a situação.

— Helena, me escuta, por favor — Eduardo insiste mais uma vez.

Irritada, saio sem dizer nada e Eduardo tenta me seguir. Corro pelo salão lotado de convidados, sentindo lágrimas escorrerem pelo meu rosto. Assim que passo por Raul, ele me olha assustado, mas não tenta me seguir. Fico aliviada por isso.

Sinto Eduardo correndo atrás de mim e várias pessoas olhando para a cena. Desesperada, entro no banheiro. Com as mãos trêmulas, tranco a porta e desabo no chão. Choro sem conseguir me controlar.

— Helena, abra a porta. — Eduardo bate. — Precisamos conversar.

— Vai embora! — grito. — Não vou falar com você.

Quando digo isso, começo a chorar ainda mais.

— Por favor, abra a porta. — Ele bate com mais força. — Eu não vou sair daqui.

Não respondo.

— Helena! Fale comigo.

— Me deixe em paz! — grito mais alto. — Nunca mais quero olhar para a sua cara.

Meu coração aperta quando digo isso e meu choro sai ainda mais desesperado e misturado a soluços.

— Se não abrir, vou quebrar essa porta e a festa inteira virá aqui para saber o que está acontecendo. É isso que você quer? — ele diz sério.

Penso por um minuto. Não posso fazer um escândalo na festa da CET. Jorge me mataria, o Sr. Carlos me colocaria na rua e todo mundo saberia que o casal da campanha da Verão Brasil se odeia. Marta ficaria muito brava com isso. Sem opção, tento parar de chorar e enxugo meu rosto com as mãos.

Respiro fundo e abro a porta devagar.

Saio do banheiro enquanto Eduardo me observa com a respiração acelerada. Ele parece nervoso e posso ver culpa em seu olhar.

— Helena. — Ele fecha os olhos por um instante, tentando se controlar. — Me desculpe. Sinto muito sobre isso. Eu ia te contar. Entenda... tentei conversar com você algumas vezes, mas achei que seria melhor te contar no dia da festa. Só não imaginava que meu voo fosse atrasar tanto. — Ele tenta se aproximar, mas me afasto.

— Você realmente quer que eu acredite nisso? — digo com a voz baixa.

— Eu nunca menti para você. Acredite em mim — ele diz desesperado, mas não acredito em suas palavras. Nunca deveria ter me envolvido com ele.

— Fui burra em acreditar que sentia alguma coisa por mim. — Desvio o olhar e meu peito afunda.

— Olha para mim. — Sinto o desespero em sua voz. Então ele se aproxima, segura meu rosto com as duas mãos e fixa seu olhar no meu.

— Meus sentimentos são verdadeiros e tudo que eu disse é verdade. Jamais mentiria para você.

— Mas me escondeu que era o dono da agência onde eu trabalho. — Fico de costas para ele.

— Eu ia te contar, mas não queria que me julgasse por ser o novo presidente da CET. Sei que você não aceitaria se envolver com o dono da empresa onde trabalha.

— Eu acreditei em você. — Viro para ele.

Eduardo se aproxima de mim e segura meus braços com força. Meu corpo reage imediatamente ao seu toque e tento me soltar, mas ele não me dá chance de escapar.

— Me solta. — Tento inutilmente me afastar dele, mas Eduardo me vira, me prensando contra a parede.

— Helena, me escuta. — Ele coloca uma mão de cada lado do meu rosto. — Eu não quis te magoar.

Nossos olhos se encontram e me assusto com o desespero que vejo em seu olhar.

— Eu te amo, Helena. — Ele abaixa a cabeça e encosta sua testa na minha.

Nossas respirações aceleradas se misturam e, apesar de toda a minha raiva, sentir Eduardo tão próximo de mim me acalma de alguma forma.

— Por que escondeu isso de mim? — murmuro baixinho.

— Não era para ser assim, mas eu me apaixonei por você. — Ele levanta a cabeça e vejo seus olhos cheios de angústia. — Eu nunca faria nada com a intenção de machucar você.

— Você já me machucou. — Eu me afasto finalmente, completamente magoada com sua atitude.

— Por favor, me perdoe. — Seus olhos estão cheios de arrependimento.

— O que mais está escondendo de mim? — exijo, mas Eduardo não parece disposto a me contar seus segredos que tanto atrapalham nosso relacionamento.

— Pare com isso. Não há nada para te contar.

Sua expressão tensa confirma minhas suspeitas. Ainda há coisas que ele precisa me dizer, mas sei que não serão ditas por ele. Até quando vamos aguentar sustentar um relacionamento cheio de segredos? Não posso continuar com isso.

— Acabou — digo, arrancando o colar do pescoço e jogando-o para ele.

Ele me encara com os olhos arregalados.

— O que pensa que está fazendo? — Ele parece chocado.

— Estou fazendo a coisa certa. Não podemos continuar assim. Um relacionamento, para dar certo, não pode ter tantos segredos. — Sinto as lágrimas voltando a cair.

— Não me deixe, por favor. — Eduardo tenta se aproximar.

— Pare! — grito, sem querer ouvir mais nada.

— Helena, vamos conversar — ele diz desesperado. — Eu te amo.

— Não quero um amor como esse, cheio de segredos. — Me afasto dele e tento sair o mais rápido que posso, mas ele me para no meio do caminho e segura meu braço mais uma vez.

— Pare com isso. Por favor! — insiste.

— Saia da minha vida — digo com o rosto coberto pelas lágrimas.

— Não vou deixar você sair da minha vida.

— Me deixe em paz. — Puxo meu braço com força. — Não quero mais nada com você.

Eduardo se afasta dessa vez e sinto que minhas palavras o magoaram.

— Alguém pode me explicar o que está acontecendo aqui? — Ouço a voz do Sr. Carlos atrás de nós.

Nós dois viramos para encará-lo. Ele parece confuso com a cena patética diante dos seus olhos. Estou aos prantos, com os olhos vermelhos, enquanto Eduardo continua parado ao meu lado, completamente sem fala.

Ainda ofegante, tento me controlar para não chorar ainda mais. Uma tarefa bastante difícil, dada a situação confusa em que me meti.

— Exijo uma explicação agora — ele diz com uma expressão furiosa no rosto.

Clarice está bem ao seu lado, tentando mais uma vez controlar a situação. Jorge está logo atrás, parecendo não acreditar no que acaba de ver. Nenhum dos dois parece entender o espetáculo que acabamos de dar no corredor do banheiro feminino.

Morrendo de vergonha, saio, deixando todos para trás. Corro pela festa novamente, rumo à saída do salão. Não suporto ficar mais um minuto nesse lugar. Preciso de ar. Assim que saio do hotel, corro pela rua, completamente sem direção. Minha cabeça gira de maneira rápida e frenética. Os sapatos de salto estão acabando com os meus pés, mas não me importo. Continuo correndo, tentando me equilibrar em cima dos sapatos. Algumas pessoas me olham assustadas, mas não me importo. Há tanta coisa que não sei sobre o meu próprio namorado. Ou melhor, ex-namorado.

Meu coração está despedaçado e me sinto dominada pela raiva e nem sei realmente o verdadeiro motivo. Raiva de Eduardo ou de mim por ter sido tão idiota?

Quando percebo, já estou bem longe do hotel e com os pés latejando. Reduzo o passo. Minha respiração continua acelerada e tento me controlar. Tiro os sapatos, sento na calçada e abaixo a cabeça entre as pernas. Sei que devo estar parecendo uma bruxa má de conto de fadas, mas não ligo. Continuo chorando.

Ainda não acredito em como o Eduardo pode ter mentindo para mim de forma tão descarada. Será que ele pensou que eu fosse querer seu dinheiro? Ou pior. Será que não passei de um passatempo divertido para ele? O pensamento me deixa ainda mais deprimida.

As lágrimas não param de cair. Eu as enxugo e me levanto da calçada, aliso o vestido e tento ajeitar meu cabelo.

Respiro fundo. Preciso me controlar.

Faço sinal para um táxi. Assim que entro no carro, o motorista me olha um pouco assustado, afinal, estou horrível.

— Para onde vai? — O motorista me olha desconfiado.

— Para a praia de Copacabana — digo, tentando parar de chorar.

O motorista parece não compreender meu pedido, afinal, já é tarde da noite e minha roupa não é a mais adequada para um passeio na praia, mas mesmo assim, obedece. *Ainda bem!*

Enquanto o táxi trafega pelas ruas da cidade, fico olhando pela janela, imaginando por que Eduardo mentiu para mim. Será que seus sentimentos são realmente verdadeiros?

Fecho bem os olhos por um segundo e uma dor esmagadora invade meu peito. Abro os olhos e minutos depois o motorista me deixa na praia. Com os sapatos na mão, ando devagar e sinto meu vestido arrastando pela areia. O vento faz com que meu coque desmanche completamente.

Só consigo chorar.

Meu telefone não para de tocar, mas não vou atender. Quero ficar sozinha e ouvir apenas o barulho relaxante do mar. Sento na areia fina e coloco o sapato e a bolsa ao meu lado. Agarro meus joelhos e choro sem me importar com os soluços altos que escapam da minha boca. Aqui ninguém pode me ouvir e silêncio é tudo que preciso nesse momento.

Meu peito dói ao pensar que Eduardo me enganou. Aposto que ele nunca me amou de verdade. Tudo não passava de uma grande mentira. Foi apenas um truque barato. Ele quase me fez acreditar que éramos um casal de verdade.

Levanto e tento tirar com as mãos a areia do vestido. Ele está um verdadeiro desastre, então desisto de tentar limpá-lo.

Respiro fundo e caminho até a pedra onde Eduardo e eu admiramos a cidade, o mar e depois fizemos amor. Coloco a mão no pescoço e me lembro de que já não estou mais com o meu colar. Sinto falta dele e de Eduardo também.

Assim que chego à pedra, sento e fecho os olhos, deixando o vento leve acariciar meu rosto. Abro os olhos de repente quando escuto meu celular tocar novamente. *Mas que inferno!* Controlo a vontade de jogá-lo daqui de cima, afinal sei que depois irei me arrepender. Eu o desligo e pego a caixinha de presentes com a cópia da chave que daria para Eduardo.

Olho para ela e dou um suspiro frustrado. Sem pensar duas vezes, jogo-a dentro do mar, vendo-a sumir. Acabou!

Fecho meus olhos com força e seguro minha cabeça entre as mãos. Não quero pensar que Eduardo me enganou. Não quero pensar que o amo com todas as minhas forças. Não quero pensar que ele não é mais o meu namorado. Não quero pensar que ele é meu chefe. Simplesmente não quero pensar.

Capítulo 32

Volto para casa com os sapatos em uma mão e a bolsa na outra. Matias tenta me dizer algo, mas não lhe dou atenção. Entro no elevador, fecho a porta e gemo ao ver minha imagem refletida no espelho. Estou péssima, para não dizer ridícula.

Saio do elevador e levo um susto ao ver Raul encostado na parede ao lado da minha porta.

— Raul! — exclamo surpresa. — O que está fazendo aqui?

Ele se se aproxima de mim.

— Estava preocupado com você. Te liguei mais de mil vezes.

Reviro os olhos. *Era só o que me faltava.*

— Por que está aqui? — pergunto sem paciência.

— Você saiu correndo da festa. Jorge estava louco atrás de você. — Ele se aproxima, visivelmente preocupado.

— Estou bem. Não foi nada demais. — Desvio o olhar e pego a chave. Não vejo a hora de tomar um banho, me enfiar debaixo das cobertas e dormir por cinco dias seguidos. Isso me faria um bem danado.

— Por que está desse jeito? — Ele olha para o meu vestido todo sujo de areia e rasgado na barra.

— Não aconteceu nada. — Respiro fundo. — Estou bem. — Giro a maçaneta, abrindo a porta. — Preciso dormir e apagar o dia de hoje da minha mente.

— Você quer conversar? — Ele parece preocupado comigo.

Não! Não quero conversar!

— Raul, obrigada por se preocupar comigo, mas realmente preciso descansar — digo, entrando no apartamento, mas Raul agarra o meu braço e me impede de continuar.

— O que você está fazendo? — Fico assustada com sua atitude.

— Você descobriu tudo, não foi? — Ele me encara sério.

— Do que você está falando? — Sinto um embrulho no estômago.

— Estou falando daquele babaca. — Ele aperta meu braço com um pouco mais de força. Tento me soltar, mas ele continua me segurando.

— Te avisei que aquele mauricinho babaca não era o cara certo pra você. Deveria ter me escutado. — Ele me solta. Continuo sem reação, enquanto Raul vira de costas para mim. Ele está visivelmente alterado e posso ver que se controla para manter a calma.

— Você sabia de tudo? — Abro a boca sem acreditar. Raul também me enganou?

Ele concorda com a cabeça, ainda de costas. Por que nunca me disse nada? Será que sou a única que não sabia dessa história? Sinto-me péssima e completamente sem forças para continuar essa conversa.

— Descobri que ele era o filho do Sr. Carlos.

— Como descobriu? — pergunto baixinho.

— Comecei a desconfiar do seu jeito observador e de como analisava cada contrato novo. Ele não parecia um simples funcionário novato. Suas regalias dentro da CET também não passaram despercebidas.

Como não desconfiei de nada?

— Mas isso não quer dizer nada, Raul.

— Eu investiguei a vida dele. — Ele se vira para mim. — Descobri onde mora, e levei um susto quando vi seu sobrenome. Não foi difícil desvendar quem eram seus pais. — Raul me encara e fico sem saber o que dizer. Como nunca perguntei a Eduardo qual era seu sobrenome? Que tipo de namorada eu sou que nem sei onde meu próprio namorado mora? *Burra!* É isso que eu sou.

— Pelo visto, seu namorado não te conta muitas coisas. Não é mesmo?

Engulo em seco. Raul tem razão. Eduardo deveria ter me contado a verdade e não esconder algo tão importante de mim. Ele me fez de idiota e isso é algo imperdoável. Não podemos continuar em um relacionamento assim, rodeado de dúvidas, incertezas e mentiras.

— Melhor ir embora, Raul. Não estou me sentindo bem — murmuro baixinho.

— Helena. — Raul segura minha mão e isso me deixa nervosa.

— Eu posso te provar que sou melhor do que esse babaca. — Seus olhos estão fixos nos meus.

— Pare com isso. — Solto minha mão da sua rapidamente.

— Não perca tempo com quem não merece seu amor. — Ele se aproxima um pouco mais.

— Raul. — Sinto minha respiração acelerar.

— Eduardo está brincando com você. Não percebe? — Ele parece nervoso.

— Não estou a fim de conversar sobre isso. — Tento me afastar, mas Raul me impede, me segurando pela cintura.

Engulo em seco. O que ele pensa que está fazendo?

— Gosto de você. Sempre gostei. — Estou em estado de choque. Raul se aproxima um pouco mais do meu rosto. Vejo que seus lábios estão muito perto dos meus, e meu corpo paralisa. Minha nossa!

Respiro fundo, desejando que ele não faça o que temo. Ele passa uma de suas mãos sobre meu vestido e meu coração dispara.

Assim que abro a boca para mandá-lo sair da minha frente, ele me beija. Tento resistir, mas acabo me rendendo. Não penso direito. Beijo Raul na intenção de esquecer Eduardo. Mas não dá certo. Droga! Não dá. *Não consigo!*

Então eu me afasto.

— Pare! — digo um pouco ofegante. — Isso não deveria ter acontecido. — Me afasto dele.

Meu Deus! O que foi que eu fiz? Beijei meu melhor amigo. Isso não está certo. Minha cabeça gira e me sinto ainda pior.

— Você é meu amigo, Raul — digo em pânico.

— Me desculpe, Helena, por favor, me desculpe. — Ele passa a mão pelos cabelos. — Não consegui resistir, sabe que gosto de você.

Tento recuperar o ar.

— Eu amo o Eduardo, você sabe disso. — Elevo meu tom de voz.

Raul me encara chocado.

— Como pode me dizer isso depois de tudo que aquele babaca te fez? — Seus olhos estão cheios de raiva. Acho que eu nunca o vi tão furioso. Droga! Não queria que as coisas terminassem assim.

— Vá embora, Raul — digo confusa. — Preciso ficar sozinha.

Ele me encara por longos segundos e depois se afasta, entrando no elevador sem se despedir. Meu coração aperta por saber que o magoei dessa forma. Sinto-me péssima. Respiro fundo, entro no apartamento e bato a porta com força.

Vou direto para o quarto e me jogo na cama. Estou horrível. Pareço uma bruxa descabelada com a maquiagem borrada. Começo a chorar novamente e soluços escapam pela minha garganta.

Juro! Quero morrer.

Descobri que meu namorado mentiu para mim e ainda briguei com o meu melhor amigo. Com certeza hoje é o pior dia da minha vida.

Depois de ficar um bom tempo deitada na cama e esgotada de tanto chorar, tiro o vestido e tomo um banho bem demorado. O chuveiro é um ótimo lugar para tentar acalmar os pensamentos. Deixo a água quente escorrer pelo meu corpo, assim como as lágrimas que rolam pelo meu rosto.

Assim que saio do banheiro, deito na cama novamente e me afundo debaixo do edredom. Fecho os olhos, mas não consigo dormir. Minha cabeça continua girando e começo a relembrar todos os momentos que passei ao lado de Eduardo. Será que ele mentiu para mim em relação aos seus sentimentos também?

Inquieta, levanto da cama e vou até a sacada. Os pensamentos confusos voltam com força total. Por que Eduardo não me contou a verdade? Não consigo entender.

Droga! Droga! Droga!

Eu deveria saber que essa história não daria certo. O que um cara tão lindo e incrível como Eduardo iria querer com uma garota como eu? *Se divertir, é claro!*

Nunca pensei que ele pudesse me enganar dessa maneira... Mas enganou, e agora estou aqui, horrível e completamente arrasada.

Com os olhos marejados, sento na beirada da cama, com a cabeça nas mãos. O que devo fazer agora? Não consigo imaginar como ficará minha situação na CET depois da descoberta de hoje. Não podemos mais trabalhar juntos. Isso nunca daria certo, não agora que sei quem ele é de verdade. Preciso procurar outro emprego imediatamente. Acho que Jorge me ajudará nisso. Ele vai entender.

Volto a deitar na cama e agarro meu travesseiro com força. Fecho os olhos e meu coração afunda ao saber que Eduardo não é mais meu namorado e sim o meu chefe. Isso é muita falta de sorte.

Tem alguém tocando a campainha insistentemente.

Estou sonhando?

A campainha toca de novo e abro os olhos lentamente.

Droga! Não estou sonhando.

Olho para o relógio e vejo que já passa das três da manhã.

Cubro a cabeça com o travesseiro, tentando sufocar o barulho da campainha que toca mais uma vez.

Minha nossa! Quem apareceria na minha casa a essa hora?

Penso por um instante. Será que Cléo ficou sabendo que Eduardo é filho de um milionário e resolveu sair do congresso e vir pessoalmente saber da história? Não, Cléo não faria isso. *Faria?*

Oh, meu Deus! Será que Raul voltou para me convencer a ficar com ele? *Oh, não!*

Decido não sair da cama, mas a companhia toca de novo.

Que inferno! Levanto da cama, calço meus chinelos e vou até a porta.

Não abra a porta e volte para a cama, minha consciência diz ainda sonolenta.

Com a cara amassada de sono, abro a porta sem nem ao menos ver quem é e levo um susto ao me deparar com ele.

— Eduardo? — Arregalo os olhos, despertando completamente. — O que está fazendo aqui? São três horas da manhã! — digo quase morrendo do coração.

Ele está parado, com o cabelo bagunçado, olhos desesperados, mas, apesar disso, continua incrível.

— Posso entrar um pouco? — pergunta, analisando meu rosto. Ele parece triste e cansado. Exatamente como eu me sinto. Ele continua me encarando, aguardando uma resposta. Mas não posso deixá-lo entrar. Não depois de tudo que aconteceu.

Não seja estúpida, Helena, minha consciência diz.

— Vá embora. — Tento fechar a porta, mas ele me impede.

— Por favor, me deixe entrar. — Sua voz baixa e rouca me provoca arrepios. Meu coração acelera e tento controlar a respiração. Ainda não consigo entender por que ele está fazendo isso comigo.

— Já está tarde, melhor ir embora — digo nervosa.

— Prometo não demorar. — Seus olhos não deixam os meus e sei que ele não vai embora enquanto não falar comigo. Respiro fundo e penso por um momento. Então eu o deixo entrar, mesmo sabendo que não deveria. Ele entra atrás de mim e fecha a porta.

— Diga logo o que tem para dizer. Estou com sono e quero voltar a dormir. Algo que estava fazendo até você bater na minha porta. — Cruzo os braços para encará-lo na tentativa de esconder minhas mãos trêmulas.

— Tive que ficar naquela maldita festa e, quando finalmente consegui sair, fui até a praia atrás de você, mas já não estava mais lá.

Descruzo os braços e o encaro confusa.

— Como sabe que fui até a praia?

Ele dá de ombros.

— Eu sei que lá é o lugar onde gosta de estar quando está triste.

Amoleço um pouco ao saber que não se esqueceu do que eu lhe disse. Não posso acreditar que ele foi até a praia atrás de mim. Mas, pensando bem, isso não me importa.

— O que você quer? — Tento manter a voz firme.

— Precisamos conversar. — Ele baixa o olhar.

— Não temos nada para conversar. Acho que agora é um pouco tarde demais. — Sinto minha garganta seca.

— Não diga isso. — Ele me encara sério. — Quero me explicar e provar o quanto estou mal com tudo isso.

Engulo em seco e tento segurar as emoções que invadem meu peito. Não posso amolecer agora. Não posso. Ele não pode simplesmente chegar a essa hora no meu apartamento e exigir que eu escute seja lá o que for que ele tem a me dizer. Não quero ouvir. Preciso esquecê-lo e mandá-lo sair da minha vida de uma vez por todas.

— Eu realmente estou cansada, Eduardo. Melhor ir embora. — Ele me encara. Está nítido em seus olhos que está triste e magoado. Mas não me importo. Foi ele quem me magoou primeiro e causou toda essa confusão.

— Você não pode me mandar embora assim — ele diz, se aproximando.

Dou uma risada sem nenhum traço de humor.

— E você? — digo com raiva. — Tinha o direito de mentir para mim?

Ele me segura em seus braços.

— Não faça isso comigo. Deixe-me explicar, por favor. — Vejo lágrimas em seus olhos. Engulo em seco. É a primeira vez que o vejo chorar. Meu coração afunda, e acabo amolecendo e o deixando prosseguir.

— Tudo bem. — Eu me afasto dele. — Mas seja rápido.

Eduardo está parado na minha frente com os olhos vermelhos e a expressão abatida. Controlo o impulso de me jogar em seus braços; estou magoada demais com ele. Então cruzo os braços sobre o peito e tento manter a postura firme.

— Eu fui um idiota — ele diz baixinho.

— Sim, você foi — digo sem paciência.

— Eu tentei evitar tudo isso que sinto por você. Desde a primeira vez que te vi, você nunca mais saiu dos meus pensamentos por um minuto sequer. Fiquei confuso e sem reação. Trabalhar ao seu lado todos os dias me deixou ainda mais encantado. Nunca conheci uma pessoa tão simples e divertida. Não queria te impressionar com dinheiro ou algum tipo de status. Queria que me enxergasse como o Eduardo que trabalha com você e não o filho de um milionário e muito menos o seu chefe.

Reviro os olhos com suas palavras.

— Acha mesmo que eu iria me interessar pelo seu dinheiro?

Não posso acreditar!

— Não! Claro que não! — ele diz exasperado. — Não é nada disso. Você é diferente. É especial e juro que ia te contar tudo. — Ele se aproxima de mim. — Estava muito mal em esconder a verdade de você. — Ele parece estar dizendo a verdade e isso me confunde.

— Jorge sabia? — pergunto nervosa.

Ele nega com a cabeça.

— Jorge está tão furioso comigo quanto você. — Ele encolhe os ombros. — Ninguém sabia, Helena. Eu pedi para o meu pai não contar a ninguém.

Sinto meu sangue ferver.

— Isso que você fez foi ridículo. — Cubro meu rosto com as mãos. — Como pude ser tão idiota acreditando em você?

Eduardo se aproxima e me puxa para si. Com a respiração acelerada, sinto aquela corrente de energia fluir entre nós. Quero me jogar em seus braços. Estou usando todo o meu autocontrole. Eu não vou fazer isso. *Não vou!*

Ele segura meu rosto e levanta meu queixo, até que nossos olhos se encontram novamente.

— O amor que sinto por você é tão intenso e verdadeiro que chega a doer. Jamais duvide disso. — Suas palavras saem com tanto desespero que faz com que eu sinta uma enorme dor em meu peito. *Droga!*

— Você sabe que é verdadeiro. — Seus olhos azuis não deixam os meus. — Eu amo você como nunca amei ninguém. Por favor, diga que acredita em mim.

Engulo em seco. É claro que eu acredito, mas não posso dizer isso a ele. Quero beijá-lo. *Pare com isso, Helena!* Eu não vou beijá-lo. Não vou! *Claro que não!* Preciso respirar fundo e manter o controle.

— Pare com isso — digo, tentando recuperar o ar.

Eduardo me encara e nossos olhos se encontram. Segundos depois, sinto seus lábios próximos aos meus. Não posso permitir isso, mas ele me beija e me derreto ao sentir sua boca na minha. Nosso beijo é urgente e apaixonado. Tento resistir, mas me rendo completamente. Eu amo Eduardo e não consigo me controlar. Passo minhas mãos em seus ombros e desço um pouco mais para baixo. Eu o quero com todas as minhas forças. Não consigo me afastar. Eduardo é como se fosse uma droga para mim e estou totalmente viciada nele. Eu me deixo levar totalmente, mas logo minha consciência berra em meus ouvidos: *"Pare com isso agora, Helena!".*

Então recupero o juízo e me afasto.

— Fique longe de mim — digo ainda ofegante. — Vá embora.

— Não faça isso com a gente, por favor. — Ele encosta a testa na minha.

— Não existe mais "a gente", Eduardo. Entenda isso de uma vez. — As palavras saem da minha boca cheias de tristeza e frustração. Então ele levanta a cabeça para me encarar.

— Está terminando comigo? É isso? — Ouço o desespero em sua voz.

— Você nunca esteve comigo de verdade — falo magoada.

— Como não? — diz com raiva. — Você é minha namorada.

Balanço a cabeça.

— Eduardo, olhe bem, olhe para mim. — Eu me afasto dele. — Não podemos namorar. Somos muito diferentes. Você é rico e tem tudo que quer, enjoaria de mim rapidamente. Então pare de brincar comigo. Vá viver sua vida e me deixe em paz. — Sinto meus olhos se encherem de lágrimas.

— E o que importa se sou rico ou não? Será que não percebe que a única mulher que eu quero é você? — Ele dá um longo suspiro. — Por que ainda duvida do meu amor?

— Pare com isso — digo, me virando e ficando de costas para ele. Eduardo está querendo me confundir. Não vou deixar que ele faça isso comigo. Fecho os olhos e tento controlar minha respiração acelerada. Ele precisa ir embora e me deixar em paz. Quero gritar com ele e pedir para que saia da minha vida, mas continuo parada, sem conseguir sair do lugar. Instantes depois, sinto suas mãos em meus ombros. Mantenho os olhos fechados.

— Por favor, me perdoe. Eu só quero mais uma chance. — Ele beija meu pescoço. — Quero você. — Ele beija meu ombro. — Nunca tive a intenção de machucá-la. De verdade. Nunca.

Um arrepio percorre todo o meu corpo quando sinto o calor de seus lábios em minha pele, mas tento não fraquejar e me manter firme. Ele desliza seus braços em volta de mim e um desejo incontrolável começa a tomar conta do meu corpo.

— Eu disse que não era muito bom com essas coisas de relacionamento. Sempre acabo estragando tudo — sussurra em meu ouvido.

Respiro com dificuldade. Não vou aguentar por muito tempo se ele continuar fazendo isso. Ele sabe muito bem como mexer comigo. Eduardo segura meus braços e me puxa, me deixando de frente para ele. Seus olhos se fixam nos meus. *Droga!*

— Helena, eu... — Ele desvia seu olhar para minha boca e isso me deixa ainda mais ofegante.

— Não deveria ter mentido para mim — digo com dificuldade.

— Eu sei. — Ele volta a encarar meus olhos. — Apenas queria que me visse como o Eduardo, e não como seu chefe. — Seus braços cercando minha cintura me puxam para mais perto.

— Eu gostaria de você de qualquer forma. Pobre ou rico — digo, tentando ignorar a sensação de ter suas mãos em meu corpo.

— Eu sei. — Ele encara minha boca novamente. — E isso me deixou ainda mais apaixonado por você. — Ele continua me segurando forte e sinto minhas pernas bambearem. Se ele me soltar, acho que caio.

— Me solte — digo apavorada por não conseguir resistir por muito tempo.

— Não me deixe... — Ele encosta seus lábios nos meus. — Por favor. Não me deixe. — Agora ele começa a beijar meu pescoço lentamente. Fecho os olhos. *Cretino!* Ele não pode fazer isso comigo. Seus beijos me deixam cada vez mais louca de desejo. Eu não consigo resistir. Suas mãos passeiam pelo meu corpo e as minhas vão de encontro aos seus cabelos.

— Você me deixa louca. — Me pego dizendo. — O que você faz comigo? — murmuro em seu ouvido. *O que estou dizendo?*

Eduardo me agarra forte e me leva até a parede, me prensando contra ela. Nos beijamos com intensa paixão como se estivéssemos há anos separados. Apesar da raiva, minha saudade consegue ser ainda maior e isso faz com que eu me entregue a ele.

— Você me aceita de volta em sua vida? — pergunta com os lábios colados nos meus. Não consigo pensar direito quando ele faz isso.

— É isso que você quer? — pergunto ainda sem ar.

— Tudo que eu mais quero é ficar com você. — Ele me beija mais uma vez e então eu me afasto, surpreendendo-o.

— Eu preciso de respostas. — Passo a mão pelos cabelos, andando de um lado para o outro. — Estou enlouquecendo, Eduardo. Suas viagens para São Paulo, por exemplo. Sua mãe me disse que abriu um negócio e eu nunca soube de nada — digo nervosa demais. Ele se aproxima e segura minha mão.

— Helena, eu... — De repente, começo a sentir aquela tensão esquisita no ar novamente.

— Sem mentiras, Eduardo. — Afasto minha mão da dele. — Sem mentiras, por favor.

Ele concorda com a cabeça, mas permanece em silêncio como se pensasse por onde começar. Pelo visto, Eduardo tem muito a me contar.

Afasto-me um pouco mais e sento no sofá, enquanto ele se vira e fica de costas para mim. O silêncio entre nós continua e fico com medo de que ele vá embora e me deixe sem respostas mais uma vez. Mas então ele respira fundo e começa devagar.

— Minhas viagens para São Paulo são a trabalho, mas não tem nada a ver com a CET.

Endireito-me no sofá e tento me recompor.

— Sua mãe me disse que você abriu um "negócio". — Dou ênfase à última palavra.

— Na verdade, abri outra empresa — ele diz devagar.

— Outra empresa? — pergunto surpresa. — Como assim? Você abriu outra agência de publicidade?

— Não. Na verdade, é um negócio bem diferente.

A curiosidade toma conta de mim.

— O que é então? — Enrugo a testa.

Ele dá um longo suspiro.

— Um bar.

— Um bar? — pergunto chocada. — Você tem um bar?

— Sim. — Ele se vira para mim, mas continua a alguns passos de distância. — Na verdade, são dois bares, um aqui no Rio de Janeiro e outro que abri recentemente em São Paulo. — Ele me encara sério. — Sou dono do América Club, Helena.

Meu queixo cai e fico feliz por estar sentada.

— Isso explica sua amiga Cléo ter me visto no dia em que vocês duas estiveram lá — continua. — Eu sou o dono e sempre vou lá para ver como está o andamento das coisas. E agora que abri uma filial em São Paulo, isso vem ocupando grande parte do meu tempo.

Continuo de queixo caído. *Minha nossa!*

— E também foi por isso que te levei lá, quando fomos a São Paulo. — Ele me dá um pequeno sorriso. — Queria saber se gostaria do lugar.

Continuo muda. Não sei o que dizer.

— Não vai dizer nada? — Ele parece ansioso para ouvir minha opinião.

— Eu realmente não sei o que pensar sobre tudo isso. — Minha cabeça está girando.

— Me desculpe. Eu sei que deveria ter contado antes. — Ele se aproxima e se agacha diante de mim, segurando minhas mãos. — Me desculpe, por favor. — Ele as beija. — Mas gostaria que soubesse de mais uma coisa. — Ele me encara sério.

— O que quer me dizer? — pergunto nervosa.

— Fui eu o empresário que doou os violinos para o orfanato.

Meu queixo cai novamente.

— O quê?

— Também doei todo o meu cachê da campanha da Verão Brasil para as crianças. Não queria fazer aquelas fotos, mas, no final, valeu a pena. Acabei me aproximando de você e ajudando um orfanato. Nada mal. — Ele me dá um sorriso torto.

— Foi você? — Continuo chocada.

Ele confirma com a cabeça.

— Por que não me contou?

— Só queria ajudar. — Ele dá de ombros.

— Mas você deveria ter me contado.

— Isso não importa. — Ele balança a cabeça. — Quando ouvi você falar do orfanato na casa dos seus pais, resolvi que também poderia fazer isso. Pedi para que um dos meus funcionários fosse visitar o orfanato e oferecesse o dinheiro.

— Eduardo! — Sua atitude me deixa chocada e com os olhos cheios de lágrimas. Oh, meu Deus! E eu pensando que ele não era uma pessoa que fizesse caridade. Como pude não perceber a pessoa maravilhosa que ele é? O tempo todo ele só estava querendo ajudar, sem querer tirar vantagem disso... *Oh...* Estou tão emocionada que mal consigo conter as lágrimas que surgem em meus olhos.

Ele se senta ao meu lado e me abraça, e eu retribuo na mesma hora.

— Eu amo você e jamais gostaria de te magoar. — Ele beija meus cabelos. — Você é minha namorada e não quero te perder por nada. — Eduardo pega minha mão e aperta forte.

— Sinto muito por tudo — ele diz lentamente, baixando os olhos. — Eu sempre faço tudo errado. Acho que nasci para ficar sozinho.

— Não diga isso. — Pego sua outra mão. — Não tenho direito de ficar com raiva de você. Eu me comportei muito mal. Fui infantil. Você apenas não queria me impressionar. Eu deveria ter escutado sua explicação.

— Me diga alguma coisa, por favor. — Percebo o desespero em sua voz.

— Nunca imaginei que namoraria meu próprio chefe.

Ele abre um pequeno sorriso.

— É tão ruim assim?

— Acho que posso superar isso. — Sorrio.

— Quando fugiu de mim na festa, achei que nunca mais fosse falar comigo. — Ele desmancha o sorriso.

— Confesso que era essa minha intenção, mas acho que não consigo mais ficar sem você. — Fecho os olhos por alguns instantes e os abro novamente. — Não consigo.

Eduardo encosta seu rosto no meu.

— Eu quero fazer as coisas darem certo. Vou fazer de tudo para te fazer feliz.

— Ele me abraça carinhosamente. — Eu te amo — sussurra em meu ouvido. — Eu amo você como jamais pensei que poderia amar alguém. — Ele me abraça ainda mais forte e depois se afasta para me olhar nos olhos.

— Você ainda me quer em sua vida?

Meu coração se derrete ao ver a dúvida estampada em seu rosto.

— Eu não suportaria ficar sem você.

Ele sorri e me puxa com força para junto de si. Eduardo me beija de uma maneira que não consigo resistir. Ele me pega no colo e segue em direção ao quarto. Assim que chegamos, ele me deita na cama e começa a beijar meu pescoço vagarosamente.

— Eu amo você — ele sussurra em seu ouvido.

Sorrio ao ouvir isso. Eduardo sabe exatamente como me fazer feliz.

Capítulo 33

— Como é que foi? — grita Cléo do outro lado da linha. — Quero saber todos os detalhes da festa de ontem.

— Não deveria estar no congresso? — pergunto, fechando o chuveiro e me enrolando na toalha para atender a ligação de Cléo.

— Estou tomando café. Encontrei uma padaria que vende uns cupcakes maravilhosos. Acho que vou ganhar uns dois quilos aqui — ela diz preocupada.

— Não exagera — digo, achando graça da sua preocupação exagerada. Cléo tem um corpo tão bonito. Ela não tem nenhuma gordurinha fora do lugar, mas sempre acha que está gorda.

— Mas e a festa? — ela pergunta novamente. — Aposto que você foi a mulher mais linda de todas com aquele vestido maravilhoso — diz empolgada.

Reviro os olhos. Se Cléo sonhasse com o estado que meu vestido ficou, enfartaria.

— O vestido é bem bonito mesmo — digo um pouco desanimada. — E meu cabelo até que não ficou tão ruim.

— É só isso que tem para me dizer? — diz furiosa. — Te liguei o mais rápido que pude e você me diz que o vestido ficou bonito e seu cabelo não ficou tão ruim? Ora, eu disse que quero detalhes da festa.

Reviro os olhos. Cléo é tão chata às vezes.

— Quase não fiquei na festa. Fui embora mais cedo do que imaginava — digo, enrolando uma tolha na cabeça, e nessa manobra quase deixo o celular cair.

— Como assim foi embora mais cedo? — pergunta confusa. — Você era uma das estrelas da noite.

— É. Eu sei. — Solto um longo suspiro.

— Por que não está me contando tudo? Quer que eu tenha um troço aqui?

— Eu vou te contar. — Começo a me vestir. — Descobri um fato sobre Eduardo que me deixou furiosa. Briguei com ele e vim embora. — Tiro a toalha da cabeça e começo a pentear os cabelos.

— Como assim? O que você descobriu?

Paro de pentear os cabelos e respiro fundo. Nem sei por onde começar.

— Eduardo e eu discutimos — digo, me sentando no vaso sanitário.

— Tá. Isso você já me disse — ela diz impaciente.

— Então eu saí correndo e fui embora da festa.

— Você também já disse isso. — Ela bufa irritada do outro da linha. — Você está querendo me irritar? Vá direto ao que interessa. O que aconteceu?

Encolho os ombros. Melhor contar tudo de uma vez.

— Descobri que Eduardo é o dono da CET, e isso quer dizer que estou namorando o meu chefe — digo finalmente.

Cléo fica calada do outro lado da linha.

— Também descobri que ele é o dono do América Club, o bar novo onde você me levou. Ah... e foi ele o empresário que doou aquele dinheiro ao orfanato e enviou os violinos — falo tudo rápido demais.

Silêncio.

— Cléo? Cléo, você ainda está aí?

— Sua cretina! — ela grita comigo.

— O que disse? Você me chamou de cretina?

O que deu nela?

— Quando pretendia me contar? — Ela está furiosa. — Deveria ter me ligado assim que descobriu tudo. Que tipo de amiga você é?

Reviro os olhos. *Não acredito nisso!*

— Me desculpe. Estava tão transtornada que nem me lembrei de ligar — digo com sinceridade.

Ela parece pensar por um instante.

— Tudo bem. — Cléo amolece um pouco e continua: — Mas me conte. Por que brigou com ele? Não me diga que foi por saber que ele é filho de um milionário? Isso não é um problema.

Dou de ombros e não respondo.

— Que mal tem nisso? Eu adoraria namorar um filho de milionário também. — Ela suspira do outro lado da linha.

— Eduardo me enganou esse tempo todo, Cléo. Foi por isso que briguei com ele — argumento.

Ela suspira longamente do outro lado da linha.

— Tudo bem. Você tem razão. Ele deveria ter te contado a verdade

— Agora estou morrendo de vergonha — confesso. — Briguei com Eduardo e saí correndo da festa. Foi um vexame. — Cubro o rosto com uma das mãos. — Acho que vou ser demitida.

— Não seja ridícula. Esqueceu que Eduardo é o seu chefe? Ele não vai te demitir.

Penso por um instante. Acho que ela tem razão. Eduardo não vai me demitir. Bom... acho que não.

— É... Pode ser — digo um pouco mais aliviada. — Eduardo não pode me demitir. Foi ele quem me enganou.

— Além do mais, não vejo problema de ele ser o seu chefe. — Ela faz uma pausa. — Isso pode até apimentar a relação de vocês. Já pensou nisso? Imagina dar uns amassos na sala dele, bem em cima da mesa? Meu Deus! Isso parece ótimo.

— Cléo!

Ela ri do outro lado da linha.

— Não seja careta. Só estava brincando. — Ela ri de mim.

Torço o nariz.

— Isso não é nada divertido — reclamo.

— Às vezes, você se comporta de maneira tão infantil.

— Eu não sou infantil — digo magoada.

— Como não? Discutir no meio de uma festa e depois sair correndo como uma louca não me parece uma atitude muito madura.

Fico calada. Cléo está certa. Minha atitude foi bem imatura mesmo.

— Acho que exagerei um pouquinho — admito.

— Você é sempre exagerada, Helena. Mas não se preocupe, isso a torna muito divertida.

— Não quero ser divertida.

— Se você fosse chata como eu, não te aguentaria.

Sorrio dessa vez.

— Mas como vocês estão agora? Continuam brigados? — pergunta curiosa.

— Não. — Abro um sorriso dessa vez. — Eduardo veio até o meu apartamento hoje de madrugada. Ele me contou por que evitou me contar sobre ser o dono da agência e depois acabamos fazendo as pazes. Eu o amo, Cléo.

— Minha nossa, Helena. Você está patética.

— Não estou patética. Estou apaixonada — me defendo.

— Ora, e isso não é a mesma coisa?

Reviro os olhos.

— Sabe de uma coisa, você é muito sortuda. Enquanto estou aqui sozinha, pronta para entrar em mais uma palestra sobre higiene bucal e placa gengival, você está aí com um namorado gato e que ainda por cima é filho de um milionário.

O mundo não é justo, sabia?

— Pare com isso — digo achando graça do seu exagero. — Logo você encontrará o amor da sua vida. Quem sabe ele não está aí nesse congresso.

Ela dá uma risada alta.

— Os únicos solteiros aqui são barrigudos, baixinhos e carecas. — Cléo suspira frustrada. — Acho que vou ficar para titia.

— Não diga besteiras. Acredite em mim, é só uma questão de tempo.

— Minha nossa! — ela grita do outro lado da linha, me assustando completamente.

— O que foi?

— Já estou em cima da hora — diz apressada. — Vou ter que desligar. Mande um beijo para o seu namorado gato, quer dizer, para o seu chefe.

— Pare com isso, Cléo...

Ela desliga o telefone.

Levanto, abro a porta do banheiro e vou para o closet. Escolho um vestido amarelo sem alça, faço uma maquiagem leve, e passo um pouquinho de perfume. Dou uma olhada no espelho e até que não estou mal. Meus olhos estão brilhando e me sinto feliz em saber que Eduardo está aqui comigo.

De repente, a vergonha me atinge mais uma vez. Sento na cama e dou um longo suspiro. Droga! Eu não deveria ter me comportado de forma tão infantil na festa da CET. Não consigo acreditar que causei uma cena na frente do Sr. Carlos, do Jorge e da mãe do Eduardo. Eles devem estar furiosos comigo. Preciso arrumar um jeito de me desculpar com todos. Comportei-me de forma ridícula e não quero nem imaginar o que eles devem estar pensando de mim. Aposto que acham que sou uma louca ou algo do tipo. Eu deveria ter me desculpado com Clarice antes de sair correndo daquele jeito.

Meu peito aperta. Estou tão envergonhada que não sei como conseguirei encará-los novamente.

Escuto um barulho na cozinha e me lembro que Eduardo está lá preparando nosso café da manhã e eu o deixei sozinho. Calço meus chinelos e vou para a cozinha.

— O cheiro está maravilhoso — digo, abraçando-o pelas costas.

Ele se vira e me dá um selinho carinhoso nos lábios.

— Pensei que não fosse mais sair do banho. — Ele me beija mais uma vez e volta a prestar atenção nos ovos mexidos.

— Estava com a Cléo no telefone — digo, puxando uma cadeira e me sentando. — Ela já sabe que você é meu chefe.

— É mesmo? — Ele sorri. — E o que ela disse?

— Que pode ser interessante. — Bebo um gole do suco.

— Isso realmente pode ser bem interessante. — Ele deixa escapar uma risada e começo a prestar atenção em seu rosto. Ele tem um sorriso encantador, cabelos bonitos e um corpo de tirar o fôlego. Como está usando apenas uma cueca boxer preta, sua barriga tanquinho está à mostra e me seguro para não me jogar em seus braços. *Minha nossa!* Cléo tem toda razão. Eu realmente sou muito sortuda.

Eduardo prepara ovos mexidos com bacon, queijo e tomate. Adoro quando ele cozinha para mim.

— Está com fome? — pergunta carinhoso.

— Com uma fome de leão — digo colocando a mão na barriga.

— Já imaginava isso. — Um sorriso divertido escapa de seus lábios.

Eduardo prepara dois pratos e se senta na cadeira ao meu lado.

— Espero que goste.

— Parece ótimo — digo com água na boca.

— O que achou? — Ele me olha com expectativa.

— Perfeito. Assim como você. — Dou um beijinho em seus lábios.

— Por que não me acordou mais cedo? — pergunto, voltando a comer. — Poderia ter te ajudado a preparar o café.

— Não quis te acordar. Você estava dormindo tão tranquilamente. — Ele enche meu copo de suco.

Sorrio. Então o puxo para perto de mim. Ele retribui o abraço e enterra seu nariz em meu cabelo molhado. Sinto-me a pessoa mais feliz do mundo quando estou nos braços de Eduardo.

— Além do mais, tenho que confessar que adoro ver minha namorada dormindo. — Ele passa a mão em meus cabelos.

Eu me derreto toda quando ele diz "namorada".

— Não sabia que ficava me olhando enquanto estou dormindo. — Dou um tapinha em seu ombro.

— Você fica ainda mais linda quando está adormecida.

Baixo os olhos, envergonhada com o seu elogio.

— Adoro quando dorme em meus braços. — Ele faz carinho em meu rosto. — E isso faz com que eu me sinta o homem mais feliz do mundo.

Sorrio.

— O que acha de voltar para a cama e passar o sábado inteiro comigo? — Beijo seu pescoço.

— Eu adoraria, meu amor — ele sussurra e meu sorriso se alarga. — Mas hoje não vai dar.

Ele se afasta de mim.

— Como assim hoje não vai dar? — Sinto minha voz falhar.

— Não posso ficar o dia todo na cama com você. Apesar de achar a proposta tentadora. — Ele cruza os braços e se encosta na cadeira. — Tenho outras coisas para fazer. — Ele sorri.

— Outras coisas? — pergunto quase sem voz.

Sinto meu estômago embrulhar. Será que ele vai sumir novamente sem me dar explicações? Eu não aguento passar por isso mais uma vez.

— Hoje vou te levar para conhecer o meu apartamento — ele diz ainda me observando.

Arregalo os olhos.

— Jura?

— Sim. — Ele confirma com a cabeça sem deixar de sorrir.

— Isso é incrível. — Pulo em seu colo, agarrando seu pescoço. — Vou adorar conhecer seu apartamento. — Meu rosto se ilumina ao saber que isso significa um passo a mais em nosso relacionamento. Acho que essa é uma forma de dizer que está tudo bem entre nós. Aliás, esse convite significa que nosso namoro está indo bem. Por outro lado, pode não significar nada. Várias mulheres já devem ter conhecido seu apartamento.

Encolho os ombros. Quero saber de Eduardo o que isso realmente significa, mas não quero lhe encher de perguntas, não quero discutir e muito menos brigar. Estou cansada disso. Sei que ele não reage muito bem quando o pressiono para falar. Então decido conhecer seu apartamento e não fazer mais perguntas.

— Você nunca me disse onde mora — falo um pouco chateada.

— Você verá. — Ele beija minha boca novamente. — E se quiser, podemos ir ao cinema ou fazer algum programa que casais de namorados costumam fazer.

Meu sorriso se alarga. *Programa de namorados? Que fofo!*

— Você é o melhor namorado do mundo — digo empolgada.

Ele sorri.

— Você é que é a namorada mais linda do mundo. — Ele me abraça forte. Acho que, se vovó nos visse agora, diria que Eduardo e eu estamos parecendo aqueles casais melosos e apaixonados de contos de fadas. Mas não consigo me controlar. Amo Eduardo demais.

— Você vai me levar agora? — pergunto sorrindo.

— Não. — Ele se afasta para me encarar. — Primeiro precisamos passar no orfanato.

— No orfanato? — pergunto sem entender. — Mas hoje é sábado. Minha aula de violino é só amanhã.

Ele balança a cabeça.

— Amanhã temos outro compromisso. Então iremos hoje.

Abro a boca para dizer algo, mas as palavras somem completamente.

Como assim iremos ao orfanato hoje? Eduardo quer ir ver as crianças? Não, não pode ser! *Ele realmente está querendo fazer isso?*

Minha boca continua aberta.

— Também gostaria de ver a Laurinha — continua. — Estou com saudade dela. — Ele baixa o olhar.

Minha nossa! Estou sem reação.

Ele limpa a garganta e continua.

— Espero que não se importe.

Essa atitude dele me deixa realmente surpresa. Não imaginava que se importasse tanto com as crianças e que, além disso, estivesse com saudade da Laurinha. Isso é encantador.

— Err... — tento dizer alguma coisa. — Me parece uma ótima ideia — digo finalmente.

Ele sorri.

— Você está me mudando completamente. — Ele me abraça novamente e eu me aconchego em seu peito largo. — Amo você.

Sorrio.

— Você está se tornando um namorando muito romântico — brinco com ele, mas Eduardo não diz nada. Ele parece um pouco tenso com minhas palavras e eu estranho sua atitude.

— Não sou muito bom nesse tipo de coisa. Já disse que sempre acabo estragando tudo — ele diz com a voz rouca e baixa.

Algo na forma como fala isso me fez sentir como se ele estivesse se referindo a algo mais.

— Por que diz isso? — pergunto, me afastando do seu abraço, sem ter certeza se realmente quero ouvir o que tem a dizer. Será que ele não quer um relacionamento sério? Ou pior. Será que não me quer como namorada?

Ele me abraça, suspirando profundamente. E continua assim por um longo tempo.

— Não sei se sou um bom namorado — ele diz.

— Acho que juntos podemos fazer isso dar certo. — Eu me livro de seus braços e o encaro novamente. Eu amo Eduardo. Amo-o do jeito que ele é. Amo a maneira como ele me abraça. Amo quando estamos juntos. Amo até seu jeito mandão e misterioso. Por que gosto tanto dele?

Continuo olhando-o. Amo seu jeito de sorrir, mas queria tanto que ele me dissesse que tudo entre nós vai ficar bem.

— Você é maravilhoso — digo com entusiasmo. — E é o melhor namorado do mundo.

Ele sorri.

— Você é a garota mais incrível que já conheci. Sempre espontânea e sincera.

A última palavra de Eduardo me dá um nó no estômago. Sincera? *Droga!* Preciso contar algo a Eduardo, algo sobre ontem à noite. Sobre Raul. Não posso esconder do meu namorado uma coisa como essa. Preciso contar antes que Raul acabe contando e complique as coisas entre nós.

— O que foi? — Eduardo faz carinho em meu rosto. — Está preocupada com alguma coisa?

Engulo em seco. *Oh, Deus!* Por onde começar?

— Preciso te contar uma coisa — digo baixinho.

Ele me analisa por um momento.

— Aconteceu alguma coisa?

Ondas de calor invadem meu corpo e de repente não sei por onde começar. Como devo dizer a ele que beijei Raul? Quero dizer... Ele me beijou... Está bem, sei que retribuí o beijo, mas não senti nada. Algo me diz que ele ficará furioso.

— O que foi? — Ele me olha preocupado agora.

— Raul esteve aqui ontem à noite — digo finalmente.

Sua expressão tranquila se transforma em uma carranca. *Eu sabia!* Isso não vai dar certo.

— O que ele veio fazer aqui? — pergunta com raiva.

Engulo em seco.

— Ele queria saber se eu estava bem. Estava preocupado com a forma que saí da festa e ficou me esperando até que eu chegasse em casa.

Eduardo fecha os punhos. Xiiii.

— E o que mais? — Ele me encara sério, esperando que eu prossiga.

— Bem... — Desvio o olhar. — Raul esteve aqui e... bom...nós, quer dizer, ele... ele... Não eu... Raul... — digo me atrapalhando com as palavras.

— Helena! O que aconteceu? — Eduardo diz impaciente.

Ai, meu Deus! Como vou dizer isso? Dou um longo suspiro.

— Raul me beijou — murmuro baixinho.

— O que disse? — Ele arregala os olhos. — Raul te beijou?

Eu o encaro. *Droga!* Eduardo está furioso comigo.

— Não é o que está pensando. Raul veio até aqui, começou a falar algumas coisas, eu estava exausta, e depois ele segurou meu braço e... — Baixo os olhos novamente. — Ele me beijou.

— Maldito! — Eduardo se levanta tão bruscamente que quase me derruba.

Eu o encaro assustada.

— Você tem noção do que está me dizendo? — Eduardo passa a mão pelos cabelos repetidas vezes.

— Pare com isso. — Eu me levanto rapidamente com as pernas tremendo.

— Você é minha namorada — ele diz furioso. — Vou matar aquele cretino.

— Você não vai matar ninguém. — Seguro seu braço, mas ele se afasta.

— Vai defendê-lo?

— Não é nada disso! — grito nervosa. — Não estou defendendo ninguém.

Eduardo encosta a cabeça na parede, ficando de costas para mim. Sinto um embrulho no estômago mais uma vez. Por que as coisas são sempre tão complicadas entre nós?

— Meu amor. — Coloco a mão em seu ombro, mas Eduardo se afasta de mim.

— Por favor, me escuta. — Respiro profundamente, tentando manter a calma.

Coloco a mão em seu ombro novamente e dessa vez ele não se afasta.

— Eduardo.

— Aquele cara te beijou. Você é minha namorada. Minha.

— Ok. Ele me beijou. Mas foi apenas um beijo sem importância — tento convencê-lo. — Quando dei por mim, ele já estava me beijando.

Eduardo se vira para me encarar.

— Não quero ouvir mais nada. — Ele se afasta. — Mais nada.

— Eduardo, pare com isso. — Seguro seu braço. — Esse beijo que Raul me deu serviu apenas para me mostrar uma coisa que eu já sabia há muito tempo.

Ele me encara furioso.

— Eu não quero ouvir — Ele se afasta ainda mais. — Pensei que me amasse, Helena.

Droga!

— Será que dá para me ouvir? — grito com ele.

Eduardo para e me encara sério.

— O que você quer dizer? — grita também. — Que gostou do beijo?

Como ele pode ser tão burro?

— Estou querendo dizer que esse beijo me mostrou que não sinto nada por Raul, além de amizade. — grito ainda mais. — Mas não foi só isso. Esse beijo me mostrou que só sua boca se encaixa perfeitamente na minha. Descobri que pertenço inteiramente a você. Somente a você. E por mais que eu queira mudar ou lutar contra isso, eu simplesmente não consigo. Eu te amo, droga — grito de maneira histérica.

Olho para Eduardo, que está com os olhos arregalados e parece ter dificuldade para respirar, assim como eu.

Continuamos parados um de frente para o outro, com a respiração acelerada.

Então, ele se aproxima e faz a única coisa que poderia fazer. Ele me beija!

Capítulo 34

Saímos do orfanato e vamos para o apartamento de Eduardo. Ele estava todo entusiasmado com a visita ao orfanato, mas hoje nem prestou muito atenção à minha aula de violino, o que me fez perder a concentração diversas vezes. Ele ficou o tempo todo brincando com Laurinha, que não saiu do seu colo. Diversas vezes, fiquei observando meu namorado contar historinhas para ela, que parecia se divertir muito, e ele também.

Para o alívio de Eduardo, hoje não fomos à estufa. Fizemos um belo piquenique. Também levei vários livros de historinhas e Eduardo adorou me ajudar a ler para as crianças. Ele se saiu muito bem.

Depois de passarmos horas com as crianças, Laurinha acabou dormindo no colo de Eduardo. Juro que fiquei um pouco emocionada ao ver os dois. Isso me fez pensar em como seria ter uma família com ele.

Assim que chegamos ao seu prédio, senti minha respiração falhar. O edifício é luxuoso, mas não é isso que me espanta, afinal eu já imaginava algo assim. O que me deixa nervosa é saber que dentro de alguns instantes finalmente vou conhecer seu apartamento. Confesso que já imaginei diversas vezes como seria.

Olho para Eduardo, que parece um pouco inseguro. Seria tão mais fácil se ele se comunicasse de forma mais clara comigo. Mas ele é assim, sempre muito calado quando o assunto é ele mesmo.

Passamos pela bonita portaria e entramos no elevador. Eduardo segura minha mão e com a outra aperta o botão da cobertura. Por que será que não me espanto com isso?

Assim que entro, fico admirada. *Minha nossa!* É tão lindo e tão... tão grande. A sala é ampla e arejada, com móveis escuros planejados. Apesar de morar sozinho, não consigo ver nada fora do lugar, algo bem diferente do meu apartamento, que tem dias que parece um tsunami em forma de lar. As paredes brancas e o piso claro complementam o ar de sofisticação. Estou impressionada com tamanha beleza.

Olho para trás e vejo uma enorme fotografia em preto e branco que ocupa grande parte da parede com a imagem do Cristo Redentor. Fico encantada com a imagem, que foi tirada por Eduardo. Em outra parede, há mais duas fotografias da cidade um pouco menores, mas tão bonitas quanto a maior.

— Você tem um apartamento incrível — digo, olhando ao redor da sala, completamente extasiada.

Eduardo sorri ao ver minha expressão.

— Fico feliz que tenha gostado. Confesso que fiquei com medo de que meu apartamento não lhe agradasse. — Ele parece um pouco inseguro.

Dou mais alguns passos e fico completamente imóvel olhando estupidamente a porta de vidro que dá acesso à sacada. Eduardo sorri, me puxa pela mão e passamos por ela, indo para a varanda com vista para o mar.

— É tão lindo — digo entusiasmada.

Ele sorri.

— Essa varanda é realmente incrível. Tinha certeza de que você iria gostar.

Ele se aproxima de mim.

— Quando comprei esse apartamento, confesso que nem prestei atenção nessa vista. — Ele suspira longamente. — Nem me importei com isso.

— Está falando sério? — pergunto surpresa.

Eduardo se apoia na sacada e olha para o mar à sua frente. Por um instante, vejo tristeza em seu olhar e não consigo entender por quê.

— A única coisa que queria era um lugar tranquilo para morar. — Sinto sua expressão mudar. Ele parece esconder algo, mas não faço a mínima ideia do que possa ser. Penso em perguntar o que se passa em sua cabeça, mas me seguro. Isso causaria mais uma discussão e não quero estragar o clima bom entre nós.

— Há quanto tempo mora aqui?

— Menos de um ano.

Ele suspira e continuo vendo tristeza em seu olhar.

— Morava em uma casa na Barra da Tijuca antes de me mudar para cá — ele diz, encarando a vista. — Uma casa grande e bem espaçosa. Tinha até um jardim. — Ao dizer isso, ele deixa escapar um sorriso. — Um belo jardim.

— E por que se mudou? — Eu o observo e percebo que fica quieto por um tempo e seu silêncio me deixa ainda mais confusa. O que ele está escondendo?

Ele continua olhando para frente como que se lembrasse de algo triste e doloroso. Quero perguntar o que de fato está acontecendo, mas ele se vira e volta a me encarar com seus olhos azuis.

— Era uma casa muito grande. — Não deixo de notar a tristeza em sua voz.

— Mas esse apartamento também é grande. — Tento entender. — Foi só por esse motivo? Isso não é muito convincente.

Ele abre a boca completamente surpreso com minha pergunta e sua reação me faz ter certeza de que ele está escondendo algo de mim. *Droga!* Não sei até quando vou suportar ter um namorado com tantos segredos. Isso me enlouquece e me deixa completamente arrasada. Eduardo ainda não confia em mim.

— Helena. — Ele suspira ao ver minha expressão. — A casa onde morava não me dava tanta privacidade como aqui. É só isso. — Não engulo essa história. Está claro que ele continua mentindo.

— Tem certeza de que é apenas isso? — insisto.

— Não comece. — Ele revira os olhos.

Sinto um nó na garganta. É sempre assim. Eduardo sempre escapa de perguntas relacionadas a ele.

— Meu amor. — Ele pega minha mão. — Não vamos discutir por bobagens. — Ele abre um pequeno sorriso, e eu derreto. Não resisto quando ele sorri assim.

— Não quero que nada atrapalhe nosso relacionamento. — Suas mãos acariciam meus cabelos de forma suave e carinhosa.

— Parece que sempre está escondendo algo de mim — digo, fechando os olhos com o seu toque.

— Sei disso — ele sussurra em meu ouvido.

Sinto um arrepio delicioso por todo o meu corpo.

Eduardo me abraça e ficamos assim por longos minutos, envolvidos apenas no som das nossas respirações. Ele acaricia meus cabelos e isso me faz relaxar completamente. Quando estou em seus braços, me esqueço de tudo e todas as dúvidas em relação a ele desaparecem.

— Deve ser maravilhoso morar em um apartamento como esse.

— Sim. — Ele beija meus cabelos.

— Não se sente sozinho em um apartamento tão grande? — digo envolvida pelo seu perfume.

— Acho que aprendi a viver sozinho.

Sinto um nó na garganta quando ele diz isso. Não quero que se sinta sozinho nunca mais. Jamais o deixarei. Eduardo faz parte da minha vida e eu o quero para sempre.

— Nunca te deixarei sozinho. — Abraço seu pescoço.

— É muito bom ouvir isso. — Ele sorri. — E fico muito feliz por estar aqui comigo.

Quando diz isso, um pensamento esquisito passa pela minha cabeça.

— Sempre traz mulheres para o seu apartamento? — Eu me afasto para encará-lo e minha pergunta parece surpreendê-lo. — Aposto que já fez isso várias vezes.

Eduardo parece realmente surpreso.

— Não. — Ele me encara sério. — Nunca trouxe nenhuma mulher aqui. Você é a primeira. — Seus olhos azuis não deixam os meus.

Engulo em seco.

— Então por que estou aqui? — Sinto minha voz falhar.

Ele suaviza o olhar e sorri.

— Porque eu te amo.

— Hora de conhecer meu quarto — ele sussurra no meu ouvido. Segurando minha mão, ele me puxa, passando pela sala de jantar antes de entramos em um enorme corredor, com mais fotografias espalhadas pelas paredes. Há várias imagens de cidades de vários países. Então, Eduardo abre uma porta branca e dou de cara com o seu quarto. *Uau!* Acho que nunca vi uma cama tão grande. Logo atrás, há uma parede de vidro que dá para um jardim de inverno. As plantas ao fundo dão um ar sofisticado e alegre. É incrível.

— Você realmente tem um jardim dentro do seu quarto? — pergunto chocada.

Ele dá de ombros.

— Vi em uma revista e achei o projeto interessante, apesar de não saber como cuidar de plantas. — Ele sorri. — Mas parece que arrumei uma namorada que pode me dar algumas dicas sobre isso.

Derreto quando ele diz isso. Meu olhar continua passeando por todo o quarto, e paro quando vejo um porta-retratos dourado com a foto de uma bela garota com olhos azuis e cabelos castanhos.

— Quem é ela? — pergunto sem desviar o olhar da foto, tentando controlar o ciúme que me invade. Sinto o sangue ferver. Ele terá que me dar uma boa explicação. Então olho para ele, que abre um sorriso divertido.

— É a minha irmã Sofia.

— Irmã? — pergunto debilmente.

— Sim — afirma e sinto um alívio dentro do peito.

— Sofia volta para o Brasil na semana que vem. Poderá conhecê-la.

— Eu adoraria — digo enquanto me viro lentamente para continuar a exploração do ambiente. Levo um susto quando vejo uma imagem do meu rosto sorridente que preenche metade da parede, na campanha da Verão Brasil.

Meu Deus! Eu não imaginava que ele tinha tal foto e tão grande.

— Sou eu? — Levo as mãos à boca enquanto continuo olhando-a.

— Sim, é você — ele diz se divertindo com minha surpresa.

— Como fez isso? — Viro para encará-lo.

— Um bom fotógrafo nunca perde uma boa foto — ele diz orgulhoso.

— Mas você não fotografa pessoas.

— Você é especial. — Seu sorriso se alarga. — E é minha namorada também.

Estou perplexa.

— Não consigo entender por que fez isso. Nem éramos namorados quando tirou essa foto.

— Apenas a queria perto de mim — ele fala enquanto olha para minha imagem na parede, à frente de sua cama.

Olho para ele ainda sem entender.

— Eduardo, você é completamente louco.

— Acho que não sou o único louco aqui — ele diz se divertindo.

— Não tirei nenhuma foto sua — tento me defender.

— Mas pegou uma e colocou dentro da sua agenda. — Ele sorri ainda mais.

Arregalo os olhos.

— O quê? — Engulo em seco. — Você me viu fazendo aquilo?

Ele balança a cabeça e meu rosto queima. *Que vergonha!*

— Eu adorei.

Às vezes, sou tão patética.

— Eh... Aquela foto não ia fazer falta — digo, tentando não parecer uma idiota.

— Também acho. — Ele sorri daquele jeito sexy e sedutor que tanto gosto. — Agora esquece isso.

Eduardo me puxa para perto, encaixando-me em seu abraço.

— Gostou do apartamento?

— Amei. É tudo tão lindo. — Eu me aconchego em seu peito.

— Se quiser, minha cama é bastante grande para dormir duas pessoas. Pode morar aqui.

Eu me afasto de seu peito e o encaro. Ele está falando sério? *Ai, Deus!* Será que isso é um pedido de casamento? Será? Não! *Claro que não!*

— O que foi? — Ele deixa escapar aquele sorriso que deixa minhas pernas trêmulas.

— Está me convidando para morar aqui? — digo finalmente.

— Seria um enorme prazer. — Ele beija minha testa.

Sinto uma onda de prazer me invadir ao ouvir isso. Mas logo me recupero. Não podemos morar juntos. Sem chance. Eu já falei para ele levar algumas peças de roupa para o meu apartamento, mas isso que ele está falando é sério demais. Além do mais, Eduardo é cheio de mistérios e sei que ainda esconde mais segredos de mim. Isso nunca daria certo. E também existe aquela garota. A tal Marcela. Como posso morar com alguém que insiste em esconder algo tão sério de mim? Não dá.

— E então? — Ele continua sorrindo.

— Então o quê? — pergunto confusa.

— Não vai trazer suas coisas para o meu apartamento? — Ele me olha cheio de expectativa.

Engulo em seco.

— Não — digo um pouco nervosa.

— Não?

Ele parece surpreso com minha resposta.

— Sou uma mulher difícil — brinco com ele.

Eduardo parece sem palavras. Ótimo! Pelo menos assim ele esquece essa história absurda. Quero morar junto e me casar com Eduardo, mas não assim. Ele precisa confiar plenamente em mim, e isso inclui me contar todos os seus segredos. Inclusive a parte que envolve a tal *Marcela*.

Ele se aproxima e me agarra pela cintura. *Uau!* Adoro quando ele faz isso.

Nossos corpos estão tão próximos que posso ouvir seu coração batendo. Ele me abraça com tanta força que tira meus pés do chão. Agarro sua camisa e beijo seu pescoço.

— Não me provoque.

Ele beija meus ombros e meu pescoço, ampliando o calor dentro de mim. *Minha nossa!*

— Sua cama é tão grande — sussurro em seu ouvido.

— Se quiser, posso te mostrar como ela é macia também — diz, me deixando completamente louca.

Capítulo 35

— Pare de rir de mim — digo irritada.

— O que posso fazer se minha namorada é tão engraçada?

Reviro os olhos.

— Isso não tem graça, Eduardo. — Estou furiosa.

— É claro que tem. — Ele ri ainda mais.

— Eu vou matar aquela piriguete esquelética. — Cruzo os braços emburrada.

— Pare com isso, meu amor. — Ele tenta parar de rir. — Aline não fez nada de mais.

— Como não? — digo mal-humorada. — Ela quase pulou em cima de você na minha frente. Como tem coragem de dizer que ela não fez nada de mais?

— Amor, pare com isso. Aline não estava dando em cima de mim. — Eduardo me olha divertido. — Ela apenas elogiou a cor da minha camisa.

— Você está maravilhoso com essa camisa azul, Eduardo. Combinou com os seus lindos olhos — imito a voz dela.

Eduardo ri ainda mais. Bufo irritada.

Não acredito que em um shopping lotado num sábado à tarde em uma cidade tão grande como o Rio de Janeiro acabamos tendo o desprazer de encontrar Aline. É impressionante como essa garota me tira do sério só ao me olhar. Assim que chegamos, demos de cara com ela, que pareceu bem surpresa ao nos ver juntos depois da briga que tivemos na festa da CET. Mas, assim que se recuperou do susto, foi logo dando em cima do meu namorado dizendo o quanto ele estava bonito. Ela nem olhou para mim. Me desprezou totalmente como se eu não estivesse ao lado de Eduardo de mãos dadas. Essa garota me tira do sério.

— Você com ciúme fica ainda mais linda. — Ele dá um selinho carinhoso.

Relaxo um pouco e, quando ele me beija mais uma vez, até me esqueço da piriguete. Eduardo me puxa pelo braço e seguimos em direção ao cinema. Discutimos na hora de escolher. Acabo descobrindo que não temos o mesmo gosto para filmes. Mas, no final, acabo ganhando.

Entramos de mãos dadas no cinema e nos sentamos nas poltronas do fundo. Minutos depois, as luzes se apagam e o filme começa. Ele coloca o braço sobre meus ombros e me aconchego a ele, me sentindo completamente feliz. Nem acredito no dia maravilhoso que tivemos hoje. Eduardo fez café da manhã para mim, fomos no orfanato e conheci seu apartamento. Viemos ao shopping e agora pegamos um cineminha, além de ainda encerrar a noite com um jantar delicioso. O simples fato de fazer esses programinhas de casal com Eduardo me deixa tão feliz que mal consigo prestar atenção no filme. *Acho que estou sonhando!*

Acomodo-me um pouco mais em seu peito, o que faz abrir um sorriso ridículo em meu rosto. Um tempo depois, percebo que ele está muito quieto. Ainda com a boca cheia de pipoca, me afasto de seu peito para encará-lo. Não acredito! Ele está dormindo?

— Eduardo — digo baixinho, cutucando seu ombro. — Você está dormindo — reclamo.

Ele abre os olhos e boceja devagar.

— Você dormiu metade do filme.

— Eu disse que filmes melosos não eram meus preferidos. — Ele se ajeita na poltrona.

— Você queria assistir um filme de luta. — Olho para ele com horror. — Odeio filme de luta.

Ele sorri.

— Venha aqui, meu amor. — Ele me puxa em seus braços e começa a beijar meu pescoço.

— Pare com isso — digo baixinho. — Desse jeito, vamos perder o resto do filme.

— Eu não ligo. — Ele continua me beijando.

— Eduardo, se comporte. — Deixo escapar uma risadinha e uma senhora reclama, dizendo para pararmos de fazer barulho.

— Não consigo me comportar com você toda linda do meu lado nesse escurinho do cinema — sussurra em meu ouvido. — Eu não estou nem um pouco interessado nesse filme.

Eu o encaro, me perdendo completamente no seu sorriso safado e totalmente sexy. A mulher continua reclamando, mas não nos importamos. Devo admitir que os beijos de Eduardo são bem melhores que qualquer filme de romance.

∽⊙∽

Meia hora depois, o filme acaba e nos endireitamos em nossas poltronas. Preciso voltar para assisti-lo novamente e pretendo chamar Cléo, pois com Eduardo ao meu lado, me beijando o tempo todo, é quase impossível prestar atenção em qualquer outra coisa que não seja ele.

— Da próxima vez, preciso me lembrar que meu namorado é um tarado e não sabe se comportar dentro do cinema — falo enquanto ajeito meu cabelo.

— Está querendo dizer que prefere que eu durma?

— Não. — Acabo sorrindo. — Acho que prefiro meu namorado tarado.

— Bom saber — ele diz rindo, enquanto nos levantamos e saímos. — Para falar a verdade, até que achei o final do filme bem interessante.

— Engraçadinho — digo segurando sua mão. — Você dormiu metade do filme e na outra metade me agarrou.

— A última parte foi bem interessante. — Seu sorriso se alarga.

Fico feliz em saber que Eduardo está se divertindo ao meu lado e percebo que finalmente somos um casal de verdade.

— O que acha de jantarmos naquele restaurante japonês aqui perto? — diz assim que chegamos ao estacionamento do shopping.

— Mas não tínhamos combinado de ir ao restaurante italiano? — Estranho.

— Pensei que fosse querer algo mais leve depois de comer toda aquela pipoca sozinha.

Paro de repente e o encaro.

— Está me chamando de gulosa? — Balanço a cabeça chocada.

— Eu não disse isso. — Ele começa a rir e depois me abraça. — Você é a namorada mais linda e comilona do mundo. — Ele beija meus lábios. Tento parecer brava, mas acabo sorrindo.

— Agora vamos jantar, meu amor, antes que você morra de fome — ele diz animado.

Entramos no carro e, enquanto ele dirige, faço carinho em seus cabelos e continuamos nossa conversa divertida e animada até Eduardo estacionar na frente de um charmoso restaurante japonês. De mãos dadas, entramos e nos acomodamos em uma aconchegante mesa para dois. Eduardo escolhe nossos pratos e conversamos sobre o agitado e divertido dia de hoje como um casal de verdade. Ele não para de me encher de carinho e dizer o quanto sou especial, e nosso jantar é tranquilo e agradável, mas de repente as coisas começam a mudar. Para pior.

O telefone de Eduardo toca diversas vezes e não deixo de perceber sua inquietação e nervosismo.

Sinto um nó no estômago. Sei exatamente quem está ligando para ele. É a Marcela. Sei disso. Mas não digo nada. Seguro a fúria que cresce dentro de mim e me controlo para não gritar com ele.

O telefone volta a tocar e me pergunto se isso não se trata de um teste de paciência.

Respira, Helena. Respira!

Eduardo lê alguma coisa que acaba de chegar em seu celular e logo depois digita algo rapidamente. Agora percebo meu namorado inquieto e nervoso. Sem me dizer absolutamente nada, ele chama o garçom, pede a conta e olha mais uma vez para o celular. Sua atitude me irrita e vejo que já não há mais traços do cara alegre e bem-humorado de minutos antes. Realmente acho que ele é bipolar. É a única explicação.

Seu telefone toca novamente e isso me tira do sério. Bufo irritada. Não aguento mais. Então, levanto e pego minha bolsa. Não posso continuar aqui.

— Aonde você vai? — Eduardo me segura pela mão.

— Me solta.

— Helena. — Ele me encara sério. — O que está fazendo?

Olho para ele e vejo como esconde segredos de mim. Está nítida em seu olhar a aflição que está sentindo nesse momento.

— Para casa — digo secamente. — Acho que tem muita coisa para conversar ao telefone com a Marcela e não quero atrapalhar. — Tento me afastar, mas ele me segura ainda mais forte.

— Pare com isso — ele diz com a voz firme. — Você não vai embora sozinha.

— Me larga — digo entre os dentes.

O garçom chega com a conta e ele solta meu braço.

Mordo os lábios. Estou tão irritada.

Eduardo paga a conta e seguimos em silêncio para o carro. Estou uma pilha de nervos e minha cabeça está fervendo. O que ele tem com essa garota, afinal?

Continuo em silêncio e não o deixo me tocar. Sei que é difícil, mas tento ignorá-lo o máximo que posso.

— Você gostou da comida? — ele tenta puxar assunto enquanto dirige até seu apartamento.

— Sim — digo, olhando para a janela.

— Se quiser, podemos ir ao restaurante italiano amanhã.

— Tudo bem.

O silêncio volta a prevalecer no carro. Continuo olhando para a cidade que passa diante dos meus olhos, pensando em por que Eduardo age dessa maneira comigo. Estávamos tão bem, tivemos um dia maravilhoso e tudo isso acabou por causa de um maldito telefonema. Por que ele não me conta de uma vez o que se passa entre ele e a tal Marcela? Nosso namoro jamais dará certo dessa maneira. Estou magoada demais com sua atitude e sei que ele percebeu isso.

— Melhor me deixar na minha casa — digo chateada.

— Por que está falando isso? — Ele pergunta surpreso.

— Você parece ter coisas importantes para resolver com outra pessoa. Por que não me deixa em casa e vai atrás dela? — Volto a encará-lo.

Seu rosto escurece de raiva.

— Não diga besteiras.

— Aposto que está louco para ir atrás da Marcela — digo furiosa.

— Acha que estou te traindo? — Ele bufa de raiva.

— Eu não sei! — grito com ele. — Você não me dá muitas opções sobre o que pensar. Sempre esconde tudo que é relacionado a ela.

Ele não diz nada. Continua olhando para frente, enquanto analiso seu rosto. Ele dirige como se estivesse com pressa de chegar em casa. Fico calada. Não sei mais o que dizer. Estou cansada de mais uma vez ter que passar por essa situação. Um pesado silêncio cai sobre nós e permanecemos assim até chegarmos em seu apartamento. O clima não poderia estar pior. Eduardo vai para a sala e pega uma bebida. Vou direto para seu quarto. Não quero falar com ele. Dispo-me e abro uma de suas gavetas para escolher uma camiseta. Vou para o banheiro, tiro a maquiagem, faço um coque no cabelo e escovo os dentes.

Volto para o quarto e deito na cama. Pego um livro e tento me concentrar nele. Assim que começo a ler, ele aparece no quarto, vestindo apenas uma cueca boxer preta. Minha nossa! Desvio o olhar e tento não me abalar com a visão. Não vou cair nesse seu joguinho barato. Ainda estou furiosa com ele.

Respiro fundo e tento agir naturalmente. Continuo lendo sem desviar o olhar. Ele parece se irritar com isso, mas não me importo.

— Não vai falar comigo? — pergunta me encarando.

Não respondo. Claro que não.

— Helena — insiste, mas não dou bola. Ele que vá falar com a tal Marcela.

Eduardo perde a paciência e tira o livro das minhas mãos. Isso me deixa irritada.

— Até quando pretende ficar sem falar comigo? Isso é ridículo.

— Me deixe em paz. — Eu o encaro furiosa.

Eduardo não responde. Então deixa escapar um sorrisinho sexy e isso me irrita ainda mais. Tento me manter firme, mas fica cada vez mais difícil, ainda mais com ele tão perto de mim, vestindo apenas uma cueca. Ele começa a olhar o meu corpo e isso faz com que minha respiração acelere. *Droga!*

— Já disse o quanto fica linda vestindo apenas minha camiseta? — Ele me lança aquele olhar que me faz perder o fôlego.

Desvio o olhar.

— Mas acho que ficaria ainda mais bonita sem ela — ele diz, se aproximando.

Engulo em seco. Eduardo não pode fazer isso comigo. Então levanto da cama e ele faz o mesmo. Em seguida, ele me pega pela cintura e me joga na cama, ficando em cima de mim.

— Eduardo! Pare com isso. — Bato em seus ombros.

— Quero você sem essa camiseta. — Ele tenta me beijar.

— Me solta — falo sem muita convicção enquanto ele puxa a camiseta. Ele me olha com desejo e tento desviar sua boca da minha, mas o desejo me toma, e, quando sinto sua boca na minha e descendo pelo meu corpo, já não raciocino mais.

Eu deveria saber que dormir no apartamento de Eduardo não era uma boa ideia.

Depois de fazermos amor, adormeço nos braços de Eduardo e isso faz com que eu esqueça o momento conturbado que meu relacionamento está passando nesse momento.

Acordo da mesma forma que dormi: em seus braços. Ao me lembrar da nossa linda noite de amor, abro um sorriso um sorriso apaixonado e tento não me lembrar de problemas como "Marcela". Não quero pensar em nada nem ninguém, exceto Eduardo.

Olho para o relógio ao lado da cama e vejo que ainda são sete horas da manhã. É cedo demais para levantar, afinal hoje é domingo e quero passar o restante do dia deitada em seus braços, sem pensar em mais nada. *Isso me parece um ótimo programa!*

Eduardo ainda dorme profundamente. Olho sua expressão tranquila, que lhe deixa com cara de garoto, e isso faz com que eu sorria ainda mais. Ele fica tão lindo dormindo. Solto um suspiro apaixonado.

Fico olhando-o e me lembrando da primeira vez que o vi. Foi paixão à primeira vista, disso eu tenho certeza. Seus olhos azuis fizeram meu corpo inteiro tremer. Meu coração acelerado não deixou dúvidas de que ele mudaria a minha vida completamente.

Pressiono meus lábios em seu pescoço e esfrego meu rosto no seu. Fecho os olhos e sinto sua respiração suave e tranquila. Ele geme baixinho e me abraça com mais força. Adoro quando ele faz isso e me aninho ainda mais em seu peito, sentindo seu delicioso cheiro. Não quero mais sair de seus braços. Nunca mais!

Fico assim por longos minutos e não tenho a intenção de sair, mas o telefone de Eduardo começa a tocar, me tirando do meu estado de paz e tranquilidade em segundos. Ele acorda imediatamente e se afasta de mim, dando um pulo da cama.

Atordoada, olho para ele, que pega seu celular e sai do quarto, me deixando nervosa e sozinha.

Não é possível que isso esteja acontecendo de novo.

Completamente desperta, sento na cama e puxo o edredom para cima de mim. Tento escutar a conversa, mas ele fechou a porta do quarto.

Aposto que é aquela garota. Mas por que ela ligaria às sete da manhã? O que tanto esses dois conversam e por que nunca posso saber de nada? É claro que existe algo muito errado nessa história e não vou mais admitir que ele me esconda nada. Sou sua namorada e Eduardo vai ter que me dizer e vai ser agora.

Ele abre a porta e entra no quarto, ficando surpreso ao me ver acordada. Lança-me um pequeno sorriso e se junta a mim na cama, dando um beijo em meu rosto, enquanto me abraça, mas continuo imóvel.

— Bom dia, amor — sussurra em meu ouvido.

Tento não me deixar levar por essa sensação maravilhosa de senti-lo ao meu lado. Apesar de querer retribuir seus carinhos, não posso mais continuar assim.

— Era ela no telefone? — pergunto sem olhar para ele.

Sinto seu corpo enrijecer com minha pergunta, mas ele não responde. *Como sempre!*

— Eduardo, o que você realmente tem com a Marcela? — Sinto uma sensação esquisita quando digo o nome dela.

Ele se afasta de mim e noto sua expressão doce e carinhosa se transformar em uma carranca fria e distante. Ele sempre reage assim quando tento tocar nesse assunto, mas dessa vez vai ter que se abrir e me dar explicações.

— Sou sua namorada e isso não é justo comigo. — Sinto meu coração acelerar.

Ele continua quieto encarando suas mãos, enquanto permaneço sentada ao seu lado esperando uma explicação que não vem.

— Eduardo, até quando pretende fazer isso comigo?

Ele exala profundamente, pensa por um instante e depois finalmente me encara. Ele continua sério e não tenho a menor ideia do que vai me dizer.

— Esquece essa história. Por favor.

Sinto meu sangue ferver. *Ele está brincando comigo?*

— Até quando vai continuar com isso? Mereço uma explicação. — Eu me viro, ficando de frente para ele. — Por que ela está te ligando uma hora dessas?

— Pare, por favor. Não vamos estragar nosso dia com isso.

Ele tenta me abraçar, mas me afasto. Saio da cama tão rápido que minha cabeça começa a girar e meu estômago também.

— Aonde você vai? — Ele parece nervoso.

— Para minha casa. Coisa que eu deveria ter feito ontem à noite.

— Pare com isso, Helena. — Ele se levanta da cama também. — Você prometeu passar o dia comigo.

— Perdi a vontade — digo irritada. Eduardo me faz perder a cabeça como ninguém. Esconde segredos de mim e ainda quer que eu finja que nada está acontecendo. Não consigo mais agir dessa maneira.

Meu estômago continua girando e me seguro para não colocar o jantar de ontem para fora.

— Você não vai embora. — Eduardo se aproxima de mim. — Vai ficar aqui comigo. — Ele segura meu braço.

Eu me viro para encará-lo.

— O que você quer, afinal? Quer que eu realmente fique aqui com você, fingindo que nada está acontecendo? Desculpe, mas eu não consigo mais.

— Não vou deixar você ir embora — ele diz sério, sem soltar meu braço.

— Só me impeça de ir embora se realmente for me contar o que de fato está acontecendo. — Eu o encaro. — Não fico mais um minuto ao seu lado enquanto não souber quem é Marcela e o que ela significa para você.

Eduardo solta meu braço e se afasta.

Continuo parada, olhando para ele, que desvia o olhar do meu. Ele senta na beirada da cama e permanece calado. A recusa dele em conversar sobre o assunto me deixa ainda mais irritada. *Droga!* Parece que Eduardo nunca me leva a sério.

— Pelo visto, já tomou sua decisão — digo, sentindo um aperto no peito.

Ele continua quieto e isso me enerva completamente. *Que ódio!*

— Não vai me dizer nada? — Sinto a raiva borbulhando dentro de mim. — Eduardo, diga alguma coisa, pelo amor de Deus!

— Chega! — ele grita.

Arregalo os olhos assustada.

— Não vou te dar explicações. — Ele se levanta da cama. — Desista!

Com o coração acelerado, vejo-o se virando para a parede de vidro que dá acesso ao jardim de inverno, ficando de costas para mim. Engulo em seco e não digo mais nada. Eduardo passou dos limites.

Viro lentamente e começo a me vestir apressadamente, sentindo lágrimas escorrendo pelo rosto. Ele continua de costas para mim e me sinto aliviada por isso. Não quero que ele me veja nesse estado, com os olhos vermelhos e chorando sem parar.

Guardo minhas coisas de qualquer jeito na bolsa. Sentindo-me péssima, vou até a porta e olho para ele mais uma vez. Não quero ir embora. Não quero perdê-lo. Mas ele não me deu escolhas. Preciso ir.

— Estou indo embora — digo devagar enquanto grossas lágrimas escorrem pelo meu rosto. — Adoraria saber que me ama o suficiente para ficar comigo. Mas só me procure quando estiver pronto para me contar sobre ela. Caso contrário, me deixe em paz.

Eduardo permanece de costas e não responde. Meu coração aperta ao ver que ele continua olhando para a parede de vidro e não se vira para me impedir de ir embora.

Respiro fundo. Estou arrasada. Ele não me ama o suficiente para me pedir para ficar. Então, sem ter mais o que fazer aqui, saio e bato a porta com força.

Saio do elevador e não me importo com os olhares curiosos que recebo. Na rua, chamo um táxi. O motorista me olha assustado. Ele balança a cabeça e me oferece uma caixinha de lenço de papel.

Não consigo parar de chorar. Aliás, acho que nunca mais vou conseguir parar. Amo Eduardo e não sei como vou conseguir me recuperar dessa rejeição. Já começo a sentir falta da sua companhia, dos seus beijos, abraços e dos seus carinhos. Dos nossos corpos entrelaçados e dos momentos divertidos que passamos juntos.

Meu Deus! *O que será de mim agora?*

Minutos depois, o táxi para em frente ao meu prédio e me sinto ainda mais arrasada. Eu não queria que as coisas entre nós terminassem assim. Desço do carro e faço um grande esforço para me manter em pé. Sinto-me fraca e completamente perdida.

Assim que entro em casa, corro direto para o quarto e pulo na cama. Lágrimas continuam rolando. Soluços e mais soluços. Tenho a sensação de que vou morrer de tanto chorar. Não consigo me controlar. Encolho-me na cama, completamente desiludida e decepcionada. Eduardo nem sequer me impediu de ir embora.

O que eu faço agora? Simplesmente não consigo parar de pensar naqueles olhos azuis.

Cristo! O que está acontecendo comigo?

Olho para a foto dele ao lado do meu abajur e a resposta me atinge em cheio.

Eu o amo e nunca vou deixar de amar.

Capítulo 36

Já é segunda? *Oh, não...*

Meu corpo todo dói. Meu estômago embrulha só de pensar que tenho que levantar da cama. Meus olhos estão inchados de tanto que chorei de ontem para hoje. É impossível esconder minhas olheiras. Minha cara está péssima e prefiro nem comentar meu cabelo. Decido não ir trabalhar. Sair da cama parece uma missão extremamente impossível. Ligo para Jorge e aviso que não estou muito bem. Ele reclama, mas depois me deseja uma boa recuperação e diz que ainda precisamos conversar sobre o que aconteceu na festa. Droga!

Passo o dia todo deitada. A boa notícia é que parei de chorar, quer dizer, só chorei algumas vezes quando o celular tocou e vi que não era Eduardo com um pedido de desculpas e sim Cléo me contando sobre o congresso de odontologia e vovó perguntando quando levarei Eduardo à fazenda, me deixando ainda pior.

No dia seguinte, resolvo ficar na cama novamente. Ainda não me sinto preparada para encarar Eduardo e seus penetrantes olhos azuis. Na quarta-feira, levanto ainda com uma cara péssima, mas sou obrigada a voltar à vida normal, antes que Jorge me demita.

Assim que entro na agência, tento não me importar com os olhares curiosos sobre mim. Até penso que é por causa do meu cabelo um pouco bagunçado, mas me lembro da briga com Eduardo e do vexame que causei na festa da CET. *Ai, não!* Tinha até me esquecido disso.

Entro na sala e levo um susto ao ver Eduardo sentado na minha mesa, esperando por mim.

Respiro fundo. Preciso manter a calma, mas isso é quase impossível quando vejo esses olhos azuis fixos em mim. Vê-lo na minha frente, tão lindo e sedutor, me faz recordar os deliciosos momentos que passamos juntos e meu peito afunda ao perceber como senti sua falta. Balanço a cabeça, tentando voltar à realidade, que no momento é "Estamos separados", ou melhor, "Ele te largou". *Entenda isso!*

— Bom dia. — Apesar da minha raiva, tento ser educada, afinal, Eduardo é meu chefe. Não posso me esquecer disso. Um bom funcionário é sempre gentil.

— Você está bem? — pergunta sério. Ouvir o som de sua voz faz com que meu coração derreta e não deixo de perceber sua expressão triste e cansada.

— Estou ótima. — Coloco minha bolsa em cima da mesa e o encaro. — Será que meu chefe poderia me dar licença? Preciso trabalhar, mas não consigo fazer isso com você ocupando minha cadeira.

Eduardo levanta lentamente e faz sinal para que eu me sente.

Um pouco vacilante com sua presença, sento e ligo o computador sem encará-lo. Preciso me manter longe e tentar não demostrar tanto nervosismo ao seu lado.

— Precisamos conversar. — Ele para diante da minha mesa.

Respiro fundo, sem querer parecer nervosa com que ele acaba de dizer.

— Estou ouvindo — digo fingindo olhar meus e-mails.

— Aqui não. Podemos ir para a minha sala? — diz isso um pouco envergonhado.

Eu volto a encará-lo.

— Ah, você tem uma sala? — Reviro os olhos. — Mas é claro, você é o dono dessa agência. É óbvio que tem uma sala bem grande e espaçosa. Deixe-me adivinhar, sua sala é a da presidência, não é mesmo? — digo com ironia. Não consigo evitar. Ainda estou muito magoada.

Eduardo morde os lábios, visivelmente irritado. Preciso confessar que ele fica ainda mais lindo quando está irritado.

— Eu preciso falar com você — ele diz tentando manter a calma.

— Já disse que estou ouvindo.

— Não vou conversar com você aqui.

— Por que não? — Dou de ombros. — Jorge não se importa de falar de trabalho aqui na minha mesa.

Ele bufa irritado.

— Eu não sou o Jorge. Sou o seu namorado — ele diz sério.

Não consigo segurar. Dou uma risada sem humor.

— Caia na real, Eduardo. Você é apenas meu chefe, nada mais do que isso. Então, se quiser falar alguma coisa sobre trabalho, é só dizer, caso contrário, estou muito ocupada para perder meu precioso tempo com você. — Me viro novamente para a tela do computador.

Eduardo parece chocado com minhas palavras. *Ótimo!*

Então ele se aproxima e apoia as mãos sobre minha mesa.

— Saia dessa mesa agora e vamos até a minha sala conversar. — Sua voz é firme e autoritária.

Quando diz isso, sinto o sangue ferver. Quem ele pensa que é para falar comigo dessa maneira?

Seu chefe, sua burra! Minha consciência diz.

— Eu realmente preciso falar com você. — Percebo que ele está no limite de sua paciência.

Olho ao redor e vejo todas as pessoas da agência nos encarando. Aline parece satisfeita em saber que não estamos bem e Raul está visivelmente chateado com toda essa situação.

Eu me viro e volto a encarar seus olhos azuis.

— Está todo mundo olhando para a gente — digo nervosa.

— Eu não me importo. Eu mando aqui.

Fico furiosa. Ele não pode continuar agindo dessa maneira.

— Você pode mandar aqui, mas não manda em mim — digo, me levantando e pegando minha bolsa. — Eduardo precisa saber que já passou dos limites.

— O que pensa está fazendo?

— Vou embora — digo dominada pela raiva.

— Não pode ir embora, você trabalha aqui. — Eduardo continua nervoso, mas não me importo.

— A partir de agora, não trabalho mais. — *Oh, meu Deus. O que estou fazendo?*

— Você está sendo infantil. — Ele segura meu braço com força. — Não pode se demitir.

— Não encoste em mim — digo me afastando dele.

— Nós precisamos conversar. — Ele eleva o tom de voz.

— Conversar? — Rio para não chorar. — Pedi tanto para você se abrir comigo. Me contar o que está acontecendo, mas você negou todas as vezes. Então não me venha agora com esse papinho furado de querer conversar! — grito.

Todos na agência observam com olhos arregalados minha discussão com meu ex-namorado e atual chefe. Estão todos em choque e ninguém se atreve a interferir, ainda mais sabendo que Eduardo é o novo presidente da CET. Quem seria louco de se meter em uma briga com um chefe louco de raiva? Acho que ninguém quer ser demitido por justa causa.

— Eu posso saber o que está acontecendo aqui? — Ouço os berros de Jorge.

Nos viramos e ficamos de frente para Jorge, que está com o rosto vermelho de raiva. Ele nos encara com indignação.

Droga! *Estou ferrada!*

— Os dois na minha sala AGORA!

Dou um pulo quando escuto Jorge berrar mais uma vez, mas Eduardo parece não se abalar. Continua ao meu lado com a expressão furiosa.

— Jorge, não se meta nisso — Eduardo diz entre os dentes.

Jorge se aproxima um pouco mais. Está nítido que ele não está nem um pouco intimidado em saber que Eduardo é seu novo chefe.

— Olha aqui, Eduardo — Jorge diz, bufando de raiva. — Não pense que pode causar essa confusão toda aqui na agência só porque é o novo presidente.

Olho chocada para ele, que parece não ter medo de Eduardo, que, por sua vez, permanece calado, como se estivesse envergonhado pela cena que acabou de fazer.

— Quero os dois na minha sala. — Jorge tenta se controlar. Ele suspira longamente e, segundos depois, vira e sai pisando duro pelo corredor.

Engulo em seco. O que vai acontecer comigo agora?

Todos os olhares continuam sobre mim e Eduardo, então baixo a cabeça e vou em direção à sala de Jorge. Eduardo não me acompanha e fico mais aliviada por isso.

— Jorge, me desculpa — digo assim que me sento em uma cadeira à sua frente e baixo a cabeça. Estou envergonhada demais para encará-lo.

— Quero saber o que isso tudo que presenciei significa.

Engulo em seco.

— Eduardo e eu não estamos nos dando muito bem. — Minha voz falha de repente.

— Isso eu e a agência toda percebemos — ele diz irritado.

Sinto meu rosto queimar de vergonha. Droga!

— Eu disse que não me importava com o relacionamento de vocês dois aqui dentro. Mas agora passou dos limites. Não podem brigar na frente de todos como duas crianças birrentas.

— Você não terá mais esse tipo de problema, Jorge. Vou me demitir — falo decepcionada comigo mesma. Como deixei meu relacionamento com Eduardo chegar a esse ponto?

— Você o quê? — A expressão dele é de pura surpresa.

— Eduardo e eu não podemos trabalhar juntos. — Encolho os ombros. — Acho que essa é a decisão certa a se tomar.

— Minha nossa! — Jorge tira os óculos e depois leva as mãos ao rosto. — O que eu que faço com vocês? — Ele balança a cabeça e tento não chorar na sua frente. Isso só deixaria a situação ainda mais humilhante. A porta se abre e meu coração volta a acelerar quando vejo Eduardo entrar um pouco mais calmo. Parece que ele pensou nas palavras duras de Jorge. Então senta ao meu lado, mas não me atrevo a olhá-lo.

— Nós ainda precisamos conversar. — Ele se vira para mim, ignorando Jorge.

— Eduardo, qual parte ainda não entendeu que não quero mais falar com você? — digo irritada, cruzando os braços.

— Parem os dois — Jorge diz colocando os óculos de volta. — Nós três precisamos conversar.

Eduardo suspira longamente.

— Jorge, preciso conversar com a Helena — diz com a voz controlada. — Ela é minha namorada.

— Ex-namorada. — Levanto e o encaro furiosa. Minhas palavras fazem Eduardo parar de repente. Ele não pode continuar achando que as coisas entre nós estão da mesma forma. Foi ele quem deixou que as coisas chegassem a esse ponto. Nosso namoro acabou.

— Helena, sente-se, por favor — Jorge diz sem muita paciência. Então eu o obedeço e me sento novamente sem encarar meu ex-namorado.

— Olha, não quero saber se vocês dois estão namorando ou não. — Jorge olha para mim e depois para Eduardo. — A única coisa que peço é que mantenham o profissionalismo aqui dentro. Não podem continuar se comportando como duas crianças.

Quando Jorge diz isso, fico completamente envergonhada. Ele tem razão. Sinto-me péssima. Venho me comportando de forma imatura no trabalho, mesmo sabendo que é tudo culpa do meu namorado. Quer dizer, ex-namorado.

— Agora você, Helena. — Jorge desvia o olhar irritado para mim. Engulo em seco. Preparo-me para ouvir um longo sermão. Até tento pensar em outra coisa e não prestar atenção, como sempre faço, mas hoje isso não funciona. Aliás, ele nunca pareceu tão furioso comigo, nem no dia em que o derrubei da cadeira. — Não me faça perder a paciência com essa história de demissão — ele diz.

Respiro fundo. *Será que Jorge não entende?*

— Jorge, não posso continuar aqui ao lado do Eduardo — tento me explicar, mas ele não me ouve.

— Chega! — diz sem paciência e afundo na cadeira. Jorge precisa admitir que manter Eduardo e eu juntos não será uma boa ideia.

— Vamos tentar achar uma solução. — Ele tira os óculos novamente.

— Quero me demitir — digo, me endireitando na cadeira. — Não posso mais trabalhar aqui. Não dará certo.

— Pare com isso — Eduardo me interrompe. — Não pode ficar desempregada.

— Não se preocupe com isso. — Eu me viro para encará-lo. — Não existe só sua agência aqui no Rio de Janeiro. Tenho um bom curriculum. Não vou ficar sem emprego por muito tempo.

— Você não pode sair da CET. — Ele tenta me convencer. — Seu lugar é aqui.

— Não perca seu precioso tempo tentando me convencer, Eduardo. — Minha voz sai cheia de mágoa. — Já tomei minha decisão. Aceite isso.

Ele balança a cabeça, visivelmente contrariado.

— Não acredito que misturou as coisas desse jeito. A CET não tem nada a ver com o nosso namoro. Não pode abandonar seu emprego dessa forma. — Ele me encara sério.

— Não estou misturando as coisas. Claro que não.

— Então fique. — Vejo o desespero em seu olhar.

— Você sabe muito bem o que deve fazer para que eu continue ao seu lado.

Quando digo isso, seus olhos se arregalam. Acho que ele não esperava isso. Continuo encarando-o. Preciso que ele diga algo para mim, mas então Eduardo desvia o olhar, me decepcionando mais uma vez.

— E se resolvermos essa situação de uma maneira diferente? — Jorge pergunta, voltando a colocar os óculos. Ele está tão perdido quanto nós dois. — O que acha de tirar aquelas férias que você tanto queria? Trinta dias é tempo suficiente para descansar.

Eu o encaro surpresa. *Jorge vai me dar férias?* Minhas férias?

— Está falando sério? — Abro um pequeno sorriso. — Trinta dias?

Ele balança a cabeça.

— Sei que vou ficar sem uma das minhas melhores funcionárias por todo esse tempo, mas acho que pode ser bom. O que acha? — Ele me olha cheio de expectativa.

Minha cabeça gira com pensamentos confusos. *Férias? Será?* Penso por um momento. Posso ir para a fazenda e ficar com a minha família. Vovó me fará companhia nos momentos de tristeza. Também posso chamar Cléo para uma curta viagem. Um cruzeiro, talvez? Isso manteria meus pensamentos longe de Eduardo. Quem sabe consigo esquecê-lo. Pensando bem, acho que Jorge tem razão. Férias parecem uma ótima opção.

— Aceito — digo um pouco mais animada. — Realmente estou precisando de férias.

Jorge abre um sorriso satisfeito ao ver que aceitei sua ideia. Eduardo parece aliviado e triste ao mesmo tempo.

— Que bom que aceitou. Não gostaria que saísse da CET. — Ele me lança um sorriso carinhoso e fico feliz em saber que se preocupa comigo. Apesar do jeito durão, sei que gosta de mim como sua filha.

— Agora que já está tudo resolvido. — Jorge volta a ficar sério. — Quero dizer que não vou mais admitir esse tipo de comportamento aqui. Espero que parem de infantilidade e amadureçam.

Infantil? Eu? Tudo bem. Acho que mereci ouvir isso.

Respiro fundo.

Depois de dizer mais algumas palavras sobre como se comportar como um profissional de verdade e não deixar a vida pessoal interferir no trabalho, Jorge diz que estou liberada e me deseja boas férias. Ele quase sorri ao me dizer isso, mas volta a ficar carrancudo quando dirige seu olhar para Eduardo.

— Você fica, Eduardo. Nossa conversa ainda não acabou.

Eduardo continua sério e não me olha nem deseja boas férias. Então levanto e saio aliviada.

Férias! Aí, vamos nós...

Capítulo 37

— Eduardo! — grito seu nome.

— Eduardo, eu estou aqui! — grito mais uma vez, mas ele não me ouve.

Quando não estou perto dele, me torno tão patética. Choro compulsivamente. Entupo-me de chocolate, sorvete de morango e várias panelas de brigadeiro, além de verificar o celular a cada cinco minutos para ver se há alguma ligação ou mensagem dele. *Nada!* Não quero mais pensar nele. Quero esquecê-lo, mas Eduardo continua perto de mim. Como agora. Grito mais uma vez seu nome para que ele possa me ver, mas não adianta. Ele não vê. O que está acontecendo?

Um medo terrível de que ele possa estar com outra mulher me faz sentir náuseas. Ele não pode ficar com outra. Eduardo é meu, somente meu. Será que ele já me esqueceu assim tão rápido?

— Eduardo, olhe para mim. Estou atrás de você!

Ele não me ouve e, quando tento me aproximar, vejo uma mulher muita bonita lhe abraçar. Eu a reconheço. É ela. Marcela. Fico paralisada. Eles estão juntos. Não pode ser. *Ele me ama. Ele disse que me amava. Como pode mentir para mim dessa maneira?*

Sinto um vazio dentro do meu peito e lágrimas escorrem pelo meu rosto. Eduardo nunca me amou.

Corro atrás dele e grito novamente. Mas ele se distancia cada vez mais, saindo de mãos dadas com ela.

Minha respiração falha e tento recuperar o fôlego. Seu desprezo me atinge da forma mais cruel e faz com que o meu coração afunde ainda mais.

— Eduardo — digo baixinho dessa vez, caindo de joelhos no chão. Então ele se vira e me encara. Tento dizer algo, mas fico paralisada diante de sua beleza. Quero tocá-lo, mas não consigo me mover. Eduardo não diz nada, apenas me observa por mais alguns segundos, enquanto permaneço no chão. Então ele me diz algo que não consigo ouvir e se afasta. Desespero-me ao vê-lo indo embora com a Marcela. Eles estão juntos e vejo com horror que nossa história acabou. *Acabou...*

— Eduardo! — grito com todas as minhas forças. — Não me abandone, por favor.

Abro os olhos assustada. Sento na cama, tentando recuperar o ar. *Minha nossa!* Foi apenas um sonho ruim. *Um pesadelo!* Ainda respirando com dificuldade, passo a mão pela minha testa suada e sinto minha cabeça girar.

Inspiro e expiro. *Se acalma, Helena! Se acalma!*

Tento controlar minha respiração, mas continuo ofegante. Essa situação não pode continuar assim. Eduardo faz parte dos meus sonhos todos os dias. Desde o dia em que nos vimos pela última vez na sala de Jorge, esses sonhos são em forma de pesadelos, nos quais ele sempre aparece ao lado da Marcela e me deixa para trás, sozinha, com o coração despedaçado. Exatamente como estou agora. Sempre desesperada, suando e com a respiração acelerada. Esses pesadelos precisam me deixar em paz. Eduardo precisa me deixar em paz.

Cubro a cabeça com o travesseiro. *Meu Deus!* Vou enlouquecer. *Sei que vou!*

Com a respiração um pouco mais tranquila, jogo o travesseiro de lado e levanto da cama. Vou até a cozinha, abro a geladeira e pego uma garrafa de água e um pedaço de torta de frango congelada.

Suspiro frustrada.

Essas não estão sendo as férias que tanto imaginei. *Não mesmo!* Faz uma semana que estou sem sair de casa. Trancada em meu próprio apartamento, com a geladeira lotada de sorvete, chocolate, torta de frango congelada e uma panela de brigadeiro pela metade.

Essa situação toda me deixa deprimida e, quando fico deprimida, começo a comer. Preciso tirar Eduardo dos meus pensamentos e seguir em frente, antes que eu não caiba mais dentro das minhas roupas.

Assim que termino de comer, volto para a cama. Quando entro no quarto, escuto o telefone tocar e saio correndo para atendê-lo. Será que é Eduardo?

Pulo em cima cama e atendo sorrindo. Eu sabia que ele ia me ligar.

— Eduardo?

— Não, querida, sou eu, a vovó.

— Ah... Oi, vovó — digo desanimada.

— Pensei que fosse ficar mais animada ao falar comigo — ela diz chateada.

— Me desculpe, só pensei que fosse Eduardo — digo me sentando na cama.

— Liguei porque me deu saudade da minha neta mais linda do mundo.

Reviro os olhos. Vovó nunca teve horários para me ligar. Sempre quando bate saudade, ela liga e pode ser três da manhã ou três horas da tarde.

— Mas parece que não está bem. O que está acontecendo, querida? — pergunta preocupada.

Encolho os ombros.

— Estou ótima, vovó — tento convencê-la.

Ela suspira longamente.

— Sei que não está e, pela maneira que atendeu o telefone, sei que tem a ver com Eduardo. Por que não me conta o que está acontecendo? Sabe que entre nós não existem segredos.

Vovó tem razão, mas não quero tocar nesse assunto tão doloroso.

— Vovó, são quase três horas da manhã. Acha mesmo que é uma boa hora para conversar? Além do mais, posso saber o que está fazendo acordada uma hora dessas? Não me diga que está chegando de alguma festa com suas amigas.

— Não, claro que não. Estamos no meio da semana — ela diz se divertindo. — Estava na internet, no bate-papo com umas amigas. Esse *iPhone* que você me deu é fantástico.

Ela ri do outro lado da linha.

— Não deveria ficar na internet até de madrugada, vovó. Precisa descansar.
— Deito e fico olhando para o teto.

— Você também parecia acordada na hora que liguei. Não acha que também deveria estar dormindo? — retruca.

— Estou de férias, vovó. Não preciso acordar cedo amanhã.

— Você não me contou que ia tirar férias — ela diz magoada. — Prometeu que iríamos viajar juntas.

Droga!

Sem opção, conto à vovó tudo sobre o que aconteceu na agência. Ela não faz perguntas e me deixa falar tudo sobre minha discussão com Eduardo e minhas férias forçadas.

— Querida, está me dizendo que não sai de casa há uma semana? — diz sem acreditar.

— Me sinto péssima. Não tenho vontade de sair de casa. — Começo a sentir meus olhos arderem e lágrimas se acumularem.

— Mas, querida, você queria tanto essas férias. Vai desperdiçá-las assim? Enfiada dentro de um apartamento pequeno, se entupindo de tanto brigadeiro? Precisa reagir.

Fecho os olhos. Sei que ela tem razão, mas não quero mais falar sobre isso. Não quero mais falar sobre Eduardo. Aliás, não quero mais falar nada.

— Amanhã mesmo vou te buscar — vovó continua. — Podemos ir juntas para a casa da Jurema amanhã à noite. Ela vai fazer um bingo muito divertido e só terá meninas. O que acha?

Suspiro longamente. Até seria divertido se as meninas que vovó se refere não tivessem a faixa etária de setenta anos.

— Vovó, não acho que um bingo na casa da Jurema possa me ajudar nesse momento — digo desanimada.

— Mas você precisa se distrair um pouco. Até quando pretende ficar trancada em casa? — ela tenta me convencer.

— Prometo que vou para a fazenda antes das minhas férias acabarem e até podemos ir à praia e na casa da Jurema também. Está bem assim? — tento encerrar logo o assunto.

Ela pensa por um momento.

— Tudo bem. Também podemos ir ao cinema. Faz tanto tempo que não fazemos isso.

Sorrio. Ir ao cinema com vovó é sempre muito divertido. Da última vez, nos divertimos muito vendo um filme de terror. Vovó não parava de rir quando algum personagem morria assassinado. As pessoas olhavam-na como se ela fosse louca, mas ela dizia que era apenas uma forma de aliviar o medo.

— Mas, querida, antes de desligar, me conte como está se sentindo.

— Nada bem, vovó. — Passo a mão nos cabelos, afastando a franja do rosto. — Não consigo tirar Eduardo da cabeça e acho que vou enlouquecer.

— Não vai enlouquecer. — Ela ri do outro lado da linha. — Eduardo não é um homem fácil de esquecer. Então eu acho que o que está sentindo é absolutamente normal — diz tranquilamente.

— Não sei mais o que fazer.

— Tente ficar calma. Tenho certeza de que logo, logo tudo se acertará entre vocês.

— Não tenho tanta certeza disso — digo desanimada. — Faz uma semana que não o vejo e ele nunca mais me procurou — choramingo.

— Ora, querida, não diga besteiras. Eduardo é apaixonado por você e não se esqueça de que foi você mesma quem pediu para ele te deixar em paz.

— Eu sei, mas não queria que ele me deixasse em paz — digo magoada.

Vovó ri do outro lado da linha.

— Não seja apressada. Mais cedo ou mais tarde, ele vai te procurar e vocês dois vão acabar se acertando. Todo mundo vê que são apaixonados um pelo outro. Eduardo te ama.

Tento acreditar nisso.

— Queria-o aqui comigo — admito.

— Eu sei, querida. Mas me diga, ele falou alguma coisa sobre a tal garota?

— Não. — Suspiro frustrada. — Eu disse para ele me procurar somente quando estivesse disposto a me contar toda a história sobre ela.

— Tenho certeza de que ele fará isso. Eduardo deve ter uma boa explicação para toda essa história confusa. Ele só não deve estar preparado para isso. Dê um tempo a ele.

— Tudo bem. — Relaxo um pouco. — Vou dar esse tempo a Eduardo.

— É assim que se fala.

— E como andam as coisas aí na fazenda. Alguma novidade? — pergunto.

— Bom... Larguei o Mário, aquele da padaria. Lembra? — ela diz como se isso fosse algo sem muita importância.

— Mas por quê? Vocês formavam um casal tão bonitinho — digo.

— Ele não aceitou muito bem o fato de que vou fazer um cruzeiro com minhas amigas no mês que vem. Disse que já não tenho mais idade para isso. Você acredita?

— Minha nossa! — digo chocada.

— Para falar a verdade, acho que foi melhor assim. Nosso namoro não ia dar certo mesmo. Ele é muito ciumento — ela reclama e acho graça de sua história.

— Agora, vá para a cama, mocinha. Você precisa acordar bem disposta amanhã e sair desse apartamento. — Sua voz está cheia de carinho.

— Eu já estou na cama, vovó — digo mais relaxada.

— Beijos, querida, e me mantenha informada — ela se despede e desliga o telefone.

A conversa com vovó me deixa melhor. Muito melhor. Então levanto da cama e volto para a cozinha. Acho que vou comer o restinho daquela panela de brigadeiro.

Capítulo 38

Balançando os pés, fico olhando para as paredes brancas da sala arejada de Cléo. Observo algumas fotografias de pessoas sorrindo com dentes superbrancos. Isso me faz lembrar que preciso pedir para minha amiga fazer um clareamento dental em mim.

Já faz quinze minutos que estou aqui e Cléo ainda não apareceu. Continuo ouvindo o barulho irritante do motorzinho que vem de outra sala. Odeio dentista e Cléo sabe muito bem disso. Bufo irritada.

Tudo aqui é tão limpo e impecável. Não sei se me acostumaria a trabalhar em um lugar tão branco e silencioso. Bem diferente lá da agência, que é tudo muito colorido, as pessoas não param de falar e o telefone toca a cada cinco minutos.

A porta à minha frente se abre e vejo Cléo toda de branco. Assim que me vê, exibe seu lindo sorriso.

Ela fecha a porta e se aproxima de mim.

— Helena. — Ela me abraça. — Como está?

— Bem — digo um pouco desanimada.

— Não é o que parece — diz enquanto desmancha o coque. Tenho que admitir, minha amiga está muito bonita com uma calça social branca e uma blusa branca de seda. Bem diferente de mim, que hoje estou um trapo, vestindo uma calça de moletom confortável, regata de malha e tênis, aquele que Cléo tanto odeia.

— Não pode continuar desse jeito. Você precisa se recuperar. — Ela pega seu celular em cima da mesa e o enfia dentro da bolsa.

— Eu sei — digo, afundando um pouco mais na poltrona macia.

Minha amiga para diante de mim e segura sua bolsa.

— Agora vamos, estamos em cima da hora.

— Ainda temos quarenta minutos.

— Mas, com o trânsito dessa cidade, precisamos sair o quanto antes — Cléo diz, pegando a chave do carro.

— Não precisa — digo olhando para a chave em suas mãos. — Estou com o meu carro.

Ele parece não gostar do que acabo de dizer, mas, por causa do pouco tempo que temos, concorda sem discutir. O que é um verdadeiro milagre.

Entramos e tento não me estressar com o trânsito caótico. Meu estômago continua ruim e prefiro não conversar muito, apesar de Cléo não fechar a boca por um segundo.

Ela continua falando, mas não presto muito atenção. Desde que me separei de Eduardo, me sinto cada dia pior. Será que nunca mais vou esquecê-lo?

Quando chegamos em frente à clínica, estaciono e andamos rapidamente até a recepção. Ainda temos dez minutos. Suspiro aliviada.

Não consigo entender por que aceitei vir a essa consulta com Cléo. Mas ela insistiu tanto que preferi não discutir. Sei que não estou doente, só não ando me sentindo muito bem ultimamente. Um mal-estar me acompanha por vários dias, mas sei que é apenas um desânimo natural causado pelos últimos acontecimentos. Eduardo e eu rompemos, é normal que eu não esteja bem. Sinto-me péssima. Mas só preciso aproveitar os dias de férias que ainda me restam para me sentir melhor. Preciso esquecer Eduardo. Aqueles olhos azuis precisam sair da minha cabeça o quanto antes.

Cléo diz meu nome para a recepcionista e sento na sala de espera. Pego uma revista da mesa de centro, tentando me animar um pouco e começo a folheá-la.

— Chegamos dentro do horário. — Cléo sorri e senta ao meu lado. — Em alguns minutos, a Dra. Mariza vai te chamar.

— Eu não estou doente — digo pela milésima vez.

— Isso é para o seu bem — ela diz com o mesmo tom de voz que usa quando quer parecer a irmã mais velha. Não gosto quando faz isso. Aliás, ela é somente dois anos mais velha do que eu.

— Faz dias que está sentindo um mal-estar e essas dores em sua barriga podem ser algo perigoso. — Cléo pega uma revista em cima da mesa também.

Reviro os olhos. Sei que ela está exagerando. Não há nada de errado comigo.

— Eu estou bem — digo. — Não estou sentindo nada agora. — Passo a mão pela minha barriga levemente inchada.

— Sua barriga está inchada, Helena. — Ela me observa preocupada. — Desde quando está sentindo essas dores?

— Há alguns dias.

— Vamos torcer para que seja apenas resultado das férias confinadas em seu apartamento, junto com muitas panelas de brigadeiro.

Dou um longo suspiro.

— Eu disse que se continuasse comendo desse jeito, uma hora toda essa comida iria para algum lugar.

— Prometo começar um regime — digo desanimada.

— Sei que terminou um namoro e está mal por isso, mas acho que a solução não é ficar enfiada dentro de casa comendo um monte de besteiras. Isso está te fazendo mal. Olhe para as suas roupas. Você está péssima.

— Estou bem assim.

— Não. Você não está. Olhe para você. — Cléo joga a revista em cima da mesa e volta a me encarar. — Já imaginou se Eduardo te visse nesse estado? — Ela balança a cabeça contrariada.

— Você precisa dar a volta por cima, amiga.

— É, eu sei.

— Por que não o procura e tenta conversar? Vocês se gostam tanto.

— Esquece. Não vou fazer isso.

— Vocês dois parecem duas crianças. — Cléo suspira longamente.

— Eduardo precisa se abrir comigo. Caso contrário, isso nunca dará certo. — Ao dizer isso, sinto um nó se formar em minha garganta. Não consigo acreditar que ele preferiu ficar com a Marcela.

— Você está certa. Se Eduardo quiser algo sério com você, tem que acabar com todo esse mistério. Mas você precisa ficar bem e se animar.

Ela me encara, mas não respondo. Ficamos em silêncio, enquanto nos entretermos com nossas leituras. Olho para lado e vejo que minha amiga lê atentamente um artigo sobre "Como reduzir as celulites". Viro as páginas lentamente e de repente algo me surpreende.

Olho para a página mais uma vez e vejo Eduardo e eu sorrindo em uma linda foto da campanha da Verão Brasil. Um sentimento esquisito toma conta de mim e me controlo para não rasgar a página.

— O que foi? — Cléo pergunta, interrompendo sua leitura sobre celulites.

Sem conseguir dizer uma única palavra, entrego a revista a ela, que abre um enorme sorriso quando vê a foto.

— Vocês dois ficaram lindos — ela diz empolgada. — Deveriam seguir essa coisa de modelo. — Ela pega a revista e guarda dentro da sua bolsa.

— Cléo! O que está fazendo? — digo exasperada.

— Ora, acha mesmo que não vou mostrar para todo mundo minha melhor amiga de modelo? — ela diz orgulhosa.

Reviro os olhos. Não posso acreditar que ela tenha feito isso. Instantes depois, volto a sentir o mal-estar que há dias vem me incomodando. Droga! *De novo não!*

— Cléo — chamo seu nome enquanto coloco a mão na barriga.

— O que foi? — Ela se aproxima de mim. — Está tudo bem?

— As dores voltaram.

— Está vendo, sua teimosa? — Ela fica brava comigo. — Ainda bem que estamos aqui no consultório, apesar da sua insistência de não querer vir.

Encolho os ombros.

— Oh, me desculpe. — Ela me puxa para que eu deite em seu ombro. — Logo a Dra. Mariza te examinará e te passará alguns remédios para que esse mal-estar passe.

— Está doendo — choramingo como uma garotinha de cinco anos.

— Calma. — Ela tenta me tranquilizar, enquanto passa a mão pelos meus cabelos.

Uma dor intensa volta a me atingir.

— Ai, Cléo! — Levo minhas mãos até a barriga.

— Helena, você está me assustando — ela diz preocupada.

— Está doendo muito. — Me encolho um pouco mais.

Minha vista começa a escurecer e de repente minha dor desaparece e tudo fica escuro e silencioso.

⁂

— Está tudo bem. Agora vista essa camisola azul com o lado aberto para trás — a Dra. Mariza diz enquanto prepara o aparelho de ultrassom.

— Vou ter que fazer um ultrassom? — pergunto enquanto visto uma horrorosa camisola azul. Se Cléo estava me achando horrível com minhas roupas, tenho até medo de pensar o que ela deve estar achando de mim agora.

— Não se preocupe — a médica diz tranquilamente. — O exame será necessário para que eu possa ter certeza do que está causando suas dores abdominais.

Vou em direção à maca e me deito na posição desagradável para que a médica possa enfiar aquela coisa dentro de mim para fazer o ultrassom transvaginal. Isso faz com que eu me sinta ainda pior.

— Podemos começar? — a médica pergunta.

Confirmo com a cabeça e instantes depois sinto uma coisa gelada dentro de mim.

— O que ela tem, doutora? — Cléo pergunta preocupada.

— Calma. — Ela sorri. — Vocês duas estão muito nervosas. Precisam se acalmar.

Como se isso fosse possível. Não é ela que está fazendo um ultrassom transvaginal.

— Doutora, o namorado da Helena a largou há alguns dias e desde então ela só come brigadeiro e fica jogada pelos cantos. Será que isso pode causar dores abdominais?

— Cléo! — digo exasperada. — Pare com isso! — eu a repreendo. A médica não precisa saber que Eduardo me abandonou.

— Só estou preocupada com você. — Ela cruza os braços e volta a se sentar na cadeira no canto da sala.

— Não se preocupe, Cléo. — A médica sorri. — Término de namoro não causa dores abdominais. E muito menos brigadeiro.

Minha amiga parece mais aliviada e eu também.

— Helena. — A médica me olha séria dessa vez. — Preciso que olhe para esse pontinho aqui. — Ela mostra um pequeno pontinho que aparece na tela com imagens em preto e branco.

— Você está vendo? — Ela me mostra mais uma vez.

— Sim. — Estreito os olhos para tentar definir melhor a imagem distorcida e Cléo se aproxima também.

— O que tem ele, doutora? — Cléo pergunta antes de mim, enquanto se aproxima do aparelho. — É algo grave? Ela vai ficar bem? Precisa de cirurgia? Não me diga que ela vai morrer. Oh, meu Deus! — ela diz tudo rápido demais.

— Calma. — A Dra. Mariza sorri. — Não precisa se preocupar. Helena está ótima e não há nada de grave com ela.

Cléo suspira aliviada.

— O que é esse pontinho, então? — pergunto desesperada.

Será que é alguma doença terminal? *Oh, não!* Sou jovem demais para morrer.

— Esse pontinho é um lindo bebezinho — a médica diz sorrindo.

Olho para Cléo.

Silêncio!

Cléo olha para a médica.

Silêncio!

A médica olha para nós duas.

Silêncio!

— Não vão dizer nada? — A médica desfaz o sorriso. — Eu disse que o pontinho é um bebê.

— Ela está grávida? — Cléo continua perplexa. — Isso é sério?

Permaneço sem palavras.

— Sim. — A médica confirma com a cabeça. — Aparentemente, deve ter umas onze semanas.

— Oh, meu Deus! — Cléo me abraça emocionada. — Por que não me disse que eu ia ser titia? — Seu abraço é tão apertado que, por um momento, tenho a sensação de que ela vai me sufocar. Instantes depois, ela se afasta e me encara.

— Não vai dizer nada?

— Eu estou grávida? Grávida? — digo sem acreditar.

— Parece que a notícia a pegou de surpresa — a Dra. Mariza diz calmamente. — Isso acontece quando não se usa os contraceptivos indicados.

Volto a olhar para a tela, tentando enxergar um bebezinho no pequeno pontinho.

Oh! Ele é tão bonitinho...

— Eu estou grávida? Grávida? — Sorrio sem acreditar.

— Está tudo bem com o meu sobrinho, doutora? — Cléo pergunta preocupada.

— Está sim. Mas ela precisa tomar alguns cuidados. — Vejo a expressão da Dra. Mariza mudar de repente.

— Algum problema com o meu bebê? — Levo a mão à barriga.

A médica continua olhando para a tela em preto e branco. Ela enruga a testa como se algo estivesse errado e sinto meu peito acelerar.

— Parece que você teve um descolamento sério de placenta — ela diz preocupada.

Descolamento de placenta? Minha nossa! O que será que isso significa?

— Há riscos para o bebê? — Cléo pergunta.

— Sim, infelizmente, em alguns casos, há riscos. Quando ocorre um descolamento, o suprimento de oxigênio e de nutrientes para o bebê pode ficar comprometido e pode ocorrer um sangramento grave, perigoso tanto para o filho como para a mãe. Esse tipo de condição aumenta o risco de o bebê ter problemas para crescer dentro do útero. Se o rompimento for pequeno, passa despercebido, mas, se não cuidarmos, seu bebê pode nascer prematuramente ou até, em casos extremos, não sobreviver.

Eu não posso perder o meu bebezinho. Seguro minha barriga com força e sinto lágrimas caírem pelo meu rosto.

— Mas, calma, a boa notícia é que, em mais de 50% das ocasiões, quando se faz repouso corretamente, o problema desaparece, e a gravidez segue normalmente.

Suspiro aliviada. *Graças a Deus!*

— O descolamento de placenta é mais comum no terceiro trimestre, embora possa aparecer em qualquer momento da gravidez.

— Mas e essas dores que ela vem sentindo? — Cléo continua preocupada.

— São por causa do descolamento da placenta, mas deve passar com o repouso. Por isso é importante que fique em repouso absoluto por quinze dias.

— Quinze dias? — pergunto.

— Sim. É muito importante isso. Procure não fazer nenhum tipo de esforço.

— Tudo bem. — Confirmo com a cabeça. — Não vou deixar que nada de ruim aconteça com o meu bebezinho.

Ela sorri.

— Mas e o inchaço da minha barriga, doutora? É normal? — pergunto.

— Você está grávida, Helena. É natural que sua barriga cresça cada vez mais — ela diz com um tom de voz divertido.

A Dra. Mariza me enche de recomendações e me tira mais algumas dúvidas sobre gravidez. Eu e Cléo saímos da sala da médica ainda zonzas com a grande notícia que nos pegou de surpresa. Coloco a mão na barriga mais uma vez e sinto as lágrimas escorrerem pelo meu rosto quando me lembro da minha real situação com o pai dessa criança. Tento cobrir o rosto com as mãos, mas Cléo me impede. Ela me abraça forte e diz baixinho em meu ouvido:

— Dará tudo certo.

Suas palavras me fazem chorar ainda mais. Ando tão emotiva esses dias.

— Vamos. — Ela segura minha mão. — Vou te levar para casa.

Concordo com a cabeça.

— Deixa que eu dirijo. Não se esqueça de que está de repouso absoluto. Não quero que nada aconteça com o meu sobrinho. — Ela sorri e pega a chave.

Caminhamos devagar e minha cabeça não para de girar. Como não desconfiei? Com essa situação toda, a última coisa que poderia imaginar era uma gravidez.

— Está melhor? — Cléo pergunta enquanto liga o carro.

— Sim. — Enxugo as lágrimas.

— Vai ficar tudo bem. — Ela sorri, tentando me animar.

— Como posso estar grávida de um homem que me abandonou? — Começo a chorar novamente. — Ele deve estar agora com aquela Marcela. — Sinto um aperto no peito.

— Não diga besteiras. Ele te ama. Além do mais, você precisa procurá-lo e dizer que ele será pai.

— Não posso dizer isso a ele. Eduardo vai me matar.

— Ele não vai te matar. Tenho certeza de que ele ficará radiante com a notícia.

— Não sei. — Balanço a cabeça. — E se ele não quiser esse filho?

— Santo Deus! — Cléo diz irritada. — É claro que Eduardo vai querer esse filho. Ele te ama, entenda isso de uma vez.

Enxugo as lágrimas e tento respirar normalmente.

— Pare de chorar, está bem? — Ela volta a se concentrar no trânsito.

— Meu Deus. Como vou contar para os meus pais? — Cubro o rosto com as mãos. Eles vão me matar.

— Tenho certeza de que todos vão amar a notícia. Se quiser, posso ir com você à fazenda. — Ela me lança um sorriso carinhoso.

— Obrigada. — Sorrio de volta.

— Acho que deve ficar na minha casa. Minha mãe adoraria cuidar de você. Ouviu o que a Dra. Mariza disse, precisa de cuidados e repouso absoluto.

— Não se preocupe. Vou para a fazenda.

— Tem certeza?

Respiro fundo.

— Acho que preciso da minha família nesse momento.

— Entendo — ela diz enquanto para no sinal vermelho.

Meu mundo está de cabeça para baixo. Como deixei isso acontecer? Eu deveria saber que transar sem camisinha e esquecer de tomar a pílula seria perigoso. Como vou contar a Eduardo que estou grávida? Cristo! Ele vai me matar.

O sinal abre e Cléo acelera, mas o carro começa a falhar e ela fica desesperada.

— O que está acontecendo com essa lata velha?

— Eu não sei.

Ela consegue estacionar no acostamento. Tenta dar partida e nada. Mais uma tentativa sem sucesso. Ela solta vários palavrões, bate no volante e, instantes depois, dá um grito de horror.

Dou um pulo assustada.

— O que foi? — Levo a mão ao peito.

Ela me encara furiosa.

— O que significa essa luzinha amarela acesa no painel?

Engulo em seco. Sabia que estava esquecendo de alguma coisa e agora me lembro o que é: gasolina!

Capítulo 39

Vinte dias depois...

Escuto meu telefone tocar e, ainda de olhos fechados, o procuro em cima do criado-mudo. Coloco o aparelho no ouvido e atendo sem ver quem é.

— Alô. — Meus olhos permanecem fechados.

— Ai, meu Deus! — Cléo grita do outro lado da linha. — Você não vai acreditar.

Sento rapidamente na cama.

— Cléo, você está bem? O que aconteceu? — Sinto meu coração acelerado e desperto completamente.

— Adivinha onde estou? — ela grita novamente.

— O que aconteceu? Você está machucada? Minha nossa! Em que hospital está? — pergunto apavorada, levando a mão ao peito.

— Para de neura. Não estou machucada. Estou ótima.

Graças a Deus!

— Me diga o que aconteceu. Ou melhor, onde você está.

— Você não vai acreditar! Não vai acreditar!

Reviro os olhos. Cléo é sempre tão exagerada, não sei por que ainda me assusto com ela.

— Diga logo de uma vez — falo, perdendo a paciência.

— Estou no shopping! — ela diz animada.

Eu já deveria imaginar.

— Cléo, você sempre vai ao shopping, não entendo por que está tão eufórica.

— Não seja chata. Estou na loja infantil mais incrível desse shopping. Acabei de comprar um carrinho de bebê e uma banheira que faz massagem na hora do banho. Não é incrível?

— Cléo! — digo exasperada. — Você já comprou coisas demais para o bebê. Já conversamos sobre isso. Lembra?

— Para de reclamar. As madrinhas sempre compram presentes.

Dou um longo suspiro.

— Comprar um presente, tudo bem. Mas você me liga todos os dias dizendo que comprou algo diferente.

— É o meu primeiro sobrinho — ela tenta argumentar.

— Tudo bem. — Acabo sorrindo. — Mas pare de comprar coisas, por favor.

— É para isso que servem as madrinhas — ela diz orgulhosa. — Você precisa ver a chupeta que brilha no escuro. É tão linda. Acho que vou levar também. — Ela suspira.

— Cléo! — Balanço a cabeça. — Não precisa comprar uma chupeta que brilha no escuro.

— Claro que precisa — ela diz ofendida. — É muito útil.

Tento imaginar por que uma chupeta que brilha no escuro seria útil.

— Tudo bem. — Tento não discutir com ela.

— E então, como andam as coisas aí na fazenda? — muda de assunto enquanto escuto-a falar para a vendedora embrulhar a chupeta também.

— Está tudo na mesma, Cléo — digo desanimada. Estou aqui há vinte dias e minha família está eufórica com a gravidez. — Quando Cléo me trouxe para a fazenda dizendo que eu precisava de repouso, todos ficaram preocupados e, quando começaram a perguntar o que eu tinha, acabei contando que estava grávida. Meu pai ficou muito bravo, disse que iria atrás de Eduardo para matá-lo com suas próprias mãos. Mas depois pediu desculpas e disse que gostaria de ver um netinho correndo pela fazenda. Vovó está pulando de alegria. Ela está radiante, fazendo planos para levar seu bisneto à Disney. Mas diz que se recusa a fazer qualquer tipo de roupinha ou sapatinho de tricô. Minha mãe, assim como vovó, não para de sorrir. Toda noite ela se senta ao meu lado na cama e acaricia minha barriga, o que me deixa bastante emocionada. Matilde não para de me trazer comida. Às vezes, até tento comer para agradá-la, mas não consigo. A Dra. Mariza ficou uma fera quando viu que perdi alguns quilos nesse começo de gravidez. Mas o que eu posso fazer?

— Tudo na mesma? — ela pergunta.

— Sim. — Suspiro longamente. — Matilde continua tentando me encher de comida e meu pai ainda não esqueceu aquela história de matar o Eduardo — digo desanimada.

— Minha nossa! — Ela ri do outro lado da linha. — As coisas parecem estar bem divertidas por aí.

Sorrio e viro a cabeça, dando de cara com o colar que ganhei de Eduardo. Eu o deixei em cima do criado-mudo. Decidi tirar do pescoço no dia em que cheguei à fazenda. Não posso continuar usando algo tão especial e que me faz pensar no Eduardo. Isso só me deixa ainda mais deprimida. Até quando vou sentir esse aperto no peito toda vez que me lembrar dele? Será que nunca vou esquecê-lo?

— Helena?

— Oi. — Volto minha atenção para Cléo.

— Preciso te contar uma coisa.

— O que foi?

— É sobre o Eduardo.

Quando ela diz isso, meu coração congela.

— O que tem ele? — pergunto ansiosa.

— Ontem à tarde, quando fui ao orfanato, eu o encontrei saindo de lá.

— O que ele estava fazendo no orfanato? — Ouvir Cléo falando de Eduardo faz com que a saudade cresça ainda mais e uma enorme tristeza me invada. Sinto tanto a sua falta.

— Parece que fez um piquenique com as crianças.

— Um piquenique?

Abro a boca surpresa.

— Sim. E pelo que fiquei sabendo, as crianças adoraram.

Minha nossa! Levo a mão ao peito. Eu realmente não esperava por isso.

— Quando cheguei, a Laurinha não parava de falar dele. Me cortou o coração quando ela disse que queria que ele voltasse. Ela ficou tão tristinha. Dava pena de ver.

Parece que não sou a única que sinto falta de Eduardo.

— Ai, amiga, ele ficou tão feliz em me ver que acabei dizendo que você está na fazenda.

— Não deveria ter feito isso Cléo — digo nervosa. — Não quero que Eduardo saiba de mim.

— Amiga. — Ela suspira longamente. — Até quando pretende se esconder dele? Vocês dois precisam conversar. Terão um filho e isso é algo muito sério. Não pode agir como uma adolescente mimada.

Abro a boca para responder, mas a fecho novamente. Cléo está certa. Não posso continuar me escondendo de Eduardo, temos muito a conversar, ainda mais agora que estou grávida, e ficar adiando isso não é a melhor opção. Isso apenas prolonga o sofrimento que venho sentindo.

— Você está certa. Prometo contar a ele assim que chegar ao Rio — digo com um nó na garganta.

— Que bom. — Ela parece mais aliviada. — Vocês realmente precisam conversar e se entender, ainda mais agora com meu sobrinho na barriga.

— Pode ser uma sobrinha, sabia?

— Algo me diz que vai ser um menininho lindo igual ao pai. — Imaginar um menininho tão lindo quanto Eduardo me faz sorrir também.

Escuto uma batida na porta e digo a Cléo que preciso desligar. Levanto devagar porque, apesar de a Dra. Mariza já ter me dado alta, prefiro não fazer muito esforço por enquanto. Não quero que nada ruim aconteça com meu bebezinho.

Enquanto calço meus chinelos, escuto mais duas batidas na porta. Aposto que é Matilde me trazendo alguma coisa para comer.

— Já vou! — grito.

Ajeito meu pijama, que já está apertado em torno da barriga e faço um coque no cabelo.

Até quando ela vai me encher de comida? Virarei um balão desse jeito. Terei uma conversa séria com ela. Matilde precisa parar com isso.

Caminho até a porta e a abro devagar. Levo um susto assim que o vejo parado diante de mim.

— Eduardo?

— O que você está fazendo aqui? — pergunto sem fôlego ao ver o homem mais lindo do mundo parado à minha frente com um sorriso tímido e extremamente sexy. *Santo Deus!*

— Preciso falar com você e é urgente. — Ele desfaz o sorriso e agora parece um pouco nervoso. — Pedi para te chamar, mas sua mãe achou melhor eu subir. Espero que não se importe.

Continuo muda. Ainda sem reação, apenas olho para ele. Não consigo deixar de olhar para seus lindos olhos azuis. Vê-lo assim diante de mim me deixa nervosa. Senti tanto a falta dele.

— E então, podemos conversar? — Ele me olha com expectativa.

— Conversar? — Minhas sobrancelhas levantam. — Eduardo, hoje é segunda-feira, não deveria estar trabalhando?

— Não me importo. Preciso conversar com você — ele diz, enfiando as mãos nos bolsos do jeans. — Será que eu posso entrar?

Dou um longo suspiro, mas acabo cedendo e o convido para entrar.

Fecho a porta e me sento na poltrona que fica em frente à cama, colocando uma almofada em cima da barriga. Não quero que Eduardo pense que ando exagerando na comida. Isso é um assunto que ainda precisamos resolver. *Minha gravidez!* Mas só depois de ele me contar o que veio fazer aqui.

Eu o mando sentar na beirada da cama. Ele me olha de forma carinhosa e sinto meu coração acelerar. É nítido que nosso amor um pelo outro continua vivo como antes. Vê-lo assim tão perto me dá uma louca vontade de pular em seus braços. Então me seguro e, com as mãos ainda tremendo, o encaro, esperando ansiosamente pelo que ele tem a dizer.

— Você está bem? Parece abatida. Está doente? — pergunta preocupado.

Pego mais uma almofada e a coloco em cima da barriga, me certificando de que ele não possa vê-la.

— Tive que ficar uns dias de repouso. — Desvio o olhar. — Mas já estou bem.

— O que você tem? — Sua expressão preocupada quase amolece meu coração.

— Foi apenas um mal-estar — digo com firmeza. — Mas me diga o que quer falar comigo — digo impaciente.

Ele desvia o olhar do meu rosto, e olha para o colar em cima da mesinha.

— Eu não sabia que você estava aqui na fazenda — ele diz calmamente.

— Não estava me sentindo bem. Resolvi ficar ao lado da minha família — digo, tentando controlar o nervosismo em minha voz.

— O que você tem? Conte-me o que está acontecendo com você. — Percebo certo desespero em sua voz.

— Já disse que estou ótima — afirmo. — Agora me diga o quer tanto quer falar comigo.

Eduardo baixa o olhar.

— Não te procurei antes porque não sabia onde encontrá-la — ele diz, olhando para suas mãos entrelaçadas.

— Poderia ter me ligado — digo magoada. Se ele soubesse quantas vezes peguei meu celular para ver se tinha alguma ligação ou mensagem. Também preciso confessar que peguei o aparelho várias vezes para ligar para ele, mas sempre desisti.

— A conversa que preciso ter com você é muito séria. Não queria que fosse pelo telefone. — Ele me encara dessa vez.

Engulo em seco.

— Muito séria? — pergunto nervosa.

— Sim.

— Então diga. — Sinto minhas mãos ainda tremendo.

Ele passa as mãos pelos cabelos, bagunçando-os ainda mais.

— Fui até seu apartamento, mas Matias disse que você saiu de lá com uma mala. Não imaginei que viria para a fazenda. Deixei meu telefone com ele e pedi que me ligasse assim que você retornasse. Disse que era muito importante.

Estava muito ansioso para te ver.

Eu o encaro surpresa.

— Pensei que não se importasse comigo — digo magoada.

— Não diga besteiras. Estava enlouquecendo por não ter notícias suas.

Fico calada.

— Quando Cléo me contou que estava aqui, tive vontade de sair correndo na mesma hora. Mas me segurei para não chegar aqui tarde da noite. — Percebo que ele está dizendo a verdade.

— O que está querendo me dizer com tudo isso? — Nervosa, pego mais uma almofada do chão e a coloco em meu colo.

— Quero dizer eu não consigo mais viver sem você — ele diz com certo desespero.

— Eduardo, nós não podemos...

— Helena — ele me interrompe. — Sei que temos um assunto pendente, e estou aqui para falar sobre isso.

Levo as mãos à boca. *Será que Eduardo descobriu sobre minha gravidez?*

Cléo não faria isso comigo.

Eduardo respira fundo, como se precisasse tomar um pouco de coragem e diz:

— Quero falar sobre a Marcela.

Arregalo os olhos surpresa. *O quê?*

— Sobre a Marcela? — Minha voz falha.

— Sim. — Ele concorda com a cabeça. Não posso acreditar. Ele realmente quer falar comigo sobre esse assunto que por diversas vezes causou tantas discussões entre nós e até o fim do nosso relacionamento.

— O que te fez mudar de ideia? — pergunto com o coração acelerado.

— Você — ele diz sério, me encarando com seus lindos olhos azuis. — Não consigo ficar mais sequer um minuto longe de você e sei que só poderia te ter de volta se lhe contasse toda a verdade sobre minha história com a Marcela.

As palavras de Eduardo me deixam sem reação.

— Preciso e quero te contar tudo — diz com certo desespero.

Ainda em estado de choque, limpo minha garganta e me forço a dizer:

— Você não precisa me dizer nada, Eduardo. Não me deve satisfações. Nem somos mais namorados — digo com tristeza.

— Não. Preciso te contar sobre meu relacionamento com ela.

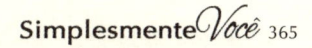

Ao ouvir suas palavras, uma enorme tristeza invade meu peito. Eduardo acaba de admitir que tem um relacionamento com essa garota.

— Você não precisa fazer isso. — Desvio o olhar.

— Helena — ele diz se aproximando de mim. Eduardo se agacha e fica a alguns centímetros de distância. Isso faz com que o meu corpo inteiro trema e meu coração acelere ainda mais. Em um gesto delicado, ele faz carinho em meu rosto e fecho os olhos por um momento para sentir o seu toque. *Senti tanto a sua falta!* Eu me seguro para não dizer isso.

Abro os olhos assim que me lembro que ele está me olhando. Baixo o olhar e fico tensa em saber que ele está prestes a me contar sobre seu relacionamento com outra mulher.

— Eu não consigo te esquecer — ele diz baixinho. — Tentei, mas não consigo.

Tenho que me controlar para não me jogar em seus braços quando ele diz isso e falar que me sinto da mesma forma. Mas sei que preciso me segurar. Engulo em seco e volto a olhá-lo.

— Por que está fazendo isso comigo? — pergunto nervosa com sua proximidade. — Por que está aqui?

— Porque eu te amo. — Ele segura meu rosto com as mãos. — Minha vida não tem sentido algum sem você.

— Pare com isso. — Tento afastar meu rosto, mas ele me segura com um pouco mais de força.

— Por que não acredita no meu amor por você?

— Porque você nunca me diz a verdade. — Eu o encaro furiosa e Eduardo afasta as mãos do meu rosto.

— Eu não sei se conseguiríamos manter um relacionamento — digo com sinceridade. — Sinto que sempre esconde algo de mim. Nunca sei o que pensar.

— É por isso que estou aqui. — Ele se levanta de repente, se afastando de mim. — Quero te contar tudo, mesmo correndo o risco de te perder para sempre depois. — Vejo o conflito em seu olhar. Ao mesmo tempo em que ele parece querer se livrar desse segredo, também demonstra medo de revelá-lo.

— Tem certeza de que quer falar sobre isso? — digo devagar, afundando na poltrona.

Ele confirma com a cabeça e desvia o olhar.

— Quando te conheci, estava decidido a não me envolver. Mas aconteceu. Não pude evitar. Você me envolveu completamente e penso em você a cada segundo do dia. Quase morri esses dias que fiquei longe de você. — Sua voz é triste e me controlo para não sair correndo e consolá-lo. Mas preciso me controlar. Não posso agir de maneira tão patética.

— Eu simplesmente não consigo imaginar ficar mais um minuto longe de você. E eu quero fazer tudo para ter você de volta, mesmo que para isso tenha que te contar toda a história sobre a Marcela.

Sinto um nó na garganta quando ele diz o nome dela. Nervosa, pego mais uma almofada e coloco em meu colo. Já são quatro agora.

— Depois que conheci Marcela, a minha vida mudou completamente. — Quando ele diz isso, percebo todo o seu corpo ficar tenso. Sua expressão agora é fria e distante.

— Quem é ela? — pergunto sem conseguir me controlar. — Diga de uma vez. — Minhas mãos tremem, assim como todo o meu corpo.

Eduardo me encara. Depois limpa a garganta e desvia o olhar.

— Marcela foi minha namorada — ele diz baixinho.

Eu sabia!

Fecho minhas mãos para controlar a raiva e o ciúme que me invade.

— Acho que já esperava por isso — digo com a voz cheia de raiva.

— Por favor, não pense besteiras. Deixe-me continuar.

Respiro fundo.

— Tudo bem.

Ele baixa o olhar.

— Nosso relacionamento é complicado. Namoramos por um tempo, um ano, mais ao menos, depois nos separamos. Mas, mesmo assim, ainda a vejo quase todos os dias.

O quê? Como ele tem coragem de dizer que ainda vê sua ex-namorada quase todos os dias? Sinto meu sangue ferver.

— Está querendo me dizer que ainda tem um caso com sua ex-namorada? — digo dominada pela fúria. — Como pode ser tão canalha, Eduardo? Você namorava comigo.

Isso só pode ser provocação. Me seguro para não jogar todas essas almofadas na cara dele.

— Não! — Ele me encara sério. — Não é nada disso. Se acalme, por favor.

— Me acalmar? Você acabou de dizer que ainda via essa garota, mesmo quando estava comigo.

Ele dá um longo suspiro.

— Eu não disse isso. Deixe-me explicar, por favor.

Pressiono meus lábios com força. *Se controla, Helena!*

Então eu agarro as almofadas com força, esperando que ele prossiga.

— Eu não tenho nada com ela. — Ele parece sincero.

— Não me diga. — Dou uma risada sem humor.

— Preciso que acredite em mim.

— Acho isso um pouco difícil — digo irritada.

— Estou sendo sincero com você. Eu não tenho nada com a Marcela — ele tenta me convencer.

— Então por que ainda se encontra com ela? — Agarro os braços da poltrona.

Ele me encara sério.

— Porque é necessário — ele diz sério.

Minha raiva aumenta ainda mais.

— Me explique por que é necessário ver sua ex-namorada quase todos os dias. Escuta aqui, Eduardo, eu não sou idiota. Se gosta tanto dela, por que está aqui comigo?— digo nervosa.

— Porque eu te amo. Por que é tão difícil entender isso? — Eduardo diz com desespero.

Estreito os olhos, ignorando o aperto no meu coração ao ouvi-lo dizer que me ama. O que está acontecendo, afinal? Eu tento conseguir alguma pista sobre o que ele está tentando me dizer, mas continuo perdida. Os pensamentos de Eduardo parecem bagunçados, assim como os meus. Nada aqui faz sentido. Se ele ainda se encontra com sua ex-namorada, por que está aqui? Não estou entendendo nada!

— Eu quero ser feliz, e isso só vou conseguir ao seu lado — ele diz.

Continuo encarando-o. Este não é o meu Eduardo. Sim, ele é o mesmo homem lindo de sempre, mas percebo que está diferente de alguma forma. Não consigo dizer o que mudou. Fico me perguntando o que será que essa Marcela fez com ele. Apesar do ciúme, sinto que ela o deixa triste por algum motivo. Mas por quê?

— Você gosta dela? — pergunto um pouco vacilante.

Ele baixa o olhar e pensa por um instante. Meu peito aperta.

— Não precisa responder — digo arrasada. — Seu silêncio já diz tudo.

— Helena. — Ele volta a olhar para mim. — Eu gosto dela, mas isso não tem nada a ver com amor.

— Acho um pouco difícil acreditar nisso. — Ele acha que sou idiota em acreditar nessa história? Sério. Eu vou jogar essas almofadas na cara dele.

— Eu amo você.

Mentiroso!

— Como pode dizer que me ama se acabou de admitir que gosta dela? — digo dominada pelo ciúme.

— Estou sendo sincero. Acredite em mim.

Balanço a cabeço e começo a rir. Um riso completamente nervoso.

— Marcela queria se casar...

O quê? Volto a encará-lo.

— Ela insistia nessa história de casamento. Mas eu quis me separar assim que comecei a perceber que não gostava dela de verdade e que não tínhamos nada em comum. Quando a conheci, eu tinha vinte e três anos e ela, acabado de fazer dezenove. Ela era uma moça atraente, bonita e muito sedutora. Sempre gostou de frequentar lugares da alta sociedade, se vestir bem com roupas caras e sapatos de grife. Adorava restaurantes caros. Mas nunca foi uma companheira de verdade. Não demorou muito para eu perceber que ela só estava interessada no meu dinheiro.

Suas palavras me paralisam. Quer dizer que essa garota não passa de uma interesseira? Então por que ele continua vendo-a quase todos os dias? Sinceramente não sei o que pensar.

— Quando íamos completar um ano de namoro, resolvi colocar um ponto final na relação desgastada e cheia de brigas. Mas ela não queria. E tive muitos problemas por causa disso.

Abro a boca chocada. Quer dizer que foi ele quem decidiu terminar?

— Ela nunca me amou de verdade. Ela simplesmente queria o meu dinheiro e a vida boa que eu oferecia a ela. Marcela vem de uma família de posses, mas que está falida.

Se Eduardo sabe de tudo disso, por que insiste em manter contato com ela? Estou cada vez mais confusa.

— Entende por que não contei a você que era filho de um milionário? Eu queria que gostasse de mim pelo que sou e não pelo que tenho.

— Como pode dizer algo tão absurdo, Eduardo? Eu jamais me interessaria pelo seu dinheiro. Não sou interesseira como essa garota — digo ofendida.

— Eu sei disso. Você é diferente. — Ele abre um pequeno sorriso. — Você é muito especial e me faz uma pessoa melhor.

Engulo em seco quando ele diz isso. Não consigo entender. Estou cada vez mais confusa. Se Eduardo me acha tão especial, por que me deixou para ficar com essa garota?

— Por que ainda mantém contato ela? — pergunto sentindo um nó na garganta.

Eduardo balança a cabeça.

— Ela precisa de mim. Não posso abandoná-la.

O quê? Ele está querendo me dizer que essa interesseira precisa dele? Como ele pode ser tão burro?

— Ela não precisa de você — digo com raiva. — Eu preciso de você.

Ao escutar minhas palavras, ele abre um pequeno sorriso.

— Sou eu que preciso de você. Minha vida não tem sentido algum sem você. Te amo como nunca amei ninguém.

Sem tirar os olhos dele, procuro disfarçar o alívio que suas palavras me fazem sentir. Eduardo realmente me ama. Posso ver em seu olhar. Ele está sendo sincero. Sei que está.

— Quando terminei com a Marcela, resolvi sumir por um tempo. — Ele desvia o olhar. — Foi aí que tirei umas férias para viajar, precisava respirar. Fiquei um ano fora do Brasil. Viajei para vários países durantes seis meses, me aperfeiçoando na fotografia, algo que eu realmente gosto de fazer. Depois, fui para o Canadá e fiquei por lá mais seis meses. Foi quando consegui um estágio em uma agência de publicidade. Depois de um ano fora, voltei para o Brasil e fui trabalhar em São Paulo. Marcela ficou sabendo que eu estava de volta e foi me procurar. Eu disse que nossa relação já havia acabado. Cinco meses depois, voltei para o Rio e comprei minha casa na Barra da Tijuca.

— A casa que você morava antes de se mudar para o apartamento? — pergunto.

— Sim. — Ele sorri tristemente.

Respiro fundo. Parece que agora finalmente a história vai começar a fazer sentido.

— Quando Marcela ficou sabendo que eu estava de volta ao Rio, descobriu meu endereço e começou a aparecer em casa todos os dias. — Eduardo faz uma pausa. — Eu não a queria perto de mim, mas ela não me deixava em paz. Ficava me esperando no portão e fazia muito escândalo quando eu pedia para os seguranças tirarem-na de lá. A situação piorava a cada dia. Não sabia mais como reagir a tudo isso. Marcela estava completamente diferente. Agressiva, possesiva e completamente louca. Eu não tinha mais paciência para os seus ataques. No dia do seu aniversário de vinte e um anos, ela apareceu no portão da minha casa com um bolo de aniversário todo enfeitado. Quando cheguei, ela entrou na frente do carro com o bolo na mão. Perguntei o que aquilo significava e Marcela disse que queria comemorar seu aniversário ao meu lado, pois eu era a única pessoa importante na sua vida. Disse que, se eu fizesse isso, ela me deixaria em paz. Quase amoleci, pois ela estava triste e abatida. Mas a mandei embora. — Eduardo fecha os olhos e vejo lágrimas escorrerem pelo seu rosto. — Eu a mandei embora. — Ele cobre o rosto com as mãos. Fico sem reação. Quero abraçá-lo com toda força e carinho e dizer que estou ao seu lado, mas continuo sentada na poltrona, escondendo a barriga.

Ele tenta se recompor e continua.

— Ela parecia feliz com aquele bolo na mão, mas seus olhos vazios mostravam o quanto estava fora de si. Eu estraguei tudo quando pedi que ela fosse embora. — Ele enxuga as lágrimas com uma das mãos.

Quero dizer alguma coisa, mas continuo imóvel, com a respiração completamente descompassada.

— Gritei com ela, arranquei o bolo de suas mãos, o joguei no chão e pedi para ir embora, sair da minha vida e me deixar em paz de uma vez por todas. Ela começou a chorar descontroladamente, mas não me importei com isso. Eu só queria que ela sumisse da minha frente. Não aguentava sua perseguição e seus pedidos para que eu voltasse para ela. Estava cansado demais. Queria paz e sossego. Então, Marcela começou a me bater. Ela estava descontrolada. Assim como eu. Segurei-a forte e a joguei no chão, os seguranças tentaram me segurar e foi então que ela saiu correndo pela rua. Percebi a besteira que tinha feito e fui atrás dela, que continuava correndo sem direção. Desesperado e me sentindo culpado, pedia para que parasse, mas ela não me ouvia. Parei no meio da rua, coloquei as mãos no joelho para tentar recuperar o ar e, quando levantei o olhar, presenciei a pior coisa de toda a minha vida.

Eduardo fecha os olhos novamente e vejo mais lágrimas caírem pelo seu rosto. Ele parece arrasado ao contar essa história. É nítido o quanto tudo isso o perturba, mas preciso que ele continue.

— O que você presenciou? — pergunto com o coração acelerado.

Ele continua em silêncio e, instantes depois, respira fundo e enxuga as lágrimas novamente.

— Foi tudo muito rápido e não consegui impedir. Só conseguir ver um carro vindo em sua direção. Logo depois, ela estava inconsciente no chão. Eu gritava para que ela falasse comigo, mas Marcela não respondia. Desesperei-me ao pensar que ela tivesse morrido em meus braços. — Eduardo chora ainda mais, como se algo muito doloroso invadisse seu peito.

Levo a mão à boca. Essa história é trágica demais para que eu consiga processá-la. Ao invés de consolar Eduardo, como deveria fazer, continuo imóvel com a cabeça girando e completamente sem reação. Ela foi atropelada na frente dele. Não consigo imaginar a dor em seu peito.

— Naquele dia no hotel, depois da nossa discussão, fui te procurar. Quando descobri que tinha saído, fiquei tão transtornado, Helena. A imagem do acidente voltou em minha cabeça e quase enlouqueci. Imaginei todo tipo de coisa e juro que se você se machucasse de alguma forma por minha causa... — Ele faz uma pausa para me encarar. — Eu me mataria — ele diz baixinho.

Olho para ele perplexa.

— Eu não deveria ter te tratado daquele jeito depois da noite maravilhosa que passamos juntos. Mas eu não podia me envolver com você. Não queria que sofresse por minha causa. Eu me apaixonei no momento em que te vi pela primeira vez e não poderia continuar sentindo isso, sabendo que Marcela sofreu aquele acidente por minha causa.

— Você não teve culpa — digo finalmente. — Foi um acidente, mas agora está tudo bem — digo, tentando controlar meu nervosismo.

— As coisas não são tão simples assim — ele diz com o rosto coberto de dor.

— Por que não? — pergunto sem entender. — Ela precisa seguir com a vida dela e você com a sua. Ela precisa entender que o relacionamento de vocês acabou.

— Ela não pode seguir em frente.

— Mas por quê?

— Marcela continua no hospital desde o maldito acidente. — Ele me encara sério. — Faz sete meses que ela está presa naquela cama. Fraturou a coluna, ficou paralítica.

Arregalo os olhos surpresa e coloco minha mão sobre a boca.

Minha nossa! Isso é terrível. Quero chorar, quero gritar, quero abraçá-lo, mas me sinto paralisada, como se todos os movimentos do meu corpo estivessem congelados.

— No dia em que você ficou sabendo que mandei flores para ela, Marcela tinha feito uma nova cirurgia. Mandei flores para ela se sentir melhor de alguma forma. Só que, dias depois, seu estado se agravou devido a uma infecção hospitalar — ele diz com mais lágrimas nos olhos.

— No dia do nosso almoço com Cléo, Marcela estava fazendo mais uma cirurgia e me ligaram do hospital. Ela teve várias complicações e isso me deixou apavorado. Passei o tempo todo no hospital. Só consegui sair de lá quando ela já estava no quarto e seu estado era melhor. Então fui para o seu apartamento já de madrugada. Não podia dormir com você, pois precisava passar a noite com ela. Marcela precisava de mim — ele diz com a voz embargada.

Sinto-me péssima ao ouvir isso. *Que tipo de pessoa eu sou?* Um monstro. Como fui injusta e cruel todo esse tempo.

— Eu pago todas as despesas do seu tratamento e isso é o mínimo que posso fazer — ele diz. — A família dela jogou toda a responsabilidade para cima de mim. Mas não me importo. Eu vou cuidar dela até que saia daquele maldito hospital. — Ele enxuga as lágrimas que ainda insistem em cair.

— Ela tem muita sorte em ter você ao lado dela — digo.

— Sorte? — Ele me olha chocado. — Não escutou nada do que acabei de dizer? Eu acabei com a vida dela.

— A culpa não foi sua. Será que não percebe? — tento convencê-lo. Mas é claro que ele não me ouve.

— Como posso ser feliz sabendo que Marcela está naquele hospital? Isso não é justo. — Ele balança a cabeça, transtornado.

— Eduardo, você precisa entender que o que aconteceu com a Marcela foi uma fatalidade. Não pode se culpar por isso pelo resto da vida.

Ele nega com a cabeça.

— Isso não é verdade. A culpa foi toda minha.

Quero xingá-lo por ser tão cabeça dura e ao mesmo tempo abraçá-lo e dizer o quanto o amo e estou aqui para consolá-lo. Mas não faço nenhuma das duas coisas. Continuo sentada com uma pilha de almofadas sobre mim.

— Estava decidido a nunca mais me envolver com nenhuma outra mulher. O que fiz a Marcela foi imperdoável e precisava pagar pelo meu erro. Mas, quando você apareceu, tudo mudou e vi minha vida de cabeça para baixo. Eu simplesmente não consigo viver sem você. Eu te amo. — Ele me encara. Vejo desespero em seu olhar. As palavras somem da minha boca e mais uma vez não sei o que dizer.

— Eu quero você ao meu lado para sempre, mesmo sabendo que não te mereço.

Sinto meus olhos arderem pelas lágrimas que ameaçam a cair.

Eduardo levanta da cama e se aproxima de mim. Ele se agacha aos meus pés e segura minhas mãos sem desviar seu olhar intenso.

— Marcela está muito fraca. As ligações que você tanto me pressionava para contar eram da enfermeira particular que contratei. Ela sempre me liga quando a situação se agrava. Então quero pedir que me perdoe por ter escondido algo tão sério de você. Me desculpe por ter feito você pensar algo errado sobre mim. Me perdoa por tudo que te fiz passar. Eu sou um estúpido que sempre acaba estragando tudo e prometo te deixar em paz, caso essa seja a sua vontade. Nunca...

Não conseguindo mais me segurar, eu o interrompo com um beijo urgente e apaixonado. Ele se assusta com meu gesto inesperado, mas corresponde imediatamente. Nossas bocas parecem querer recuperar o tempo perdido e a saudade que sentimos um do outro. É tão bom sentir seus lábios nos meus.

Assim que nos afastamos, Eduardo me olha surpreso. Eu também estou. Não deveria tê-lo atacado desse jeito, mas não consigo controlar o amor que sinto por ele.

— Nunca mais saia da minha vida — digo, pressionando meus lábios nos seus.

— Nunca mais. — Não sou a única que tenho lágrimas caindo pelo rosto. Eduardo também está chorando. — Você é minha vida. — Ele me abraça e enterro meu nariz em sua camiseta que carrega seu delicioso perfume. Ficamos nos braços um do outro por longos instantes, em completo silêncio. Não quero que nada atrapalhe esse momento. Eduardo se afasta de mim e se levanta para pegar o colar que me deu, que está em cima do criado-mudo.

— Esse colar não era para sair do seu pescoço — ele diz com um pequeno sorriso.

Apesar de estar com o rosto coberto de lágrimas, acabo sorrindo.

Ele se aproxima novamente, beija minha bochecha com carinho e coloca o colar em meu pescoço mais uma vez. Sei que esse gesto significa que estamos bem e que somos um casal novamente e isso enche meu coração de alegria. Estamos juntos. Quero pular em seu pescoço e gritar para que todo o mundo possa ouvir o quanto eu o amo e senti sua falta, mas me contenho.

— Minha novamente — ele sussurra em meu ouvido.

— Sempre — sussurro. — Eu te amo.

Eduardo acaricia meu rosto com os dedos.

— Nunca mais vamos nos separar — digo. — Nunca mais.

— Isso me mataria — ele diz, enxugando minhas lágrimas.

Sorrio mais uma vez.

Ainda sentada em minha poltrona, com uma pilha de almofadas sobre mim, Eduardo me beija de forma intensa e isso me deixa tonta de desejo. Como senti falta dos seus beijos. Dos seus carinhos. Do seu toque em minha pele. *Minha nossa!* Eu o quero ainda mais.

Eduardo tenta jogar as almofadas que o impedem de tocar meu corpo, mas eu seguro sua mão imediatamente, o que o faz me olhar de forma confusa.

Droga!

— Deixe-me tirar essas almofadas de cima de você.

— Não — digo nervosa.

— Não? — Ele enruga a testa. — Por que quer continuar com todas essas almofadas em cima de você?

Santo Deus! Meu coração dispara. Preciso contar a verdade, mas não sei nem por onde começar. Tento ensaiar algumas palavras em minha cabeça, tipo: *"Eduardo, você vai ser papai"* ou *"Teremos um filho daqui a alguns meses"*.

Eduardo continua me encarando esperando uma explicação. Preciso acabar logo com isso.

Respiro fundo e fecho os olhos com força. *Seja o que Deus quiser!*

— Estou grávida.

— Como? Grávida? — Eduardo me encara chocado. Ele tenta dizer algo, mas por um longo momento não encontra as palavras. Acho que ele não esperava por isso. Ele continua com a boca aberta e começo a achar que ele terá um troço bem na minha frente. Então quando penso em chamar ajuda, ele diz:

— Você disse que tomava remédio. — Ele cai sentado na cama.

— Sim, mas esqueci de tomar alguns dias — digo envergonhada.

— Esqueceu? — Ele está pálido. Começo a ficar preocupada. Eu realmente acho que Eduardo vai ter um troço. Melhor chamar a vovó.

— Como você esqueceu?

— Esquecendo. Mas a culpa foi sua.

— Minha? — ele pergunta perplexo.

— Foi você quem me deixou confusa e apaixonada. Não me lembrei de tomar remédio. — Finalmente levanto da poltrona e o encaro nervosa. — Foi você quem me tirou do ar. É claro que a culpa é toda sua.

Eduardo me encara. Logo após, desvia o olhar para minha barriga e eu coloco as mãos sobre ela.

— Sua barriga está... começando a aparecer — ele diz ainda em estado de choque.

— Sim. — Acaricio minha barriga. — A médica disse que estou de três meses.

— Três meses? — Ele olha para minha barriga mais uma vez.

— Sim e, pelas minhas contas, engravidei na nossa primeira vez.

Eduardo continua em estado de choque.

— Nós vamos ter um filho? — Ele pisca diversas vezes e, por um momento, acho que está com algum tipo de tique.

— Está triste? — pergunto decepcionada.

— Não. — Ele continua piscando, então levanta rapidamente, tentando se recompor. — É só que...

— Você não queria. — Baixo o olhar. É claro que ele não queria.

— Não.

— Não? — Eu o encaro.

— Quero dizer, sim.

Eu o encaro confusa.

— Sim ou não? Está me deixando confusa, Eduardo.

Ele sorri.

— Não. Você está errada, eu quero muito esse filho. — Ele me abraça forte e uma sensação de alívio toma conta de mim e mais lágrimas escorrem. Não paro de chorar, então ele se afasta de repente.

— Você precisa de cuidados agora. Já fez o ultrassom? Vou procurar o melhor médico para que vocês dois sejam bem cuidados. Está sentindo alguma coisa, algum mal-estar, enjoo? Posso te levar no hospital, se quiser. Está se alimentando direito? Como você está...

— Eduardo, para — digo um pouco tonta. — Não estou doente. Disse que estou grávida. Entendeu?

— Mas você me parece um pouco abatida.

Suspiro longamente e conto a Eduardo tudo que a Dra. Mariza disse sobre o problema que tive com o descolamento de placenta e o repouso. Depois, conto que agora está tudo bem e que já posso voltar para o trabalho e meu apartamento.

— Nada disso. — Ele volta a ser o Eduardo mandão de antes. — Você vai embora comigo. Eu vou tomar conta de você e do nosso filho.

— Mas podemos ficar no meu apartamento. Minhas coisas estão todas lá.

Ele nega com a cabeça.

— Você e meu filho precisam de espaço e seu apartamento é minúsculo.

— Meu apartamento não é minúsculo — reclamo. — É o seu que é exagerado demais.

— Seremos uma família agora e aquele apartamento não é tão espaçoso para três pessoas. Nosso filho precisa de um pouco mais de espaço.

Suas palavras me deixam emocionada. *Oh...* Eduardo está sendo um pai tão carinhoso.

— O que foi? — Ele me encara sério.

— Essa história de que vamos ser uma família é... — hesito por um momento. — Você está me pedindo em casamento?

Ele sorri largamente

— Sim.

Bato em seu peito.

— O que foi? Não gostou do pedido. — Ele parece confuso.

— Por que você nunca faz um pedido direito? Você deveria fazer isso em um jantar e com um anel. — Cruzo os braços.

Ele se afasta e, com um sorriso divertido no rosto, tira uma caixinha preta de dentro do bolso da calça e a abre.

— Você trouxe um anel? — digo sem acreditar, olhando para um anel extremamente delicado e brilhante.

— Vim decido a nunca mais deixar você sair da minha vida.

Eduardo se ajoelha diante de mim e tira o anel da caixinha. Depois segura minha mão e me olha nos olhos.

— Casa comigo?

Sorrio apaixonada.

— É claro que sim. — Beijo seus lábios.

— Gostou do pedido? — Ele me abraça forte e beija meu pescoço.

— Eu adorei — digo emocionada. — Mas poderia ser melhor se eu não estivesse de pijama.

Capítulo 40

Marcela está sentada na cama de hospital, e, pela sua expressão entediada, percebo que está assistindo algo desinteressante na televisão. Estou insegura e com o coração acelerado. Eduardo segura firme minha mão e entramos no quarto frio e gelado.

Não sei o que esperar desse encontro e isso faz com que eu sinta um embrulho nos estômago. Marcela ainda não reparou na nossa presença e isso me dá tempo para observar o ambiente ao meu redor. Tudo é muito limpo e organizado e, apesar de ser triste, me animo um pouco ao ver algumas flores em cima de uma mesinha de canto.

Assim que nos aproximamos um pouco mais, Marcela finalmente percebe nossa presença e olha para Eduardo e, em seguida, para mim. Instantes depois, sua atenção se volta para nossas mãos entrelaçadas.

Engulo em seco. O que estou fazendo aqui? Tenho vontade de sair correndo e fugir, mas Eduardo segura minha mão com mais força, como se adivinhasse minhas intenções.

Completamente sem jeito, eu a encaro e levo um susto quando a vejo à minha frente. Essa não é a mulher linda e loira que vi no celular de Eduardo. A mulher que estou vendo está bem mais magra e debilitada e uma esmagadora e profunda dor atinge meu peito. Agora eu entendo perfeitamente por que Eduardo não consegue abandoná-la. Ela está doente e muito fraca e isso toca qualquer coração. Ele realmente não pode abandoná-la.

— Bom dia, Marcela — Eduardo diz com um sorriso lindo. — Trouxe uma pessoa especial para você conhecer.

Marcela me olha atentamente.

Engulo em seco.

— Olá, Helena — ela diz em voz baixa.

Como ela sabe quem eu sou?

— Estava ansiosa para te conhecer. — Ela esboça um pequeno sorriso.

Continuo parada no meio do quarto como uma idiota. Odeio quando minhas pernas não me obedecem e minhas palavras somem. Eduardo solta minha mão e se afasta de mim, enquanto permaneço parada sem saber como reagir. Ele senta na cama de hospital ao lado de Marcela e segura sua mão magra. A cena de carinho diante dos meus olhos não me deixa com ciúmes. Eduardo é um homem gentil e especial e, nesse momento, entendo o que ele sente por ela.

— Quis te fazer uma surpresa trazendo a Helena aqui. Espero que tenha gostado. — Ele continua acariciando sua mão magra de maneira carinhosa. Então, Marcela me encara e fico sem reação mais uma vez.

— Oi, Marcela. Tudo bem? — Tento manter a voz calma enquanto me aproximo da cama.

— Oi, Helena. — Ela sorri. — Você é muito bonita — ela diz com um fio de voz e não posso deixar de notar seus ossos quase à mostra. — Eduardo não exagerou nem um pouquinho. Você é linda.

Marcela sorri e Eduardo também.

— Você também é muito bonita.

— Ficaria melhor sem essa camisola horrível de hospital. — Ela torce o nariz e depois sorri. — Azul nunca me favoreceu.

Relaxo um pouco ao perceber que ela está brincando comigo. Isso quer dizer que não está brava por eu estar aqui.

— Como está se sentindo? — Eduardo pergunta e eu a observo atentamente. Seus olhos castanhos parecem tristes e sem vida e isso faz o aperto em meu peito aumentar.

— Estou com um pouco de dor nas costas — ela diz. — Mas estou bem. — Ela suspira longamente e depois volta a me encarar.

— Eduardo fala muito em você. Ele quase me deixa enjoada. Não aguentava mais ouvir o quanto você é bonita e teimosa. Ah, ele disse que você é muito engraçada também. — Os dois começam a rir da minha cara e isso me faz perceber o quanto são amigos. Espero que ele não tenha contado aquele episódio humilhante da minha dor de barriga. Ele não faria isso, não é?

Ainda segurando a mão de Marcela, Eduardo começa a dizer:

— Helena e eu vamos ter um bebê. Nós vamos nos casar — continua. — Estamos pensando em marcar a data para daqui a alguns dias.

Marcela olha para Eduardo por um longo tempo, depois volta seus olhos castanhos para os meus.

— Fico muito feliz. — Ela abre um enorme sorriso. — Eduardo merecia uma boa garota como você.

Eu olho para ela confusa. *Marcela não quer arrancar meus cabelos?*

Como se percebesse minha confusão, ela diz:

— Eduardo e eu nos tornamos grandes amigos depois do acidente. Ele sempre vem me visitar e ultimamente não para de falar em você. — Ela me lança um sorriso gentil. — Confesso que teve dias que eu o mandei calar a boca. — Ela faz uma careta e nós três acabamos rimos.

— Ela quer apenas a nossa felicidade. — Eduardo me lança um olhar carinhoso.

Sinto um nó na garganta.

— A única coisa que eu quero nesse momento é ver a felicidade de Eduardo — Marcela diz e logo após começa a ter falta de ar. — Então, rapidamente, Eduardo levanta da cama e a ajuda a se sentar de forma mais confortável, enquanto volta a se sentar ao lado dela. Marcela pega a mão dele e a segura novamente, como se ele fosse algo muito precioso em sua vida.

Meu coração afunda ao ver essa cena. Ela o ama.

— Respire fundo, Marcela. Você vai ficar bem — Eduardo diz, parecendo realmente acreditar nisso.

Ela começa a ter dificuldades para respirar e isso me assusta um pouco. Eduardo passa as mãos em seus cabelos com extremo carinho e cuidado, fazendo com que ela se acalme aos poucos. É nítido o amor que Marcela ainda sente por ele, qualquer um consegue enxergar isso, menos ele.

Eduardo insistiu que eu viesse conhecer a mulher que por diversas vezes me fez acreditar que nosso relacionamento não daria certo pelo envolvimento dos dois, e hoje finalmente resolvi aceitar esse encontro. Não apenas por ele. Eu precisava conhecê-la para entender o que ele sente.

Marcela balança a cabeça devagar.

— Fiz muito mal a ele, estraguei sua vida. Espero que com você ele seja realmente feliz. — Ela faz uma pausa e acrescenta: — Ele precisa de alguém especial como você para ser feliz.

Engulo em seco.

— Não diga isso, Marcela — Eduardo a repreende. — Você não estragou a minha vida.

— Como não, Eduardo? — Ela o encara.

Eduardo a olha um tanto chocado com sua pergunta. As palavras parecem sumir de sua boca.

— Está vendo? — Ela baixa o olhar. — Estraguei a sua vida.

— Pare com isso, Marcela — Eduardo diz com sua voz autoritária, mas ela parece não se abalar.

— Eu deveria estar morta — ela diz, chocando Eduardo.

— Não diga isso nunca mais! — Ele eleva o tom de voz. — Quem deveria morrer nessa história sou eu.

Olho-o assustada. Eduardo não pode dizer um absurdo desses. Tento dizer alguma coisa, mas sou interrompida por Marcela.

— Eduardo, a culpa de tudo o que aconteceu é minha. Sou a grande responsável por eu estar assim.

Marcela olha para seu corpo magro e depois volta a encará-lo.

— A culpa é toda minha. — Ela cobre o rosto com as mãos e começa a chorar, e isso me assusta.

Os dois parecem igualmente arrasados com essa conversa e me sinto inútil por não conseguir fazer nada para deixá-los melhor. Então continuo observando-os como uma estátua de mármore.

— Marcela — ele diz, tentando manter a calma. — Você não teve culpa alguma. Foi uma fatalidade.

Ela nega com a cabeça, claramente contrariada.

— Você não pode continuar se culpando por algo que não fez. — Ela continua chorando.

— Claro que fiz — ele diz exaltado.

Assustada com o desenrolar da conversa, decido interferir.

— Por que não conversam com calma? — Tento parecer tranquila. — Cada um pode falar o que sente. Isso pode ser bom para os dois. — Dou um pequeno sorriso para encorajá-los.

— Helena, não se intrometa. — Ele parece furioso.

Desfaço o sorriso, magoada. *Droga!* Eu só queria ajudar.

— Ela tem razão, Eduardo — Marcela diz lentamente. — Faz sete meses que estou presa nesse hospital e nunca trocamos uma palavra sobre tudo o que aconteceu. Você toma conta de mim e cuida para que eu tenha o melhor tratamento. Nós finalmente acabamos virando amigos, uma amizade que não tínhamos quando éramos um casal, mas você nunca me deixou falar sobre o maldito acidente. Apenas fingimos que nada aconteceu. Não podemos continuar dessa forma. Precisamos conversar.

— Não precisamos falar sobre isso, Marcela. — Ele está ainda mais sério. — Tocar nesse assunto não fará bem a ninguém.

— Mas eu preciso ter essa conversa, Eduardo. Por favor — ela insiste.

— Pare com isso — ele diz nervoso.

— Me deixe falar, por favor. — Marcela começa uma crise de choro e meu coração aperta ao presenciar essa cena. Sinto pena. Ela quer apenas conversar. Quero consolá-la, mas minhas mãos estão caídas ao lado do corpo e meus pés não saem do lugar, parece que estão colados no chão.

— Marcela, não chore. — Ele parece amolecer um pouco. — Fique calma, por favor.

Mas ela não para de chorar.

— Faz sete meses que quero dizer algo e você evita essa conversa — ela diz entre soluços.

— Chega, Marcela. É para o seu próprio bem. Não acho que uma conversa sobre aquele maldito dia possa fazer algum bem para você e muito menos para mim. — Eduardo se vira e fica de costas para nós duas.

— Mas eu preciso dizer algo — ela diz, tentando enxugar as lágrimas que escorrem pelo seu rosto. — Algo muito importante.

Eduardo permanece de costas e fica em silêncio, como se esperasse o que ela tem a dizer.

Marcela dá um longo suspiro e diz finalmente:

— Você nunca foi o culpado, Eduardo — ela diz. — Nunca.

Sinto um arrepio na espinha quando ela diz isso. O que Marcela está querendo dizer, afinal?

— Eu preciso te contar uma coisa e gostaria de fazer isso na frente da Helena — ela diz devagar. Arregalo os olhos. Por que ela precisa fazer isso na minha frente?

— Quando te conheci, eu me encantei por você. — Ela faz uma pausa e depois continua. — Mas, no início, minha intenção não era me apaixonar. Queria apenas seu dinheiro. Nada mais do que isso. — Ela parece envergonhada ao confessar.

Fecho os olhos. Não imaginava que Marcela fosse tão direta.

— Já desconfiava disso — ele diz, baixando a cabeça, ainda de costas.

— Você sempre foi o sonho de qualquer mulher. — Sua voz está baixa. — Lindo, rico, inteligente e muito gentil. Era a oportunidade perfeita para me dar bem na vida.

Um pesado silêncio cai sobre o quarto e tento vontade de pegar a mão de Eduardo e tirá-lo daqui. Quando penso em fazer isso, Marcela continua:

— Sempre fui uma mulher bonita e queria dar o golpe do baú. Você parecia encantado por mim, me dava joias, roupas, me levava a lugares chiques. Eu adorava tudo aquilo.

Arregalo os olhos. *Como Marcela pode dizer isso?*

Eduardo não merece ouvir palavras tão duras. Sinto lágrimas nos olhos, mas tento não derramá-las. Ele precisa de mim e tenho que ser forte, mesmo que meu coração esteja em pedaços.

— Mas eu me apaixonei, Eduardo, e, quando descobri isso, você começou a se afastar de mim. — Ela fecha os olhos por alguns segundos. — Não me beijava mais, não me tocava. Eu não via mais desejo em seus olhos. — Ela faz uma pausa e meu estômago revira. Se ela continuar falando dos dois juntos, juro que vou vomitar.

— Nunca nenhum homem me dispensou dessa forma. Eu era tão bonita. Não entendia por que não me queria. — Ela suspira longamente. — Quando você foi embora do Brasil, me abandonando, quase morri. Estava apaixonada e sentia muito a sua falta.

Marcela apaixonada por Eduardo? *Fala sério!* Depois de tudo que ela disse? Isso só pode ser brincadeira.

— Eu o queria por perto. Precisava de você para me sustentar, mas também queria o seu amor.

Eduardo continua em silêncio, de costas para mim, e isso me deixa nervosa. Quero que ele me olhe para que eu possa dizer que ele tem a mim. Que eu o amo de verdade e que não existe nenhum tipo de interesse da minha parte. Apenas sentimentos reais e verdadeiros. Quero dizer que vamos ter uma família e que seremos muito felizes, mas ele continua imóvel, encarando a parede branca.

— Mas você fez o que precisava ser feito, Eduardo. Eu estava descontrolada e você não podia ficar ao meu lado.

Eduardo continua tenso e sei que não quer continuar ouvindo o que Marcela tem ainda a dizer. Ele está sofrendo com tudo isso, posso sentir. Quero mandar Marcela calar a boca, mas ela não para de falar.

— A vida é muito engraçada. — Ela sorri sem nenhum traço de humor. — Sempre fui tão bonita, mas minha beleza não foi o suficiente para conquistar o único homem que amei de verdade.

Suas palavras me causam mal-estar. Preciso sair daqui.

— Sua ausência fez com que eu enlouquecesse cada vez mais — ela continua. — Só pensava em você. Não me importava mais comigo nem com ninguém. Queria apenas você. Só você. — Ela faz uma pausa e tenta manter a calma. — Só pensava em você. Nada além disso.

Ela fecha os olhos e começa a chorar novamente.

— Chega, Marcela. — Eduardo se vira para nos encarar. Seus olhos estão vermelhos e cheios de lágrimas não derramadas. Fico muito mal ao vê-lo assim. Marcela não pode continuar dizendo coisas tão cruéis para ele. Eduardo está se esforçando para lhe dar o melhor tratamento e é assim que ela o agradece? Isso não é justo!

— A culpa foi minha — Marcela tenta convencê-lo.

— Não. Não foi.

— Eduardo, acredite em mim. A culpa foi toda minha. Eu era uma interesseira e queria apenas seu dinheiro.

Quero dizer a Marcela que Eduardo é um homem maravilhoso e especial, mas me contenho. Suas palavras fazem eu me afastar lentamente dela.

Ainda não consigo acreditar em algo tão absurdo. Ela se aproximou dele por dinheiro? *Como pode?* Será que ela não percebe o homem especial que ele é?

Marcela se mantém calada por um tempo, olhando para o nada. Fico imaginando o que ela tem ainda a dizer. Está na cara de que tem algo ainda mais sério para falar para Eduardo. Ela pensa por mais um tempo e, quando me olha, diz:

— Eduardo é um homem bom, Helena. Mas só descobri isso tarde demais. Eu ainda o amo, mas sei que o coração dele pertence a uma única mulher e essa mulher é você — ela diz tristemente.

Engulo em seco.

Eduardo se aproxima de mim e segura minha mão. Sei o que esse gesto quer dizer. Ele precisa de mim. Então aperto sua mão com força e sorrio na intenção de lhe mostrar que está tudo bem e que estou aqui para lhe apoiar no que for preciso.

Marcela nos olha de mãos dadas e desvia o olhar. Sei que nos ver juntos é algo ainda doloroso para ela. Então ela diz devagar.

— No dia do meu aniversário, eu queria você, Eduardo, como meu presente.

Sinto uma palpitação. Aperto ainda mais a mão de Eduardo para lhe mostrar que continuo do seu lado.

— Eu precisava de você. Queria você e já estava desesperada por isso. — Ela suspira longamente. — Sou a grande culpada de tudo isso.

Algo em seu olhar me diz que ainda há muito a ser dito. Minha nossa! Acho que essa história toda está me deixando confusa.

— Marcela, já chega. — Eduardo se afasta de mim e sinto um vazio. — Vamos parar por aqui.

Acho que Eduardo tem razão. Estou cada vez mais nervosa e não tem sentido ela continuar com isso.

— Eduardo. — Ela segura a mão dele. — Preciso te dizer algo que vem me sufocando todos esses meses. Preciso dizer a verdade. — Quando diz isso, soluços escapam de sua boca.

— Que verdade? — Ele parece assustado com suas palavras.

Ela tenta se acalmar, mas não consegue. Estou apavorada.

— Preciso dizer que fui eu quem me joguei na frente daquele carro de propósito. — Ela cai no choro novamente e mais soluços escapam.

Será que ouvi direito?

— O que você disse? — Eduardo parece perplexo e eu continuo em estado de choque.

Não é possível!

Levo minhas mãos à boca, com o estômago embrulhado. Não quero escutar mais nada que ela tenha a dizer. Então me afasto ainda mais e me apoio contra a parede. Preciso de ar. Preciso sair daqui e levar Eduardo comigo.

— Eu queria que você se sentisse culpado. Mas não imaginei que essa história fosse acabar assim. Estava cega de paixão e não raciocinava mais. — Sua voz fica mais fraca. — Queria que sua culpa o mantivesse comigo. Mas assim que acordei nessa cama de hospital, sem o movimento das pernas, percebi o erro que cometi. Eu me culpo todos os dias. — Ela cobre o rosto com as mãos enquanto eu permaneço imóvel apoiada na parede fria.

— Marcela. — Eduardo tenta recuperar o fôlego. — O que você fez foi horrível. — Ele parece não acreditar. Seu rosto está pálido e seus olhos parecem perdidos diante da garota fraca e magra diante dele.

Marcela enlouqueceu?

— Você me fez acreditar, por todo esse tempo, que eu era um cretino e o grande culpado pelo seu acidente. Você tem noção do mal que me causou? — Ele continua chocado.

O que ela fez é cruel!

Olho-a, ainda não acreditando no horrível segredo que ela guardou por todo esse tempo. Eduardo parece furioso e, ao mesmo tempo confuso, como se não soubesse como reagir diante dessa informação. Apesar de estar sendo cruel com Eduardo, ela tomou a atitude certa. Ele não poderia continuar carregando a culpa por algo que não fez.

— Eduardo, tudo que fiz com você foi horrível, mas, acredite, estou pagando um preço bem alto por isso. Eu precisava te dizer que você não tem culpa alguma por eu estar nessa cama de hospital.

Ele continua imóvel, Marcela não para de chorar e eu tento recuperar o ar. Faço um esforço danado para recuperar minhas forças e lentamente caminho em sua direção. Pego sua mão e seguro forte. Eduardo continua sem se mover. Então olho em seus olhos e digo:

— Está tudo bem, meu amor — digo baixinho. — Vai ficar tudo bem.

— Não está nada bem. — Ele tira sua mão da minha. — Como pode me dizer que está tudo bem? Não escutou o que ela disse? Durante sete meses venho me culpando por um acidente, e agora descubro que ela mesma o causou. Você realmente acha que está tudo bem? Como pode dizer que está tudo bem? — ele fala completamente alterado.

— Não deveria gritar comigo. Estamos em um hospital — digo magoada. Sinto vontade de chorar, mas me contenho. Eu não deveria estar aqui. Sabia que essa ideia de Eduardo não daria certo, então me afasto dele e penso seriamente na possibilidade de sair desse quarto, mas ele se aproxima de mim e me abraça.

— Me desculpe, amor. — Ele deixa as lágrimas caírem dessa vez. — Me desculpe.

Eu o abraço com mais força. Sei que Eduardo precisa de mim nesse momento e mostro para ele todo o carinho e amor que sinto.

— Sempre estarei ao seu lado, meu amor — digo baixinho. — Sempre.

Ele parece se acalmar um pouco mais com as minhas palavras, mas ainda assim as lágrimas não deixam de rolar pelo seu rosto. Fico angustiada por ver seu sofrimento. Não queria que ele sofresse.

Marcela continua chorando.

— Diz que me perdoa, Eduardo, por favor. — Soluços escapam de sua boca.

Eduardo olha para ela, mas não diz nada. Não sei qual será sua reação e isso me apavora. Marcela parece cada vez mais fraca e debilitada, e ele, por sua vez, cada vez mais tenso e nervoso.

— Diga que me perdoa — Marcela diz ainda mais fraca.

— Não deveria ter uma enfermeira aqui com ela? — pergunto apavorada ao ver seu estado.

— Pedi para que ela fosse tomar um café enquanto conversávamos com a Marcela.

— Peça para ele me perdoar, por favor. — Seus olhos estão quase sem vida.

Engulo em seco. *Droga!* O que eu faço?

— Não envolva a Helena nisso, Marcela — ele diz de maneira dura, encarando-a. — O que você fez foi horrível, deveria se envergonhar. — Eduardo respira fundo, tentando se acalmar.

— Já estou arrependida. Acha que não tive o castigo que mereci? Faz sete meses que estou numa cama de hospital, Eduardo. Não acha isso castigo suficiente? — Suas palavras me deixam arrasada. Por mais cruel que ela possa ter sido com ele, Marcela pagou um preço alto demais.

Eduardo continua olhando-a e sei que está fazendo um esforço enorme para não chorar ainda mais com suas palavras. Sei que, apesar da expressão séria e fria, por dentro, ele está arrasado e decepcionado.

— Não tenho raiva de você — ele diz devagar. — Sei que não estava bem consigo mesma. Mas não pense que vou esquecer o que você me fez passar todos esses meses.

Marcela concorda com a cabeça e fecha os olhos.

— Você me perdoa? — ela pergunta baixinho, ainda com os olhos fechados.

Eduardo pensa por um momento e depois olha para mim. Com um aceno de cabeça, eu o encorajo a continuar. Então ele se aproxima da cama e pega a mão delicada e fina de Marcela.

— Eu te perdoo — ele diz baixinho com os olhos cheios de lágrimas.

Marcela sorri, abrindo os olhos, e então começa a chorar mais uma vez.

Três dias depois da conversa difícil no hospital, recebemos a triste notícia de que Marcela não havia resistido a uma nova cirurgia na coluna. Foi muito triste e Eduardo ficou arrasado, assim como eu. Ele ficou abatido por dias e com pensamentos perdidos e distantes. Durante esses dias, tentei não perturbá-lo. Ele precisava sentir sua dor sozinho. Uma semana depois, levamos flores para ela, e Eduardo chorou por horas, sentado em seu túmulo. Fiquei ao seu lado o tempo todo, sempre segurando sua mão e fazendo carinho em suas costas, mas preferi ficar em silêncio, afinal, nunca sei exatamente o que dizer.

A conversa entre os dois no hospital foi muito importante para que Eduardo seguisse em frente sem o grande peso da culpa. Sei que ainda se sente mal por tudo isso, mas agora sei que não se sente mais o responsável pela tragédia envolvendo Marcela.

Duas semanas depois da morte dela, Eduardo substituiu a tristeza por um largo sorriso. Seus olhos azuis brilhavam com bastante entusiasmo e acho que nunca o vi tão emocionado.

— É um menino? — Eduardo pergunta sem desgrudar os olhos da tela.

— Sim — a Dra. Mariza confirma. — Vocês terão um lindo menino.

Eduardo sorri ainda mais e, por um momento, acho que ele vai ter um troço dentro da sala de ultrassom. Eduardo está tão empolgado com a ideia de ser pai que já começou até a pensar em nomes, mas eu peço para ele ter calma. Teremos muito tempo ainda para pensarmos nisso.

Minha família está radiante. Estão muito felizes com minha volta com Eduardo e com a notícia de que teremos um menininho. Vovó ainda não desistiu da ideia de viajar para a Disney e sei que já anda pesquisando alguns pacotes promocionais na internet.

Cléo não se aguenta de tanta felicidade por saber que será madrinha. Ela já comprou tantos presentes que não sei onde guardarei tanta coisa. Juro! Minha amiga é muito exagerada.

A CET realizou mais uma festa. Dessa vez, em comemoração à presidência de Eduardo e, para o alívio de todos, não houve brigas entre nós dois. Jorge ficou bem feliz com isso. E por falar em Jorge, agora ele é o braço direito de Eduardo e vice-presidente da agência. Os dois se dão muito bem e sei que se tornaram bons amigos. Preciso dizer, Jorge é um cara legal, apesar do seu jeito ranzinza.

O clima ruim entre Eduardo e Raul desapareceu completamente. Confesso que, no começo, as coisas não foram tão bem assim. Os dois brigaram feio e até achei que iriam se agredir, mas, depois de meses de convivência, começaram a se entender e hoje percebo que são quase amigos de infância. Dá para acreditar? Bom, já eu e Aline não acabamos assim. Às vezes, milagres não acontecem. Eu não tenho nada a ver com sua demissão. Apenas disse a Eduardo que teríamos sérios problemas se aquela piriguete esquelética continuasse dando em cima dele. Acho que ele entendeu o recado.

Já minha situação na CET não é a das melhores. Pelo visto nem tudo é perfeito...

Eduardo não me deixa mais trabalhar, diz que ainda preciso de cuidados e isso faz com que eu passe o tempo todo em casa comendo besteiras e assistindo televisão. Até tentei argumentar, dizendo que estou bem, mas, como sempre, ele acabou ganhando essa discussão.

A campanha da Verão Brasil foi um grande sucesso. Marta ficou bastante satisfeita com o resultado positivo em todo o país. Eduardo e eu até recebemos algumas propostas para estrelarmos outras campanhas publicitárias. Ele recusou na mesma hora, mas confesso que eu até aceitaria se não fosse minha barriga pontuda e meu marido ciumento.

Eu e Raul voltamos a ser amigos e, depois que se tornou amigo de Eduardo também, parou com suas gracinhas com segundas intenções.

— Como anda meu afilhado? — Raul pergunta sorrindo, ao olhar para minha barriga de quase nove meses.

— Seu afilhado já está louco para sair daqui. Precisa ver os chutes que ele me dá durante a noite.

Ele sorri.

— Acho que ele vai ser jogador de futebol — ele diz se divertindo.

Reviro os olhos.

— Cléo insiste em dizer que ele vai ser modelo. Ela até já pesquisou algumas agências para modelos infantis.

— Nem pensar. Vai ser jogador de futebol.

— Acho melhor vocês entrarem em acordo — digo achando graça.

Raul passa a mão em minha barriga e para quando seu telefone toca. Pelo sorrisinho em seu rosto, acho que já sei quem é.

Preciso contar que Cléo e Raul estão tipo *"namorando"*. Os dois não assumem, mas não se desgrudam mais desde que se encontraram em uma festa no América Club. Fico feliz pelos dois. Sempre achei que tinham algo em comum.

Assim que caminho em direção à sala de Eduardo, encontro Jorge no caminho.

— O que faz aqui? — Ele parece preocupado.

— Vim falar com Eduardo — digo.

Ele balança a cabeça.

— Eduardo não vai gostar de saber que não está em casa descansando.

Reviro os olhos.

— Jorge, não estou doente. — Cruzo os braços sobre a barriga. — Estou grávida.

— Eu sei. — Ele suspira. — Mas não deveria contrariar o Eduardo. Nós dois sabemos o quanto ele é mandão e exagerado.

Quando diz isso, nós dois acabamos sorrindo. Jorge tem razão, mas não ligo para os chiliques de Eduardo.

Jorge se tornou um grande amigo e sei que torce muito pelo nosso relacionamento. Confesso que fiquei emocionada ao ver Jorge chorando no dia em que Eduardo e eu contamos que estávamos esperando um bebê. No fundo, eu sempre soube que ele torcia pela gente.

Ele e Marta continuam namorando e sei que já estão pensando em morar juntos.

Assim que me despeço de Jorge, sigo para a sala de Eduardo e encontro Bruna, que foi promovida para ser a nova secretária de Eduardo.

— Helena? — Ela arregala os olhos assim que me vê. — O que está fazendo aqui? Não deveria estar em casa? — Ela parece preocupada.

Suspiro longamente. *Não é fácil ter um marido tão protetor.*

— Não se preocupe, Bruna. Estou bem. Só vim falar com Eduardo. Ele está?

Ela parece relaxar.

— Está sim.

— Ótimo.

Eu me afasto e vou em direção à sua sala sem ser anunciada. Abro a porta devagar e o vejo sentado atrás da mesa. Ele ainda não percebeu minha presença e continua olhando para o computador. Então fico observando-o admirada, até que ele se vira e olha para mim.

— Amor, o que aconteceu? — Ele se levanta rapidamente e vem em minha direção.

— Não aconteceu nada — respondo essa pergunta pela milésima vez. — Só estava com saudade.

Eu o abraço.

— Mas, meu amor, não deve se cansar desse jeito. — Ele beija meus cabelos e depois faz carinho em minhas costas.

— Já disse que não estou doente. — Eu me afasto um pouco para encará-lo. — Além do mais, estava morrendo de saudade.

Ele sorri dessa vez.

— Saudade?

— Sim. — Confirmo com a cabeça.

— E o que posso fazer para matar essa saudade? — ele sussurra no meu ouvido.

Sorrio.

— Acho melhor trancar a porta.

Epílogo

Eduardo

Laurinha aparece toda sorridente no meu escritório com um embrulho cor-de-rosa nas mãos.

— Que presente é esse, filha? — pergunto.

— Ganhei da tia Cléo, papai.

Ah... Mas é claro!

— E o que você ganhou? — pergunto, sorrindo ao ver sua empolgação.

Ela vem em minha direção e se senta em meu colo. Está bem animada.

Não paro de sorrir ao ver seus olhos brilhando. Estou tão feliz quanto ela e devo isso à Helena, que mudou minha vida completamente desde o dia em que a vi pela primeira vez. Agora, tenho uma família e minha vida finalmente faz sentido. Não sou mais aquele homem sem rumo e perdido.

Nos mudamos para minha casa na Barra da Tijuca assim que descobrimos a gravidez. Não podíamos continuar morando separados e muito menos em um apartamento pequeno como o dela. Laurinha e Dudu precisavam de espaço para brincar. Helena achou a casa um verdadeiro exagero.

Não levo muito jeito com animais e ainda me assusto quando aquela bolinha de pelo sobe em cima da nossa cama e lambe meu rosto todas as manhãs. Laurinha sempre ri da minha cara quando isso acontece e Helena diz que precisamos de uma cama maior, ainda mais quando o bebê nascer.

Nos casamos logo depois que descobrimos a gravidez. Pegamos todos de surpresa quando dissemos que iríamos casar em tão pouco tempo. Minha mãe fazia questão de uma festa grandiosa e a avó de Helena queria um belo vestido. Apesar dos inúmeros pedidos para que esperássemos um pouco mais, Helena e eu estávamos decididos a nos casarmos o mais breve possível. Nosso amor não podia esperar.

Mas também preciso dizer que a morte da Marcela me deixou bastante abalado. Ela era interesseira, maluca e não me deixava em paz. Sei disso. Mas, depois do acidente, quando comecei a visitá-la diariamente no hospital, acabamos nos aproximando de um jeito especial. Ela se tornou uma grande amiga e, apesar de tudo que dizia sentir por mim, foi ela quem me deu força para seguir em frente. Foi ela quem me fez prometer que eu não desistiria da minha vida nem do meu amor. No dia que briguei com Helena e acabei tomando aquele porre, queria esquecê-la. Precisava tirá-la da minha cabeça de alguma forma. Mas não funcionou e acabou dando tudo errado.

Depois desse episódio lamentável, Marcela ficou dias rindo da minha cara e dizendo o quanto eu era patético. Vou sentir muito a falta dela.

Meu casamento foi um dos dias mais especiais de toda a minha vida. Não acreditava que finalmente ia ter ao meu lado a mulher da minha vida. A mulher dos meus sonhos. A mãe dos meus filhos. Mas os dias especiais não pararam por aí. Adotar Laurinha foi um presente.

Helena estava linda em nosso casamento e meu coração quase saltou pela boca quando a vi com um vestido branco todo delicado. Com certeza, a noiva mais linda do mundo. Seus olhos verdes quase me fizeram parar de respirar.

Eu a amo. Sempre amarei.

A cerimônia foi na fazenda dos pais dela. Tentei não interferir nessa história de festa, aliás, eu só queria me casar, independentemente de como fosse. No entanto, meus pais insistiam em algo mais sofisticado e chique, mas Helena não concordou e insistiu para que fizéssemos algo simples.

Jorge e Marta foram padrinhos do nosso casamento, assim como Cléo e Raul. Decidimos que minha irmã, Sofia, seria nossa dama de honra, mas a avó dela não ficou muito feliz com a ideia. Então, decidimos deixar as duas nesse papel.

— Não é lindo, papai? — Laurinha continua sentada em meu colo e me mostra um vestido azul todo bufante que ela tira de dentro da embalagem rosa.

Minha filha é tão adorável. Apaixonei-me por ela no momento em que a vi naquele orfanato. Tão frágil e delicada. Seu jeitinho meigo e doce me conquistou completamente e meu coração doía toda vez que ia visitá-la sem poder trazê-la para casa. A ideia de adotá-la surgiu logo quando marcamos o casamento. Quando Laurinha chegou em casa, ficamos tão emocionados que não parávamos de chorar.

— É lindo, filha, mas pensei que preferia rosa — digo, olhando para o vestido em suas mãos.

— Mas esse vestido é da Frozen, papai — ela diz entusiasmada, balançando o vestido bufante na minha frente.

— Frozen? — pergunto sem entender.

— Sim, papai. — Ela olha mais uma vez para o vestido, encantada. — O vestido da Frozen é azul e não rosa.

— Ah... — digo sem entender o porquê de uma garotinha que ama rosa estar feliz por ganhar um vestido azul. Isso não faz sentido.

— Olha, papai, vem a coroa e as luvas também. — Ela me mostra uma coroa prata e as luvas brancas.

— Você vai ficar linda, minha filha — digo, beijando sua bochecha.

— Papai, você coloca o vestido em mim?

Eu olho para o vestido bufante e depois para ela.

— Melhor não, filha. O papai não leva muito jeito com vestidos.

Ela parece decepcionada.

— Por favor, papai — ela diz fazendo biquinho. Quando ela faz isso, tenho vontade de mordê-la.

— Tudo bem — digo, pegando o vestido de sua mão. Afinal, não deve ser difícil colocar um vestido em uma garotinha de três anos. — Vou colocar essa coisa azul em você.

— Não é coisa azul. É o vestido da Frozen — ela diz enquanto eu tiro o vestidinho florido que ela está usando.

Laurinha é tão vaidosa quanto a minha irmã, Sofia. Nem preciso dizer que ela adorou minha filha e a Helena. Minha mãe também não foi diferente e as duas não desgrudam da Laurinha. Meus pais estão radiantes por finalmente terem ganhado uma netinha e a mimam exageradamente. Já tentei conversar com eles, mas não adianta, eles estão completamente bobos por ela.

— Papai, minha cabeça não passa aí — ela diz com a voz sufocada dentro do vestido.

— Minha nossa! — Sofia aparece na porta do escritório. — Está querendo matar sua filha sufocada, Eduardo?

Minha irmã me olha horrorizada.

— Estava tentando colocar esse vestido nela, mas não passa na cabeça — digo desesperado.

Ela se aproxima de Laurinha e começa a rir de mim.

— Claro. — Ela ri ainda mais. — Você está tentando passar a cabeça dela pela manga.

Encolho os ombros. Preciso me aperfeiçoar nisso.

— Vem aqui, meu amor. A titia vai te ajudar a vestir esse lindo vestido da Frozen.

Minha irmã veste o vestido em Laurinha e continua rindo da minha cara. Não estou vendo graça nenhuma, mas nada a faz parar de rir.

— Prontinho, querida. — Ela beija a bochecha de Laurinha e logo depois coloca a coroa em sua cabeça e as luvas brancas. — Está uma verdadeira princesa. — As duas sorriem.

Olho para as duas diante de mim e acabo sorrindo também. Minha irmã está linda como sempre, com um vestido rosa claro e uma trança nos cabelos compridos e bem cuidados.

— Meu pai não sabe colocar vestidos, tia.

— Eu percebi — Sofia diz, olhando para mim. — Mas logo, logo ele ficará bom nisso.

Eu não tenho tanta certeza.

— Eu ia pedir para a mamãe, mas ela está com a tia Cléo e as vovós mostrando as roupinhas do Dudu. E a bisavó Eliza está na sala com o namorado dela.

Sim. Dona Eliza está namorando. Os dois se conheceram quando ela foi fazer um cruzeiro com suas amigas. Ele era o comandante e parece anos mais jovem do que ela.

Laurinha começa a rodar o vestido pelo escritório e se empolga com a coroa em sua cabeça. Fico encantado ao ver seu sorriso doce e sua carinha de felicidade.

— Desde quando se tornou um pai tão amoroso? — Sofia pergunta admirada.

— Não começa, Sofia. — Tento parecer sério, mas acabo sorrindo.

— Você construiu uma família linda. Estou tão orgulhosa de você. — Ela sorri e depois se levanta para me abraçar.

— Amo você, meu irmão lindo. Fico muito feliz em te ver radiante assim.

Ela começa a beijar minha bochecha repetidas vezes.

— Pare com isso, Sofia — digo. Mas ela continua beijando.

Então nós dois começamos a rir, assim como fazíamos quando éramos crianças. Ter a presença de Sofia é sempre muito especial para mim. Nos damos bem e sei que ela está muito feliz por eu ter conquistado uma família.

Assim que se afasta, ela sorri e diz:

— Helena está nos chamando para o almoço. Não vamos deixá-la esperando.

Sofia me beija mais uma vez e sai pela porta. Ainda sorrindo, pego Laurinha com seu vestido bufante e a carrego em meu colo. Ela adora quando faço isso.

Assim que entro na sala de jantar, vejo minha mulher sorrindo para mim. Helena é a mulher mais linda que já vi. Com um vestido lilás, ela está ainda mais linda com sua barriga de nove meses.

Então eu me aproximo dela e dou um beijo em seus lábios, enquanto Laurinha desce do meu colo.

— Mamãe! Olha o vestido que a tia Cléo me deu. — Laurinha gira com seu vestido bufante.

— Minha nossa! Você ficou linda com esse vestido da Frozen.

Reviro os olhos. Isso só pode ser brincadeira. *Será que sou o único que não sei quem é essa maldita Frozen?*

— Frozen é uma princesa da Disney. — Ela me lança um olhar divertido.

Acabo sorrindo. Eu deveria ter me tocado.

Agora estamos todos reunidos na mesa. Meus pais, minha irmã, os pais de Helena, sua avó e o namorado novo, Jorge, Marta, Raul e Cléo. Minha esposa resolveu fazer um típico almoço de domingo em nossa nova casa e confesso que adorei a ideia. É muito bom ver todos juntos.

Antes de servir o almoço, eu me levanto da mesa e peço a atenção de todos.

— Gostaria de aproveitar que estão todos reunidos e dizer algumas palavras. — Respiro fundo e foco meus olhos em Helena, que sorri para mim.

— Sempre pensei que histórias de amor com finais felizes não fizessem parte da minha vida. Mas me enganei. Estava completamente errado. Conheci a melhor mulher do mundo. — Vejo seus olhos marejados. — Você foi a única mulher que tocou meu coração e me deixou completamente apaixonado e fico feliz em saber que nosso amor deu frutos e agora se transformou em uma linda família. — Olho para minha esposa, que está me olhando com os olhos cheios de lágrimas. Então ela se aproxima de mim e me abraça.

— Eu te amo — ela diz emocionada.

Então, vejo Laurinha correr em nossa direção. Eu a pego no colo e Helena e eu a abraçamos com todo o nosso amor.

— Vocês duas são minhas garotas — digo, deixando lágrimas escaparem pelo rosto. — E logo, logo o Dudu estará aqui para me ajudar a tomar conta de vocês.

Ainda abraçados, sinto uma bolinha de pelo mordendo minha calça. Olho para baixo e vejo o cachorrinho que o pai de Helena deu para Laurinha exigindo atenção. Sim, nossa família está completa.

Todos na mesa riem da cena, apesar de estarem com os olhos marejados de emoção.

Agora sim eu acredito que podemos ter finais felizes. Lembro-me do dia em que a pedi em casamento e ela me fez uma pergunta.

— Eduardo? — Ela olhou para seu anel de brilhante e depois me olhou nos olhos. — *Tem certeza de que quer se casar comigo?*

— Nunca tive tanta certeza de algo em toda a minha vida — disse sem desviar o olhar.

— *Não consigo entender o que viu de especial em uma garota como eu. Tem certeza de que quer passar o resto da sua vida ao meu lado?*

Então abri um sorriso largo e a abracei forte, sussurrando em seu ouvido.
— *Nunca tive tanta certeza de que a mulher da minha vida é simplesmente você.*

Fim

Agradecimentos

Quero deixar aqui os meus mais sinceros e profundos agradecimentos.

Em primeiro lugar, gostaria de agradecer a Deus por toda a inspiração que me foi dada e por tornar realidade esse sonho tão especial.

Aos meus pais, por todo o amor, carinho e incentivo. Não sei o que seria de mim sem vocês.

Às minhas irmãs, Paula e Priscila, por acreditarem e se orgulharem de mim.

Aos meus sobrinhos amados. Meus pequenos, vocês são minha dose diária de alegria.

Obrigada, Manoela, por fazer parte da minha vida. Essa história tem um pedacinho seu.

Ao meu irmão de coração, Juninho, pela força que sempre me deu nos meus momentos de maior desespero.

Agradeço também a todos os meus tios, primos e toda a família Marquesin. Sou imensamente grata pelas palavras de carinho, incentivo e torcida. Amo cada um de vocês!

Obrigada, Fábio, por estar ao meu lado há tantos anos e entender meus momentos de ausência quando estou envolvida com meus personagens. Amo você!

Um superobrigada à minha querida amiga, Carla Oliveira, pelo carinho que dedicou para ler e discutir sobre a história, mesmo estando a quilômetros de distância.

À minha eterna amiga, Jacqueline, por me emprestar seu doce sorriso e permitir que eu o colocasse dentro dessa história. Sentir sua presença, mesmo sabendo da distância entre nós, foi essencial para mim.

Também gostaria de agradecer minhas amigas Flávia, Bárbara, Vivian, Ana e Dani, que sempre acreditaram na minha capacidade. Jamais vou esquecer todas as palavras de carinho e amor. Tenho muito orgulho de ter amigas tão especiais como vocês.

Agradeço a toda a equipe da Editora Charme pela confiança, dedicação e paciência.

Quero deixar um beijo mais do que especial para todas as pessoas que separaram um tempinho para ler essa divertida história de amor. Desejo que cada um de vocês tenha a chance de viver um amor tão especial como o de Helena e Eduardo.

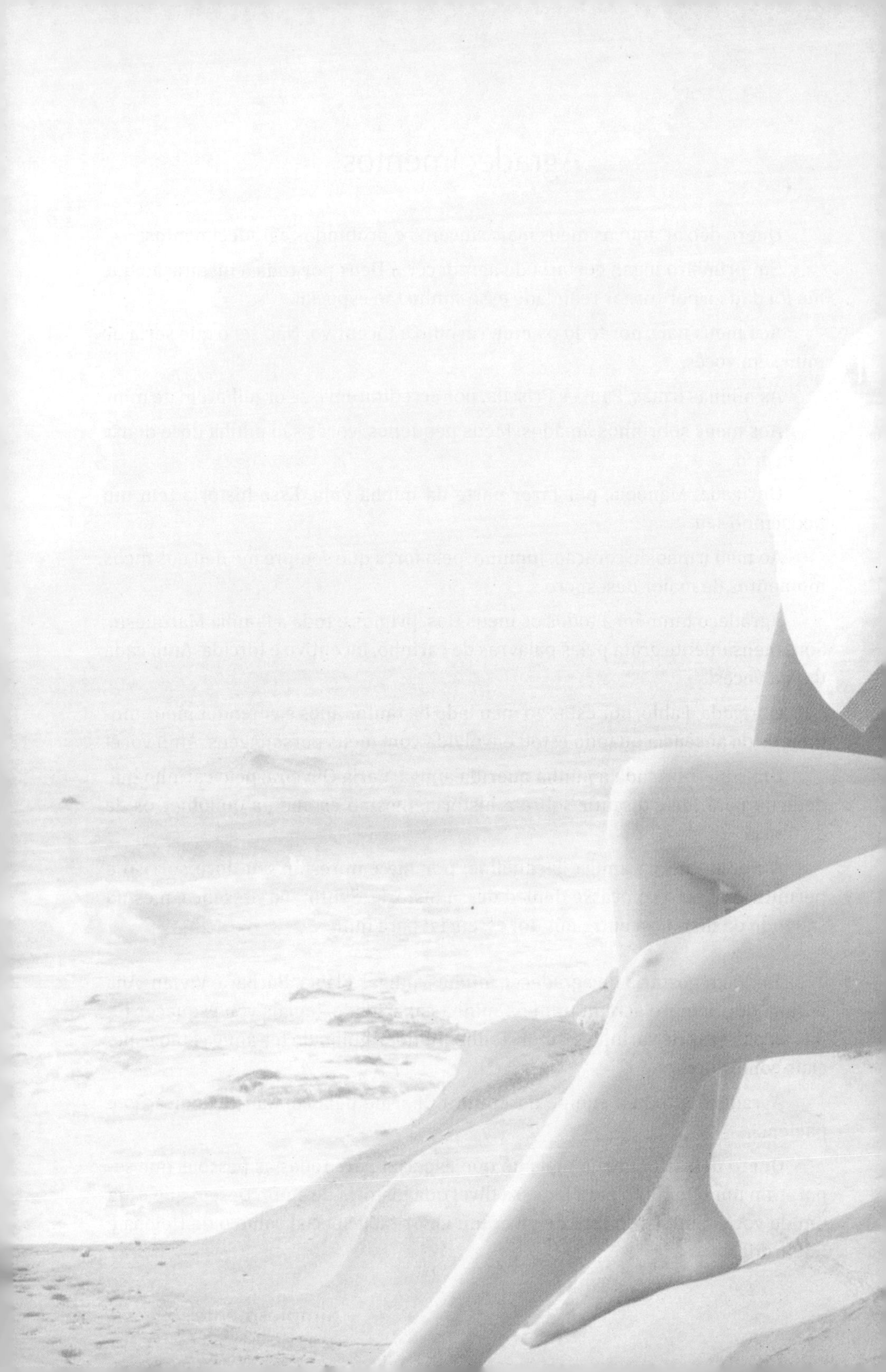

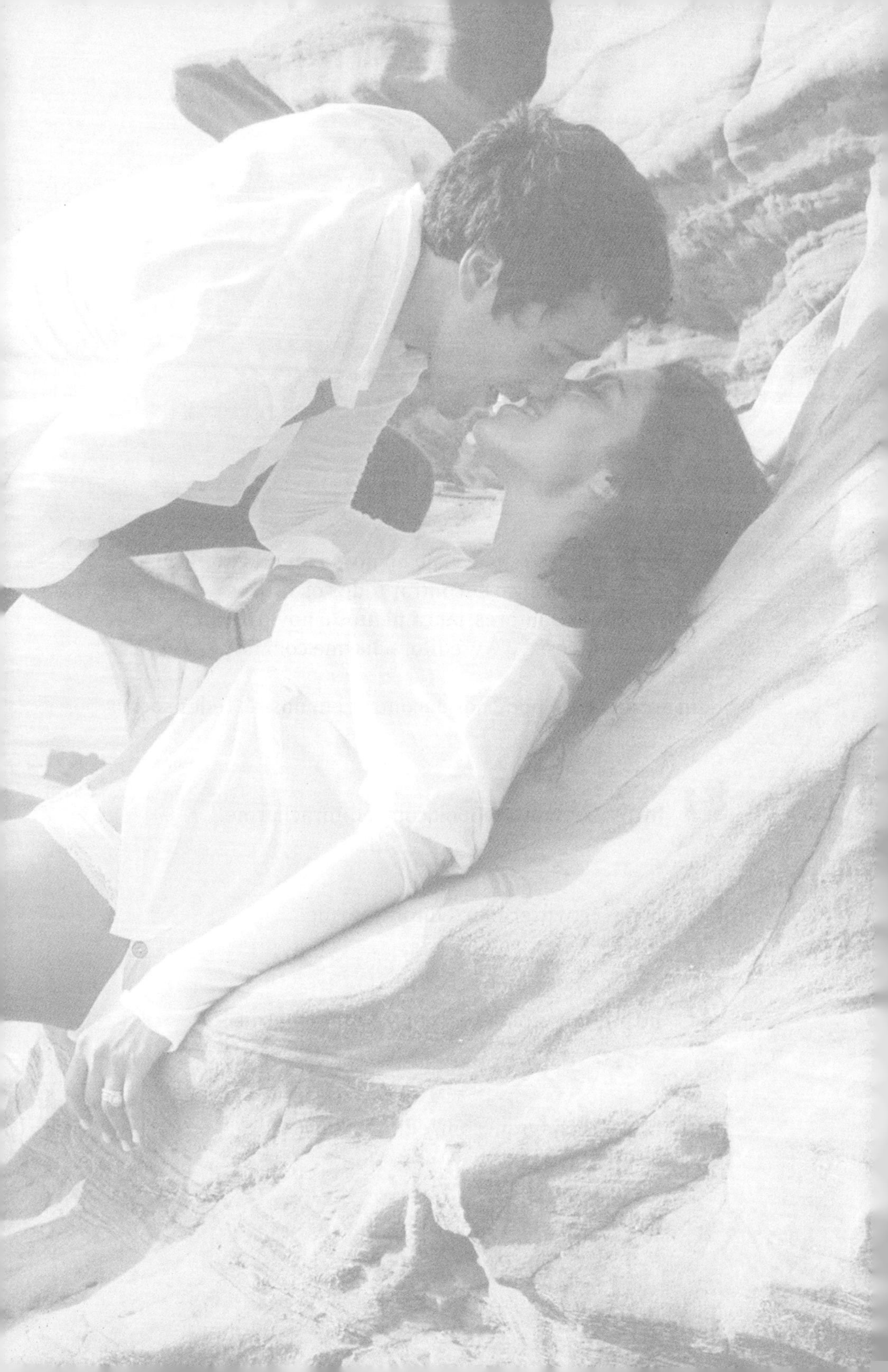

Entre em nosso site e viaje no nosso mundo literário.
Lá você vai encontrar todos os nossos
títulos, autores, lançamentos e novidades.
Acesse www.editoracharme.com.br

Além do site, você pode nos encontrar em nossas redes sociais.

https://www.facebook.com/editoracharme

https://twitter.com/editoracharme

http://www.pinterest.com/editoracharme

http://instagram.com/editoracharme